Rosmary Stegmann

Technically Kate

Rosmary Stegmann

Technically Kate

Roman

Bibliografische Information der Deutschen Nationalbibliothek:
Die Deutsche Nationalbibliothek verzeichnet diese Publikation in der Deutschen Nationalbibliografie; detaillierte bibliografische Daten sind im Internet über dnb.dnb.de abrufbar.
Die automatisierte Analyse des Werkes, um daraus Informationen insbesondere über Muster, Trends und Korrelationen gemäß §44b UrhG („Text und Data Mining") zu gewinnen, ist untersagt.

© 2025 Rosmary Stegmann
Umschlaggestaltung: Dima Mneimne, Rosmary Stegmann
Verlag: BoD · Books on Demand GmbH, In de Tarpen 42,
22848 Norderstedt, bod@bod.de
Druck: Libri Plureos GmbH, Friedensallee 273, 22763 Hamburg
ISBN: 978-3-7693-7758-3

Inhalt

Kapitel 1 – Kate

Als Kate den Aufzug sah, entstand sofort das Bild in ihr, wie sie – unkontrolliert an den antiken Gitterstäben rüttelnd – zwischen Stockwerk sieben und acht feststecken würde. Womöglich zusammen mit der rundlichen Dame, die gerade versuchte, einen sich gegen den Rahmen stemmenden Hund in den Fahrstuhl zu schieben. Der Hund roch streng, die Dame roch nach Kuchen. Ein junger Page mit zu großen Ohren und einer altmodischen Uniform stand im Aufzug und sah zu.

„Wie viele Stockwerke bis ganz oben?", fragte Kate.

„Zehn!", erklärte er stolz und wippte auf den Zehenspitzen, als wäre er persönlich für die beachtliche Höhe des Gebäudes verantwortlich. Die mit Spiegeln und rotem Samt ausgekleidete Kabine, der Hund und die Dame, die inzwischen zur Abfahrt bereit waren, wackelten unter seinem Wippen.

Kate warf einen Blick auf die Treppe, dann auf die Uhr. Sie war spät dran …

„Also?", fragte der Page. Die rundliche Dame tupfte sich mit einem Stofftaschentuch über Stirn und Oberlippe. Kate nahm einen tiefen Atemzug und setzte vorsichtig einen Fuß in den Aufzug. „Zehnter Stock also!", bestätigte der Junge, als er das Gitter, das wohl eine ordentliche Tür ersetzen sollte, mit einem Krachen hinter ihr ins Schloss fallen ließ.

Kate wünschte, er könne sie nur mit diesen Worten einfach dorthin versetzen, aber stattdessen drückte er den Knopf mit der Zehn. Es passierte nichts. Er drückte noch mal energischer, woraufhin sich das Monstrum mit einem Ruck in Bewegung setzte. Das Royal Kensington – ein etwas in die Jahre gekommenes, aber noch immer eindrucksvolles Art déco Hotel – hatte fünf Sterne. Am Aufzug lag das aber sicher nicht.

Warum Nathalie ausgerechnet auf diesen Ort bestanden hatte? Eine Hotelbar, wo ein Drink ein Vermögen kostete! Das passte nicht zu Kates alter Studienfreundin, die sich früher, auf Partys, buchstäblich hinter Kate versteckt hatte, um nicht gesehen oder angesprochen zu werden. Fünfzehn Jahre war es jetzt her, dass sie sich zuletzt getroffen hatten, und Kate bedauerte, dass sie den Kontakt hatte abreißen lassen. Obwohl er natürlich hatte abreißen *müssen*, nach allem, was passiert war. Sie schob die Erinnerung beiseite. Lieber wollte sie in der Hoffnung verweilen, dass sie sich heute – nachdem sie Nathalie aus einer sentimentalen Stimmung heraus im Internet gesucht und gefunden hatte – noch mal neu begegnen könnten. Diese Vorstellung hatte Kate schon vor ein paar Tagen in Aufregung und Vorfreude versetzt. Gemischt mit einem ungewohnten Übermut. Und genau dieser Übermut hatte sie dazu verführt, Martin davon zu erzählen.

Nach einer gefühlten Ewigkeit ließ ein erneuter Ruck sie beinahe das Gleichgewicht verlieren: erst der zweite Stock! Wenn das so weiterging, wäre sie zu Fuß schneller gewesen.

Das Erste, was ihr auffiel, war sein Duft. Nur ein Hauch, nichts Aufdringliches. Es musste Zitronengras sein, wie sie erstaunt bemerkte, als er sich neben sie stellte. Aber da war noch etwas, eine unbekannte Note, die so interessant roch, dass sie ihn beinahe danach gefragt hätte. Sie schätzte ihn auf Anfang 40, kaum älter als sie, und er trug einen perfekt sitzenden dunklen Anzug. Die Falte zwischen seinen Augenbrauen löste sich, als ihm auffiel, dass Kate ihn ansah. Sein Gesicht erhellte sich, als habe ihr Anblick ihn aus einem schon viel zu lange dauernden Zustand ungesunden Grübelns befreit. Sein dunkelblondes Haar war ein wenig zerzaust. Kate stellte sich vor, dass es eine Frau in seinem Leben gab, die sich nicht zurückhalten konnte und ständig mit ihren Händen hindurchfuhr. Und die er bestimmt, aber nicht ohne Vergnügen, ermahnen musste, das sein zu lassen. „Zehn!", sagte er und der Page reagierte mit einem Grinsen von Ohr zu Ohr, als würde er ihm – zur Belohnung für seine verwegene Entschlossenheit – am liebsten High Five geben. Der Aufzug setzte sich, diesmal vollkommen mühelos, wieder in Bewegung.

Der Blonde warf ihr einen Blick zu, den Kate nicht ganz deuten konnte. Aufmerksam, vielleicht begutachtend, im besten Fall neugierig. Und hatte er eben auf ihre Schuhe gesehen? Die hohen Absätze? Oder eher auf ihre transparente Bluse, die die Haut ihrer Arme durchschimmern ließ, aber andere Stellen gekonnt verbarg? *Whatever!*, dachte sie und hob ihr Kinn. Mach dich *chic*, hatte Nathalie geschrieben. Befürchtete sie etwa, dass Kate sich zwischenzeitlich in eine dieser Wissenschaftlerinnen verwandelt hatte, denen ihr Äußeres nicht wichtig war? Erst jetzt fiel Kate das beunruhigende Rattern auf, das kurzzeitig das monotone Brummen des Aufzugs unterbrach.

Bestimmt war dem Blonden bewusst, dass sich manche Frau und sicher auch mancher Mann, jetzt vorstellen würden, vom nächsten Ruck an seine Brust gedrückt zu werden, dort innezuhalten und diesen unerhörten Zitronengrasduft tief einzuatmen. Sie, Kate, gehörte nicht zu denen, die davon träumten sich anzulehnen. Sie war nicht bereit, die Kompromisse zu machen, die die meisten Männer als Gegenleistung für das Anlehnen forderten. Wenn sie sich *chic* machte, dann für sich selbst. Und ein wenig zum Trotz. Um den Nerds in der IT zu zeigen, dass sie nicht nur *brains* hatte, sondern auch *looks*. Oder umgekehrt. Das war der beste Kick, besser als alles andere: Auf einer Konferenz in die blanken Gesichter von zweihundert Männern zu schauen, die gerade darüber rätselten, wie eine Frau mit ihrem Aussehen Details zu hochkomplexen Algorithmen so präzise erklären konnte, dass ihnen die Spucke wegblieb. Das dachten natürlich nur fünfzig Prozent. Die anderen fünfzig waren noch damit beschäftigt zu verstehen, worum es eigentlich ging.

War denn das ganze verdammte Hotel auf dem Weg zu dieser Bar, dachte sie, als der Aufzug im fünften Stock schon wieder hielt. Ihre Unruhe wuchs: Sie wollte Nathalie nicht warten lassen. Der Page brauchte eine Ewigkeit, um die Gittertür zu öffnen, die sich sperrig gab wie eine Diva. Kate seufzte. Das alles hier müsste dringend optimiert werden. Wenn er ihr Student wäre … Sie spürte wieder das, was Martin einmal als ihre *Grundgenervtheit* bezeichnet hatte. „Ohne die wäre ich heute nicht da, wo ich bin", hatte sie erwidert. Er war der Einzige, der sich eine solche Bemerkung erlauben konnte.

Wer auch immer den Aufzug in den fünften Stock geholt hatte, schien inzwischen aufgegeben und die Treppe genommen zu haben. Dafür schoss genau in dem Moment, als das Gitter endlich aufging, der Hund der rundlichen Dame hinaus auf den Flur. „Rufus, du Unartiger!", brachte sie nur mit Mühe und ohne etwas zu unternehmen hervor. Zur Überraschung aller war der Blonde aber schon nach draußen geeilt, dem Strolch hinterher. Kate warf einen Blick auf die Uhr: drei Minuten nach vier.

Der Mann erschien kurz darauf wieder, den zappelnden Vierbeiner unter dem Arm. Dass seinem kostbaren Anzug dabei etwas zustoßen könnte, schien ihn nicht zu kümmern. Er sah Kate verschmitzt an und erhoffte sich wohl einen anerkennenden Blick von ihr. *Nice try!*, dachte sie und lächelte nur flüchtig. „Sie!", sagte die Dame – es klang wie eine Drohung, war aber wohl eher bewundernd gemeint – und blickte verbunden zu ihm auf.

Im zehnten Stock stieg der Blonde aus, gefolgt von Rufus und seiner Besitzerin, die ihm dicht auf den Fersen blieben. Kate folgte dem Dreigespann mit Abstand. Ein Mann, der aussah, als ernähre er sich vor allem von *Steak and Ale Pie*, überholte sie. Er war die Treppe hochgestiegen, was sich jetzt zu rächen schien. „Dieser verfluchte Aufzug!", keuchte er in sein Handy und: „Nein, Darling, warte nicht auf mich, es wird spät." Er hielt kurz inne und holte Luft. „Mir tut es auch leid. Wir holen das nach." Kate wartete auf das obligatorische *„Love you too!"*, aber es blieb aus.

Es war sieben nach vier, als Kate die Bar betrat und sich umsah. Keine Spur von Nathalie! Der Laden sah aus wie ein Science-Fiction-Filmset aus den 60er-Jahren: weiße Ledersessel vor einer gigantischen Fensterfront und ein Teppich von marshmallowartiger Konsistenz. In einer Ecke würgte eine Lavalampe amorphe Formen eines orangen Glibbers hervor. Kellner mit gestärkten Hemden und Silbertabletts wuselten zwischen den Gästen herum, die mindestens zur Hälfte aus Models zu bestehen schienen. Sie kamen Kate vor wie Frauen, die eine von Männern entwickelte künstliche Intelligenz entwerfen würde, wenn sie denn jemals dazu in der Lage wäre. Die ganze Bar wirkte wie ein fremdartiges Organ, das jeden Augenblick von dem altehrwürdigen Art déco Gebäude abgestoßen werden musste. War das jetzt also Nathalies Welt?

Zuspätkommen war jedenfalls nie ihr Stil gewesen, dachte Kate und schüttelte den Kopf. Sie ging zur Bar und setzte sich auf einen der makellosen weißen Hocker gleich neben der Tür, wo ihre Freundin sie sofort sehen würde. Kate versuchte, sich mit dem Anblick der London Bridge zu trösten, die sie im Dunst der Ferne zu erkennen glaubte. Ihre Aufmerksamkeit fiel auf Mr. Steak and Ale Pie, der zu einem Tisch eilte, von dem eine der perfekt designten Frauen, höchstens halb sein Alter, aufsprang und ihn umarmte. Warte nicht auf mich, Darling! Vermutlich seine Tochter, dachte Kate. War sie sarkastisch? Nein, nur realistisch.

Der Barkeeper, ein Hipster mit Vollbart und einer zur Größe einer Untertasse aufgerollten Mütze, für den die Kleiderordnung der Kellner nicht zu gelten schien, ignorierte Kate trotz Handzeichen. Fein!, dachte sie ein wenig beleidigt und ließ ihren Blick erneut durch den Raum schweifen. Es war ihr nicht entgangen, dass der Blonde sich an den letzten freien Tisch am Fenster gesetzt hatte und sich nun einen Espresso bringen ließ. Kate strich ihren engen Rock zurecht, der durch das Sitzen auf dem Barhocker einige Zentimeter nach oben gerutscht war. Der Blonde führte die Tasse zum Mund und noch bevor sie seine Lippen berührte, warf er Kate einen unerwarteten Blick zu. Er war so intensiv, dass sie einen Stich im Magen spürte. Sie fühlte sich ertappt und sah rasch weg. Sie ließ einen Moment verstreichen und wagte dann – übermütig durch die räumliche Distanz – noch einen, diesmal etwas frecheren, Blick, um sich danach mit einem kühlen, vermeintlich gelangweilten Ausdruck abzuwenden. Aus dem Augenwinkel sah sie, dass er den Kellner zu sich winkte. Das reicht jetzt, dachte sie und griff zu ihrem Handy.

Der Kellner, der im Gegensatz zum Barkeeper erfrischend aktiv wirkte, ging mit zackigem Schritt zurück zum Tresen. Kurz darauf kam er auf Kate zu und stellte wortlos ein Glas Champagner vor ihr ab. Sie sah ihn verwundert an, aber er deutete nur mit einem leidenschaftslosen Nicken zum Fenster und meinte, sie sei eingeladen. Sie spürte ihre Wangen mit einem Schlag erröten, als der Blonde seine Tasse hob und ihr mit einem Lächeln zuprostete. Fuck!, dachte sie und sah schnell weg. Was für ein unverschämter Kerl! Was war nur aus dieser angeblich so britischen Zurückhaltung geworden?

Sie flüchtete auf die Toilette und hoffte, dass Nathalie inzwischen auftauchen würde. Hatte sie ihm womöglich etwas signalisiert, was er missverstanden hatte? Oder war ihm das Konzept des Flirtens – ohne Worte und vor allem ohne Taten – nicht geläufig?

Nathalie war noch immer nicht da, als sie zurückkam. Kate warf einen vorsichtigen Blick zu dem Blonden und atmete auf, als sie sah, dass er aufgestanden war, um einen Mann zu begrüßen. Ein Bohemien, wahrscheinlich adlig, dachte Kate und überlegte, woran sich dieser Eindruck festmachte: sein blasser Teint, das vornehme Halstuch, das er lässig in sein blutrotes Seidenhemd gesteckt hatte, die verschlafene Geste, mit der er eben sein gewelltes dunkles Haar aus dem Gesicht gestrichen hatte? Als sei Tageslicht nicht ganz sein Ding oder als hätte er es gar nicht nötig, morgens aufzustehen: ein Nachtmensch! Die beiden schienen sich gut zu kennen, lachten und klopften sich auf die Schulter, als plötzlich ein alter Bekannter laut kläffend auf die Männer zu gerannt kam. Und hinter ihm her die rundliche Dame, die in einem hoffnungslosen Versuch, die Situation unter Kontrolle zu bringen, „Rufus, Rufus!", rief.

Die Szene erheiterte Kate, aber dann machte der Nachtmensch eine Handbewegung, die dem Hund und seiner Besitzerin eindeutig zu verstehen gab, dass er ihm die Kehle durchschneiden würde, wenn sie ihn nicht sofort zurückpfiff. Er wirkte dabei absolut nicht so, als würde er scherzen.

„Katharina Riess!" Kate zuckte zusammen, als sie eine Hand auf ihrem Arm spürte. Es war ungewohnt, ihren Vornamen in voller Länge zu hören. Niemand nannte sie heute noch so. Sie hatte ihn schon vor langer Zeit gegen eine kurze, schmerzlose Variante getauscht: Kate. Der neue Name fügte sich besser ins Englische, das Kate inzwischen vertrauter war als ihre Muttersprache. Zunächst nur ein willkommener Zufluchtsort, nachdem sie Deutschland vor zehn Jahren verlassen hatte, hatte sie sich heute, 2009, häuslich darin eingerichtet: Sie sprach, schrieb und las nicht nur, sie dachte und träumte auch auf Englisch. Sie hatte sich einfach neu erfunden und fand, dass ihr das ziemlich gut gelungen war.

Nathalies Umarmung fühlte sich an wie die einer flüchtigen Bekannten: herzlich, aber zurückhaltend. Kate war überrascht ihre Hand auf der nackten Haut ihrer Freundin zu spüren: Einen so tiefen Rückenausschnitt hatte sie bei dem hochgeschlossenen Kleid nicht erwartet, vor allem um diese Uhrzeit. Im Gegensatz zu früher trug Nathalie nun auch Parfüm – allerdings ein etwas zu starkes, von der Sorte, die selbst dann noch in der Luft hing, wenn die Trägerin längst den Raum verlassen hatte. Offenbar hatte Nathalie das Problem überwunden, davon immer niesen zu müssen. Die weiten Blumenkleider und klobigen Stiefel, in denen sie früher ihren Körper verhüllt hatte, schienen ebenfalls Geschichte zu sein: Ihr elegantes Kleid aus cremefarbenen Satin zeugte vom selbstbewussten Stil einer Frau, die sich mit ihrer Weiblichkeit versöhnt hatte. Trotz dieser auffälligen Veränderung fühlte Kate sofort eine altvertraute Nähe und ihr wurde bewusst, wie sehr sie diese vermisst hatte. „Der Aufzug! Ich hätte es wissen müssen!" Nathalie hob entschuldigend die Schultern. Sie hatte ihre langen kastanienbraunen Locken zu einer kunstvollen Frisur hochgesteckt, von der sich jedoch eine Strähne gelöst hatte, die nun frech neben ihrer Stirn wippte.

„Du siehst umwerfend aus! Bist du verliebt?", fragte Nathalie und grinste.

„Was? Nein!" Kate berührte ihre Wangen und musste lachen. Was für eine Frage, um ein Gespräch zu beginnen! „Nein!", wiederholte sie, weil Nathalie sie noch immer ansah, als hätte sie Kates Antwort überhört. „Du etwa?"

„Immer mal wieder. In letzter Zeit seltener. Heute Nachmittag: nein."

„Das heißt, du bist nicht …" Kate zögerte. Sie hatte ihr diese Frage eigentlich nicht sofort stellen wollen.

„… in einer festen Beziehung?", beendet Nathalie den Satz für sie. „Nicht, dass ich wüsste! Jedenfalls nicht verheiratet." Sie gab die

Frage mit einem Kopfnicken an Kate zurück und deutete auf Kates Hand, an der sich ebenfalls kein Ehering befand.

„Da! Da drüben ist was frei!" Kate zeigte auf einen Nierentisch, der, deplatziert wie ein Zeitreisender, inmitten vier weißer Ledersessel stand, die ihn umzingelten wie Stormtrooper. „Sollen wir?"

Nathalie ließ ihr die Ausflucht durchgehen: „Du hast recht, erst mal Cocktails!", sagte sie, was Kate an das Champagnerglas erinnerte. Es stand noch immer unberührt auf dem Tresen. Der Blonde hatte sich mit seinem lichtscheuen Bekannten an seinem Tisch niedergelassen. Er war ganz in die Unterhaltung vertieft. Jedenfalls schien er sie und das Glas bereits vergessen zu haben, wie Kate fast ein wenig enttäuscht feststellte.

„Du bist also auf dem Weg zu einer Konferenz? Was für eine?", wollte Nathalie wissen.

„Künstliche Intelligenz in Sprachverarbeitungssystemen."

Nathalies Gesichtsausdruck verriet, dass sie die Frage schon jetzt bereute: „Hätte ich mir denken können: Machine Learning! Du warst schon immer so viel besser in dem Zeug als ich."

Sie schwiegen einen Moment. Ob Nathalie sich auch gerade daran erinnerte? Wie Kate versucht hatte, ihr am Ende des gemeinsamen Auslandsstudienjahres in Schottland bei der Prüfung zu helfen. Ein hoffnungsloses Unterfangen, das Nathalie sowieso nur ihren Eltern zuliebe unternommen hatte. Für die war ihr mutig geäußerter Wunsch, Modedesign zu studieren, nachdem sie schon ihr aktuelles Studium finanziert hatten, ein solcher Dorn im Auge gewesen, dass sie ihr die sofortige Kürzung aller Mittel angedroht hatten. Obwohl Nathalies Eltern – wie die meisten Menschen 1993 – auch nicht so genau wussten, was das seltsame Studienfach ihrer Tochter, *Computerlinguistik*, eigentlich war. Es hatte irgendwas mit Computern zu tun, insofern konnte es nicht falsch sein.

„Du hast was gemacht aus deinem Leben! Ich wusste immer, du würdest es weit bringen, Katie." Das Lob war Kate peinlich, aber ihr gefiel, dass Nathalie sie, wie früher, bei ihrem Kosenamen nannte. „Professorin in New York!"

„*Assistant Professor*", korrigierte Kate. „Aber ich bin kurz vor dem Tenure Review."

Nathalie sah sie rätselnd an.

„Sie prüfen meine Leistungen und holen Referenzen ein", kürzte Kate ab, weil sie den Eindruck hatte, dass Nathalie die Details nur aus Höflichkeit über sich ergehen ließ. „Der Tenure ist die Voraussetzung für eine volle Professur nach ein paar Jahren. Hat man Tenure, ist man praktisch unkündbar." Kate richtete sich in dem Sessel auf, der sie in eine flapsige Haltung gezwungen hatte.

„Von wem hängt das ab, von deinem Chef?"

„Du brauchst Veröffentlichungen in den besten *journals*, du solltest exzellenten akademischen Nachwuchs hervorbringen und natürlich schadet es nicht, wenn du haufenweise Projektgelder anschleppst." Kate fiel der Sarkasmus in ihrer Stimme auf und sie bemühte sich um einen neutraleren Ton. „Ja, im Wesentlichen hängt es davon ab, ob mein Chef mich unterstützt und ob die Fakultät und das *Review Committee* zustimmen."

Nathalie ließ die Informationen unkommentiert im Raum stehen. „Weißt du noch, dass wir immer von Amerika geträumt hatten?"

„*Du* hattest! *Ich* wollte nach Paris", stellte Kate klar. Aber das war lange her: Damals, als ihr Leben noch wild und gefährlich gewesen war.

Nathalie war in einer Maisonettewohnung im Marais aufgewachsen, mit einem Kindermädchen, das so nachlässig war wie ihre Mutter penibel. Wenn Nathalies Mutter da war, kritisierte sie an ihrer Tochter herum und gab ihr zu verstehen, dass sie es mit dieser Nase, Taille, Einstellung (*you name it*) niemals zu *etwas* bringen würde. Was dieses Etwas war, war unklar. Eine reiche Heirat vielleicht oder wenigstens die Fähigkeit, sich nach dem Computerstudium selbst ernähren zu können. *Screw them!'*, hatte sich Nathalie wahrscheinlich gedacht und war mit der letzten Überweisung nach Mailand getrampt. Zumindest war dieses Gerücht umgegangen, nachdem sie, ohne sich zu verabschieden, aus Edinburgh verschwunden war.

„Du hättest *certainement* besser nach Paris gepasst als ich. Dein Stil, Katie, war schon immer *très français!*"

Oberflächlich hätte man die Bemerkung als Kompliment auffassen können: Kates Kleidungsstil, mit dem Nathalie sie oft aufgezogen hatte: *comme les existentialistes!* Die figurbetonten kurzärmligen Pullover, ihr schwarzer Ledermantel, der sie noch schlanker gemacht hatte – die französischen Zigaretten, die sie damals geraucht hatte, und der leuchtend rote Lippenstift. Aber Kate glaubte, eine Anspielung herauszuhören, auf ihre damalige – es fiel ihr schwer, das Wort zu denken, weil es ihr inzwischen so fremd geworden war – Leichtlebigkeit.

„Und nach dem Studium, ich meine … du hast es tatsächlich durchgezogen, Mailand?", versuchte Kate von sich abzulenken.

„Rom. Nicht sofort, auf Umwegen. Ich bin letzten Endes *vor* der Kamera gelandet." Nathalie wandte ihren Blick zum Fenster und es schien, als wollte sie ihm in die Ferne folgen. „Man kann besser davon leben, den Kram zu tragen als ihn zu entwerfen."

Gelandet – das Wort berührte Kate. Es klang irgendwie anstößig. Bis Nathalie klarstellte, dass es sich um den Laufsteg einer Fashion Show für die italienische Vogue gehandelt hatte. Nicht um das Bett des Fotografen. Aber wie? Wie war es passiert? Wo ihre Freundin doch immer so bedacht darauf gewesen war, sich unsichtbar zu machen.

„Das ist … fabelhaft!" Kate bemühte sich, einen Ton aufrichtiger Bewunderung in ihre Stimme zu legen, aber es klang angestrengt. Zu offensichtlich versuchte sie, Nathalies fehlende Begeisterung durch ihre eigene zu ersetzen.

„Fabelhaft, solange du fünfundzwanzig bist. Dann wird das Eis immer dünner." Nathalie sah Kate mit einem Blick an, der aus einer lange vergangenen Zeit zu kommen schien. „Es sind Dinge passiert, von denen du nichts weißt, Kate," sagte sie leise und wirkte dabei abwesend wie in einer Trance. Bevor Kate nachfragen konnte, schreckte ihre Freundin auf, als sei ihr gerade erst bewusst geworden, was sie gesagt hatte.

„Aber hey!" Nathalie machte eine Handbewegung, als würde sie einen imaginären Tisch auf einen Schlag von allem Geschirr befreien. „Was soll ich mir Sorgen machen, solange ich mir das hier", sie breitete die Arme aus, „noch leisten kann?" Die Melancholie in ihrer Stimme war so plötzlich verschwunden, wie sie erschienen war. Sie verzog den Mund zu einem filmreifen Strahlen, als der Kellner zwei Dry Martinis vor ihnen auf den Tisch stellte. Es war derselbe, der Kate vorhin den Champagner gebracht hatte. Er warf ihr einen spöttischen Blick zu. Nathalie hob ihr Glas und streckte es Kate entgegen. „Heute feiern wir, Katie! Du bist eingeladen!"

Früher hätte Nathalie ihr bestimmt erzählt, was sie bedrückte, aber heute war sich Kate da nicht mehr so sicher. Was waren das für Dinge, die sie angedeutet hatte? Ging es um etwas, das während ihrer gemeinsamen Zeit passiert war? Obwohl es Kate schwerfiel, Nathalie die plötzliche Feierlaune abzunehmen, versuchte sie sich darauf einzulassen: Es schien ihr noch nicht der richtige Zeitpunkt für Vertraulichkeiten.

„Weißt du noch, die Neuronale-Netze-Party? Huah!" Nathalie schüttelte ihre Hände in der Luft, als wäre sie ein Gespenst.

Kate schmunzelte. Ja, sie erinnerte sich gut: So genannt, weil um Mitternacht ihr Neuronale-Netze-Dozent aufgetaucht und über die Chips hergefallen war.

Nathalie schien ebenfalls an ihn zu denken: „Der Typ war gruselig! So groß und dürr und diese langen, strähnigen Haare …"

„… wie Iggy Pop."

„Iggy Pop, nachdem er zehn Jahre im Keller eingesperrt war!", brachte Nathalie es auf den Punkt. „Wer hatte den eigentlich eingeladen?"

Kate hob die Schultern. Sie musste an seine Vorlesung denken, wo er von seiner persönlichen Leidenschaft erzählt hatte: neuronale Störungen. Besonders die Sprachstörungen und die Phantomschmerzen, die ein Patient in einem eingebildeten dritten Arm empfinden konnte, waren ihr im Gedächtnis geblieben. Was das Ganze mit neuronalen Netzen zu tun hatte, war Kate immer noch schleierhaft.

„Ich hatte solche Angst, ihm nachts alleine am Institut zu begegnen!" Nathalie schauderte.

Alle *Postgraduate Students* hatten einen Schlüssel zum Gebäude gehabt. Und das Vertrauen der Dozenten, abends, wenn kein Personal mehr anwesend war, keinen Blödsinn anzustellen. Natürlich hatten sie Blödsinn angestellt.

„Jedenfalls war es keine gute Idee gewesen, nach einer halben Flasche *peach schnapps* noch an der Programmieraufgabe zu arbeiten." Nathalie kicherte. „Dass wir das klebrige Zeug nicht noch in die Tastatur gekippt haben, war eins."

Kate musste lachen und nippte an ihrem Cocktail. Es fühlte sich angenehm an, sich von einer Erinnerung zur nächsten tragen zu lassen. Auch wenn sie sich mehr Tiefe von dem Gespräch mit Nathalie erhofft hatte, war Kate froh über die gelöste Atmosphäre, zu der sie nun doch noch gefunden hatten. Es ließ sie den etwas holprigen Beginn vergessen. Das Auslandsstudienjahr war das beste ihres Lebens gewesen und es verband sie beide noch immer!

„Schön, dann bist du also in der Laune für ein kleines Abenteuer?", sagte Nathalie und wischte sich eine Träne vom Lachen aus dem Augenwinkel.

„Absolut!", bestätigte Kate und richtete sich erwartungsvoll auf. „Was haben wir vor?"

Nathalie sah sich um und ihr Blick blieb bei den beiden Männern hängen, dem Blonden und dem Nachtmenschen. Ausgerechnet!

„Schau da nicht hin!", flüsterte Kate und tippte unruhig mit den Fingern an ihr Glas. „Der Blonde starrt mich schon die ganze Zeit an."

„Ach?", fragte Nathalie. „Sehr gut! Ich finde den anderen auch nicht schlecht – eine Acht, vielleicht eine Neun, was würdest du sagen?" Nathalie warf einen koketten Blick zu dem Nachtmenschen, dem sie schon aufgefallen zu sein schien. „Ich wette, die werden jetzt gleich zu uns rüberkommen."

„Oh nein!" Kate lachte, aber ihre zusammengezogenen Augenbrauen verrieten, dass sie den Scherz ziemlich schlecht fand.

Nathalie senkte ihren Blick und spielte mit ihrer Kette aus kleinen silbernen Perlen. „Das hier", flüsterte sie, „ist eine Bar, in der sich Männer mit Escorts treffen. Und die beiden gehen sicher davon aus, dass wir genau das sind."

„Was?", rief Kate ein wenig zu laut. Dann sah sie Nathalie einen Moment lang sprachlos an. „Du hast mich in eine Escort-Bar bestellt? Nicht dein Ernst!"

Nathalie hob ertappt die Schultern, aber ihr Gesicht konnte nicht verbergen, wie amüsiert sie über Kates Reaktion war.

„Und wie soll das jetzt weitergehen? Die beiden kommen zu uns rüber und dann? Wann willst du ihnen erklären, dass wir keine sind? Escorts, meine ich."

„Gar nicht! Wir lassen sie in dem Glauben, gehen mit ihnen und haben einfach ein bisschen Spaß."

Spätestens jetzt war sich Kate sicher, dass Nathalie sie auf den Arm nahm. „Du bist wirklich …" Sie schüttelte den Kopf und lehnte sich mit einem Grinsen zurück. „Fabelhaft! Beinahe hätte ich es dir abgenommen." Kate wartete, dass ihre Freundin in ihr Lachen einstimmte, aber Nathalie blieb erst. Stattdessen drehte sie sich um und lächelte die Männer auffordernd an. „Hey, bist du verrückt?!", rief Kate und packte sie am Arm, als sie die beiden aufstehen und mit ihren Gläsern auf sie zukommen sah.

„Relax!", flüsterte Nathalie. „Lass mich machen – du wirst sehen, das wird gut!"

Für Flucht war es jetzt zu spät, stellte Kate entsetzt fest, als sich der Nachtmensch mit einer angedeuteten Verbeugung als Gabriel vorstellte, der Blonde als Adrian. Sicher nicht ihre wirklichen Namen, dachte sie, bemüht den Schrecken zu überwinden. Adrian – war da ein winziger Akzent in der Art, wie er seinen Namen ausgesprochen hatte? Normalerweise war sie geübt darin, jede Nuance zu erkennen und auf das genaue Herkunftsland festzupinnen, aber im Moment hatte sie Schwierigkeiten sich zu konzentrieren.

„Nein, wir haben noch nichts vor", hörte sie Nathalie sagen, die die beiden aufforderte, sich zu ihnen zu setzen.

Kate öffnete den Mund mit einem scharfen Blick zu ihrer Freundin, schloss ihn aber gleich darauf wieder.

Nathalies blumiges Parfüm drängte sich Kate auf, als Nathalie sich zu ihr beugte. „Was ist los? Wir wollten doch feiern!" Ihr enttäuschter Blick ließ Kate auf einmal befürchten, dass sie als Spielverderberin dastehen könnte.

„Ihr müsst zum ersten Mal hier sein", sagte Gabriel und schwenkte die Eiswürfel in seinem Scotch. „Ihr wärt mir sonst bestimmt aufgefallen."

Ein Stammgast! Das passte zu Kates erstem Eindruck von ihm: unseriös. Und der Blonde – hatte er sie tatsächlich schon im Aufzug geprüft, in der Annahme, dass sie auf dem Weg in diese Bar war und er sie jederzeit haben konnte, wenn er wollte?

„Es ist nicht so, wie es aussieht", fühlte Kate sich gezwungen zu sagen, woraufhin Nathalie sie unauffällig stupste.

„Meine Freundin ist ein bisschen nervös." Nathalie tätschelte zärtlich Kates Arm. Die beschwichtigende Geste wirkte provozierend auf Kate: Dachte Nathalie etwa, sie hätte Angst? Oder fühlte sie sich inzwischen tatsächlich so viel freizügiger als Kate?

Gabriel schnippte mit den Fingern, woraufhin sich der Barkeeper, ohne zu zögern, in Bewegung setzte. Abgestoßen von der Geste, die ihm noch dazu viel zu mühelos gelungen war, beobachtete Kate wie der Kellner eine Flasche Moët & Chandon und Gläser für alle brachte. Er blickte sie triumphierend an, als er Kate eines davon aufnötigte. Zum Glück verkniff sich der Blonde eine Bemerkung, wofür sie ihm dankbar war. „Auf Rufus!", sagte er nur und berührte Kates Glas mit seinem. Er nutzte den Moment, in dem sie versuchte, ein Schmunzeln zu unterdrücken, und warf ihr einen Blick zu, der dem von vorhin in nichts nachstand. Nur diesmal sah er ihr aus nächster Nähe direkt in die Augen. Und zu der Herausforderung, mit der er sie ansah, mischte sich eine Siegesgewissheit, die Kate in Aufruhr versetzte. Es war nicht *eine* Frau, die sein Haar zerwühlt hatte, nein, es mussten viele gewesen sein.

Als hätte man ihr einen Zaubertrank eingeflößt, fühlte Kate schon nach dem ersten Schluck ein Prickeln in ihren Fingerspitzen, das sie seit Jahren nicht mehr gespürt hatte. Ihr Ärger auf Nathalie wich einem trotzigen Übermut, der auf den fruchtbaren Boden heraufbeschworener alter Zeiten fiel und der ihr Herz wild schlagen ließ. Es fühlte sich so aufregend an, dass sie keine Lust auf die nüchterne Erklärung hatte, die ihr Verstand ihr lieferte: Sie hatte ihren Martini zu schnell getrunken.

Nathalie wollte spielen? Na schön, Kate würde ihr zeigen, dass sie mitziehen konnte. War sie nicht selbst mit der heimlichen Ahnung hergekommen, dass vielleicht etwas Aufregendes passieren könnte? Etwas, bei dem sie sich wie früher fühlen würde: rebellisch und entschlossen zu leben, um jeden Preis! Wollte sie Nathalie dieses Privileg alleine überlassen?

Der feine, kaum hörbare Akzent des Blonden deutet auf Skandinavien hin, da war sie sich inzwischen sicher. Der zusammen mit dem Jetlag rasch wirkende Alkohol und einige gewagte Gedanken mischten sich in Kates Kopf zu einer gefährlichen Substanz: Die beiden hatten exzellente Umgangsformen und sie fragte sich, wie der Sex mit ihnen wohl wäre. Ob sie die Höflichkeiten auch im Bett durchhalten oder ob es eher *rough* werden würde. Sie hatte plötzlich den Wunsch, ihr Glas ohne abzusetzen auszutrinken, aber sie beherrschte sich und nahm nur einen großen Schluck. Der Blonde, Adrian, oder wie auch immer er wirklich hieß, beobachtete sie viel zu genau. Er musste bemerkt haben, dass sie mit sich rang.

Vielleicht hatte Nathalie recht – niemand kannte sie hier. Eine harmlose Sache, die Chance für ein paar Stunden zu vergessen, wer sie war, etwas Verrücktes zu tun und dann einfach die Stadt zu verlassen. Er gefiel ihr, Adrian, nur gegen seine unverschämte Selbstsicherheit musste man etwas tun.

„Wir haben alles unter Kontrolle, jeden einzelnen Schritt", flüsterte Nathalie ihr zu. Ich sehe dir an, dass du neugierig bist, Katie, sagte ihr Blick, als der Nachtmensch vorschlug, die beiden in seine Suite zu begleiten.

Nicht der Aufzug!, wollte Kate sagen, aber da zog Gabriel Nathalie schon hinein. Der Page, dessen frecher Blick verriet, dass er sie wiedererkannt hatte, wirkte, als wisse er trotz seines zarten Alters genau, was lief. Er drückte auf einen Knopf. Dann noch mal. Und ein drittes Mal. Es passierte nichts.

„Einen Moment", sagte er und lief nach draußen.

„So viel Zeit habe ich nicht", rief Gabriel ihm nach. Er griff in Nathalies Haar, zog ihren Kopf zu sich und fing an, sie auf eine Art und Weise zu küssen, die darauf schließen ließ, dass er bereits jetzt alles Gentlemanhafte hinter sich gelassen hatte.

„Hey, hey", flüsterte Nathalie, als sie wieder Luft holen konnte. „Küssen kostet extra, mein Lieber!" Woraufhin Gabriel, ohne zu zögern, einige Scheine aus seiner Brieftasche nahm.

Wir sollten zu Fuß gehen, dachte Kate, als der Page kurz darauf mit einem Schlüssel wiederkam, der aussah, als könne man damit eine Spielzeugmaus aufziehen. Er begann mit einigen wenig überzeugenden Handgriffen an verschiedenen Knöpfen herumzuschrauben. Überraschenderweise setzte sich der Aufzug anschließend tatsächlich in Bewegung und der Page konzentrierte sich wieder darauf, sich unsichtbar zu machen.

Adrian stand dicht bei Kate, viel näher als auf der Fahrt nach oben, aber er berührte sie nicht. Und da war er wieder, der Zitronengrasduft, den sie sich kaum erlaubte einzuatmen. „Den Weg hätten wir uns sparen können", sagte er und lächelte. Kate stand ihm zugewandt, mehr um Nathalie und Gabriel nicht sehen zu müssen. Sie bemühte sich, Gelassenheit auszustrahlen, aber jetzt spürte sie deutlich, wie Hitze in ihr aufstieg. Sie zuckte zusammen, als er ihre Arme berührte. Er ließ seine Hände kaum spürbar nach unten gleiten, erst über den zarten Stoff ihrer Bluse, dann seitlich über ihre Hüfte, ihren Po. Ich lasse mich von einem Fremden im Aufzug anfassen, dachte sie und versuchte, sich daran zu erinnern, dass es nur ein Spiel war, das sie beschlossen hatte mitzuspielen. Sie fühlte einen Flash in ihrem Körper, als er ihren Rock ein wenig nach oben schob und vergnügt eine Augenbraue hob, als er bemerkte, dass sie nichts darunter trug. Ihren Slip hatte sie vorhin, nachdem klar war, worauf das Ganze hinauslaufen würde, auf der Toilette ausgezogen – zu unvorteilhaft, in dem durfte er sie auf keinen Fall sehen. Sie schloss die Augen, als sie seine Lippen an ihrem Hals spürte. Und ich werde mich nicht anlehnen, dachte sie, erlaubte sich nun aber zumindest einen etwas tieferen Zug von seinem Duft. „Du machst das nicht oft", sagte er leise, so leise dass niemand außer ihr ihn hören konnte.

In der Suite zog Adrian als Erster sein Jackett aus und nahm seine Krawatte ab. Er warf beides, ohne Kate aus den Augen zu lassen, auf einen Sessel und öffnete den obersten Knopf seines Hemdes. Die Geste erregte sie, obwohl sie nicht wusste warum. Vermutlich, weil sie zu sagen schien ‚erst das Business, dann das Vergnügen‘, was eins-zu-eins ihrer Einstellung entsprach.

„Ladys …" Gabriel nahm eine Flasche Champagner aus dem Kühlschrank, öffnete sie so, als würde er das jeden Tag tun, und füllte vier Gläser. Wahrscheinlich wirken wir, als könnten wir es brauchen, dachte Kate, vor allem ich. Sie spürte ihre Unsicherheit wieder aufkommen und versuchte, ruhig zu atmen, aber es gelang ihr nicht. Sie hasste Situationen, in denen sie nicht mal ihren eigenen Körper im Griff hatte. Als Gabriel ihr das Glas reichte, fiel ihr auf, dass das oberste Glied seines kleinen Fingers fehlte. Er hatte ihr stilles Entsetzen bemerkt und sah sie mit einem unheimlichen Blick an, bei dem eine Haarsträhne sein linkes Auge verdeckte.

Nathalie nahm einen Schluck und begann sich langsam auszuziehen.

„Lass sie an!", sagte Gabriel, als sie den ersten ihrer cremefarbenen halterlosen Strümpfe nach unten rollen wollte. Er tauschte einen vielsagenden Blick mit Adrian und ließ sich aufs Sofa fallen, während er auf die Stelle starrte, wo der Spitzenrand Nathalies hellen Schenkel berührte. Die Art, mit der er ihre Freundin taxierte, erinnerte Kate daran, dass es gute Gründe gab, warum sie es lieber vermieden hätte so weit zu gehen. Zumindest mit Männern, die sie kaum kannte. Nichts gegen einen Flirt, wenn sich die Gelegenheit ergab, aber das hier war etwas anderes.

Sie drehte sich zu Adrian, blickte auf sein Hemd und begann mechanisch einen Knopf nach dem anderen zu öffnen, in der Annahme, dass es das war, was er jetzt von ihr erwartete. Er sah sie wieder mit diesem speziellen Lächeln an, das ihr zu verstehen gab, dass sie ihm nichts vormachen konnte, zog sie zu sich und presste ihre Hüfte an seine, sodass sie seine Erektion spüren konnte. Kate blickte über ihre Schulter und sah, wie Nathalie Gabriels Hose öffnete. Sie spürte ein Gefühl von Schwindel aufkommen. Flucht wäre die bessere Alternative gewesen, dachte sie, als Adrian seine Hand unter ihren Rock schob, jetzt weiter als zuvor, ganz nach oben. Erst jetzt fiel ihr auf, wie erregt sie war.

„Oh, là, là", flüsterte er in ihr Ohr. „Das kommt davon, wenn man kein Höschen trägt." Sie musste lachen, was ihm zu gefallen schien. „Dachtest du in der Bar wirklich, ich lasse dich einfach so gehen?"

Jetzt nicht die Nerven verlieren, versuchte sie sich Mut zuzusprechen, öffnete seinen Reißverschluss und schob ihre Hand hinein. Ihr Herz schlug bis zum Hals: Was sie dort fühlte, übertraf ihre kühnsten Vermutungen.

Dann auf einmal: Blutstropfen aus ihrer Nase. Sie entschuldigte sich und lief ins Bad. Das Blut tropfte ins Waschbecken – wie immer in den undenkbarsten Situationen – und wirkte ernüchternd auf sie. Ihr Kopf war auf einmal wieder glasklar. Sie konnte das unmöglich tun. Nicht nur wegen Nathalies dreisten Überfalls. Sondern auch – und das schien ihr ein viel driftigerer Grund – weil dieser Mann etwas an sich hatte, das sie völlig durcheinanderbrachte. Jetzt ist die letzte Chance zu gehen, sagte ihr Verstand.

„Alles okay?", fragte Adrian und öffnete die Badezimmertür einen Spalt.

Sie hörte Nathalies Lachen im Hintergrund. „Ja", sagte sie schnell. Jetzt, dachte sie – aber sie zögerte, während er langsam auf sie zukam und sich hinter sie ans Waschbecken stellte. Sie sahen sich im Spiegel an. Er reichte ihr ein Taschentuch, aber ihre Nase hatte schon aufgehört zu bluten.

„Das ist süß", sagte er und umfasste behutsam ihre Schultern, „du bist aufgeregt."

Sie wollte protestieren, doch dann müsste sie ihm beweisen, dass sie in der Lage war, es knallhart durchzuziehen – und dessen war sie sich überhaupt nicht sicher.

Und genau diesen einen, unachtsamen Moment nutze Adrian, um ihren Oberkörper zu sich zu ziehen und das zu tun, was nie hätte passieren dürfen: Er küsste sie auf den Mund. Sie wusste, sie hätte sich von ihm lösen müssen, aber sie konnte es nicht. Sein Kuss fühlte sich zu gut an, unfassbar gut. Schockiert von der Intensität

24

des Gefühls entzog sie sich seinen Händen und drängte sich an ihm vorbei.

Der Anblick, der sich ihr beim Betreten des anderen Zimmers bot, traf sie mit Wucht: Auf dem Sofa, das aus zwei über Eck gestellten Teilen bestand, vergnügten sich Gabriel und Nathalie auf allen vieren, wie die Tiere, und es war unklar, wer von beiden mehr Spaß hatte. Dabei packte er sie an den Haaren – ihre kunstvolle Hochsteckfrisur hatte sich längst aufgelöst. Aber gerade seine Brutalität schien ihr zu gefallen. Nathalie stöhnte und bat um mehr und Kate fragte sich, wie sie sich so erniedrigen konnte.

Nathalie bemerkte, dass Kate ihnen zusah, und warf ihr einen ermutigenden Blick zu, der aber genau das Gegenteil bewirkte. Wie befremdlich es war, sie so zu sehen, und Kate fragte sich, warum Nathalie sie in eine Situation gebracht hatte, wo sie ihr zusehen musste. Bereitete es ihr Vergnügen, Kate zu zeigen, dass es ihr so viel mehr bedeutete, sich von einem sadistischen Engländer vögeln zu lassen als mit ihr zu reden – nach all der Zeit? Kate fühlte, wie der Anblick sie schwächte – als hätte sie auf einmal wichtige Gebiete an den Feind verloren. Sie sah sich in ihrem Entschluss bestätigt, Haltung zu bewahren – wenn es sein musste für sie beide.

Adrian war Kate gefolgt und sah ihr betreten dabei zu, wie sie mit fahrigen Bewegungen ihre Bluse zuknöpfte. Erschreckt bemerkte sie, dass ihre Handtasche vom Sofa gerutscht war und ihr Terminkalender, ein Lippenstift und der Slip mit dem ausgeleierten Bündchen auf dem Boden lagen. Ein Hitzeflash schoss durch ihren Körper: Ganz oben in einem Innenfach steckten ihre Visitenkarten, viel zu deutlich sichtbar. Eilig stopfte sie alles zurück in die Tasche und wand sich zur Tür.

„Du gehst?" Adrian war neben sie getreten. „Warum?"

Kate warf einen Hilfe suchenden Blick zu Nathalie, aber dort war nichts mehr, das sie hielt. „Ich kann das nicht", sagte sie leise.

„Habe ich was falsch gemacht?", fragte er.

Im Gegenteil, verrieten Kates Augen, bevor sie den Blick abwenden konnte. Ohne zu antworten, eilte sie aus der Suite.

Der Wecker hatte nicht geklingelt, obwohl Kate sich sicher gewesen war, dass sie ihn gestellt hatte. Ein stechender Schmerz fuhr ihr in die Schläfen, als sie am nächsten Morgen aus dem Bett sprang und sich in das winzige Bad ihres Hotelzimmers quetschte. Obwohl sie gerade noch mal einer riesigen Dummheit entkommen war, hatte Kate das verstörende Gefühl, mit Adrians Kuss einen Teil von sich verloren zu haben. Als sei er dortgeblieben, in den Armen dieses Mannes, als gehöre er jetzt ihm. Im Halbschlaf hatte sie sich vorgestellt, wie es gewesen wäre, wenn sie bei ihm geblieben und mit ihm in der Suite erwacht wäre. Statt in diesem erweiterten Wandschrank mit Blick auf den Hinterhof, in dem ein Hund gerade einen Müllbeutel aufgerissen hatte. *Wake up!*, sagte sie energisch und warf sich mit beiden Händen kaltes Wasser ins Gesicht. Er war ein Typ, der es mit Callgirls trieb! Nicht wert, dass sie auch nur einen weiteren Gedanken an ihn verschwendete. Wenn sie auf Frühstück verzichtete, blieb ihr noch etwas mehr als eine Stunde. Die Hälfte würde für den Weg zur Konferenz draufgehen. Den Rest brauchte sie, um sich vorzubereiten.

Den halben Abend hatte Kate mit ihrer Enttäuschung gerungen, und mit dem Impuls, Nathalie anzurufen und sie zur Rede zu stellen. Gegen neun hatte sie es schließlich getan. Leider kam es genauso ungefiltert heraus, wie sie befürchtet hatte. Nathalie hatte tatsächlich Geld von Gabriel angenommen! Und mit welcher Unbekümmertheit sie am Telefon darüber gesprochen hatte! Als würde sie so was öfter tun. Natürlich hatte sie das abgestritten: nichts, womit sie ihren Lebensunterhalt finanziere. Sie habe nur ihre Einstellung zu Männern geändert, die zu mehr als ein bisschen Spaß nämlich nicht taugten.

‚Du nimmst mir das doch nicht übel?‘, hatte Nathalie gefragt und auf einmal besorgt geklungen. ‚Ich dachte, es würde dir gefallen.‘ Der mit der unschuldigen Stimme einer Zwölfjährigen geäußerte Satz hallte in Kates Kopf nach. Nathalies Vorschlag, am selben Abend noch zu ihr zu kommen, hatte Kate abgelehnt, mit der Begründung, sich auf ihren Vortrag vorbereiten zu müssen. Sie fühlte sich nicht in der Lage dazu.

Es ist jetzt nicht die Zeit, darüber nachzudenken, ermahnte sie sich und nahm ihr Notebook aus der Tasche. Sie musste sich konzentrieren, durfte nicht mit leeren Händen zurückkommen, doch die Buchstaben verschwammen vor ihren Augen. Ihr Chef erwartete von ihr, dass sie heute den Deal mit der ETH Zürich abschloss. Einen schlechten Vortrag konnte sie sich nicht leisten. Aber so sehr sie sich bemühte, sie fand nicht den richtigen Zugang. Als hätte sie über Nacht verlernt, eine Wissenschaftlerin zu sein. Es war zwecklos: Sie würde den Rest auf dem Weg vorbereiten, beschloss sie und klappte den Laptop zu.

Kate war früh genug da, um den Technikcheck zu machen, aber nicht so früh, dass sie während des Wartens überbesorgt werden würde. Ihr Timing war genau so, dass eine gesunde Restnervosität für den nötigen Adrenalinschub sorgen würde. Sie hatte schon viele Konferenzen überstanden: Wenn sie erst mal auf der Bühne war, hielt sie nichts mehr auf. Die irritierenden Gedanken an den gestrigen Tag hatte sie hinter sich gelassen, als sie bei King's Cross aus der Tube gestiegen war. Jedenfalls hatte sie das gedacht, bevor sie nun an ihrem schwarzen Rollkragenpullover schnüffelte, den sie frisch angezogen hatte. Obwohl es nicht sein konnte, kam es ihr vor, als rieche er nach Zitronengras.

Vor dem Konferenzsaal standen Männer mit Kaffeetassen. Kate hielt Abstand, als sie sah, dass Hieronymus Bamberger, der Professor der ETH Zürich, den sie heute überzeugen musste, gerade durch die Tür ging. Das Gespräch mit ihm war zu wichtig, sie wollte es nicht in Eile vor dem Vortrag anreißen.

Der Saal war schon fast voll und sie spürte ihren Herzschlag stärker. Wie schafften es die Briten nur, selbst einen Konferenzraum noch plüschig wirken zu lassen? War es der braune Kunststoffteppich im Zusammenspiel mit den rosa Stühlen oder reichte schon die stickige Luft, in der sich immer von irgendwoher ein Geruch nach Reinigungsmitteln und schwarzem Tee mischte?

Auf einmal überkam sie die absurde Befürchtung, dass man ihr ansehen könne, worauf sie sich gestern um Haaresbreite eingelassen hätte. ,Relax!', hatte Nathalie zu ihr gesagt und Kate versuchte, dasselbe zu denken, als sie die Stufen zur Bühne hinaufstieg. Es war schließlich nicht so, dass *Escort* auf ihrer Stirn geschrieben stand, auch wenn sie sich im Moment so fühlte. Außerdem *war* sie rechtzeitig gegangen. Oder beinahe rechtzeitig. Zumindest. Bamberger saß als Einziger in der ersten Reihe, auf deren Stühle ein Zettel mit der Aufschrift „RESERVIERT" lag. Sie lächelte ihn an und ließ ihren Blick durch die Reihen schweifen. Fünf Prozent Frauen, wenn es hochkam, wie meistens.

Sie atmete tief aus, bevor sie ihren Vortrag mit einem kleinen Scherz begann. Der erste Teil lief gut, glatter als erwartet, und Bambergers gelegentliches Nicken beruhigte sie. Er schien wachsam, als prüfe er alles, was sie sagte, genau, aber mit einem väterlichen Wohlwollen, das ihr Hoffnung machte. Etwa bei der Hälfte, als sie die Details ihres neuartigen Ansatzes für Dialogsysteme erklärte, spürte sie es wieder: das sichere Gefühl, es zu schaffen. ‚You've nailed it!', hörte sie ihren Chef nach ihrer Rückkehr sagen. Sie war endlich wieder die Alte.

Kate stand mit dem Rücken zum Saal, um etwas an der Wandprojektion zu erklären, als sie ein unruhiges Murmeln hinter sich hörte. Sie drehte sich um und erstarrte. Ein Mann hatte den Raum betreten, hatte sich entschuldigend an einer Reihe von Zuhörern vorbeigedrängt und sich auf einen der noch freien Plätze im hinteren Drittel gesetzt. Es war Adrian. Kate spürte, wie das Blut aus ihrem Gesicht wich. Die Tasche, die Visitenkarten, ihr Kalender … er musste unverschämterweise einen Blick hineingeworfen haben, als sie im Bad gewesen war. Sie stand regungslos, wie unter Schock. Warum war er hier? Hatte er vor, Schadensersatz für den verdorbenen Nachmittag zu fordern? Oder rechnet er sich doch noch Chancen aus? Für eine schnelle Nummer zwischen zwei Vorträgen vielleicht? Was, wenn er ihren Kollegen davon erzählte? Sie spürte, wie ihre Handflächen feucht wurden. Erst durch ein ungeduldiges Räuspern von Bamberger fand sie in den Augenblick zurück.

Nicht überwältigend, aber den Umständen entsprechend akzeptabel, dachte sie, als sie den Rest des Vortrags zu Ende gebracht hatte. Sie interpretierte Bambergers Stirnrunzeln derart, dass er ihre Nervosität seit Adrians Auftauchen, das Stottern, die kleinen

Hänger, aus denen sie sich aber hatte herausretten können, bemerkt haben musste. Sie schwor sich, das alles wieder auszubügeln, später, im persönlichen Gespräch mit ihm.

Es folgten die üblichen Q&A – Fragen und Antworten – während der Adrian sie mit der subtilen Zufriedenheit eines Fuchses anzusehen schien, der den Eingang zu einem Kaninchenbau gefunden hatte und jetzt nur noch abzuwarten brauchte. Normalerweise wären die Q&A kein Problem gewesen, weil sie sich warm geredet hatte, weil es um ihren Forschungsschwerpunkt ging. Aber diesmal waren die 15 Minuten ein Albtraum. Sie zählte die Sekunden, während sie darauf wartete, wer die nächste Frage stellen würde. Das würde er nicht wagen, dachte sie, das konnte er nicht tun, das wäre so unfair ... Noch zwei Minuten, dann hatte sie es geschafft. Der Chairman ging mit dem Mikro auf die andere Seite des Saals, in die entgegengesetzte Richtung von Adrian. Kate atmete auf, aber nein, jemand hatte nur versehentlich die Hand gehoben.

„Also keine weiteren Fragen", stellte der Chairman fest und Kate klappte erleichtert ihren Rechner zu.

Genau in dem Moment meldete er sich. Sie sah sich instinktiv nach der nächstgelegenen Tür um.

„Ich habe noch eine", sagte er und ließ sich das Mikro geben. Alle Augen waren jetzt auf ihn gerichtet, selbst Bamberger hatte sich umgedreht. „Ich würde dich gerne wiedersehen, ist das möglich?"

Ein Murmeln ging durch den Saal und einer der Nerds pfiff durch die Finger. Kate spürte, wie sich ihre Kehle zuzog, wie sie unfähig wäre, etwas zu sagen, wenn sie noch einen Moment länger wartete.

„Ich glaube nicht, dass wir uns kennen", erwiderte sie, ohne nachzudenken. Sie bedankte sich bei den Zuhörern, nahm ihre Tasche und verließ, so rasch sie konnte, die Bühne. Nicht zu fassen, dass er es wagte, auf diese Weise in ihr Leben einzudringen!

Sie würde draußen auf Bamberger warten, entschied sie schnell, außer Reichweite von Adrian. Hätte es einen Notausgang gegeben, sie hätte ihn genommen, selbst wenn er über eine dieser windigen Feuerleitern geführt hätte. Aber es gab nur eine Tür, in der Mitte des Saals, und dort wartete Adrian bereits auf sie. Sie versuchte, sich auf der anderen Seite vorbei zu quetschen, aber die Masse bewegte sich zu träge.

„Kate, bitte!" Es schien, als wolle er nach ihrem Arm greifen, doch dann ließ er seine Hand sinken. Draußen, einige Meter entfernt, holte er sie schließlich ein.

„Was machst du hier?", flüsterte sie, besorgt, dass sie jemand hören könnte.

„Willst du mir nicht erklären, was es mit diesem Nebenjob auf sich hat? Eine Wissenschaftlerin, die sich als Escort ausgibt!" Er tat empört, lachte dann aber.

„Nicht hier, um Gottes willen!", fauchte sie und stellte sich abseits der vorbeidrängenden Menge. Bamberger war ebenfalls aus dem Saal gekommen und sah sich kurz um. Und obwohl sich Kate sicher war, dass er sie gesehen haben musste, ging er weg. Sie spürte Panik aufkommen. Hatte er kein Interesse mehr an dem vereinbarten Gespräch? Sie durfte ihn nicht aus den Augen verlieren!

Adrian wartete geduldig, bis ihre Aufmerksamkeit wieder bei ihm war.

„Wir werden das jetzt vergessen", sagte sie überhastet und vermied es, dabei in seine Augen zu sehen. „Was gestern war, ist nie geschehen. Ein schwacher Moment."

„Nicht für mich", entgegnete er ernst. „Es war das Beste, das mir seit Langem passiert ist."

Sie wendete sich ab und wollte gehen.

„Warte", sagte er und gab ihr seine Visitenkarte. „Wenn du das nächste Mal als Escort unterwegs bist, ruf mich an!"

Kate schenkte der Karte keinen Blick. Sie zerriss sie vor seinen Augen und warf sie auf den Boden.

Kapitel 2 – Martin

„Burger and home fries, handcut", erklärte Martin emotionslos, als er den Inhalt der zwei Papiertüten auspackte. „Ich hab dir keinen Salat mitgebracht. Den isst du ja eh nicht." Er setzte sich an den Tisch und öffnete seine eigene Box, als er bemerkte, dass sein Vater an ihm vorbei auf einen Fleck an der Wand starrte. „Dein Lieblingsessen, Dad!", bekräftigte er, weil er schon ahnte, wie die Sache ausgehen würde. Aus der Nachbarwohnung drangen die gequälten Töne einer Trompete.

„Bleib mir weg mit dem Zeug!" Martins Vater schob den Teller beiseite.

„Du musst was essen! Du kannst dich nicht so hängen lassen!"

„Sagt wer?" Sein Vater sah ihn mit zusammengekniffenen Augen an. Martin kannte den Blick. „Hast du inzwischen wenigstens einen vernünftigen Job?"

„Du weißt doch, dass ich an der Uni arbeite."

„Arbeit nennst du das?!" Sein Vater verschränkte die Arme vor der Brust, seine Finger hatten schwarze Flecken vom Maschinenöl. „Und was machst du da, Akten kopieren?" Martin seufzte. Er hatte schon ein paar Mal versucht, es ihm zu erklären, ohne Erfolg. Der Mann war irgendwo zwischen der Erfindung des Mobiltelefons und dem Internet stehen geblieben. „Du hättest einen *anständigen* Beruf lernen können. Aber das war ja nicht zu erwarten."

Was denn – etwa unter Autos rumzukriechen wie du? Und damit kaum die Miete für dieses Loch bezahlen zu können?, hätte Martin gerne geantwortet, aber er hielt sich zurück. Er hatte keine Lust, sich wieder anzuhören, dass alles sowieso nur *ihre* Schuld war. *Sie* hatte ihn verzogen, *sie* hätte Martin nicht von *seinem* hart erarbeiteten Geld eine Gitarre zu seinem vierzehnten Geburtstag schenken dürfen.

Als der Vermieter das Haus in der Lower East Side, in dem Martin aufgewachsen war, saniert und die Miete um 50 Prozent angehoben hatte, waren seine Eltern gezwungen gewesen wegzuziehen. In dieses trostlose Apartment in Bed-Stuy, einem Viertel in Brooklyn zwischen Clinton Hill und Bushwick, zwischen Verzweiflung und Resignation, in dem die meisten Läden vergittert waren oder längst leer standen. Mit dem Verschwinden seiner Mutter, im vergangenen Jahr, am Morgen von Thanksgiving, hatte dieser Ort das letzte bisschen Wärme verloren. Sogar den rohen Truthahn hatte sie mitgenommen – was der Alte ihr nie verziehen hat.

Martin vermisste seine Mutter. Ihr Lachen und die Lieder, die sie früher zusammen gesungen hatten. Meistens Folk Songs, aber das hatte ihn nie gestört. Sie hatte bei ihrer Arbeit an der Kasse von Key Food einen Typen aus Detroit kennengelernt, der meinte, dass sie was Besseres verdient hätte. Und sie hatte die Chance genutzt, um das Handtuch zu werfen. „Pass gut auf dich auf, mein Kleiner!", hatte sie zu Martin gesagt und ihn zu sich runtergezogen, damit sie ihn zum Abschied auf die Stirn küssen konnte. Sie hatte Tränen in den Augen gehabt, als sie in die protzige Karre mit dem Great Lakes Nummernschild gestiegen war. An Tagen wie diesem fehlte sie ihm besonders. Und sie fehlte seinem Vater, aber für Reue war es jetzt zu spät.

Den Rest des Essens verbrachten die beiden schweigend. So wie jeden dritten Sonntag im Monat, wenn er sich abrang, seinem Vater einen Besuch abzustatten. Einfach, weil er sein Vater war.

„Du kannst ihr nicht ewig hinterhertrauern. Das Leben geht weiter!", sagte Martin leise, bevor er die Tür hinter sich zuzog.

Wenn er gewusst hätte, dass gerade mal wieder dubiose Geschäfte gemacht wurden, hätte er sich nicht so beeilen brauchen, zur Bandprobe zu kommen. Sie probten in diesem Schuppen in Bushwick, einer stillgelegten Autowerkstatt, umzingelt von *warehouses*. Der Schuppen gehörte dem Vater des Bassisten. Der lagerte dort einen Haufen blauer Kunststoffkisten und ab und zu kreuzte er unerwartet mit einem Zigarre rauchenden Typen auf und die beiden verschwanden im Hinterzimmer. In der Zeit hatten sie dann Pause, aber bei einem geschenkten Übungsraum mitten in Brooklyn stellte man keine Fragen.

Während die anderen draußen im Hof auf der Kühlerhaube eines alten Chevys herumlungerten, rauchten und darauf warteten, dass sie endlich mit der Probe beginnen konnten, ließ sich Martin auf einem Stapel Holzpaletten nieder und zückte einen Zettel und Bleistift. Kate würde es sicher lieber sehen, wenn er sich in jeder freien Minute Gedanken zu seiner Arbeit machte – aber sie hatte ja keine Ahnung, dass es etwas gab, das noch viel wichtiger war.

Er musste an sein Date mit ihr denken, an dem Abend, kurz bevor sie nach London geflogen war. Streng genommen war es kein richtiges Date gewesen. Sie hatte sich von ihm überreden lassen noch auf ein Bier mit in den kleinen Club in der Nähe der Uni zu kommen, wo es Livemusik gab und von dem er ihr schon öfter erzählt hatte. Zum ersten Mal hatten sie etwas zusammen unternommen, das nichts mit Arbeit zu tun hatte.

Etwas war anders gewesen an diesem Abend. Sie schien zugänglicher als sonst und er konnte einen unterschwelligen Tatendrang in ihr erahnen, eine Vorfreude. Etwas in ihr drängte darauf, ihm zu erzählen, obwohl sie nie zuvor über persönliche Dinge gesprochen hatte. Sie waren auf Europa zu sprechen gekommen und Kates Studium in Deutschland, in irgend so einem unaussprechlichen Ort mit Umlaut. Vor ihrem Abschluss hatte sie noch kurz zwei Auslandssemester eingelegt, mit Stipendium natürlich – alle Details in ihrem Lebenslauf waren perfekt. Ihre Wangen hatten geglüht, als sie von der Zeit erzählt hatte, und er bekam den Eindruck, als wäre sie damals eine andere, als wäre ihr ganzes Leben ein völlig anderes gewesen. Das hatte ihn neugierig gemacht. Das Licht im Club hatte einen unwiderstehlichen rötlichen Schimmer auf ihr Haar geworfen und der Kontrast zu ihren grünblauen Augen hatte ihn magisch in ihren Bann gezogen.

Aber könnte er davon irgendwas verwenden? Der Moment war so außergewöhnlich gewesen, dass es ihm schwerfiel, ihn in Worte zu fassen. Er versuchte es dennoch: unwiderstehlich, Augen, Schimmer, …

„Was machst du?", fragte der Bassist und tippte mit dem Fuß gegen die Palette, auf der Martin saß.

„Nichts!"

„Und das da?!" Der Bassist schnappte sich den Zettel und studierte ihn aufmerksam. „Ein Song! Wolltest du uns den vorenthalten?"

„Ist nicht für die Band!", erklärte Martin und holte sich das Papier zurück.

„Ein Lovesong", grinste der Bassist. „Wer ist die Auserwählte?"

Martin schwieg.

Der Bassist schüttelte den Kopf, als habe er es mit einem hoffnungslos Verrückten zu tun, und schlurfte zum Kühlschrank.

Martin versuchte, sich zu konzentrieren. Er musste das Ding unbedingt bis zur Party fertigkriegen und es musste gut werden, sehr gut sogar. Anfangs gelang es ihm, sich ansatzweise in die Stimmung jenes Abends zurück zu träumen, aber dann drängte sich Dr. Kate Riess, die Wissenschaftlerin, dazwischen und ermahnte ihn, den Unsinn sein zu lassen.

Sie hatte von dieser Studienfreundin erzählt, einer niedlichen, aber im Gegensatz zu Kate harmlosen Französin, die sie in London treffen wollte. Allerdings hatte *sie* die Computerlinguistik frühzeitig an den Nagel gehängt. Etwas, das Kate nie tun würde. Die Liebe ihres Lebens: Sprachdialogsysteme. Nichts ging ihr über ihre Arbeit. Und was das betraf, war sie absolut *tough* – mit jedem, aber vor allem mit sich selbst. Die Maßstäbe, die sie anlegte, waren der Hammer. Keine Ahnung, wie sie das durchhielt. Sie schien keine geheimen Wünsche zu haben, oder Träume, denen sie nachhing, so wie er, wenn er nachts auf dem Dach saß und in den Himmel starrte. Noch nicht mal körperliche Bedürfnisse wie Hunger. Was hatte sie mit ihren Gefühlen angestellt?

Diese Freundin und sie jedenfalls – das musste eine ganz andere Nummer gewesen sein. Was die beiden zusammen erlebt hatten, passte so gar nicht in das Bild, das er von Kate hatte. Manches hatte sie nur angedeutet, aber er besaß genug Fantasie, um sich die Details vorzustellen: Kate mit Mitte zwanzig auf ausschweifenden Partys, Kate die ekstatisch zu The Clash tanzte, Kate die, weil sie zu viel getrunken hatte, mit einem Kerl in der Ecke knutschte. Da wäre er gern dabei gewesen! In seiner Vorstellung sah er sie vor sich, mit ihrem schwarzen Lederminirock und den langen Beinen, superheiß – die Typen hatten sicher reihenweise Schlange gestanden bei ihr. Vermutlich taten sie das noch immer. Wenn irgendwas, dann war sie mit den Jahren nur noch schöner, noch unergründlicher geworden.

Aus dem schmalen Klappfenster des Hinterzimmers drang Zigarrenrauch und stieg Martin in die Nase. Dann das irre Lachen des Typen, das klang wie das Kreischen einer Möwe. Er seufzte. Es war unmöglich, hier etwas zustande zu bringen.

Irgendwann hatte Kates Freundin sich zurückgezogen. Er wusste nicht warum, aber die Tatsache hatte Kate dazu bewogen, ihre Lebensphilosophie zu überdenken: weniger Partys, mehr Arbeit. Sie hatte sich ein paar logische Erklärungen zurechtgelegt und es durchgezogen, in ihrer typischen Art eben. So richtig verstanden hatte er es nicht, aber eins war klar: Es musste damals etwas Schlimmes passiert sein.

Er hätte ihr gerne noch länger zugehört, aber dann war ihr aufgefallen, dass sie ihr Bier viel zu schnell getrunken hatte. Sie hatte sich schuldbewusst auf die Lippe gebissen und das Thema gewechselt, ihn irgendwas Langweiliges gefragt. Er hatte gemerkt, dass sie mit ihren Gedanken nicht mehr hier war, und ihr Blick war auf einmal tieftraurig, als bereue sie, sich ihm so gezeigt zu haben. Kurz darauf hatte sie sich unter einem Vorwand verabschiedet und war seitdem wieder die Kate, die er kannte.

„Hier!", rief der Bassist und warf ihm urplötzlich eine Dose Coke zu, die Martin gerade noch erwischte. „Wir fangen an!"

Martin hatte keine Lust, nach der Probe, wie üblich, zur Uni zu fahren. Kate und er verbrachten die meisten Wochenenden dort, was mehr an ihr lag als an ihm. Aber alle gemeinsame Zeit war kostbar, selbst wenn er dafür Extraschichten einlegen musste. Doch jetzt, wo sie in London war, würde er sich in den vertrauten Räumen verlassen vorkommen. Die ganze Stadt fühlte sich nicht richtig an, wenn Kate nicht da war.

Die ganze Stadt, bis auf ... Es zog ihn genau in jenen kleinen Club in der Nähe der Uni. Aber als er dort ankam, war der Platz, wo er mit Kate gesessen hatte, besetzt. Der Laden war voll, obwohl die Musik zu wünschen übrigließ. Und da war noch etwas, das Martin beschäftigte.

Er hatte sie am Tag danach, in der Hoffnung, an die gelöste Stimmung vom Vorabend anzuknüpfen, am Kaffeeautomaten gefragt, warum sie damals aus Deutschland weggegangen war. Klar, sie hatte karrieremäßig einiges vor, aber deswegen gleich das Land verlassen? Was war mit ihrer Familie? Und nur weil ihre Freundin sie damals *Katie* genannt hatte, hatte sie doch nicht offiziell ihren Vornamen gewechselt. Damit hatte er scheinbar genau die falschen Fragen gestellt und einen ziemlich wunden Punkt getroffen. Er schwenkte nachdenklich sein Bier. Er hätte wissen müssen, dass sie an der Uni eine andere war. Dass er nicht einfach dem Teil in ihr, der sich am Abend dazu hatte hinreißen lassen, ihm so leidenschaftlich zu erzählen, wiederbegegnen würde, nur weil er sie nach Früher fragte. ‚Sprich mich nie mehr auf meine Vergangenheit anʻ, hatte sie gesagt und ihn mit einem Blick angesehen, der besagte, dass sie an dem Abend zu weit gegangen waren.

Martin hatte einige Zeit an der Bar gestanden, als er plötzlich Tristan aus der Toilette kommen sah. Sein Erscheinen und noch mehr die auffällige Geste, mit der er den Kopf in den Nacken legte und mit zwei Fingern seine Nasenspitze zusammendrückte, überraschten Martin. Eine Gruppe junger Männer jubelte ihm zu. Tristan Bolt, der vor Kurzem als neuer Doktorand ins Department gekommen war, war so ungefähr der Letzte, den er hier erwartet hätte. Das hier war Blues, Punk, Subkultur – nichts für Leute mit Polohemden und Militärhaarschnitt. Und dass er am Sonntagabend mal rasch ein paar Lines zog – so nahe bei der Uni, wo ihn theoretisch Kollegen sehen könnten, die in der Nähe wohnten – schien noch unwahrscheinlicher. Vermutlich wollte er die Typen nur beeindrucken. Das wiederum wäre typisch für ihn. Alles an ihm lechzte nach Anerkennung. Zurzeit verging keine Woche, wo er Serge, dem Leiter des Fachbereichs, nicht einen ausführlichen Bericht schickte. Unaufgefordert. Zu irgendeinem Thema, für das er

Innovationspotenzial sah. Und immer per cc an Kate, damit sie sich darüber aufregen konnte. Und, Mann, sie regte sich auf über den Wichtigtuer! Martin trank sein Bier aus und beschloss zu gehen, bevor Tristan ihn sah. Es reichte ihm, wenn er ihn bei der Arbeit ertragen musste. Dass er jetzt auch noch hierher gefunden hatte, an einen von Martins Lieblingsorten, gefiel ihm gar nicht.

Kapitel 3 – Kate

„Can you handle this?", fragte Salvatore – oder Sal, wie ihn seine amerikanischen Freunde nannten – mit seinem italienischen Englisch. Kate stellte sich gerne vor, ihn ebenfalls so zu nennen, obwohl sie sich nicht näher kannten. Er balancierte den lauwarmen Kaffee, den er randvoll eingeschenkt hatte, vor Kate auf die Glastheke.

I hope so!, dachte sie und biss sich auf die Lippe, als sie ein paar zerknitterte Dollarscheine aus ihrem Portemonnaie zog. Nathalie hatte nicht nur Geld von dem Kerl angenommen, sie hatte ihm auch noch ihre Telefonnummer gegeben. Kate versuchte vorsichtig, einen kleinen Schluck Kaffee abzutrinken während Sal ihren Bagel mit einer doppelten Portion *cream cheese* bestrich. Sie schauderte bei dem Gedanken daran, dass Adrian einen völlig falschen Eindruck von ihr bekommen hatte und sie in ihrem Ärger keine Zeit darauf verwendet hatte, das richtigzustellen. Einen Nebenjob hatte er es genannt. Und kein schlechter, um in New York City über die Runden zu kommen, würde Nathalie – die *neue* Nathalie, die sie offenbar kaum mehr kannte – sagen. Kate wurde flau bei dem Gedanken, dass irgendwo ein Mann herumlief, der dieses vermeintliche Wissen gegen sie verwenden könnte.

„Warte!", mahnte Sal, obwohl sie nicht beabsichtigte, ohne den Bagel zu gehen. Es hatte etwas Tröstliches in den engen *corner store* in ihrem Haus zu kommen und ihm zuzusehen. Wie sorgfältig er seinen Laden führte! Hier war alles auf wundersame Weise in Ordnung und jeder Handgriff wurde von ihm mit vollendeter Perfektion ausgeführt. Lauwarmer, wässriger Kaffee widersprach dieser Perfektion übrigens keinesfalls – denn er war an die hiesigen Gepflogenheiten angepasst und eben ganz genau so, wie die New Yorker ihren Kaffee gerne tranken.

Sal hatte noch eine weitere fabelhafte Eigenschaft: Niemand bereitete Bagels mit so viel Liebe zu wie er. Und erst seine hausgemachten *spreads*!

„Hier, den musst du probieren!" Er reichte Kate einen Löffel mit einer Paste, die wie Avocadocreme aussah. „Basilikum mit Chili – *very refreshing!*", sagte er stolz, während Kate mit der Schärfe kämpfte, die sich verzögert, aber dafür umso heftiger einstellte. Sie nickte anerkennend und wischte sich eine Träne aus dem Augenwinkel. Ja, sie musste zugeben, Sals Bagels waren ihre Schwäche – und zwar normalerweise die einzige, die sie sich erlaubte.

Ein bisschen guter Sex ist doch heutzutage kein Grund mehr, seinen Ruf zu verlieren, hatte Nathalie gesagt, als Kate sie angerufen hatte, nachdem Adrian auf ihrer Konferenz aufgetaucht war. Sie schien nicht zu verstehen, dass die wenigen Frauen in Kates Branche unter ständiger argwöhnischer Beobachtung standen und dass für sie andere Regeln zu gelten schienen als für ihre männlichen Kollegen. Eine angehende Professorin, die es für Geld macht – sie konnte direkt hören, wie sich die halbe Uni den Mund zerreißen, wie ein Tuscheln durch den Hörsaal gehen würde, wenn sie ihre Vorlesung hielt. Nein, von der Sache durfte auf keinen Fall etwas nach New York durchdringen. Nathalie meinte, viel blöder sei doch, dass Kate seine Visitenkarte weggeworfen habe. Aber sie könne sicher über Gabriel seine Nummer herausfinden. Untersteh dich!, hatte Kate ins Telefon gesagt und hätte ihr dabei gerne einen drohenden Blick zugeworfen.

„Enjoy, angel!" Sal drückte Kate das sehnlichst erwartete, durch den üppigen Belag recht schwere, in Fettpapier gewickelte Päckchen in die Hand.

Ihre Stimmung verdüsterte sich beim Gedanken an das, was sie nun erwartete.

,Welcome to Alcatraz!', hatte sie ihr Chef Serge an Kates erstem Arbeitstag begrüßt und ihr die schwergängige Stahltür zum *Department for Computational Linguistics* aufgehalten. Sie konnte sich noch genau an den ungesunden Geruch von Laserdruckern und heißgelaufenen Festplatten erinnern, der ihr entgegenkam. Ihr Institut war in einem vernachlässigten Industriegebäude hinter dem prächtigen Hauptbau der Columbia University untergebracht, von dem Kate glaubte, dass es die Verwaltung nur gekauft hatte, weil es aufgrund der baulichen Mängel besonders preisgünstig gewesen war. ‚Du wirst hier sehr viel Zeit verbringen‘, hatte er gesagt und sich nicht mal Mühe gegeben, seiner Stimme einen Anschein von Bedauern zu verleihen.

Das Gespräch, das sie gleich mit ihm führen musste, würde unangenehm werden. Als sie die Tür zu ihrem Büro aufschloss, ließ die Wirkung des wässrigen Filterkaffees schon nach. Der Jetlag hatte wieder die Oberhand und erzeugte wirre Gedanken. Normalerweise war es ganz und gar nicht ihre Art, etwas aus dem Bauch heraus zu tun. Martin all diese Dinge über sich zu erzählen, der sie prompt am nächsten Tag gefragt hatte, warum sie nach ihrer Doktorarbeit aus Deutschland weggegangen war. In seinem Forscherdrang hätte er bestimmt herausgefunden, dass es mit ihrem Vater zu tun gehabt hatte und dass lange zuvor schon ihre Mutter gegangen war. Sie atmete tief aus. Und – als wäre der Abend mit Martin nicht schon dumm genug gewesen – sich als Nächstes auf einer Konferenzreise beinahe auf Sex mit einem Fremden einzulassen, über den sie nichts wusste und der offensichtlich nicht bereit war, Grenzen zu respektieren. War sie von Sinnen gewesen? Sie hatte sich doch immer an ihre selbstauferlegte Regel gehalten, niemals Berufliches und Privates zu vermischen! Kate strich sich energisch über den Ärmel, als versuche sie, die Erinnerung wie ein lästiges Insekt abzustreifen, aber die Geste brachte nicht die gewünschte Erleichterung.

Ihr Blick fiel auf einen Stapel Papiere auf ihrem Schreibtisch, der ihr unbekannt vorkam. Obenauf lag ein Ausdruck des Artikels, den sie beim Computational Linguistics Journal einreichen wollte. Jemand hatte eine Kaffeetasse darauf abgestellt und einen hässlichen Fleck hinterlassen. War das Serge gewesen? Sie hatte ihm den Entwurf vor London zu lesen gegeben. Aber auch andere hatten einen Schlüssel zu ihrem Büro – der Putzdienst, der Hausmeister und Serges Assistentin Oda. Man wusste nie, wer hier ein und aus ging.

Ein Paper in einem Fachmagazin vom MIT musste die höchsten Standards erfüllen, aber wenn es angenommen wurde, konnte es mit ausschlaggebend dafür sein, dass sie den Tenure bekam. Das alleine war aber noch keine Garantie für eine sichere Stelle als Professorin. Du denkst, mit dem Tenure hast du es geschafft, aber dann geht die Hölle erst richtig los, wie es einer ihrer Vorgänger treffend formuliert hatte. Sie hatte Kollegen gesehen, die unter dem Druck zerbrochen waren, ohne soziale Bindungen, die sie hätten auffangen können, da sie sich für diesen Luxus mit den Jahren immer weniger Zeit genommen hatten. Umso erstaunlicher fand es Kate, dass ausgerechnet ihr Chef eine scheinbar intakte Familie besaß. Jedenfalls ließ er keine Gelegenheit aus, das zu betonen. Eine bezaubernde Frau und eine clevere Tochter, die gerade begonnen hatte selbst an der Columbia zu studieren. Und ganz nebenbei, in nur knapp acht Jahren, hatte er den Fachbereich hier zu einem der bedeutendsten weltweit aufgebaut.

Den Rand des Ausdrucks zierten einige hastig hingeworfene Schlangenlinien, ein Nein mit drei Ausrufezeichen – sonst keine weiteren Notizen. Sie versuchte, den aufsteigenden Ärger zu unterdrücken, und blätterte eilig durch die darunterliegenden Artikel. Es waren mindestens zehn und keiner davon war ihr bekannt. Die Deadline war in zwei Tagen. Erwartete er etwa, dass sie das alles noch einarbeitete?

Einen Moment zweifelte sie tatsächlich: Konnte es sein, dass sie so viel übersehen hatte? Dabei war sie sich doch sicher gewesen – ebenso sicher wie vor ihrem Vortrag in London, der wegen Adrians Erscheinen die Kooperation mit Zürich endgültig verbaut hatte. Mochte sein, dass sie Adrian überzeugt hatte – Bamberger jedenfalls nicht. Kate griff entschlossen nach dem Stapel Papier. Daran hätte sie die letzten Tage arbeiten sollen, statt sich in zwielichtigen Bars herumzutreiben, dachte sie voll Wut auf sich selbst. Sie musste in ihre alte Form zurückfinden, und zwar schnell. Sie versuchte, sich zu beruhigen, als sie sich auf den Weg zu Serges Büro machte: So verletzend seine flapsigen Anmerkungen waren, sie war in keiner Position, um ihm Vorhaltungen zu machen.

Kate ließ sich einen Moment Zeit, bevor sie das Vorzimmer betrat.

„Stop!", sagte Oda, stellte sich zwischen Kate und Serges Tür und streckte ihr eine Handfläche senkrecht entgegen, als wolle sie den Verkehr regeln. Dann nahm sie mit spitzen Fingern einen dampfenden Becher Kaffee von ihrem Schreibtisch und hielt ihn Kate unter die Nase. „Für den Chef!", sagte sie knapp und Kate konnte gerade noch danach greifen, als Oda ihren Zangengriff löste.

„Fuck!", fluchte Kate, die sich an der heißen Flüssigkeit verbrannt hatte, aber sie sah nur noch Odas Midirock und die weißen Tennissocken aus der Tür eilen. Elendes Miststück, dachte Kate und ließ den Kaffee in den Abfalleimer neben der Tür fallen.

„Ah! Wie ist es gelaufen?", fragte Serge, als er Kate reinkommen sah. Das war ganz ihr Chef – keine Begrüßung, direkt zur Sache. Ihr fiel auf, dass er wieder die obersten Knöpfe seines Hemdes offengelassen hatte, womit er eindeutig zu viel Brusthaar preisgab. Jemand müsste ihm das mal sagen. Fiel das seiner Frau nicht auf? Aber vermutlich war er beratungsresistent. Er weigerte sich ja selbst zu offiziellen Anlässen, eine Krawatte zu tragen. Wozu bin ich sonst in die Forschung gegangen, scherzte er oft, oder wie Eric, ein Kollege es etwas salopp beschrieben hatte: Er lässt halt gerne den Südfranzosen raushängen.

„Und?", fragte er und hob die Augenbrauen.

Kate räusperte sich. „Ich habe über die Sache nachgedacht", begann sie. „Wir müssen nicht zwingend mit Zürich zusammenarbeiten. Es wäre vielleicht besser, noch andere Partner in Erwägung zu ziehen."

Serges Miene verfinsterte sich. „Er hat also abgelehnt?" Es war unmöglich, ihm etwas vorzumachen. „Verdammt, wie konnte das passieren?", rief er und schlug mit der flachen Hand auf den Tisch. Kate sah zu Boden. „Du weißt genau, wie speziell das Thema ist, und niemand passt so gut dafür wie die ETH. Was machen wir jetzt?"

„Nächste Woche bin ich doch auf dieser Tagung in Mexiko", antwortete Kate. „Das ist *die* Gelegenheit, jemand anderen zu finden. Bitte lass es mich noch mal versuchen!"

„Und wer soll das sein? Außer Zürich und Stanford kommt niemand infrage, der auch nur ansatzweise in unserer Liga spielt!" Serge legte die Stirn in Falten, als sei er plötzlich besorgt, Stanford erwähnt zu haben. „Du denkst nicht etwa an de Wit?", fragte er. „Ich mag den Kerl nicht – *ce faux jeton!*"

Auch ohne ihr Französisch zu bemühen, ahnte Kate den Grund für Serges Ressentiments: Das vermeintlich höhere Ansehen, das de Wit genoss, missfiel ihm. „Bitte vertrau mir! Ich werde jemanden finden, der zu unserem Projekt passt."

„Hm", machte Serge, es klang wenig überzeugt. „Was noch?", fragte er, als Kate zögerte zu gehen.

Sie gab ihm den Stapel Papier. „Du legst mir das kommentarlos auf den Tisch?"

„Ach, das!" Er hielt inne, vermutlich weil ihm klar wurde, dass das kein guter Stil gewesen war und er so nicht mit seiner besten Mitarbeiterin umgehen sollte. „Die Korrekturen sind nicht von mir", sagte er knapp und gab sie Kate zurück. „Ich habe Tristan gebeten, einen Blick darauf zu werfen."

Kate durchfuhr einen Adrenalinschub, der sie erzittern ließ. Er hatte ausgerechnet dem Neuen, der noch nicht mal mit seiner Doktorarbeit begonnen hatte, die Korrektur ihres Artikels übertragen? Bisher hatte Serge immer selbst ihre gemeinsamen Veröffentlichungen gegengelesen.

„Ich denke nicht, dass Tristan die nötige Erfahrung hat …", begann sie, aber Serge unterbrach sie harsch: „Es fehlt eine ganze Reihe neu erschienener Arbeiten, das hätte nicht passieren dürfen!"

„Die meines Erachtens nicht relevant sind", entgegnete sie.

„Nein, ich stimme Tristan zu, Kate. Wir sollten ihn außerdem als Co-Autor aufnehmen." Serge lehnte sich in seinem schon etwas in die Jahre gekommenen Bürostuhl gefährlich weit nach hinten.

„Das ist nicht dein Ernst", sagte sie und rang um Fassung. „Er hat nichts zur Forschung beigetragen. Hier geht es um *mein* Projekt!"

„*Unser* Projekt", berichtigte Serge, „zu dem jetzt auch Tristan gehört."

Kate verschränkte die Arme. Genug, dass Serges Name überall draufstand – einfach weil er der Chef war, obwohl es sich um ihre alleinige Arbeit handelte. So waren eben die Regeln, aber für den Tenure war es entscheidend, dass ihr Name mit den Ergebnissen in Verbindung gebracht wurde – nicht ihr Name *und* Tristans.

„Wenn ich es mir recht überlege", sagte Serge und schnellte so abrupt nach vorne, dass sein Stuhl ein lautes Schnappgeräusch machte, „fände ich es gut, wenn ihr zusammen nach Mexiko fahrt. Als doppelter Boden, verstehst du?"

Kate wurde blass. Hatte er jetzt völlig den Verstand verloren? Nur weil dieses Bürschchen ein Jahr vor seinem Jahrgang abgeschlossen hatte, besaß er noch lange keine Verhandlungserfahrung, ganz zu schweigen davon, dass ihn kein Mensch kannte. „Unter keinen Umständen!", erwiderte sie. Sie hatte nicht vor sich vor aller Welt lächerlich zu machen.

„Gut, reden wir offen!", sagte Serge, „Ich habe Zweifel, die Referenz für deinen Tenure zu schreiben, wenn du mir keine Erfolge mehr lieferst." Er zupfte an seinen Ärmeln, als sei sein Hemd etwas zu eng unter den Achseln. „Ohne einen Kooperationspartner für unser Projekt …"

„Serge, ich bitte dich!", unterbrach sie ihn. „Lass mich alleine nach Mexiko fahren! Ich verspreche dir, ich werde mit einer Kooperation zurückkommen, verlass dich drauf! Und Tristan ist der Letzte, den ich dazu brauche."

„Du bist dir absolut sicher?" Er sah sie noch immer skeptisch an.

„Absolut!"

Na gut, dann zeig mir endlich wieder, was du drauf hast, sagte sein Blick, mit dem er ihr gleichzeitig zu verstehen gab, dass er das Gespräch für beendet hielt. „Oda, wo bleibt mein Kaffee?", hörte sie ihn beim Rausgehen rufen.

Zurück in ihrem Büro gab Kate ihrer Tür einen Tritt und schlug die Hände vors Gesicht. Zweifel, er hatte Zweifel! Dieser überhebliche Knabe hatte es also geschafft sich derart in den Vordergrund zu spielen, dass Serge ihn als Co-Autor vorschlug. Und, schlimmer noch, dass er ihr ihren Job nicht mehr zutraute.

Besorgt ging sie im Kopf die Liste der Forscher durch, die sie auf der Tagung erwartete – und sicherheitshalber einige weitere. Ihr

Chef hatte recht: Das Team von Alexander de Wit war das einzige, das inhaltlich infrage kam. Sie kannte de Wit nicht persönlich, aber sie stand mit einigen seiner Mitarbeiter in Kontakt. Man schätzte Kates Arbeiten in Stanford – die Rückmeldung war immer positiv und offen gewesen. Das änderte natürlich nichts an der Tatsache, dass sie es schaffen *musste*, ihn als Projektpartner zu gewinnen – und sie hatte keinerlei Druckmittel in der Hand.

Kate besann sich auf das, was sie sofort tun konnte, um Serges Laune zu verbessern: das Paper. Sie würde ihm beweisen wie hart sie bereit war zu arbeiten und das Drecksding umschreiben, und wenn es zwei Tage und zwei Nächte dauerte. Der Jetlag würde sie jedenfalls nicht in die Knie zwingen, schließlich gab es Kaffee. Und für Notfälle hatte sie Koffeintabletten in der Schublade. Kokain sollte ebenfalls helfen, kleine oder auch größere Tiefs zu überbrücken, wie es hinter vorgehaltener Hand unter Kollegen hieß, aber so *desperate* war sie noch nicht. Sie schüttelte energisch den Kopf, nahm ihre Tasse und verließ ihr Büro.

Es war fast Mitternacht, als Kate Schritte auf dem Flur hörte. Sie sah von ihrer Arbeit auf.

„Wie war London?", fragte Martin und lehnte sich lässig in die offene Tür. Kate wurde bewusst, dass sie beim Wort *London* ein wenig zusammengezuckt war.

Wie er dort im Halbdunkel stand, mit seiner engen Jeans und dem sanft gewellten, dunklen Haar, das auf charmante Art vernachlässigt wirkte! Es kam ihr vor, als lege er es darauf an, auf diesen Look, wie Mick Jagger 1968 – um seiner Zuverlässigkeit etwas Wildes, etwas Unkalkulierbares entgegenzusetzen.

„Hey!", sagte sie und riss sich aus ihren Gedanken. „Was machst du noch so spät hier?"

„Das fragst ausgerechnet du? Wer hat denn gesagt, dass ich das Thema *user-adaptive systems* noch nicht tief genug abgehandelt habe?"

Sie schluckte, weil sie auf einmal das Gefühl hatte, zu streng mit ihm gewesen zu sein. Ihr war bewusst, dass sie eine Menge von ihm abverlangte – nicht nur was seine Master-Arbeit betraf, auch im

Projekt. Fast anderthalb Jahre arbeitete er jetzt als *Research Assistant* für sie und manchmal vergaß sie, dass er noch immer ein Student war. Er hatte das Zeug zu einem Spitzenwissenschaftler und als seine Betreuerin war es ihre Aufgabe, dafür zu sorgen, dass er das begriff.

„Und du? Hast du auch kein Privatleben?", fragte er.

„Es ist noch etwas unerwartete Arbeit reingekommen", antwortete sie, bemüht, dem Ganzen einen harmlosen Anstrich zu geben. Sie wollte – sie *durfte* – ihn nicht von einer Unilaufbahn abschrecken.

„Pause?" Er nahm eine Zigarette aus der Schachtel und hielt sie ihr entgegen. „Vermutlich nein, du rauchst ja nicht. Und Pausen sind auch nicht dein Ding."

„Genau", sagte sie mit einem Schmunzeln. „Obwohl …" Sie hatte schon vor Jahren mit dem Rauchen aufgehört, weil sie nicht an die Zeit erinnert werden wollte, in der Unvernunft und Rebellion ihr Leben bestimmt hatten. Jetzt, nach dem Treffen mit Nathalie, fühlte sich die Erinnerung daran auf einmal wieder so lebendig an, als wäre es gestern gewesen. „Ach was, komm!", sagte sie mit einer kapitulierenden Geste. Spät abends konnte man im Treppenhaus rauchen. Heimlich natürlich. Wobei das keinem ihrer Kollegen einfallen würde. Mitarbeiter – und Kate im Speziellen – hielten Regeln normalerweise ein. Aber heute war ihr nicht danach.

„Also, London?", fragte er noch mal, als sie sich auf die Stufen gesetzt hatten. „Wie war es?" Er gab ihr Feuer und sie schnippte einige virtuelle Krümel von ihrer Hose. „Hast du irgendwas von der Stadt gesehen?"

Ja, dachte sie und nahm einen zu tiefen Zug, ein Hotelzimmer.

Er sah sie forschend an und schien zu überlegen, was ihr Schweigen bedeutete. „Weißt du, dass die besten Bands aus London kommen?"

„Musik – deine Leidenschaft, hm?", sagte sie und lächelte, dankbar, dass er sie nicht auf das Treffen mit Nathalie ansprach.

Beim Wort Leidenschaft sah er sie einen Moment verloren an. „Einer aus unserer Band hat Connections, vielleicht ergibt sich die Gelegenheit, eine Zeit lang rüber zu gehen."

„London ist langweilig", sagte sie, „es regnet die ganze Zeit und die Leute sind arrogant und von sich selbst eingenommen."

„Schlechte Erfahrungen gemacht, oder willst du einfach, dass ich bleibe?"

„Du weißt, dass du hier jederzeit promovieren kannst. Alle Türen stehen dir offen!"

Sein Blick erhellte sich. „Alle?", fragte er. „Würdest du mich betreuen?"

„Können wir drüber sprechen", sagte sie zurückhaltend, „aber jetzt mach erst mal *diesen* Abschluss!" Sie drückte ihre Zigarette aus und stand auf. „Was ist?", fragte sie, als sie bemerkte, dass er auf der Treppe sitzen geblieben war.

Er drückte mit den Fingern gegen seinen Handrücken. „Ich weiß, du hast wahnsinnig viel zu tun, aber ich wollte dich trotzdem fragen ..." Er zögerte und schien nach etwas in Kates Blick zu suchen, woran er sich festhalten konnte. „Ob du zu meiner Geburtstagsparty nächsten Freitag kommst. *Rooftop*, Brooklyn", fügte er hinzu, als er Kates ernsten Gesichtsausdruck sah. „Wäre cool, wenn du vorbeischaust ..."

„Unwahrscheinlich", sagte sie und tat so, als würde sie im Kopf ihre Termine durchgehen. Sie hatte nicht das Gefühl, dass das eine gute Idee war.

„Wir werden auch spielen, mit der Band!"

„Okay, ich schaue, ob ich es schaffe. Aber jetzt muss ich weiterarbeiten!", sagte sie schnell. „Und du sieh zu, dass du hier rauskommst! Du hast genug gemacht für heute."

„Ey ey, Sir!", rief er gut gelaunt und sprang auf.

Kapitel 4 – Adrian

Adrian wischte seine Hände an einem Küchentuch ab und begann, in dem Topf zu rühren, der einen aufdringlichen Selleriegeruch verbreitete. Er hatte die Ärmel seines Hemdes hochgekrempelt, aber seine Laune wollte sich trotz des milden Frühlingstags nicht richtig heben. Wie viele wohl heute kommen würden?

Seit ihrer Begegnung war kein Tag, keine Stunde vergangen, in der er nicht an sie dachte. Sie hatte kein Höschen getragen und ihm ziemlich frech in die Augen gesehen. Das war natürlich nicht ausschlaggebend gewesen, aber es hatte einen bleibenden Eindruck hinterlassen. Vor allem seit er herausgefunden hatte, wer sie war. Es mochte Frauen geben, die einen sexuellen Kick daraus zogen, sich als Escorts auszugeben, aber bei ihr hatte er nicht das Gefühl. Wahrscheinlicher schien ihm, dass sie aus irgendwelchen Gründen dringend Geld brauchte, obwohl man von einem *Assistant Professor* Job in New York doch leben können musste. Ihre Anspannung war nicht zu übersehen gewesen. Und dann ihr rätselhafter Widerstand. Schon im Aufzug hatte es zwischen ihnen geknistert, aber etwas in ihr schien sich dagegen zu wehren. Als wolle sie es nicht wahrhaben. Spätestens nach dem Kuss war er sich sicher gewesen: In ihr hatte ein regelrechter Kampf zwischen Beherrschung und Verlangen getobt. Warum verbot sie es sich so vehement? Er würde alles dafür geben, das herauszufinden! Sie war ein Rätsel und Rätsel übten eine unwiderstehliche Anziehungskraft auf ihn aus.

Sein unüberlegtes Aufkreuzen auf der Konferenz war ein Fehler gewesen. Er hatte die Panik in ihren Augen gesehen, als ihr klar wurde, dass er wusste, wer sie war. Neben ihrer nicht zu leugnenden Willensstärke hatte sie etwas an sich, das überraschend zerbrechlich wirkte. Er hätte sie gerne beruhigt, aber sie hatte ihm keine Chance gegeben – und das war alleine seine Schuld. Er ließ sich zu impulsiven Handlungen hinreißen, das hatte er sich schon öfter anhören müssen. Aber es war doch *die* Gelegenheit gewesen, solange sie noch in der Stadt war.

„Nennst du das vielleicht gut eingeschenkt?", fragte der Alte, der vor Adrian stand und auf seine Schüssel deutete.

„Wie?" Adrian schaute verblüfft auf. „Ah", sagte er und goss noch eine großzügige Kelle Suppe nach.

„Wo hast du denn heute deinen Kopf?", fragte der Mann, der eine mottenzerfressene Kniebundhose trug.

„Unser übliches Schwätzchen haben wir auch noch nicht gehalten!"

„Tut mir leid", sagte Adrian und hob entschuldigend die Schultern. „Also, wie ist es dir ergangen seit letzter Woche, Otto?"

Der Alte winkte ab. „Die Ratten werden immer frecher, vor allem hier in Shoreditch. Weil zu viel Müll auf der Straße herumliegt. Das bekommt ihnen nicht. Verdammte Mistviecher!" Dann beugte er sich nach vorn und signalisierte Adrian, dass er näher kommen solle, so als wolle er ihm ein Geheimnis anvertrauen. „Du bist ein Idiot", flüsterte er. „Du solltest nicht hier sein. Hast du nichts Besseres zu tun?"

Adrian lächelte und füllte den nächsten Teller. Vielleicht hatte er recht. Es war an der Zeit, endlich eine Entscheidung zu treffen.

Er war nicht sofort nach Hause gegangen, sondern hatte den Nachmittag bei einem Spaziergang am Regent's Canal verstreichen lassen. Es war das erste Mal seit – es fiel ihm schwer, Henriettas Namen zu denken, weil er sofort Erinnerungen heraufbeschwor. Den Klang ihres Lachens oder wie irritierend laut sie sich bei ihrer ersten Begegnung die Nase geschnäuzt hatte. Wie leicht er darüber hinweggesehen hatte – und auch über ihre Begabung, immer nur *volle* Weingläser umzustoßen. Wie sie manchmal ihr Essen kalt werden ließ und dabei unerreichbar wirkte.

An diesem Nachmittag dachte er das erste Mal daran, sein Leben wieder in die Hand zu nehmen. Bis jetzt hatte er sich treiben lassen, war jeder Erinnerung an sie willenlos gefolgt, hatte die Orte aufgesucht, an denen sie sich gestritten und wieder versöhnt hatten, sogar den Blumenladen. Kein einziges Mal hatte er ihr Blumen von dort mitgebracht, nicht mal die unscheinbaren Veilchen, deren Anblick sie in Verzückung versetzt hatte. Manchmal kam es ihm vor, als hätte er nicht genug auf sie achtgegeben, als hätte er es vermeiden können, ihren Unfall, wenn er selbstloser gewesen, wenn er ihr nur mehr Blumen geschenkt hätte. Seit ihrem Tod führten seine Gedanken ein bizarres Eigenleben und wiederholten sich in einer Endlosschleife von zermürbenden Selbstvorwürfen und ungeschickten Ablenkungsversuchen. Im Bemühen, das Unfassbare zu begreifen, selbst jetzt noch, nach all der Zeit. Seine Unruhe war schlimmer am Abend. Er hatte davon gehört, darüber gelesen, Freunde hatten ihn davor gewarnt, aber er hatte keine Vorstellung davon gehabt, wie schwer es wäre, die Nächte ohne sie zu ertragen.

Seit vier Tagen war alles anders. Die Begegnung mit Kate hatte ihn aufgerüttelt und er sah sich auf einmal durch ihre Augen. Wie musste er auf sie gewirkt haben – ein Typ, der sich gehen ließ, der sich nachmittags mit Frauen in Hotels herumtrieb, durch und durch unseriös. Sie hatte völlig recht: Er an ihrer Stelle hätte sich auch nicht über den Weg getraut. Ausgerechnet so hatten sie sich begegnen müssen!

Adrian hatte sich umgezogen und lehnte am Geländer der Treppe vor seinem Haus, um auf Gabriels Wagen zu warten. Eine junge Frau trat aus der Tür und warf ihm ein flüchtiges Lächeln zu. Er hatte sie schon öfter gesehen. Einmal hatte sie einen grasgrünen *worker's overall* getragen und er hätte schwören können, dass es derselbe war, den der Hausmeister immer anhatte. Der wohnte im Erdgeschoss und züchtete im Hinterhof Kaninchen. Ein anderes Mal war sie mit hochrotem Kopf telefonierend auf der Straße auf und ab gegangen. Sie eilte an ihm vorbei, die Treppe hinab, und ihre schulterlangen rotblonden Locken wippten im Rhythmus ihrer Schritte. Als sie unten war, sah sie sich noch einmal nach ihm um, stieg dann auf ihr Rad und fuhr weg.

Gabriel hatte Karten fürs Theater besorgt – Shakespeare, eine gemeinsame Leidenschaft – und zuvor eine Weinbar an der Themse vorgeschlagen. Er gab sich wirklich Mühe, Adrian auf andere Gedanken zu bringen: Vernissagen bei seinen Galleristen-Freunden, Filmpremieren, Weinverkostungen, Partys mit überraschendem

Ausgang, das ganze Programm. Er wusste wie man sich vergnügte und wo. Heute fühlte sich Adrian nicht in der Stimmung dafür, aber er wollte ihn nicht enttäuschen.

„Wie lange hast du eigentlich noch vor, dich deiner Sinnkrise hinzugeben?", fragte Gabriel, als Adrian zu ihm in den Wagen gestiegen war. Es war als Scherz gemeint, aber er traf damit genau ins Schwarze. „Dieses Engagement im *homeless shelter*, was versprichst du dir davon? Wann wirst du aufhören, für etwas zu büßen, das du nicht verschuldet hast?" Er wies seinem Chauffeur an, nach Southwark zu fahren, und beschloss, die Frage gleich selbst zu beantworten: „Der Zustand dauert jetzt schon viel zu lange. Hast du keine Lust, dir mal wieder eine vernünftige Arbeit zu suchen?" Er hob sein Kinn, zupfte sein Halstuch zurecht und betrachtete sich kritisch in einem antiken Taschenspiegel. „Wenn ich dir helfen soll, etwas zu finden ..."

„Nein", wehrte Adrian den gut gemeinten Vorschlag ab. Er hatte noch das Geld von seinem letzten Projekt, genug, um ein paar Monate zu überbrücken. Er würde sich die Zeit zugestehen, bis es aufgebraucht war.

Seine Gedanken schweiften wieder zu Kate. Sie hätten es nicht derart übertreiben sollen, im Royal Kensington, mit all dem Champagner und der gigantischen Suite. Vermutlich hatte das nur zu dem verqueren Bild beigetragen, das sie von ihm bekommen haben musste. Sie konnte ja nicht wissen, dass sein Lebensstil eher bescheiden war. Zu der schlichten Mansarde in dem edwardianischen Mietshaus in Shoreditch, das als einziges in der Straße gleich zwei Kriege überstanden hatte, hatte er sich sofort hingezogen gefühlt. Der Vermieter hatte sie ihm für die Hälfte überlassen, weil das Dach undicht war und er sich nicht darum kümmern wollte. Dafür konnte man aus dem Fenster steigen, auf einen kleinen Vorsprung vor dem Schornstein, und über die Stadt schauen. Adrian saß gerne dort und trank Kaffee. Wahrscheinlich dachte sie jetzt, dass er irgend so ein Finance-Trottel war, der nichts Besseres zu tun hatte, als damit um sich zu schmeißen. Wenn sie überhaupt noch an ihn dachte. Und dass er seine Hemden selbst bügelte, wusste sie auch nicht. Darin hatte er eine wahre Perfektion entwickelt, auf die er stolz war. Ein Mann musste immer gut gekleidet sein – wie gebrochen er sich auch fühlte – und gerade dann: Ein italienisches Jackett und ein frisch gestärktes Hemd konnte alles zusammenhalten, wenn es darauf ankam. Das war der einzige Luxus, auf den er nicht verzichten würde – neben anständig geröstetem Kaffee, der in Großbritannien schwer genug zu bekommen war.

„Vielleicht suche ich mir einen Job in New York", sagte er, nicht ganz ernst gemeint, nur um zu sehen, wie Gabriel reagierte.

„*Good Lord*! Du denkst immer noch an sie? Es war nicht beabsichtigt, dass du dich von einer Misere in die nächste stürzt! *Remember*: Sie hat deine Visitenkarte zerrissen!"

„Beeindruckender Auftritt, nicht?"

Gabriel schüttelte lachend den Kopf. „Lass es gut sein, mein Freund! Du quälst dich unnötig. Ich habe mir was für eines der nächsten Wochenenden ausgedacht: Ich werde ein paar Freunde in mein Landhaus einladen, und ein paar Freundinnen ..." Er sah Adrian durchdringend an – es war nicht seine Art, jemandem zuzuzwinkern. „Möglicherweise auch diese Französin, mal sehen. Du solltest mitkommen! Wir werden dafür sorgen, dass du dieser Kate keine Träne mehr nachweinst."

„Du überlegst, Nathalie einzuladen?", fragte Adrian überrascht.

Gabriel begutachtete seine Fingernägel. „Ich finde sie ganz charmant."

„Charmant?", fragte Adrian, perplex angesichts der Wortwahl.

„Na gut, ich finde sie atemberaubend, unverschämt und ich würde sie gerne übers Knie legen. Da ist was zwischen uns ... *a thing*, verstehst du?"

Natürlich verstand er, nur zu gut verstand er! „Du gibst also zu, dass dich die *Aktion* der beiden beeindruckt hat? Dass Nathalie dich beeindruckt hat – mehr als gewöhnlich, meine ich?"

Gabriel zuckte mit den Schultern. „Du weißt, ich vermeide es, allzu viel Gefühl in so eine Sache zu legen. Also, was ist, kommst du?"

„Danke für das großzügige Angebot, aber es würde nichts nützen", antwortete Adrian, als der Wagen in der Bankside, in der

Nähe des Shakespeare's Globe Theater, hielt. „Es sei denn, Nathalie schafft es, ihre Freundin mitzubringen."

Gabriel atmete angestrengt aus.

Adrian nahm die Visitenkarte, die er von Kate stibitzt und sorgfältig aufbewahrt hatte, aus seiner Jackentasche und las noch einmal, was darauf stand. „Kate Riess, Assistant Professor PhD – das letzte Wort ist noch nicht gesprochen!", beschloss er und steckte sie trotzig zurück.

„*Oh Dear!*", seufzte Gabriel, als sie ausgestiegen waren. „*The fool doth think he is wise, but the wise man knows himself to be a fool*", zitierte er zum Anlass passend.

„*But the course of true love never did run smooth*", erwiderte Adrian und klopfte ihm mit einem Lächeln auf die Schulter.

Kapitel 5 – Kate

Nathalie schlug einen Videocall am Sonntagnachmittag vor. Nicht mal eine Woche war die Konferenz jetzt her und Kate war überrascht, so schnell wieder von ihr zu hören.

„Du wirst nicht glauben, wer mit mir ein Wochenende in seinem Landhaus verbringen will!", verkündete sie überschwänglich.

Kate brauchte den Namen gar nicht zu hören, es war ihr sofort klar, um wen es ging. Sie erinnerte sich voll Schrecken an seinen Blick, als sie seine fehlende Fingerkuppe entdeckt hatte.

„In den Cotswolds!", ergänzte Nathalie.

Kate wusste nicht, wo das war und warum es Anlass zur Euphorie geben sollte. Für sie klang schon das Wort beunruhigend – die ganze Idee gefiel ihr überhaupt nicht. „Darüber denkst du doch nicht ernsthaft nach? Du weißt nichts über ihn! Was, wenn er ein Psychopath ist?"

Nathalie hielt den Kopf schief und zeigte ein amüsiertes Lächeln. „Machst du dir etwa Sorgen um mich?"

„Natürlich mache ich mir Sorgen", antwortete Kate und betrachtete ihre Freundin, wie sie da zwischen einer vertrockneten Topfpflanze und der *Sünde* von Franz von Stuck saß.

„Das gefällt mir! Du passt auf mich auf – wie eine große Schwester."

Kate spürte ein enges Gefühl im Hals und räusperte sich. Ob jetzt ein guter Zeitpunkt war, sie auf die Ereignisse von früher anzusprechen? „Schau mal", begann sie. „Es gibt etwas, über das ich mit dir reden möchte. Vielleicht sollten wir ..."

„Zusammen hinfahren?", unterbrach Nathalie sie.

„Unsinn, nein!"

„Schade! Sicher hätte er seinen schwedischen Freund überredet mitzukommen."

Kates Puls beschleunigte sich. „Du solltest wenigstens Vorkehrungen treffen, jemandem in London sagen, wo du hinfährst."

„Kate, mach dich nicht lächerlich! *Du* weißt doch davon, das reicht."

„Hast du keine Angst, dass er wütend ist, weil wir ihnen eine Show vorgespielt haben?"

„Ich glaube, er findet das wahnsinnig heiß. Und ich hoffe, er denkt sich eine angemessene Strafe für mich aus!"

Kate starrte auf den Bezug von Nathalies Sofa: schottische Karos. Der Mut verließ sie, die alte Sache anzusprechen.

„Und du?", wollte Nathalie wissen, die noch immer Spaß daran zu haben schien, dass sie Kate einen Schrecken eingejagt hatte. „Was gibt es Neues bei dir?"

„Nichts!", sagte Kate. „Nur Arbeit, Arbeit und noch mehr Arbeit. Irgendwie läuft es gerade nicht – ich bin neben der Spur." Seit London, dachte sie, aber sie scheute sich davor, Nathalie in ihre berufliche Niederlage einzuweihen. Es war ungewohnt für Kate darüber zu reden. Zu lange hatte sie alles mit sich alleine abgemacht. Zudem spürte sie einen inneren Widerstand, ausgerechnet Nathalie von ihren Problemen zu erzählen. „Mein Student hat mich zu seiner Geburtstagsparty eingeladen", wechselte sie daher zu einem harmloseren Thema.

„Der Süße mit den sinnlichen Lippen und dem scharfen ... Verstand?" Nathalie zündete sich eine Zigarette an.

„Wie?" Kate versuchte sich zu erinnern, wann und vor allem in welchem Zustand sie etwas über Martins Lippen gesagt haben sollte. Es musste in der Hotelbar gewesen sein – die Cocktails. Normalerweise erlaubte sie sich, so was noch nicht mal zu denken.

„Dann sieh mal zu, dass du ein ordentliches Geschenk darstellst!", scherzte Nathalie und blies übermütig den Rauch ihrer Zigarette in die Luft. Das Tartan-Muster ihres Sofas begann vor Kates Augen zu flimmern. Früher hätte Nathalie so was nie im Leben gesagt.

„Ich muss jetzt Schluss machen", erklärte Kate, spürte aber, dass sie das Gefühl der Verantwortung für Nathalie nicht würde abschütteln können. „Ruf mich an, falls irgendwas suspekt sein sollte in diesem Landhaus", fügte sie ernst hinzu.

„Natürlich, du bekommst den vollständigen Bericht! Wenn ich zurück bin – dort gibt es bestimmt kein Netz", erwiderte Nathalie mit gespieltem Bedauern und warf ihr zum Abschied einen virtuellen Kuss zu.

Kate war gegen Mitternacht in Mexico City angekommen und direkt ins Hotel gefahren. Den registrierten Taxen, die am Flughafen standen, konnte man trauen. Jedenfalls sagte sie sich das wieder und wieder während der nicht-enden-wollenden Fahrt durch die verlassenen Industrieviertel.

Die Temperatur in der Nacht war angenehm. Da es tagsüber aber heiß werden konnte, testete sie zuerst die Klimaanlage in ihrem Zimmer: Wie befürchtet, erzeugte sie keine Kühle, selbst wenn sie auf höchster Stufe lief. Es tropfte nur etwas Wasser aus ihr. Davon abgesehen gab es einen Ventilator, der ein seltsam klackendes Geräusch machte, das an einen platten Reifen erinnerte. Gut, dass sie keines von beiden nachts brauchen würde. Sie sank erschöpft aufs Bett.

Gegen fünf erwachte Kate aus einem Traum, der sie verstört zurückließ: Sie war im Landhaus dieses englischen Schnösels, das spukhaft wirkte mit seinem düsteren, mittelalterlichen Mobiliar, und beobachtete Nathalie, wie sie sich mit Gabriel und Adrian vergnügte. Ihr dabei zuzusehen, wie sie es genoss, mit beiden Männern gleichzeitig zu schlafen, das Lachen der drei und ihre leidenschaftlichen Berührungen, erregten Kate und ließen sie sich zugleich ausgeschlossen fühlen. Die schmerzliche Sehnsucht, die der Anblick auslöste, beunruhigte sie. Es fühlte sich an, als hätte sie sich eben erst aus Adrians Umarmung gelöst, als hätten ihre Lippen gerade noch seine berührt. Doch dann sprang Nathalie auf und war mit einem Satz bei Kate: „You almost killed me!" Sie schrie die englischen Worte noch einmal, als sie nach Kates Hals griff und zudrückte: „You almost killed me!"

Kate wachte auf und rang nach Luft. Es dauerte, bis ihr klar wurde, wo sie war. Sie fuhr mit der Hand über ihren verschwitzten

Hals und ließ sich kraftlos zurück ins Kissen fallen. Nur ein Traum, sagte sie zu sich wie zu einem verschreckten Kind. Nur ein Traum! Die Metallfedern der Matratze bohrten sich in ihre Hüfte, während sie wartete, bis das wutverzerrte Gesicht von Nathalie verblasst war.

Das Panel, eine Podiumsdiskussion, bei der Alexander de Wit sprechen sollte, fand gleich am Vormittag des ersten Konferenztags statt. Sie waren sich noch nie persönlich begegnet, aber natürlich kannte sie seine Arbeiten und hatte sie oft zitiert und er ihre. Sie hatte kein Foto von ihm im Netz gefunden, was ungewöhnlich war für einen Professor seines Bekanntheitsgrades. Auf seiner Uni-Webseite hatte er sein Profilbild durch das von R2-D2, dem wandelnden Salzstreuer aus Star Wars, ersetzt. Ein Zeichen von Selbstironie und Offenheit, das sie hoffnungsvoll stimmte.

Das Thema des Panels war: *ethische Richtlinien für Anwendungen der künstlichen Intelligenz*. Ein Thema, das im Gefecht des Forschungsalltags meistens unterging. Neugierig scannte sie die Gesichter, als die Sprecher auf der Bühne Platz nahmen, und verglich sie mit der Programmbeschreibung: ein Experte für Diskriminierung ethnischer Minderheiten in der Bilderkennung, der Initiator einer Forschungsgruppe für *Ethics & Artificial Intelligence* in UK, jemand von Google und ein ihr unbekannter Mitarbeiter eines ihr unbekannten Automobilherstellers. Wie immer nur Männer. Bei einem so weit gefassten Thema würde es wahrscheinlich sowieso nur auf ein vages Herumgerede mit Selbstbeweihräucherung hinauslaufen, wie ach-so-bewusst man sich im eigenen Haus natürlich über mögliche Gefahren der Technologie sei. Aber Moment, wer von ihnen war Alexander?

Ein ungutes Gefühl breitete sich in ihr aus, als ihr klar wurde, dass er nur derjenige sein konnte, der ganz außen saß und eine silbern verspiegelte Pilotenbrille trug. Eine Sonnenbrille, in einem Raum ohne Fenster, bei einem wissenschaftlichen Panel. Für wen hielt er sich, für Al Pacino? Seine ganze Erscheinung war – freundlich gesagt – exotisch und die Art, wie er sich in den Sessel geflätzt hatte, erweckte den Eindruck, dass er sich schon jetzt langweilte. Er war Mitte, höchstens Ende vierzig – vielleicht verjüngte ihn die

Brille auch – hatte aber bereits hell ergrautes Haar, das sich scheinbar kaum bändigen ließ, und trug eine weiße Jeans und ein ver-
waschenes schwarzes Hemd. Als er nach seinem Wasserglas griff,
bemerkte Kate die Armbänder aus durchsichtigen Glasperlen an
seinem Handgelenk. Sie erinnerte sich an Serges Warnung: Er
wirkte ganz und gar nicht wie jemand, mit dem man zuverlässig
zusammenarbeiten konnte. Von Selbstironie war jedenfalls nichts zu
bemerken – er gefiel sich offensichtlich in seiner zur Schau gestellten Coolness.

Unerwarteterweise ergriff Alexander aber nicht bei der ersten
Gelegenheit das Wort und die Chance, sich zu profilieren. Er
wirkte, nachdem das Gespräch begonnen hatte, auch nicht mehr
gelangweilt, sondern schien sich die Beiträge der anderen Teil-
nehmer mit aufrichtigem Interesse anzuhören und durch gelegentliches Kopfnicken Zustimmung zu signalisieren. Vielleicht versucht
er, mangelhafte Vorbereitung durch Sympathiepunkte auszugleichen, dachte Kate skeptisch.

Er hielt sich so sehr zurück, dass der Moderator ihn nun direkt
darauf ansprach, wie man in seiner Forschungsgruppe darüber
denke, dass Maschinen den Menschen irgendwann ethische Entscheidungen abnehmen könnten. Und ob sich überhaupt so etwas
wie ein menschliches Bewusstsein nachbauen lasse. Alexander nahm
seine Brille ab, faltete die Bügel nach innen und legte sie behutsam
auf den Tisch. Dann antwortete er präzise und klug begründet, dass
diese schwierigen soziologisch-relevanten Entscheidungen nicht
einfach einzelnen Entwicklern überlassen werden durften, dass sich
stattdessen unabhängige Experten-Gremien aus allen Fachbereichen
darum kümmern müssten. Seiner Meinung nach sei es grob fahrlässig, das Thema nicht schon jetzt so hoch wie möglich zu priori-
sieren. Nötig sei ein profunder öffentlicher Diskurs. Der Vertreter
des unbekannten Automobilherstellers lächelte süffisant – es war
ihm anzusehen, dass er diese Ansicht für prüde hielt – aber Kate
fühlte sich erleichtert: Alexander *war* der Richtige für ihr Projekt!
Kompetent, eloquent, besonnen und vor allem fair. Jemand, der
wusste, worauf es ankam. Nahezu charismatisch, dachte sie und
ertappte sich bei einem leichten Kopfschütteln, während sie ver-

suchte, dieses Bild mit dem zusammenzubringen, was ihr Chef über ihn dachte. Vielleicht hatten Alexanders gewagtes Äußeres und sein provokantes Auftreten ihn genauso in die Irre geführt wie sie vorhin. Aber noch wahrscheinlicher war: Serge mochte es nicht, wenn ihm jemand die Show stahl.

Kate verließ als eine der Ersten den Saal und ging vor das Gebäude, um ihre Gedanken zu ordnen. Sie wagte noch nicht, ihn anzusprechen. Zu viel hing davon ab. Sie brauchte einen guten, einen sehr guten, Einstieg – idealerweise mit Bezug zum Panel. Er musste seinem Ego schmeicheln, ohne anbiedernd zu klingen. Sie überlegte angestrengt, aber ihr hoher Anspruch blockierte sie. Egal, was sie sagen würde, sie durfte ihn jetzt nicht aus den Augen verlieren, dachte sie, warf die Zigarette, die sie nur halb geraucht hatte, in den Kies und drehte sich abrupt um.

„Hoppla", rief Alexander. Kates Hand berührte unabsichtlich sein Handgelenk mit den Perlenarmbändern, so dicht stand er hinter ihr. Seine Sonnenbrille steckte jetzt in seiner Hemdtasche, sodass sie seine Augen sehen konnte. Sie waren irritierend blau und kristallklar. Sie hielt den Atem an, erleichtert, dass sie nicht auch noch seine Kaffeetasse erwischt hatte, und entschuldigte sich. Wie um seine Echtheit zu prüfen, warf sie einen flüchtigen Blick auf sein Namensschild. „Alexander de Wit", stellte er sich vor. „Und du musst Kate Riess sein!"

„Woher …?", fragte sie, verblüfft, dass er sie erkannt hatte, aber er lächelte nur und begann sich eine Zigarette zu drehen.

„Ich bin froh, dass wir uns endlich begegnen! Ich habe dich beim Panel gesehen, aber dann hattest du es plötzlich so eilig …" Noch bevor Kate darauf reagieren konnte, sagte er: „Ich habe alle deine Veröffentlichungen gelesen. Inklusive deiner Doktorarbeit, wobei ich zugeben muss, dass ich den Mittelteil nicht ganz verstanden habe." Den Mittelteil? Kate starrte ihn mit offenem Mund an. „Das Ergebnis ist in seiner Einfachheit wiederum brillant. Einer der wenigen fundiert-linguistischen Ansätze, die noch nicht vollkommen von Statistik verdorben sind." Er sah sie an, wie um die Wirkung seiner Worte zu prüfen. „Ich kann verstehen, dass Serge dich an die Columbia geholt hat. Wäre ich nicht so unfassbar schwer von Begriff, hätte ich es vor ihm getan."

Wow, dachte Kate, er verstand es wirklich, einem den Wind aus den Segeln zu nehmen. Hätte sie gewusst, dass es so einfach werden würde ... „Das Panel hat mir gefallen", sagte sie ein wenig verlegen angesichts des unerwarteten Lobs.

„Ach!" Er winkte ab und machte mit dem Schuh unauffällige Muster in den Kies. „Lass uns über was Spannenderes reden! Was gibt es Neues bei euch? Irgendwelche Projektanträge in der Mache?"

Kate holte tief Luft. Der Kerl legte vielleicht ein Tempo vor! „Ja, ehrlich gesagt hatte ich genau deshalb vor, dich anzusprechen." Seine Augen leuchteten. Exakt in dem Moment klingelte Kates Handy. Sie drückte das Gespräch weg, als sie Serges Namen sah. Sie setzte dazu an, das Projekt zu erklären, als Serge eine SMS schickte: „Wie läuft es? Ruf mich zurück!"

„Dein Chef?", fragte Alexander, der auf das Display geschielt hatte – er klang amüsiert.

„Entschuldigung", sagte sie, während sie eilig tippte, dass sie sich später melden würde. Als sie aufschaute, sah sie eine hochgewachsene, attraktive Frau auf Alexander zueilen.

„Alex! Wie schön dich zu sehen!", rief die Frau, die nun, als sie neben Alexander stand, tatsächlich einen Kopf größer war als er. Sie schlang mit einer übertriebenen Geste ihre Arme um seinen Hals.

„Verzeih mir", sagte er zu Kate, als er sich befreit hatte, und legte seine Hand versöhnlich auf ihren Arm. „Ich habe eine Verabredung. Sehen wir uns beim Konferenzdinner?"

Zähneknirschend stimmte Kate zu – nur zu gerne hätte sie die Sache gleich hinter sich gebracht. Sie beschloss, Serge noch nicht zurückzurufen. Es würde nicht helfen, wenn er sie jetzt mit seinen Ratschlägen verrückt machte. Lieber wollte sie bis nach dem Dinner warten und ihm dann die Erfolgsmeldung überbringen. „Alles bestens", schrieb sie daher nur. „Morgen mehr."

Dann, am Abend, das, worauf viele schon gewartet hatten: „Endlich! *Free booze*", raunte ein Mann, der in Kates Nähe stand, einem anderen zu.

Kate hatte sich mit einem Glas Wasser an einen der Stehtische gestellt – Wasser, um sich im Gespräch mit Alexander bestmöglich konzentrieren zu können. So hatte sie es immer empfunden: Männer konnten sich bei Geschäftsbesprechungen die Kante geben, je mehr, desto besser – da war es fast egal, worüber geredet wurde. Eine Frau, die mit einem Mann Verhandlungen führen wollte, musste immer einen klaren Kopf bewahren und einen Hauch wachsamer und strategischer sein. Und das nicht, weil sie weniger kompetent war, sondern weil ihr mit Vorurteilen und Überheblichkeit begegnet und ihr die verbindende Ebene besoffener Brüderlichkeit verwehrt wurde. Eine Ebene, auf die Kate davon abgesehen gerne verzichten konnte.

Das Büffet war vor einer halben Stunde eröffnet worden, aber immer noch keine Spur von Alexander. Sie hatten keine Uhrzeit verabredet, doch allmählich wurde sie nervös. Sie hätte ihn nicht einfach gehen lassen sollen am Vormittag. Womöglich war er schon zurückgereist. Um sich abzulenken, sah sie sich um und stellte sich die übliche Frage: Wie viele Frauen waren hier im Saal? Und wie viele davon waren nicht nur Begleiterinnen, hübsche Dekoration? Das Ergebnis war wie immer ernüchternd. Wie ermüdend es war, um die Anerkennung von Männern, immer nur Männern, kämpfen zu müssen, die sie nie näher als eine Armlänge an sich herankommen ließen – aus Angst. Aber die leider auch die Macht hatten zu entscheiden, wie es morgen für sie weiterging. Sie sehnte sich danach, die Anspannung mit einem Glas Wein hinunterzuspülen, für sich alleine und nur mit dem Ziel endlich wieder Schlaf zu finden, aber erst wenn sie den Job erledigt hätte. Und erledigen *musste* sie ihn – das war sie sich und allen Frauen schuldig.

Sie beschloss, sich schon mal am Büffet anzustellen, als sie von Weitem einen alten Bekannten sah: Bamberger, der Kollege aus Zürich, der ihr in London so unerwartet eine Absage erteilt hatte. Der Anblick versetzte ihr einen Stich. Er stand abseits und unterhielt sich mit einem Professor aus der Informatik von Kates Uni. Den Professor kannte sie nur flüchtig, aber er hatte den Ruf, einer der bestvernetzten Kollegen zu sein, zudem war er der Vorsitzende des Programmkomitees der Konferenz. Jetzt schauten die beiden zu ihr, während Bamberger dem anderen etwas hinter vorgehaltener Hand zuflüsterte. Sie lachten. Kate bekam einen Schweißausbruch und drehte sich weg. Hatte er etwas von ihrer Auseinandersetzung mit Adrian mitbekommen? Adrian hatte viel zu laut gesprochen. Warum sollten die beiden sonst über sie lachen? Wie lange würde es jetzt noch dauern, bis sie in der ganzen Research Community einen entsprechenden Ruf hatte?

Kaum hatte Kate einen Augenblick nicht aufgepasst, da hatte schon jemand ungefragt ein Stück Lachs auf ihren Teller gelegt. Aber ihr war nicht mehr nach Essen zumute. Sie ließ den Teller stehen und flüchtete zur Getränkebar, wo sie eines der wenigen noch unbenutzten Weingläser ergatterte. Ihr Mund war trocken vor Aufregung und genervt von Alexanders Verspätung beschloss sie, nicht mehr länger an ihrem Vorsatz festzuhalten.

Genau in dem Moment drängte sich ein Nerd mit langen Haaren, einem verfilzten Kinnbart und einem T-Shirt mit der Aufschrift ‚The world *is* a disc!‘, vor sie, nahm die letzte Flasche Weißwein und ging damit weg. *Classic!*, dachte Kate und wollte sich abwenden, als sie bemerkte, dass Alexander neben ihr stand. Er hatte eine Art, aus dem Nichts aufzutauchen …

„Darf ich?“, fragte er und schenkte ihr, ohne die Antwort abzuwarten, von dem Chardonnay ein, den er in der Hand hielt. „Gewusst wie!“, sagte er, als er ihren erstaunten Blick sah, und lächelte geheimnisvoll.

Du bist meine Rettung!, hätte Kate gerne gerufen, aber angesichts der Tatsache, wie sehr das zutraf, in jeder Hinsicht, verzichtete sie darauf. „Ich dachte schon, du kommst nicht mehr“, sagte sie stattdessen.

„Tut mir leid, aber ich konnte mich gerade erst loseisen“, erklärte er und fuhr sich durchs Haar, das aussah, als hätte er den Nachmittag im Bett verbracht. Eine interessante Kombination, zusammen mit der Wortwahl *loseisen*.

Kate blickte unauffällig über ihre Schulter, um sich zu vergewissern, dass sich Bamberger und der Kollege in sicherem Abstand befanden.

„Ah, die ETH Zürich steht auch schon auf der Matte", sagte Alexander lachend, der Kates Blick gefolgt war. „Die Gerüchteküche brodelt!"

„Wie?", fragte sie und nahm einen Schluck Wein, um sich zu beruhigen.

„Die sind auf der Suche nach einer neuen Projektkooperation – es heißt, die Verhandlungen mit euch seien geplatzt? Da frage ich mich, wen sie wohl als Nächstes ansprechen werden." Verdammt!, dachte Kate und presste ihre Lippen zusammen. Sie musste unter allen Umständen vermeiden, dass Bamberger Alexander vor ihr fragte, dass er ihm womöglich noch von ihrer peinlichen Performance in London erzählte – sie musste den Deal jetzt über die Bühne bringen! „Ich wüsste zu gerne, was gerade in diesem brillanten Kopf vorgeht", sagte er, da Kate sich noch nicht zu seiner Bemerkung geäußert hatte, und berührte mit einem leisen Klingen ihr Glas mit seinem.

„Ich finde diese Veranstaltungen zunehmend unangenehm", erklärte sie.

„Verständlich!" Er begrüßte einen Kollegen, der an ihm vorbeiging, mit einem flüchtigen Schulterklopfen. Es war eine minimale Geste, die seinem Gegenüber das oberflächliche Gefühl kollegialer Verbundenheit gab, ihm aber unterschwellig ebenso klar vermittelte, dass er von keinerlei Bedeutung für ihn war. „Wir müssen nicht hierbleiben, wenn du eine andere Idee hast?"

„Es gibt da ein Lokal, das mir ein Kollege empfohlen hat", überlegte sie laut. „Es ist etwas entlegen, soll aber sehr gut sein."

Alexander sah sie auf einmal hellwach an. „Das klingt hervorragend! Lass uns gehen!", rief er und ließ den Wein stehen, um den es nicht schade war. „Ich würde wirklich zu gerne den Mittelteil deiner Dissertation verstehen."

Sie sprangen in ein Taxi vor dem Hotel und Alexander ließ sich von Kate das Lokal auf dem Handy zeigen. Die Ratings waren top, die Speisen hochgelobt, die Einrichtung eher na ja.

„Sieht authentisch aus", sagte er, mehr im Scherz, und scrollte durch die Fotos. „Aber was einige Leute über die Gegend schreiben ..."

„Hast du Angst?", fragte sie, nun deutlich besser gelaunt, weil sie die trostlose Veranstaltung verlassen konnte.

„Das ist schließlich Mexico City", gab er zu bedenken.

„Macht das nicht den Reiz aus?" Sie warf ihm einen herausfordernden Blick zu.

Der Fahrer hielt direkt vor der Tür des Restaurants und versetzte dem schon recht mitgenommenen Taxameter einen Schlag, woraufhin die Anzeige kurz einige Zahlen anzeigte. Er sah sich nervös auf der Straße um, während Kate nach den passenden Scheinen in der fremden Währung suchte. Von seinem Spiegel baumelten ein Rosenkranz und eine neonfarbene Plastikmadonna. Er schien es eilig zu haben, denn kaum waren sie ausgestiegen, drückte er auch schon aufs Gas, dass die Reifen quietschten.

In dem Lokal sah es exakt aus wie auf den Fotos: Neonröhren, gefliester Boden, sparsames Mobiliar und die obligatorische Mutter Gottes im Goldrahmen neben den Schnapsflaschen hinter dem Tresen. Es schienen nicht viele Gringos in diese Gegend zu kommen, denn sie zogen sofort skeptische Blicke auf sich. Ein älterer Mann, von dem Kate aufgrund seiner wachsamen Haltung annahm, dass er der Besitzer sein musste, beobachtete sie. Die Patina seiner Schürze drückte Tatkraft und Furchtlosigkeit aus. Als sie Platz genommen hatten, brachte er ihnen wortlos zwei Wassergläser. Diese schenkte er randvoll mit Tequila und stellte die Flasche auf den Tisch.

„Na dann", sagte Alexander und hob sein Glas. Kate prostete ihm zu, nippte aber nur daran. Eine Karte gab es nicht, doch sie sprachen beide ein wenig Spanisch und ließen sich erklären, was die hiesige Spezialität war.

„Das Projekt also", begann Kate, nachdem der Wirt ihre Bestellung aufgenommen hatte.

Als hätte Alexander nur auf dieses Stichwort gewartet, unterbrach er sie: „Was hat sich die ETH geleistet, dass ihr euch von der

Zusammenarbeit zurückzieht?" Er wusste also noch nicht, dass es umgekehrt war, dachte Kate erleichtert.

Sie bemühte sich, ihre Antwort entspannt klingen zu lassen: „Oh, wir hatten uns noch gar nicht festgelegt. Wir sind noch ganz offen, was mögliche Kooperationen angeht. Nur der Industriepartner steht schon fest."

„Automobil?", fragte Alexander. „Hoffentlich nicht die Brüder vom Panel!" Er stieß einen kurzen Laut aus, es klang abfällig. „Es macht mich aggressiv, wenn ich sehe, wie die mit ihrer halb garen KI voranpreschen!"

Kate lachte. „Nein, wir sind mit einem großen amerikanischen Hersteller etwas solider aufgestellt."

Noch bevor er das Essen servierte, kam der Wirt wieder und schenkte von dem Tequila nach. Und diesmal blieb er so lange am Tisch stehen, bis Kate einen aus seiner Sicht akzeptablen Schluck getrunken hatte. Alexander ließ sich das geplante Forschungsvorhaben genauer erklären, aber Kate merkte an seinem Blick, dass er bereits Feuer gefangen hatte. Seine Ideen trugen ihn schon tief in die technischen Details hinein. Ein gutes Zeichen, dachte sie zufrieden und ließ es zu, dass er nun die Rolle des Wirts übernahm und ihr nachschenkte. Offenbar liebte er es zu reden und es war unterhaltsam ihm zuzuhören. Besser, ihn nicht zu einer Entscheidung zu drängen, dachte sie und blieb geduldig, während er vom Projekt abschweifte und erzählte, wie er als Student mit zwei linken Händen in einem Burrito-Laden in Ohio gejobbt hatte. Sein Humor war herrlich trocken und seine Schilderungen so plastisch, dass Kate sich verschluckte vor Lachen.

„*Good stuff*!", sagte Alexander anerkennend und drehte sein Glas in der Hand. Seine Bemerkung bezog sich mit hoher Wahrscheinlichkeit auf den Tequila, nicht auf den Projektantrag, was Kate daran erinnerte, das Gespräch nun sanft wieder dorthin zu lenken. Da rief er plötzlich: „Ah! Der Mittelteil!" Sie winkte ab. „Nein, nein, nein, ich will alles wissen, Kate! Ich bin ein großer Fan deiner Arbeit."

Es brachte sie in Verlegenheit, dass er nicht locker ließ, und sie senkte mit einem Lächeln den Blick. Als sie den Kopf hob, sah er ihr auf eine dreiste Weise in die Augen. Es fiel ihr schwer, die Art mit der er sie ansah auf ihre Arbeit zu beziehen. Etwas fühlte sich auf einmal gefährlich an, als würde sie ein klein wenig zu nahe an einer Klippe stehen.

„Was denkst du also über das Projekt? Interessiert?", fragte sie.

Er hob seinen Zeigefinger und zog mit der anderen Hand sein Handy aus der Tasche. „Vorhin, als du kurz draußen warst, habe ich gegoogelt: Nicht weit von hier gibt es eine Bar …" Kate sah ihn alarmiert an. „Lass uns dort noch einen Drink nehmen!", schlug er vor, als sei er sich nicht bewusst, dass er sie hinhielt.

„Ich weiß nicht, ich bin etwas müde", erwiderte sie, aber er bestand darauf: „Es gibt da noch einen Punkt, den wir besprechen müssen." Was sollte das jetzt? Hatte er nun plötzlich doch Bedenken? Oder wollte er Bedingungen stellen? Mit einem flauen Gefühl stimmte sie dem Ortswechsel zu.

„*Fucking hell*, war das scharf!", fluchte er, als sie den Laden verließen, um gleich darauf in Gelächter auszubrechen. Es kam Kate übertrieben vor, aber sie ließ sich davon anstecken, um ihre Beunruhigung zu verbergen. Sie bemerkte, dass sie ein wenig schwankte und spürte, wie ihr gutes Gefühl, das sie zuvor in eine beinahe übermütige Stimmung versetzt hatte, zu bröckeln begann.

Alexander wollte sich eine Zigarette drehen und sie blieben einen Augenblick stehen. Zwei Männer auf der gegenüberliegenden Straßenseite unterhielten sich mit lauten Stimmen. Zunächst beachtete Kate die beiden nicht weiter, doch dann fiel ihr auf, dass sie in einen Streit verwickelt waren. Inzwischen schrien sie sich an. Auf einmal zog der Kleinere der beiden ein Messer. „Nichts wie weg hier!", raunte Alexander und sie gingen schneller. Kate hörte ein metallisches Klicken, das sie an das Entsichern einer Pistole erinnerte, und blieb stehen. Ein panisches Gefühl ergriff sie. Sie konnte in der Dunkelheit nicht erkennen, ob tatsächlich einer der beiden eine Waffe hatte, doch Alexander griff geistesgegenwärtig nach ihrem Arm und zog sie weg. Hatten die beiden sie gesehen?

Sie liefen so schnell sie konnten und zum Glück zweigte in der Nähe eine Gasse ab. Hoffentlich ist das kein Fehler, dachte Kate, denn dort sah es nicht viel gemütlicher aus. Sie rannten weiter, aber es war kein Versteck in Sicht, außer einer unscheinbaren Kirche. Sie stand, Mauer-an-Mauer, zwischen zwei Wohnhäuser gequetscht und ihre Tür war zum Glück nicht abgeschlossen. Sie flüchteten hinein und blieben atemlos stehen.

Alexander hielt noch immer Kates Hand, als er durch den Spalt der Tür spähte, um festzustellen, ob die Männer ihnen gefolgt waren. Sie hielt sich außer Atem an ihm fest und spürte seinen rasanten Herzschlag. Beide harrten einen Moment so aus und warteten unfreiwillig auf das Geräusch eines Schusses. Die Kirche war zu dieser späten Stunde kaum beleuchtet – nur eine trübe Wandlampe und die Plastikkerzen unter den Heiligenbildern warfen einen schwachen Schein in den Raum. Kate war sich nicht sicher, ob er sie noch immer an sich gedrückt hielt, um sie zu beruhigen, oder sich selbst. Beinahe hätte sie ihr Gesicht erschöpft in sein Hemd geschmiegt, aber dann erinnerte sie sich wieder daran, wer er war.

„Tut mir leid! Es war leichtsinnig, hierher zu kommen", sagte sie und wollte sich lösen, aber er ließ sie nicht los.

„Erst dachte ich, die Bar wäre mir auch lieber gewesen, aber jetzt … Ich bin streng gläubig erzogen, weißt du." Er hob ihr Kinn und wollte sich ihrem Mund nähern, als sie Schritte hörten. Sie flüchteten hinter einen schweren Vorhang, der eine Ecke des Raums abtrennte, von wo aus sich alle Geräusche gedämpft anhörten. Kates Magen krampfte sich zusammen. Jetzt war klar, was er *besprechen* wollte, dieser Heuchler! Und sie hatte geglaubt, dass sein fachliches Interesse echt sei.

Durch einen Spalt sah Kate einen Priester langsam auf sie zukommen. Etwa zwei Meter vor dem Vorhang blieb er stehen und horchte in die Nacht. Einen Moment spielte sie mit dem Gedanken, zu ihm zu laufen und der beklemmenden Situation zu entkommen, aber sie konnte nicht gehen, ohne Alexanders Zusage. Nachdem der Priester sich vergewissert hatte, dass alles in Ordnung war, löschte er das Licht und verließ das Gebäude. Sie hörte, wie er die knarzende Holztür hinter sich zuzog.

Der Geruch von abgestandenem Weihrauch stieg in Kates Nase.

„Das Setting hier ist ganz schön aufregend, findest du nicht?" Alexander zog sie ungeduldig zu sich und wollte sie – diesmal entschiedener – küssen.

„Warte!", rief sie und stemmte ihre Arme gegen seine Brust. „Du hast noch immer nicht auf meine Frage geantwortet!" Er tat, als hätte er Schwierigkeiten, sich daran zu erinnern. Kate konnte ihre Enttäuschung nicht verbergen: „Was soll das?! Du sagtest, du willst über die Kooperation sprechen. Bist du nun daran interessiert oder nicht?"

„Kommt auf die Kooperation an", sagte er und lehnte sich an die Wand.

„Nicht dein Ernst!", fauchte sie.

„Kate", er lächelte und schüttelte den Kopf. „Sag nicht, du hast nicht begriffen, wie das Spiel läuft." Sie sah ihn erbost an. „Es steht dir frei zu gehen, ich halte dich nicht", sagte er und steckte seine Hände in die Hosentaschen. „Aber wäre es nicht schade, den schönen Abend so zu beenden? Dabei wissen wir doch beide, wie wichtig dieses Projekt ist – und zwar für dich, Kate!" Sie spürte eine solche Wut in sich aufsteigen, dass sie ihn am liebsten geschlagen hätte, aber sie unterdrückte den Impuls. „Du kannst dich ganz auf meine Diskretion verlassen." Er trat einen Schritt auf sie zu. „Und jetzt lass uns den Augenblick genießen!", sagte er, griff in ihr Haar und presste seine Lippen auf ihre.

Kapitel 6 – Kate

Serge war zu einem Arbeitstreffen nach Boston gefahren und Kate war froh, dass sie ihm nach ihrer Rückkehr nicht sofort begegnen musste. Alexanders Angriff hatte sie schutzlos getroffen. War es falsch, was sie getan hatte? Sie hatte so schnell entscheiden müssen – und keine der beiden Möglichkeiten hatte sich gut angefühlt. Jetzt wurde ihr klar: Dieser Freitag war ein verlorener Tag. Ebenso wie ihr dieses Jahr auf einmal verloren vorkam – und all die letzten Jahre.

Es war schon spät am Abend, als sie die E-Mail von Martin in ihrer Inbox fand. Noch nie hatte er ihr eine private Nachricht geschrieben. Sie eilte die Treppe zur Subway hinunter, wo sie den C-Train, den sie üblicherweise nach Washington Heights, im Norden von Manhattan, nahm, im Dunkel verschwinden sah. Sie war zu müde, um sich darüber aufzuregen. Dabei wusste sie, auf den nächsten zu warten, konnte ewig dauern und nachts den langen Weg nach Hause zu Fuß, durch Harlem, anzutreten war keine Option. Sie saß fest. Es kam ihr vor, als wolle ihr nun auch noch das New York Transportation System den traurigen Spiegel ihres Lebens vorhalten.

Sie ging langsam die Plattform auf und ab. Ihr Herz fühlte sich schwer an – es schien sich ebenfalls nur noch mit Mühe zu seinem Job aufraffen zu können. Wegen der Aufregung mit Mexiko hatte sie Martins Party vollkommen vergessen. ‚Kommst du?‘, hatte er geschrieben. Nur zwei Wörter, aber damit war alles klar. Wie viel Bedeutung in einer so kurzen E-Mail liegen konnte. Sie hatte es geahnt, aber die Befürchtung weit von sich geschoben. Weil sie sich auf keinen Fall darauf einlassen durfte: Der Verhaltenskodex der Columbia war streng und unmissverständlich. Schon ein harmloser Flirt mit einem Studenten konnte zu falschen Schlüssen führen und sie ihren Job kosten. Wegen eines idiotischen *crushs*, der vermutlich in ein paar Wochen schon wieder vorbei sein würde. Solche Dummheiten waren das Letzte, was sie im Moment noch brauchte. Er sollte lieber seine Masterarbeit fertigschreiben! Und das würde sie ihm klarmachen – indem sie nicht zu seiner Party ging.

Damit war zumindest das geklärt. Sie würde auf den nächsten Zug warten. Und wenn es Stunden dauern würde. Oder notfalls ein Taxi nehmen. Sie versuchte ein Gefühl von Zufriedenheit für ihre Entscheidung zu entwickeln, aber es wollte sich nicht einstellen. Wahrscheinlich weil es keine Zufriedenheit geben konnte in ihrer Situation – egal was sie tat. Sie lenkte sich damit ab, durch die Schlagzeilen der New York Times auf ihrem Handy zu scrollen, doch sie rauschten an ihr vorbei ohne Sinn zu ergeben. In der Ferne sah sie einen Zug Richtung Süden kommen. Nach Brooklyn. Sie spürte ein Prickeln in den Fingerspitzen. Verdammt, dachte sie und biss sich auf die Lippe. Komm gar nicht erst auf die Idee!, versuchte sie einen strengeren Ton mit sich anzuschlagen. Nur auf ein Bier, überlegte sie. Sie könnte dort eine bessere Gelegenheit finden als an der Uni, um ihm zu sagen, dass er die Sache vergessen musste.

Der B-Train hielt und aus den Lautsprechern plärrte die Durch-sage, dass er an diesem Abend wegen Bauarbeiten *express* fuhr, ohne Stopp an jeder Station. Damit würde sie für den Weg nach Brooklyn nur halb so lange brauchen. Ein Zeichen, dachte sie und stieg rasch ein, bevor sich die Türen hinter ihr schlossen.

Sie verließ den Zug bei Marcy Avenue und hastete die Eisentreppe der oberirdischen Subway hinunter. Die rostigen Konstruktionen, zu denen sich diese Stationen im Lauf des letzten Jahrhunderts ent-wickelt hatten, waren ihr unheimlich. Der Süden von Williamsburg fühlte sich rau an um diese Uhrzeit und sie entschied sich für den Umweg durch eine Straße, in der wenigstens noch eine Handvoll Menschen unterwegs waren. Auf dem letzten Stück, das über Brach-land und an einigen Baracken vorbei führte, war sie allein. Sie zog ihre schwarze Lederjacke zu, wickelte ihr Tuch im *hooded style* um den Kopf, um zu verbergen, dass sie eine Frau war, und ging so schnell sie konnte, ohne außer Atem zu kommen.

Schon von Weitem hörte sie den Beat eines Schlagzeugs und als sie näher kam, sah sie einige Gestalten auf dem Dach. Es war eines dieser halbverfallenen Häuser, die nie renoviert worden waren und die nur noch an Studenten und andere arme Hunde vermietet wurden. Früher gab es hier eine Menge davon. Heute, durch das Anziehen der Immobilienpreise, waren sie nur noch in den industriellen Randbezirken von Williamsburg zu finden.

Die Tür stand eine Handbreit offen und es waren Einbruchspuren am Holz zu erkennen. Kates Herz schlug schnell, als sie sie vorsichtig etwas weiter aufdrückte. Sie suchte im Treppenhaus nach einem Lichtschalter und fand ihn, aber es schien keinen Strom zu geben, sodass sie sich im Mondlicht die Treppe hinauftasten musste. Sie hoffte, auf dem Weg keinem Junkie zu begegnen, und ihr war unwohl beim Gedanken, dass Martin hier wohnte.

Dröhnende Rockmusik und dichter Zigarettenrauch schlugen ihr entgegen, als sie in die Wohnung oben unter dem Dach kam. Hier gab es auch wieder Licht: Eine verstaubte Glühbirne hing von der Decke. Martin hatte erwähnt, dass er sich das Apartment mit zwei Studenten teilte, und Kate betete, dass sie nicht aus ihrem Fachbereich waren.

Die Szenerie erinnerte sie an eine Party in Schottland in einer lädierten Altbauwohnung mit verschlissenen Samtvorhängen und zugigen Schiebefenstern. Es war eine der letzten Partys, auf der sie mit Nathalie gewesen war. Sie kam sich plötzlich gealtert vor und bereute ihre Entscheidung hergekommen zu sein, als sie drei Studenten zusammenstehen sah, die sie neugierig beäugten. Hoffentlich kennen sie mich nicht aus meiner Vorlesung, dachte Kate und wollte rasch den Flur verlassen, als einer der jungen Männer auf sie zukam und ihr schüchtern erklärte, dass es in der Badewanne Getränke gab. Wohl nicht aus der Vorlesung, dachte sie erleichtert, als einer der anderen ihr einen Joint anbot. Sie lehnte dankend ab und holte sich ein Bier aus dem Bad. Erst danach entdeckte sie die Holzleiter, die aufs Dach zu führen schien, von wo die Musik kam. Kates Magen drehte sich um, aber es führte kein Weg daran vorbei: Wenn Martin da oben war, musste sie ebenfalls dort hoch.

Ein überwältigender Anblick belohnte ihre Mutprobe: Die Band vor der erleuchteten, zum Greifen nahen Manhattan-Skyline, die Klänge nun sanfter, melodischer. Und mittendrin Martin, der auf einer roten Akustikgitarre spielte, die er beinahe liebevoll berührte. Sie lehnte sich an eine Wand, vor der ein Feuer in einem Metallfass loderte, und hörte ihm zu, beobachtete ihn mit stiller Bewunderung. Was für ein hübscher, gefühlvoller Junge, dachte sie. Im Schein der Flammen und der bunten Lichterketten kamen ihr seine Gesichtszüge noch markanter vor. Alles was er tat schien er mit ganzer Hingabe zu tun – egal ob es sich um Musik oder Natural Language Processing handelte. Sie konnte nicht anders als ihn mit ihrem Handy zu fotografieren, obwohl es dort oben auf dem Dach eigentlich viel zu dunkel war.

Seine Augen leuchteten, als er sie bemerkte, und er hob die Hand zu einem kurzen Winken. Der Gedanke an das, was sie ihm gleich würde sagen müssen, bedrückte Kate. Dabei war seine E-Mail so unschuldig gewesen, so harmlos im Vergleich zu der Abgebrühtheit, mit der Alexander sie unter Druck gesetzt hatte. Die schamlose Selbstverständlichkeit, mit der sich manche Männer nahmen, was sie wollten, ließ Übelkeit in ihr aufsteigen. Ob sie die Erste gewesen war, die nein zu ihm gesagt hatte? Mit ihrem trotzigen „Zur Hölle mit dem Projekt!", hatte er jedenfalls nicht gerechnet. Auch wenn sie wusste, was es für ihren Tenure bedeutete, tröstete sie die Erinnerung daran.

In der Pause kam Martin zu ihr und stieß mit seiner Bierflasche an ihre. „Du hast es geschafft!", stellte er beeindruckt fest.

„Happy Birthday!", sagte sie und gab ihm die Flasche Wein, die sie auf dem Weg in einer Bodega besorgt hatte. Sie war nicht besonders gut darin, Geschenke auszusuchen, und um Mitternacht waren die Möglichkeiten begrenzt.

„Zigarette?", fragte er und hielt ihr die Schachtel entgegen.

„Ich habe meine Eigenen", erwiderte sie und bot ihm eine an.

„Okay", sagte er und schien die Distanz, die in ihrer Geste lag, bemerkt zu haben. Sie setzten sich auf die Mauer, die sich ungemütlich kalt anfühlte. „Frierst du?", fragte er und bot ihr seine Jacke an. Sie schüttelte den Kopf. „Das ist der Grund, warum wir alles aufs

Dach verlegt haben." Er nickte in Richtung Manhattan. „Aber das ist sicher nicht deine erste … Rooftop-Party", fügte er dann etwas verlegen hinzu.

„Nein." Kate lächelte. „Aber ja, was für eine Aussicht!" Small Talk, Kate, nicht im Ernst, dachte sie, du weißt, was du zu tun hast!

„Ich bin nur auf ein Bier da", sagte sie, weil ihr keine bessere Einleitung für das schwierige Thema eingefallen war.

„Und einen Tanz."

„Was?"

„Ein Bier und ein Tanz."

„Ich tanze nicht."

„Ach komm, Kate, da wird dir warm!"

„Nie! Ich tanze niemals. Es ist keine Entität in diesem Possible Worlds Model."

Er schmunzelte, weil sie extra Montagues Semantiktheorie bemühte, um ihm den Sachverhalt klarzumachen. „Und ich habe Geburtstag und einen Wunsch frei. Ich wünsche mir einen Tanz!"

Sie seufzte und gab sich geschlagen: „Na schön, aber nur einen!" Er lief zum DJ, der während der Pause übernommen hatte, und erklärte ihm irgendwas. Die Musik wurde langsamer. Das läuft nicht wie geplant, dachte Kate. „Wir sollten das nicht tun", wand sie ein, als er zurückkam, „Wenn jemand von der Uni da ist – es könnte so aussehen als ob …"

Er zog sie sanft zu sich. „Hier ist niemand, der dich kennt. Außerdem: Es ist finstere Nacht, das kriegt doch keiner mit." Sie setzte ihre Sonnenbrille auf, was ihn zum Lachen brachte. Er berührte sie kaum merklich an den Schultern und hielt respektvoll Abstand. „Schau", sagte er noch immer lachend und hob die Arme, *„no hands, no hands!"* Er wirkte überdreht.

„Hör zu", erwiderte Kate, „ich bin nur gekommen, um mit dir zu reden."

„Nicht der Ton, den kenne ich – das klingt gar nicht gut!"

„Du weißt, was ich sagen will, oder?"

„Warte, mach das noch mal!" Er hielt inne.

„Was?", fragte sie und legte die Stirn in Falten.

„Du hast eben mit der Zungenspitze deinen Mundwinkel berührt. Das war … unglaublich!"

„Du hast zu viel getrunken", sagte sie und wand ihren Kopf ab.

„Stop!", rief er. „Du willst uns doch nicht den Abend verderben!" Die Worte erinnerten Kate unfreiwillig erneut an Alexander. Martin ließ sie los und schnappte sich das Mikro. Die Musik hörte auf. Oh nein, dachte Kate und sah sich verunsichert um. „*This is for you*", sagte er und warf ihr einen unmissverständlichen Blick zu. Dann nahm er seine Gitarre und spielte, alleine, ohne die anderen. Der Song, der Text – alles war eindeutig. Sie wurde unruhig. Was für eine bescheuerte Idee, herzukommen! Offensichtlich hatte er das völlig falsch verstanden. Das einzige Zeichen, das sie ihm jetzt noch geben konnte, war, dass sie ging – und zwar *à la française*, ohne sich zu verabschieden.

Kate hatte das ganze Wochenende mit sich gerungen, ob sie ihrem Chef von Alexanders Übergriff erzählen sollte. Es war die einzige Chance, um in seinen Augen nicht als komplette Versagerin dazustehen. Doch sie fürchtete, dass er es für eine Ausrede halten oder zumindest insgeheim daran zweifeln würde. Andererseits hätte es dieser Mistkerl verdient, dass man ihn zu Fall brachte. Wer wusste, wie viele Frauen er sonst noch bedrängte! Aber jemand wie er hatte natürlich ein ganzes Netzwerk hinter sich, das ihn schützte. Die Vorstellung ängstigte Kate. Eine solche Sache erforderte ein gut durchdachtes Vorgehen und die sorgfältige Auswahl von Verbündeten – und dafür hatte sie im Moment keine Zeit. Sie musste erst mal die Wogen in ihrem Department glätten und ein sicheres Standing zurückgewinnen, bevor sie sich einem Vorhaben von solcher Tragweite widmen konnte.

Es war gegen elf, als sie aus ihrer Vorlesung kam und bemerkte, dass die Tür zu ihrem Büro offen stand. Damit, dass Serge gleich hier auf sie warten würde, hatte sie nicht gerechnet. Ihr Blick fiel zuerst auf ihn, dann auf den Elefanten. Er hatte seine Hand auf den Kopf eines großen, bunt bemalten Porzellanelefanten gelegt, der zu Kates Überraschung auf ihrem Tisch stand. Serge blickte gedankenverloren aus am Fenster. Der Elefant sah Kate an, als setze er große Hoffnungen in sie.

„Du hast dich sicher gewundert, warum ich nicht zurückgerufen habe ..." begann sie, woraufhin er sie mit einem harschen *„Irrelevant!"*, unterbrach, ohne ihre Erklärung anzuhören. „Es gibt schlechte Nachrichten: unser Automobilpartner ist abgesprungen. Wir müssen den Antrag umschreiben." Kate sah ihn geschockt an. „Keine Ahnung, was mit denen los ist! Thorndale hat mich heute Morgen angerufen und die Sache platzen lassen – angeblich unvorhergesehene Budget-Kürzungen. Ich glaube nicht, dass wir jetzt noch bei unserer ursprünglichen Ausrichtung bleiben können – alles war ja auf *automotive* zugeschnitten."

„Oh Gott!", rief Kate – es war mehr Erleichterung als Enttäuschung. Eine Neuausrichtung hieß, dass Alexanders Fachbereich auch nicht mehr als Partner in Frage käme – vor allem, wenn sie selbst den Antrag umschrieb.

„Tja, tut mir leid, aber deine ganze Mühe in Mexiko war umsonst." Serge sah sie nun ansatzweise mitfühlend an. „Hatte de Wit schon zugesagt? Willst du, dass ich mit ihm rede?"

„Nein, nein, ich mache das schon!", sagte sie schnell und musste sich bemühen, ihre Freude über diesen unerwarteten Glücksfall zu verbergen.

„Ich brauche den Entwurf für einen neuen Antrag so schnell es geht – morgen am besten!", erklärte Serge. „Nimm dir Martin und macht das zusammen fertig."

„Martin? Das ist nicht nötig", wand sie ein, doch da traf sie sein verständnisloser Blick.

„Wir haben keine Zeit, Kate! Martin oder Tristan – du hast die Wahl. Konzentriert euch auf Algorithmen, damit können wir uns an andere Unis wenden, und nehmt das hier als Grundlage! Notfalls ohne Industriepartner, *for fuck's sake!*" Er griff nach einem Stapel Papier, den er auf dem Fensterbrett abgelegt hatte, und knallte ihn auf den Tisch, sodass der Elefant in die Höhe hüpfte. „Ich schicke Martin zu dir rüber", sagte er, ohne ihre Antwort abzuwarten. Dann fiel sein Blick auf das rosa Kuvert, auf dem der Fuß des Elefanten gelandet war: „Was ist das eigentlich?"

„Ich dachte, das ist von dir?"

„Von mir? Sehe ich so aus? Ein Geschenk für außergewöhnliche Leistungen vielleicht?" Kate schluckte. „Na?" Er sah sie ungeduldig an. Sie hob die Schultern. „Dann schauen wir doch mal!", sagte er und griff nach dem Umschlag. „Täusche ich mich oder riecht das nach ... Frisch jedenfalls, es riecht frisch!", bemerkte er, nachdem er daran geschnüffelt hatte, und öffnete neugierig das Kuvert.

„Nein, nicht jetzt!", sagte sie und nahm es ihm hastig aus der Hand. Was auch immer das war – es war nicht gut, dass es hier stand, und sie hatte keine Lust in der Gegenwart ihres Chefs herauszufinden warum.

„*Whatever!* Geschmackvoll ist es jedenfalls. Erinnert mich daran, dass ich meinen Hochzeitstag nicht vergessen darf", sagte er mit einem Stirnrunzeln und verließ Kates Büro.

Kate erkannte den Geruch sofort. Sie brauchte den Briefumschlag gar nicht zu öffnen. Sie tat es trotzdem – nur um ihre schlimmsten Befürchtungen bestätigt zu sehen. Ihr einen Porzellanelefanten an die Uni zu schicken, war der Kerl übergeschnappt? Oder sollte das eine demütige Anspielung auf sein Verhalten auf der Konferenz sein – Elefant, Porzellan?

> Kate, verzeih mir! Bitte melde Dich und gib mir eine Chance, das wieder gut zu machen. Alles.
> Adrian
> PS. Ich wollte nur sicher sein, dass ich Deine volle Aufmerksamkeit habe. Mein eigentliches Geschenk wartet zu Hause auf Dich.

Sie hatte gerade genug Zeit gehabt, die Zeilen zu überfliegen, als es schon an der Tür klopfte. „Moment!," rief sie und ließ die Karte in ihre Handtasche fallen. Der Elefant musste weg – sie hatte nicht das Gefühl, eine plausible Erklärung dafür finden zu können. Martin würde sofort bemerken, dass etwas damit nicht stimmte. *Zu Hause*, sein eigentliches Geschenk wartete *zu Hause* auf sie – war das eine Drohung? Woher hatte er überhaupt ihre Privatadresse? Er würde doch nicht selbst dort auf sie warten ... Ihre Gedanken überschlugen

sich, während sie sich panisch nach einem Versteck umsah. Überhastet presste sie das Tier in das unterste Fach des alten Wand-
schranks, der bereits überquoll mit Dingen, die ebenfalls keinen
besseren Platz gefunden hatten.

„Gut", sagte sie, als sie leicht außer Atem die Tür öffnete und
Martin vor ihr stand. Und, um ihn gar nicht erst zu Wort kommen
zu lassen: „Es gibt richtig viel zu tun! Wir müssen jetzt sehr
konzentriert arbeiten."

„Alles klar Chef, sag mir, was ich tun soll."

„Hol uns Kaffee!", befahl Kate. Und schau mich nicht so an,
dachte sie.

Wer hatte das Ding überhaupt ausgepackt und in ihr Büro
gestellt? Oda womöglich? Dann hatte sie sicher auch die Karte
gelesen – sie war nicht zugeklebt. Kate stellte sich vor, wie der Bote
den enormen Karton auf einer Sackkarre hereingerollt haben
musste und wie er bei den Kollegen für Aufregung gesorgt hatte,
weil es vollkommen unüblich war, dass Mitarbeiter Pakete emp-
fingen. Kate spürte, wie ihr kalter Schweiß den Rücken hinunterlief.
Sie nahm eines von Serges Papieren und fächelte sich damit Luft zu.

„Ist dir nicht gut?", fragte Martin, als er mit einem Becher in
jeder Hand zurückkam und die Tür mit seiner Schulter aufdrückte.
„Du bist so blass."

„Es ist nichts. Nichts von Bedeutung", sagte sie – vor allem zu
sich selbst.

Sie arbeiteten an ihrem Besprechungstisch, auf dem am Morgen
noch der Elefant gestanden hatte. Ab und zu warf sie einen besorgten Blick zum Schrank. Der ganze Fußboden lag voller Unterlagen
und am frühen Abend war noch immer kein Land in Sicht. Kate
merkte, wie, nachdem sich ihr Stresspegel allmählich wieder
normalisiert hatte, ihre Konzentration nachließ und versuchte,
dagegen anzukämpfen. Als sie für einen Augenblick alleine im
Zimmer war, nutze sie die Gelegenheit, um eine Koffeintablette ein-
zuwerfen. Martin hatte sich richtig ins Zeug gelegt und musste
ebenfalls müde sein. Sie hätte ihm gerne angeboten, nach Hause zu
gehen, aber Serge hatte recht: Sie würde das unmöglich ohne Hilfe
schaffen. Und sie war froh, dass er da war – er wusste, worauf es

ankam, und war wie sie entschlossen, ein perfektes Ergebnis abzuliefern.

„Zigarette?", fragte er, als Kate kurz nach zwei den fertigen Antrag auf Serges Schreibtisch gelegt hatte.

„Du solltest nicht so viel rauchen, du hast dein ganzes Leben noch vor dir."

„Hast du Drogen genommen?", fragte er amüsiert. Sie warf ihm einen ernsten Blick zu. „Du arbeitest zu viel, Kate, ehrlich!" Er hielt ihr die Tür zum Treppenhaus auf.

„Warum bist du so plötzlich gegangen?", fragte er, als sie sich auf die Stufen gesetzt hatten.

„Du weißt genau, warum. Streng genommen dürfte ich nicht mal hier mit dir sitzen."

„Du tust es aber", stellte er nüchtern fest. „Warum tust du es?"

„Weil ich dich mag und weil ich dich für überdurchschnittlich begabt halte. Warum verdirbst du alles mit so einer dämlichen E-Mail? Und dann dieser Song ..." Er schlug die Augen nieder. „Damit hast du jede Chance, dass wir in Zukunft zusammenarbeiten und ich deine Doktorarbeit betreuen könnte, verdorben. Bravo!" Sie schlug sich wütend auf den Schenkel.

„Du bist ganz schön sauer ...", sagte er kleinlaut.

„Nicht nur das, du riskierst auch meinen Job! Denkst du, ich fange etwas mit einem Studenten an, in meiner Position? Für wie unprofessionell hältst du mich?"

„Woah!" Er wich zurück, so als erwartete er, dass sie ihn gleich schlagen würde.

Sie nahm einen tiefen Zug und strich sich eine Haarsträhne aus der Stirn. „Sorry!", sagte sie, als ihr bewusst wurde, dass sie überreagiert hatte. „Alles, was ich sagen will, ist: Es gibt klare Grenzen und die werden wir ab sofort auch einhalten."

„Verstanden!", sagte er und stand auf. „Ich gehe dann jetzt besser."

Kate fühlte sich auf ungute Weise aufgekratzt, als sie in ihre Straße einbog, was sie davon abhielt, ihrer Erschöpfung nachzugeben und direkt heimzugehen. Obwohl ein frischer Wind aufgekommen war, setzte sie sich auf die Mauer gegenüber ihres Hauses. Ein alter Mann im Regenmantel schleppte sich müde auf der anderen Straßenseite entlang und hatte einen noch müder aussehenden Hund unter den Arm geklemmt. Sie sah den beiden eine Weile nach. Bedrückt vom Verlauf ihres Gesprächs mit Martin zählte sie die Fenster des *highrise building*, in dem sich ihr winziges Apartment im achten Stock befand. Es brannte kein Licht. Natürlich nicht. Sie war gar nicht scharf darauf, zu erfahren, was oder vielleicht auch wer sie dort oben erwartete. Was ihr jedoch am meisten Sorgen bereitete, war, dass sie kein Gefühl dafür hatte, worauf sie bei Adrian gefasst sein musste. Er war unberechenbar und schien auch vor außergewöhnlichen Mitteln nicht zurückzuschrecken. Kate spürte Regentropfen im Gesicht und blickte zum Himmel. Sie hätte einfühlsamer mit Martin sein sollen, aber sie war nicht besonders geschickt in solchen Dingen. Vermutlich hätte er sie nur wieder missverstanden. Wenigstens war jetzt alles geklärt, versuchte sie sich zu beruhigen. Er würde es einsehen, früher oder später. *You can't fucking sit here all night!*, dachte sie schließlich, als der Regen stärker wurde und gab sich einen Ruck.

Während sich der Aufzug nach oben quälte, verließ sie ihr Selbstvertrauen. Zögerlich ging sie den Flur entlang und blieb dann stehen, so als wäre es doch noch vermeidbar, um die Ecke zu schauen. Wovor hatte sie solche Angst? Die Frage vereinnahmte sie plötzlich voll und ganz, wie sie manchmal eine Forschungsfrage vereinnahmte und sie tagelang gefesselt hielt, bis sie eine Antwort gefunden hatte. Sie versuchte, in sich hineinzuhören, doch sie fand nichts. Nur eine Ahnung von einer nicht richtig greifbaren, sich uferlos anfühlenden Traurigkeit, die sie nicht zuordnen konnte und die ihr schlimmer erschien als alles, was dort vor ihrer Tür auf sie warten würde. Es war die Flucht vor diesem Gefühl, die sie schließlich um die Ecke gehen ließ.

Mit offenem Mund näherte sie sich und kniete sich staunend nieder, bevor sie ihre Hand ausstreckte, um sich von der Echtheit des Gesehenen zu überzeugen: Vor ihrer Tür lag ein gigantischer, in Seidenpapier eingeschlagener Strauß langstieliger roter Rosen – und wieder eine Karte, diesmal zugeklebt. Sie sah sich um, um sicherzugehen, dass sie unbeobachtet war, und öffnete sie noch auf dem Flur.

Vier Tage war es jetzt her, Adrians Geschenk, aber es war ihr noch immer nicht gelungen, wieder einen klaren Kopf zu bekommen. Sie hatte die Rosen in einen Eimer gestellt – gab es überhaupt jemanden außer dem Met, der eine Vase dieser Größe besaß? – und die Karte mehrmals gelesen. Es war eine merkwürdige Faszination, die sie zwang, sich wieder und wieder von dem Geschriebenen zu überzeugen. Es klang zu gut, um wahr zu sein. Es erinnerte sie an das Gefühl, das sie als kleines Mädchen gehabt hatte, wenn sie ihr Vater von der Schule zu einem Ausflug abgeholt hatte, statt zurück zur Arbeit zu gehen. Sie hatte damals übrigens keine Ahnung gehabt, was seine Arbeit gewesen war. Erst später hatte sie begriffen, dass er Leute in Gelddingen beriet, obwohl er es selbst kaum schaffte, das Bisschen, das sie hatten, bis zum Monatsende zusammenzuhalten. Als sie noch klein gewesen war, hatte sie sich nur zu gerne dazu verführen lassen, heimlich, ohne das Wissen ihrer Mutter, einzelne Tage in Saus und Braus mit ihrem Vater zu verbringen – wunderbare, traumhafte Tage, an denen sie das Gefühl hatte, dass es nur sie und ihn gab und sie etwas ganz Besonderes für ihn war. Sie war auch dann noch auf diese Ausflüge mitgekommen, als ihr längst klar war, dass *sie* diejenige wäre, die dafür würde büßen müssen, sobald sie mit ihrer Mutter allein war. Es gab keinen Grund zur Freude, auch wenn es auf den ersten Blick so aussah.

Als sie an diesem Morgen an die Uni kam, roch es auf der ganzen Etage nach Kuchen. Der unpassende Duft unterwanderte auf subtile Weise ihre Bemühungen, endlich wieder zu ihrer Konzentration und ihrer alten Form zurückzufinden.

„Der Chef will dich sehen!" Oda kam, ohne anzuklopfen, in Kates Büro. „Sofort!", verkündete sie mit offensichtlicher Freude über die Gelegenheit, jemanden herumzukommandieren.

Kates Blick fiel auf Odas eng anliegende Hemdbluse, deren winzige Brusttasche so platziert war, dass es aussah, als hätte jemand ein Etikett auf eine übergroße Frucht geklebt. Solche aberwitzigen Details gab es viele an ihrer Erscheinung und sie linderten ein wenig den bitteren Nachgeschmack, den jedes Wort von ihr hinterließ. Kate hatte sich früher oft gefragt, was Oda eigentlich gegen sie hatte. Es gab keinen offensichtlichen Grund, es war nie etwas zwischen ihnen vorgefallen. Mittlerweile war sie davon überzeugt, dass es nicht an ihr lag, sondern an der Welt im Allgemeinen, für die Oda einfach nichts übrighatte. Von ihr würde es kein freundliches Wort geben, nicht für sie und auch für niemanden sonst. Mit Ausnahme von Serge, den sie mit stiller Demut umsorgte und dem dieses Privileg noch nicht mal aufgefallen zu sein schien.

Serge saß, in eine Wolke aus Schokoladenduft gehüllt, vor einem Teller mit frischen Muffins. „Ah Kate!", rief er. „Hattest du schon einen?" Er hielt ihr den Teller entgegen. „Tristan hat Geburtstag – angeblich selbst gebacken – der Bursche ist wirklich immer für eine Überraschung gut!"

„Nein danke!", sagte sie und wich instinktiv zurück. „Ich esse nie Süßes." Sie versuchte, ihren Ärger zu unterdrücken. Das sah ihm ähnlich, den Chef jetzt auch noch mit Kuchen zu bestechen! Dieser Schleimer war einfach unerträglich.

Kurz überlegte sie, Serge tatsächlich um eine Woche Urlaub zu bitten – das erste Mal seit Jahren. Wie er so vor ihr saß und sich mit der Begeisterung eines kleinen Jungen einen Muffin bis fast zur Hälfte in den Mund schob. Lange Zeit war er nicht mehr derart gut gelaunt gewesen.

Ja, Adrians Geschenk hatte sie aus dem Konzept gebracht. Obwohl es im Grunde ein ganz plumper Trick war, aber zugegeben, ein wirkungsvoller. Noch kurz davor hätte sie geschworen, dass ihr das nie passieren könnte. Natürlich waren es nicht alleine die Rosen, die langstieligen, kostbaren – er hatte sie eingeladen, mit ihm nach Südfrankreich zu kommen, in das Wochenendhaus eines Freundes an der Côte d'Azur. Um diese Jahreszeit sei es dort schon warm. Und er bestehe darauf, ihr den Flug zu schenken – sie brauche nur zu sagen, wann. Wie wenn sie hier so einfach wegkönnte! Oder er so wichtig wäre, dass sie alles stehen und liegen lassen würde. Andererseits fühlte sie sich geschmeichelt von seiner Hartnäckigkeit. Zuerst war sie einfach nur froh gewesen, dass er nicht selbst vor ihrer Tür gestanden hatte. Dann aber, als die Entrüstung über seine Frechheit langsam abgeebbt war, hatte sie wieder dieses melancholische Gefühl erfasst, das alles nur noch schwerer machte. Seit sie nach New York gezogen war, hatte sie es nicht mehr gespürt, hatte gedacht, es sei endlich vorüber. Sonderbar, dass es ausgerechnet jetzt kam und sich an die Zuneigung heftete, die er ihr zeigte.

Sie schob die Gedanken beiseite, besann sich auf das, was wirklich zählte, und fragte, wie Serge der Antrag gefalle.

Er deutete an, dass sie sich setzen solle. „Doch, sehr gut", erklärte er, während er noch kaute. Dann beugte er sich zu ihr. „Endlich Kate!" Es klang vertraulich. „Ich habe mich schon gefragt, was in letzter Zeit mit dir los war. Dieser Antrag ist solide Arbeit, wie ich sie von dir gewohnt bin. *Well done!*"

Sie lächelte. „Dann können wir jetzt über den Tenure sprechen?", fragte sie.

„Siehst du ..." Er sammelte mit dem Finger einige Krümel auf seinem Schreibtisch auf. „Das bringt mich zu dem Thema, über das ich mit dir reden wollte: Demnächst steht ja die Evaluierung unseres Fachbereichs an und die deines Projekts. Dafür brauche ich dich in Top-Form! Du weißt, was davon abhängt."

„Aber Serge, das sind noch acht Wochen", wand sie ein. „Du kennst die Frist für das *Tenure Review Committee* – die ist Mitte Mai, in vier Wochen also! Wir müssen jetzt endlich die Kollegen wegen der Referenzen für mich anfragen, sonst können wir die Deadline nicht einhalten."

Sein Gesicht nahm einen gequälten Ausdruck an. „Ich will ehrlich zu dir sein", begann er und wischte sich die Hände an einer Happy Birthday Serviette ab. „Tristan hat mich um die Projektleitung gebeten."

„Wie bitte? Für mein Projekt?", rief Kate.

„Die erste Projektphase geht zu Ende – wenn die Beurteilung der Gutachter negativ ausfällt ..."

„Ich weiß, was passiert, wenn die Beurteilung negativ ausfällt", unterbrach sie ihn. Es würde keine Förderung mehr geben, es müssten Mitarbeiterstellen gestrichen werden. Ihr Projekt war das größte im Fachbereich und auf mindestens vier weitere Jahre angelegt. Und Martins Stelle wurde davon bezahlt. „Tristan ist Doktorand! Es wäre absolut unüblich, wenn nicht fahrlässig, ihm ein Projekt anzuvertrauen, an dem Stellen hängen!"

„Jetzt übertreibst du aber! Ein Kerl mit seinen Fähigkeiten ..."

Kate begann allmählich daran zu zweifeln, ob Serge nüchtern war und sah sich nach Spuren, wie einem leeren Sektglas, um. „Warum gibst du ihm nicht das neue Projekt, wenn der Antrag durchkommt?"

„Niemand weiß, ob es genehmigt wird und wann. Er hat mich um eine Chance gebeten, beweisen zu können, was in ihm steckt. Außerdem hat er angedeutet, dass er ein Angebot vom MIT abgelehnt hat, um hierher zu kommen ..." Serge nahm einen zweiten Muffin und betrachtete ihn nachdenklich. „Versteh mich nicht falsch", sagte er. „Ich will das nicht. Ich möchte, dass *du* das Projekt weiterführst. Aber du musst dir darüber klar sein, was auf dem Spiel steht." Er warf einen Blick auf seinen Bauch, legte den Muffin zurück und schob den Teller beiseite.

„Du machst es vom Erfolg der Fachbereichsprüfung abhängig, ob du mich für den Tenure unterstützt?", fragte Kate mit fast tonloser Stimme.

„Du wirst das schaffen, das ist doch überhaupt kein Problem für dich! Und wegen der Referenzen mach dir keine Sorgen, ich kümmere mich um eine Fristverlängerung. Aber gib mir bitte keinen Anlass, Tristan die Projektleitung übertragen zu müssen – nicht jetzt und auch nicht später." Er lehnte sich zufrieden zurück, weil er wusste, dass er ihre Zustimmung nicht brauchte. Sie sah ihn wütend an und verließ wortlos sein Büro.

Noch immer keine Antwort von Martin, stellte Kate genervt fest, als sie am Samstagvormittag in den Korridor ihres Departments einbog und im Gehen ihre Nachrichten auf dem Handy checkte. Sie hatte ihn nach dem Status seiner Arbeit gefragt und normalerweise beantwortete er jede E-Mail von ihr sofort. Jetzt schmollte er scheinbar. Er war in den letzten Tagen nicht an der Uni aufgetaucht und Kate war aufgefallen, dass sie ihn vermisste. Nicht nur wegen der Arbeit. Sie warf einen Blick ins Studentenzimmer: Es war leer.

Inzwischen hatte sie sich eingestanden, dass sie gerne mit ihm getanzt hatte. Wenn nicht ausgerechnet sie seine Arbeit betreuen müsste, wäre der Abend vielleicht anders verlaufen ... Sie zwang sich, die sinnlosen Gedanken zu beenden. Mit einem unbehaglichen Gefühl sah sie sich auf dem Flur um, obwohl sie nicht genau wusste, womit sie rechnete.

Als sie ihre Tür aufschloss, hörte sie leise Musik aus der Ferne. Sie kam aus dem Büro von Eric, einem Kollegen, der ab und zu wie sie die Samstage nutzte, um hier in Ruhe zu arbeiten. Das Wort, das Eric am besten beschrieb war *harmlos*. Er war ein netter Kerl, aber er schien keine großen Ambitionen zu haben. Er verbrachte seine Zeit einfach gerne *am Gerät*, wie man unter Nerds sagte, und war froh, wenn man ihn mit Unannehmlichkeiten wie Konferenzen und Vorträgen verschonte. Schon das Wort *Fachbereichsprüfung* löste bei ihm Schweißausbrüche aus. Serge aber war angewiesen auf Mitarbeiter, die nicht nur fachlich gut waren, sondern auch präsentieren konnten, und das wusste ihr Chef genau. Ihr Herzschlag beschleunigte sich, als sie an seinen skrupellosen Erpressungsversuch dachte. Nein, einen *Deal* würde Serge es nennen, eine *Win-Win-Situation*. Es verletzte sie, dass er glaubte, es sei nötig, Druck auf sie auszuüben, wie auf ein widerspenstiges Schulkind. Und mit dem Auftauchen von Tristan war alles noch komplizierter geworden. Doch dann kamen ihr Zweifel: War es möglich, dass er Tristan nur benutzte, um sie einzuschüchtern? Dass Tristan ihn gar nicht um die Projektleitung gebeten hatte? Sie schob den Gedanken beiseite – er war noch verstörender als alle anderen Möglichkeiten.

Martin mochte Tristan auch nicht – seine überhebliche Selbstsicherheit, sein nerviger Aktionismus. Er hatte ihr geraten, *den Deppen einfach zu ignorieren*, aber das war unmöglich, wenn er weiter frech wie ein Rudel Kojoten in ihr Gebiet drang und ihre Schafe riss. Zum Glück sah man ihn am Wochenende nicht an der Uni – ein weiterer Grund, warum sie diese Tage so schätzte. Keine Termine, keine Vorlesungen, keine Leute, die ständig etwas von einem wollten, und man konnte sogar solche Schweinereien wie einen Bagel mit *cream cheese*, Tomate und Lachs mit ins Büro nehmen. Kate seufzte und versuchte, dem Gedanken etwas Tröstliches abzugewinnen.

Der Saft des Bagels tropfte auf einen Stapel Klausuren, den sie korrigieren musste. Ihre Finger trieften, während sie versuchte, sich mit dem Handgelenk etwas Frischkäse von der Wange zu wischen. Die typische New Yorker *bagel experience* eben. Sie fühlte sich ertappt, als sie jemanden sagen hörte: „Ich wusste, dass du da bist!"

Martin kam rein, ohne zu fragen, und warf ein gebundenes Exemplar seiner Masterarbeit auf den Tisch.

Kate ließ beinahe den Bagel fallen und wischte sich mit einem Stapel Papierservietten den Mund ab. „Was soll das?"

„Sie ist fertig, du kannst sie haben! Ich werde nichts mehr daran machen."

„Du gibst vier Wochen vor Plan ab, ohne mir die *final version* zu zeigen?", fragte sie schockiert.

„Für mich ist die Sache gelaufen, alles hier." Er drehte sich um und wollte gehen.

„Warte!", rief sie, sprang von ihrem Stuhl auf und griff nach seinem Arm.

Er sah sie mit einem Ausdruck der Überlegenheit an und blickte demonstrativ auf ihre Hand. ‚Na, ist das professionell?', sagte sein Blick.

Sie ließ ihn los. „Glaubst du, ich lasse dich jetzt alles hinschmeißen? Alles, wofür du so lange gearbeitet hast?", rief sie. „Nur weil du dir diesen Schwachsinn in den Kopf gesetzt hast?!"

„Es liegt nicht mehr in deiner Macht", erwiderte er unbeeindruckt, „vergiss es einfach."

Sie sahen sich einen Moment lang an. Kate versuchte, die aufsteigende Panik zu unterdrücken, und gab der halb offenen Tür einen Tritt. Dann zog sie ihn zu sich und küsste ihn.

Sie wartete nicht, bis er sich von dem Schock erholt hatte. „Das möchtest du doch nicht wirklich", sagte sie, jetzt sanfter. Sie hörte, wie jemand an ihrer Zimmertür vorbeiging – Eric wahrscheinlich – und legte, nur für einige Sekunden, ihre Hand auf Martins Mund.

„Du bist mir ein Rätsel", flüsterte er. „Du weißt genau, dass ich mit Serge sprechen könnte. Über das, was du da eben getan hast."

„Ja, aber ich weiß auch, dass du das nie tun würdest." Sie lächelte ihn furchtlos an.

„So? Du denkst, ich würde das nicht tun?" Er grinste. „In dem Fall möchtest du mich natürlich bei bester Laune halten. Also: *Give me more!*" Er näherte sich ihrem Mund, doch sie wich ihm aus.

Na warte!, dachte sie und ein verwegener Impuls überkam sie. Sie warf einen Blick aus der Tür. Als sie sich davon überzeugt hatte, dass die Luft rein war, nahm sie seine Hand und zog ihn in die Damentoilette schräg gegenüber.

„Das ist jetzt zu schön, um wahr zu sein", sagte er, als sie ihn in eine der Kabinen schob, ihm folgte und die Tür hinter sich verriegelte. „Genau so hatte ich mir unser erstes Date immer vorgestellt."

„*Shut up*, unverschämter Kerl!", sagte sie und sah ihn gespielt ernst an. Sie versuchte, ihr Herzklopfen auszublenden und streng zu bleiben. „Das ist alles, was du in unserer Situation kriegen kannst: dreckiger, heimlicher Sex ohne jede Verpflichtung und ohne die geringste Aussicht auf eine Zukunft. Entscheide dich: Entweder du nimmst mein Angebot an und schließt diese gottverdammte Arbeit ordentlich ab oder du verpisst dich jetzt aus dieser Toilette und aus meinem Gesichtskreis, und zwar für immer!"

„Was für eine Frage", sagte er, ohne nachzudenken, „wenn du mich so charmant darum bittest."

Sie ließ es zu, dass er sie küsste. In seinem Kuss steckte so viel Verlangen, dass ihr heiß wurde. Oh ja, sie ging weit über ihre Grenzen, aber es fühlte sich so verdammt gut an, sich endlich nicht mehr dagegen wehren zu müssen. Sie durfte ihn das nur nicht allzu deutlich spüren lassen. Solange er glaubte, sie wolle lediglich seinen Weggang verhindern, drohte keine Gefahr, dass er die Sache missverstehen würde. Er brauchte nicht zu wissen, wie sehr sie schon zuvor mit sich gerungen hatte.

„Was jetzt passiert bleibt unter uns, hast du verstanden!", forderte sie und wartete auf seine Reaktion.

„Alles klar, Chef!", sagte er, nur um sie zu ärgern.

Den ganzen Nachmittag hatte sie sich wie ein unartiges Mädchen gefühlt, nicht wie eine angehende Professorin, die dabei war die

Klausuren ihrer Vorlesung zu korrigieren. Es fühlte sich an, als hätte sie sich etwas genommen, das ihr nicht zustand. Es war dasselbe Gefühl wie nach Adrians Geschenk: Sie rechnete mit Strafe. Nein, sie provozierte die Strafe sogar, indem sie die gefährliche Nachlässigkeit in London jetzt auch noch mit einer schwindelerregenden Dummheit in New York getoppt hatte. Aber genau darin lag der Reiz: Sie wollte sich beweisen, dass sie alles unter Kontrolle hatte.

Sal machte gerade sein Deli dicht, als sie am frühen Abend um die Ecke bog. Eigentlich hatte sie keine Lust zu reden, aber da winkte er ihr schon zu.

„Wie war der Bagel?", rief er vergnügt, während er das Rollgitter vor dem Fenster herunterkrachen ließ. Der Bagel, den sie am Morgen von dort mitgenommen und aus gutem Grund nicht aufgegessen hatte. Der *bagel with lox*, wie er sie erinnerte, wobei er die jiddische Bezeichnung *lox* für Lachs wählte und seine Finger genüsslich zum Mund führte. „Mir passieren immer ganz wunderbare Dinge, wenn ich *bagel with lox* esse!", erklärte er. Kate fragte sich, ob das auch Sex auf dem Klo beinhaltete – wäre das etwas, das Sal als *ganz wunderbar* bezeichnen würde? Er zwinkerte ihr zu, als wüsste er genau, woran sie gerade dachte.

„Du machst schon zu?", versuchte sie, das Thema zu wechseln.

„Ja, heute früher. Es gibt was zu feiern! Warte!", rief er und lief nach drinnen.

Vielleicht hatte sie ihre Prinzipien gebrochen, dachte Kate, als sie beobachtete, wie Sal angestrengt nach etwas suchte. Aber sie hatte keine Wahl gehabt. Sie hätte doch nicht einfach zulassen können, dass Martin ging, nicht jetzt und nicht so. Und schließlich hatte sie ihn nicht gezwungen zu bleiben – nur sanft überredet. Doch egal wie sie sich das, was geschehen war, zurechtlegte, es wollte sich keine Ruhe in ihr einstellen. Eine unheimliche Befürchtung erfasste sie: Vielleicht war es nicht nur – sie suchte nach dem richtigen Begriff – eine Mischung aus Zuneigung und beruflicher Notwehr gewesen. Konnte es sein, dass sie es nicht ertragen würde, wenn er ging?

Sal kam zurück und zeigte ihr ein vergilbtes Foto von einem pausbäckigen Jungen neben einem schmächtigen Mann mit schulterlangem Haar – vor einem Lieferwagen mit offenem Heck, auf dem sich ein Berg Tomaten befand. „Mein Onkel Paolo", sagte er, als er ihren rätselnden Blick sah. Sie versuchte, sich zu erinnern, ob ein solcher Onkel in der Auswanderungsgeschichte seiner Großeltern vorgekommen war, die er ihr – wie jedem, der in den Laden kam – schon mehrmals erzählt hatte. Und jedes Mal anders. „Hat am Wochenende endlich seinen Box-Club eröffnet. In der Bronx. Sein ganzes Leben hat er davon geträumt." Sal strahlte Kate an.

„Hm", sagte sie, noch immer damit beschäftigt, Ordnung in das Chaos sich drehender Gedanken zu bringen, in dem definitiv nicht auch noch Platz war für die Verwandtschaft fremder Leute. Sie brauchte sich keine Sorgen zu machen wegen Martin. Sie konnte ihm vertrauen. Er war anders als Adrian. Beim Gedanken an Adrian spürte sie etwas aufkommen, das sich wie ein schlechtes Gewissen anfühlte. Das ist vollkommen unnötig, versuchte sie sich klarzumachen. Sie würde es nicht annehmen, das Geschenk, die Reise. Sie war ihm nichts schuldig, wenn sie es nicht annahm.

„Heute Abend ist die Feier – *una festa grande!*", holte Sal sie in *seine* Wirklichkeit zurück, indem er eine enorme Geste mit beiden Armen machte. „Die ganze *famiglia* wird da sein." Er hielt den Kopf schief. „Weißt du was? Komm einfach mit! Du siehst aus, als könntest du Abwechslung vertragen."

Kate lachte verlegen. Sie fühlte sich durchschaut aber auch seltsam geehrt von dem unerwarteten Vorschlag. Insgeheim beneidete sie ihn sogar ein wenig: Er schien dem Konzept *Familie* eine Menge abzugewinnen. Bei ihr stellte sich dagegen ein Gefühl von Trostlosigkeit ein, wenn sie gezwungen war an solchen Feiern teilzunehmen. Niemand verstand, warum sie unter etwas litt, das für andere Glück bedeutete.

„Danke, aber ich habe schon was anderes vor", sagte sie, weil sie ihn nicht vor den Kopf stoßen wollte. Sie verabschiedete sich und ging in ihr Apartment, wo sie den Abend allein verbrachte.

Als Kate an einem der nächsten Tage an der offenen Tür von Serges Büro vorbeiging, sah sie, wie er mit einer auffällig hübschen Studentin mit langem blondem Haar sprach. Kate fiel ihr kurzer Jeans-

Rock auf, über dem sie ein kariertes Holzfällerhemd trug. Ihrem Aussehen nach konnte sie höchstens im ersten Jahr sein, obwohl sich von den *First Years* normalerweise kaum jemand ins Büro des Professors traute. Was Kate aber noch mehr erstaunte und sie innehalten ließ, war, wie dicht sie beieinanderstanden. Das war nicht der Abstand, mit dem man sich auf professioneller Ebene begegnete. Auf einmal näherte sich die Studentin ihm, berührte seine Schulter und küsste ihn auf die Wange.

Serge bemerkte Kate und warf ihr einen frostigen Blick zu. Das Mädchen hob ihren Rucksack auf und und ging mit leichten Schritten an ihr vorbei. Dann blieb sie plötzlich stehen, drehte sich zu ihr um und sah sie perplex an.

„Wolltest du was von mir?", fragte Serge.

Kate schüttelte den Kopf, presste die Post, die sie aus dem Sekretariat geholt hatte, an ihre Brust und verschwand so schnell sie konnte. Sie ging zum Kaffeeautomaten, wo sie feststellte, dass ihr das nötige Kleingeld fehlte.

„Kann ich helfen?", fragte eine Stimme hinter ihr und eine schlanke Hand hielt Kate einige Münzen hin. Es war die junge Frau von eben. „Tut mir leid, ich habe mich vorhin gar nicht vorgestellt: Julie", sagte sie mit einem nicht zu überhörenden französischen Akzent. „Ich habe zu spät begriffen: Du musst Kate sein – diese Wahnsinnsmitarbeiterin von meinem Dad!"

Meine Güte, sie war Serges Tochter! Reiß dich zusammen, dachte Kate, beschämt über ihre abwegigen Gedanken. Dann fiel ihr Julies seltsame Wortwahl auf.

„Er hat viel von dir erzählt", erklärte das Mädchen.

„So?", fragte Kate erstaunt.

„Wie du den ganzen Laden hier schmeißt und alles. Bis Mama eifersüchtig geworden ist." Julie hob die Schultern, warf einige Münzen in den Automaten und nahm sich ebenfalls einen Kaffee, schwarz, aber mit extra viel Zucker. „Sie schätzt es nicht, wenn er sich für andere Frauen begeistert." Beinahe hätte Kate lachen müssen. „Jetzt wo dieser neue Doktorand bei euch ist, erzählt er nur noch von dem. Damit ist der Frieden zwischen meinen Eltern wieder hergestellt. Wobei ich die Geschichten über dich viel spannender fand!" Tristan, sie musste Tristan meinen, überlegte Kate und wollte nachfragen, von welchen *Geschichten* sie sprach. Aber da berichtete Julie schon, dass sie gerade begonnen hatte, Literaturwissenschaft zu studieren.

Das Mädchen zögerte einen Moment, als hätte sie noch etwas auf dem Herzen. „Kann ich dich zu deinem Büro begleiten?", fragte sie und Kate willigte erstaunt ein. „Wir sind uns schon mal begegnet", sagte Julie leise, als sie den Korridor entlanggingen. „Bei dieser Party, auf dem Dach ..." Fuck!, dachte Kate und spürte einen scharfen, stechenden Schmerz im Kopf. Sie hatte gewusst, dass es sich rächen würde, hinzugehen. „Du bist mir aufgefallen, weil du, na ja ..." Julie zögerte. „Ist ja auch egal. Auf jeden Fall", sie sah sich unsicher um, wie um zu prüfen, dass sie niemand hören konnte, „ich wohne noch zu Hause. Meine Eltern wissen nicht, dass ich dort war. Ich wollte nicht, dass sie sich Sorgen machen, da habe ich gesagt, ich übernachte bei einer Freundin. Wenn rauskommt, dass ich gelogen habe, wäre das ziemlich uncool. Außerdem hatte ich noch nicht mal eine Einladung."

Kate überlegte nervös, was sie gesehen haben könnte. Es waren eine Menge Leute auf der Party und es war dunkel. Gut möglich, dass sie gar nichts mitbekommen hatte von Martin und ihr. „Warum bist du denn dort hingegangen, ohne Einladung?", fragte Kate.

„Es gibt da jemanden ... Meine Freundin hat rausgefunden, dass diese Party stattfindet und dass er dort sein wird." Julie errötete und sah zu Boden. „Aber er weiß nicht, dass ich da war. Er weiß noch nicht mal, dass ich ... ihn mag." Es klang, als würde das Wort *mag* es nicht ganz treffen, aber es schien das einzige zu sein, für das sie den Mut aufbringen konnte.

„Jemand von der Uni?", fragte Kate. Julie seufzte. „Und du traust dich nicht, ihn anzusprechen?" Sie nickte. „Wie hat sie dir denn gefallen, die Party?", fragte Kate, in der Hoffnung, noch etwas mehr aus ihr herauszubekommen.

„Ich wünschte, ich wäre nicht so schüchtern – ich wünschte, ich wäre mehr wie du!", sagte Julie. Die Aussage überraschte Kate und sie fragte sich, welchen Aspekt von *mehr wie du* sie wohl meinte.

Was hatte sie gesehen oder gehört? Oder bezog sich das eher auf eine dieser *Geschichten*, die ihr Vater über sie erzählt hatte? Julie stand einen Moment schweigend da und sah Kate verunsichert an. „Ich muss los! Es war nett, mit dir zu plaudern", sagte sie rasch und verabschiedete sich mit einem unverbindlichen Lächeln, fast so als wolle sie die Vertraulichkeit des Gesprächs zurücknehmen. „Und du verrätst es sicher nicht meinem Vater?", vergewisserte sie sich noch einmal. Kate schüttelte den Kopf: „Unser Geheimnis! Okay?"

„Hattest du süße Träume nach unserem letzten Call?"

„Nathalie, endlich!", rief Kate. „Du hattest versprochen, dich zu melden, nach diesem Wochenende in den ..."

„Cotswolds", beendete Nathalie den Satz für sie. „Ich bin länger geblieben als geplant. Ich musste warten, bis die Striemen auf meinem Rücken verheilt waren."

Kate stand der Sinn nicht nach Scherzen, als sie sich in die volle Subway drängte, die gerade eingefahren war. Sie setzte sich auf einen eben freigewordenen Platz, einem älteren Herrn gegenüber, der ihr über den Rand seiner Zeitung einen missbilligenden Blick zuwarf.

„*Just kidding*! Es war traumhaft", erzählte Nathalie weiter. „Ein altes Landhaus mit riesigen Ländereien. Die ersten Tage waren wir alleine, später kamen ein paar Freunde von ihm nach. Ein ziemlich ausgelassenes Völkchen, kann ich dir sagen! Einige von denen haben nackt im See gebadet, obwohl es eiskalt war. Gabriel hat mir beigebracht, mit einer Flinte zu schießen, und er hält ein Rudel Jagdhunde! Natürlich kümmert er sich um all das nicht selbst. Er hat einen Gärtner, einen Wildhüter und ..."

„Es kann sein, die Verbindung ist gleich weg", sagte Kate, der Nathalies Schwärmerei auf die Nerven ging. „Die Sache hat sich also als harmlos rausgestellt?"

„Er war ein bisschen streng mit mir, wie ich gehofft hatte, aber ich habe unser *safe word* gar nicht gebraucht."

„*Safe word*? Ihr hattet ein *safe word*?" Kate versuchte, mit ihrem Knie einem verwahrlost aussehenden Dreijährigen mit klebrigen Fingern auszuweichen, der direkt auf sie zu getorkelt kam.

„Weißt du, wie er mich begrüßt hat? ‚Hast du Grenzen?‘, hat er gefragt. ‚Grenzen, die du bereits kennst?‘ – ‚Keine Grenzen!‘, habe ich geantwortet. ‚Nach dem Wochenende wirst du welche haben‘, hat er gesagt und mich unverschämt angegrinst.“

Eine Frau schräg gegenüber von Kate seufzte laut und zog das Kind energisch zu sich. „Hör mal“, fragte Kate, „können wir das Gespräch fortsetzen, wenn ich zu Hause bin?“

„Geht nicht, ich muss gleich los“, erwiderte Nathalie, die sich in einer Art *natural high* zu befinden schien. „Ach, ich wünschte, wir könnten zusammen dort sein! Kannst du nicht bald wieder rüberkommen?“

Kate hatte Mühe, ihr Entsetzen zu verbergen. „Wir drei in seinem Landhaus? Was soll das werden, ein *bondage threesome* mit anschließender Fuchsjagd?“ Kate hatte jetzt die Aufmerksamkeit des ganzen Subway-Waggons.

„Wäre das nichts?“, fragte Nathalie. „Eine dezente Entgleisung?“

Kate reagierte nicht auf die Bemerkung. Sie war noch damit beschäftigt darüber nachzudenken, ob sich solche Neigungen schon früher bei ihrer Freundin angedeutet hatten oder ob der Hang zur Unterwerfung ebenfalls neu war. „Hast du wenigstens rausgefunden, was er beruflich macht? Ich meine, er ist nicht bei der Mafia oder so?“

Nathalie schien die Vorstellung zu amüsieren. „Er ist Filmproduzent“, erklärte sie und schwieg dann, als gäbe es nichts weiter dazu zu sagen.

„Er ist Filmproduzent!“, wiederholte Kate und warf der Frau mit dem Kind, die sie neugierig beäugte, einen bedeutungsvollen Blick zu.

„Du bist ja nur neidisch, weil du mit deinem langweiligen Uni-Dasein da nicht mithalten kannst, hab ich recht?“

„Ich habe schon eine andere Einladung – nach Südfrankreich“, entgegnete Kate trotzig und bereute ihre Worte sofort.

„Was? Von wem?“

Kate schwieg.

„Nein, nicht im Ernst!“, rief Nathalie begeistert. „Von Adrian? Wusstest du, dass sich die beiden vom Film kennen? Adrian hat in einem Streifen von Gabriel mitgespielt, *Dark Moon Over Dartmoor* oder so ähnlich. Adrian Sedberg." Ein Schauspieler also, dachte Kate, in einem Horror Movie, wie passend! „Und? Wirst du hinfahren?", wollte Nathalie wissen.

„Unmöglich! Wie stellst du dir das vor?", sagte Kate irritiert ins Telefon und es entstand ein unangenehmer Moment der Stille. „Ich muss arbeiten!", sagte sie dann etwas leiser. Das Kind hatte inzwischen seine schmierigen Finger in den hellen Trenchcoat des Herrn mit der Zeitung gekrallt und seine Mutter blickte Kate mitfühlend an. Sie schien sich mehr für Kates Liebesleben zu interessieren als für ihren Nachwuchs.

„Kannst du dir nicht was zu arbeiten mitnehmen? Wenigstens für ein langes Wochenende!" Kate antwortete nicht. „Wogegen wehrst du dich?", fragte Nathalie.

„Der Kerl ist total verrückt. Er kennt mich doch gar nicht und will mir eine Reise schenken? Hältst du das nicht für übertrieben?"

„Übertrieben? Vielleicht der heisseste Typ, der dir je begegnet ist, und außerdem hast du zugegeben, die erotische Spannung zwischen euch war …" Nathalie machte eine bedeutungsvolle Pause, vermutlich in der Hoffnung, dass Kate schon selbst die passenden Superlative finden würde. „In dem Fall hätte ich gegen ein bisschen Übertreibung nichts einzuwenden." Nathalie kicherte. „Ich denke, du solltest es machen. Finde raus, was es damit auf sich hat!"

Kate sah sich unsicher um. Es schien ihr, als laste nun in den Augen aller Fahrgäste die moralische Verpflichtung auf ihr, sich bei Adrian zu melden. „Ich kann nicht", sagte sie so leise es ging. „Du weißt nicht, was inzwischen passiert ist!"

Nathalie horchte auf: „Die Party?"

Kate legte die Stirn in Falten, während sie mit sich rang, ob sie es ihr erzählen sollte. Aber wenn jemand Verständnis dafür aufbringen würde, dann wahrscheinlich die Nathalie von heute, die ihr noch immer fremd vorkam. „Er findet es sexy, wenn ich die Zungenspitze in meinen Mundwinkel lege."

„Das hat er zu dir gesagt? Dein Student?"

„Und er hat einen Song für mich geschrieben."

Beides ließ für Nathalie nur einen Schluss zu: „Hast du mit ihm ...?"

„Es ist kompliziert", wand sich Kate.

„Also, du hast. Und was jetzt?"

„Ich weiß nicht. Ich habe ihm gesagt, dass es nicht mehr als Sex sein kann." Kate stand auf und wand ihr Gesicht ab, woraufhin sie der Mann mit der Zeitung von oben bis unten musterte. Der Händeabdruck auf seinem Mantel war ihm scheinbar noch nicht aufgefallen.

„Fein! Dann ist ja alles geklärt", folgerte Nathalie zu Kates Überraschung. „Das ist also kein Grund nicht nach Frankreich zu fahren. Und auf dem Rückweg kommst du bei mir vorbei!" Die Subway quietschte schrill in der Kurve vor der nächsten Station.

„Ich finde, Sie sollten *unbedingt* hinfahren!", sagte die Frau mit dem Kind im Vorübergehen zu Kate und verließ den Waggon.

Unbedingt. Sie sollten *unbedingt* hinfahren! Die Worte der Frau ließen Kate nicht los – und vor allem ihr Blick. Er hatte etwas Sehnsuchtsvolles gehabt und in der Art, wie sie den Satz betont hatte, schwang die Gewissheit mit, dass es irgendwann zu spät sein würde.

Mit einem Stöhnen ließ Kate ihre Tasche fallen, als sie nach Hause kam, und kickte ihre Schuhe in die Ecke. Sie musste eine Entscheidung treffen – es würde sich nicht besser anfühlen, wenn sie weiter abwartete. Aber wie, wenn sie nichts über ihn wusste – außer dass er Schauspieler war und sich scheinbar nicht zu schade für B-Movies. Sie ermahnte sich fair zu sein – sie kannte keinen seiner Filme. Noch nicht. Es war an der Zeit, sich die mal genauer anzusehen.

Sie setzte Wasser für Tee auf, öffnete ihr Notebook und suchte nach *Dark Moon Over Dartmoor*. Und tatsächlich, es gab den Film: vor vier Jahren von einem Gabriel Scarborough produziert und Adrians Name tauchte im Cast auf. In einer Nebenrolle. Kein Horror, sondern ein Historienfilmchen mit kompliziert klingenden Beziehungskonstellationen im viktorianischen England. Wie erwartete mit einem bemitleidenswerten Rating von 5,2 von zehn Sternen in der Internet Movie Database. Davon wird er seinen ausschweifenden Lebensstil kaum finanzieren können, dachte Kate, es musste also noch weitere Filme geben. Oder womöglich war er jemand, der sich für Werbung hergab. Sie grinste, als sie seinen Namen eintippte und sich ihn dabei vorstellte, wie er Joghurt anpries oder – was ihm sicher lieber wäre – schnelle Autos und teure Armbanduhren. Aber es erschienen keine Werbefilme, sondern etwas ganz anderes.

Kate ließ beinahe ihre Teetasse fallen, nachdem sie auf einen mysteriös klingenden Link geklickt hatte und sich die dazugehörige Seite öffnete. Sie sprang auf und lief zur Tür, nur um dann abrupt umzudrehen, sich wieder an den Rechner zu setzen und auf den Bildschirm zu starren. Es war ein Video in einem Pornoportal! Das Bild zeigte Adrian vollbekleidet mit zwei Frauen in Dessous, die auf seinem Schoß saßen, eine auf jedem Knie. Um Gottes willen! War es möglich, dass er *damit* sein Geld verdiente? Kate schlug die Hände vors Gesicht, noch immer fassungslos. Einen Augenblick überlegte sie, Nathalie anzurufen, verwarf den Gedanken aber sofort.

Wie gut es sich angefühlt hatte, ihn zu küssen! Wie stimmig jede seiner Berührungen gewesen war, wie treffsicher – wie eine Kunst, die er perfekt beherrschte. Er hatte offensichtlich Übung darin, im *Umgang* mit Frauen. Das alles machte plötzlich Sinn. Was aber überhaupt keinen Sinn machte, war, dass er dafür bezahlte. Ob es noch mehr solche Videos von ihm gab? Kate hatte nicht den Mut weiterzusuchen. Sie fand Pornografie nicht per se abstoßend, aber sie hatte Sorge, darin etwas von ihm zu sehen, das sie nicht sehen wollte. Etwas, für das sie ihn zutiefst verachten würde. Sicher musste es Frauen geben, die diese Art von Aufmerksamkeit genossen und das Ganze nicht nur wegen des Geldes machten. Trotzdem tat sie sich schwer mit dem Bild, das dabei vermittelt wurde, mit den immer gleichen demütigenden Gesten und Ritualen, mit denen die Männer die Frauen behandelten. War es wirklich das Nonplusultra für einen Mann, sein Sperma auf dem Gesicht einer Frau zu verteilen? War es das, wovon die meisten Männer träumten?

Schlimm genug, dass er sich überhaupt dafür hergab! Hatte er sich auch nur *einmal* Gedanken gemacht, was er damit anrichtete?

Wahrscheinlich genauso wenig wie darüber, einfach in ihrem Vortrag aufzutauchen und ihren Ruf in Gefahr zu bringen. Sein Verhalten warf jedenfalls reichlich Fragen auf, aber sie war sich nicht sicher, ob sie die Antworten wissen wollte. Enttäuscht klappte sie das Notebook zu. Ein stumpfes Gefühl der Hoffnungslosigkeit erfasste sie, als ihr klar wurde, wie fremd er ihr war. Er und sie hatten nichts gemeinsam – und nun noch weniger. Die Art, mit der er sich über jegliche Grenzen hinwegsetzte, war fahrlässig.

Sie ging früh zu Bett, aber es fiel ihr schwer, zur Ruhe zu kommen. Sie starrte an die Decke und versuchte sich auf etwas anderes zu konzentrieren, doch ihre Gedanken schweiften immer wieder zu der abscheulichen Entdeckung. Irgendwann griff sie nach ihrem Handy, um sich abzulenken. Sie hatte eine neue E-Mail – von Alexander de Wit:

> Kate, ich bin beeindruckt von Deiner Stärke und Konsequenz
> und bereit, das Projekt zusammen zu machen, wenn Du es bist.
> Ohne Gegenleistung.
> Alexander
> PS. Serge hat Dich wirklich nicht verdient, Du solltest für mich
> arbeiten!

Beim Wort *Konsequenz* musste sie an Martin denken. Konsequenz – sie wünschte, es wäre so! Worauf hatte sie sich da nur eingelassen? Und warum konnte sie Adrian trotzdem nicht vergessen? Und das hier – sie ließ ihr Handy aufs Bett fallen – dieser windige Kerl hatte tatsächlich die Stirn sich noch mal bei ihr zu melden!

Kapitel 7 – Kate

Es waren kaum vier Tage vergangen, bis Martin an einem Spätnachmittag wieder vor Kates Büro stand. Er sah sich auf dem Flur um, kam dann rein und schloss rasch die Tür. Kates Herz tat einen Sprung, aber sie nahm sich vor, sachlich zu bleiben und die Angelegenheit im definierten Rahmen zu halten.

„Ich bin süchtig nach dir – wann gibt es die nächste Dosis?", flüsterte er, während er ungeduldig hinter ihrem Stuhl auf- und abging.

„Wenn du das nächste Kapitel abgegeben hast", sagte sie, ohne von ihrer Arbeit aufzusehen. „Und natürlich nur, wenn es gut genug ist."

„Du bringst mich um!", stöhnte er und schien zu überlegen. „Okay, Samstagabend?"

„Glaubst du denn, du schaffst das? Ich habe keine Lust umsonst reinzukommen."

„Du hast noch nicht erlebt, wie ich arbeite, wenn ich etwas wirklich *will*!", sagte er und warf ihr einen anzüglichen Blick zu, der nicht zu ihm passte und mit dem er offenbar versuchte, die ungewohnte Situation zu überspielen.

„Setz dich einen Moment", sagte sie und tätschelte mit der flachen Hand den Stuhl neben ihrem Schreibtisch. Er griff nach der Lehne und nutzte die Gelegenheit, um ein wenig näher zu ihr zu rücken. „Serge hat mich angesprochen, was das für Pläne von dir sind, nach London zu gehen. Du hattest ihn bereits um ein Referenzschreiben gebeten?" Er blickte zu Boden und schwieg. „Kann ich ihm sagen, dass sich das erledigt hat?"

„Du weißt genau, warum ich gehen wollte! Ich dachte, es wäre besser so. Für uns beide."

„Fachlich gesehen, wäre das der größte Fehler, den du machen kannst."

„Fachlich gesehen …“, wiederholte er langsam, als hätte er Schwierigkeiten, ihre Worte zu verstehen.

„Wir würden dich sehr vermissen“, sagte sie und versuchte, ihm in die Augen zu sehen.

„Wir?“

„Der ganze Fachbereich …“ Er sah unzufrieden aus. „Na gut, *ich* würde dich vermissen“, gab sie zu.

„Fachlich gesehen?“, fragte er, aber sie antwortete nicht.

„Du ziehst das nicht mehr ernsthaft in Erwägung, oder? Auf jeden Fall solltest du vorsichtig sein, wenn du so ein heikles Thema an Serge heranträgst.“

„Darf ich dich küssen?“, fragte er – Serge schien ihm herzlich egal zu sein.

„Nein“, sagte sie. „Bis Samstag. Und überrasch mich mit Brillanz!“

„Sklaventreiberin!“, hauchte er und sah sie böse an.

Es klopfte. Er ging zur Tür und öffnete sie. Vor ihm stand Julie.

„Pardon! Ich wollte nicht stören“, sagte sie und warf ihm einen verlegenen Blick zu.

Er kniff die Augen zusammen, als überlege er, ob er sie schon mal irgendwo gesehen hatte. „Gar nicht“, sagte er dann und lächelte. „Ich wollte eh gehen – *she's all yours!*“

Julie blieb wie ein Reh im Scheinwerferlicht neben der Tür stehen, sie wirkte außer Atem. „Ich wollte nur kurz Hallo sagen, als ich sah, dass er … dass Martin zu dir reinging.“

„Ihr kennt euch? Von der Party?“, fragte Kate.

„Nicht direkt.“ Julie legte eine Hand aufs Herz, als wäre das nötig, um es zu beruhigen. „Es gibt etwas, das ich dir noch nicht gesagt habe.“ Kate richtete sich auf. „Er arbeitet für dich, stimmt's?“

Kate nickte und spürte, wie sie nervös wurde. „Ich betreue auch seine Abschlussarbeit.“

„Ich weiß“, sagte Julie leise. „Das ist er, Kate. *Er* ist es, den ich mich nicht traue anzusprechen!“

Kate traf Martin am Samstagabend, als niemand mehr an der Uni war, zur Besprechung in ihrem Büro.

„Was sollte das heißen, in deiner E-Mail?", fragte er und setzte sich zu ihr. „Du findest es *hinreichend gut*, dass wir darüber reden können?"

„Es heißt genau das, nicht mehr und nicht weniger." Martin lehnte sich zurück und atmete tief aus. Kate war ein Schauer über die Haut gelaufen, als sie das Kapitel gelesen hatte und ihr bewusst geworden war, wie überragend es war. Sie hielt ihr Lob jedoch zurück, damit er nicht übermütig wurde. „Nur die Ruhe, wir gehen es jetzt im Detail durch", erklärte sie mit einem Lächeln. Die Enttäuschung war ihm deutlich anzusehen, aber er fügte sich widerstandslos in sein Schicksal und hörte Kates Ausführungen Seite um Seite zu. Er sieht übernächtigt aus, dachte sie. Als hätte er sich richtig ins Zeug gelegt und nicht viel Schlaf bekommen in den letzten Tagen. Aber sie musste zugeben, dass ihm die dunklen Augenringe, in Kombination mit seinem blassen Teint, gar nicht schlecht standen.

Als sie fast durch waren, hielt er es nicht mehr aus: „Und?" Sie sah ihn fragend an, als wüsste sie nicht, worauf er hinauswollte. „Ist es gut genug?"

„Gut genug?" Sie zögerte, bevor sie ihm einen anerkennenden Blick zuwarf. „Es ist das Beste, was du je geschrieben hast!"

„Puh!" Sein Gesicht zeigte Erleichterung und erhellte sich dann zu einem Strahlen.

„Natürlich solltest du noch einige Papers zitieren und es gibt ein paar Stellen, die mich stören …"

Er notierte sich stoisch alle ihre Kommentare und Änderungswünsche, die fast ein ganzes Blatt füllten. „Hat dir schon mal jemand gesagt, dass du eine verfluchte Perfektionistin bist? Wir könnten schon seit einer halben Stunde Sex haben und du zählst mir hier jeden Kommafehler auf!"

„Seit einer halben Stunde wohl kaum", sagte sie und lächelte. Sie spielte darauf an, dass er beim ersten Mal schon nach wenigen Minuten gekommen war.

Er errötete. „Wir arbeiten dran, okay?!"

Kate beschloss, es dabei zu belassen, als er eine Pause vorschlug, um zu rauchen. Sie wollten eben ihr Büro verlassen, als sich ihre

Schranktür knarrend öffnete, etwas herausfiel und auf dem Boden zersplitterte.

„Was zum Henker ist das denn?!", rief Martin amüsiert und sah Kate fragend an, als er den Kopf aufhob, an dem sich noch der intakte Rüssel befand.

„Ach je! Den hatte ich völlig vergessen ..." Sie blickte mit schmerzverzerrtem Gesicht auf den Scherbenhaufen.

„Die dunklen Geheimnisse der Kate R.", scherzte er. „Du solltest das Ding mal ausräumen, das sieht ja furchtbar aus da drinnen!"

„Lass uns gehen!", sagte sie und schob die Porzellanstücke mit dem Fuß zur Seite.

Sie vergewisserte sich, dass alles ruhig war, bevor sie Martin ins Treppenhaus folgte. Man musste aufpassen, auch am Wochenende war manchmal der Wachdienst unterwegs. Sie saßen auf der Treppe, rauchten und ließen das Licht ausgehen. Nur noch der Mondschein fiel durchs Fenster.

„Was passiert, wenn ich dich jetzt küsse?", wollte er wissen.

„Probier es aus", antwortete sie, bereit ihr Versprechen zu halten. Er zögerte einen Moment, als würde er abwägen, ob er ihren Worten trauen konnte. Dann nahm er ihr die Zigarette aus der Hand und trat sie aus, bevor er sich zu ihr beugte, seine Lippen sachte auf ihre drückte und sie leidenschaftlich küsste.

„Kannst du nicht mit zu mir kommen heute Nacht?", flüsterte er und spielte mit ihrem Haar.

„Darüber hatten wir doch gesprochen", sagte sie und wendete sich ab. „Du darfst mich nicht immer mit diesem Blick ansehen!"

„Was für ein Blick?"

„Nur Sex, verstehst du? Nichts weiter, das ist der Deal. In deinem Blick ist zu viel Gefühl."

„Kein Problem", sagte er, „kann ich ändern, wie hättest du es denn gern? So?" Er sah sie kühl an. „Oder eher so? Sag mir, wenn es perfekt ist!"

Sie musste lachen. „Wir müssen das nicht machen", sagte sie sanft und strich über seine Wange.

„Bist du wahnsinnig?", rief er und zog sie zu sich.

Ausgerechnet jetzt musste sie an den Elefanten denken. Es kam ihr wie eine Warnung vor, dass er genau in dem Moment aus dem Schrank gefallen war, als sie mit Martin ins Treppenhaus gehen wollte. Eine Warnung vor den Konsequenzen. Die Affäre mochte gefährlich sein, sie schien ihr aber immer noch kontrollierbarer als alles, was Adrian betraf. Sie hatte sich die Sache gut überlegt und war zu dem Schluss gekommen, dass nichts dagegen sprach, solange Martin die Bedingungen klar waren.

Sie schob ihren Rock nach oben und setze sich auf seine Schenkel.

„Wow!", flüsterte er, als er ihr zusah, wie sie ihre Bluse aufknöpfte.

Sie ließ ihre Hand über seine Jeans gleiten. „Das fühlt sich verdammt eng an da drinnen. Ich glaube, da müssen wir was unternehmen."

„Oh ja", sagte er atemlos, „unternimm was, schnell!" Er zog seinen Reißverschluss auf und überließ Kate den Rest. Zu seiner Überraschung hielt sie inne.

„Erzähl mir, wie du auf den Algorithmus gekommen bist!" Sie meinte den Algorithmus, den er in diesem Kapitel seiner Arbeit beschrieb.

„Was? Jetzt?" Er sah sie ungläubig an.

„Ja, komm schon! *Give it to me*, alle mathematischen Details!", forderte sie ihn auf. „Das macht mich an."

„Du weißt schon, dass das ein bisschen *weird* ist?"

„Ist mir egal", sagte sie. „Ich stehe total auf deinen Verstand. Der ist so sexy!"

„Der ist ziemlich im Arsch", entgegnete er, „weil ich nämlich nur noch an dich denken kann."

„Los!" Sie strich langsam mit der Hand über seinen Penis, hörte dann aber abrupt auf und sah ihn eindringlich an.

Er atmete tief durch. „Also gut. Unsupervised Representation Learning war keine Option, wie du weißt …"

„Erspar mir die Vorgeschichte, kommen wir gleich zum Wesentlichen!"

„Die Formel, meinst du? Na schön. Es war ziemlich schnell klar, dass wir mit xn, mit x für die Anzahl der Features, nirgendwohin kommen würden ...“

Sie beugte sich hinab und umschloss ihn mit ihren Lippen. Sein Atem stockte. „Erzähl weiter!“, flüsterte sie.

„Es war viel wahrscheinlicher, dass ...“ Er stöhnte. „... dass wir x hoch n brauchen wegen ... der Variabilität der Daten. Fuck, Kate, muss das jetzt sein?“, unterbrach er sich selbst.

„Sieh es als Übung zur Selbstbeherrschung“, sagte sie, nicht ganz ernst gemeint. Sie wusste, dass sie ihre Berührungen – ähnlich wie zuvor ihr Lob – zurückhaltend dosieren musste. Er schloss die Augen und lehnte sich zurück. Sie beobachtete, wie der Mondschein auf sein blasses Gesicht fiel, wie ein feuchter Schimmer auf seinen Lippen lag und er gar nicht anders konnte als sich ihr hinzugeben. Sie beschloss, ihn zu erlösen. Dabei zog sie ihren Slip nicht aus, sondern hielt ihn nur zur Seite, was er als Zeichen ihrer Ungeduld deutete und aufregend fand. Sie setzte sich auf ihn, ließ ihn tief in sich gleiten und blieb einen Moment so, ohne sich zu bewegen.

Der Sex mit ihm war von einer süßen Unschuld. Ihm körperlich nahe zu sein fühlte sich nicht bedrohlich an. Nicht wie ihre Begegnung mit Adrian, dessen Blick sie durchdrungen hatte bis in ihr Innerstes, als könne sie kein Geheimnis vor ihm bewahren. Der – seine zweifelhaften Aktivitäten hin oder her – in den wenigen Berührungen, die sie zugelassen hatte, ihren Körper verstanden hatte wie noch keiner zuvor. Oft hatte sie daran gedacht, was passiert wäre, wenn sie damals bei ihm geblieben wäre. Die Sache mit Martin war dagegen harmlos – denn sie lag voll und ganz in ihrer Hand. Er war so mit sich und seinen Gefühlen beschäftigt, dass sie nichts von sich preisgeben musste. Er hüllte sie ein mit seiner Zuneigung und nahm, was sie bereit war zu geben, ohne Ansprüche zu stellen.

Die nächste Woche begann, wie die vorherige aufgehört hatte: anstrengend. Serge war spontan auf die Idee gekommen, mit Tristan und ihr zum Mittagessen zu gehen. Eine Sache, für die er sich selten Zeit nahm, es sei denn, es gab etwas Außergewöhnliches zu besprechen. Kate vermutete nichts Gutes, als Oda ihr sagte, dass er sie um halb eins vor seinem Büro erwarte.

Man konnte Tristan die nervöse Vorfreude ansehen, als sie sich an einem winzigen Tisch in dem dicht gepackten Thai-Restaurant auf Amsterdam Avenue niedergelassen hatten. Sein Mundwinkel zuckte erwartungsvoll unter seinem aufgesetzten Lächeln. Die Enge des Lokals erzeugte eine unangenehme Intimität. Kate rückte mit ihrem Stuhl ein wenig nach hinten, um Tristans Bein nicht zu berühren.

„Es geht um die Fachbereichsprüfung", lüftete Serge das Geheimnis. „Der Vorsitzende des Gutachter-Teams wird alleine anreisen."

„Wie, alleine? Wie ist das möglich?" Kate sah ihn bestürzt an. Normalerweise wurden Begutachtungen dieser Tragweite immer von mehreren Gutachtern durchgeführt.

„Scheinbar hat man beschlossen, wegen Personalengpässen eine Ausnahme zu machen." Kate schluckte, da sie bereits dachte, was Serge nun aussprach: „Es hängt also alles von seinem Eindruck ab." Er ließ die Aussage einem Moment im Raum stehen, bevor er fortfuhr. „Wir werden dieses wichtige Ereignis nur erfolgreich durchstehen wenn wir als Team spielen. Alle persönlichen Interessen müssen bis dahin zurückstehen!" Tristans Gesichtsausdruck fiel bodentief – mit einem simplen *pep talk* hatte er wohl nicht gerechnet. Er tippte unzufrieden mit seinem Fuß gegen das Tischbein, während Serge weitersprach. „Ich möchte, dass ihr euch gemeinsam um die Organisation kümmert. Wir haben acht Mitarbeiter-Vorträge – die Planung dafür übernimmst du, Tristan. Die *self study* für den Fachbereich, die wir vorab hinschicken müssen, werden Kate und Martin vorbereiten. Alle Inhalte müssen exakt aufeinander abgestimmt sein."

Willkommen in der Realität, dachte Kate, verschränkte die Arme und lehnte sich zurück. Er brauchte sich keine falschen Hoffnungen machen, dass es ihm anders mit Serge ergehen würde als allen anderen.

„Zum Abendprogramm", fuhr Serge fort, als Tristan gerade den Mund aufmachen wollte. „Die Begutachtung findet an einem Freitag statt. Der Gutachter will sich schon am Donnerstagabend mit dem

Hochschulleiter und dem Dekan treffen, weil er am Samstag früh zurückfliegen muss." Serge sah Kate an, als wäre sie verantwortlich für diese Sonderwünsche. „Das Dinner mit der Hochschulleitung findet traditionell im Boathouse im Central Park statt. Ein Klassiker, schwer zu toppen. Ich habe mir deshalb für unser Dinner am Freitag was Besonderes überlegt."

Nun sag schon!, dachte sie. Seine Art, die Dinge zurückzuhalten, um sein Genie zu demonstrieren, war ihr zuwider. Tristans schielte verstohlen zu Serge und ihre Verachtung für ihn wuchs – wie er kleinlaut dasaß, wenn sie dabei war, nur um dann später, hinter ihrem Rücken, wieder aufzubegehren.

„Wir machen das Dinner bei mir, in meinem Wochenendhaus."

„In den Hamptons?", fragte Kate überrascht.

„Ja, es hat genügend Zimmer, sodass niemand mitten in der Nacht nach Hause fahren muss. Und ich möchte, dass Martin mitkommt."

„Martin?" Kate bemühte sich, den Schreck zu verbergen, den ihr die Ankündigung eingejagt hatte.

„Ja, ich will alle dabeihaben! Wir demonstrieren Geschlossenheit und Teamgeist. Was haltet ihr davon?", fragte er und sah Tristan erwartungsvoll an, vermutlich weil er sich von dort am meisten Zuspruch versprach.

„Großartig!" Es war das Erste, was Tristan sagte, seit sie das Lokal betreten hatten, und es klang so wenig überzeugend, dass er es gleich noch mal wiederholen musste: „Großartig!"

„Denkst du wirklich, dass Studenten dabei sein sollten?", wand Kate ein. Das Dinner mit dem Gutachter würde anstrengend genug werden. Dabei auch noch Martin um sich zu haben, ohne dass jemand Verdacht schöpfte, stellte eine ganz andere Herausforderung dar. „Das ist nicht üblich und an diesem Abend darf nichts schief gehen."

„Nicht die anderen, nur Martin! Er ist durch seine Abschlussarbeit stärker ins Projekt eingebunden und außerdem ist es immer vorteilhaft, vielversprechenden Nachwuchs präsentieren zu können." Kate dachte nach, doch es fiel ihr kein tragfähiges Gegenargument ein. „Warum? Stört dich der Gedanke?"

„Nein", sagte sie schnell. „Aber wir wissen noch nicht mal, ob er bleiben wird."

„Du sagst es! Ich möchte, dass er sich einbezogen fühlt und die Einladung als Zeichen meiner Wertschätzung versteht. Damit lösen wir zwei Probleme zugleich." Serge war sichtlich zufrieden mit seiner Idee. „Oda soll das Catering organisieren und die Einladungen rausschicken."

Kate bemühte sich um ein zustimmendes Lächeln.

„Martin will uns verlassen? Im Ernst?", fragte Tristan.

„Er hat mich um ein Referenzschreiben für London gebeten", antwortete Serge, ohne von seinem Teller aufzusehen.

„London?" Tristans erstaunte Rückfrage bezog sich auf die Tatsache, dass die Computerlinguistik in London praktisch kaum existent war, jedenfalls von keiner internationalen Relevanz. „Ich hätte meine Hand dafür ins Feuer gelegt, dass er ganz scharf darauf ist, bei Kate zu promovieren", sagte Tristan und warf ihr einen provokativen Blick zu.

Kate spielte nervös mit dem Ring an ihrem Finger. Wollte er ihr damit irgendetwas sagen oder war es nur als fachliche Spitze gemeint?

Zum Glück schien Serge den Blick nicht bemerkt zu haben. „Ich weiß, es ist vollkommen absurd! London – ich bitte euch!"

„Es hat irgendwas mit seiner Band zu tun", erklärte Kate und versuchte entspannt zu klingen.

„Was auch immer! Mach ihm klar, dass er sich so eine Chance nicht entgehen lassen kann. Wir brauchen ihn hier", forderte Serge Kate auf und legte sein Besteck energisch auf dem Teller ab.

„Übrigens …", sagte er zu Kate gewandt, als er seine Kreditkarte auf die Rechnung gelegt hatte und dem Kellner winkte, „was war das eigentlich für eine Geschichte in London?"

Sie blickte ihn entsetzt an und auch Tristan wirkte auf einmal wieder hellwach. „Was meinst du?", fragte sie.

„Ich hab mir die Videos von der Konferenz im Netz angesehen. Dein Vortrag wurde mit ‚Best Q&A ever!!!' kommentiert. Und ich muss sagen, wirklich interessant!"

Kate spürte, wie sie knallrot wurde. Es passierte innerhalb von Sekunden, sie konnte nichts dagegen tun. Sie rang nach Worten, schüttelte den Kopf, während Serge sie unverhohlen angrinste. Wie konnte er ihr das antun – sie hier darauf anzusprechen?! Er schien noch nicht mal zu bemerken, in welche Situation er sie damit brachte. Tristan zückte sein Handy und begann, etwas in die Suche einzutippen.

„Ich muss zurück, meine Vorlesung beginnt gleich", sagte sie und stand auf.

„Halte mich auf dem Laufenden, wie die Story weitergeht, ja?" Serge zwinkerte ihr zu, als sie abwinkte und eilig das Lokal verließ.

Sie musste sich beherrschen nicht laut zu fluchen. Natürlich mussten diese verdammten Nerds jeden Mist ins Netz stellen. Vielleicht hatte sogar Adrian selbst damit zu tun! Waren das bereits die Vorzeichen der drohenden Katastrophe? Sie spürte, wie sich kleine Schweißperlen auf ihrem Gesicht bildeten. Und Serge dachte jetzt auch noch, dass sie Konferenzreisen für ihr Privatvergnügen nutzte. Wie unprofessionell! Sie musste sofort dafür sorgen, dass dieses unsägliche Video verschwand, bevor es noch mehr Leute entdeckten. Martin zum Beispiel. Zurück an der Uni eilte sie in ihr Büro. Erst als sie dem Plattformbetreiber eine E-Mail von höchster Dringlichkeit geschrieben hatte, begann sich ihr Puls wieder zu normalisieren.

Es duftete nach Zimt, frischer Brioche und Bacon und Kate bekam Lust auf Frühstück, als sie ihr Lieblingscafé in der Upper West Side betrat. Die Sonne tauchte den Raum mit den großen Fenstern in ein warmes, einladendes Licht. Abgesehen von der Sache mit dem Konferenzvideo hatte sich die vergangene Woche endlich mal wieder wie eine normale Arbeitswoche angefühlt und Kate hatte an diesem Samstagmorgen mit beschwingten Schritten das Haus verlassen. Doch dieser Zustand sollte leider nicht anhalten: Während sie an der Tür darauf wartete, einen Platz zu bekommen, sah sie ihn. Er saß alleine an einem Tisch und ließ seinen Blick durch den Raum schweifen. Er entdeckte sie sofort und winkte ihr zu, als seien sie verabredet. Kates erster Impuls war kehrtzumachen, doch dann entschied sie sich anders und ging auf ihn zu.

„Martin, *what the fuck*?!", flüsterte sie.

„Dir auch einen wunderschönen guten Morgen", sagte er und lächelte.

Sie sah sich um: „Was machst du hier?"

„Magst du dich nicht setzen?" Er deutete auf einen freien Stuhl.

„Sicher nicht!"

„Ich war gerade in der Gegend", sagte er und hielt, wie zum Beweis, eine Plastiktüte mit einer Schallplatte hoch. „Ich dachte, ich esse hier noch was. Hast du schon gefrühstückt, Kate?"

Sie seufzte. „Dummerweise habe ich wohl irgendwann erwähnt, dass ich öfters hier bin. Kein Grund hier einfach aufzukreuzen!"

„Hey", sagte er sanft, „sei nicht sauer! Ich dachte, vielleicht kommst du ja zufällig vorbei, wir plaudern ein bisschen und ich verschwinde wieder." Sie verschränkte die Arme und drehte sich zur Seite. Ärgerlicherweise knurrte gerade jetzt deutlich hörbar ihr Magen. Der Kellner kam, begrüßte sie freundlich und legte ein Gedeck für sie auf den Tisch. „Komm!", sagte Martin leise. „Hier ist kein Mensch, der uns kennt."

„Kein Mensch, der *dich* kennt, willst du sagen." Sie sank mit einem tiefen Ausatmen und mit der Ahnung, dass er nicht aufgeben würde, auf den Stuhl. „Na gut, aber das ist das erste und letzte Mal! Wir werden das nicht wiederholen, hast du verstanden?!"

„Glasklar! Ich habe dich einfach vermisst."

„Und dann fährst du extra hierher – ohne zu wissen, ob ich da bin? Hast du nichts Besseres zu tun?"

„Was Besseres als dich zu sehen? Klares Nein!" Sie stöhnte. Er spielte mit seiner Serviette. „Nachdem du gesagt hattest, dass du heute nicht an die Uni kommst … Ich dachte, vielleicht hast du ja Lust, noch mal über den Algorithmus zu reden?"

Sie versuchte, ernst zu bleiben, musste jetzt aber doch schmunzeln. „Ja, und was dann?"

„Du wohnst nicht weit von hier, oder?"

„So hast du dir das also vorgestellt!"

„Es wäre eine Verbesserung zu den bisherigen Orten, findest du nicht?"

„Du hast das Loch, in dem ich wohne, noch nicht gesehen."

„Stimmt – noch ein guter Grund! Hast du einen Plattenspieler?"

„Nein!"

„Schade." Er sah sie nachdenklich an, während sie ihm mit fest verschränkten Armen gegenüber saß. „Mir ist klar geworden, dass ich fast nichts über dich weiß. Also denke ich mir Sachen aus. Was machst du, wenn du nicht arbeitest? Wie sieht ein normales Wochenende bei dir aus?" Sie gab ihm mit einem Augenrollen zu verstehen, was sie von seinen Fragen hielt. „Lass mich raten! Du gehst als Erstes zur *laundry*, um deine Wäsche zu waschen. Anschließend frühstückst du hier, aber nichts Süßes. Danach drückst du dich vor dem *pet shop* dort vorne auf Columbus rum, weil du eigentlich gerne einen Chihuahua hättest, was aber nicht geht, weil du ständig auf Reisen bist." Kate musste lachen. „Vielleicht legst du dich – mit einem Buch natürlich – auf Sheep Meadow ins Gras und an guten Tagen ziehst du dabei sogar die Schuhe aus. Später holst du dir was vom Take-away, einen lauwarmen Kaffee und einen *sesame bagel, toasted*. Dann, zwischen 16:55 und 16:56 kommt die eine Minute, wo du an mich denkst und dich fragst, wie weit ich mit meiner Arbeit bin. Abends liest du irgendwelche Papers, weil der ganze Mist im Fernsehen sowieso nur Zeitverschwendung ist. Fühlst du dich manchmal einsam, so wie ich? Triffst du dich ab und zu mit jemandem? Ich habe keine Ahnung! Und die wichtigste Frage: Woran denkst du, bevor du einschläfst?"

Seine Beschreibung ließ einen Kloß in Kates Hals entstehen, den sie gerne losgeworden wäre, aber es ging nicht.

„Also, was kannst du empfehlen?", fragte er und klappte die Karte auf.

Kate rang um Fassung. „Dich von hier fernzuhalten und an deinem nächsten Kapitel zu arbeiten."

„Hm … French Toast oder, nein, Eggs Benedict. Was denkst du?"

„Dass ich dir am liebsten den Hintern versohlen würde."

„Yeah!", hauchte er und grinste sie an. „Das würdest du sicher ziemlich gut machen."

Sie verdrehte die Augen und winkte den Kellner zu sich. „Was kostet der Kaffee? Ich bezahle ihn", sagte sie und deutete auf die beiden Tassen. Der Kellner eilte zur Kasse, um die Rechnung zu holen.

„Hey, was ist los?", rief Martin, erschrocken von ihrem plötzlichen Aufbruch. „Hab ich was Falsches gesagt?"

„Du weißt genau, was los ist! Nur weil wir zweimal zusammen geschlafen haben, brauchst du nicht übermütig zu werden", flüsterte sie. „Wenn du dich nicht zusammenreißt, müssen wir die Sache beenden." Er sah sie ernst an. „Ich will dich nicht verlieren, Martin, aber ich werde nicht meinen Job dafür riskieren."

Sein Ausdruck hatte plötzlich wieder diese Verlorenheit, die ihr schon nach London im Treppenhaus aufgefallen war und die schwer zu ertragen war. „Okay", sagte er, „ich hab schon verstanden. Die Prioritäten sind klar." Klar für dich, fügte er leise hinzu, als sie aufgestanden war.

Die Begegnung ließ Kate mit einem miserablen Gefühl zurück. Es wäre leicht gewesen, ihn mit nach Hause zu nehmen, aber sie wusste, dass er nicht deshalb gekommen war. Er wollte etwas anderes, das sie ihm nicht geben konnte. Noch letztes Wochenende hatte alles so einfach ausgesehen, so machbar, aber jetzt … Wie vehement er ihre Nähe suchte, machte ihr Angst. Dabei war er ihr bereits näher, als ihr lieb war. Wenn sie ehrlich zu sich war, hatte er schon einen Fuß in der Tür zu ihren Gefühlen. Er kannte ihre verletzliche Seite, obwohl sie nie darüber gesprochen hatten: Er wusste, was es für sie bedeuten würde, wenn er ging.

Atemlos blieb sie stehen, als sie auf Columbus Avenue tatsächlich an einem *pet shop* vorbeikam. Im Fenster saß eine Katze und starrte sie misstrauisch an. Die Ahnung überfiel Kate, dass etwas grundlegend nicht stimmte mit ihrem Leben. Als wäre es ein Puzzle, verheißungsvoll verpackt, in einer schönen Box, bei dem aber in Wirklichkeit kein einziges Teil zusammenpasste. Die Professur – das Ziel, dem ihr ganzer Einsatz gegolten hatte – zerfiel langsam vor ihren Augen. Und mit ihm die Kontrolle über die Lage.

Sie musste an Julie denken, wie sie beinahe zitternd vor Aufregung in ihrem Büro gestanden hatte, und eine Fantasie drängte sich ihr auf. Sie mochte abwegig sein, konnte aber ermöglichen, dass Martin blieb und sie ihn dennoch nicht verletzen müsste. Alles zwischen ihnen könnte wieder so sein wie früher.

Das unterschwellige Gefühl von Panik, das Kate vor dem *pet shop* erfasst hatte, hatte sie seitdem nicht wieder losgelassen. Es äußerte sich in einem unbestimmten Getriebensein, das schließlich dazu führte, dass sie Nathalie schrieb. Sie verabredeten sich für einen Videocall am Dienstag, für den Kate extra früher nach Hause ging.

„Im Treppenhaus, Kate? Ich dachte, du hast nichts übrig für Risiko?" Wie erwartet bereitete das Thema Nathalie großes Vergnügen. Obwohl es in London schon spät abends war, sah sie unternehmungslustig aus und selbst ihre Topfpflanze wirkte diesmal frischer.

„Ich weiß nicht, was mit mir los ist", wand sich Kate. „Nur eines ist klar: Die Sache mit Martin muss aufhören, und zwar sofort!"

Nathalies Blick verfinsterte sich. „Warum? War es nicht gut?"

„Weil er mit seinen Gefühlen nicht klarkommt. Er hofft, es könne mehr daraus werden. Ich wusste ja, er wartet darauf, dass ich einen Schritt mache, und als er damit gedroht hat alles hinzuwerfen und nach London zu gehen …"

„Du dachtest, es wäre eine elegante Lösung."

„Ehrlich gesagt habe ich gar nichts gedacht. Ich wollte nicht, dass er geht. Ich glaubte, ich hätte alles im Griff, aber jetzt steht diese Fachbereichsprüfung an, wo wir noch enger zusammenarbeiten müssen. Ich mache mir Sorgen, wie lange ich das Ganze geheimhalten kann." Kate schob die Verunsicherung, die Nathalies nachdenklicher Blick ausgelöst hatte, beiseite und beschloss, ihr von ihrem Plan zu erzählen. Etwas zu besitzen, das sie *Plan* nennen konnte, fühlte sich wenigstens wieder ansatzweise souverän an. „Es gibt allerdings einen Lichtblick", sagte Kate und berichtete von Julie.

„Nicht im Ernst!", rief Nathalie. „Du bietest ihr deine Hilfe an, während du ihn …" Kate konnte ihr ansehen wie sie sich bemühte, nicht das erste Wort zu verwenden, das ihr eingefallen war. „Findest du das nicht ein bisschen …", sie suchte weiter nach den richtigen Worten, was ihr aber nicht zu gelingen schien „… geschmacklos?"

„Ich weiß, dass es nicht schön ist, aber es ist die einzige Möglichkeit, um die Sache zum Guten zu wenden. Wenn er mit Julie zusammen wäre, dann gäbe es keinen Grund mehr für ihn, die Uni und New York zu verlassen."

„Verstehe! Aber klingt so gut wie unmöglich."

Kate war nicht bereit, sich so schnell geschlagen zu geben: „Sie ist ein wirklich süßes Mädchen, aber sehr schüchtern. Wenn ich ihr helfen könnte, seine Aufmerksamkeit zu erregen …"

„Was, wenn er mehr auf reifere Frauen steht, wenn ihn Studentinnen einfach nicht interessieren?", überlegte Nathalie und zwinkerte Kate zu.

„Unsinn! Er hat sich da in was reingesteigert. Wenn sich die beiden erst mal näher kennenlernen … Ich bin sicher, sie würden sich gut verstehen." Kate nahm eine Zigarette aus der zerknautschten Packung, die auf dem Tisch lag, vergaß aber, sie anzuzünden. „Ich könnte ihr einen *Research Assistant* Job anbieten."

„Du hast wieder angefangen zu rauchen?", fragte Nathalie amüsiert.

„Wir brauchen immer Studenten, die unsere Trainingsdaten annotieren."

„Anno… was?"

„Die unsere Texte, die wir zum Trainieren von Martins Lernalgorithmus verwenden, mit Grammatikstrukturen versehen", erklärte Kate.

„Du klingst manchmal wie ein Lehrbuch", neckte Nathalie sie.

„So könnte Julie mit ihm zusammenarbeiten."

Nathalie sah sie kritisch an. „Hm, vielleicht geht der Plan auf. Aber was, wenn sie erfährt, dass *du* der Grund für den rosigen Schimmer auf seinen Wangen bist?"

„Das *darf* einfach nicht passieren!" Kate suchte nach ihrem Feuerzeug.

„Und was ist mit ihrem Vater? Dass er ausgerechnet der Chef von eurem Laden ist, macht die Sache auch nicht besser."

Kate seufzte: Väter und Töchter! Zumindest schätzte Serge Martin auf fachlicher Ebene – das konnte hilfreich sein.

„Angenommen es würde klappen und sie lernen sich besser kennen", überlegte Nathalie, „was wird dann aus euch beiden? Weitermachen ist natürlich keine Option, aber wenn du die Sache jetzt abrupt abbrichst, könnte das ins Auge gehen." Kates Kopf begann zu schmerzen. „Wann will er seine Arbeit abgeben?", fragte Nathalie.

„Spätestens in vier Wochen."

„Und dieses Begutachtungsding?"

„Kurz darauf", antwortete Kate.

Nathalie dachte angestrengt nach. „Du sagtest, er wünscht sich, dass du bei ihm übernachtest? Biete ihm an, eine ganze Nacht mit ihm zu verbringen, bei ihm zu Hause. Du läufst nicht weg mittendrin, versprich ihm das! Als Belohnung für die abgeschlossene Arbeit. Sag ihm, dass danach aber Schluss sein muss, weil du weiter mit ihm zusammenarbeiten möchtest."

Kate konnte sich nicht vorstellen, dass Martin das akzeptieren würde. „Weitere Zeit mit ihm verbringen? Private Zeit? Gieße ich damit nicht noch mehr Öl ins Feuer?"

„Mach ihm das Angebot, aber überlass ihm die Wahl. Wenn er sich freiwillig dafür entscheidet, wird er sich daran halten."

„Und was, wenn er danach nach London geht?"

„Möglich, aber das kannst du eh nicht verhindern. Und es ist besser, ihr trennt euch einvernehmlich – schon wegen dieses ganzen Geheimhaltungswahnsinns. Außerdem besteht ja immer noch die Chance, dass es mit ihm und Julie klappt", sagte Nathalie tröstlich. „Kopf hoch! Das Wochenende mit ihm wird sicher erbaulich. Ich hatte mal mit einem Kerl in seinem Alter fünf Mal Sex in einer Nacht."

Kate fühlte sich leer, als sie Nathalie ihr Herz ausgeschüttet hatte. Sie war sich ganz und gar nicht sicher, ob diese Idee die Lösung sein konnte, aber sie wusste keinen anderen Ausweg. Sie hätte das Gespräch jetzt gerne beendet, doch Nathalie ließ sie noch nicht gehen.

„Was ist mit Südfrankreich?", wollte Nathalie wissen.

Kate reagierte ungehalten: „Du fragst mich das im Ernst? Nach allem, was ich über ihn rausgefunden habe? Ich habe dir doch geschrieben, das Kapitel ist endgültig abgeschlossen für mich! Denkst du nicht, ich habe genug um die Ohren?"

„Du meinst das, was du dir an Ablenkung konstruiert hast, damit du dich nicht mit Adrian auseinandersetzen musst?", fragte Nathalie, ihr Ton klang überraschend kühl. Auf einmal war etwas umgeschlagen in ihrem Blick und ihre Haltung hatte sich versteift. „Du machst einen großen Fehler", sagte Nathalie. „Ich glaube, du bedeutest ihm wirklich was." Kate schluckte: Nathalie schien heimlich Partei ergriffen zu haben – für einen Fremden und gegen sie. „Ich habe dich schon immer dafür bewundert, Kate, dass du Beziehungen einfach abbrechen kannst, wenn es dir zu dumm wird. Mit einem Schulterzucken, ohne ein Gefühl aufkommen zu lassen – darin warst du schon immer besser als ich. Und jetzt gleich zwei Männer auf einen Schlag – du übertriffst dich selbst!"

Kate spürte wie Nathalies Worte den Ansatz, sich zu wehren, in ihr im Keim erstickten. Sie bestätigten die Zweifel um ihre Freundschaft, die in London aufgekommen waren, und Kates bitteren Verdacht: Nathalie hatte ihr die Sache von damals noch immer nicht verziehen.

Julie hatte nicht lange gezögert, als Kate ihr den Job angeboten hatte. Sie ahnte wohl, dass sie Hilfe für ihre *Mission M* gebrauchen konnte. Knapp zehn Tage war das jetzt her. Ihre anfänglichen Bedenken, ausgerechnet im Fachbereich ihres Vaters anzuheuern – ‚Wenn ich nichts mit ihm zu tun habe – er ist so … nervig.' – hatte sie schnell über Bord geworfen, nachdem Kate ihr versichert hatte, dass sie nur mit ihr zusammenarbeiten würde – und mit Martin. Ehrlicherweise und um den Anreiz noch etwas zu verstärken, hatte Kate ihr erzählt, dass Martin sich überlege, nach der Abgabe seiner Arbeit ins Ausland zu gehen. Sein Vertrag lief in zwei Monaten aus. Die Nachricht traf Julie wie ein Blitz. ‚Oh verdammt! *Merde!* Ich hab's geahnt!' ‚Vielleicht überlegt er es sich bis dahin ja anders', hatte Kate sie zu trösten versucht, aber Julie hatte sie nur entsetzt angestarrt. Offenbar quälten sie noch ganz andere Bedenken: ‚Was, wenn er eine Freundin hat? Wie könnte ein Typ wie er *keine* Freundin haben? Außerdem sah er in letzter Zeit so glücklich aus', hatte sie mit ihrem niedlichen französischen Akzent gesagt. Kate war sich nicht sicher, ob er daher rührte, dass sie zu Hause tatsächlich nur Französisch sprachen, oder ob er doch eher aufgesetzt war, weil es *plus sexy* klang. Sie konnte nur hoffen, dass er auf Martin genauso wirkte – und dass Julie ihr das etwas nervöse ‚Eine Freundin? Nein, nein, das glaube ich nicht!', abgenommen hatte.

Martin hatte die Neuigkeit, dass sie Unterstützung im Projekt bekamen, und die Tatsache, dass es sich dabei um Serges Tochter handelte, emotionslos zur Kenntnis genommen: ‚Hat *er* das angeordnet oder denkst du, sie hat wirklich was drauf?' ‚Angeordnet? Nein! Und natürlich hat sie was drauf, aber das wirst du noch rausfinden', hatte Kate geantwortet. ‚Am Montag ist ihr erster Arbeitstag. Am besten ihr trefft euch am Nachmittag und du zeigst ihr dein Tool.' Bei dem Wort *Tool* sah Martin sie mit einem Blick an, der Bände sprach. Es war ein besorgter Blick, dass ihr solche Ausrutscher auch im Beisein anderer passieren könnten – keine gute Grundlage für die Fachbereichsprüfung. ‚Das *annotation tool*', hatte sie etwas verlegen hinzugefügt und ihm zu verstehen gegeben, dass er zu viel in die Dinge hineininterpretiere.

Kate wartete einige Tage, bevor sie Martin bat, am frühen Abend vorbeizuschauen und zu berichten.

„Und, wie ging es mit Julie?", fragte sie gespannt, als er in der Tür ihres Büros lehnte.

„Mit Julie und meinem Tool, meinst du?" Er grinste. Kate musste lachen. Inzwischen hatte sie sich den kleinen sprachlichen Fauxpas verziehen und er scheinbar auch. „Gut", sagte er. „Sie scheint einiges von ihrem Vater zu haben. Jedenfalls begreift sie ziemlich schnell. Ich glaube, sie ist besser als die anderen."

„Hast du das Gefühl, die Arbeit macht ihr Spaß?"

Er sah sie skeptisch an. „Was ist das denn für eine Frage? Seit wann interessiert es dich, ob irgendjemandem hier die Arbeit Spaß macht? Sie schreibt alles mit, was ich sage, sie scheint das Ganze auf jeden Fall ziemlich ernst zu nehmen."

„Schön! Und du bist nicht zu streng mit ihr?"

„Streng im Vergleich zu dir, meinst du?"

Sie warf ihm einen kritischen Blick zu.

„Was hat es eigentlich mit dieser spektakulären Einladung auf sich, die Oda rumgeschickt hat?", fragte er und setzte sich rücklings auf den Stuhl neben Kates Schreibtisch. „Ein Dinner in den Hamptons?"

Kate gab einen genervten Zischlaut von sich. „Todöde, wirklich! Stundenlange Gespräche über Projektgelder und Strategien. Ich bin sicher, niemand wird dir übel nehmen, wenn du nicht mitkommst."

„Da steht drin, es besteht die Möglichkeit zu übernachten ..." Er warf ihr einen prüfenden Blick zu.

„Don't even think about it!", sagte Kate und kniff die Augen zusammen.

„Wieso? Du wirst doch nicht nachts nach Manhattan zurückfahren wollen?"

„Hör zu, um es kurz zu machen", erklärte Kate schlecht gelaunt, „ich möchte, dass du am Nachmittag der Fachbereichsprüfung überraschend krank wirst und dich entschuldigst."

„Aber ich bin nie krank!", entgegnete er, empört über ihren Vorschlag.

„Die Begutachtung ist extrem anstrengend, wir werden erschöpft sein am Abend und wir dürfen uns keinen Fehltritt – nicht mal die kleinste Nachlässigkeit – erlauben. Es ist besser, wenn wir nicht zusammen dort sind."

„Aber ich finde es romantisch, mit dir unter einem Dach zu übernachten. Die Tatsache, dass du im Zimmer neben mir schläfst ..."

„Du treibst mich in den Wahnsinn!", stöhnte sie.

„Du bist so abweisend, so kalt." Er rückte mit dem Stuhl näher zu ihr.

„Nicht kalt, eher verzweifelt!"

„Warum? Was ist los?"

„Ich kann jetzt nicht darüber sprechen. Hör auf zu fragen!"

Er wollte etwas erwidern, aber in dem Augenblick klingelte Kates Festnetztelefon. Sie nahm ab, bat um einen Augenblick Geduld und legte die Hand auf den Hörer.

„Bitte, keine Diskussion jetzt! Schau erst mal zu, dass du das letzte Kapitel deiner Arbeit fertig bekommst! Schreib mir eine E-Mail, wenn du Fragen dazu hast."

Martin seufzte und sah sie einen Augenblick mit hängenden Schultern an, bevor er wortlos die Tür hinter sich zuzog.

Als sie den Telefonhörer wieder an ihr Ohr hielt, vergaß sie einen Augenblick zu atmen. Der Anruf erwischte sie eiskalt – in einem Moment, in dem sie am wenigsten damit gerechnet hatte.

„Endlich, Kate!", sagte die Stimme am anderen Ende. „Bitte leg nicht auf! Ich muss unbedingt mit dir sprechen." Sie hatte sich nicht bei ihm gemeldet. Sie hatte gehofft, er würde einfach verschwinden, wenn sie sich nicht mehr meldete. Wie unter Schock verharrte sie, ohne sich zu bewegen. „Kate?"

„Ja?", sagte sie leise. Etwas hielt sie davon ab, das Gespräch sofort zu beenden.

„Ich habe Nathalie nach dir gefragt und sie hat mir erzählt, dass du auf den … Film gestoßen bist." *Film*, er nannte es *Film*! „Falls das der Grund ist, warum du dich nicht gemeldet hast …" In Sekundenschnelle stellte sie sich vor, wie der Dialog darüber ablaufen würde. Wie sie ihn fragen müsste, wie er sich sicher sein konnte, dass die Mädchen überhaupt volljährig gewesen waren, dass sie nicht dazu gezwungen worden sind und ob sie wenigstens anständig bezahlt wurden. Ob es ihm nichts ausmachte, dass ihm die ganze Welt beim Vögeln zusah. Ob das für ihn immer noch unter Schauspielerei lief.

„Das ist nicht der Grund", sagte sie schnell. Sie wollte nicht, dass er anfing, sich zu erklären. Sie wollte ihm und sich die Peinlichkeit ersparen, weil sie ahnte, dass sie ihm nicht glauben würde.

„Okay", sagte Adrian und machte eine Pause. „Was ist es dann? Gibt es jemanden … ?" Oh Gott, er dachte offenbar immer noch, dass die Sache ansonsten eine Chance hätte. Das Ausmaß mit dem er darauf vertraute, dass alles gut werden würde, erschütterte sie. Er hatte die Blumen und die Karte einfach vor ihre Tür legen lassen, im festen Glauben, dass sie noch da sein würden, wenn sie nach Hause kam – und mit derselben Zuversicht rief er sie jetzt an. „Und?" Er wartete noch immer auf ihre Antwort.

„Nein", sagte sie, „es gibt niemanden." Sie konnte unmöglich mit ihm über Martin sprechen.

„Ich erwarte nichts von dir. Ich möchte nur Zeit mit dir verbringen, wir lernen uns besser kennen."

„Das ist alles?", fragte sie. „Und dafür willst du mir ein Flugticket schenken?" Was ist, wenn wir uns nicht verstehen, dachte sie, wenn wir uns nichts zu sagen haben, wenn du dich mit mir langweilst? Seine Investition war zu hoch. Kate spürte, dass sie dem Druck nicht standhalten würde.

„Ich wollte es dir leichter machen", erklärte er. Wieder hatte Kate das dringende Gefühl, das Gespräch jetzt beenden zu müssen, aber sie ließ den Moment verstreichen. „Es geht mir nicht um Sex", sagte er. „Es ist etwas zwischen uns passiert und das weißt du – ich habe es in deinen Augen gesehen. Aber irgendwas scheint dir Angst zu machen."

Das Wort Angst löste Widerstand in ihr aus. Warum glaubten alle Männer, dass Frauen Angst vor ihnen haben mussten? Da war sie wieder, seine Überheblichkeit, die sie schon damals so wütend gemacht machte. „Sex war das Einzige, worum es ging", sagte sie deshalb und spürte, wie etwas in ihr kälter wurde. „Wir haben nichts gemeinsam. Deine Welt ist eine völlig andere – du würdest nicht verstehen, was ich hier mache und warum. Für dich ist alles leicht, ein Spiel, in dem du nicht verlieren kannst, aber für mich bedeutet das hier alles. Mach es mir nicht kaputt!" Ihre Hand zitterte.

„Dann gib mir wenigstens eine Chance zu verstehen", sagte er. „Zeig mir, wer du wirklich bist!"

In dem Moment steckte Tristan seinen Kopf durch die Tür: „Wer auch immer der Idiot ist, mit dem du gerade redest, sag ihm, er soll sich verpissen, wir müssen die Planung der Vorträge zusammen durchgehen!"

Kates Lippen formten ein lautloses *fuck you*.

„Das Leben ist zu kurz, um *save* zu spielen", sagte Adrian.

„Du täuschst dich in mir", stellte sie klar, als Tristan weg war. „Ich habe *immer save* gespielt." Bis wir uns begegnet sind, dachte sie. „Es tut mir leid", sagte sie. Ihr Kopf gab ihrer Hand die Anweisung jetzt aufzulegen. Sie selbst war vollkommen unbeteiligt an dieser Bewegung. *Es tut mir leid* – sie verzog das Gesicht und verdammte sich dafür. Was für ein schwacher letzter Satz! Er ließ sie schutzlos zurück.

Kapitel 8 – Adrian

Die ganzen Wochen hatte er sich also etwas vorgemacht. Erst hatte er geglaubt, dass sie beide einfach mehr Zeit gebraucht hätten. Adrian half dem Fahrer beim Ausladen und schnappte sich missmutig zwei Säcke Kartoffeln. Dann, als sie gar nichts von sich hatte hören lassen, seine Zweifel: Gab es einen anderen Mann in ihrem Leben? War sie deshalb in London, so schnell es ging, aus der Suite geflüchtet, hatte daher ihre ganze Aufregung gerührt? Nichts, was er im Internet über sie herausgefunden hatte, ließ darauf schließen, dass sie mit jemandem fest liiert war. Aber natürlich war sie keine Frau, die ihr Liebesleben offen zur Schau stellte – deshalb hatte er sie gestern am Telefon auch so direkt gefragt: Gibt es jemanden?

Er stapelte drei Kisten eines Wurzelgemüses, dessen Blätter erschöpft herunterhingen, übereinander und trug sie in Richtung Küche. Er hatte sich verschiedene Dinge vorgestellt – vielleicht eine unglückliche Beziehung zu einem dieser Professoren, der sie vernachlässigte und an nichts anderes dachte als an seine Karriere. Oder sie hatte, wie er, einen Verlust, eine Trennung hinter sich. Etwas, das sie aus der Bahn geworfen hatte. Wenn es ihr wie ihm ging, dann hatte sie in London vielleicht versucht, sich selbst in etwas Neuem zu finden. Indem sie etwas Einschneidendes tat, etwas das ihr eigentlich nicht entsprach, wie in diese Escort-Bar zu gehen. Irgendwas, egal was, das sie sich wieder selbst spüren ließ – wer sie war und wo sie stand. Er hätte es Kate gerne erklärt: sein unstetes Leben, seine innere Zerrissenheit, seine spontanen, nicht immer verständlichen Aktionen, bis hin zu der Begegnung mit ihr an jenem schicksalhaften Frühlingstag. Aber dazu war es leider nicht gekommen.

Die Küchentür stand offen und er hörte es schon von Weitem: The Fratellis! Er ließ beinahe eine der Kisten fallen als er sich ihrer abrupt entledigte und zum Radio stürzte. Kurz darauf war es totenstill in der Küche und alle starrten ihn an. Er stützte sich mit den Händen auf die Arbeitsplatte, als er spürte, wie sich Schweißperlen auf seiner Stirn bildeten. Das verfluchte Lied! Als gäbe es nichts anderes, das sie spielen könnten. Es war, als hätten die Brüder den Text extra für ihn geschrieben und ihn dann auch noch *Henrietta* genannt! Er war sich sicher, dass es die Strafe des Universums war, dass er sich das nun wieder und wieder anhören musste.

Dabei hatte er doch vor Kurzem eine Entscheidung getroffen: Das Grübeln über ihren Tod, und ob sein vernachlässigendes Verhalten dabei eine Rolle gespielt haben könnte, war mehr als ungesund und musste aufhören. Notfalls würde er sich dazu zwingen. Und der beste Ausweg, der ihm eingefallen war, bestand darin, Kate nach Südfrankreich einzuladen – und bis dahin die quälenden Gedanken durch noch mehr Arbeit im Obdachlosenheim zum Schweigen zu bringen. Dabei übernahm er alles, jede Aufgabe, die er in die Finger bekommen konnte, und wenn es sich um Hilfsarbeiten in der Küche handelte, die, wie Gabriel meinte, unter seiner Würde waren. Der Ausweg, Kate einzuladen – wie das klang! Natürlich nicht als Ersatz für Henrietta – sondern weil er sich sicher war ... Er war sich wirklich sicher gewesen, dass er und sie ...

Der Koch kam mit einem Messer auf ihn zu und deutete damit auf einen Berg Zwiebeln. „Hier! Wir sind spät dran!", knurrte er, bevor er mit einem energischen Knopfdruck das Radio wieder anstellte und zurück zum Herd ging. „Du kannst auch währenddessen vor dich hinheulen."

Adrian ignorierte die Bemerkung. Hier wurde niemand mit Samthandschuhen angefasst, und er versuchte sich daran zu erinnern, dass ihm das eigentlich auch zusagte. Keine Gefühlsduseligkeiten, keine Nachfragen über Befindlichkeiten. Jeder machte hier einfach nur seine Arbeit. Aber als ihm unter dem beißenden Geruch der Zwiebeln das Wasser in die Augen stieg, wurde ihm klar: Gestern am Telefon – er hatte keine Chance gehabt! Sie war mit Worten nicht zu erreichen.

Adrian hatte gerade die Zwiebeln in den Topf geschüttet, als sein Handy klingelte.

„Gabriel?", fragte er überrascht und wischte sich mit dem Handgelenk eine Träne aus dem Augenwinkel.

Die Stimme seines Freundes klang seltsam zaghaft. „Ich … ähm … ich bin in einer etwas misslichen Lage. Könntest du herkommen? Ich …" Er zögerte. „… sage es ungern, aber ich brauche deine Hilfe."

„Jetzt sofort?", fragte Adrian und warf einen Blick zum Küchenchef, der ihn schon wieder ins Visier genommen hatte. „Gib mir fünf Minuten! Ich rufe dich an, wenn ich auf dem Weg bin."

Adrian erklärte etwas von einem Notfall und dass er so schnell es ging zurück sein würde und verließ unter den Flüchen des Kochs die Küche. Auf der Straße griff er ein Taxi zum St Thomas' Hospital auf. Dort angekommen eilte er in die Eingangshalle, wo er Gabriel schon warten sah. Der Anblick des Rollstuhls versetzte ihm einen Stich.

„Halb so wild!", kam Gabriel ihm zuvor. „Ein Hexenschuss wahrscheinlich. Heute Morgen konnte ich mich plötzlich nicht mehr bewegen."

„Und dafür ist gleich ein Rollstuhl nötig?"

„Reine Vorsichtsmaßnahme. Der Arzt meinte, es sei wegen dieses Dings … du weißt schon." Adrian wusste nicht und sah ihn fragend an. „Ach, diese lächerliche Geschichte mit der Wirbelsäule, die ich vor einigen Jahren hatte. Es ist dummerweise dieselbe Stelle. Er meinte, es wäre besser, wenn ich mich ein paar Tage ruhig verhalte." Davon hatte Gabriel nie ein Wort erzählt, aber es als einfachen Hexenschuss abzutun, das sah ihm ähnlich.

„Mehr kann man nicht machen? Und ein paar Tage – was heißt das?"

„Er sagte zwei Wochen, aber der Kerl ist ja verrückt. So lange kann ich unmöglich von der Arbeit wegbleiben."

„Hast du deinen Fahrer schon angerufen?"

„Er hat diese Woche frei", sagte Gabriel. „Deshalb habe ich dich gebeten zu kommen. Außerdem suche ich händeringend nach jemandem, der mich in Boston vertritt."

„In Boston?"

„Und L.A., um genau zu sein. Aber das ist eher ein Wunschtraum. Komm, wir nehmen ein Taxi! Kannst du mir helfen?"

Adrian nickte und schob ihn zum Taxistand vor der Klinik. Er war froh, dass Gabriel ihn angerufen hatte – dass er seinen Freund, der schon so viel für ihn getan hatte, nun endlich auch mal unterstützen konnte. „Weiß Nathalie davon?"

Gabriel zuckte zusammen. „Natürlich nicht! Und um es kurz zu machen: Ich möchte nicht, dass irgendwer mich so sieht", antwortete er und blickte starr geradeaus. „Oder denkst du, das Ding hier ..." Er trat zornig mit dem Fuß gegen den Rollstuhl, woraufhin er sofort vor Schmerz das Gesicht verzog. „... könnte in irgendeiner Weise dazu beitragen, mein Liebesleben zu verbessern?"

„Glaubst du denn, du kannst es zwei Wochen vor ihr verheimlichen?"

„Keine Frau wird mich jemals so sehen, das schwöre ich dir!", fauchte Gabriel und ließ sich von Adrian umständlich auf den Rücksitz eines der *Black Cabs* helfen.

„Hast du sie jetzt endlich angerufen?", fragte Gabriel unvermittelt, als sein Freund den Rollstuhl im Taxi verstaut hatte und ebenfalls eingestiegen war.

„Was?", fragte Adrian und fuhr sich irritiert durchs Haar.

„Na, Kate!" Gabriel sah ihn forschend an.

Adrians Miene verdunkelte sich. Er hatte noch keine Zeit gehabt, sich zu überlegen, wie viel er von der Sache erzählen wollte. „Ich dachte, wir reden über deine Termine in den Staaten."

„Es ist nicht gut gelaufen?", tippte Gabriel, vor dem man wenig verheimlichen konnte. „Hast du mit der Frage nach den Rosen angefangen, wie ich dir geraten hatte? Ob sie wohlbehalten bei ihr angekommen sind?" Adrian seufzte. „Großer Gott!", rief Gabriel, als Adrian ihn über den ungefähren Verlauf in Kenntnis gesetzt hatte. Dann senkte er seine Stimme: „Du kannst ein so heikles Gespräch doch nicht mit dem Hardcore-Streifen beginnen! Kein Wunder, dass es – verzeih mir den Vergleich – in die Hose gegangen ist!" Der Fahrer warf einen neugierigen Blick in den Rückspiegel.

„Ich wollte ihr die Sache erklären, bevor sie auflegt. Ich fühlte mich unter Druck ..." Das Letzte, was Adrian jetzt brauchte, waren

Vorhaltungen. Er wusste selbst, dass er einen Fehler gemacht hatte. Sie hatte es abgestritten, aber er war sich sicher, dass es sie schockiert haben musste. Er kannte wenige Frauen, die davon nicht zumindest beunruhigt wären. Dabei war es nur ein einziger gottverdammter Film! Er hatte Kate angerufen, um ihr zu erklären, dass er nach – er versuchte, den Namen nicht zu denken – *ihrem* Tod nicht mehr hatte klar denken können. Dass es ihm egal gewesen war, was aus seinem Leben werden würde – speziell in jener Nacht. Er war mit Gabriel unterwegs gewesen und hatte sich von ihm, sturzbetrunken, zu dieser Wette überreden lassen. Dabei war es vor allem darum gegangen, recht zu haben, aber auch um Geld. Sehr viel Geld, angesichts der Tatsache, dass es sich um eine einmalige Angelegenheit handelte. Wenn er geahnt hätte, dass es jemals wieder eine Frau geben würde, die ihm so wichtig wäre …

Danach hatte er die Sache verdrängt – darin war er wirklich gut – und es nach einer elenden Zeit des Vor-sich-Hinvegetierens wieder am Theater versucht. Aber er hatte schnell gemerkt, dass er noch nicht in der Lage war, wieder ernsthaft zu arbeiten. Sein Kopf hatte ihm einen Strich durch die Rechnung gemacht – es war unmöglich, sich auf längere Dialoge zu konzentrieren. Woraufhin er in dieser großen Leere versumpft war, die Gabriel zurecht bemängelte. Einem Nichts, dessen Sinnlosigkeit er versucht hatte, durch die Mitarbeit im *homeless shelter* zu entkommen. Erst hatte er das Projekt nur mit Geld unterstützt, aber als sie an ihn herangetreten waren, ob er jemanden kenne, der bereit wäre auszuhelfen … Es war nur für zwei Wochen gedacht, aber dann war er doch länger geblieben. Weil er tatsächlich, wie Otto es formuliert hatte, nichts Besseres zu tun hatte. Es hatte ihm zumindest ein wenig Selbstachtung zurückgegeben. Und – obwohl es ihn überraschte – waren ihm Otto und die anderen Obdachlosen inzwischen irgendwie ans Herz gewachsen.

Gabriel legte eine Hand auf Adrians Schulter und sah ihn eindringlich an. „Wo ist der Mann, den ich damals im Globe kennengelernt habe – der jede mit seinem Charme um den Finger wickeln konnte, der vor Selbstbewusstsein nur so strotzte?"

„Das war bevor …" Adrian unterbrach sich selbst. „Ich werde nicht mehr über Henrietta sprechen! Die Sache ist abgeschlossen, erledigt, aus meinem Kopf, hast du verstanden?!" Gabriel sah in perplex an. „Es war idiotisch Kate anzurufen – ich hätte zu ihr fahren sollen!" Die Erkenntnis überkam Adrian plötzlich.

„Das kannst du ja jetzt nachholen", erwiderte Gabriel trocken. „Wenn du mich in Boston vertrittst. Du machst einen Abstecher nach New York, lädst sie zum Abendessen ein und gestehst ihr deine Liebe. Vorher arbeitest du dich noch in ihr Fachgebiet ein – das wird sie beeindrucken."

Adrian nahm ihn beim Wort: „Du denkst, es gibt noch eine Chance?"

Gabriel lachte empört auf. „Das war als Scherz gemeint!", sagte er, wobei er jedes Wort einzeln betonte.

„Vielleicht ist es gar nicht so abwegig."

Gabriel stöhnte. „Fassen wir noch mal zusammen: Sie denkt, dass du ein *porn actor* bist, außerdem in Hotels mit Callgirls rummachst und du hast ihr einen – *by all means!* – Elefanten an die Uni geschickt. Wenn du mich wenigstens gefragt hättest! Sie fühlt sich von dir gestalkt und hat dir mehrmals gesagt, du sollst dich zum Teufel scheren, und du glaubst immer noch, du hättest eine Chance? Das, allerdings, *zeugt* von einem gesunden Selbstbewusstsein."

Adrian hatte ihm gar nicht richtig zugehört. „Sie sagte: *Deine Welt ist eine andere – du würdest nicht verstehen, was ich hier mache und warum.* Vielleicht hast du recht, Gabe. Ich müsste ihr zeigen, dass ich ihre Welt kennenlernen kann, mich einarbeiten. Worte alleine reichen nicht. Ich muss ihr *beweisen*, dass ich sie verstehe." Adrian holte tief Luft. „Und dass ich nicht der bin, für den sie mich hält."

Gabriel sah ihn merkwürdig an – es war eine Mischung aus Mitgefühl und Kapitulation. „Ich weiß nicht, ob das eine gute Idee ist", wagte er noch einen letzten Versuch.

„Doch, es fühlt sich stimmig an", widersprach Adrian. „Wann sind deine Termine?"

„In zweieinhalb Wochen", seufzte Gabriel, „da werde ich kaum noch immer meinen Rücken vorschieben können. Gott, der Kerl ist mir zuwider – wenn ich ihm keinen Gefallen schulden würde ... Ich muss den Regisseur und den Co-Produzenten in L.A. treffen und mir dann die Produktion in Boston ansehen. Eine Harvard *college romance*. Ich könnte mich schon beim bloßen Gedanken daran übergeben."

„Lass mich an deiner Stelle fahren!", sagte Adrian entschlossen.

„Ich habe das nicht ernsthaft in Erwägung gezogen", erwiderte Gabriel, nun besorgt, dass er seinen Freund mit dem gedankenlosen Scherz auf eine falsche, womöglich verhängnisvolle Fährte gelockt haben könnte.

„Denkst du denn, ich könnte dich inhaltlich vertreten?"

„Jetzt wo *campus love storys* sozusagen dein neues Genre sind, meinst du?" Ein flüchtiges Grinsen huschte über Gabriels Gesicht. „Wahrscheinlich schon, aber es würde etwas Vorbereitung benötigen."

„Dann sind wir im Geschäft! Damit ist uns beiden geholfen und davon abgesehen solltest du in nächster Zeit sicher keine Auslandsreisen machen." Adrian deutete auf den Rollstuhl im Kofferraum und legte dann beruhigend seine Hand auf Gabriels Arm. „Mach dir wegen mir keine Gedanken. Ich weiß jetzt endlich, was zu tun ist."

Adrian fühlte sich erfrischt, als er am nächsten Morgen das Haus verließ. So gut hatte er sich seit Wochen nicht mehr gefühlt. Unten auf der Straße, etwas entfernt, bei den Fahrrädern, stand die Kleine mit den rotblonden Locken. Da sie ihn gesehen und ein wenig verhalten ihre Hand gehoben hatte, erwiderte er ihren Gruß und lächelte sie an. Sie lächelte zurück, aber heute schwang sie sich nicht wie sonst auf ihr Herrenrad, sondern schien auf jemanden zu warten. Sie hatte sich hübsch gemacht: Das kurze, mit einem eleganten Gürtel zusammengehaltene Hemdkleid stand ihr wesentlich besser als der sackartige *worker's overall*, den sie so gern zu haben schien. Ein unauffälliger Kleinwagen hielt und ein junger Mann im Sakko sprang heraus, um ihr die Tür aufzuhalten. Sie drehte sich noch einmal zu Adrian um, bevor sie einstieg. Adrian winkte ihr gut gelaunt zu. Es stimmte ihn froh, sie nicht wie sonst alleine zu sehen. Wenn Hoffnung für sie bestand, dann vielleicht auch für ihn.

Seine Gedanken wurden ernster, als er in die Straße zum *shelter* einbog. Er würde erklären müssen, warum er sich kurzfristig einige Wochen freinehmen wollte. Er würde anbieten, danach ein paar Sonderschichten einzulegen, aber jetzt musste er so viel Zeit wie möglich gewinnen, um sich auf seinen Auftritt in New York vorzubereiten. Zwar nicht Tschechow am Lincoln Center, aber immerhin Sprachdialogsysteme an der Columbia. Und diesmal würde er nicht so ein jämmerliches Bild abgeben wie vorgestern am Telefon.

Als er sich dem Gebäude näherte, sah er eine Meute von Reportern, die sich vor dem Eingang um einen Mann herum drängelten. Seltsam, von einer PR-Aktion hatte ihm niemand etwas gesagt. Als er näher kam, erkannte er, dass es Otto war, den sie umzingelt hatten.

„Da! Das ist er! Das ist er!", rief Otto und zeigte mit dem Finger auf Adrian. Dann bahnte er sich einen Weg direkt auf ihn zu. Kurz darauf war Adrian selbst umringt und sah eine beängstigende Anzahl Mikrofone und Kameras auf sich gerichtet.

Kapitel 9 – Kate

Es ist etwas zwischen uns passiert – wie kam er darauf und wie konnte er sich so sicher sein? Das Telefonat mit Adrian vor zwei Tagen hatte sie mit Zweifeln zurückgelassen. Hatte sie überreagiert? Und wenn richtig war, was sie getan hatte, warum zum Teufel konnte sie dann nicht aufhören, an ihn zu denken?

Zweifel sind der Anfang vom Ende, versuchte sie sich an einen ihrer Grundsätze zu erinnern, als sie an diesem Abend die Stille ihres Apartments zu erdrücken drohte. Sie schenkte sich ein Glas Wein ein und schaltete den Fernseher an. Sie switchte zwischen den Programmen und blieb bei einer Dokumentation über einen *dog walker* hängen, der ein Rudel Hunde ausführte: ein in eine voluminöse Steppdecke gehüllter Dackel, der darin aussah wie ein Hotdog, ein geschecktes Langhaar-Fellknäuel, vorne wie hinten gleich, eine englische Dogge, die zwischen einem nicht ganz trittsicheren Mops und einem überforderten Chihuahua ging. Kate musste an Martin denken und wie er ihr eine Zuneigung für die mexikanische Hunderasse angedichtet hatte. Er dachte zu viel über sie nach. Er begann sich Dinge auszudenken, die weit faszinierender waren als ihr wirkliches Leben.

Sie schaltete zu einem anderen Programm, aber ihre Gedanken blieben nicht lange dort. Vielleicht würde es ihr leichter fallen, mit Adrian abzuschließen, wenn sie sich diesen *Film* ansah … Und notfalls noch weitere. Eben so viele wie nötig waren, um sich davon zu überzeugen, dass sie ihn getrost vergessen konnte. Weil er nicht besser war als alle anderen. Sie trank ihr Glas in wenigen Zügen aus und schenkte sich ein zweites ein. Sie spürte ein leises Kribbeln im Bauch und fragte sich, wie es sich für die Frauen angefühlt haben musste, mit denen er weiter gegangen war als mit ihr. Hatten sie seine Berührungen ebenso genossen? Und er – würde sie an seinem

Gesicht ablesen können, was es für ihn bedeutete, warum er es tat? *It's fucking porn!*, erinnerte sie sich. Was erwartete sie eigentlich?!

Wie beruhigend, dass sie durch die schnell konsumierte Menge Alkohol nicht mehr ganz zurechnungsfähig war. Sie trank auch das zweite Glas zügig, um sicher zu sein, sich später keine Vorwürfe machen zu müssen. Ihr Gespür für den entwürdigenden Zustand, in dem sie sich befand, ließ allmählich nach.

Sie schaltete den Fernseher aus, sank in die Kissen ihres Sofas und malte sie sich aus, was passieren würde, wenn sie jetzt Martin anrufen und ihn bitten würde herzukommen. Wenn sie tun würde, was sie nicht tun durfte. Sie hatte das Gefühl, immer weniger zu verstehen, was mit ihr los war. Sie hatte doch einen Entschluss gefasst! Warum fand sie trotzdem keine klare emotionale Linie?! Wenn sie vor ihm stand – und jetzt sogar schon, wenn sie nur an ihn dachte – waren ihre guten Vorsätze dahin. Als ihre Sehnsucht nach Martins Umarmung, seinen Küssen und seiner Hingabe am größten war, ging sie zum Schreibtisch, holte ihr Notebook und nahm es mit ins Bett. Sie fand das Video mit den zwei Frauen sofort wieder, es war frei verfügbar. Ihre Hände waren feucht, als sie auf Play drückte – von der Schwüle der aufgeheizten Stadt und vor Aufregung.

Das Setting war *Business*, ein luxuriöses Büro. Er sah zu gut aus, wie er da am Schreibtisch saß, in seinem dunklen Maßanzug. Es irritierte Kate, dass er tatsächlich ganz ähnlich gekleidet war wie damals bei ihrer Begegnung. Nichts, aber auch gar nichts, war abstoßend an ihm oder legte ihr nahe, dass es besser wäre, ihn zu vergessen. Eine junge Frau kam ins Zimmer und brachte ihm einige Unterlagen. Sie hatte kurzes Haar und einen frechen Blick, aber sie war nicht im klassischen Sinne hübsch. Sie unterhielten sich – wie zu erwarten war – nur kurz. Dann kniete sie sich unvermittelt neben ihn und öffnete seinen Gürtel. Männerfantasien! Er lehnte sich zurück. Nun kam der obligatorische Blowjob. Es hatte Kate immer gelangweilt, sich das anzusehen, aber diesmal war es anders. Sie wartete fast atemlos auf eine Aufnahme, die sein Gesicht zeigte. Sie wollte sehen, was er empfand. Was sie sah, gab ihr ein Gefühl von Genugtuung: Es hatte mehr Verlangen in dem Blick gelegen, mit dem er sie, Kate, angesehen hatte, als während der ganzen Szene die nun folgte. Etwas in seinem Ausdruck wirkte unnatürlich, obwohl er so tat, als gäbe es nichts Besseres auf der Welt. Die Intimität, die in London zwischen ihnen bestanden hatte, war nicht reproduzierbar.

Danach erhob sich die Frau, zog den Reißverschluss ihres Rockes auf und ließ ihn auf den Boden fallen. Sie beugte sich über den Schreibtisch und streckte ihm ihr Hinterteil entgegen. Er streifte ihren Slip nach unten und widmete sich ihr mit seinem Mund. Kate schloss für einen Moment die Augen und ließ ihre Hand zwischen ihre Beine gleiten.

Die Frau stöhnte und wand sich, aber es war das typische unechte Rumgestöhne, das sie so nervte an Pornos. Kate dachte darüber nach, warum es nicht echt klang. Vielleicht war es das Filmset, das die Frau ablenkte, die Tatsache, dass ihnen alle zusahen. Oder er war nicht ihr Typ. Oder es gefiel ihr, aber sie hatte Anweisung, besonders laut und unterwürfig zu stöhnen. Kate war sich nicht sicher, wie genau sich ein echtes Stöhnen anhören sollte, aber so jedenfalls nicht. Sie stellte den Ton aus.

Nun stand er auf, öffnete sein Hemd und hob ihren Schenkel ein wenig, um den Blick für die Kamera freizugeben. Dann drang er in sie ein und begann, sie mit langsamen tiefen Stößen zu nehmen. In dem Moment kam eine zweite, ebenso junge Frau ins Büro und sah die beiden empört an – das Ganze katastrophal schlecht gespielt. Als sie eine Weile zugesehen hatte, setzte sie sich neben die andere, ihm zugewandt, auf den Schreibtisch und zeigte ihm, dass sie nichts unter ihrem Rock trug. Es kam Kate albern vor, sich das anzusehen, weil es so klar war, wie die Sache weitergehen würde.

Die zweite Frau packte ihn an seiner Krawatte, die er, nur gelockert, noch immer um den Hals trug. Kate fühlte einen Stich in ihrer Brust bei dem Anblick. Irgendetwas zog sie vollkommen in den Bann dieser Szene. Sie hätte alles darum gegeben, ihn einmal so an seiner Krawatte packen zu können. Sie war so erregt, dass sie kaum noch atmen konnte. Es waren schnelle Bewegungen, mit denen sie jetzt versuchte, ihre eigene Lust zu stillen, während sie ihm zusah, wie er mal die eine, mal die andere fickte, dieser unverschämte Kerl!

Ihre Erregung mischte sich mit einer heftigen Wut – auf ihn, aber vor allem auf sich selbst. Sie war kurz davor, als ihr Handy klingelte. Sie versuchte, es zu ignorieren, aber es war unmöglich. Sie warf einen flüchtigen Blick darauf und stellte fest, dass sie die Nummer nicht kannte. Einen Augenblick überlegte sie, ob es Adrian sein könnte. Schließlich verstummte es. Sie fluchte und drückte ihr Gesicht ins Kissen. Jetzt war sie raus und würde es sicher nicht schaffen, wieder dort anzusetzen, wo sie unterbrochen worden war! Also, dachte sie und nahm einen tiefen Atemzug, konnte sie eben so gut ihre Mailbox abhören.

‚Ich quäle mich mitten in der Nacht raus, in die letzte gottverdammte Telefonzelle in dieser Scheißgegend.‘ Martins Stimme klang betrübt. ‚Damit niemand mitbekommt, dass ich dich anrufe.‘ Er räusperte sich. ‚Ich liege seit Tagen wach und bin zu dem Schluss gekommen, dass ich es dir noch mal deutlicher sagen muss. Ich glaube, du – die schlaue, unglaubliche, legendäre Kate – hast es immer noch nicht begriffen: Es ist ein Riesenfehler, die Arbeit an erste Stelle zu stellen.‘ Er machte eine lange Pause.

‚Wir könnten so ein schönes Leben zusammen haben. Wir würden auf einer Mauer am East River sitzen und ich würde Lieder für dich singen. Ich würde dir was zu Essen machen, wenn du es mal wieder vergisst. Und dir jeden Algorithmus erklären, den ich schreibe, wann und wo du willst, und darüber staunen, dass du immer weißt, wo es langgeht, aber dein Schrank trotzdem mit nutzlosem Zeug vollgestopft ist. Ich würde an deinem Haar riechen, wenn ich morgens neben dir aufwache und mich wundern, dass du noch da bist, obwohl du mich mit deinen unwiderstehlichen Augen oft so genervt ansiehst. Ich möchte immer für dich da sein.‘

Kate spürte, wie ihr Tränen in die Augen stiegen.

‚Und ja, verdammt, es reicht mir nicht, nur mit dir zu arbeiten!‘ Seine Stimme klang auf einmal unsicher: ‚Es gibt keine Frau, zu der ich das je gesagt habe: *I love you*, Kate.‘ Dann legte er auf.

‚Morgen früh um neun im Hungarian Pastry Shop‘, hatte sie Martin per Textnachricht geantwortet. Das Café war nur einige Blöcke von der Columbia entfernt und sie würde zur Not erklären, dass es sich um eine Arbeitsbesprechung handelte. Aber Kate rechnete nicht wirklich damit, dass einer ihrer ehrgeizigen Kollegen um diese Zeit dort aufkreuzte. Sie war etwas früher gekommen, um einen sonnigen Tisch vor dem Haus zu erwischen, wo sie freier sprechen könnten. Zu früh, wie sich herausstellte, als sie zum gefühlten zehnten Mal die Worte in Gedanken durchging, die sie zu ihm sagen wollte. Sie durfte sich diesmal auf keinen Fall weichkriegen lassen.

Sie nahm ihr Handy und scrollte durch ihren Twitter-Feed, um sich abzulenken. Ihr Auge blieb an einem Tweet von Nathalie hängen, der eine lächerliche Menge Ausrufezeichen enthielt. ‚Adrian, my hero‘, schrieb sie und verlinkte einen Zeitungsartikel. Was sollte das jetzt schon wieder? Mehr Skandale oder gab es zur Abwechslung mal etwas Gutes über ihn zu berichten? Kate vergewisserte sich, dass niemand hinter ihr stand, und klickte auf den Link.

„What?!“, rief sie und las den ersten Absatz noch einmal. Da war von einem Obdachlosen Otto M. die Rede, dem Adrian wohl immer wieder Geld zugesteckt hatte, damit dieser an der Lotterie teilnehmen konnte. Und jetzt hatte dieser Otto anscheinend das große Los gezogen – 850 000 Pfund! – und der Presse ausführlich berichtet, welche Wohltaten Adrian nicht nur ihm, sondern auch den anderen Obdachlosen in diesem *shelter* in London, hatte zukommen lassen. Nicht nur Geld hätte er investiert, sondern vor allem seine Zeit und moralische Unterstützung. Moralische Unterstützung – ausgerechnet! Kate schüttelte den Kopf. Die Leiterin des Obdachlosenheims kam auch zu Wort: Es gebe kaum jemanden, der so mit angepackt und sich vor keiner noch so unbequemen Arbeit gescheut hätte. Kate schluckte. Warum hatte Nathalie nie etwas von diesem Ehrenamt erwähnt? Oder hatte sie die Nachricht ebenso überrascht? Kate dachte an ihr unglückliches Telefonat mit ihm und schloss für einen Moment die Augen. Doch dann fiel ihr wieder ein, warum sie hier war, und sie schob den Gedanken beiseite.

Martin war pünktlich wie immer. „Nur ein Croissant heute? Und auch noch *plain*", bemerkte er mit einem Lächeln und setzte sich zu ihr an den Tisch.

Kate gab sich einen Moment, um durchzuatmen und sich auf das Gespräch einzustellen.

„Ich träume jeden Tag davon, dich noch mal mit so einem triefenden Bagel zu erwischen?", flüsterte er. Er spielte also cool. Vermutlich war ihm sowieso schon klar, was sie sagen würde – sagen *musste*, jetzt, wo er ihr keine Wahl mehr ließ. Sie sah ihn ernst an und legte ihre Stirn in Falten. Ihr Gesichtsausdruck schien ihm nicht zu gefallen und er versuchte es mit einem weiteren Scherz: „Aber ehrlich, Kate, ein richtiges Café mit echten Menschen, ich bin beeindruckt!" Er sah sich anerkennend um. „Hast du keine Angst, dass uns jemand sieht?"

„Hör auf mit den Sprüchen", verlangte sie. „Du weißt genau, warum wir uns treffen."

„Du hast meine Nachricht abgehört", sagte er, jetzt verhaltener.

„Magst du dir erst mal einen Kaffee holen?", fragte sie und bemühte sich um einen sanfteren Ton. Sein Blick blieb an ihrem hängen, als er aufstand und nach drinnen ging. Sie spürte, wie ihre Hände feucht wurden, als sie an das dachte, was er ihr gestern Nacht aufs Band gesprochen hatte. Was sie in Bezug auf Martin zu tun hatte, war klar, jedenfalls versuchte sie sich an dem Gedanken festzuhalten. Aber Adrian – hatte sie sich tatsächlich so in ihm getäuscht? Hatte sie ihm unrecht getan? Das Foto aus dem Artikel drängte sich ihr erneut auf – er und dieser Otto, Arm in Arm, strahlend und mit dem Lotterielos in der Hand. Wie absurd! Sie kam sich plötzlich vor wie in einer Parallelwelt, in der sie zwar alle anwesend, aber niemand mehr er selbst war.

Kurz darauf kam Martin zurück und schüttete seine Untertasse aus, in der sich eine Pfütze gebildet hatte. Er zog mit dem Fuß einen Stuhl nach hinten und setzte sich.

„Hast du keinen Hunger?", fragte sie und bemerkte an seinem Blick, dass er ihr die mütterliche Fürsorge nicht abnahm.

„Nein. Also los, *shoot!*", sagte er und sah sie aufmerksam an.

Einen Moment spielte sie mit dem Gedanken, das ganze Thema unter den Tisch fallen zu lassen, aber dafür war es jetzt zu spät. „Was du gesagt hast, hat mich berührt", begann sie und versuchte, sich zu konzentrieren. Er wendete seinen Blick ab und sie meinte einen rötlichen Schimmer auf seinen Wangen zu erkennen. „Aber du weißt, was wir ausgemacht haben … du bringst deine Arbeit zu Ende und danach verhalten wir uns wieder wie erwachsene Menschen."

„Wenn ich sie abgegeben habe und der Job bei euch beendet ist, dann bin ich nicht mehr dein Student. Und wenn ich nicht mehr dein Student bin …"

„Und was ist mit der Promotion?", unterbrach sie ihn.

Er ignorierte ihre Frage. „… dann könnten wir uns endlich sehen, ohne Heimlichkeiten. Ein normales Leben."

Seine Worte lösten ein Engegefühl in ihrer Brust aus. „Ich bei den Partys deiner fünfzehn Jahre jüngeren Freunde und du beim Dinner mit irgendwelchen langweiligen Professoren? Stellst du dir so ein normales Leben vor?" Er starrte mit finsterer Miene auf seinen Kaffee. „Außerdem", sagte sie mit Nachdruck. „Ich führe kein normales Leben, mit mir *kann* man kein normales Leben führen."

„Das ist mir völlig egal!", entgegnete er entschlossen.

Sie sah sich kurz um und berührte dann flüchtig seine Hand mit ihrer. „Martin, wir müssen diesen Wahnsinn beenden! Es war schön, es war aufregend, aber es war auch kolossal leichtsinnig."

„Hast du überhaupt über das nachgedacht, was ich dir draufgesprochen habe?" Seine Stimme klang, als habe er Mühe zu sprechen.

„Ich mache dir einen Vorschlag", sagte sie und versteckt ihre Hand unter dem Tisch, als sie bemerkte, dass sie zitterte. „Wenn du möchtest, dann komme ich zu dir, am Wochenende, nachdem du abgegeben hast. Wir verbringen eine Nacht zusammen. Oder zwei. Das ganze Wochenende. Wir machen all das, was du mir aufs Band gesprochen hast. Wir lassen uns Zeit, so viel du willst. Aber es muss das letzte Mal sein." Er sah sie schockiert an. „Danach nimm dir von mir aus eine Auszeit. Versuche, Abstand zu kriegen."

Sein Blick war jetzt zutiefst verzweifelt. „Du verhandelst mit mir über meine Gefühle? Das ist typisch für dich, Kate! Und du glaubst, du kannst mir einen derart miesen Deal anbieten, um aus der Sache rauszukommen?"

„Ich weiß, das ist nicht, was du willst, aber es hat eine Zukunft. Unsere gemeinsame Arbeit hat eine Zukunft!"

Er legte die Hände vors Gesicht und sagte lange Zeit nichts. „Ich weiß nicht, ob ich das kann."

„Überleg es dir", sagte sie. „Es ist nur ein Angebot. Aber so oder so müssen wir die Sache beenden, und zwar schnellstmöglich."

„Beenden", wiederholte er, sein Gesicht war blass.

„Ich verstehe nicht, wie du auf so was Flüchtiges wie Liebe setzen kannst, Martin. Das, was wir dort drüben", sie nickte in Richtung Uni, „zusammen aufgebaut haben ist größer und wichtiger als alles andere – es wird uns beide noch lange überdauern. Du hast recht, wir *haben* ein fantastisches Leben vor uns – in der Forschung. Es ist das Einzige, was verlässlich ist, verstehst du?!" Sie schwiegen eine Weile.

„Dein letztes Wort?", fragte er. Sie nickte. Kate stand auf und sah sich nach ihm um. „Und jetzt gehst du", stellte er ernüchtert fest. „Du kannst so unfassbar gefühllos sein." Er saß noch immer am Tisch und starrte auf seine Tasse, von der er kaum getrunken hatte. „Kennst du den Song *Fuck Forever* von den Babyshambles? Der passt gerade verdammt gut."

„Na komm", sagte sie sanft und streckte ihre Hand nach ihm aus. „Mach es uns nicht unnötig schwer!"

Es waren nur noch zwei Wochen bis zur Fachbereichsprüfung und Serges Nervosität hatte linear zugenommen. Er versuchte, sich nichts anmerken zu lassen, aber seine unterschwellige Gereiztheit wuchs täglich und fühlte sich inzwischen an wie ein Pulverfass, das jederzeit in die Luft fliegen konnte. Kate kannte das von ihm und wusste, dass es nicht ratsam war, ihn in dieser Phase mit Bagatellen – wie er es nennen würde – zu behelligen. Und Oda hätte das eigentlich ebenfalls wissen müssen.

Die Tür zu seinem Büro stand offen und sein Ausbruch war nicht zu überhören: „Wie kann es so schwierig sein, einen Cateringservice zu finden, Herrgott! Ich verlange ja schließlich keine Dissertation!" Kate, die den Zeitplan der Begutachtung mit ihm hatte abstimmen wollen, wich erschreckt zurück und blieb auf dem Flur stehen. Sie erkannte Odas Stimme, die versuchte sich zu rechtfertigen, dass der, der ursprünglich zugesagt hatte, abgesprungen war und alle anderen, die sie angerufen hatte, über Wochen ausgebucht waren. Aber er ließ sie nicht ausreden. „Wenn du nicht mal dazu in der Lage bist ...", schrie er. „Zum Glück gibt es noch ein paar Menschen hier, die ihr Gehirn auch *benutzen*, sonst wäre ich völlig aufgeschmissen." Sein harscher Tonfall, seine gnadenlose Wortwahl erinnerten Kate an früher. Es war still und sie stellte sich vor, wie Oda beschämt zu Boden sah, so wie sie – die kleine Katharina – damals zu Boden gesehen und den Zorn ihres Vaters ohne Widerspruch ertragen hatte. Das stille Ertragen des Gefühls, plötzlich wertlos geworden zu sein, war der einzige Ausweg, wenn seine Stimmung von einem Moment auf den anderen umschlug, für niemanden vorhersehbar, wenigstens nicht für sie, Kate. Wenn er – wegen einer Kleinigkeit, eines falschen Worts von ihr, eines kaum sichtbaren Schmollens – einfach alles zerstören konnte, was zuvor so gut gewesen war. Dabei benutzte er Wörter scharf wie Rasiermesser, Sätze, die einschlugen wie Munition. Seine Stimmungsschwankungen wurden mit den Jahren schlimmer und mischten sich mit einer Verzweiflung, während der sich seine vernichtenden Worte vor allem gegen ihn selbst richteten. Dann erkannte er nicht mehr, wie sehr sie, Kate, ihn liebte. Und sie konnte nur ohnmächtig mit ansehen, wie in diesen dunkelsten Momenten alles seine Bedeutung für ihn verlor. Nichts war mehr genug, er selbst war nicht mehr genug, und er erinnerte sich nicht an das, was er ihr doch immer wieder versprochen hatte: er und sie gegen den Rest der Welt.

Es erschreckte Kate, wie reglos sich ihr Körper auf einmal anfühlte, wie sie alle Kraft aufwenden musste, um auch nur den kleinen Finger zu bewegen – wie sie es schließlich aber doch schaffte. Es war, als wäre er für einen Moment hier gewesen, ihr Vater, dort in diesem Raum mit Oda.

Es war besser, später wiederzukommen. Kate wollte sich umdrehen, da stürzte Oda aus der Tür. Die beiden Frauen sahen sich an und Kate fühlte, wie ihr ein eisiger Schauer über den Rücken lief. Noch nie hatte sie jemand mit so viel Verachtung angesehen wie Oda in diesem Augenblick. Oda, am Boden zerstört und mit Tränen in den Augen. Sie musste annehmen, dass Kate alles gehört hatte. Kate wollte etwas sagen, irgendetwas, das die Situation entschärfte und ihr tatsächlich empfundenes Mitgefühl ausdrückte, aber ihre Worte waren wie gefroren. Als sie endlich dazu ansetzen konnte, hatte Oda sich schon abgewendet und stürmte davon.

Martin hatte Kate die fertige Masterarbeit geschickt und sie hatte beschlossen, keine Änderungen mehr zu verlangen, um die Sache möglichst schnell zu beenden. Er schien sich in sein Schicksal zu fügen.

Kate war dabei ihre Kleidung für das gemeinsame Wochenende in Williamsburg zu packen als ein Fleck auf der Bluse, die sie in Mexiko getragen hatte, sie an Alexander erinnerte. Sie hatte geglaubt, die Sache sei endgültig abgeschlossen, nachdem sie ihm mitgeteilt hatte, dass das Projekt wegen des Automobilpartners geplatzt war. Aber wie der Fleck, der sich gegen das Waschen sträubte, schien auch Alexander andere Pläne zu haben.

Er hatte sie in der vergangenen Woche angerufen: Er bedaure, dass eine so vielversprechende Kooperation nur deshalb nicht zustande käme. Überraschenderweise entschuldigte er sich für die, wie er es nannte, *dumme kleine Sache* in Mexiko, aber seine Erklärung fühlte sich billig an: Der Tequila und die *so schnell so vertraute Stimmung* zwischen ihnen sei wohl ein wenig mit ihm durchgegangen. Er habe das nun aber hinter sich gelassen und hoffe, dass sie das auch tun könne. Jetzt sei es wichtig, nach vorn zu schauen und über andere Möglichkeiten der Zusammenarbeit nachzudenken. Dann hatte er ihr mitgeteilt, dass er das Wochenende in New York verbringen werde, und war so dreist ihr ein Abendessen vorzuschlagen. Er hatte also nicht vor, ihr Nein zu akzeptieren, er wählte nur seine Mittel strategischer. So sehr sie das ärgerte – er war mächtig und gut vernetzt. Sie musste Zeit gewinnen, wenigstens bis nach der Fachbereichsprüfung. Zum Glück hatte sie jetzt aber auch gar keine offene Auseinandersetzung riskieren müssen: Sie hatte ihm ganz ehrlich sagen können, dass sie schon etwas anderes vorhatte an diesem Wochenende.

Ihre Gedanken wanderten wieder zu Martin. War sie bereit für das, was sie erwartete, und war er es? Würde sie stark genug sein, am Sonntagabend tatsächlich zu gehen? Was für eine bescheuerte Idee, den Schlussstrich ausgerechnet nach einem Wochenende voll sinnlicher, romantischer Zweisamkeit zu ziehen! Das Problem war nur: Sie hatte es ihm versprochen. Zögerlich nahm sie ein T-Shirt für die Nacht aus dem Schrank, als Martin anrief.

Er klang außer Atem. „Tut mir leid, dass ich mich jetzt erst melde", sagte er. „Ich habe mit mir gerungen, bis eben, aber ich kann das nicht." Kate hörte ihm gelassen zu. „Es würde alles nur verschlimmern." Er machte eine Pause. „Ich könnte nie wieder in meinem Bett schlafen, ohne daran zu denken, wie es war, mit dir hier … Wenn du wirklich willst, dass Schluss ist …" Er hielt nochmals inne, als hoffe er, dass sie ihm widersprach. „Bist du noch dran?", fragte er verunsichert.

„Ja."

„Ich hoffe, du bist nicht sauer … Ich würde nichts lieber tun, als mit dir das Wochenende zu verbringen, aber nicht unter diesen Umständen."

Kate ließ sich Zeit mit einer Antwort. „Ich respektiere deine Entscheidung", sagte sie ruhig.

„Ehrlich, ja?" Er schien Zweifel zu haben.

„Du bist vernünftiger als ich", stellte sie anerkennend fest. „Was wirst du jetzt machen, heute Abend?"

„Julie hat erwähnt – da ist irgend so ein Musik-Open-Mic-Ding bei mir in der Gegend. Vielleicht schaue ich da vorbei."

„Julie?", fragte Kate und lächelte.

„Hey, nicht, dass du denkst … Ich geh da nicht wegen ihr hin! Ich muss mich nur ablenken, sonst werde ich verrückt."

„Schon okay!", sagte sie. Es war genau die richtige Art von Ablenkung. Es war das, worauf sie die ganze Zeit hingearbeitet hatte: Er wendete seine Aufmerksamkeit von ihr ab und hin zu Julie.

„Und du?", fragte er.

„Ich weiß nicht ... Vielleicht werde ich in eine Bar gehen, mich betrinken und mit dem nächstbesten Fremden Sex haben."

„Was?", rief er schockiert.

„Nur ein Scherz!", sagte sie, aber er lachte nicht.

Kate fühlte sich seltsam unruhig nach dem Telefonat. Sie ging auf und ab und überlegte, was sie jetzt tun sollte. Wenn sie zu Hause blieb, würde ihr die Decke auf den Kopf fallen, aber sie hatte keine Lust am Samstag zur Uni zu fahren, ohne Martin.

Eigentlich hätte sie sich erleichtert fühlen müssen, dass er die Trennung akzeptierte und ihnen das qualvolle Wochenende ersparte. Doch die Vorstellung, dass er den Abend mit Julie verbringen würde, hinterließ einen bitteren Nachgeschmack. Das Vertrauen verließ sie, dass er bleiben würde, dass ihn jetzt noch irgendwas in ihrem Fachbereich hielt. Sie hatte plötzlich die schreckliche Sorge, einen Freund zu verlieren, den einzigen Freund, den sie hatte, und ein diffuses Gefühl des Verlorenseins überkam sie. Vielleicht war sie es, die ihn nicht loslassen konnte – nicht umgekehrt.

Sie spürte den Impuls sich mit Alexander zu treffen, nur auf ein Essen, nur um Projekte zu besprechen – nur um sich zu beweisen, dass sie noch immer begehrenswert war. Aber sie wusste, dass der Preis dafür zu hoch wäre. Sie sah aus dem Fenster in den Innenhof und beobachtet eine Frau im Nachbarhaus, die auf der Fensterbank saß und ihren nackten Rücken an die Scheibe gelehnt hatte. Kate konnte es nicht direkt erkennen, aber das Zittern ihres Oberkörpers und die leicht gebeugte Haltung ließen vermuten, dass sie weinte.

Serge kam am frühen Montagmorgen in Kates Büro und fächelte sich mit einigen Papieren Luft zu. „Das Catering ist jetzt geklärt, aber meine Tochter raubt mir den letzten Nerv!" Kate sah ihn überrascht an: Normalerweise vermied er es, wie sie, über Privates zu sprechen. „Sie ist am Samstag um fünf nach Hause gekommen, um fünf Uhr!", rief er. „Und du hättest sehen sollen, was sie anhatte!"

Kate stand auf und öffnete das Fenster. Sie blieb einen Moment dort stehen.

„Meine Frau ist verreist und wird mich für völlig unfähig halten, einmal alleine auf unsere Tochter aufzupassen."

Kate spürte ihren inneren Widerstand und überlegte, ob es klug war sich auf die Diskussion einzulassen. Sie tat es dennoch. „Sie ist fast 20!" Es kam nicht so gelassen rüber, wie sie gerne geklungen hätte.

„18, sie ist gerade erst 18 geworden", unterbrach er sie.

„Und wenn schon? Sie arbeitet, sie hat ein eigenes Leben – sie wird alleine entscheiden können, was sie anzieht!" Wie befürchtet, hatte sich zu viel Ärger in ihre Worte gemischt – Ärger, den er ihr übel nehmen könnte.

 Serge sah sie beleidigt an und schien zu überlegen, ob es sich lohnte, weiterzusprechen. Er warf einen Blick zur Tür, dann senkte er seine Stimme: „Sie war *bekifft*. Ich weiß nicht mal, *wie* sie nach Hause gekommen ist, geschweige denn, mit wem sie unterwegs war!" Er wischte sich mit einem Taschentuch die Stirn ab.

Kate begriff den ungewohnten Vertrauensvorschuss als Chance, die Spannungen der letzten Wochen zu glätten. Sie bemühte sich, ebenfalls leise zu sprechen, weil sie vermutete, dass ihn das beruhigte: „Hast du nie gekifft früher?"

„Das war doch was ganz anderes. Wir dachten doch damals, das sind irgendwelche Kräuter – heute mit diesen ganzen Designerdrogen … wer weiß, was sie ihr alles gegeben haben. Hoffentlich ist sie nicht auch noch schwanger!"

„Es war sicher viel harmloser, als du denkst", wand Kate ein. „Sie macht einen so vernünftigen Eindruck auf mich."

„Falls da irgendein Kerl dahintersteckt, den bringe ich um!" Er bekam einen Hustenanfall. Manchmal, wenn er gestresst war, hatte er diese Hustenfälle, auf die er nicht angesprochen werden wollte. „Ich habe ihr die Leviten gelesen", erklärte er, als er sich wieder erholt hatte. „Ich habe klargestellt, dass sie mit in die Hamptons kommt. Jetzt, wo meine Frau nicht da ist, hätte mir das gerade noch gefehlt, dass sie hier sturmfreie Bude hat."

Keine gute Idee, dachte Kate: Julie und Martin zusammen beim Dinner – unter Serges wachsamem Auge. „Je mehr du ihr verbietest, desto spannender wird es doch", sagte sie.

„Hältst du mich für zu autoritär?", fragte er und schien einen Moment lang aufrichtig interessiert an ihrer Meinung.

Kate hielt es für besser auf diese Frage nicht zu antworten.

„Ich habe den Eindruck, sie ist *verliebt*", sagte er und rollte mit den Augen.

„Hast du eine Idee in wen?", fragte sie und säuberte ihre Tastatur von etwas Staub, während sie es vermied, ihn anzusehen.

„Ach wo, sie erzählt mir ja nichts!" Er ging im Stechschritt zwischen Schreibtisch und Fenster auf und ab. „Ihr seht euch ja jetzt öfter … wegen des Projekts", überlegte er. „Falls dir etwas auffällt, dann würdest du es mir doch sagen, oder?"

Kate wand sich um die Antwort. „Vielleicht war sie nur mit Freunden unterwegs. Versuch, ihr zu vertrauen."

„Vertrauen – pah!" Er riss die Arme in die Luft. „Kennst du mich als einen Mann des Vertrauens? Hätte ich auf Vertrauen gesetzt, wäre ich heute nicht da, wo ich bin."

Kate seufzte. Nun hing alles noch mehr davon ab, dass Martin spätestens am Nachmittag der Fachbereichsprüfung *krank* wurde.

„Was denn, verdammt noch mal?!", rief Serge, als Oda klopfte, um ihn zu einem dringenden Telefonat zu holen.

Kurz nachdem Serge ihr Büro verlassen hatte, klingelte Kates Handy. Sie hätte ihm niemals ihre Nummer geben dürfen, dachte sie voll Grauen, als sie Alexanders Name auf dem Display sah. Sie drückte den Anruf weg, aber nach zehn Minuten läutete es erneut. Besser es hinter sich zu bringen, dachte sie und nahm ab.

„Du klingst gestresst, habe ich dich in einem ungünstigen Moment erwischt?", fragte er und sie stellte sich vor, wie er sich dabei genüsslich lächelnd zurücklehnte. „Wie war dein Wochenende?"

„Fabelhaft, danke!" Sie hatte keine Lust, sich nach seinem zu erkundigen.

„Meines war mäßig", teilte er ihr ungefragt mit. „Ich hatte gehofft, mit dir persönlich sprechen zu können, wo ich sowieso in der Stadt war. Aber dann muss es eben so gehen."

Kate legte die Stirn in Falten – sie hatte keine Ahnung, worauf er hinauswollte, und war nicht scharf darauf, es herauszufinden. „Mir wäre lieber, wenn das warten könnte. Wir haben in zehn

Tagen eine Fachbereichsprüfung … Danach habe ich den Kopf freier."

„Kann es leider nicht – die Zeit drängt."

„Okay, worum geht es?"

„Ich habe nachgedacht", begann er – seine Stimme hatte auf einmal einen ungewohnt warmen Klang. „Ich weiß, wo du gerade stehst, Kate. Es muss ärgerlich sein, so lange auf den Tenure zu warten." Sie hielt den Atem an. „Mit Serge würde ich an deiner Stelle nicht rechnen. Du weißt, was man sich unter Kollegen über ihn erzählt?" Kate fühlte, wie sich ihre Schultern anspannten. „Er ist ein Opportunist. Er benutzt Menschen für seine Zwecke und lässt sie dann fallen."

„Ich glaube nicht, dass ich ein solches Gespräch mit dir führen möchte", erwiderte sie.

„Doch, Kate, das möchtest du! Weil ich ein Angebot für dich habe." Am liebsten hätte sie aufgelegt, aber sie hatte nicht den Mut. „Bei uns ist eine *Associate Professor* Stelle frei. Das Verfahren läuft zwar schon, aber ich denke, da lässt sich noch was machen. Ich fände es erfreulich, wenn du dich darauf bewerben würdest." Erfreulich? Der Kerl hatte wirklich Nerven! „Um es präziser auszudrücken: Ich bin mir sicher, ich könnte dir Zugang dazu verschaffen – das Warten hätte endlich ein Ende." Kates Herz schlug gewaltig. Ein *Associate Professorship* in Stanford – damit stünden ihr sämtliche Türen offen, weit offen. „Ich meine es ernst", legte er nach, „du solltest für mich arbeiten! Zusammen wären wir unschlagbar."

Kate spürte Übelkeit aufkommen. „Ich … ich weiß nicht, was ich sagen soll", versuchte sie sich herauszuwinden. „Ich brauche Bedenkzeit."

„Bedenkzeit? Du weißt genau, so ein Angebot kannst du unmöglich ausschlagen! Glaubst du, das mache ich jedem?" Er klang gekränkt. „Morgen früh – ansonsten geht die Ausschreibung ihren üblichen Gang." Sie hatte plötzlich das Gefühl, dass ein eisiger Windhauch durchs Zimmer zog. „Vertrau mir, Kate! In diesem Fall ist es besser, den Rat eines Freundes anzunehmen." Es klang wie eine Drohung. „Überleg es dir. Ich bin überzeugt, du triffst die *richtige* Entscheidung."

Es *war* eine Drohung – jetzt war sie sich sicher – und es war der Tropfen, der das Fass zum Überlaufen brachte: „Für wie bescheuert hältst du mich eigentlich? Glaubst du, ich begreife nicht, welches Spiel du spielst? Es geht dir doch nicht darum, mir einen Job anzubieten!"

„*Woah, woah, woah!*", rief er. „So wenig ist dir deine Karriere wert? Ich hätte dich für klüger gehalten."

Ihre Hand zitterte, sie spürte, wie ihr Atem stockte. „Auf diese Art von *Hilfe* kann ich verzichten!"

„Das ist schade, Kate", sagte er, „zu schade. Ich hoffe, du überlegst es dir noch. Als Frau wirst du es ohne starke Verbündete nicht weit bringen!"

„Zur Hölle mit dir, de Wit!", rief sie und legte auf.

Es war zwei Tage nach Alexanders Anruf, einer jener Abende, die sich weder gut noch schlecht anfühlten, und die Kate gerne dazu nutzte, um wissenschaftliche Journals zu lesen. Sie musste an Martin denken, als sie einen Artikel über einen neuen Lernalgorithmus aufschlug, der ihn interessieren würde. „So sieht also Entspannung für dich aus – hab ich mir halb gedacht!", würde er jetzt sagen. Sie stellte sich vor, wie er ihre Füße streicheln würde, während sie las. Wenn er jetzt neben ihr säße … aber die Realität sah anders aus. Sie blätterte weiter und merkte, dass ihr die Konzentration fehlte. Auf der nächsten Seite stand Alexanders Name und sie legte das Heft schlecht gelaunt weg. Es war gegen neun, als sie die Türglocke hörte. Jemand musste sich geirrt haben! Sie hob den Hörer der Sprechanlage ab und der Doorman fragte, ob er eine Besucherin zu ihr hochlassen dürfe.

Julie war außer Atem, als sie vor Kates Tür stand.

„Also wirklich! Was fällt dir ein hier einfach aufzukreuzen – um diese Uhrzeit?", fragte Kate irritiert. „Woher weißt du überhaupt, wo ich wohne?"

„*Jeder* weiß doch, wo du wohnst!", antwortete Julie und zog einen Schmollmund. „Kann ich reinkommen? Es ist *fucking urgent!*" Kate hielt ihr die Tür auf und deutete auf das Sofa. Julie schob die Zeitschriften zur Seite und setzte sich.

„Also, was gibt es so Dringendes, das nicht bis morgen warten kann?", fragte Kate und schenkte ihr ein Glas Wasser ein.

„Mein Vater macht nur noch Ärger zurzeit, du solltest dich vor ihm in Acht nehmen!" Julie wirkte erschöpft.

„Samstagabend?", fragte Kate.

„Du weißt davon?"

„Martin hat erzählt, dass ihr euch treffen wolltet."

„Ehrlich? Was hat er gesagt?"

„Nicht viel. Wie war es denn?"

Julie seufzte. „Wir waren bei einem *open mic* in Brooklyn. Er war nett zu mir, er hat gesagt, dass ich toll aussehe. Ich hatte das Gefühl, er mag mich. Wir waren spät dran und mussten stehen, es war gepackt voll. Ich stand dicht neben ihm, meine Hand hat beinahe seine berührt. Nur ein paar Zentimeter, habe ich die ganze Zeit gedacht, aber ich hab mich nicht getraut. Er war nicht gut drauf an dem Abend und ich hatte Angst, dass ich ihm auch noch auf die Nerven gehe."

„Und dann?" Kate wartete ungeduldig auf den Teil, der die Sache so dringend machte.

„Nichts weiter", sagte Julie. „Deshalb bin ich nicht gekommen." Kate sah sie erstaunt an. „Es war vor einer Stunde. Papa hat in seinem Arbeitszimmer telefoniert. Ich konnte es durch die offene Tür hören." Kates Mund fühlte sich trocken an. „Leider habe ich nicht mitbekommen mit wem. Nur, dass es um dich ging, Kate." Kate rutschte auf die Vorderkante des Sofas. „Es war verwirrend", berichtete Julie weiter. „Am besten ich erzähle es mit seinen Worten. Ich hab mir Stichpunkte gemacht, damit ich nichts vergesse." Sie zog einen Zettel aus der Tasche: „Was für eine heikle Angelegenheit, worum geht es? – Unmöglich! Das kann ich mir nicht vorstellen. Warum sollte sie dich um eine Stelle bitten? – Gestörte Vertrauensbasis? Zu mir? Das wäre mir neu. – So, hat sie das gesagt? Du denkst also, sie ist auf dem Absprung?' So in der Art. Dann war eine längere Pause und dann: ‚Was, in Mexiko? Das fällt mir schwer zu glauben … – Natürlich verstehe ich dich. Sie ist eine attraktive Frau – wer hätte da *Nein* gesagt. Aber dass sie so weit dafür gehen würde …'" Julie ließ die Hand mit dem Zettel sinken und sah Kate mit einer Mischung aus Vorwurf und Verunsicherung an. „Und dann versprach er, dass niemand von dem Anruf erfahren würde, und er sagte: ‚Nein, bemüh dich nicht, ich werde selbst die Konsequenzen ziehen.‘“

Kate spürte, wie das Blut aus ihrem Gesicht wich. Sie stand auf und ging zum Fenster, bemüht vor Serges Tochter die Fassung zu bewahren.

„Wer war das?“, fragte Julie. „Wovon reden die?“

Kate schwieg. „Das sind Lügen, alles Lügen“, sagte sie schließlich. „Es gibt jemanden, der mir schaden will.“

„Weißt du wer?“

Kate nickte.

„Aber dagegen muss man doch was tun!“, rief Julie aufgeregt.

„Ja, das sollte man, aber du weißt selbst, dass das *Tun* manchmal nicht so einfach ist.“

Julie senkte den Kopf. „Du hattest also nicht vor wegzugehen?“, fragte sie.

„Natürlich nicht!“, sagte Kate. „Nur wird mir das dein Vater jetzt nicht mehr glauben.“

„Oh verdammt, ich muss zurück“, fiel Julie mit einem Blick auf die Uhr auf. „Sonst merkt er, dass ich weg bin. Das kann ich mir nach der Sache am Samstag nicht erlauben. Was wirst du jetzt tun?“

„Ich weiß es nicht, ich muss nachdenken“, antwortet Kate und legte die Hand auf ihre Stirn, die sich heiß anfühlte. „Danke, dass du gekommen bist“, sagte sie zu Julie, als diese sie zum Abschied auf beide Wangen küsste.

„Er kommt heute nicht“, sagte Oda, als Kate am nächsten Morgen Serges Vorzimmer betrat. Seit ihrer unbeholfenen Begegnung – nach Serges Ausbruch wegen des Caterings – war Odas Ton noch frostiger.

„Warum, hat er gesagt, was los ist?“

Oda tat beschäftigt und wartete länger als üblich, bevor sie antwortete: „Homeoffice.“

Kate fluchte. Sie hatte den Vorsprung, den sie durch Julies Hilfe erhalten hatte, unbedingt nutzen wollen. Ihre einzige Chance war, ihm jetzt sofort zu erzählen, was in Mexiko wirklich passiert war. Bevor er sie darauf ansprach. Sie sah auf ihrem Handy nach, ob sie eine Nachricht von Serge hatte. Und tatsächlich, er hatte vor zehn Minuten eine E-Mail geschickt – an sie und Tristan. Das *subject* war: *„Change of plans".*

„Schlechte Nachrichten?", fragte Oda und hob erwartungsvoll die Augenbrauen.

Kate verließ wortlos den Raum. Sie ging mechanisch den Korridor entlang. Es fühlte sich an, als sei ihr Körper eine Maschine, die sie zwang zu gehen, als hätte ihr Wille keinen Einfluss mehr darauf. Darauf oder auf irgendetwas sonst. Er hatte die E-Mail im Affekt geschrieben, so viel war klar. Um sich an ihr zu rächen für ihren *Verrat*. Er schrieb, dass er sich entschlossen habe, Tristan die Projektleitung zu geben. Mit sofortiger Wirkung. Und dass er erwarte, dass Kate ihn unterstütze. Die E-Mail hatte nicht mehr als zwei Zeilen. Er gab keinerlei Begründung. Es war eine reine Machtdemonstration.

In ihrem Büro griff sie sofort zum Telefon, aber Serge nahm nicht ab. Auch kurz darauf und selbst beim dritten Versuch nicht. Sie wählte Alexanders Nummer. Der Zorn pochte in ihren Schläfen, während sie wartete, aber auch er hatte scheinbar nicht die Courage ihren Anruf entgegenzunehmen. Sie stieß einen Schrei aus und schlug mit der Faust auf den Tisch. Was für feige Hunde sie doch waren – alle beide! Und das eine Woche vor der Fachbereichsprüfung! Sie versuchte, ruhig zu atmen, aber es war schwer, einen klaren Gedanken zu fassen.

Damit hatte Tristan jetzt die Verantwortung, das große Event erfolgreich über die Bühne zu bringen. Ein Anflug von Schadenfreude mischte sich in ihre Enttäuschung. Sie raffte einen hohen Stapel Papiere und einige Bücher von ihrem Schreibtisch zusammen und trug sie den Flur entlang. Mit dem Fuß stieß sie die Tür zu Tristans Büro auf und ließ das ganze Zeug auf seinen Schreibtisch fallen. Er sah sie entsetzt an.

„Have fun!", sagte sie. „Ich bin raus!" Er hob fragend die Schultern. *„Read your fucking email!"*, fauchte sie und verschwand.

Ohne nachzudenken, verließ sie das Gebäude. An der Ecke Amsterdam Avenue hielt sie inne. Das Gefühl, verrückt zu werden, wenn sie auch nur einen Moment länger in dieser Stadt voller Wahnsinniger blieb, überkam sie. Es schien ihr, als sei sie umgeben von fremdgesteuerten Körpern, die kein Eigenleben mehr führten. Sie musste weg von hier, an einen Ort, wo sie wieder zu sich kommen konnte.

Sie nahm die Subway nach Brooklyn. Nach einer sich hinziehenden Fahrt, auf der sie die Stationen zählte und wieder und wieder über die Ereignisse nachdachte, stieg sie in Coney Island aus und ging zum Strand. Sie hatte sich nach der rauen Einsamkeit am Meer gesehnt, die sie von der Nordsee kannte, aber hier waren, trotz des wolkenverhangenen Junitags, viel zu viele Menschen. Der Board-walk war voll wie an einem Sonntagnachmittag und einige Kinder rannten mit *Corn Dogs* in der Hand dicht an ihr vorbei.

Sie blieb stehen und warf einen Blick auf das Riesenrad. Mehr-fach abgebrannt und wiederaufgebaut war der Vergnügungspark heute nur noch ein Abklatsch seiner *former glory*, den kaum jemand beachtete. Sie kniff die Augen zusammen und versuchte, sich vorzu-stellen, wie hier kurz nach 1880 die ersten Wagen die Achterbahn entlang gerauscht waren und das Kreischen herübergeschallt hatte – damals, als das alles noch eine Sensation war. Der Anblick erfüllte sie mit einem unerträglichen Bedauern, das sie zwang, den Blick abzuwenden.

Sie hatte den Boardwalk verlassen und die Schuhe ausgezogen, aber es stellte sich nicht das freudige Gefühl aus lange vergangenen Urlaubstagen ein. Der Sand unter ihren Füßen fühlte sich kalt und feucht an. Sie ging zum Wasser und weiter den Strand entlang, bis das Kindergeschrei leiser wurde. Den erschreckenden Gedanken, der ihr vorhin in der Subway gekommen war, hatte sie zunächst verworfen, aber jetzt erlaubte sie ihn sich noch einmal: Was wäre, wenn sie kündigen würde? Martin hatte seine Arbeit abgegeben und ein Tenure an der Columbia stand ohne Serges Unterstützung wohl nicht mehr zur Debatte. Was hielt sie also noch hier?

Sie ließ die Vorstellung auf sich wirken, bis sie eine innere Stimme vernahm: Wenn sie das tat, würde es erst recht so aussehen, als seien Alexanders Verleumdungen wahr. Ihm, Serge und auch noch Tristan, den Sieg zu überlassen – diesem Triumvirat, das sich so komfortabel im unangreifbaren System selbstgefälliger Männerfreundschaft eingerichtet hatte – war sie dazu wirklich bereit? Nach all den Opfern und nachdem sie schon so weit gekommen war! Aber war das ihre Stimme?

Es half nichts, sich vorzustellen, was Martin dazu sagen würde. Er wäre der Erste, der sie begeistert umarmen würde: ‚Oh ja, lass uns zusammen weggehen und woanders ganz neu anfangen!' Aber er war so jung. Wie konnte er glauben, jetzt schon zu wissen, was er wollte? Das war heute sie und morgen vielleicht eine andere. Heute ihre gemeinsame Arbeit und morgen doch lieber die Musik. Er würde schnell genug bekommen, wenn sich erst der Alltag zwischen ihnen breitgemacht hätte. Der Reiz ihrer Affäre hatte ja gerade darin gelegen, dass es keinen Alltag gab. Aber um das zu verstehen, fehlte ihm die Erfahrung.

Und Adrian? Auch wenn er halb London vor der Obdachlosigkeit retten würde, änderte das nichts daran, dass er eine Gefahr für ihren Ruf darstellte. Seine Sexgeschichten würden ihm nachhängen bis in alle Ewigkeit – jedenfalls in den Augen ihrer sauberen Kollegen. Er hatte bereits begonnen, das ganze berufliche Gefüge – das sie zuvor für stabil und verlässlich gehalten hatte – aus dem Gleichgewicht zu bringen. Subtil, wie ein unscheinbarer Programmierfehler, der sich eingeschlichen hatte: eine nicht ganz korrekte Variablendeklaration, die als Ursache kaum auszumachen war, aber immer wieder zu unvorhersehbarem Fehlverhalten führte. Noch mehr Instabilität konnte ihr Leben unmöglich vertragen!

Wenn sie sich aber entscheiden würde, die Columbia zu verlassen … Sie wagte nicht, den Gedanken zu Ende zu denken, denn da war noch ein anderer Grund, der diesen Mann vollkommen unmöglich machte: Es gab in seiner Nähe keinen Rückzugsort. Wie sein Blick ihr klargemacht hatte, dass es mit ihm keine Kompromisse gab, keine langsame Annäherung, dass sie ihre Gefühle – besonders ihre Unsicherheiten – nicht vor ihm verbergen konnte.

Unerträglich, der Gedanke, sich einem Mann derart auszuliefern – und noch dazu freiwillig.

Keiner der beiden könnte ein Ersatz für das sein, was sie im Begriff war aufzugeben, denn ein Leben mit ihnen wäre unmöglich. Aber warum, fragte sie sich verzweifelt, hatte sie das Gespür dafür verloren, was sie selbst wollte? Je länger sie nachdachte, desto mehr verschwammen die Optionen. Müde und hungrig brach sie den Strandspaziergang ab und bog in Richtung der glanzlosen *high-rises* von Brighton Beach ab.

Sie hatte keine Lust, Restaurant-Bewertungen zu lesen und entschied sich für eines der zahlreichen russischen Lokale auf Brighton Beach Avenue unter der oberirdischen Subway. Der einzige freie Platz war an einem Tisch mit zwei fein gekleideten älteren Damen, die nichts dagegen hatten, dass Kate sich zu ihnen setzte. Daneben befand sich ein Gang, und gegenüber eine festlich dekorierte Tafel, an der eine Großfamilie zu Mittag aß. Die beiden Damen unterhielten sich in einer Sprache, die Kate nicht verstand – es war jedenfalls kein Russisch – und schienen eine ernste Angelegenheit zu diskutieren. Sie hatten fettige Fleischstücke in einem Töpfchen vor sich stehen, die sie mit den Fingern aßen. Den Tisch zierte ein Strauß Plastikblumen in einer schlanken Vase mit Wasser.

Kate bestellte Vareniki, mit süßem Käse gefüllte Teigtaschen, und ein Glas des roten Getränks mit eingelegten Früchten, das die Bedienung *Compote* nannte und das sie mit einem Ausdruck gelangweilter Gleichgültigkeit auf ihren Zettel schrieb. Als Kate sich umsah, stellte sie fest, dass sie die Einzige zu sein schien, die keinen Alkohol trank. Die beiden Damen bedienten sich freizügig ihrer eigenen Wodkaflasche und auch die Großfamilie hatte schon mehrere Flaschen Krimsekt geleert. Die Tafel mit der weißen Tischdecke erinnerte sie an Familienfeiern in ihrer Kindheit und wirkte unbehaglich. Kate vermied es, zu trinken, wenn sie traurig war. Es kam ihr armselig vor und sie hatte keine Lust, auch noch das letzte Bisschen Urteilskraft zu verlieren.

Kurz, nachdem die Bedienung die Rechnung gebracht hatte, fiel Kate ein Mädchen auf – etwa zwölf oder dreizehn Jahre alt – am Tisch der Großfamilie. Sie wurde von dem Mann am Kopfende für etwas zurechtgewiesen. Ihr Mund war zusammengepresst und ihr Blick starr auf den Boden gerichtet. Der Mann packte den Arm des Mädchens grob und redete weiter auf sie ein, auch dann noch als ihr bereits Tränen übers Gesicht liefen. Eine Situation, die Kate verstörend vertraut vorkam: Der schmerzhafte Griff und die Klarstellung, dass die Strafe, die nun folgte, alleine ihre Schuld war. Vermutlich, weil irgendetwas mit ihr grundlegend nicht stimmte. Die Szene berührte Kate so, dass sie ihren Blick nicht davon abwenden konnte. Als sich das Mädchen befreien wollte, zog er sie zu sich und zwang sie, ihn auf den Mund zu küssen, indem er ihren Kopf für eine Dauer, die Kate unerträglich lange erschien, gegen seinen presste. Danach ließ er sie lachend los und wand sich wieder dem Gespräch mit seinem Tischnachbarn zu, der nun ebenfalls anfing zu lachen. Mit entsetztem Gesicht flüchtete das Mädchen aus dem Lokal.

Kate ließ einige Dollars auf den Tisch und eilte nach draußen. Vor der Tür sah sie sich um, in Sorge, das Mädchen verloren zu haben. War es überhaupt rechtens, was der Mann – vermutlich der Vater – getan hatte? Hätte nicht jemand eingreifen müssen – hätte womöglich sie, Kate, eingreifen sollen? Schließlich entdeckte sie das Mädchen am Strand. Sie saß auf dem Boden, hatte aufgehört zu weinen und blickte stoisch aufs Meer. Kate ging langsam auf sie zu, blieb dann aber stehen. Ihr Herz schlug wild. Sie hatte nicht den Mut, sie anzusprechen. Was hätte sie ihr schon sagen können? Dass die Welt leider so war? Das Mädchen schaute zu ihr her. Sie musste Kate wiedererkannt haben, denn ihre Augen weiteten sich, bevor sie rasch den Blick abwendete. Kate glaubte, Scham zu erkennen. Das Mädchen schämte sich für das, was dort drinnen passiert war, obwohl es eigentlich der Mann hätte sein müssen, der sich schämte.

Kate spürte, wie ein dumpfer Schmerz ihre Kehle zuschnürte. Sie erinnerte sich an den Streit mit ihrem Vater, bevor sie Deutschland verlassen hatte. Wie ihm völlig unklar gewesen war, was er ihr angetan hatte. Sie hätte es ihm gerne erklärt, aber er hatte es nicht hören wollen: Wie er durch seine Unberechenbarkeit – das unverhältnismäßige Überhöhen ihrer Bedeutung für ihn und das anschließende Zerstören und den ständigen Wechsel zwischen beidem – jedes Vertrauen in ihr vernichtet hatte, in ihn und in sich selbst. Dass Liebe für Kate immer mit Unverhältnismäßigkeit und Angst einherging und zerbrechlich schien, selbst dann noch, als sie längst alleine lebte, sogar heute noch. Wie sie sich noch als erwachsene Frau geschämt hatte für ihre Unfähigkeit zu vertrauen – ein Gefühl, das sie geglaubt hatte in Deutschland zurückgelassen zu haben. Und mit welchem Entsetzen sie beim Blick in die Augen des Mädchens hatte feststellen müssen, dass ihre eigene Scham noch immer hier war. Ihre heimliche Begleiterin. Überwältigt von dem Gefühl schloss sie für einen Moment die Augen. Als sie sie wieder öffnete, war das Mädchen verschwunden.

Zurückgeworfen auf sich selbst ging Kate am Strand zurück. Es war Abend geworden, als sie sich schließlich eingestand, dass es keinen Sinn machte, noch länger auf ein klares Gefühl zu warten. Von einer tiefen Hoffnungslosigkeit erfasst fuhr sie zurück.

Sie spürte, wie ihre Unruhe zunahm bei der Fahrt durch Manhattan Richtung Norden. Der Gedanke, an diesem Abend alleine in ihrem Apartment zu sein, ließ sie fast panisch werden. Zwei Stopps vor der Columbia kam ihr die Idee, in den kleinen Club zu gehen, in dem sie mit Martin gewesen war. Es war nicht so, dass sie erwartete, ihn zufällig dort zu treffen. Aber sie hoffte, dass der Ort, an dem sie den unbeschwerten Abend mit ihm verbracht hatte, sie trösten würde. Sie stieg an der 110. Straße Ecke Broadway aus.

Musik, gemischt mit Sprachfetzen, drang auf die Straße, als sie die rot lackierte Eisentür öffnete. Es war erst kurz vor neun, aber der Club war schon voll und die Luft stickig. After-Work-Party, dachte Kate verächtlich. In New York hatte man keine Zeit zu verlieren. Besser nicht zu spät anfangen, um am nächsten Tag wieder frisch zu sein für den Job. Die Musik, die der magere DJ mit spinnenhaften Fingern auflegte, war einen Tick zu anspruchsvoll, zu wenig tanzbar für die auf Ausgelassenheit und Vergnügung erpichte Menge. Sie blieb unverstanden. Kate dachte an das Lied, das Martin für sie geschrieben hatte. Es war ihr, als seien Jahre seitdem vergangen.

Auch dieser Ort fühlte sich nicht richtig an, doch sie beschloss aufzuhören, dagegen anzukämpfen. Gegen den Ort, gegen ihre Traurigkeit und gegen den ganzen Rest. Nachdem sie eine gefühlte

Ewigkeit mit sich gerungen hatte, drängte sie sich zur Bar, bestellte ein Glas Whisky und trank es in zwei Zügen aus.

Wie hatte sie so lange so naiv sein können? Wie hatte sie allen Ernstes glauben können, dass sie das Ruder noch mal herumreißen würde, auch dieses Mal, obwohl alle Zeichen gegen sie standen, seit London schon. Jeder Tag hatte sich in den letzten Wochen angefühlt wie Schwerstarbeit. Und jetzt – nach all den Jahren, wo sie bereitwillig jede noch so anspruchsvolle Aufgabe, und jede beschissene Kleinigkeit, für Serge erledigt hatte, nach all den Erfolgen – entzog er ihr von heute auf morgen einfach seine Unterstützung. Ohne Überprüfung der Fakten, nur weil ihn de Wit angerufen hatte, um seinen miesen, kleinen Rachefeldzug zu führen.

Kate wollte ein weiteres Glas bestellen, als sie ein bekanntes Gesicht in der Ferne entdeckte. Sie drehte sich rasch weg, als sie Tristan näherkommen sah. Er war in Begleitung eines Freundes. Sie duckte sich und gab vor, etwas in ihrer Tasche zu suchen, als die beiden das andere Ende des Tresens erreichten. Ihm ausgerechnet jetzt, in ihrem am Boden zerstörten Zustand, zu begegnen, hätte sie nicht ertragen. Sie nahm einige Scheine aus ihrem Portemonnaie, um umgehend flüchten zu können, als sie sah, wie er den Barkeeper zu sich winkte. Die beiden redeten vertraulich. Tristan sah nervös aus, als der Mann ihm bei der Schwingtür etwas in die Hand drückte, das Tristan sofort in seiner Jackentasche verschwinden ließ. Dann bogen sein Begleiter und er in einen Korridor ab.

Ohne zu überlegen sprang Kate auf, lief ihnen in einigem Abstand nach und konnte gerade noch sehen, wie sie durch eine Tür mit der Aufschrift *keep out* verschwanden. Sie spürte den Alkohol heftig in ihrem Kopf, aber zumindest verlieh er ihr die Courage, den beiden nachzugehen. Die Tür war nicht ins Schloss gefallen, sondern stand einen Spalt auf. Ihr Herz schlug bis zum Hals, als sie sich vorsichtig näherte. Sie warf einen Blick zurück in den Gang: Keinem der Angestellten schienen sie aufgefallen zu sein.

Sie konnte hören, wie die beiden lachten. „Es gibt was zu feiern!“, rief Tristan und zog mit einer übertriebenen Geste einen winzigen Beutel mit weißem Pulver aus der Tasche und hielt ihn baumelnd zwischen Zeigefinger und Daumen. Die beiden ließen sich auf ein schwarzes Ledersofa fallen, das mit dem Rücken zu Kate stand. „Ich hab die Leitung für das wichtigste Projekt bekommen! Ich hätte zu gerne das Gesicht der alten Bitch gesehen, als sie die E-Mail vom Chef gelesen hat." *„Epic! You're such a geek, man!"*, rief der andere beeindruckt. *„Fuck the bitches!"* Sie gaben sich High Fives, bevor Tristan den Inhalt des Beutels auf die Tischplatte schüttete und mit sichtlicher Übung einige Lines vorbereitete. Kate versuchte, durch den Türspalt zu fotografieren, aber sie war sich nicht sicher, ob genügend zu sehen war. Als sich der andere nach vorne beugte und die erste Line zog, wurde ihr klar, dass sie die Tür weiter öffnen musste, um ein eindeutiges Foto von Tristan zu bekommen. Sie nahm ihren ganzen Mut zusammen und drückte sie langsam auf. Die Musik war zum Glück noch immer so laut und die beiden schienen so siegessicher, dass sie nichts bemerkten. Leichtsinn und Unerfahrenheit, eine gefährliche Mischung, dachte sie, als sie ihnen quasi über die Schulter sah und einige Shots in Folge von Tristan machte. Der Rest ging sekundenschnell. „Fuck!", schrie der andere Typ. Beide verharrten wie erstarrt und sahen sich an, dann wieder zu Kate, die Tristan nun auch noch im Profil erwischt hatte. „Tausend Dank!", rief sie und grinste, bevor sie loslief. „Halt sie fest!", brüllte Tristan seinem Freund nach, der als erster aufgesprungen war. Kate rannte den Korridor entlang und schubste einen vollen Garderobenständer in Richtung der beiden, was ihr genügend Vorsprung gab, um durch die Menge zu entkommen.

„Don't!", sagte Serge mit einer energischen Handbewegung, als er am Nachmittag des nächsten Tages in Kates Büro kam. Er rechnete offenbar mit ihrem Aufbegehren.

Sie lehnte sich entspannt zurück: „Ich dachte schon, du würdest gar nicht mehr kommen."

Er sah sie einen Moment irritiert an. Dann warf er das Schreiben, das er in der Hand hielt, auf ihren Tisch. „Wusstest du davon?"

Kate nahm das Papier und zeigte sich überrascht. „Wie kommst du darauf?"

„Ich gebe ihm die Projektleitung und dieses Bürschchen legt mir am Tag drauf die Kündigung hin? Das geht doch nicht mit rechten Dingen zu! Hast du ihn eingeschüchtert?"

„Was für eine absurde Idee! Im Gegenteil, ich habe ihm sofort meine Unterlagen gebracht. Hat er gesagt warum?"

„Private Gründe, mehr war nicht aus ihm rauszubekommen. Da steckt bestimmt das MIT dahinter! Ich habe versucht, ihm klarzumachen, dass sich für alles eine Lösung finden lässt, aber nein! Ich habe ihm erklärt, dass er das nicht machen kann, in dieser Projektphase. Und weißt du, was er geantwortet hat? ‚Nicht mein Problem', hat er gesagt, ‚nicht mein Problem'!"

Kate musste ein Lachen unterdrücken. „Du erwartest nicht im Ernst, dass ich dich jetzt bemitleide?" Sie verschränkte die Arme. „Du bist mir noch immer eine Erklärung schuldig! Nicht mal einen Rückruf war dir die Sache wert."

Er zog die Mundwinkel nach unten und sah sie von der Seite an. „Und das eine Woche vor der Fachbereichsprüfung!", jammerte er weiter und lief planlos im Zimmer auf und ab, ohne auf Kates Forderung einzugehen. „Das ist eine Katastrophe! Wir sind erledigt!"

Kate reagierte nicht, sondern wendete sich ihrer Arbeit zu. Sie war gespannt, was er sich einfallen lassen würde, um sie davon zu überzeugen, dass sie wieder einspringen musste.

„Kate, du nimmst mir das doch nicht übel?" Er sah sie besorgt an. „Du weißt, ich habe immer große Stücke auf dich gehalten." Er war sich scheinbar für nichts zu schade. „Ich dachte, es würde dich entlasten", sagte er. „Du wirktest in letzter Zeit etwas … abgespannt. Ich wollte dir die Chance geben, dich mehr auf deine Forschung konzentrieren, ohne die Projektverantwortung. Ich hatte überlegt, mit dir darüber zu sprechen, aber du hättest das doch niemals zugegeben. Ich war überzeugt, es wäre einfacher so."

Kate musste sich beherrschen nicht zu explodieren. „Eine bessere Erklärung hast du nicht?", sagte sie, ohne ihn anzusehen.

„Du hast ja recht, ich hätte mit dir reden sollen", erwiderte er und senkte den Blick.

„Allerdings!", entgegnete sie, angewidert von der Art, wie er es sich leicht machte. „Aber wie sagte Tristan doch so schön: Nicht mein Problem! Ich gehe davon aus, in dem Fall wirst du die Projektleitung natürlich selbst übernehmen", antwortete sie gelassen.

„Um Gottes willen, Kate, du kannst mich doch jetzt nicht im Stich lassen!", rief er – seine Verzweiflung wirkte echt. Er wusste so gut wie sie, dass er nicht tief genug in der Materie war. Er würde detaillierten Rückfragen bei der Begutachtung nicht standhalten. „Okay, es tut mir leid", fügte er hinzu, als sie keine Anstalten machte einzurenken. „Ich habe mich falsch verhalten und bitte dich hiermit, die Leitung wieder zu übernehmen. Was soll der Gutachter denken, wenn du dich jetzt aus dem Projekt zurückziehst? Wir stehen wir dann da?"

„Nicht nur das, ich hätte große Lust ebenfalls zu kündigen", sagte sie und drehte sich zu ihm. „Es gibt nur einen Grund, der mich dazu bewegen könnte, es nicht zu tun."

„Wir können über alles reden, nach der Begutachtung." Er hustete nervös.

„Nein, Serge, jetzt sofort!" Er schob mit einer unbeholfenen Geste die Hand in seinen Kragen. „Dein Gespräch mit dem Dekan wegen meines Tenures – heute wäre ein geeigneter Tag dafür."

Serge sah besorgt auf die Uhr. „Fast vier – der ist sicher schon ins Wochenende gegangen …"

„Zu dumm! Dann macht das Ganze leider keinen Sinn mehr für mich."

„Das ist Erpressung!", stieß er tonlos hervor.

„Ich bediene mich nur derselben Methoden wie du", sagte sie, ging zur Tür und hielt sie ihm auf. „Ich vermute, du hast seine Handynummer?"

„Herrgott!", schnaubte er und warf ihr einen grimmigen Blick zu.

Die für den Fachbereich so entscheidende Woche brach an, aber für Kate hatte sie inzwischen eine ganz andere Bedeutung. Nicht der Freitag, an dem die Begutachtung stattfinden würde, sondern der heutige Montag war der Tag, den sie rot im Kalender anstreichen würde. Mit einem mulmigen Gefühl war sie am Morgen ins Büro gekommen, nachdem ihr am Wochenende bewusst geworden war, wie hoch sie gepokert hatte: Ihren Chef unter Druck zu setzen – woher hatte sie den Mut dafür genommen? Aber dann – heute um 11:32 Uhr – hatte Serge ihr die Nachricht überbracht: Der Dekan sei *sehr erfreut*. Sehr erfreut – sie schüttelte lachend den Kopf. Als wäre er der Sonnenkönig! Mochte Serge sich darum kümmern, den Dekan bei Laune zu halten. Hauptsache, er hatte ihn davon überzeugt, dass sie die Richtige war für die Stelle. Dass das *Review Committee* und der Präsident zustimmten, war dann, mit den entsprechenden Empfehlungsschreiben und Nachweisen ihrer Leistungen, nur noch eine Formsache. Kate lehnte sich übermütig in ihrem Bürostuhl zurück und reckte die Arme in die Luft – entschlossen den verdienten Sieg in vollen Zügen auszukosten.

Sie hatte sich die Unterlagen für die Begutachtung aus Tristans Büro zurückgeholt und auf ihrem Besprechungstisch ausgebreitet. Sie war bereit, ihren Teil des Abkommens einzuhalten – Serge würde am Freitag ein hervorragend vorbereitetes Team und eine brillante Performance erhalten. Sie würde ihm zeigen, wie idiotisch es gewesen war zu glauben, irgendwer könne sie einfach so ersetzen. Serge hatte Tristan freigestellt. Er sagte, er habe keine Lust, ihm zuzusehen wie er hier seine Zeit absaß oder ihm womöglich einen Strich durch die Fachbereichsprüfung mache. In Wahrheit war er noch immer gekränkt von seiner Kündigung und Unwillens, sich weiter damit zu konfrontieren. Er hatte Tristans Arbeit auf Kates Kollegen Lucy und Eric verteilt, sodass Kate sich nur noch um ihren Teil – und die ganze Organisation – zu kümmern brauchte. Es war viel zu tun, doch das alles machte ihr nun keine Sorgen mehr.

Martin hatte sich seit dem Tag, an dem er ihr gemeinsames Wochenende abgesagt hatte, nicht mehr gemeldet. Er hatte ihr seine Hilfe angeboten, aber das war vorher gewesen und danach hatte sie ihn nicht noch mal fragen wollen. Umso überraschter war sie, als er am frühen Nachmittag plötzlich in ihrem Büro stand.

„Ich habe dir doch gesagt, ich lass dich nicht hängen, jetzt wo's ernst wird" Er schenkte ihr ein flüchtiges Lächeln, aber seine Körperhaltung drückte Distanz aus.

Kates Herz fühlte sich leicht an und sie hätte ihn vor Freude am liebsten umarmt. „Du willst dir das wirklich antun?", fragte sie mit einem Lachen und zeigte auf das Chaos an Unterlagen.

Er antwortete nicht, sondern beobachtete sie aufmerksam, während sie einen Stuhl für ihn freimachte. „Du bist gut drauf" stellte er sachlich fest. „Was ist passiert?" Sie öffnete ihre Schublade und nahm eine Kopie heraus. „Das Empfehlungsschreiben für deinen Tenure?", fragte Martin.

„Ja, und was siehst du da unten?"

„Da steht in Klammern Dekan, also nehme ich an, das ist seine Unterschrift?" Sie nickte. Martin konnte nicht anders als Kates überschwängliches Strahlen spontan zu erwidern. „Das ist gut", sagte er, bemühte sich dann aber wieder um einen neutralen Gesichtsausdruck, so als wäre alles andere nicht angemessen.

„Wie geht es dir?", fragte sie vorsichtig.

„Den Umständen entsprechend", antwortete er knapp und blickte zu Boden. „Doch, ja, ich komme klar!" Er sah sich im Raum um: „Also, was gibt es zu tun?"

„Du brauchst mir nicht zu helfen", sagte sie sanft.

„Ich will aber!", erklärte er und gab ihr durch seinen energischen Ton zu verstehen, dass ihn die Diskussion darüber nervte.

„Also gut!" Kate zeigte auf einen Stapel: „Wir müssen alle diese Artikel noch in die *self study* einbauen."

„Nur hundert Stück?", entgegnete er trocken. „Kein Problem, damit sind wir in zwanzig Stunden fertig." Kate war dankbar für den Scherz, der sie an unbekümmertere Zeiten erinnerte.

„Ich muss dich warnen", sagte sie, als er sein Notebook aufklappte. „Scheint so, als hättest du da in ein Wespennest gestochen, vorletzten Samstag." Er sah sie ahnungslos an. „Serge hat mitbekommen, wann Julie nach Hause gekommen ist ... und vor allem in welchem Zustand."

„Fuck!", stöhnte Martin, dem sofort klar zu sein schien, wovon sie sprach. „Ich habe es ihr nicht angeboten, ich schwöre! Sie hat nicht locker gelassen ..."

„Das muss gutes Zeug gewesen sein. Er macht sich Sorgen, dass sie einem ganzen Drogenring zum Opfer gefallen ist."

„Es war nur ein bisschen Gras. Soll ich mit ihm reden?"

„Jesus, nein! Das würde alles nur noch schlimmer machen. Ich wollte es dir sagen, weil er künftig sicher hellhörig sein wird." Sie wischte mit der Hand über die Tischplatte. „Hattet ihr einen schönen Abend?"

„Hör auf, mir solche Fragen zu stellen! Du weißt genau, dass ich den Abend lieber mit dir verbracht hätte." Er räusperte sich und sah auf seinen Bildschirm. „Was ist eigentlich mit Tristan?", wechselte er das Thema. „Hat er wirklich gekündigt?"

„Das spricht sich ja schnell rum."

„Du weißt doch, was Oda erfährt, bleibt nicht lange geheim. Hat das was mit deinem Tenure zu tun?"

Kate winkte ab.

„Aber es kommt mehr als überraschend, findest du nicht?"

„Ich bin nicht die Richtige für Klatsch und Tratsch", erwiderte sie und wendete sich ihrer Arbeit zu.

„Okay, du weißt was, aber du willst es mir nicht sagen. Die Sache ist heiß, verstehe!"

„Hör auf damit!", sagte sie und knuffte ihn in den Arm.

„Wenn du so tust, als sei nichts, dann steckt meistens ein verdammt dicker Hund dahinter."

„Du bist hergekommen, um zu arbeiten? Also arbeite!", befahl sie.

„Das ist die Kate, die ich kenne, so gefällst du mir schon besser!", bemerkte er spöttisch. „Eric sagt, Oda sagt, es seien private Gründe." Er warf Kate einen prüfenden Blick zu, doch ihr Gesicht zeigte keinerlei Regung. „Das macht nur alles überhaupt keinen Sinn. Der Typ würde sterben für seine Karriere, der würde sich nicht mal für die Beerdigung seiner Mutter freinehmen. Ich wette, er hat was Besseres gefunden – bestimmt taucht er demnächst am MIT oder in Stanford auf. Für welche Gründe würdest *du* deinen Job aufgeben?"

Kate sah ihn lange an und spürte, wie ihr Herzschwer wurde. „Drop the subject! Ich meine es ernst", sagte sie und stand auf. Ihr Puls beschleunigte sich, als sie daran dachte, wie sie Tristan am Tag nach dem Vorfall im Club mit den Fotos konfrontiert hatte. Zum Glück war er schlau genug gewesen und hatte begriffen, dass er keine Wahl hatte: Entweder er packte seine Sachen oder sie ging mit den Bildern zu Serge, zum Dekan, zur Polizei. Zähneknirschend hatte er vor ihr gestanden, das kleine Arschloch. Zur Strecke gebracht, erledigt, finito, ein für alle Mal.

Martin hatte verstanden. Er kannte sie gut genug, um zu wissen, wann es besser war, die Klappe zu halten. Sie spürte, dass er sie ansah, während sie einen Artikel überflog. Kate merkte es an dem Kribbeln in ihrem Bauch. Sie arbeiteten bis in den späten Abend hinein, ohne über etwas anderes zu sprechen als über das Projekt. Es fiel ihr schwer, sich zu konzentrieren, wie er so an ihrem Tisch saß, sein Bein nur ein paar Zentimeter von ihrem entfernt. Nur zu gerne hätte sie ihm alles erzählt, ihre Freude über den gelungenen Coup mit ihm geteilt. Aber sie konnte niemanden ins Vertrauen ziehen, es wäre zu riskant. Sie überlegte, ihm vorzuschlagen ihren Tenure zu feiern, später, wenn sie hier fertig wären, mit einem Drink, besser gleich einer ganzen Flasche, im Club, in einer Bar, egal wo. Es war eine Fantasie – sie wusste, dass sie das nicht tun konnte. Er versuchte, es zu verbergen, aber sie war sich sicher, dass er litt. Und einen kurzen verbotenen Moment lang dachte sie daran, ihn einfach zu erlösen – mit einem Kuss.

Zu gerne wäre sie noch einen Augenblick in dem Gefühl verweilt, doch da fiel ihr etwas auf: „Wir haben Cuevas & Howes vergessen", sagte sie und verzog das Gesicht. „Du hast es auch nicht bemerkt!"

„Ich dachte, das ist ein Standardwerk, allgemein bekannt", rechtfertigte er sich. „Kann man das nicht weglassen? Der Gutachter kennt das ganze Zeug doch sowieso."

„Nein, kann man nicht! Es wäre ein Formfehler", sagte sie verärgert über ihr eigenes Versehen und stand auf. Sie sah sich erst planlos um und fing dann an, systematisch zu suchen. „Ach verdammt! Das Buch hatte ich schon in die Bibliothek zurückgebracht." Kate seufzte.

Martin hob die Schultern. „Kannst du dir nicht irgendwas dazu aus dem Ärmel schütteln?"

„Nein, weil wir die Argumentation darstellen müssen, die zu deren Ansatz geführt hat. Und dazu brauchen wir die Referenzen aus dem Buch." Martin lehnte sich zurück und schob die Hände in die Hosentaschen. „Warte! Serge hat doch bestimmt ein Exemplar in seinem Büro", fiel ihr ein. „Komm mit und hilf mir suchen!"

Er folgte ihr zum Büro ihres Chefs, das dieser wie meistens offengelassen hatte. Kate ging zielstrebig auf eines der Regale zu, während Martin den Raum nur zögerlich betrat.

„Was ist? Hilf mir!", forderte sie ihn auf, als er stehen blieb und sich unsicher umsah.

„Denkst du, das ist eine gute Idee – in seinen Sachen zu stöbern, während er nicht da ist?"

„Wir suchen nur ein Buch, da ist doch nichts dabei." Sie warf ihm ein ermutigendes Lächeln zu. „Wir durchwühlen schließlich nicht seinen Schreibtisch! Es gibt natürlich Dinge, die tabu sind ..." Noch während sie die Worte aussprach, spürte sie, wie sich ein heißes, prickelndes Gefühl von ihrem Magen bis in ihren Unterkörper ausbreitete, das sie einen Moment den Atem anhalten ließ.

„Ah, da ist es!", rief sie und zog einen schweren, schon recht abgegriffenen Band aus dem Regal.

„Schön, dann nichts wie raus hier!" Martin klang erleichtert. Er folgte Kate zur Tür, aber statt vor ihm hinauszugehen schloss sie sie und drehte sich zu ihm um. Er sah sie entgeistert an.

„Es gibt Dinge, die tabu sind", sagte sie leise und näherte sich ihm. „Tabu, aber schrecklich aufregend, findest du nicht?" Sie warf das Buch auf einen Sessel. „Ich habe dich so vermisst", flüsterte sie und berührte seinen Hals.

„Kate!" Seine Stimme war in Aufruhr.

Sie näherte sich seinem Mund und küsste ihn leidenschaftlich. Er erwiderte ihren Kuss mit so viel Gefühl, dass ihr schwindlig wurde. Es fühlte sich an wie der allererste Kuss mit ihm, damals in ihrem Büro, als sie der Impuls einfach überwältigt hatte. Ihr Herz schlug schnell, als sie die obersten Knöpfe seines Hemdes öffnete.

Er hielt ihre Hand fest. „Kate, was soll das? Bist du wahnsinnig?!" Sie küsste ihn erneut und strich über seine Hose. Noch war sein Penis weich, aber sie spürte, wie er unter ihrer Berührung rasch härter wurde. „Ich dachte, es ist Schluss?", fragte er. „Ist dir klar, was wir riskieren? Wenn jemand vorbeikommt…"

„Dann müssen wir uns eben beeilen", sagte sie und küsste ihn, diesmal mehr, um ihn zum Schweigen zu bringen. Er sah sie so unglücklich an, dass sie sein Haar zur Seite schob und sich seinem Ohr näherte. „Möchtest du jetzt lieber eine Grundsatzdiskussion", flüsterte sie, so süß und sanft sie konnte, „oder möchtest du mich ficken?" Er musste lachen, über die forsche Wortwahl und ihre Annahme, dass sie seine Antwort bereits kannte. Sie griff unter ihren Rock, zog ihren Slip aus und ließ ihn auf den Boden fallen. Dann nahm sie seine Hand und führte ihn zum Schreibtisch. Die Tischplatte fühlte sich kalt an, als sie sich darauf setzte und ihn zu sich zog.

„Ach verdammt, Kate!" Er schob seine Hände unter ihren Po und schloss die Augen.

Ihm schien aufzufallen, dass etwas anders war als die Male zuvor. Sie zitterte, ihr Körper bebte förmlich, als er in ihr war. Dann bemerkte sie plötzlich, dass seine Bewegungen verhaltener wurden und er einen nervösen Blick auf Serges Familienfoto warf, das auf dem Schreibtisch stand.

„Schau mich an!", befahl sie und drehte sein Kinn zu ihr. „Und jetzt komm schon!" Sie zog ihn näher zu sich. „Härter, nimm mich härter!"

Er tat, was sie verlangte, wobei sie seinen Ärger mit jedem Stoß fühlen konnte, bis irgendwann eine riesige, heiße Woge über ihr zusammenschlug. Es war das erste Mal, dass sie mit ihm zum Höhepunkt gekommen war. Der Augenblick, als sie gemerkt hatte, dass er sich nicht viel länger würde beherrschen können, und die Gewissheit, dass er sich noch immer genauso nach ihrem Körper sehnte wie sie sich nach seinem, hatten sie überwältigt.

Kate spürte ein Gefühl der Scham und des Triumphs zugleich, als sie am nächsten Morgen das Unigebäude betrat. Triumph über die herrschaftlichen Hallen, die sie in der Nacht so skrupellos entehrt hatte. Ihre respektlose Tat schien ihr wie der ultimative Beweis dafür, dass das System nun keine Macht mehr über sie hatte. Und zugleich schämte sie sich für das, was sie Martin angetan hatte. Es war unfair, seine Wunden wieder aufzureißen und ihn für etwas leiden zu lassen, das nicht seine Schuld war. Auf eine Weise, gegen die er praktisch keine Chance gehabt hatte. Aber das Gefühl ihn – gerade an diesem Abend – so dringend zu brauchen, nicht anders zu können, war stärker gewesen als sie und der Sex mit ihm so gut, so hemmungslos. Es fiel ihr schwer, zu bereuen, was sie getan hatte.

Kein Grund in Schuldgefühlen zu versinken, versuchte sie ihre sprunghaften Gedanken zu beruhigen. Martin hatte danach kein Wort mehr mit ihr gesprochen. Er hatte den Reißverschluss seiner Hose zugezogen und war gegangen. Er hatte sich auf seine Art an ihr gerächt und sie einfach stehen lassen. Damit waren sie quitt, vermutlich. Auch wenn er jetzt schmollte – er würde wiederkommen. Zu sehnsuchtsvoll waren seine Küsse gewesen. Sie nahm sich vor, ihm etwas Versöhnliches zu schreiben und, vor allem, dass er am Freitag nicht zur Fachbereichsprüfung zu kommen brauche. Es war besser, wenn er nicht kam. Sie würde seinen Vortrag übernehmen und es Serge erklären.

Martin lehnte an der Wand vor ihrer Tür, als sie in den Korridor einbog. Sie konnte ihm schon von Weitem ansehen, dass er nicht in der Laune war für Small Talk.

„Wir müssen reden!", erklärte er. „Und komm mir jetzt nicht mit Ausreden! Ich weiß, dass du heute Morgen keine Vorlesung hast!"

Sie schloss die Tür auf und vermied es, ihn anzusehen. „Kann das nicht warten? Du weißt, wie viel Arbeit ich habe."

„Das hättest du dir gestern Nacht überlegen sollen!"

„Nicht so laut!", fauchte sie und schob ihn in ihr Büro.

„Also, los! Erklär mir, was du dir dabei gedacht hast!", forderte er. Sie nahm ihr Notebook und einige Unterlagen aus ihrer Tasche, um Zeit zu gewinnen, aber er war nicht bereit zu warten: „Du erinnerst dich sicher noch dunkel, dass du gerade Schluss gemacht hattest. Ich zitiere – Kate Riess 2009: ‚So oder so müssen wir die Sache beenden, und zwar schnellstmöglich.‘ *Schnellstmöglich*, hast du gesagt!“ Seine Stimme zitterte.

Kate sah ihn schuldbewusst an, dann senkte sie den Blick. „Es tut mir leid“, sagte sie leise.

„Was?“, rief er ungläubig.

„Es tut mir wirklich leid“, wiederholte sie.

„Das ist alles?!“

„Es ist einfach passiert.“

„Fuck, Kate!“ Er schlug mit der flachen Hand gegen den Türrahmen. „Du erzählst mir die ganze Zeit, dass alles supergeheim bleiben muss, weil uns sonst der ganze Laden um die Ohren fliegt, und was machst du? Du willst, dass wir es ausgerechnet im Büro vom Chef treiben. Auf seinem Schreibtisch!“

„Hör auf damit!“ Sie wand sich gequält ab. „Und schlimmer noch: Du erklärst mir, dass wir die Sache beenden müssen, und gerade als ich die beschissensten drei Wochen meines Lebens hinter mich gebracht habe, beschließt du, dass es doch noch mal ganz gut wäre, mit mir zu vögeln. Einfach, weil es dir gerade einfällt. Willst du mich umbringen, Kate?“ Er versuchte, ihr in die Augen zu sehen, aber sie wich seinem Blick aus. „Hast du dabei auch nur einen Moment mal an mich gedacht?“

Sie spürte Tränen aufsteigen, doch sie schaffte es, das Gefühl zu unterdrücken. „Ich wollte dich nicht verletzen. Ich weiß nicht, was mit mir los war.“

Er packte sie an den Schultern und zwang sie, ihn anzusehen. „Ich sage dir, was mit dir los ist. Ich hatte schließlich genügend Zeit, darüber nachzudenken. Du wirst es nicht hören wollen, aber jemand muss es dir mal sagen!“

Sie merkte, dass ihr die Kraft fehlte, sich aus seinem Griff zu lösen. „Martin, ich bitte dich! Das ist weder der Ort noch die Zeit…“

„Es ist nie der richtige Ort oder die richtige Zeit!“, fiel er ihr ins Wort. „Aber heute wirst du mir, verflucht noch mal, zuhören!“ Sie verzog das Gesicht und blickte auf seine Hände, die sie immer noch festhielten und ihr wehtaten. Erschreckt über sein eigenes Verhalten ließ er sie los. Er atmete heftig. „Eigentlich sehnst du dich nach was ganz anderem, aber alles, was du zulassen kannst, ist Sex. Je riskanter, desto besser, aber immer schön unverbindlich. Wirkliche Nähe –" er machte eine bedeutungsvolle Pause, „stellt ein echtes Problem für dich dar!" Sie wurde blass und sah ihn an, als habe er eine verbotene Tür in ihrem Inneren aufgestoßen. Er ließ ihr keine Zeit, sich von dem Schlag zu erholen: „Du solltest dir einen Psychiater suchen – davon gibt es ja genug in dieser neurotischen Scheißstadt!"

Es dauerte, bis sie sich in der Lage fühlte, etwas zu sagen. Sie wollte dazu ansetzen, ihm klarzumachen, dass er so nicht mit ihr reden könne, da hörte sie ein Geräusch, ein Knacken des Bodens auf dem Flur. Jemand, der vor dem Zimmer gestanden haben musste, ging eilig weg. Martin schien es ebenfalls gehört zu haben und sah sie entsetzt an. Erst jetzt fiel ihr auf: Die alte verzogene Tür war nicht ganz eingerastet gewesen. Kate schaute hinaus auf den Korridor, es war niemand zu sehen. Wie gelähmt stand sie da und horchte in den Raum, doch alles, was sie hörte, war ihr eigener Herzschlag. Sie ging zurück ins Zimmer und lehnte sich gegen die Tür. Ihr Gesicht war kreidebleich.

„Wer war das? Glaubst du, er hat was mitbekommen?", fragte sie und sah Martin verzweifelt an. „Was machen wir jetzt?"

„Nicht wir, Kate, du! Was machst *du* jetzt?!", sagte er und verließ ihr Büro.

Der Tag der Fachbereichsprüfung empfing Kate mit einem dunstigen Grau und sie war froh, dass sie es ohne einen der sintflutartigen New Yorker Regengüsse bis zur Uni geschafft hatte. Das Treppenhaus kam ihr seltsam leer vor. Geradezu Totenstille herrschte im Gebäude, sodass sie einen Moment innehielt und sich fragte, ob sie sich im Tag geirrt hatte. Nur eine Täuschung – sie war übermüdet und ihre Schultern schmerzten. Vor ihrem Büro angekommen, ließ sie erschöpft ihre Tasche auf den Boden sinken. Der Zettel mit den Last-Minute-Änderungen zu ihren Vorträgen, an denen sie gestern Abend noch im Bett gefeilt hatte, und der Beutel mit ihren eleganten Schuhen schauten heraus. Ein langer, anstrengender Tag lag vor ihr.

Keine Nacht hatte sie seit dem Streit mit Martin richtig geschlafen. Die Angst, dass derjenige, der vor ihrer Tür gestanden hatte, etwas vom Inhalt ihrer Auseinandersetzung mitbekommen haben könnte, und die Ungewissheit, wer dieser Jemand war, ließen sie aus dem Schlaf aufschrecken. Obwohl sich seitdem niemand in ihrem Department seltsam ihr gegenüber verhalten hatte, war es ihr nicht gelungen, sich zu beruhigen. Tristan – natürlich hatte sie sofort an Tristan gedacht, aber er war seit seiner Freistellung am Montag nicht mehr aufgetaucht. Wäre er es gewesen, hätte er sich ohne Zögern an ihr gerächt. Sie musste diese Gedanken jetzt aus ihrem Kopf bekommen. *Get your shit together*!

Sie wollte gerade den Schlüssel ins Schloss stecken, als sie bemerkte, dass sie wohl vergessen hatte abzuschließen – oder Oda war schon wieder vor ihr hier gewesen. Ihre Hände fühlten sich kalt an, als sie die Tür öffnete. Wie erstarrt blieb sie stehen und ließ die Klinke nicht los, da sie instinktiv spürte, dass sie etwas brauchte, woran sie sich festhalten konnte. Ihr Körper hatte noch nicht entschieden, ob es besser war, zu flüchten oder sich auf Kampf einzustellen. Rasch schloss sie die Tür und vergewisserte sich, dass sie diesmal auch ganz zu war.

Er erhob sich und kam langsam auf sie zu. „Entschuldige mein Eindringen, aber die Sekretärin meinte, hier sei der beste Ort, um auf dich zu warten."

Kates Gedanken überstürzten sich: Was hier gleich los sein würde – sie hatte nur noch ein paar Minuten – ohne das richtige Mindset war sie verloren – wie bei ihrem Vortrag in London – wenn jetzt jemand hereinkam – in seinem makellosen Anzug und dem *crisp* gebügelten Hemd sah er viel zu gut aus, um keinen Verdacht zu erregen. Ihre schlimmste Befürchtung war eingetreten: Adrian war in New York und stand hier in ihrem Büro. Und Oda hatte ihm auch noch die Tür aufgeschlossen.

„Hat sie dir gesagt, dass wir heute eine Fachbereichsprüfung haben – die in fünfzehn Minuten anfängt?", fragte sie atemlos. „Was hast du ihr erzählt?"

„Nichts. Dass wir einen Termin haben."

„Oh Gott", rief Kate und fasste sich an die Stirn. „Dann denkt sie sicher, du bist der Gutachter."

„Ich war geschäftlich in Boston und da dachte ich …"

„Hättest du nicht vorher anrufen können?"

„Damit du mir noch mal sagst, ich soll mich zum Teufel scheren? Kate, ich kann die Sache mit uns nicht vergessen. Bitte gib mir eine Chance, in Ruhe mit dir zu reden. Ich möchte verstehen, was deine Bedenken sind." Sie drehte sich um und versuchte, ihre Unterlagen zu ordnen, was ihr nicht gelang. „Ich wollte sehen, wie es sich anfühlt, wenn wir uns gegenüberstehen", sagte er leise. „Aber ich habe wohl einen schlechten Moment erwischt."

„Du wolltest sehen, wie es sich anfühlt?", rief sie aufgebracht. „Du wirst mich gleich in einer vollen Panikattacke erleben, wenn du nicht sofort mein Büro verlässt!" Sie setzte sich und zog ihre Turnschuhe aus.

„Können wir uns später sehen?", fragte er vorsichtig und sah ihr zu, wie sie die Schuhe mit den hohen Absätzen aus ihrer Tasche nahm. Er kniete sich vor sie, berührte einen der Schuhe und strich sanft über das Leder. „Ich hoffe, der Gutachter hat starke Nerven", sagte er und lächelte, während er ihr half hineinzuschlüpfen. Sie erkannte an seinem gefühlvollen Blick, dass er sich an die Schuhe erinnerte, und spürte einen Stich im Magen. Er hatte recht: Sie hatte ihm keine Chance gegeben, etwas zu erklären oder zu verstehen. Ihr fiel der Artikel wieder ein – wie hatten sie ihn darin genannt – einen *Wohltäter für die Menschheit?* Sie hätte allerdings zu gerne gehört, wie ausgerechnet er es geschafft hatte, zu diesem doch reichlich übertriebenen Titel zu kommen.

„Du musst jetzt sofort gehen!", verlangte sie.

„Gib uns nur eine Stunde", erwiderte er, bemüht ruhig zu wirken, aber sie konnte ihm ansehen, dass seine Anspannung stieg. „Heute Abend. Wenn du danach noch immer derselben Meinung bist, werde ich abreisen."

Sie warf einen verzweifelten Blick auf die Uhr. „Ich bin nicht hier heute Abend."

„Dann morgen – zum Frühstück vielleicht?"

„Ich übernachte in den Hamptons", sagte sie schnell. „Bitte geh jetzt!" Sie lief zur Tür, um sie ihm aufzuhalten.

„Bist du fertig?", fragte Serge, der wie durch einen Zaubertrick genau dort aufgetaucht war. Er zupfte an den Ärmeln seines Jacketts. „Der Gutachter ist schon im Besprechungsraum."

„Ich komme sofort", antwortete Kate, als Serges überraschter Blick auf Adrian fiel.

„Oh, ich wollte nicht stören", sagte er pikiert und es war klar, dass er der Überzeugung war, als Chef natürlich jederzeit stören zu können. Er sah zu Kate und dann nochmals zu Adrian. Serge musterte ihn einen Augenblick länger als üblich.

„Sie stören nicht", sagte Adrian sachlich. „Wir haben uns nur gerade darüber unterhalten." Er griff wahllos nach einem Artikel, der auf Kates Schreibtisch lag.

Serge streckte ihm seine Hand entgegen. „Ich bin Serge Decaux, ich leite den Laden hier. Und Sie sind ...?"

„Adrian Sedberg."

„Ihr Gesicht kommt mir bekannt vor, helfen Sie mir ..." Serge schien zu überlegen.

Oh nein, das Konferenzvideo, dachte Kate und schloss die Augen.

„Ein Kollege", antwortet Adrian, „aus Stockholm. Auf der Durchreise."

Kate sah ihn entsetzt an.

„Aus der Computerlinguistik?", fragte Serge und kniff die Augen zusammen.

In Stockholm gab es keine Computerlinguistik, fiel Kate voll Schrecken ein. „Nein!", rief sie etwas zu laut. „Nein", wiederholte sie leiser, „er ist aus der ..."

„...KI", vervollständigte Adrian ihren Satz. „Wir sind gerade dabei den Bereich aufzubauen, da wollte ich mir mal ansehen, was Sie hier so machen. Aber scheinbar ist es im Moment ungünstig."

„Interessant!" Serge schob seine Unterlippe nach vorn, wie er es manchmal tat, bevor er einen genialen Plan ausspuckte. „Wenn Sie etwas Zeit haben, dann kommen Sie doch mit. Wir haben heute eine Fachbereichsprüfung, da können Sie sich den besten Überblick über unsere Aktivitäten verschaffen."

„Ich möchte keine Umstände machen", sagte Adrian und warf einen unschlüssigen Blick zu Kate, die ihm mit einem angedeuteten Kopfschütteln zu verstehen gab, dass er abzulehnen hatte.

„Ach was, Umstände!", rief Serge. „Wir freuen uns immer über interessierte Gäste und meine Mitarbeiter sind heute in Topform, Sie werden sehen!"

„Serge …", wollte Kate ansetzen, doch sie kam nicht mehr dazu.

„Kommen Sie! Es geht gleich los", sagte er und schob Adrian, der sich ohne weiteren Protest in sein Schicksal fügte, durch die Tür. Kate warf den Kopf in den Nacken. Das war so typisch für ihren Chef – dankbar für jede Art von Publikum, vor dem er sich produzieren konnte! Und mit dem Aufwand, den sie für heute betrieben hatten, war er sich offensichtlich schon sicher, einen neuen Bewunderer zu gewinnen. Der würde seinen Ruf nun praktischerweise auch nach Schweden tragen, das er bislang noch gar nicht auf dem Radar gehabt hatte.

„Wo ist Martin?" Serge sah sich um.

„Hast du meine E-Mail nicht bekommen?", fragte Kate. „Er hat sich krank gemeldet."

„Was? Nein! Ausgerechnet jetzt!" Er blieb mit weit aufgerissenen Augen stehen.

„Mach dir keine Gedanken, ich übernehme seinen Vortrag."

„Und wenn Rückfragen kommen?"

„Kein Problem, ich habe mir alles über seinen Algorithmus erzählen lassen."

„Walter", sagte der Gutachter, ohne zu lächeln, als Kate ihm die Hand reichte. Er ging natürlich davon aus, dass sein Nachname bekannt war. Ihre Frage, wie seine Anreise gewesen sei, beantwortete er mit einem knappen „Der Flug war nur halb so schlimm wie die Fahrt von JFK hierher." Er versuchte, den etwas zu engen Kragen seines Hemdes zu lockern, was seinem Gesicht für einige Sekunden einen leidenden Ausdruck gab. Es fiel Kate schwer, ihn einzuschätzen: Er wirkte verschlossen und weder Serge noch sie hatten ihn je zuvor getroffen. Es kursierten nicht mal Gerüchte über ihn. Ob etwas beim Dinner mit der Hochschulleitung schief gelaufen war, das zu seiner gedämpften Stimmung beigetragen hatte? Serge gelang es, die Situation mit einer Anekdote über ein New Yorker Taxi aufzulockern, das er neulich genommen und dem eine Tür gefehlt hatte. Lucy und Eric – die sich, wie von ihrem Chef angewiesen, im Hintergrund hielten – hatten bereits an dem u-förmigen Tisch Platz genommen.

Serge sah auf die Uhr und beschloss, sofort zu beginnen. Er stellte Adrian beiläufig als einen Kollegen aus der KI vor, der sich ein Bild von den Arbeiten in ihrem Fachbereich machen wolle. Dieser hatte sich gegenüber von Kate gesetzt, was sie zwingen würde, seinem Blick auszuweichen, wenn sie sich nicht weiter von ihm durcheinanderbringen lassen wollte. Er saß neben dem Gutachter, dessen Gesicht eine unterschwellige Abneigung zeigte, die Kate beunruhigend fand. Obwohl sie während ihrer Promotionszeit in Deutschland sogar mal eine Begehung mit sieben Gutachtern durchgestanden hatte, war die Lage heute nicht zu unterschätzen: Das Urteil hing diesmal von einem einzigen Menschen ab. Während Serge einige einleitende Worte sprach, beobachtete sie Walter. Er sah jünger aus, als er vermutlich war. Sie schätzte ihn auf Mitte sechzig. Sein dunkles Haar zeigte keinerlei Anzeichen von Grau, und der Anzug, den er trug, zeugte von einer für Wissenschaftler unüblichen Stilsicherheit. Er hatte ein längliches Kinn, seine Lippen waren schmal und blutleer und er trug keinen Ehering. Vielleicht frisch geschieden oder getrennt, überlegte sie, was seine latente Missgestimmtheit erklären könnte.Ihre Gedanken wurden durch ein Klopfen an der Tür unterbrochen. Alle Augen waren jetzt auf Martin gerichtet, der – dem Anlass entsprechend formell gekleidet – eintrat und sich für die Verspätung entschuldigte. Er nahm auf dem freien Stuhl neben Kate Platz, ohne sie anzusehen. Serge warf einen erstaunten Blick zu Kate, die ihre Ahnungslosigkeit beteuernd die Schultern hob. Sie sah, wie Adrian sich zu dem Gutachter lehnte und ihm etwas ins Ohr flüsterte, woraufhin dieser leise vor sich hin kicherte. Kate spürte einen stechenden Schmerz im Kopf und fasst sich an die Schläfe.

Martins vorwurfsvoller Blick begleitete sie, als sie nach vorn ging und ihr Notebook anschloß. Sie hatte ihm nach dem Streit klar geschrieben, dass sie ihn heute hier nicht sehen wollte. Er war nur gekommen, um sie zu provozieren. Seine ganze Körperhaltung strahlte Widerstand aus. Als sie vorne stand – Adrian zu ihrer Rechten, Martin zu ihrer Linken – musste sie auf einmal an eine Skulptur von Bernini denken, die sie als junge Frau beeindruckt hatte: Daphne, die sich, verfolgt von Apollo, in einen Lorbeerbaum verwandelte. Apollos Hände, die gierig nach ihr griffen, und ihre Hände, die sie im verzweifelten Versuch sich herauszuwinden, gen Himmel reckte und an deren Fingerspitzen sich bereits die ersten Blätter bildeten. Das Bild half ihr, die Gedanken an ihre Verfolger abzuschütteln und sich auf ihre Kraft zu besinnen.

Im Anschluss an ihre Präsentation, die anfangs etwas steif aber zumindest deutlich besser als in London verlaufen war, folgten die Vorträge von Lucy und Eric. Kate lehnte sich zurück und spürte, wie ihre Schultern weicher wurden. Erst vor Martins Vortrag nahm ihre Anspannung wieder zu. „Ich mache das“, flüsterte sie ihm zu, doch er ignorierte ihre Bemerkung. Ihre Sorge war unnötig: Sein Vortrag lief vollkommen glatt. Er präsentierte sehr souverän und ohne seinen Ärger zu zeigen, wie sie mit Bewunderung feststellen musste. Wenn er nur nicht so wahnsinnig gut wäre, dachte sie, beinahe bereit ihm sein Erscheinen gegen ihren Willen nachzusehen.

Während des restlichen Vormittags vermied Martin es, Kate anzusehen, nur ab und zu blickte er forschend zu Serge. Es schien, als ob er nach Anzeichen suche, dass Serge etwas in Bezug auf seinen Schreibtisch aufgefallen sein könnte. Vielleicht, weil seine Sachen nicht mehr so lagen, wie er es gewohnt war. Oder rätselte er, wie sie, ob es Serge gewesen sein konnte, der vor Kates Tür gestanden hatte? Aber ihrem Chef war absolut nichts anzumerken. Falls er etwas wusste, dann verbarg er es meisterhaft. Im Gegenteil, er schien in Bestform zu sein, witzig und geistreich, ohne in irgendeiner Weise angespannt zu wirken.

„Also gut, ich verzeihe dir, dass du hergekommen bist“, flüsterte Kate, als sie Martin am Buffet abpasste.

„So?“ Er wirkte desinteressiert.

„Aber dir ist klar, dass du heute Abend nicht mitkommen kannst!"

Er antwortete nicht.

„*Well done!*", sagte Serge und legte eine Hand auf Kates Schulter, was sie zusammenzucken ließ. Sie nahm ihm die anerkennende Geste nicht ab – sicher hegte er noch immer einen Groll gegen sie, weil sie ihm wegen des Tenures die Pistole auf die Brust gesetzt hatte. Er *spielte* nur die Rolle des großzügigen Chefs, weil es heute ums Ganze ging. „Du auch, gut gemacht!", sagte er zu Martin, der es vermied, ihm in die Augen zu sehen. „Geht es dir wieder besser?"

„Wie? Ach so, ja, mir gehts gut!", erwiderte Martin knapp.

„Na dann …" Serge nahm sich ein Stück Baguette mit Lachs und Kapern und wand sich wieder seinen Gästen zu.

„Wer ist eigentlich der?", fragte Martin und nickte mit dem Kopf in Adrians Richtung.

„Wärst du pünktlich gewesen, wüsstest du es", antwortete Kate.

„Deine Erziehungsmaßnahmen kannst du dir sparen. Sag schon!"

„Ein Gast. Unwichtig." Sie strich sich eine Haarsträhne aus dem Gesicht.

„Ich dachte schon, noch ein Gutachter, so glänzend wie die sich verstehen", Martin deutete auf Serge, Walter und Adrian, die lachend beisammen standen. Er hatte recht, Walter schien in Adrians Gegenwart tatsächlich ein wenig aufzutauen. Er hatte auf einmal etwas Jungenhaftes, wie er mit einem Schmunzeln auf Adrians Scherze reagierte und dabei verlegen den Kopf zur Seite neigte. Hoffentlich überspannte Adrian den Bogen nicht!

In der zweiten Session gab es Gelegenheit, die Ansätze tiefergehend zu diskutieren, und obwohl sich die Laune des Gutachters gebessert zu haben schien, begann er nun, unangenehme Fragen zu stellen. Er wusste, dass der Ansatz, annotierte Daten zu verwenden, eine gewisse Schwäche darstellte, weil er so aufwendig war. Natürlich waren sie vorbereitet auf diesen Kritikpunkt. Dennoch war unklar, ob er zu einer Abwertung in seinem Bericht führen würde, so sehr wie Walter es zu genießen schien, darauf herumzureiten.

Entgegen Kates Befürchtungen hielt Adrian sich ihr gegenüber zurück. Er vermied es, sie allzu offensichtlich anzusehen. In der nächsten Pause entdeckten die Männer auch noch eine gemeinsame Leidenschaft: alte Autos, von denen angeblich alle welche besaßen. Sie musste zugeben, Adrian spielte seine Rolle nicht schlecht. Trotzdem – er hatte wirklich Nerven – ein Kollege aus Stockholm! Ein Anruf von Serge und er würde auffliegen. Und wie war es möglich, dass er zu allem etwas zu sagen hatte? Kate hatte keine Zeit, sich darüber zu wundern, aber sie war erleichtert, dass es zumindest keine Fachgespräche waren, in die er verwickelt war.

Sie hatte Martin nahegelegt, sich spätestens vor der letzten Session zu entschuldigen, um das Risiko des gemeinsamen Dinners zu umgehen. Doch als er statt zu gehen zum Buffet schlenderte, um sich einen Kaffee zu holen, beschloss Kate zu handeln.

„Unsere Vereinbarung!", flüsterte sie, aber er reagierte nicht. Er nahm sich Zucker und suchte dann umständlich nach einem Löffel. „Ich erwarte, dass du jetzt gehst!", sagte sie so leise es ging, doch es war unmissverständlich ein Befehl.

Er rührte bedächtig in seinem Kaffee und nahm dann einen Schluck. „Träum weiter!", sagte er und lächelte gelassen.

Mit einem Gefühl von zunehmender Ohnmacht ließ Kate ihn stehen und wendete sich an ihren Chef.

„Was ist?", fragte Serge, als sie ihn beiseitenahm.

„Martin", erklärte sie diskret. „Er fühlt sich nicht gut. Er war sehr krank und sollte sich jetzt wieder hinlegen. Aber natürlich will er uns nicht enttäuschen und weigert sich, zu gehen. Du solltest ein Machtwort sprechen!"

„Nein, mir geht es bestens, wirklich!", erwiderte Martin und warf Kate einen entrüsteten Blick zu, als Serge ihn zur Rede stellte.

„Du musst dich hier nicht durchquälen", sagte Serge. „Das meiste ist eh gelaufen. Ich bin sehr zufrieden mit deiner Arbeit. Geh nach Hause und leg dich hin!"

Doch Martin war nicht bereit, sich so leicht geschlagen zu geben: „Okay, ich war ein bisschen krank, aber heute ist es schon wieder viel besser. Im Ernst, ich würde euch sagen, wenn es nicht ginge." Serge kniff die Augen zusammen. „Ich würde wirklich gerne dabei sein heute Abend", fügte Martin mit Nachdruck hinzu.

„Na gut, musst du wissen", entschied Serge und gab Kate mit einem irritierten Kopfschütteln zu verstehen, dass ihre Fehleinschätzung ihn unnötig aus dem Gespräch gerissen hatte.

„Ich hoffe, meine überfürsorgliche Chefin ist jetzt beruhigt", sagte Martin und sah Kate triumphierend an.

Als das Programm vorüber war, stand Walter als Erster auf und verabschiedete sich.

„Keine Sorge, er will nur noch mal ins Hotel, bevor wir rausfahren. Es lief ausgezeichnet bisher!", sagte Serge zu Kate.

Sie war erleichtert, dass Adrians Gastspiel ebenfalls glimpflich verlaufen war und durch die Fahrt in die Hamptons nun zum Glück beendet. Wenn sie sich bis zur Abfahrt an die anderen hielt, konnte sie es sogar vermeiden, mit ihm alleine zu sein.

„Organisier bitte schon mal, wer bei mir und wer bei dir im Wagen mitfährt", beauftragte Serge Kates Kollegin Lucy. Dann nahm er Kate beiseite: „Der Kollege aus Stockholm kam übrigens wie gerufen. Er hat es geschafft, bei Walter das Eis zu brechen. Die beiden verstehen sich so gut, dass ich ihn spontan eingeladen habe, heute Abend mitzukommen", sagte er zufrieden in Kates blasses Gesicht. „Alles, was nötig ist, damit Walter den Tag in bester Erinnerung behält!"

Kapitel 10 – Kate

„Willkommen in East Hampton", verkündete Serge als er seinen Wagen vor einem großen, weißen Holzhaus inmitten einer Dünenlandschaft geparkt hatte. Es sah beeindruckend aus, doch etwas in die Jahre gekommen, so als hätte es einiges der Roaring Twenties gesehen, zumindest aber den Ansturm der Avantgarde-Künstler auf Long Island und ganz sicher die exzessiven Partys der 70er-Jahre. Nur ohne Serge, der damals wahrscheinlich noch kiffend an der Sorbonne herumgehangen hatte. Kate war froh, den ermüdenden Gesprächen im Auto zu entkommen, und nahm einen Atemzug der frischen Seeluft. Sie konnte das Meer unter dem wolkenverhangenen Himmel sehen und einige andere Villen, die sich in großzügiger Entfernung befanden. Fußspuren führten am Haus vorbei durch die Dünen zum Strand.

Julie stieg nach Kate aus dem Auto und warf einen peinlich berührten Blick zum Himmel. „Ja, darauf ist er *richtig* stolz", flüsterte sie Kate hinter vorgehaltener Hand zu. „Er kümmert sich mehr um diesen alten Schuppen als um seine Familie! Aber du darfst dich nicht vom ersten Eindruck täuschen lassen: Es bröckelt hier und da." Kate war sich nicht sicher, wie sie die Bemerkung verstehen sollte – es klang wie die Andeutung einer Instabilität, die eher mit Julies Familie zu tun hatte als mit dem Haus.

Kate fühlte sich erschöpft, aber auch erleichtert, dass Adrian einen Vorwand gefunden hatte, um später nachzukommen, und so wenigstens die Fachgespräche auf der langen Fahrt zu vermeiden. Vielleicht war er auch bereit, Kate und sich eine Pause zu gönnen – der Abend, der vor ihnen lag, würde anstrengend genug werden. Serge schloss die Tür auf und ließ Walter den Vortritt.

„Was ist los?" Er warf einen strengen Blick zu Julie.

„Nichts", sagte sie und nahm ihre Tasche aus dem Kofferraum. Sie wirkte ein wenig überdreht, als hätte sie zu viel Kaffee getrunken. Kein Wunder – vor ihr lagen ein Abend, eine Nacht und ein Morgen mit Martin. Das alles wäre so vielversprechend, wenn Kate nicht seine Wunden wieder aufgerissen hätte. Sie verfluchte sich für diesen Fehler, den sie inzwischen zutiefst bereute. „Ich habe das Gefühl, heute passiert noch irgendwas", sagte Julie leise zu Kate und traf damit genau ihre Befürchtungen.

Kurz darauf bog das Auto von Kates Kollegin Lucy in die Einfahrt und mit ihr stiegen Martin und Eric aus. Martin ging mit seinem Rucksack über der Schulter an Kate vorbei und sah ihr dabei ungewohnt direkt in die Augen. Sein Blick war so kalt, dass sie instinktiv zurückwich – als hätte sie Angst, dass er ihr vor die Füße spuckte. Warum hatte er unbedingt darauf bestanden, mitzukommen? Hätte er jetzt – so verärgert, wie er war – nicht jeden Grund, ihre Gegenwart zu meiden? Je mehr sie darüber nachdachte, desto größere Sorgen machte sie sich. Keines der möglichen Motive, die ihr einfielen, war beruhigend.

In der Küche war ein kleines Team vom Catering Service schon damit beschäftigt, das Dinner vorzubereiten, während Serge seinen Gästen die Zimmer im ersten Stock zeigte. Martin und Julie standen etwas abseits im Flur, aber Kate konnte ihr Gespräch von Weitem hören.

„Ich hatte nicht gedacht, dass du mitkommst", sagte er. „Wegen der Fachbereichsprüfung, meine ich."

„Mein Vater befürchtet, ich mache sonst irgendwelchen Blödsinn zu Hause." Sie sah genervt zur Seite.

Er lachte. „Gab es Stress wegen neulich?"

„Ziemlich", antwortete sie, nachdem sie sich vergewissert hatte, dass Serge weit genug weg war. „Aber er weiß nicht, dass wir zusammen unterwegs waren."

„Puh!", sagte Martin erleichtert und lächelte.

Dann verschwanden beide in ihren Zimmern.

Kates Zimmer lag schräg gegenüber von Martins. Sie wartete, bis niemand mehr auf dem Flur war, ging dann zu seiner Tür und horchte einige Sekunden. Es waren keine Stimmen zu hören. Sie klopfte an und ging, ohne eine Antwort abzuwarten, hinein.

Martin stand vor dem Spiegel und war dabei sich umzuziehen. Er schien nicht überrascht, sie zu sehen. „Noch mal kurz Sex?", fragte er, ohne sich ihr zuzuwenden.

Sie hätte ihn am liebsten geohrfeigt. „Warum bist du nicht nach Hause gegangen? Denkst du, es macht irgendwas besser, wenn wir zusammen hier sind?!"

Er ließ sich Zeit. „Du solltest nicht in meinem Zimmer sein. Das ist gefährlich", sagte er, aber es klang nicht besorgt, sondern zynisch. Er hängte das Hemd, das er den Tag über getragen hatte, auf einen Bügel und nahm ein frisches aus seinem Rucksack.

„Wir hatten vereinbart, dass du nicht mitkommst!"

„Wir hatten noch ganz andere Dinge vereinbart!", erwiderte er emotionslos. „Es gibt keinen Grund mehr für mich, irgendwelche Regeln einzuhalten, die du aufstellst, weil dir zufällig gerade der Sinn danach steht."

Kate spürte, wie ihr Mund trocken wurde. „Martin", sagte sie beschwörend, „sei doch vernünftig! Was passiert ist, war … ungünstig, aber jetzt müssen wir das hinter uns lassen. Das sind wir Serge und dem Projekt schuldig."

„Und vor allem deiner Karriere, willst du doch sagen! *Ungünstig!*" Er schüttelte verächtlich den Kopf.

„Was soll ich denn deiner Meinung nach tun? Was willst du von mir?"

„Das fragst du noch? Dich dem Problem stellen! Nichts wird sich lösen, solange du vor dir selbst wegläufst. Du hast den Abgrund aufgerissen und jetzt ist die Chance, sich damit auseinanderzusetzen, warum es dir offensichtlich genauso schwerfällt wie mir, die Sache zu beenden."

Ein beunruhigendes Schwächegefühl erfasste Kate, aber sie fing sich rasch. „Jetzt ist erst mal Fachbereichsprüfung", sagte sie, „und sonst gar nichts! Du musst noch lernen, dass Gefühle in einer Situation wie dieser keine Rolle spielen."

Kate hatte alle Aufmerksamkeit, als sie den Salon betrat. Sie hatte sich für das Dinner umgezogen und trug ein langes Kleid in einem tiefdunklen Türkiston, dessen weicher Stoff ihre Figur betonte. Es war feminin, aber nicht zu gewagt. Ideal für Anlässe wie diesen. Jedenfalls hatte sie das gedacht, bis sie bemerkte, dass Walter sie seltsam musterte. Er stand mit Serge an der breiten Fensterfront, von der aus man aufs Meer sehen konnte. Sie beschloss, ihre Unsicherheit zu überspielen und freundlich auf ihn zuzugehen. Als sie näher kam, wurde ihr klar: Die beiden waren in ein ernstes Thema verwickelt.

Serge nahm ein Kristallglas von einem Tablett, auf dem eine Flasche Crémant stand, und reichte es Kate.

„Wie gesagt, unschöne Sache, aber er hat es ja regelrecht darauf ankommen lassen!", setzte Walter das Gespräch an Serge gewandt fort, der sich unwohl zu fühlen schien. Er hatte die Mundwinkel nach unten und seine Schultern nach oben gezogen. „Sie wissen sicher, was ich meine?", bohrte Walter weiter.

„Nein", sagte Serge knapp und richtete seinen Blick wieder aufs Meer. „Nach allem, was man sich über ihn erzählt, war er ..." Walter warf einen Blick zu Kate. „... kein Kostverächter. Und seine Methoden nicht immer die ehrenhaftesten. Er soll *Druck* ausgeübt haben."

Serge gab sich ungerührt. „Wann ist das passiert?"

„Die Suspendierung? Es ist alles erst seit dieser Woche bekannt. Ein Riesending in Stanford!" Kate horchte auf. „Alexander de Wit", erklärte Walter und wendete sich ihr zu, neugierig, wie sie die Nachricht aufnehmen würde. „Scheinbar hatte er eine Affäre mit einer Studentin. Jetzt ist er seinen Job los." Walter schüttelte den Kopf. „Angeblich hat die Putzfrau ein Spitzenhöschen in seinem Büro gefunden", flüsterte er und legte die Hand auf die Lippen, um ein Grinsen zu verbergen. Kate sah sich nach Martin um. Er stand mit Julie am anderen Ende des Salons, wo sie sich die Schallplattensammlung ansahen. Keine Gefahr, dass er das Gespräch hören könnte.

„Ich sehe Ihr Entsetzen", sagte Walter und neigte seinen Kopf zu Kate. „Ich war ebenso schockiert wie Sie, das können Sie mir glauben. Der Mann ist eine Koryphäe. Aber natürlich absolut gerechtfertigt, die Entscheidung. So was darf nicht einreißen, da muss hart durchgegriffen werden!"

„Vollkommen meine Meinung", bestätigte Serge und trank den Rest seines Aperitifs in einem Zug. Kate versuchte, in seinem Gesicht ein Anzeichen von Reue zu erkennen, zumindest von Bedauern, dass er einem zwielichtigen Typen wie Alexander geglaubt und ihr Unrecht getan hatte. Aber er zeigte keinerlei Regung. Ihre Unsicherheit nahm zu, ob es tatsächlich ihr Chef gewesen sein könnte, der vor ihrer Bürotür gestanden und das unheilvolle Gespräch zwischen ihr und Martin mitbekommen hatte. Und dass er nur noch abwartete, bis die Begutachtung vorbei war, und dann ...

Es läutete an der Tür.

„Ich geh schon!" Kate nutzte die Gelegenheit, der Situation zu entfliehen. Und obwohl sie diesmal wusste, wer vor der Tür stand, traf sie der Anblick erneut. „Bitte erspar mir das", flüsterte sie. „Ich werde eine gute Entschuldigung für dich finden, wenn du jetzt gehst. Du hast einen Anruf bekommen, als du auf dem Weg hierher warst ..."

„Du siehst umwerfend aus", sagte Adrian, „aber blass. Jetzt nicht die Nerven verlieren, Kate! Wir schaffen das!"

„Es würde mir wesentlich besser gehen, wenn du nicht hier wärst."

„Von mir droht keine Gefahr, glaub mir! Außerdem ist es zu reizvoll, den Abend mit dir zu verbringen, selbst wenn wir nicht alleine sind."

Kate wendete sich mit einem gequälten Gesichtsausdruck ab. „Wenn du jetzt gehst, dann verspreche ich, dass wir uns treffen", beschloss sie, ihren höchsten Trumpf auszuspielen. „Gleich morgen – wir treffen uns morgen!", legte sie nach, als er nicht reagierte.

Adrian berührte mit dem Zeigefinger seine Lippen. „Nicht verhandelbar", flüsterte er mit einem Lächeln und zog die Tür hinter sich zu.

„Ah, wunderbar, dann sind wir vollzählig!", rief Serge von Weitem und kam, um Adrian zu begrüßen. „Lasst uns zu Tisch gehen", sagte er mit einer einladenden Geste.

Serge hatte für seine Gäste ein Thunfisch-Carpaccio ausgewählt, das mit Koriander und Zitrone mariniert war, eine Vorspeise, die Kate normalerweise in höchstes Entzücken versetzt hätte. Doch jetzt brachte sie kaum einen Bissen herunter und selbst den außergewöhnlichen Sauvignon Blanc, der dazu gereicht wurde, nahm sie kaum wahr. Walter, der sich bisher relativ unbeeindruckt gezeigt hatte von dem Aufwand, der seinetwegen betrieben wurde, warf Serge einen anerkennenden Blick zu. „Warten Sie, bis Sie den Rotwein probiert haben!", sagte Serge. „Ich lasse mir davon immer ein paar Kisten von einem Weingut in der Nähe von Toulouse schicken."

Serge hatte sich neben der perfekten Vorspeise auch die perfekte Tischordnung ausgedacht. Man saß sich paarweise gegenüber, die Kopfenden waren leer: Am einen Ende des Tisches saßen er und der Gutachter. Neben Serge saß Adrian und ihm gegenüber Kate, gefolgt von Lucy und Eric und dann Martin, der Julie gegenüber saß. Julies Wangen waren gerötet vom Aperitif und der Aufregung. Kate konnte ihre Anstrengung spüren, weder ihren Vater noch sonst irgendwen etwas von ihren Gefühlen für Martin merken zu lassen. Aber Kate hatte ihre eigenen Herausforderungen: Da sowohl Serge als auch Adrian und Martin auf der gegenüberliegenden Tischseite saßen, war es fast unmöglich, einem von ihnen steuernde Blicke zuzuwerfen, ohne dass die anderen etwas davon mitbekamen.

Der Anfang des Tischgesprächs war beinahe unbemerkt an Kate vorbeigerauscht. Es dauerte, bis sich ihr Ärger über Adrians dickköpfiges Verhalten gelegt und sie sich mit ihrer Ohnmacht abgefunden hatte. Auch schweiften ihre Gedanken immer wieder zu den Neuigkeiten über Alexander, die sie noch nicht fassen konnte. Sie schreckte auf: Was hatte Serge da eben erwähnt? Dass seine Frau leider nicht hier sein konnte, weil sie zu ihrer Mutter nach Montpellier hatte fliegen müssen, weil …? Verdammt, sie hatte den Grund überhört! Walter fand die tragischen Umstände sehr bedauerlich. Umso erfreulicher, dass Serges bezaubernde Tochter mitgekommen sei! Die erste persönlichere Bemerkung, die er an diesem Abend machte – abgesehen von dem Spitzenslip und der Bekundung seiner unerbittlich konsequenten Einstellung, was *solche Dinge* betraf. Julie schlug die Augen nieder und lächelte. Es war das Lächeln einer vorbildlichen Tochter, die sich zu benehmen wusste, die schwieg, wenn es darauf ankam, und auf die ihr Vater stolz sein konnte. Kate kannte dieses Lächeln von sich selbst als junges Mädchen, wenn wieder mal ihr hübsches Aussehen und ihre Gefälligkeit gelobt wurden, nichts weiter. Vielleicht auch deshalb ergriff sie die Gelegenheit, zu erklären, dass Julie erst vor Kurzem zum Projekt hinzugekommen sei und was für eine Bereicherung sie bereits jetzt darstelle. Martin warf Julie einen etwas übertriebenen Du-hörst-es-Blick zu, der sie noch verlegener machte. Er hatte den Wein recht schnell getrunken, trotzdem wirkte er noch immer sehr unentspannt.

„Erzählen Sie uns mehr über Stockholm", forderte Serge Adrian auf. „Sie wollen dort einen neuen Fachbereich für Natural Language Processing aufbauen?"

„Es ist eigentlich nicht mein Bereich. Ich vertrete momentan nur einen Kollegen, der danach wieder übernehmen wird", erklärte Adrian. „Es geht um benutzeradaptiven Sprachdialog", fügte er hinzu, nachdem Serge ihm mit gespanntem Schweigen signalisiert hatte, dass er auf Details wartete.

Um Gottes willen, dachte Kate angesichts der Komplexität des Themas und lehnte sich mit verschränkten Armen zurück. Da hatte er sich was Schönes eingebrockt! Glaubte er etwa, dass es sie beeindrucken würde, wenn er ausgerechnet ihr Spezialthema wählte? Da muss er sich jetzt selbst heraushelfen, dachte sie trotzig. Doch dann bemerkte sie staunend, wie exzellent er vorbereitet war. Er verwendete einschlägige Begriffe korrekt, wenn auch etwas vage. War sie ihm tatsächlich so wichtig, dass er all das auf sich genommen hatte? Dass er sich sogar in technische Details von Sprachdialogsystemen eingearbeitet hatte? Trotzdem – es war und blieb unverschämt, dass er einfach so aufgekreuzt war. Und natürlich durchschaute sie sein Spiel: Er wollte sie nicht nur mit seiner Einsatzbereitschaft beeindrucken, er wollte ihr helfen, die Begutachtung zum vollen Erfolg zu machen, um ihre Sympathie zu gewinnen. Ein bisschen viel, was er sich da vorgenommen hatte.

„Dialogmanagement in benutzeradaptiven Systemen ist mein Promotionsthema", erklärte Lucy, begeistert über den Zufall. „Auf welchen Dialogmanagementansatz wollen Sie sich denn spezialisieren? Eine, in Zusammenhang mit Benutzerpräferenzen, ja nicht ganz einfache Entscheidung."

Adrian schluckte. Treffer, versenkt!, dachte Kate und beschloss einzugreifen. „Ich vermute, es ist ein hybrider Ansatz, wie die meisten neueren Ansätze?", fragte sie und gab Interesse vor. Adrian stimmte ihr etwas verlegen zu. „Es ist sehr spannend, was meine Kollegin macht. Erzähl uns doch ein wenig davon, Lucy!" Adrian warf Kate einen dankbaren Blick zu.

„Ich habe den Vortrag über das Machine Learning übrigens sehr genossen", betonte Walter etwas später und deutete mit seiner Gabel auf Martin.

„Ja", bestätigte Serge, „wir hoffen alle, dass unser junger Freund hier seine Überlegung nach London zu gehen, noch mal überdenkt." Beim Stichwort London konnte Kate nicht umhin Adrian besorgt anzusehen. Sie hoffte, dass ihm klar war, dass er sich bei diesem Thema zurückzuhalten hatte.

„Nach London?" Der Gutachter schien überrascht. „Wie kommen Sie denn darauf? Was machen die dort überhaupt?", fragte er, mehr im Scherz und zu Serge gewandt. Beide lachten. „Oder ist Ihre Betreuerin zu streng?", wollte Walter wissen, woraufhin Kate sich verschluckte. Sie winkte eilig ab, als Eric ihr auf den Rücken klopfen wollte. „Ich habe gehört, dass sie sehr hohe Ansprüche haben soll", bemerkte Walter, der eine Vorliebe für heikle Themen zu haben schien.

„Die höchsten!" Martin ließ sich von dem Sauvignon nachschenken. „Geradezu unmenschlich", fügte er mit einem ernsten Gesichtsausdruck hinzu und versuchte noch nicht mal, die Aussage als Scherz zu tarnen. Adrian horchte auf und auch Serge wirkte etwas irritiert von Martins harschem Ton.

„Nichts, womit er nicht klarkommen würde", erklärte Kate, als sie sich von ihrem Hustenanfall erholt hatte, und lächelte.

„Es sind eher private Gründe", sagte Martin und machte eine Pause, in der ihn alle gespannt ansahen. Kate hätte ihm gerne einen ihrer Untersteh-dich-Blicke zugeworfen, was in dieser Situation aber zu riskant war.

„Steckt vielleicht eine Frau dahinter?", fragte Walter, entschlossen, der Sache auf den Grund zu gehen. Julie rückte in Erwartung – oder vielmehr Befürchtung – von Martins Antwort nervös auf ihrem Stuhl nach vorn.

„Mit Frauen habe ich abgeschlossen", sagte Martin schließlich und vermied es, Kate anzusehen. „Ich lebe nur noch für die Arbeit und meine Musik."

„Hört, hört", sagte Walter und hob sein Glas. „Auf die Musik dann!"

Kate nutzte die Zeit zwischen Vorspeise und Hauptgang, um das Bad aufzusuchen. Sie atmete tief durch, als sie vor dem Spiegel stand und sich kritisch betrachtete. Die erste Runde war kraftraubend gewesen und sie fragte sich, was sie tun sollte, um die Explosivität aus dem Abend zu nehmen. Und um zu verhindern, dass Martin noch mehr trank und sich womöglich von seinen Gefühlen überwältigen ließ. Dabei wusste sie genau, was ihn stoppen würde: Er wartete auf das Eingeständnis ihrer tiefen Zuneigung und die Bereitschaft zu überdenken, was er gefordert hatte. Sie versuchte, die Worte dafür in ihrem Kopf zu formulieren, aber es gelang ihr nicht. Früher oder später würde sie ihm gestehen müssen, dass es nur ein Trick gewesen war, um Zeit zu gewinnen, und sie fühlte sich nicht in der Lage, sein Vertrauen derart zu missbrauchen. Wahrscheinlich hatte auch Serge inzwischen Verdacht geschöpft, dass Martin und sie sich nicht mehr so gut verstanden und dass ihre *Betreuung* etwas mit seiner Idee, nach London zu gehen, zu tun haben könnte. Sie hörte Schritte auf dem Flur. Das Einzige, was sie jetzt tun konnte, war, einen klaren Kopf zu bewahren, sodass sie im Notfall angemessen reagieren konnte.

„Was machst du hier?", fragte sie, als sie Adrian am Ende des Flurs auf sie warten sah. „Ich will nicht, dass man uns zusammen sieht."

„Weißt du, was mit deinem Studenten los ist?", fragte er während er, die Hände in den Taschen, lässig an der Wand lehnte. „Er scheint emotional etwas aus der Balance zu sein."

„Ja? Findest du?" Kate zupfte an ihrem Kleid herum.

„Liebeskummer vielleicht?", riet er, als sie schwieg. „Seltsam nur ..." Er nahm eine Hand aus der Tasche und zeichnete mit dem Finger das Muster auf der Tapete nach, „es scheint, als hättest *du* etwas damit zu tun?"

Kate warf ihm einen genervten Blick zu. „Wir hatten eine Meinungsverschiedenheit, wegen seiner Masterarbeit. Das nimmt er mir übel, aber er wird sich wieder beruhigen. Sieh lieber zu, dass du dich nicht zu tief in Sprachdialogsysteme verstrickst."

„Ich vertraue auf dich", sagte er, als Lucy um die Ecke bog.

„Kennen Sie die Hamptons?", fragte Kate Walter, als der Hauptgang serviert wurde.

„Eher vom Drüberwegfliegen", meinte er und erzählte von einer unglücklichen Urlaubswoche mit einer Fischvergiftung und eben jenem sintflutartigen New Yorker Regen, den Kate so gut kannte. Zum Glück fiel Adrian ein Witz über verfressene Katzen und unbekömmliche Fische ein, der genau Walters Humor traf.

„Es sollten mehr Frauen in höhere Positionen an der Uni, finden Sie nicht?", fragte Adrian in die Runde. Er wurde nach der problemlos gehandelten Intoxikation scheinbar etwas übermütig.

Walter ließ sich Rotwein nachschenken und stimmte ihm gut gelaunt zu. Er warf einen erwartungsvollen Blick zu Serge, woraufhin dieser sich gezwungen fühlte, ebenfalls zuzustimmen. Es schien ihm unangenehm zu sein vor Kate. Na wunderbar – die versammelte Männerwelt war sich also einig über den Platz von Frauen in der Forschung. Dann kann ja nichts mehr schief gehen, dachte sie höhnisch und lehnte sich zurück.

„Wie steht es eigentlich um Ihren Tenure?", fragte Walter zu Kate gewandt. Er schien wirklich über alles informiert zu sein.

„Bestens!", kam Serge ihr zuvor. „Ich habe mich persönlich dafür eingesetzt."

„Eine gute Entscheidung", bestätigte Adrian. „Ich hatte vor Kurzem die Gelegenheit, Ihre Kollegin auf einer Konferenz sprechen zu hören. Beeindruckend! Halten Sie sie, so lange Sie können!" Kate meinte, ein leises Bedauern in seiner Stimme zu bemerken, das sie auf ihr Verschwinden damals im Hotel bezog.

„Ach ja? Wo denn – in London?", fragte Serge und hörte für einen Augenblick auf zu kauen. Kate versuchte Adrian unter dem Tisch zu treten, aber ihr Fuß traf ins Leere. „Mein Gott, natürlich!", rief Serge. „Jetzt weiß ich, wo ich Sie schon mal gesehen habe: das Konferenzvideo!"

Kate zuckte zusammen, was Martin aufschauen ließ.

„Sie wissen schon, die Q&A nach Kates Vortrag", sagte er in Adrians ratloses Gesicht.

„Es gibt ein Video davon?", fragte Adrian – die Tatsache schien ihn eher zu amüsieren als zu beunruhigen.

„Oh, là, là, mein Lieber! Jetzt wird mir einiges klar", sagte Serge und gab Adrians Schulter einen freundschaftlichen Schubs mit seiner.

Kate spürte, wie Hitze in ihre Wangen strömte. „Ich denke nicht, dass das von allgemeinem Interesse ist", versuchte sie das Thema abzuwenden.

„Doch, das klingt sehr interessant!", widersprach Martin. „Erzähl doch mal, Kate!" Auch die anderen sahen sie jetzt neugierig an.

„Ich glaube, mir ist nicht gut!", sagte Kate und stand auf. Sie wusste keine andere Lösung. „Ich brauche nur etwas frische Luft", erklärte sie und lief hinaus auf die Terrasse und die Holztreppe in die Dünen hinab, bis sie außer Sichtweite war.

Verzweifelt schlug sie die Hände vors Gesicht, der Wind zerrte an ihrem Haar. Sie hatte die Nerven verloren! Jetzt war allen klar, dass sie etwas zu verbergen hatte. Ihr Herz raste und war nicht mehr mit reiner Willenskraft zu beruhigen, als sie jemanden schnellen Schrittes die Treppe herunterkommen hörte.

„*What the fuck*?!", rief Martin und hielt ihr sein Handy entgegen. Es zeigte die bekannte Überschrift ‚*Best Q&A ever*!!!' und darunter ein leeres Fenster. „Das Video wurde runtergenommen! Warum wurde es runtergenommen, Kate, und warum bringt dich das so aus der Fassung?!" Sie war nicht zu einer Antwort fähig. „Was meinte Serge mit *Oh, là, là*? Was war denn so *Oh, là, là* daran, dass du nicht drüber reden kannst?"

„Du schätzt die Lage ganz falsch ein", versuchte sie zu erklären.

„Oho, ich schätze also die Lage falsch ein!", rief er und riss die Arme in die Luft. „Und was hat der Typ aus Stockholm damit zu tun?"

Ein Windstoß ließ Kate vor Kälte schaudern.

„Dann zählen wir doch mal eins und eins zusammen: Serge hat Adrian in dem Video gesehen, während deiner Q&A. Adrian taucht dann, einfach so, aus dem Nichts, hier bei unserer Fachbereichsprüfung, auf, woraufhin Serge sagt: ‚Oh, là, là, jetzt wird mir einiges klar'. Der Typ ist wegen dir hier, Kate!" Zornig und vom Wind zerzaust sah Martin aus wie ein junger Rachegott. „Jetzt verstehe ich, warum du nicht wolltest, dass ich mitkomme."

„Blödsinn! Ich wusste noch nicht mal, dass er kommt. Ich kenne ihn kaum."

„Er hat dich angemacht, habe ich recht? Ich kann es mir richtig vorstellen, dieser Schleimer! Und du? Bist du darauf eingegangen?"

„Er hat irgendwas Charmantes gesagt, das war alles. Du weißt doch, Serge übertreibt gerne. Du steigerst dich da in etwas rein. Du solltest auf keinen Fall noch mehr trinken", sagte sie ernst. „Denk an das Vertrauen, das Serge in dich setzt. Du kannst es dir nicht erlauben, dich hier so aufzuführen!"

„Keine Sorge, Chef, ich weiß im Gegensatz zu dir genau, was ich tue", sagte er mit einem gefährlichen Unterton in der Stimme.

„Reiß dich zusammen, Martin, und halte um Gottes willen den Ball flach!" Sie griff impulsiv nach seinem Arm. „Du bewegst dich auf sehr dünnem Eis!"

„Du auch", sagte er, „falls du mich angelogen hast."

Lucy hatte beschlossen, aufzubrechen, weil sie zu Hause bei ihrer kleinen Tochter übernachten wollte, wofür alle Verständnis hatten. Eric, der den ganzen Abend kein Wort gesagt hatte, kam die Gelegenheit, sich von seiner Kollegin mitnehmen zu lassen, sehr entgegen. Nur, weil er ja auch in Queens wohne und ganz in der Nähe von Lucy, wie er betonte. Dabei war es Fall A seiner Exit-Strategie, die er schon Wochen im Voraus geplant hatte, und *die* Chance, dem sozialen Albtraum, den der Abend für ihn als Nerd darstellte, ein zügiges Ende zu bereiten.

„Ich fände es gut, wenn du ebenfalls mitfährst", sagte Kate zu Martin, der etwas abseits stand.

„Ja, kann ich mir denken", erwiderte er und lächelte. „Ich hab dir gesagt, dass ich hier nicht weggehe, bis du dich dem Problem stellst. Und sieht so aus, als wäre inzwischen noch eins dazugekommen."

Lucy winkte Kate von Weitem zu, um sich zu verabschieden. Kate winkte zurück.

„Dieser Gutachter ist so was von schwul, findest du nicht?", flüsterte Martin amüsiert. „Ich glaube, er steht auf deinen Verehrer." Kate warf einen Blick zu Walter, der es genoss, sich von Adrian unterhalten zu lassen.

„Es ist absolut unangebracht, so etwas zu sagen – und davon abgesehen politisch nicht korrekt", rügte ihn Kate und verschränkte die Arme.

„Sorry, ich wusste nicht, dass wir plötzlich politisch korrekt sind!" Sein Sarkasmus gefiel ihr nicht. „Nur zu dumm für ihn, dass der Typ auf dich steht."

„Hör endlich auf damit!", fauchte sie.

„Es liegt in deiner Hand, Kate. Wenn du vermeiden willst, dass ich nach London gehe..."

„Du versuchst, mich zu erpressen?"

„Lässt du dich denn?", fragte er dreist.

„Glaub bloß nicht, dass ich es ohne dich nicht schaffen könnte", antwortete sie.

„Da sind sie wieder, die Zeichen grandioser Selbstüberschätzung", erwiderte er.

Go to hell!, wollte Kate sagen und schloss die Finger zur Faust, aber sie beherrschte sich. „Wir reden, okay? Wenn du wieder nüchtern bist. Aber nicht hier und nicht jetzt!"

Serge bot dem Catering-Team an, nun ebenfalls Schluss zu machen. „Ich denke, den Rest schaffen wir allein", sagte er und drückte jedem ein großzügiges Trinkgeld in die Hand. Kate folgte ihm in die Küche, um zu helfen. „Wir haben noch einen sagenhaften Dessertwein, einen Muscat Blanc aus dem Elsass ...", sagte er und sah sich um. „Wo hatte ich den Korkenzieher hingelegt?"

„Hier", antwortete Kate. Ihre Hände berührten sich, als sie beide zeitgleich danach griffen. Vor Schreck blieb Kate stehen, ohne sich zu bewegen. Auch Serge hatte seine Hand nicht sofort weggezogen. Sie sahen sich an und mussten lachen. Er sagte nichts, als sie sich verlegen die Nase rieb und zwei Dessertteller nahm, um sie zum Tisch zu bringen.

„Kate!", rief er dann plötzlich. Sie drehte sich zu ihm um. „Es tut mir leid, es war idiotisch, das Video zu erwähnen." Es wirkte, als wolle er ihr eigentlich etwas anderes sagen. „Ich neige gelegentlich zu Kurzschlusshandlungen", fügte er kleinlaut hinzu. „Aber im Ernst – was würde ich ohne dich machen?"

„Ich weiß", antwortet sie und lächelte.

Er sah ihr nach.

„Papa, was trödelst du hier rum?", fragte Julie, die genau in diesem Augenblick in die Küche kam. „Das Eis schmilzt." Dann grinste sie ihn frech an: „Du bist doch nicht betrunken?"

„Vorlaute Göre!", rief er und hob scherzhaft die Hand.

Kate hätte lieber auf den Dessertwein verzichtet, aber Serge ließ nicht locker, bis jeder davon probiert hatte. Und natürlich trank Martin weiter, ohne ihren Rat zu beherzigen. Er beobachtete alle ihre Gesten und Blicke genau, sie durfte sich keine Nachlässigkeit erlauben, kein Wort, das er als Flirt mit Adrian auslegen könnte. Sie überlegte, ob sie Kopfschmerzen vortäuschen und sich zurückziehen sollte, aber das konnte sie nicht machen, nachdem ihre Kollegen bereits gegangen waren. Es wäre unhöflich und zudem gefährlich – jemand musste auf Martin aufpassen. Walter jedenfalls schien immer munterer zu werden, je später es wurde. Eine Stunde würde sie mindestens noch durchhalten müssen. Martin und Julie waren aufgerückt, nachdem Lucy und Eric gegangen waren, und die Situation bei Tisch wurde zunehmend unangenehmer.

Ausgerechnet das Thema London griff Walter noch mal auf. Er erzählte, dass er sich die Computerlinguistik dort erst kürzlich angesehen und dabei rausgefunden habe, dass sie demnächst eine ganze Reihe von Stellen neu ausschreiben würden. „Was mich nicht wundert, nachdem das Department dort derart brachgelegen hat."

„Mir auch völlig unverständlich, wie es so weit kommen konnte", stimmte Serge zu. „Das beste wäre, wenn sie den Leiter gleich mitersetzen!"

„Vielleicht wäre das was für unsere fabelhafte Kate?", schlug Martin vor, seine Aussprache war aufgrund des Alkohols schon etwas undeutlich. „Mehr Frauen in höhere Positionen!", rief er und prostete Adrian zu. „London ist schließlich faszinierend", betonte er. „Was fasziniert Sie an London, Adrian?"

Julie sah Martin besorgt an.

„Oder an Kate?", fügte Martin kaum hörbar hinzu.

Adrian warf einen ernsten Blick zu Kate, die auf ihr Glas starrte.

„Es wird Zeit, dass wir uns noch einer anderen Sache widmen", versuchte Serge die Lage wieder unter Kontrolle zu bringen, an deren Entwicklung er nicht ganz unschuldig war. Auch Walter schien unter diesen Umständen froh über den Themenwechsel und stieg bereitwillig auf das trockene Terrain zukünftiger Projekte und Projektpartnerschaften ein. Martin lehnte sich zurück und verschränkte die Arme, als Julie ihn mit ihrem Löffel antippte und wortlos auf seine schon etwas traurig aussehende Nachspeise deutete. Er warf ihr ein gezwungenes Lächeln zu.

Kate konnte an Adrians sorgenvoller Stirn sehen, dass er dabei war Schlüsse zu ziehen. Sie begann von einem Projektantrag zu erzählen, den sie bis Ende des Jahres einreichen wollten, als sie spürte, wie jemand ihr Bein mit seinem Fuß berührte. Sie war sich sicher, dass es kein Versehen gewesen war, denn der Fuß schob sich langsam nach oben und strich dann sachte an ihrer Wade auf und ab. Ihre Sprache geriet ins Stocken. Sie sah zu Martin, der jetzt aber ganz friedlich dabei war, den Rest seines Desserts aufzuessen. Auch zu Adrian, der Zweifel an Kates Version der Wahrheit in Bezug auf Martin hegen musste, passte eine solche Geste der Annäherung in diesem Moment überhaupt nicht. Im Gegenteil, er nutzte die

Gelegenheit, um eine Zwischenfrage zum Projekt zu stellen. Walter saß neben ihr, er konnte es also nicht gewesen sein, und sowieso Walter – wenn er jemandes Bein berühren würde, dann sicher nicht ihres. War es möglich, dass Serge ...? Sie wollte den Gedanken nicht zu Ende denken. Diese Halunken! Einer von ihnen legte es darauf an, sie grundlegend aus der Fassung zu bringen, dabei taten alle völlig unschuldig. Das durfte doch nicht wahr sein! Ihr Blick blieb an Martin hängen. Sie würde ihn sich so was von vorknöpfen, wenn sie zurück in der Stadt wären! Am liebsten wäre sie aufgesprungen, aber sie beherrschte sich und rückte nur demonstrativ mit ihrem Stuhl ein wenig nach hinten, außer Reichweite. Dann fasste sie sich, setzte einen ernsten Blick auf und fuhr mit ihren Ausführungen fort.

Nach dem Dessert stand Kate als Erste auf und begann, den Tisch abzuräumen. Serge meinte, dass er das später machen könne, aber Kate bestand darauf. Er warf einen auffordernden Blick zu Julie, aber Martin legte seine Hand auf ihren Arm. „Lass ruhig, ich mache das!" Er stapelte etwas zu geräuschvoll die restlichen Teller und trug sie in die Küche. Kate hörte, wie Walter sich entschuldigte, um einen Anruf zu tätigen, und sah ihn durchs Fenster hinaus auf den Parkplatz vor der Küche gehen.

Kate und Martin waren alleine in der Küche und sie überlegte, ob sie ihn auf die Sache mit dem Fuß ansprechen sollte, als er ihr unvermittelt nahekam, sie an den Schultern fasste und seine Lippen auf ihre presste. Sie riss sich los. „Bist du verrückt?!", flüsterte sie und starrte ihn entsetzt an. Martin stand vor ihr wie unter Schock. Er rührte sich nicht. Kate warf einen Blick zur Küchentür und sah Serge. Sie sahen sich direkt in die Augen und ihr wurde klar, dass er den Kuss gesehen haben musste. Martin stand mit dem Rücken zur Tür, sodass er nicht bemerkte, wie Serge, ohne ein Wort zu sagen, wegging.

Kate lief aus der Küche und die Treppe hinauf in ihr Zimmer. Sie schloss die Tür hinter sich und atmete in kurzen, heftigen Zügen, von einem tiefen Schrecken erfasst. Die Katastrophe war eingetreten! Es fühlte sich an, als gebe der Boden unter ihren Füßen nach, wie in den Albträumen, die sie in letzter Zeit gehabt hatte. Sie durfte sich diesem Gefühl jetzt nicht überlassen. Sie war gezwungen, sich zumindest von Walter zu verabschieden und so lange den Schein zu wahren, bis sie mit Serge alleine sprechen konnte. Doch was sollte sie ihm sagen? Ihre Gedanken überschlugen sich. Konnte Martin die Situation innerlich noch mal auffangen und sich den anderen gegenüber normal verhalten? Er hatte zum Glück nicht gesehen, dass Serge hinter ihnen gestanden hatte, aber er war offensichtlich nicht mehr Herr seiner selbst. Und Walter hatte zu dem Zeitpunkt vor dem Haus telefoniert: Möglich, dass er sie durchs Fenster beobachtet hatte. Das wäre das sichere Aus, wie bei Alexander. Kate war so schwindlig, dass sie sich setzen musste. Ihre Nase begann zu bluten.

Adrian kam gerade rechtzeitig, um ihr ein Taschentuch zu reichen. Sie ließ es zu, dass er sich neben sie aufs Bett setzte. Sie hatte den Kopf in den Nacken gelegt und fühlte die Verzweiflung kommen. Ihre Wimperntusche rann mit ihren Tränen ihr Gesicht und ihren Hals entlang. Es war, als entlade sich die ganze Anspannung der letzten Wochen auf einen Schlag und es gab nichts, was sie dagegen tun konnte.

„Was ist passiert?", fragte er besorgt, als das Bluten aufgehört hatte.

Sie schluchzte. „Halt mich fest!", sagte sie und ließ sich von ihm umarmen, ohne ihm sein anfängliches Zögern übel zu nehmen. Er musste ihr Zittern spüren. Sie hoffte, dass er es spürte. Sie schmiegte ihren Kopf an seine Schulter und merkte, wie schnell sein Herz schlug. Es fühlte sich eigenartig an, ihm auf einmal wieder so nahe zu sein. Sie schloss die Augen und ließ ihren Körper weich werden in seiner Umarmung, bis es sich so selbstverständlich anfühlte, dass sie beinahe vergaß, dass er sie hielt. Nur noch der sanfte Duft nach Zitronengras erinnerte sie daran, dass er hier war. Sie wurde ruhiger.

Kate ließ noch einige Augenblicke verstreichen, aber allmählich wurde ihr die Realität der Gegenstände im Zimmer wieder bewusster. Die Unnatürlichkeit des Gehaltenwerdens drängte sich ihr auf und fühlte sich unangenehm an. Wie aus einem Reflex heraus näherte sie sich seinem Gesicht und berührte seinen Mund mit ihren Lippen. Er schien unsicher, fast so als traue er ihrem Kuss nicht, aber schließlich erwiderte er ihn doch. Sie hatte das Gefühl, dass sie ihn gieriger, sehnsuchtsvoller küsste als er sie. Woher diese plötzliche Sehnsucht kam, wusste sie nicht.

Nur Sekunden nachdem sie das erkannt hatte, schlug etwas in ihr um. Es war dasselbe Gefühl wie in London, in der Suite, als die Ernüchterung sie eingeholt hatte. Ihr wurde bewusst, wie grotesk es war, dass sie sich ausgerechnet von ihm trösten ließ. Wie schamlos, Adrian, aber auch Martin gegenüber. Sie entzog sich seiner Umarmung, ging zum Fenster und blickte in die Nacht. Es war nichts zu sehen, nicht mal ein Funkeln auf dem Wasser oder das Weiß der Gischt. Ihr Körper war gefühllos, wie taub. Sie presste ihre Fingernägel in ihren Handrücken.

Er kam nicht zu ihr und sie fragte sich, ob auch er sich gerade an London erinnerte. Sie sah sich nach ihm um. Er saß mit eingesunkenem Oberkörper auf dem Bett, hatte seine Ellbogen auf die Knie gestützt und blickte nachdenklich auf seine Hände.

„Erinnerst du dich an unser Telefonat?", fragte er, seine Stimme klang schwach. „Ich habe dich gefragt, ob es jemanden gibt in deinem Leben."

Sie erinnerte sich genau. Sie hatte nicht gewagt, ihm die Wahrheit zu sagen. Nein, sie hatte noch nicht mal gewusst, was die Wahrheit war! Wie hätte sie also Worte dafür finden sollen? Und jetzt war alles noch schwerer zu erklären, ihre Gefühle noch unklarer, ihre Scham und Schuld noch größer. Ein kühler Wind drängte sich durch das alte Holzfenster.

„Keine Ahnung, was eben in der Küche passiert ist", sagte Adrian, „aber Tatsache ist, der Junge ist total verliebt in dich. Und du weißt es." Er deutete ihr Schweigen als Zustimmung. „Er ist nicht nur verliebt, sondern auch ziemlich wütend. Hat er die Beherrschung verloren?" Es schien nicht so, als erwarte Adrian eine Antwort. Er hatte seine eigene Deutung der Wirklichkeit: „Er ist verzweifelt, er hat sich Hoffnungen gemacht. Aber was hat ihn dazu gebracht?" Sie ahnte, dass es keinen Sinn machen würde zu widersprechen. „Mit seiner Abschlussarbeit hat das Ganze jedenfalls wenig zu tun. Er führt sich auf wie jemand, der dir bereits sehr nahe steht."

Während sie ihm zuhörte, fragte sie sich, ob er es ebenfalls ahnte. Dass es nicht gut gehen würde. Dass sie nicht in der Lage war zu dem, was er sich wünschte, selbst wenn sie es wollte. Und dass er das früher oder später sowieso herausfinden würde.

„Wir haben ein paar Mal zusammen geschlafen", sagte sie. „Mehr nicht." Adrian wirkte einen Moment hilflos, so als hätte er nicht mit ihrem Geständnis gerechnet. Was sie ihm eigentlich sagen wollte, aber nicht konnte, war: Er, Adrian, hatte in London etwas in ihr wachgerufen, das sie seitdem nicht mehr beherrschen konnte. Eine Sehnsucht, die sie versucht hatte zu unterdrücken, die aber stärker war als sie. Zumindest was Martin betraf. „Wenn jemand davon erfährt, bin ich meinen Job los", sagte sie.

„Jesus, Kate! Und dann nimmst du ihn mit hierher?"

„Wenn du nicht aufgetaucht wärst, wäre das alles kein Problem gewesen! Außerdem war es nicht *meine* Entscheidung, dass er mitkommt."

Er legte die Stirn in Falten. „Was bedeutet er für dich?"

Die Direktheit der Frage fühlte sich grausam an. Als wüsste er, dass sie sie nicht beantworten konnte. „Ich weiß es nicht", sagte sie aufrichtig. „Alles hat sich verändert – mein ganzes Leben steht auf dem Kopf. Ich weiß nicht, was ich tun soll."

„Verflucht, Kate!", stieß er vorwurfsvoll hervor. „Dann werde dir verdammt noch mal klar darüber!" Sie sah zu Boden. „Du hättest es mir sagen sollen!"

„Ich hatte dich nicht ermutigt, herzukommen!", verteidigte sie sich.

„Ja, richtig, ich vergaß!" Er klang zynisch. „Gilt das auch für ihn? Du hast ihn nicht ermutigt, sich in dich zu verlieben, du schläfst nur mit ihm? Die Welt funktioniert so aber leider nicht!" Kate spürte, dass es falsch gewesen war, sich ihm anzuvertrauen. Er hatte sie dazu gebracht und alles, was er jetzt tun konnte, war, verletzt um sich zu schlagen. „Ich war der Überzeugung, es hat nur mit dir und mir zu tun. Ich dachte, es ging dir vielleicht zu schnell, du bräuchtest einfach Zeit. Aber allmählich wird mir klar: Du hast es genossen, uns beide im Unklaren zu lassen – ihn und mich."

„Das ist nicht wahr", rief sie.

„Ist das ein besonderer Nervenkitzel für dich, mich hier in deinem Zimmer zu küssen als gäbe es kein Morgen, während er dort unten auf dich wartet? Wie weit wärst du noch gegangen?!" Es war eine rhetorische Frage. Er wollte keine Erklärung hören, er war dabei, die Sache zu beenden. „Ich habe keine Lust, Teil dieses riskanten Spiels zu sein", sagte er und ging zur Tür. „Denn mehr als ein Spiel ist es nicht für dich, habe ich recht?"

Kann sein, dass ich viele Fehler gemacht habe, aber der größte war, dass ich damals mitgekommen bin in dieses Hotelzimmer. Seitdem ist nichts mehr beim Alten. Kate dachte die Sätze mehrmals, doch sie konnte sie nicht aussprechen. Tränen liefen über ihre Wangen, als er ohne ein weiteres Wort den Raum verließ. Sie hatte gehofft, sie könne das Gefühl – als er neben ihr auf dem Bett gesessen und sie umarmt hatte – hinüberretten in ihre Welt. Nur noch einen Augenblick und noch einen und noch einen … bis es irgendwann selbstverständlich geworden wäre, bis sie es geschafft hätte, es für immer auszuhalten. Aber es war ihr nicht gelungen. Zu groß war ihre Angst vor dem Fall. Ihr altes Selbst hatte sie weggezerrt wie ein unartiges Kind.

Serge hatte ein Feuer gemacht. Der Geruch von verbranntem Holz lag schwer in der Luft. Walter und er hatten mit einem Cognac am offenen Kamin im Salon Platz genommen. Kate hatte lange gebraucht, bis ihr Gesicht wieder ordentlich aussah und sie sich in der Lage fühlte, dem entgegenzutreten, was sie hier unten erwartete. Serge warf ihr einen förmlichen Blick zu, als sie näher kam. Es war sein typischer Chef-Blick, den er einsetzte, wenn es darum ging, schwierige Situationen zu handeln: sein Ich-nehme-das-jetzt-in-die-Hand-wenn-sonst-niemand-dazu-fähig-ist-Blick. Adrian war nicht da und Kate spürte instinktiv, dass er das Haus verlassen hatte. Martin stand auf der Terrasse und blickte aufs Meer. Julie gab vor in einem Bildband zu blättern, während sie ihn vom Fenster aus beobachtete.

Als Martin reinkam, nahm Serge ihn beiseite. „Na, wieder einen klaren Kopf?" Es klang wohlwollend. Martin nickte. Er kam Kate besonnener vor als zuvor. Hatte Serge mit ihm gesprochen? Und falls ja, was hatte Martin ihm erzählt? Martin sah nur kurz zu Kate, zu kurz als dass sie irgendwelche Schlüsse daraus hätte ziehen können. Sie beobachtet die Szene von Weitem und versuchte, gegen das enge Gefühl in ihrer Kehle anzuatmen. Adrian, Martin, Serge – Ihr wurde klar, dass sie von keinem von ihnen mehr Unterstützung erhalten würde. Sie war jetzt ganz auf sich gestellt.

„Warte!" Serge legte eine Hand auf Martins Schulter und winkte Julie herbei. „Der formelle Teil ist beendet und ich sehe euch beiden an, dass ihr euch hier zu Tode langweilt." Kate war überrascht von dem entspannten Lächeln, das Serge zustande brachte und mit dem er seinen Worten Glaubwürdigkeit verlieh. „Warum geht ihr nicht ein bisschen spazieren?"

Julie sah ihren Vater an, als wäre er ein Außerirdischer, der eben auf der Erde gelandet war, und sie der erste Mensch, der ihm gegenüberstand. „Ja, wir könnten zur Hook Mill gehen – eine alte Windmühle, ziemlich cool", sagte sie rasch, bemüht ihre Begeisterung nicht zu deutlich zu zeigen.

„Okay." Martin zuckte gleichgültig mit den Schultern und folgte ihr nach draußen.

„Kaffee?", fragte Serge, mit einem Blick zu Walter und Kate. Sie verneinte, ihr Adrenalinspiegel war hoch genug, aber Walter begeisterte der Vorschlag. „Mr. Sedberg ist gegangen", sagte Serge und gab ihr mit einem Kopfnicken zu verstehen, dass sie sich um den Gutachter kümmern solle, während er den Kaffee zubereitete.

Kate versteckte ihre zitternden Hände unter ihren Schenkeln, als sie sich in den Sessel neben Walter setzte. Hoffentlich bemerkte er nicht, dass ihre Augen noch immer etwas gerötet waren. Seine Mimik enthüllte nichts von dem, was sich hier abgespielt hatte, während sie auf ihrem Zimmer gewesen war. Sie hätte den Raum nicht verlassen dürfen. Sie hatte die Kontrolle aus der Hand gegeben.

„Darf ich Ihnen eine Frage stellen?", sagte Walter und schwenkte seinen Drink.

„Das ist schließlich Ihr Job, nicht wahr?", antwortete Kate.

„Auch über Mexiko?" Er setzte eine amüsierte Miene auf, als er sah, dass Kate seine Bemerkung rätselhaft fand.

„Die Konferenz?", fragte sie. „Waren Sie auch dort?"

„Nein, aber ich habe mir berichten lassen ..."

„Das Podium war sehr interessant", sagte Kate, doch dann fiel ihr ein, dass ihn das Thema zu de Wit führen könnte.

„Oh ja." Er nickte. „Und einige andere Dinge auch." Kate wagte nicht, nachzufragen, und richtete ihren Blick aufs Feuer. Walter lies es zu, dass sich eine unangenehme Stille über den Raum legte. Nur aus der Küche drangen die Geräusche der Espressomaschine.

„Es scheint", sagte er schließlich und fuhr mit seinen Fingerspitzen zärtlich über den samtigen Stoff seiner Armlehne, „dass Sie Alexander de Wit besser kennen als Sie uns vorhin verraten haben."

„Wie bitte?" Kate schlug die Beine übereinander und versuchte, durch einen leicht genervten Ausdruck den Anflug von Panik zu überspielen, der sie zu ergreifen drohte.

Serge kam zurück und reichte Walter Kaffee und Zucker.

„Wir sprechen gerade über Mexiko." Walters Gesicht nahm einen leidenden Ausdruck an. „Ich muss Ihnen beiden etwas Unschönes mitteilen." Serge sah Kate alarmiert an. „Man hat Sie gesehen", erklärte Walter, „mit Alexander de Wit."

Serge zupfte an seiner Knopfleiste. „Ich bitte Sie! Noch mehr Geschichten von de Wit?", rief er und lachte, aber es klang angestrengt. „Verschonen Sie uns! Lassen Sie uns über etwas Erfreulicheres reden, lieber Freund!"

„Nein, nein", sagte Walter. „Sie missverstehen mich. Es gibt eine Sache, die Sie wissen müssen. Sie wird wahrscheinlich im Zuge der Ermittlungen sowieso auf Sie zukommen. Es kursiert das Gerücht, dass Sie, Kate, und de Wit sich, wie soll ich sagen ... näher gekommen sind."

Serge richtete sich mit einem Ruck auf, als habe ihn etwas in den Rücken gestochen.

„Man hat Sie zusammen das Konferenzdinner verlassen und im Taxi wegfahren sehen."

„Wir haben uns zum Essen in ein Lokal zurückgezogen, wo wir in Ruhe über unser Projekt sprechen konnten." Kate merkte zu spät, dass es wie eine Rechtfertigung klang. „Und sowieso – wer hat die Frechheit, daraus etwas Derartiges zu konstruieren? De Wit?", fügte sie deshalb energisch hinzu.

Auf Serges Stirn zeichneten sich kleine Schweißperlen ab. Vermutlich glich er gerade die Details mit der Geschichte ab, die Alexander ihm erzählt hatte.

„Ich kann Ihnen meine Quellen nicht nennen, aber sagen wir so – ich bin offenbar nicht der Einzige, der davon weiß." Kate dachte an Bamberger aus Zürich und den Kollegen aus der Informatik, die sie von Weitem beobachtet hatten, und spürte, wie das Blut aus ihrem Gesicht wich. Wenn Alexander ihnen gegenüber ebenfalls eine Andeutung gemacht hatte …

„Gerüchte!" Serge stieß einen empörten Laut aus und rührte energisch mit einem zu großen Löffel in seiner Espressotasse.

„Das dachte ich auch zunächst", schloss Walter, „aber das Ganze stimmt mich jetzt doch besorgt: Falls es wahr ist und er Ihnen auf ähnlich perfide Weise zu nahe getreten ist … Hat er Sie unter Druck gesetzt, Kate?"

Kate versuchte, sich zu konzentrieren, doch ihr Gehirn war wie gefroren – jeder Gedanke ein Eiswürfel, der an einem anderen klebte, unfähig sich einen Millimeter zu bewegen. Ihr war klar, dass Serge die Aussage von Alexander bestätigt sehen würde, wenn sie nicht klarstellte, was in dieser Nacht wirklich passiert war. Jetzt wäre die Chance, das zu tun, aber Walters Lauern auf eine saftige Story fühlte sich fast noch demütigender an als Alexanders Übergriff. Sie konnte ihm seine angebliche Sorge um sie nicht glauben. Und sie nahm ihm übel, dass er die Sache hier, vor ihrem Chef, ausbreitete. Alles sträubte sich in ihr, ihm die Genugtuung zu geben, mitleidsvoll auf sie herabschauen zu können. Vielleicht würde er sie sogar drängen, im Prozess gegen Alexander auszusagen, woraufhin die Augen der Öffentlichkeit auf sie selbst gerichtet wären. Das Risiko, dass dabei jemand etwas von dem, was sie verbarg, herausfinden würde, war zu hoch. Vor allem jetzt, nach Martins Gefühlsausbruch.

„Nein, Sie täuschen sich", sagte sie ruhig. „Es war ein reines Geschäftsessen, nichts weiter."

„Nichts weiter ...", wiederholte Walter, als wolle er die Unglaubwürdigkeit ihrer Aussage betonen. Seine Unterlippe zuckte enttäuscht. Er wollte noch etwas sagen, aber Serge kam ihm zuvor: „Dann konnte das ja geklärt werden." Er lockerte mit ein paar unauffälligen Bewegungen seine Schultern und lehnte sich zurück.

„So scheint es", sagte Walter und erhob sich.

Kate und Serge standen ebenfalls auf.

„Ich bedanke mich für den in jeder Hinsicht spektakulären Abend und werde mich jetzt zurückziehen", erklärte Walter und warf Kate einen zweideutigen Blick zu: „Ich verstehe, wenn Sie unter diesen Umständen lieber nicht darüber sprechen wollen, aber ich würde Ihnen raten, gegen ihn auszusagen."

Sie hielt sich die Hände vors Gesicht, als sie mit Serge alleine war.

„Kate." Sein Ton klang nicht vorwurfsvoll, sondern eher müde. „Kannst du mir erklären, was hier los ist?" Sie schüttelte resigniert den Kopf. „Lass uns nach draußen gehen", schlug er vor. Der Wind vom frühen Abend hatte sich gelegt.

„Ich weiß gar nicht, wo ich anfangen soll!", sagte er. „Bei unserem Gast aus Stockholm, bei Alexander de Wit oder bei dem, was sich dein Student vorhin in der Küche erlaubt hat?" *Ihr* Student, jetzt war er plötzlich *ihr* Student! Es klang, als hätte sie ihn schlecht erzogen. „Dein Privatleben drängt sich mir gerade derart auf ..." Er machte eine quälend lange, für ihn ungewöhnliche Pause, die ihr Raum für mittelmäßige Rechtfertigungen gegeben hätte. Sie zog es vor, zu schweigen.

„Sprechen wir offen", sagte er. „Walter – der Mensch macht mir Angst. Der Ermittlungsdrang von dem Kerl ist ja fast schon manisch! Ich frage dich: Gibt es etwas, das er über dich herausgefunden haben könnte, was er gegen uns verwenden kann? Etwas, das die Begutachtung in Gefahr bringt?" Kate schüttelte den Kopf. Alles konnte die Begutachtung in Gefahr bringen. Sie hing nicht mal mehr an einem seidenen Faden, sie schwebte nur noch – wie durch ein Wunder schwerelos geworden – im freien Raum. Für unbestimmte Zeit, bereit zum Absturz.

„Nein! Auf keinen Fall", antwortete sie mit fester Stimme, sie wusste nicht, woher sie die Kraft nahm.

„Gut", sagte er, „gut", aber er hörte nicht auf seine Finger gegen seine Knöchel zu pressen. „Auch nichts, was in Mexiko passiert ist?" Er sah sie inquisitorisch an.

Einen Moment zögerte Kate. „Ich bin mir sicher, dass *er* es ist, de Wit, der diese Lügen über mich verbreitet", sagte sie dann und wartete. Darauf, dass er ihr von Alexanders Anruf erzählte, aber es kam nichts. Serges sogenannte Offenheit, dachte sie bitter.

Sie wollte dazu ansetzen, ihm zu erzählen, wie er sie bedrängt hatte, wie er sogar versucht hatte, sie abzuwerben, doch Serge nahm ihr das Wort ab: „Wir dürfen auf keinen Fall mit dem Prozess von de Wit in Verbindung gebracht werden. So was brennt sich ein in den Köpfen der Gutachter, egal wie die Sache ausgeht." Er räusperte sich mehrmals – das Vorstadium zu einem seiner nervösen Hustenanfälle, den er aber gerade noch mal abwenden konnte. „Was denkst du, was passiert wäre, wenn Walter vorhin an meiner Stelle in der Küchentür gestanden hätte?!" Sie merkte, wie er sich nach seiner anfänglichen Ängstlichkeit langsam wieder in Rage redete. „Was war das? Was, um Gottes willen, ist in Martin gefahren?"

Kate erinnerte sich nur bruchstückhaft an die Worte, die sie sich dafür zurechtgelegt hatte. Es überraschte sie, dass trotz ihres Ärgers auf Serge noch etwas da zu sein schien, von ihrem Willen weiterzukämpfen, eine glaubhafte Erklärung zu liefern, flüssig und mit genügend Selbstsicherheit vorgebracht. Sie versuchte, sich in bessere Zeiten zurückzuversetzen, und dachte an einen ihrer Vorträge, bei dem sie Serge kennengelernt hatte. Wie überzeugend sie gewesen war, wie ihr selbst die größten Skeptiker hatten zustimmen müssen, Skeptiker wie Serge Decaux. Wie sie sich danach begegnet waren und er sie – *absolutely smitten!* – voll Bewunderung und Neid gefragt hatte, ob sie für ihn arbeiten wolle. All das war eine Ewigkeit her.

„Er hat sich verliebt", sagte sie leise. „Ich habe ihm gesagt, dass das nicht geht, aber es fällt ihm schwer."

Serge stöhnte. „Seit wann weißt du es?"

„Seit ein paar Wochen", antwortete sie ehrlich.

Er schüttelte den Kopf. „Warum hast du mir nichts erzählt? Ich hätte dir helfen können." Er fing an, auf und ab zu gehen und mit den Armen zu gestikulieren. „Wir hätten die gemeinsamen Arbeitssessions vermieden, Eric hätte den Rest seiner Arbeit betreut … Wir hätten die Eskalation von heute vermeiden können." Er blieb direkt vor Kate stehen. „So habe ich ihn noch nie erlebt. Er scheint komplett durcheinander zu sein."

„Ich habe versucht, dir zu sagen, dass es nicht gut ist, wenn er mitkommt, aber du warst so begeistert von der Idee."

„Wenn du offen mit mir gesprochen hättest! Wolltest du dir beweisen, dass du das alleine im Griff hast? Das auch noch?" Er hielt inne, als er sah, dass sie den Kopf gesenkt hatte. Sicher fragte er sich, wie weit sie schon gegangen waren. Ob mehr dahinter steckte als der harmlose Kuss in der Küche. Er war taktvoll genug, sie das jetzt nicht zu fragen.

„Herrgott, Kate!" Serge rieb sich mit den Händen übers Gesicht. „Was machen wir jetzt? Wenn er sich weiterhin so wenig unter Kontrolle hat … Ich werde mit ihm reden!", schlug er vor.

„Nein, es ist besser, wenn er nicht weiß, dass du uns zusammen gesehen hast. Wir müssen nur dafür sorgen, dass Walter morgen keinen falschen Eindruck bekommt." Und Julie, dachte sie, sprach es aber nicht aus.

„Walter muss früh los. Ich bringe ihn allein zum Flughafen," überlegte er. „Das scheint mir die beste Lösung." Kate nickte, doch Serge war noch nicht fertig. „Du weißt, was Martin dazu gebracht hat, den Bogen derart zu überspannen?"

Oh ja, sie wusste es, aber sie hatte keine Lust, ihrem Chef auf dieses Terrain zu folgen. „Es ist kühl. Lass uns reingehen!", sagte sie und rieb sich die Arme.

„Ich kann es mir denken", verkündete er und bewegte sich keinen Zentimeter. „Es geht mich nichts an, was zwischen dir und dem Kollegen aus Stockholm ist, warum er dir auf dein Zimmer gefolgt ist und warum du ihn hast gehen lassen. Dass es ihm den ganzen Abend nur darum ging, dich zu beeindrucken, liegt jedenfalls auf der Hand. Walter zumindest hat er beeindruckt. Der wird ihn jetzt sicher googeln – vielleicht sogar in diesem Moment, während wir hier sprechen." Kate erstarrte. Es klang, als wüsste Serge bereits, was Walter dann finden würde. Befand sich die Fachbereichsprüfung noch in der Schwebe oder bereits im freien Fall?

„Ich rede mit Martin, wenn wir zurück sind", sagte sie, entschlossen, einen weiten kommunikativen Bogen um Adrian zu machen.

Es gefiel ihm nicht – das konnte sie ihm ansehen – aber er folgte ihr nach drinnen und zurück zu seiner Mission, die Begutachtung zu retten und alles, was damit zusammenhing. „Ich würde zwei, drei Tage warten", schlug er vor, jetzt wieder ganz in seiner Rolle als derjenige, der die Probleme löste. „Gras über die Sache wachsen lassen. Und dann sprecht ihr euch aus: Er hat getrunken, er war ein bisschen eifersüchtig, er hat die Beherrschung verloren. Keine große Sache. So was ist schnell vergessen. Martin ist ein cleverer Junge, er würde doch nicht alles aufs Spiel setzen?" Sein letzter Satz klang wie eine Frage, doch sie wusste, dass er keinen Widerspruch hören wollte. Vielmehr sollte sie sich von seiner beherzten Überzeugung anstecken lassen, dass alles wieder gut würde. Aber was, wenn Serge ihr ebenfalls etwas vorspielte? Wenn seine Unterstützung nur bis zu dem Tag anhielt, an dem er das Ergebnis der Begutachtung erfahren würde? Was, wenn es doch *er* gewesen war, der vor ihrer Bürotür gestanden hatte? „Und wenn du schon dabei bist", fügte er hinzu, „dann rede ihm endlich diese Sache mit London aus!"

Ihr Gespräch wurde von Julie und Martin unterbrochen, die von ihrem Spaziergang zurückkamen. Martin zog sich sofort, mit der Erklärung, dass er hundemüde sei, zurück.

„Und?", wollte Serge von seiner Tochter wissen, die etwas Sand von ihrer Hose klopfte. „Ich schätze, in der Zeit seid ihr aber nicht bis zur Windmühle gekommen?"

„Nö, war ihm zu weit. Wir sind nur zum Strand gegangen", sagte Julie, ihre Wangen glühten.

„Wars nett?", fragte er.

„Och ja", antwortete sie, bemüht keinen Verdacht zu erwecken.

„Seid ihr gelaufen? Du bist ja ganz erhitzt."

Julie winkte ab. Sie ging in die Küche, um sich ein Glas Wasser zu holen. Kate und Serge sahen sich an.

„Und worüber habt ihr geredet?"

„Mensch, Papa! Jetzt frag doch nicht die ganze Zeit! Über dies und das und über Musik." Das Dies-und-Das würde mich interessieren, dachte Kate. „Ich gehe jetzt lieber schlafen, bevor du weiter nervst", beendete Julie das Gespräch und drehte ihrem Vater die Schulter zu.

„Das sollten wir auch tun", sagte Serge und brachte die restlichen Weingläser in die Küche.

Julie konnte nicht umhin, Kate einen kurzen überglücklichen Blick zuzuwerfen bevor sie die Treppe hinaufeilte.

Als Kate wenig später an Julies Zimmer vorbeiging, fiel ihr auf, dass die Tür einen Spalt offen stand. Drinnen brannte kein Licht und es waren keine Geräusche zu hören. Sie ging weiter bis vor Martins Raum, aber auch dort war alles still. Sie öffnete die Tür zu ihrem eigenen Zimmer und tastete an der Wand nach dem Lichtschalter.

„Erschrick nicht!", sagte eine zaghafte Stimme.

„Julie!", rief Kate, als sie Licht machte und das Mädchen auf ihrem Bett sitzen sah.

„Pst!" Julie legte ihren Finger auf die Lippen und sah zur Tür. Sie hatte die Knie angezogen und ihr langes Schlafshirt darüber gebreitet. Mit ihren Armen, die alles zusammenhielten, sah sie aus wie verpackt von Christo und Jeanne-Claude. „Ich muss unbedingt mit jemandem sprechen."

Kate schloss die Tür und setzte sich neben sie.

„Ich kann nicht schlafen. Ich muss die ganze Zeit an ihn denken." Julie machte eine Pause, suchte nach Worten. „Vorhin beim Spazierengehen, also danach ... Er wollte sich auf die Treppe vor dem Haus setzen, um eine Zigarette zu rauchen. Ich habe gefragt, ob ich mich dazusetzen kann. ‚Klar', hat er gesagt und da saßen wir dann und über uns leuchteten die Sterne." Sie warf ihren Kopf in den Nacken und seufzte. „Ich wusste, wenn ich jetzt nichts unternehme, werde ich nie wieder den Mut haben." Kate hörte ihr still zu. „Seine Augen waren so traurig. Ich glaube, es hat damit zu tun, was er beim

Essen gesagt hat. Dass er fertig ist mit den Frauen. Er hat sich so merkwürdig verhalten heute Abend, findest du nicht?" Kates Magen verkrampfte sich, ihr Brustkorb fühlte sich an wie in einer engen Korsage. „Ich habe ihn um einen Zug seiner Zigarette gebeten und als er sie mir gab, berührten sich unsere Hände. Dann habe ich es getan, ich habe ihn geküsst. Und zwar richtig, verstehst du? Er hat sich nicht gewehrt." Kate umarmte das Mädchen unvermittelt und drückte sie fest an sich. Ein Gefühl der Erleichterung mischte sich in ihre Umarmung. Als Kate die überemotionale Geste auffiel, ließ sie sie, ein wenig erschreckt über sich selbst, los.

„Alle sind irgendwie komisch heute Abend!", sagte Julie und neigte skeptisch den Kopf. „Was würdest du jetzt tun an meiner Stelle? Würdest du zu ihm gehen?"

„Darüber habt ihr nicht gesprochen?"

„Wir haben gar nicht mehr gesprochen nach dem Kuss. Meinst du, er wartet auf mich? Ich … ich habe noch nie, du weißt schon." Julie starrte auf ihre Zehen, die schüchtern unter ihrem Shirt hervorschauten. „Denkst du, er erwartet, dass wir zusammen schlafen, wenn ich jetzt zu ihm gehe?"

Kate spürte, wie sich alles in ihr gegen dieses Gespräch sträubte. Sie wusste, dass sie erleichtert sein sollte, wenn die beiden sich näher kamen. Dass es den Großteil ihrer Probleme lösen würde, wenn Martin sich neu verliebte. Aber es fühlte sich nicht so an. Es fiel ihr schwer, einzuschätzen, was in ihm vorging. Wenn er jetzt mit Julie schlief, dann war es wahrscheinlich eine Verzweiflungstat, die er später bereuen würde. Nicht wegen des Sex, sondern wegen Julies Gefühlen für ihn.

„Ich weiß es nicht", sagte sie ehrlich. Sie war erschöpft und hätte Julie am liebsten gebeten zu gehen, aber es käme ihr schäbig vor, sie jetzt im Stich zu lassen. „Möchtest du es denn?" Julie errötete und nickte verlegen. „Weißt du", begann Kate vorsichtig, „es kann sein, dass ihr heute Nacht zusammen schlaft, er aber trotzdem nicht bereit ist für eine Beziehung. Noch nicht." Julie sah sie verwirrt an. „Leider gibt es keine einfache Antwort. Es liegt nicht in deiner Hand, verstehst du? Du kannst nur nach deinem Gefühl entscheiden."

„Entscheidest du immer nach deinem Gefühl?", fragte Julie. „Hast du jemanden, den du liebst?"

Die Fragen trafen Kate mitten ins Herz. Sie sah Julie an und spürte, wie Tränen in ihr aufstiegen. „Ich bin ganz schlecht darin", sagte Kate leise und war einen Moment versucht, ihr mehr zu erzählen. Doch dann erinnerte sie sich daran, mit wem sie sprach. „Was auch immer du tust", sagte sie eindrücklich, „das Wichtigste ist: Hast du …?"

„Kondome?", fragte Julie. „Klar!" Sie dachte einen Moment nach. Es schien, als wolle sie noch etwas sagen, aber sie tat es nicht. Sie umarmte Kate, bevor sie das Zimmer verließ.

Kapitel 11 – Kate

Kate wusste nicht, wie lange sie wach gelegen hatte, als sie ein Klicken hörte. Leise, flüchtige Schritte huschten über den Flur. Dann war es still. Kate zog das Leintuch, auf dem eine dünne Wolldecke lag, über ihre Schultern. Ihre Füße waren schon seit Stunden kalt – ihr Körper schien keine Energie mehr aufzubringen, sie zu wärmen. Die Nächte waren so viel kühler hier als in Manhattan, dessen feuchte Schwüle sich im Sommer nie ganz aufzulösen schien und die einen einhüllte und benommen machte, wie eine überbehütende Mutter. Obwohl ihr die Hitze oft lästig war, vermisste sie sie nun. Jedenfalls stellte sie es sich so vor, eine Mutter zu haben, die einen behütete und deren schwere Brüste einen beinahe erdrückten. Vermutlich fühlte es sich warm an – warm und sicher. Die Erinnerung an ihre eigene Mutter war verblasst, aber sie wusste noch, dass sie sich knochig angefühlt hatte. Sie kam ihr vor wie ein Fußabdruck: das Negativ von etwas, das sie sich gewünscht hätte, und das mit dem nächsten Regen verschwunden war.

Martin hatte sich noch immer nicht bei ihr entschuldigt. Wenigstens eine Textnachricht hätte er schicken können! Dass es ihm leidtat, dass er die idiotische Aktion bereute, dass er ihr nicht schaden wollte. Aber es kam nichts. Als sei der dünne Faden, der sie bis jetzt noch verbunden hatte, endgültig gerissen. Wenn Julie bei ihm gewesen war … Vielleicht hatte er endlich begriffen, dass sie die bessere, heilsamere Wahl für ihn war. Gab es eine Chance, dass sich die Dinge nun wieder normalisierten? Oder hatte er etwas ganz anderes vor? Hatte er vor, sich beim Frühstück irgendwie aufzuführen? Was, wenn er beschlossen hatte, reinen Tisch zu machen und Serge alles zu erzählen, egal was die Konsequenzen wären?

Kate drückte ihre Finger auf die Augen, aber die Geste half nicht gegen ihre Befürchtungen. Verzweifelt griff sie zum einzigen Mittel, das ihr einfiel, um ihren Schmerz zu lindern: Sie dachte, wie schon die letzten Stunden, an Martins forderndem Kuss in der Küche, den er sich einfach genommen hatte, voll Verlangen nach ihr. Und an Adrians Kuss – der eigentlich *ihr* Kuss gewesen war, *sie* hatte ihn ihm geschenkt – doch mit jedem Mal, wo sie daran dachte, fühlte es sich weniger wahr an. Das angenehm tröstliche Ziehen im Bauch, das die Erinnerung auslöste, nutze sich ab. Als sei sie gar nicht wirklich beteiligt gewesen, als sei es nur eine Geschichte, die ihr jemand erzählt hatte. Sie rollte sich zur Seite und zog die Beine an.

Als es zu dämmern begann, gab sie auf, noch auf Schlaf oder Erlösung zu hoffen, und packte ihre Sachen. Serge hatte gesagt, dass er Walter in aller Frühe zum Flughafen fahren würde, was hieß, dass sie mit Martin und Julie allein wäre. Sie beschloss, sich ein qualvolles Frühstück zu dritt zu ersparen, und verließ lautlos das Haus. Über dem Dach mit seinen verwitterten Holzschindeln ging die Sonne auf, aber Kate sah sich nicht mehr um.

Die Fahrt zurück in die Stadt zog sich endlos. Kates Kopf schmerzte und ihr Mund war so trocken, als hätte sie seit Tagen nichts getrunken. Die Waggons der Long Island Rail Road waren fast leer um diese Zeit. Das grelle Sonnenlicht stach durch die Fenster und blendete Kate. Ihre Gedanken waren bei Martin. Sie tippte eine Nachricht mit langatmigen Rechtfertigungen in ihr Handy, löschte sie aber wieder. Auch der zweite Versuch gefiel ihr nicht. Sie fügte Füllwörter ein – vielleicht, doch, bitte – und einige Konjunktive, um versöhnlicher zu klingen, doch es fühlte sich an wie ein Schuss ins Dunkel. Ihr Zustand war entwürdigend. Sie löschte auch diese die Zeilen und versuchte es mit mehr Entschlossenheit, aber dann wurde ihr klar: Martin würde ihre Verzweiflung zehn Meilen gegen den Wind riechen. Sie erinnerte sich an die Kaffeepause zwischen den Vorträgen: ‚Träum weiter!‘, hatte er zu ihr gesagt. Sie hatte nichts mehr in der Hand, um Druck auf ihn auszuüben. Schließlich gab sie auf und schickte ihm eine Nachricht, die alles Wesentliche beinhaltete: Ruf mich an!

Zu Hause legte sie sich erschöpft aufs Bett, konnte aber nicht schlafen. Ihr Blick blieb an dem Riss in der Decke hängen, der sie schon lange störte. In ihrem Hals hatte sich ein Kloß gebildet, doch sie war unfähig zu weinen. Sie wagte nicht auf die Toilette zu gehen, weil er jeden Moment anrufen könnte, und sie hatte schon fünfmal kontrolliert, dass sie ihr Handy auch wirklich auf laut gestellt hatte.

Sie stand auf, ging zum Fenster und formulierte im Kopf Entschuldigungen, von denen sie mindestens eine im Gespräch anbringen müsste, doch alle wirkten konstruiert. Sie sprach sie leise aus und versuchte sogar einen Tonfall mit mehr Gefühl, aber sie kam sich pathetisch vor. Sie musste an ihre Eltern denken. Wie ihr Vater es immer wieder geschafft hatte, ihre Mutter zum Bleiben zu bewegen. Und wie ihre Mutter nach jahrelangem zornigen Aufbegehren und Sich-umstimmen-Lassen, am Ende doch gegangen war. Irgendwann hatte sie ihre Koffer gepackt und war mitten in der Nacht verschwunden. Kate hatte nie erfahren, wohin. Ihr Vater schien danach noch verletzlicher und sie hatte nicht gewagt, ihn zu fragen, was in dem Abschiedsbrief gestanden hatte. Seit diesem Tag wurde nicht mehr über ihre Mutter gesprochen und es war jetzt Kates Aufgabe, die Stimmungsschwankungen ihres Vaters zu entschärfen. Hatten sich ihre Eltern geliebt? Was war Liebe? Als Kind war sie sich ganz sicher gewesen, dass ihr Vater sie, Katharina, geliebt hatte. Es mochte eine verhängnisvolle Art von Liebe gewesen sein, aber sie war tief und die einzige, die sie kannte. Erst als erwachsene Frau hatte Kate es geschafft, sich von dieser Liebe, bei der es nie um *ihre* Bedürfnisse gegangen war, zu befreien. Es hatte gedauert, bis sie ihre Schuldgefühle so weit niedergerungen hatte, dass sie Deutschland verlassen konnte.

Sie prüfte noch einmal ihr Handy. Vielleicht bereute Martin inzwischen, was passiert war, wagte aber nicht, sich bei ihr zu melden. Das wäre verständlich und die Wahrscheinlichkeit dafür lag hoch. Sie versuchte, sich eine Prozentzahl vorzustellen, die sie beruhigte. Sie würden sich am Montag an der Uni begegnen, er würde ein wenig herumdrucksen, aber schließlich Frieden mit ihr schließen – erleichtert, dass es niemand mitbekommen hatte. Dass Serge den Kuss gesehen hatte, würde sie ihm nicht sagen. Oder er hatte mit Julie geschlafen und dachte sich ‚zum Teufel mit Kate!‘. Vielleicht würde er ihr die Tatsache noch mal so richtig reinreiben, in der Hoffnung, sie leiden zu sehen. So oder so, es war noch immer möglich, dass er aufgab. Oder er würde jetzt erst recht nicht mehr ruhen und so lange weiterbohren bis er alles herausgefunden hatte, über sie und Adrian. Wie sie es auch drehte und wendete: *Er* hatte die Macht. In was für eine erbärmliche Lage sie sich da gebracht hatte – der Gnade eines Studenten ausgeliefert. Und das alles, weil sie die Beherrschung verloren und ihre eigenen Regeln gebrochen hatte. Was sollte sie tun, wenn er sich weiter nicht meldete? Zu ihm fahren? Und was dann?

Sie ging ins Bad, um sich das Gesicht zu waschen. Verzweifelt rieb sie mit den Händen über ihre Haut, bis ihre Wangen ganz rot waren. Sie trocknete sich nicht ab, sondern ließ das kalte Wasser ihren Hals hinabrinnen. Während sie in den Spiegel starrte, wurde ihr klar: Er hatte sie gesehen – in seiner Gegenwart war sie nicht unsichtbar! Wann immer Martin sie angesehen hatte, war seine Aufmerksamkeit ganz bei ihr, bewundernd, interessiert oder auch amüsiert, fordernd, wütend, beharrlich, aber immer ganz bei ihr. Sie war ihm nie gleichgültig, sie war, im Gegenteil, das Zentrum des Universums für ihn. *Unsichtbarkeit.* Das Wort nahm Besitz von ihr und sie spürte, wie ihr ein unheimliches Gefühl den Nacken emporkroch.

Sie erinnerte sich daran, wie sie als Kind nachts auf der Treppe im elterlichen Haus gesessen hatte. Wie sehr sie gehofft hatte, dass ihre Eltern sie finden würden. Wie lange sie dort frierend ausgeharrt hatte, alle Muskeln ihres Körpers angespannt, jederzeit bereit zur Flucht, die doch wahrscheinlich nutzlos gewesen wäre. Alle Sinne geschärft. Weil es besser war, dort auszuharren als in ihrem Zimmer, wo es keinen Weg nach draußen gab. Mit der kindlichen Hoffnung, dass es aufhören würde, das Streiten, wenn sie sie dort sähen. Dass beide zu ihr eilen würden, froh darüber, dass sie da war. Es war beinahe so, als könne ihr Ausharren etwas noch Schlimmeres verhindern. Sie durfte nicht aufgeben!

Entweder es hörte auf oder ihr Vater beschloss jetzt endgültig, allem ein Ende zu machen. Sie hatte sich die Szene als Kind so oft vorgestellt, dass sich der Schrecken, den sie erzeugte, mit der Zeit abnutzte – wie die Erinnerung an Martins und Adrians Kuss. Dass sie nach einiger Zeit sogar logisch darüber nachdenken konnte: Wie viele Sekunden sie bis zur Haustür brauchen würde, mit welcher Wahrscheinlichkeit sie den Schüssen entkommen könnte. Und Schüsse würden es sein, da war sie sich sicher, seit sie die Pistole das erste Mal gesehen hatte.

Es war einige Zeit nach dem Tod ihres Großvaters gewesen, als ihr Vater sich endlich überwand, den Schrank im Keller aufzuräumen, in dem sich noch alte Sachen von seinem Vater befanden. Kate, die damals ungefähr sechs Jahre alt gewesen sein musste, sah ihm fasziniert, aber auch etwas bange dabei zu. Alles war vergilbt, speckig, roch komisch oder schien beinahe auseinanderzufallen – Briefe, Fotos, ein paar Werkzeuge und eine verrostete Schatulle, die sofort Kates Aufmerksamkeit auf sich zog. Ob das der Ort war, an dem Großvater seinen Schatz versteckt hatte? Damals war sie fest davon überzeugt, dass er früher ein Pirat gewesen war, und Piraten versteckten doch Schätze – oder nicht? Sie half ihrem Vater beim Suchen und schließlich fanden sie einen kleinen Schlüssel in der Tasche eines muffigen Mantels. Er passte! Kate konnte das Erstaunen in den Augen ihres Vaters sehen, als er den Deckel öffnete. Sie versuchte sich auf die Zehenspitzen zu stellen, um ebenfalls hineinsehen zu können, doch sie erhaschte nur einen flüchtigen Blick. Soweit sie sehen konnte, befand sich nichts weiter als ein paar schwarze Metallteile darin. Keine Spur von einem verborgenen Schatz oder zumindest von einer Schatzkarte. Vorerst stellte ihr Vater die Schatulle wieder in den Schrank, aber bald zog es ihn zu ihr zurück. Er erklärte Kate, die ihn damals auf Schritt und Tritt begleitete, dass die Teile zu einer zerlegten Waffe gehörten, die ihr Opa aus dem Krieg mitgebracht haben musste. Ihr Vater verbrachte die folgenden Wochen damit, sie wieder zusammenzusetzen. ‚Das ist unser Geheimnis‘, hatte er gesagt, ‚niemand darf davon erfahren, nicht mal deine Mutter!‘ Er hatte sich ein Buch dafür besorgt und Kate hatte staunend beobachtet, wie das unheimliche Instrument Form annahm. Als er fertig war, hatte sie die Pistole halten dürfen und beeindruckt ihr Gewicht und ihre Bedrohlichkeit in ihren Kinderhänden gespürt. Sie war zwar noch klein, aber sie wusste, was ein Krieg war und dass dabei Menschen getötet wurden. Ihr

Vater verschloss die Waffe wieder in der Schatulle, doch in Kates Fantasie entwickelte sie von da an ein Eigenleben.

Obwohl sie die Pistole danach nie mehr gesehen hatte, fürchtete sie, dass ihr Vater etwas damit tun könnte. Vor allem als seine düsteren Stimmungen dunkler wurden und er oft tagelang weg war, ohne dass sie wussten, wo. Hatte er sie mitgenommen? Kate hatte ihr Versprechen gehalten und niemanden davon erzählt, obwohl es ihr mit jeder Nacht, die sie alleine auf der Treppe saß, wahrscheinlicher vorkam, dass die bösartige Pistole aus dem Krieg ihren Vater dazu verführen könnte, sie zu benutzen.

Kate stand noch immer wie erstarrt vor dem Spiegel im Bad ihres New Yorker Apartments. Sie hatte geglaubt, das alles längst vergessen zu haben, aber mit Grauen stellte sie fest, dass sie noch da waren: die Bilder aus den Nächten, in denen sich ihre Eltern stritten. Die Waffe. Die endlosen Szenarien in ihrem Kopf. Er liebte sie, aber was bedeutete das in solchen Momenten? Sie hatte sich viele Nächte darauf vorbereitet, auf alles. Sie, alleine mit der Angst.

Es kam nicht dazu – sie blieb unsichtbar. Sie hatte keinen Einfluss auf das, was hinter der verschlossenen Tür passierte. Es waren keine Schüsse gefallen und es war auch niemand gekommen, um sie zurück ins Bett zu bringen. Nicht an diesem Tag und auch an keinem anderen. Es war bei Worten geblieben und erst Jahre später hatte sie begriffen, dass auch Worte Wunden hinterlassen konnten. Die lauten Stimmen, die sie aus dem Schlaf schrecken ließen, hörten nicht auf bis zu dem Tag, an dem ihre Mutter ging. Nun war sie, Kate, der einzige Mensch, den er noch hatte, und *sie* würde ihn niemals im Stich lassen.

Kate wartetet den halben Tag, doch ihr Handy schwieg. Gegen drei bemerkte sie, dass ihr flau war vor Hunger. Ihre Hände bebten. Es war ein seltsames Vibrieren, das sich von den Fingerspitzen über ihre Unterarme ausbreitete. Aber das Schlimmste war ein ungewohntes Schwächegefühl in ihrem Oberkörper, das sie verunsicherte. Sie brauchte sicher nur etwas zu essen, *comfort food*. Den Ausdruck hatte sie das erste Mal von Martin gehört und sich darüber gewundert, dass das Englische sogar einen Begriff dafür hatte –

für ein Gericht, das ein Gefühl von Wohligkeit und Geborgenheit auslösen konnte. Warum gab es so was in ihrer Sprache nicht?

Sie zog die Tür hinter sich zu und eilte hinunter in Sals Laden. „Ich brauche einen *bagel with lox*", sagte sie atemlos und hielt einen Moment inne. Hatte sie wirklich *brauche* gesagt?

„*You look like it!*" Er lachte. Sie schüttelte den Kopf über sich selbst und versteckte ihre Hände, die sich nicht mehr wie Teile ihres Körpers anfühlten. Sal verschwand hinter dem Counter und tauchte dann, mit einem Bagel in jeder Hand, wie in einem Kaspertheater, wieder auf: „*Sesame* oder *Everything?*" Normalerweise hätte sie die Geste zum Lachen gebracht, aber heute überforderte sie schon die Entscheidung zwischen zwei Bagelsorten.

Kennst du das Gefühl, einen schrecklichen Fehler gemacht zu haben, wollte sie ihn fragen, doch sie schwieg, weil er anfing zu pfeifen. „*Poppy seed*", sagte sie schließlich. Vermutlich mehrere schreckliche Fehler, dachte sie, als ihr bewusst wurde, dass sie niemanden hatte, mit dem sie darüber reden konnte. Kate ahnte, dass ihr Rückfall in Bezug auf Martin und die Tatsache, dass sie es sich mit Adrian endgültig verscherzt hatte, nichts wäre, wofür Nathalie sie mit Lob überschütten würde. Alles, was sie, Kate, anfasste, verwandelte sich in etwas Kompliziertes, Schweres. Statt ihre Freundschaft mit Nathalie zu stärken, hatte die Angelegenheit einen noch größeren Keil in sie getrieben. Kates Bedürfnis, Sals Meinung zu hören, wurde stärker. Sicher hätte er einen Rat, einen ganz handfesten, praktikablen, einen, auf den sie nie im Leben gekommen wäre.

„Was ist los, hast du jemanden umgebracht?", fragte er, als ihm ihr betretener Blick auffiel. Er lehnte sich über die Fläche neben der Kasse und flüsterte: „In dem Fall hat mein Onkel Paolo gute Connections. Brauchst du einen neuen Pass, eine neue Identität – kein Problem!" Nun hatte er es mit diesem dummen Mafia-Klischee doch geschafft, ihr ein Lächeln zu entlocken. Sie war in Versuchung ihm zu erzählen – wie er so dastand und ihr direkt in die Augen sah. Es schien, als würde er sich tatsächlich Zeit dafür nehmen.

Sie schluckte und senkte den Blick, sodass er sich wieder der Maschine zuwendete, die ihren Bagel toastete. Es war eine Art

Fließband, auf dem die halben Kringel gemächlich unter dem Grill dahin zuckelten und die Geduld der gestressten New Yorker auf die Probe stellten. Diese Stadt war nie wirklich ihre Heimat geworden, sie hatte ihr nur Asyl geboten. Und Sal war nur nett zu ihr, weil sie eine gute Kundin war, er interessierte sich nicht wirklich für sie. Niemand hier sorgte sich um sie. Niemand außer Martin – und was hatte sie ihm angetan?! Sie hatte die Demütigung verdient, hier zu stehen und auf die Absolution durch einen Fremden zu hoffen.

Sal drehte sich um und gab ihrer Nase einen unerwarteten Stups, als wäre sie eine kleine Göre. „Ich denke zwar, du brauchst was ganz anderes, aber hier: ein Bagel *with extra lox and cream cheese!*" Er drückte ihr das Paket in die Hand und weigerte sich, Geld anzunehmen. „Geht heute aufs Haus!", sagte er und sah ihr nach, bis sie den Laden verlassen hatte.

Kate aß den Bagel auf dem Weg zur Subway, aber es fühlte sich trotz Sals freundlicher Geste nicht nach Trost und noch viel weniger nach Wohlgefühl an. Auch die beunruhigende Schwäche in ihrem Oberkörper war sie dadurch nicht losgeworden. Wie er mit dem Finger ihre Nase angestupst hatte – im Anflug einer seltsamen Vertraulichkeit – so was war ihr seit 30 Jahren nicht mehr passiert! Sie stieg in die nächste Subway Richtung Süden, die gepackt voll war und hoffte, dass sie bis Brooklyn durchhielt. Stehend, in der stickigen Luft, bedrängt von Menschen, denen sie nie freiwillig so nahegekommen wäre, kaum Platz, um sich irgendwo festzuhalten. Das abrupte Ruckeln des Waggons ließ sie einige Male beinahe das Gleichgewicht verlieren und sie spürte, wie kalter Schweiß ihren Rücken hinunterlief. Wollte sie wirklich in diesem elenden Zustand bei ihm aufkreuzen?

Kurz vor der West Fourth Street Station glaubte sie keine Luft mehr zu bekommen und drängte sich hinaus, als sich die Türen endlich öffneten. Am liebsten wäre sie gerannt, doch die träge Menschenmasse, die sich durch den feuchtwarmen Gestank der unterirdischen Gänge schob, ließ ihr keine Wahl. Schließlich schaffte sie es ins Freie, wo sie stehen blieb und panisch atmete. Sie versuchte, sich zu orientieren, aber sie kannte die Gegend nicht. Die Leute, die sich ihr entgegen zum Subway-Eingang drängten, kamen ihr vor wie eine Lawine, die sie mitzureißen drohte. Jemand stieß sie an. Sie lief los, kopflos, ohne Ziel, bog in eine Nebenstraße der 6th Avenue in der Nähe des Washington Square Parks ein – sie versuchte sich das Straßenschild zu merken, weil sie befürchtete, jeden Moment umzukippen. Sollte sie dann noch in der Lage sein zu telefonieren, könnte sie wenigstens sagen, wo sie war. Ihr Herz stolperte, ihre Lunge schien kaum noch Luft aufzunehmen. Auf einer der Sandsteintreppen, die zu einem Haus mit einer grau lackierten Tür hinaufführte, brach sie zusammen.

Ein junger Mann, der sie beobachtet hatte, warf seinen Kaffeebecher weg und kam zu ihr über die Straße gelaufen. „Sind Sie okay?" Er kniete sich neben sie und half ihr, sich aufzurichten. Wie sie diese Frage hasste! Wie die Amerikaner einfach in jeder noch so beschissenen Situation fragen konnten: *Are you okay?* Sah sie so aus, als ob sie okay wäre? Es war immer jemand da, wenn man ihn brauchte in dieser Stadt, rund um die Uhr, aber alles, was man gefragt wurde, war: *Are you okay?* Sie kannte die Regeln und wusste, was sie zu antworten hatte. „Ja, absolut, danke!", presste sie hervor und signalisierte ihm auf Abstand zu bleiben. „Soll ich 911 anrufen?", fragte er, seine Hand auf ihrem Arm. *„Fuck, no!"*, murmelte sie und suchte nach ihrem Telefon. „Mir geht es gut – wirklich gut!" Sie wählte eine Nummer und hielt ihr Handy ans Ohr, während er sie besorgt beobachtete. „Ich bin's", flüsterte sie und brauchte lange, um Kraft für einen zweiten Satz zu sammeln. „Ich bin in Greenwich Village ... ich weiß nicht mehr weiter." Ihre Stimme versagte und sie begann zu weinen. Der Mann entfernte sich einige Schritte, wobei er rückwärts ging, um sie noch eine Zeit lang im Blick zu behalten. Dann drehte er sich um. Kate folgte ihm mit ihren Augen, bis er verschwunden war.

„Was ist passiert?", fragte Nathalie, sie klang sachlich.

„Ich weiß nicht", antwortete Kate, nicht nur ihre Hände, auch ihr Mund zitterte jetzt.

„Hast du jemand, den du anrufen kannst?"

Die Frage wirkte befremdlich. Sie hatte *sie* angerufen, zählte das nicht?

„Warte", sagte Nathalie.

Auf der gegenüberliegenden Straßenseite hatte ein Obdachloser den Deckel einer Mülltonne auf den Boden scheppern lassen und einen schäbigen Mantel, oder was davon noch übrig war, herausgezogen. Kate lauschte in ihr Telefon und hört ein undefinierbares Rascheln, dann das Klicken einer Tür.

„Ich stehe jetzt in Unterwäsche auf dem Flur, damit wir ungestört sprechen können." Es gehörte nicht viel dazu, den gereizten Unterton in Nathalies Stimme zu bemerken. „War irgendwas mit diesem … Projektding?", wollte sie wissen.

Das Projektding. Vor ein paar Wochen hätte Kate noch über die Bezeichnung gelacht. Damals, als das noch eines der größten Probleme in ihrem Leben war. Nicht mal ein Problem, eine Herausforderung höchstens. Nein, das Projektding stellte keine größere Gefahr dar als – alles andere. Sie dachte daran, was passieren würde, wenn Walter tatsächlich nach Adrian recherchierte und auf dieselbe zwielichtige Seite stieß wie sie.

„Kate!", holte Nathalie sie in die Gegenwart zurück. „Willst du nun reden oder nicht?"

„Ich habe alles falsch gemacht", sagte Kate leise.

„Ich komme gleich", hörte sie Nathalie in eine andere Richtung rufen. „Was meinst du? Die Sache mit Martin und Julie? Sind sie jetzt zusammen? Du bereust es doch nicht etwa?"

Kate wusste nicht, auf welche der Fragen sie zuerst antworten sollte. Und sowieso – die korrekte Frage hätte lauten müssen: Gab es etwas, das sie *nicht* bereute in diesem Moment? Sie hatte die Kontrolle über ihr Leben aus der Hand gegeben. Die Amerikaner hatten nicht nur einen Ausdruck für Essen, das sich wohlig und geborgen anfühlte, sie hatten auch einen dafür, den absoluten Tiefpunkt zu erreichen: *to hit rock bottom*. Genau dort war sie. Und zurecht, würde Martin sagen, *because you fucked up – big time!*

„Hör mal", Nathalies Stimme war jetzt sanfter, „warum gehst du nicht nach Hause und wir reden morgen, in Ruhe? Das wird sich alles klären."

„Ja", sagte Kate und wartete – worauf war ihr unklar. Ihre Hand klammerte sich an ihrem Handy fest und sie sah sich auf einmal wieder auf der Treppe ihres Elternhauses sitzen. Ohnmächtig und allein. Die Stille, nachdem Nathalie aufgelegt hatte, wurde von der Sirene eines vorbeirasenden Krankenwagens unterbrochen.

Kate spürte erneut Schwindel aufkommen, als sie wagte aufzustehen. Sie hielt sich am Geländer fest, bis sie sich in der Lage fühlte, einige Schritte zu gehen. Mit jedem Schritt versuchte sie sich in dem zu verankern, was sie von ihrem früheren, stärkeren Selbst noch vage wahrnehmen konnte, und das Elend, das sie auf der Treppe ergriffen hatte, abzuschütteln. Sie hatte noch immer die Chance, die Sache herumzureißen. Sie musste nur endlich wieder ihren Kopf benutzen. Auf dieser Treppe war sie gelandet, weil ihre Gefühle ihr einen üblen Streich gespielt hatten. Weil es nirgendwohin führte, sich mit Dingen auseinanderzusetzen, die nur alte Wunden wieder aufrissen. *Das* war es, was sie von Anfang an hätte verhindern müssen. Und war sie nicht immer gut darin gewesen? So viele Jahre war alles glattgegangen, bis sie unvorsichtigerweise Adrian und dann auch noch Martin zu nahe an sich hatte herankommen lassen. Warum konnten sie sie nicht einfach in Ruhe lassen? Warum ließ das Leben sie nicht einfach in Ruhe ihre Arbeit machen, die Arbeit, in der sie so gut war und bei der sie sich zumindest einigermaßen sicher gefühlt hatte?

Aus einem offenen Fenster schmetterte die Stimme eines Radiomoderators, der den laufenden Song unterbrach, um aller Welt mitzuteilen, dass es sich um *Stupid Girl* der Band *Garbage* handle. Dann übertönte ihn die Sängerin wieder in voller Lautstärke und erst jetzt wurde Kate klar, worum es in dem Lied ging: das Schicksal einer Frau, die alles verspielt hatte. Es ging um sie.

Am Montagmorgen wachte Kate mit dem stillen, klaglosen Gefühl des Funktionierens auf. Nathalie hatte sie nicht zurückgerufen am Sonntag und Kates Verzweiflung war auf ein Maß gesunken, das keine beschämenden Gespräche über Gefühle mehr erforderte. Der Schmerz hatte aufgehört sich weiter in sie zu bohren – die Bedingung dafür war, dass sie es vermied zurückzuschauen.

Kate fühlte sich dem, was an der Uni auf sie wartete, nicht gewachsen. Sie schrieb Serge, dass sie von zu Hause arbeiten würde, aber er sie anrufen könne, wenn es etwas zu besprechen gebe. Er meldete sich nicht. Es gelang ihr trotz allem, sich auf den Artikel zu konzentrieren, den sie nach der Fachbereichsprüfung schreiben wollte. Es war nichts Ungewöhnliches für sie, sich mit Arbeit abzulenken. Es funktionierte meistens und es war der sichere Weg, den sie schon tausendmal gegangen war. In ihrem Küchenschrank befanden sich drei Chocolate Chip Cookies, nicht mehr ganz frisch, aber mit ihnen würde sie bis mindestens vier, vielleicht fünf Uhr durchhalten. Auf Kaffee verzichtete sie: Das Zittern vom Samstag, in ihrem Oberkörper und in ihren Armen und Händen, war am Morgen wiedergekommen.

Nach einigen Stunden Arbeit fühlte sie sich besser und ruhig genug, um sich anzuhören, was Serge zu sagen hatte. Falls Walter auf dem Weg zum Flughafen noch etwas im Hinblick auf seine Bewertung angedeutet hatte, dann wollte sie es lieber früher als später erfahren. Und alles andere auch.

Martin hatte sich noch immer nicht gemeldet. Mit welcher Unverschämtheit er sie warten ließ! Hatte sie Angst, ihm zu begegnen? Ja und nein. Das Nein war an Bedingungen geknüpft, die schwierig zu erfüllen waren: Wenn es ihr gelänge, den Schmerz auf Abstand zu halten und ihrem Gefühl keine Möglichkeit zu geben, sie von hinten anzufallen. Wenn sie sich auf keine Diskussionen, keine Privatgespräche einließe. Wenn sie es vermied, jemals wieder mit ihm allein zu sein.

Es war Spätnachmittag, als sie sich auf den Weg zur Uni machte. In ihrem Department war es still – bis auf das Knarren des Holzbodens unter ihren Schritten. Serges Büro war leer.

„Keine Ahnung, wo er ist", erklärte Oda, als Kate sie fragend ansah. Oda stand auf und zog Serges Tür zu, wie um sein Refugium vor Kates Blicken zu schützen. „Er braucht sich schließlich nicht bei mir abzumelden, er ist der Chef." Es klang merkwürdig resigniert, wie sie das sagte. Oda ging zurück zu ihrem Schreibtisch, setzte sich und wartete darauf, dass Kate das Zimmer verließ.

„Ach, hier bist du, Kate!" Julie blieb vor Odas Tür stehen. „Ich dachte schon, du kommst auch nicht. Kann ich dich was fragen?"

Kate nahm sie mit in ihr Büro und räumte einen Stuhl für sie frei. „Ich bleib lieber stehen", sagte Julie und hielt die Mappe mit ihren Unterlagen an die Brust gepresst. Kate konnte ihr ansehen, dass etwas nicht stimmte. „Hier!" Julie legte mit einer halbherzigen Geste einen Ausdruck vor Kate auf den Tisch. „Das hat Martin mir gestern geschickt. Ich hab keine Ahnung, was das soll. Ich hab ihn gefragt, aber er antwortet nicht auf meine E-Mails."

Kate nahm zögerlich das Blatt in die Hand. Es sah aus wie eine Änderung am Algorithmus, die Auswirkungen auf das Annotations-schema haben würde, das Julie verwendete.

„Als ich vorhin arbeiten wollte, ging gar nichts mehr."

„Verflucht noch mal, das auch noch!", rief Kate ungehalten, bereute die Schärfe ihrer Worte aber sofort. Sie wollte Julie keinen Einblick in ihren eigenen instabilen Zustand geben. Es war unwahr-scheinlich – vielleicht eine fünfprozentige Chance – dass Martin den geänderten Algorithmus auf den Server gestellt hatte, ohne das dazugehörige Schema ebenfalls zu ändern. Dazu war er zu gewissen-haft. Es sah vielmehr wie ein mutwilliger Sabotageakt an ihrem Pro-jekt aus.

„Wieso?", fragte Julie. „Ist was zwischen ihm und dir?"

Die Frage jagte Kate einen Schreck ein, doch sie versuchte sich klarzumachen, dass es nur eine unbedarfte Formulierung gewesen war, keine Anklage.

„Ist gut, wir lassen das für heute", beschloss Kate. „Ich rede mit ihm."

Julie nickte schwach.

„Was ist eigentlich mit deinem Vater?", fragte Kate und stand auf, um das Fenster zu öffnen.

Julie warf einen missbilligenden Blick zur Seite. „Der hat heute Morgen abartig früh das Haus verlassen – seitdem ist er nicht mehr aufgetaucht."

Kate sah sie besorgt an. „Ist etwas vorgefallen?"

Julie hob die Schultern. „Nein, nichts!"

„Weißt du, ob der Gutachter noch was gesagt hat? Oder irgend-wie seltsam war?"

Julie schien aufrichtig nachzudenken. „Nö, beste Stimmung zwischen ihm und Papa."

Ihre Worte beruhigten Kate nicht. „Ich glaube, ich brauche eine Pause", sagte sie. „Kommst du mit?"

„Kann ich eine Zigarette haben?", bat Julie, als sie sich auf eine entlegene Treppe im Hinterhof gesetzt hatten. Kate konnte ihr ansehen, dass das, was sie eigentlich auf dem Herzen hatte, noch nicht gelöst war.

Sie reichte Julie die Packung und gab ihr Feuer. Die Geste erinnerte sie an Nathalie vor fünfzehn Jahren. Wie sie nach der Vorlesung auf der Treppe des Uni-Gebäudes am Buccleuch Place in Edinburgh gesessen und eine Zigarette geteilt hatten. Wie sie, Kate, immer gefroren hatte in ihrem schwarzen Ledermantel, ohne den sie damals aber nicht sein konnte. Wie vertraut ihre Gespräche gewesen waren, während sie ihre Schenkel aneinandergedrückt und sich frierend, lachend und aufgeregt erzählt hatten. Bis zu dieser verfluchten Nacht. Nathalie, die eigentlich gar nicht fürs Rauchen gewesen war und nur damit angefangen hatte, um Pete zu beeindrucken, wenn er aus der Vorlesung kam und an ihnen vorbeiging. Wie Kate den Eindruck gehabt hatte, dass er eigentlich sie ansah und nicht Nathalie, worüber sie aber nie gesprochen hatten.

Es war auf einer Party gewesen, in diesem Arbeiterviertel nicht weit vom Hafen, in einem der schlichten grauen Stadthäuser, oben unterm Dach. Im Treppenhaus blätterte der dunkelrot gestrichene Putz von der Wand. Es war spät geworden, sie hatten viel getrunken. Nathalie und Pete waren damals schon fast ein halbes Jahr zusammen, doch an diesem Abend hatten sie sich gestritten. Nathalie saß mit ihrem neuen Etuikleid, das sie zusammen in einem Secondhand Shop gekauft hatten, auf dem Fußboden vor einem verstaubten Kamin und ließ sich von einem Typen vollquatschen, der ihr billigen Wein nachschenkte. Irgendwann nach Mitternacht hatte Kate Hunger bekommen, aber statt etwas Essbarem hatte sie Pete in der Küche gefunden. Er sah noch nicht mal eifersüchtig aus, nur fertig. Er bot an, sie zum Fish 'n' Chip Shop zu begleiten, keine Gegend für eine – Kate konnte sich genau an seine Worte erinnern – so schöne Frau nachts allein. Sie hatte zugestimmt – Entscheidungen waren so viel leichter zu treffen damals. Sie waren beinahe da – man konnte schon den frittierten Fisch riechen – und dann kam doch alles anders. ‚Hey, warte!‘, hatte er gesagt und ihr seine Hand entgegengestreckt. Sein Geruch nach Bier, Zigaretten und Leder war aufregend. Es fühlte sich wild und verboten an als sie ihm in die dunkle Gasse neben dem Pub folgte, der schon geschlossen hatte. Wo er sie schließlich geküsst hatte – Wie hatte Adrian es formuliert? – als gäbe es kein Morgen. ‚Ich habe so darauf gewartet, mit dir allein zu sein‘, hatte er in ihr Ohr geflüsterte und es war ihr leicht gefallen ihm zu glauben und die Gänsehaut zu genießen, die das Kratzen seines Kinns an ihrem Hals auslöste.

Kate sah bestürzt zu Boden, während sie hier neben Julie saß und sich gleichzeitig selbst zusah, wie sie damals gegen die Wand gelehnt stand, bei den Mülltonnen. Ihr nackter Hintern nur durch ihren dünnen Mantel von dem rauen Stein geschützt, an dem sich das Leder erst langsam, dann schneller aufrieb. Ziemlich dilettantisch hatte er an ihr herumgefummelt. Aber sie hatte das alles ausblenden und sich darauf konzentrieren können, wie berauschend es war, dass er sie so sehr begehrte. So sehr, dass er es unbedingt – und sogar an diesem abstoßenden Ort – tun wollte. Wie sie sich in das Gefühl hineingesteigert hatte, obwohl er ihr nichts bedeutete. Wie sie dabei immer wieder an Nathalie hatte denken müssen und sich schämte. Damals hatte sie keine Ahnung gehabt, warum sie es getan hatte – warum ihre Sehnsucht begehrt zu werden in diesem Moment so viel stärker war als ihre Freundschaft – aber sie hatte es bitter bereut. Zwei Tage später hatte sich Pete von Nathalie getrennt. Danach hatten sie nie mehr zusammen auf der Treppe gesessen und nach der verpfuschten Prüfung war Nathalie nach Mailand, nein Rom, getrampt. Das war sie doch – oder? Kate fiel Nathalies Andeutung ein, es seien Dinge passiert, von denen Kate nichts wisse. Konnte es etwas noch Schrecklicheres geben als die Sache mit Pete?

Kate fühlte sich wie gelähmt von der Erinnerung, als sie aufsah und bemerkte, dass Julie weinte. Julie wischte sich mit ihrem Ärmel über die Wange und versuchte, dagegen anzukämpfen. Mehr

Tränen liefen über ihr Gesicht und tropften auf ihre Jeans. „Tut mir leid", schluchzte sie. „Ich wollte dich nur wegen der Arbeit fragen."

„*Shh*!", machte Kate und umarmte das Mädchen. Sie hielt sie einen Moment, bis Julie sich beruhigt hatte.

Apathisch starrte Julie auf einen Fleck auf dem Boden. Schließlich begann sie zu erzählen: „Ich war bei ihm in dieser Nacht." Sie zögerte, als warte sie auf eine Reaktion von Kate, auf ein Zeichen, dass sie lieber nicht weitersprechen sollte, doch Kate schwieg. „Er war schon im Bett. Er schien nicht überrascht, mich zu sehen. Ich habe gesagt, dass ich nicht schlafen kann und dass ich friere, und gefragt, ob ich in sein Bett kommen kann." Sie schluchzte wieder. „Er zögerte, aber als er gesehen hat, dass ich wirklich fror, meinte er, ich soll herkommen. Ich habe mich neben ihn gelegt, meinen Kopf an seine Brust. Unsere Beine haben sich berührt und er sagte ‚Huah! Du bist echt ganz schön kalt.'" Ein kurzes Lächeln zeigte sich um Julies Lippen, das aber sofort wieder einem zutiefst betrübten Ausdruck wich. „Dann hat er gelacht und über meine Arme gerieben, damit mir warm wird, und über meinen Rücken. Ganz doll. Dabei ging ein Knopf von meinem Shirt auf, hier oben." Kate schloss die Augen.

„Er muss es bemerkt haben, aber er hat nichts gemacht. Er hat mich nicht mal geküsst. ‚Wenn dir jetzt warm genug ist, solltest du besser gehen', hat er gesagt. Ich habe geantwortet, dass ich viel lieber bei ihm bleiben würde. Dann hat er sich hingesetzt und war total ernst. Er meinte, wir können nicht zusammen sein, weil er eine andere liebt."

Kate hielt den Atem an. „Tatsächlich? Wen?", fragte sie.

„Das wollte er nicht sagen. Ich habe gefragt, ob er lieber mit der anderen zusammen wäre. Er sagte ja, aber dass das nicht geht." Sie zog ein Kleenex aus ihrer Jeans und drückte es auf die Nase. „Was muss das für eine blöde Kuh sein!", brach es aus ihr heraus.

„Das heißt, ihr habt nicht …?" Julie schüttelte unglücklich den Kopf. Kate wartete auf ein Gefühl der Erleichterung, aber es stellte sich nicht ein. „Meinst du, dein Vater hat etwas mitbekommen von Martin und dir?"

„Schwer zu sagen. Man weiß nie bei ihm – manchmal bemerkt er Dinge an mir, die nicht mal ich selbst kenne. Er hat jedenfalls nichts gesagt. Er war das ganze Wochenende mit sich und seiner Arbeit beschäftigt, wie immer." Julie wirkte auf einmal verstört. „Als Martin das mit der anderen erzählt hat, machte er einen so verzweifelten Eindruck. Es schien, als hätte er etwas vor, etwas Schlimmes. Er sagte, er sei fertig mit der Welt, und dass ich ihn lieber vergessen soll." Julie sah Kate nun so durchdringend an, dass diese ihrem Blick kaum standhalten konnte. „Was machen wir jetzt?", fragte Julie. Sie sagte *wir*, als glaube sie noch immer daran, dass Kate etwas tun konnte. „Soll ich hinfahren? Und kannst du nicht mitkommen, Kate? Bitte komm mit!"

Kate versuchte, sich an einem Gedanken festzuhalten, aber er kam ihr brüchig vor: „Martin ist klug, du brauchst dir keine Sorgen zu machen. Er wird nichts Dummes tun. Er hat Liebeskummer, das vergeht wieder." Ein unheimliches Grauen breitete sich in ihr aus. „Ich rufe ihn an, gleich nachher", versprach sie. „Beruhigt?" Julie antwortete nicht. „Ich kümmere mich darum", sagte Kate noch einmal mit Nachdruck. „Wenn er sich bis morgen nicht meldet, gehen wir ihn suchen, okay?"

Kate hatte keinen Schlaf gefunden in dieser Nacht. Sie wollte überhastet und ohne Frühstück zur Columbia fahren, änderte dann aber ihre Meinung und entschied, dass sie besser für sich sorgen musste. Sie konnte nicht noch mal einen Schwächeanfall riskieren – womöglich vor Serge. Sie legte einen Stopp in dem mexikanischen *corner store* in der Nähe der Uni ein und verlangte einen Filterkaffee und einen Blueberry Muffin. Sie war endgültig abgekommen von Sal und seinen Bagels, die ihr kein Glück gebracht hatten.

Als sie sich in die lange Schlange zum Check-out einreihte, fiel ihr Blick auf den Ständer mit den Tageszeitungen. Sie scannte über die Schlagzeilen, wie sie es häufig tat, um die Wartezeit zu verkürzen. Es handelte sich überwiegend um internationale Nachrichten, aber es gab auch einige aus New York. Die meisten waren nicht gerade anspruchsvoll aufbereitet.

Sie erstarrte, als sie die Schlagzeile in der Daily News sah: „Heißer Sex im Büro: Student (24) und Professorin (45)." Sie sah sich um, um sich zu vergewissern, dass niemand im Laden war, der sie kannte. Dann ging sie zu dem Ständer und zog die Zeitung ein Stück heraus. Sie wurde kreidebleich, als sie das Foto sah. Ein schreckliches Foto von ihr – ein vergrößerter Ausschnitt aus einem Gruppenbild, wie es aussah – und ihr Name, auf der Titelseite! Sie hatten sie sechs Jahre älter gemacht als sie eigentlich war – was für eine Unverschämtheit! Panisch prüfte sie die anderen Zeitungen. Auch die New York Post hatte einen Artikel, ebenfalls mit Kates Foto und dem Titel „Sex gegen Abschluss: Was unsere Studenten tun müssen, um den Master zu bekommen". Warum war ihr Foto überall, aber keines von Martin? Nur sein Vorname wurde erwähnt. Kate befürchtete, dass sich jeden Augenblick ihr Magen umdrehen würde.

„Ma'am!" Jemand tippte ihr auf die Schulter: Sie war an der Reihe. Kate riss die beiden Zeitungen aus der Halterung, faltete sie so, dass die Cover verdeckt waren, und eilte zur Kasse. Mit zittern-den Händen suchte sie in ihrer Tasche nach ihrer Sonnenbrille, während der Kassierer ihren Einkauf eintippte. Scheinbar las er keine Zeitung, wie sie aus seinem ausdruckslosen Gesicht schloss. Sie hastete zur Ladentür und riss sie auf, da hörte sie, wie er ihr nachrief. Die Leute in der Schlange starrten sie an: Sie hatte ihren Kaffee stehen lassen. Statt zurückzugehen, verließ sie fluchtartig den Shop.

Sie ging so schnell sie konnte, ohne zu rennen, bis sie einen Hauseingang fand, wo wenig los war. Dort blieb sie stehen und schlug die erste der beiden Zeitungen auf. Da stand: *Would you risk your academic career by getting it on with a student on your boss's desk? Probably not, but that was of no concern to this female Assistant Professor, who shamelessly abused her power to satisfy her inappropriate lust for sex.* Kate hielt den Atem an. Wie hatte er das tun können? Wie konnte er so unfassbar unfair sein? Dass er mit ihr abrechnen wollte, war eine Sache, aber sich damit an die Presse zu wenden hob die Angelegenheit auf ein ganz anderes Level. Sie versuchte an der

Wand Halt zu finden. Sie war sich nicht sicher, ob sie sich von diesem Schlag je wieder erholen würde.

Erst die Sache mit dem Algorithmus und jetzt das! In ihrer Verzweiflung keimte Wut auf – zunächst sachte, dann stärker – darüber, dass er sich feige versteckte, statt ihr Rede und Antwort zu stehen. Ein unbedeutender Student, der ihre Karriere in Gefahr brachte? *No way!* Wenn er sie zur Feindin wollte – das konnte er haben! Jetzt würde er Seiten von ihr kennenlernen, von denen er nicht die geringste Vorstellung hatte. Sie würde auf keinen Fall aufgeben – jetzt erst recht nicht!

Wie viel würde sie von der Sache eingestehen müssen? Hatte sie eine Chance, wenn sie alles abstritt? Serge gegenüber hatte sie bisher nur zugegeben, dass sie von Martins Gefühlen wusste, nicht mehr. Viele Gründe waren möglich, warum Martin etwas so Drastisches *erfunden* haben könnte: Er hatte sie bedrängt, mehr von ihr gewollt, aber sie nicht und deshalb war es zum Streit gekommen. Es handelte sich um eine üble Verleumdung, für die sie nichts konnte.

Sie wählte Martins Nummer. Sie sprach ihm auf die Mailbox, dass sie seinen unverzüglichen Rückruf erwarte und dass er vorher Zeitung lesen solle, falls er das noch nicht getan habe. Dann schrieb sie eine Textnachricht an Serge und bat ihn um ein Gespräch, jetzt sofort. Sie musste so schnell wie möglich mit ihm sprechen – bevor er es von jemand anderem erfuhr. Er antwortete innerhalb von Sekunden, dass er sie in seinem Büro erwarte.

Das Vorzimmer war leer, aber auf Odas Tisch lag offen, für jeden sichtbar, die New York Post mit Kates Bild. Serge kam aus seinem Zimmer und ging auf den Tisch zu. Ohne ein Wort zu sagen, griff er nach der Zeitung und warf sie demonstrativ in den Müll. Anschließend schob er Kate durch seine Tür, die er diskret hinter sich schloss.

Er wusste es also bereits. Sicher hatte Oda ihm die Zeitung als erstes am Morgen gezeigt. So eine Chance hatte sie sich bestimmt nicht entgehen lassen! Dann wusste er auch von der Sache mit dem Schreibtisch. Reiß dich zusammen, Kate!, dachte sie und bemühte sich, ruhig zu atmen. Nichts davon war beweisbar, nichts davon war geschehen.

Er sah sie stumm an, während sie versuchte mit dem beschämenden Gefühl klarzukommen, das sein Blick in ihr auslöste. Er war nicht streng, sondern enttäuscht, als würde ihr Vater sie ansehen. Sie hatte als Kind immer befürchtet, dass er ihre Gedanken lesen konnte. Und gelegentlich hatte er das gekonnt und ihr genau gesagt, was sie so angestrengt zu verbergen versuchte. Dann der vernichtende oder manchmal auch, ganz überraschend, erlösende Moment. Ja, es hatte Tage gegeben, wo er sie einfach lachend hochgehoben und mit ihr herumgealbert hatte, obwohl sie mit allem anderen gerechnet hätte. Aber sie war nicht dort, sie war hier mit Serge, dessen Reaktion ihr in diesem Augenblick zwar berechenbarer vorkam, *but not in a good sense.*

Serges ungewohntes Schweigen brachte sie durcheinander. Kate versuchte, an seiner Stelle Worte zu finden, da merkte sie, dass es wieder anfing. Er kramte in seiner Schublade und reichte ihr einige Papierservietten, die sie rasch auf ihre Nase drückte. Sie setzte sich in den Sessel neben dem Schreibtisch, legte den Kopf in den Nacken und wartete, bis es aufgehört hatte. Während der ganzen Zeit sagte er kein Wort. Er hatte ihr ein Glas Wasser hingestellt, aber sie rührte es nicht an. Auf einmal hatte sie die Worte im Kopf, die sie als Kind so oft gehört hatte. Das ganze vernichtende Vokabular ihres Vaters, das sie später so sorgsam aus ihrer eigenen Sprache verbannt hatte. Entwertungen und Schimpfwörter, aus denen sich schließlich eine Essenz herauskristallisierte, die nicht mehr anfechtbar war: Die Zeitungskatastrophe war allein ihre Schuld. Sie hätte es besser wissen müssen. Ihr Vater hätte ihr nie verziehen, dieselben Fehler zu machen wie er, und sie selbst konnte es sich ebenso wenig verzeihen. Sie ließ die Hand mit den blutigen Papierservietten sinken und setzte zu einer Erklärung an.

„Stop!", unterbrach Serge sie, noch bevor sie das erste Wort aussprechen konnte. „Es interessiert mich nicht, was zwischen euch passiert ist. Ich habe keine Ahnung, wie so was in die Zeitung kommen konnte, aber eines ist sicher ..." Er machte eine Pause. „Ich werde nicht zulassen, dass du deinen Job verlierst."

Kate war perplex, dass er sich ohne weitere Erklärungen auf ihre Seite stellte. Hatte er doch mehr von der Unberechenbarkeit ihres Vaters, als sie geglaubt hatte? Aber dann wurde ihr klar, dass es nicht ihre Seite war – er stand auf der Seite des Systems. Er half ihr nur, um sich selbst zu retten. Auch darin ähnelte er ihrem Vater. Es ging um ihn. Es war immer nur um ihn gegangen.

„Du bist meine wichtigste Mitarbeiterin und wer immer sich diesen *Coup* ausgedacht hat, es ist auch ein direkter Angriff auf mich", bestätigte er ihre Vermutung.

Er war nicht daran interessiert, dass sie ihn von ihrer Unschuld überzeugte und er ihr aufrichtig glauben konnte. Sie als Mensch hatte keinerlei Relevanz für ihn. So schmerzlich diese Einsicht war: Seine Hilfe war die einzige, die ihr blieb.

„Trotzdem müssen wir ein paar Fakten klären. Ich muss dir nicht sagen, wie ernst die Sache ist. Das Problem ist der Verhaltenskodex."

„Ja, ich weiß", sagte Kate leise. Jede Uni hatte ihre eigenen Regeln, mal strenger, mal weniger streng. Im Verhaltenskodex *ihrer* Universität stand, dass sexuelle Beziehungen zwischen Mitarbeitern und von ihnen abhängigen Personen, deren wissenschaftliche Arbeiten sie betreuten oder denen sie hierarchisch vorgesetzt waren, strikt untersagt waren. Je nach Beurteilung des Falls konnten die Strafen unterschiedlich hart ausfallen, bis hin zu einer Suspendierung, wie bei de Wit.

„Hast du einen Verdacht, wer dahinterstecken könnte?", holte Serge sie aus ihren Gedanken.

„Martin natürlich – wer sonst?!"

„Martin? Kann ich mir nicht vorstellen!", erwiderte er ungläubig.

„Er hat mich, seit wir aus den Hamptons zurück sind, nicht zurückgerufen, er hat ohne Absprache den Algorithmus geändert. Er will sich an mir rächen, das liegt doch auf der Hand!"

Serge schien nicht überzeugt. „Das mag alles sein, aber so eine Sauerei traue ich ihm nicht zu. Das ist doch nicht seine Handschrift. Kann es sein, dass euch jemand …" Er zögerte, so als sei er sich nicht ganz sicher, ob er die Antwort hören wollte. „Dass euch jemand zusammen gesehen hat?", beendete er schließlich doch den Satz.

„Unmöglich!", antwortete Kate, aber dann fiel ihr die Sache mit der Tür wieder ein. „Martin und ich hatten einen Streit, ein paar Tage vor der Fachbereichsprüfung, bei dem meine Bürotür nicht richtig geschlossen war und wir bemerkten, dass jemand vor der Tür gestanden hatte." Sie nahm einen tiefen Atemzug. „Es wäre möglich, dass ..."

„... jemand aus eurem Gespräch falsche Schlüsse gezogen hat?", beendete Serge den Satz für sie. Das war nicht genau, wie Kate es formuliert hätte, aber sie verzichtete darauf, ihn zu korrigieren. *Falsche Schlüsse* klang wesentlich besser als das, was sie hatte sagen wollen. In diesem Augenblick klingelte ihr Handy. Es war Martin.

„Ich bin bei Serge", sagte sie mit frostigem Ton. „Gibt es irgendwas, das du ihm oder mir zu sagen hast?"

„Kate!", rief Martin aufgebracht. „Du glaubst doch nicht etwa, dass das von mir ausgegangen ist? Ich habe nichts damit zu tun", beteuerte er, aber sie nahm seine Worte nur gedämpft wahr. Sie hatte kein Gespür mehr dafür, ob sie ihm glauben konnte. „Jemand *muss* unser Gespräch mitgehört haben! Jemand, der dir schaden will", überlegte Martin.

Serge machte eine ungeduldige Geste, dass sie das Handy laut stellen solle. Sie ignorierte seine Anweisung.

„Und Serge? Er weiß es also schon?", fragte Martin.

„Ja, er hat den Artikel in der New York Post gesehen." Es war still am anderen Ende der Leitung.

„Hast du ihm gesagt, dass es stimmt?"

„Nein", antwortete Kate knapp.

„Wie hat er reagiert? Hat er dir geglaubt? Was machen wir jetzt? Soll ich zur Uni kommen?" Martins Fragen überschlugen sich und sie bekam Zweifel an ihrer vorschnellen Verdächtigung.

„Die Entscheidung liegt nicht mehr in unserer Hand. Ich stelle dich laut."

Serge warf ihr einen irritierten Blick zu und übernahm das Wort. Und das nicht nur, um Martin zu ersparen, dass er das Gespräch beginnen musste. Serge beherrschte das Spiel um Kontrolle, Macht und Erfolg und er war niemand, dem Gefühle dabei in die Quere kamen. Darum beneidete sie ihn. Für sie selbst war es immer ein Kampf gewesen, es war nie mühelos und leicht.

„Ich erwarte keine Erklärungen oder Rechtfertigungen irgendwelcher Art", stellte er Martin gegenüber klar und sprach dann mit einem ruhigen, aber strategischen Ton weiter. „Ich habe Kate gesagt, dass ich nicht glaube, dass irgendetwas davon stimmt. Und ich gehe erst recht nicht davon aus, dass du so was erfinden und der Presse erzählen würdest." Er ließ die Aussage einen Augenblick auf Martin wirken. „Aber ich muss noch heute öffentlich Stellung zu der Sache nehmen. Falls es also irgendetwas gibt, das ich wissen sollte, dann *musst* du es mir jetzt sagen."

Kate spürte, wie ihre Hände feucht wurden, als Martin schwieg. Warum, zum Teufel, antwortete er nicht? Sie ahnte, dass er inzwischen nicht mehr Teil des Systems war, das Gehorsam und Unterordnung forderte und zu dem sie bis vor Kurzem beide gehört hatten. Was sie verbunden hatte, war eine Illusion gewesen, ein Traum, zu schön, um wahr zu sein. Alles, was Kate blieb, war das, was lange vor Martins Zeit begonnen hatte: Serge und sie gegen den Rest der Welt. Der einzige Unterschied zu früher war, dass sie ihre Unschuld verloren hatte. Früher hatte sie sich Serge moralisch überlegen gefühlt. Jetzt standen sie auf derselben Stufe, bereit zu jeder Lüge, die ihren Kopf rettete.

„Nein, nichts", sagte Martin schließlich. „Höchstens: Habt ihr an Tristan gedacht?"

Kate erstarrte. Tristan, natürlich! Sie war so fixiert auf ihre Probleme mit Martin gewesen, dass sie an Tristan gar nicht mehr gedacht hatte. Es war unwahrscheinlich aber möglich, dass er damals ihren Streit mit Martin belauscht hatte. Solche Methoden passten sicher in sein Repertoire. Serge bemerkte die Veränderung in Kates Miene und sah sie fragend an. Selbst wenn es Tristan gewesen sein sollte, sie konnte jetzt unmöglich enthüllen, dass sie ihn gezwungen hatte zu kündigen.

„Nein, nein, nein!", dachte Serge laut nach, als keine Zustimmung von Kate kam. „Ich sehe nicht, was Tristan damit zu tun haben sollte – zum Zeitpunkt eures Streits war er schon nicht mehr im Haus, richtig?"

„Ich habe auf jeden Fall nicht mit der Presse gesprochen", betonte Martin noch einmal. „Das müsst ihr mir glauben!"

„Wie auch immer – wir kriegen die Sache vom Tisch!", erklärte Serge und krempelte energisch seine Ärmel hoch. „Aber es gibt ein paar Regeln, an die ihr euch halten müsst. Der Dekan hat vorhin versucht, mich zu erreichen, er war außer sich laut Oda. Ich werde ihm sagen, dass es eine Intrige ist, ohne jede Substanz. Das Wichtigste ist, dass ihr beide alles abstreitet, falls euch jemand darauf anspricht. Und euch nicht in euren Aussagen widersprecht – vorausgesetzt ihr seid euch einig. Martin?"

„Natürlich sind wir uns einig", sagte Martin rasch.

„Wenn derjenige, der das zu verantworten hat", fuhr Serge zu Kate gewandt fort, „sich nicht offiziell dazu bekennt, kann dir nichts passieren." Wie rational er die Sache durchdenken konnte, während sich ihre eigenen Gedanken nur noch drehten. Tristan, Martin – sie hatte kein Gespür mehr dafür, was real war.

„Was ist mit der Arbeit, mit den Kollegen? Wie sollen wir uns verhalten?", wollte Martin wissen.

„Wir werden nicht umhinkommen, eine Mitarbeiterversammlung zu machen und es offen anzusprechen. Das ist besser, als wenn sich Gerüchte bilden. Nur Mitarbeiter, keine Studenten. Danach wirst du dir eine Auszeit nehmen, Kate, bis Gras über die Sache gewachsen ist."

„Aber würde das nicht so aussehen, als ob ich zurecht beschuldigt werde?", wand Kate ein.

„Wir haben keine Wahl. Wenn der Fall an das zuständige Office geht, müssen wir abwarten bis das Untersuchungsergebnis vorliegt – die werden nicht riskieren, dass du weiter unterrichtest, bis alles vollständig geklärt ist."

„Aber das kann Wochen dauern!", rief Kate besorgt und merkte, wie ihr Tränen in die Augen stiegen. Sie wartete darauf, dass Serge einen Scherz machte, so was wie: Du kannst dich ja mit de Wit austauschen, wie das so läuft. Doch er sah sie nur betreten an.

Dann wand er sich an Martin: „Ich hoffe, dass du unter diesen Umständen, deine Pläne uns zu verlassen überdenkst. Ich brauche dich hier, zumindest bis Kate wieder da ist." Martin schwieg. „Und halte dich fern von ihr. Unnötig zu sagen, dass man euch nicht zusammen sehen darf. Alles klar?"

„Glasklar", sagte Martin, seine Stimme klang resigniert. „Kate?", fragte er, als hoffe er noch auf ein persönliches Wort von ihr. Aber Serge beendete das Telefonat und ging ins Vorzimmer, während Kate regungslos dastand. Sie konnte hören, wie er Oda die Anweisung gab, sofort alle Mitarbeiter zusammenzutrommeln.

„Also", sagte Serge und hielt Kate die Tür auf, „bringen wir es hinter uns!"

Eine atemlose Stille empfing Kate, als sie und Serge das Besprechungszimmer betraten. Sie konnte die Stimmung, die den Raum erfüllte, genau spüren. Es war eine Mischung aus Mitgefühl und Sensationslust. Eine ungeplante Versammlung des kompletten Departments wurde nur im Notfall einberufen, das wussten alle. Kate setzte sich auf den noch freien Stuhl neben Oda und wartete mit einer stoischen Haltung. Sie vermied es, Oda anzusehen. Sie hätte sich gewünscht, dass sie nicht dabei wäre, nur dieses eine Mal, aber sie gehörte natürlich genauso wie sie zum Kreis der Mitarbeiter. Kate erschrak, als Oda plötzlich ihre Hand in Kates Armbeuge legte und sie sanft drückte. Sie sahen sich in die Augen und Odas Blick war unerwartet warm. Er hatte etwas Tröstliches, beinahe Erlösendes, das befremdlich auf Kate wirkte. Kate lächelte verkrampft und entzog sich der ungewohnten Berührung, die ihr viel zu nahe war.

Serge vergewisserte sich, dass sie vollständig waren, und wollte gerade zu einer Erklärung ansetzen, da klopfte es an der Tür. Der Dekan trat ein. Er grüßte Serge flüchtig und signalisierte ihm mit einer kreisenden Handbewegung, dass er fortfahren solle, während er sich einen Stuhl vom Stapel an der Wand nahm, sich Kate gegenüber setzte und einen Knopf seines straff sitzenden Jacketts öffnete. Er würdigte sie keines Blickes. Kate fühlte, wie ihr Herz sank. Oda beugte sich zu Serge und flüsterte ihm zu, dass sie den Dekan über die Versammlung informiert hatte, weil dieser darum gebeten habe, über alles auf dem Laufenden gehalten zu werden. Serges Gesicht war anzusehen, dass er sie später für diese dreiste Anwandlung zurechtweisen würde, und nicht zu knapp, aber er fasste sich rasch.

„Kate wird auf abscheuliche Weise bezichtigt, eine Affäre mit einem Studenten zu haben, dessen Abschlussarbeit sie betreut. Zu lesen heute in der Zeitung", erklärte Serge ohne Umschweife. Ein Tuscheln ging durch den Raum, einige Gesichter wirkten, als sei die Information nicht ganz neu. Der Dekan hatte eine leidende Miene aufgesetzt. „Eine Intrige, die aufs Schärfste zu verurteilen ist", fuhr Serge fort. „Ich habe Kate geraten, eine Auszeit zu nehmen, bis die Sache geklärt ist." Er kündigte an, dass er Kates Vorlesung übernehmen werde, und verteilte die beiden Seminare, die sie unterrichtete, an zwei Kollegen. Es fiel ihr schwer, das mit anzusehen, auch wenn es nur temporär war. Nur temporär, dachte sie und versuchte, sich daran zu erinnern, dass Serge auf ihrer Seite stand.

Der Dekan, der bisher unfreiwillig schweigend zugehört hatte, schien nun unbedingt etwas sagen zu wollen. Schon zuvor stark erhitzt, wirkte er inzwischen wie ein Dampfkessel, der kurz vor der Explosion stand. „Ich glaube, da schätzen Sie die Lage falsch ein", wies er Serge zurecht, dem man ansehen konnte, dass er sich ungern das Wort stehlen ließ. „Es hat sich jemand bei mir gemeldet", verkündete der Dekan seine Neuigkeiten. „Eine Person, die nicht namentlich genannt werden möchte, die aber bereit wäre, vor einem Untersuchungsausschuss oder sogar vor Gericht auszusagen, falls nötig." Kate hielt sich reflexartig an ihrem Stuhl fest. Sie konnte sehen, wie das Blut aus Serges Gesicht wich.

„Lassen Sie uns am besten in meinem Büro weitersprechen", wand Serge ein, doch der Dekan ignorierte seinen Vorschlag.

„Angeblich stimmt jedes Wort, das in der Zeitung steht, weil dieser Jemand es nämlich selbst gehört haben will. Tja, so sieht es aus! Ich habe eine offizielle Beschwerde, wegen Verstoß gegen die Verhaltensregeln, auf meinem Schreibtisch liegen. Zusammen mit einer ausführlichen Stellungnahme des Zeugen. Und glauben Sie mir, sie war äußerst unschön zu lesen."

Niemand wagte, etwas zu sagen. Kate gelang es kaum noch, einen klaren Gedanken zu fassen: Wer von den Kollegen, außer Tristan, kannte Martin so gut, dass er ihn an der Stimme erkannt haben konnte, damals bei ihrem Streit? Lucy wahrscheinlich oder Eric, der jetzt so verlegen wegschaute. Eric kam infrage, definitiv. Er arbeitete oft an Samstagen, den Tagen, an denen sie sich meistens mit Martin getroffen hatte, und er kannte ihn gut. Martins auffälliges Verhalten in den Hamptons hatte den Verdacht sicher bestätigt. Aber was hatte Eric auf einmal gegen sie? Sie hatten sich doch immer gut verstanden.

„Für mich lässt das Ganze nur einen Schluss zu", erklärte der Dekan und sein Rumpf wirkte gefährlich aufgebläht, so als könnte der letzte noch geschlossene Knopf jeden Augenblick von seinem Jackett gesprengt werden. „Sie, mein lieber Kollege", und dabei sah er Serge an, „scheinen Ihr Department nicht im Griff zu haben."

Serge rang um Fassung, offensichtlich fehlten ihm die Worte, so hatte Kate ihn noch nie erlebt. Auch ihr selbst fiel nichts ein, was sie diesem Schlag entgegensetzen konnte.

„Ich brauche nicht zu betonen", fügte der Dekan hinzu, „wie prekär das Ganze ist, gerade jetzt, nach dem Fall in Stanford. Die Öffentlichkeit wird sich nicht zufriedengeben, bis auch hier Köpfe rollen."

Alle Augen waren nun auf Kate gerichtet. „Unter diesen Umständen", brachte der Dekan mühsam hervor – und er wirkte jetzt, nachdem die Luft heraus war, eher wie eine schwächelnde Dampfmaschine, die man den Berg hinaufschieben musste – „können Sie natürlich nicht bleiben. Völlig ausgeschlossen!" Es klang bereits wie eine Urteilsverkündung, obwohl er Kate noch nicht mal die Anhörung unter vier Augen gewährt hatte, die ihr zustand. Er sah sie bedauernd an, ertappte sich aber sofort dabei und setzte ein angemesseneres Gesicht auf – das des unerbittlichen Hüters der Fakultät.

Kates Körper fühlte sich starr an, als könne sie sich nie wieder bewegen. Sie warf einen hilfesuchenden Blick zu Serge, der die Ellbogen vor sich auf den Tisch gestützt hatte und angestrengt erst die Knöchel der einen, dann der anderen Hand drückte. Sie konnte an seinen zusammengekniffenen Augenbrauen erkennen, dass er nachdachte. Tausend Schlachtpläne, die innerhalb von Sekunden durch seinen Kopf rauschten. Er wusste was auf dem Spiel stand, ihm würde eine Lösung einfallen.

„Serge", sagte sie leise. Er drehte sich um und sah sie ausdruckslos an. Seine Augen waren zwar auf sie gerichtet, aber er schien durch sie hindurchzusehen. „Serge", sagte sie nochmals, jetzt eindringlicher mit dem Unterton aufkommender Verzweiflung.

Der Dekan – nicht an weiteren Erklärungen interessiert – sah Serge mit einem ungeduldigen Sie-wissen-was-zu-tun-ist-Blick an. Mit dem Auftauchen eines Zeugen war für ihn der Fall abgeschlossen. Alles, was er jetzt hören wollte, war eine klare Distanzierung der Personen, die wie er, auf der richtigen Seite standen – auf der Seite des Systems und der Moral.

„Es tut mir leid, Kate", sagte Serge. „Ich kann nichts mehr für dich tun."

Seine Worte trafen Kate wie eine Wand. Frontal und ungebremst – aus! Sie starrte ins Leere – war sie noch am Leben? Ihre Gefühle überschlugen sich, nachdem sie den ersten Schock überwunden hatte. Sie hatte den Impuls zu ihm zu stürzen und mit den Fäusten gegen seine Brust zu schlagen: Serge Decaux, du gottverdammter Verräter! Das Wasserglas vom Tisch zu fegen, ihm ins Gesicht zu spucken, ihn in Grund und Boden zu brüllen, samt diesem blöde glotzenden Rindvieh von einem Dekan. Jetzt wäre die Gelegenheit, reinen Tisch zu machen – alles, was sie schon immer sagen wollte. Wer hier wen benutzte und welche Deals hier liefen. Deals unter Männern, bei denen Frauen in letzter Konsequenz immer außen vor gelassen wurden, egal wie gut sie waren oder wie hart sie kämpften. Deals, die weitaus dreckiger waren als alles, was Martin und sie je getan hatten. Sie sah sich verloren im Raum um. Als Kate in die entsetzten Gesichter ihrer Kollegen schaute, wurde ihr klar, dass sie alleine war. Selbst Lucy senkte verlegen die Augen. Keiner von ihnen würde sie unterstützen. Zu ängstlich, zu besorgt waren sie. Es war nicht das Entsetzen über das Unglück, das Kate widerfahren war – sie waren entsetzt, weil sie begriffen, dass jeder von ihnen der Nächste sein konnte. Dass ihr Chef jeden über die Klinge springen lassen würde, wenn es sein musste, egal wie sehr er oder sie sich zuvor ins Zeug gelegt hatte.

Sie sah Serge an. Er hielt ihrem vernichtenden Blick stand, keine Regung zeigte sich in seinem Gesicht. Wirklich? So einfach war es für ihn, alles mit einem einzigen Satz zu beenden?

„Ich habe dem nichts hinzuzufügen", sagte er und verließ als Erster den Raum. Oda folgte ihm, aber nicht ohne Kate einen letzten mitleidsvollen Blick zuzuwerfen.

Kapitel 12 – Martin

Das Ding mit den Zeitungen war erst zwei Tage her, aber es fühlte sich an wie eine halbe Ewigkeit. Eine Ewigkeit, in der Martin darauf wartete, dass Kate sich meldete – oder wenigstens Serge. Der hatte ihm gesagt, dass er sich von Kate fernhalten solle, was er auch tat. Er hatte nicht vor, wie sie ihm so oft vorgehalten hatte, ihren Job zu *gefährden*. Dass sie allen Ernstes geglaubt hatte, *er* hätte der Presse die Sache gesteckt, hatte ihn mitgenommen. Und auch noch das mit dem Schreibtisch, dieser Scheißidee, von der er sie hätte abhalten müssen. Aber er hatte sich zu schwach gefühlt – der Kraftakt zu versuchen, sie sich aus dem Kopf zu schlagen, hatte nichts mehr von seiner Willensstärke übrig gelassen. Und als sie dort vor ihm gestanden und er gespürt hatte, wie sehr sie ihn noch immer wollte – es hatte sich zu gut angefühlt. Dabei hatte er geahnt, dass ihre unerwartete Anschmiegsamkeit wahrscheinlich nicht von Dauer sein würde.

Kraftlos war sein Zustand der letzten Tage gewesen und kraftlos hatte er sich an diesem Abend zur Bandprobe geschleppt. Anfangs hatte die Musik Martin abgelenkt, aber dann waren seine Gedanken wieder abgeschweift und er hatte sich anhören müssen, dass er nicht bei der Sache sei. Bis die anderen schließlich abbrachen. Jemand versuchte, einen Scherz zu machen, um Martins schlechte Stimmung aufzulockern. Natürlich, wie meistens, über die blauen Kunststoffkisten mit den Vorhängeschlössern: geschmuggelter Whisky, *sex dolls*, Kalaschnikows ... Normalerweise hatten sie Spaß daran, sich auszumalen, was der Vater des Bassisten darin lagerte, aber heute war Martin nicht danach. „Ich hau ab", sagte er und schwang seinen Gitarrenkoffer über die Schulter. Er war froh, dass keiner seiner Kumpels Zeitung las.

Er fuhr mit dem Rad zum Ufer des East River in Williamsburg und legte sich ins Gras, um auf den Sonnenuntergang zu warten. Er hatte keine Ahnung, warum Serge sich nicht meldete. Das Letzte, was er von ihm gehört hatte, beim Telefonat mit ihm und Kate, war, dass er ihn dringend brauche. Warum meldete er sich dann nicht – der halbe Fachbereich lag doch sicher brach, jetzt wo Kate in der Zwangspause war? Martin war bereit zu tun, was getan werden musste, auch wenn er nicht scharf darauf war, auf die Gesichter im Department, auf das Gequatsche. Und was sollte er Serge sagen, falls er ihn auf die Sache mit dem Schreibtisch ansprach? Die Franzosen hatten ja diesen Ruf – so mit einem Augenzwinkern wahrscheinlich: Hey, unter Männern, mir kannst du es ruhig sagen: Hast du sie wenigstens ordentlich rangenommen? Ja, hatte er, wenigstens das. Aber was zählte das jetzt noch – jetzt, wo dieser Typ aus Stockholm aufgetaucht war.

Die ersten Tage, als er aus den Hamptons zurück war, hatte er sich noch dagegen gesträubt. In blinder Wut auf Kate hatte er seinen Code zerstört und das Back-up auf dem Server gelöscht, um ihr klarzumachen, dass sie ihn brauchte. Dass sie seine *Brillanz* – ihr Wort, nicht seines! – nicht einfach so bekommen würde. Entweder ganz oder gar nicht.

Erst war er versucht gewesen, nach Adrian zu googeln, hatte es dann aber doch gelassen. Inzwischen war ihm klar warum: Er wollte das Scheißvideo der Q&A Session gar nicht finden und sehen, was die beiden verband. Er hatte Angst, etwas über ihn und sie herauszufinden, das den Schmerz noch schlimmer machte. Und er hatte noch viel weniger Lust sich ansehen zu müssen, wie cool und was für ein *achiever* der Typ wahrscheinlich war. Welche akademischen Auszeichnungen und Trophäen er eingefahren hatte, die Kate beeindrucken würden. Es war so leicht, sie mit so was zu beeindrucken. Hatte er ihr auch von Algorithmen erzählt und sie war dahingeschmolzen? Martin spürte, wie der Gedanke drohte, ihm den Boden unter den Füßen wegzureißen. Sie hatte es geleugnet, aber was, wenn wirklich was Ernsteres zwischen den beiden war? Womöglich ließ sie sich genau jetzt, in diesem Moment, von ihm trösten und dachte gar nicht mehr an ihn, Martin.

Er hatte es mit Verleugnung versucht: Den Kerl nicht zu wichtig werden lassen. Sie hatte immerhin behauptet, er bedeute ihr nichts, und schließlich war er einfach abgereist an dem Abend. Allzu gut konnte das Gespräch zwischen den beiden, dort oben in Kates Zimmer, also nicht gelaufen sein. Jedenfalls hatte Martin sich das hundertmal gesagt am vergangenen Wochenende. Aber allein die Tatsache, dass er ihr nach ihrer Flucht aus der Küche nachgegangen war, war bedenklich. Von wegen sie kannte ihn kaum! Vielleicht hatten sie einen Streit, vielleicht hatte er den Bogen überspannt. Einfach bei der Fachbereichsprüfung aufzutauchen, so was schätzte Kate gar nicht. Wahrscheinlich hatte sie ihm gründlich die Meinung gesagt. Oder konnte es sein, dass sie sich und ihm klargemacht hatte, dass sie eigentlich – im Grunde ihres Herzens – doch nur ihn, Martin, liebte? Dass sie endlich begriffen hatte, dass es so nicht weitergehen konnte? Egal was da gewesen sein mochte in London, vielleicht war sie gar nicht mehr interessiert an dem Typen.

Martin prüfte noch mal seine E-Mails. Er hatte Kate am Nachmittag geschrieben, doch sie hatte nicht geantwortet. Ihre stille Rache. Er hatte sie warten lassen, jetzt tat sie dasselbe. Es gab eine Menge, das er ihr gerne gesagt hätte, aber ihm war klar, dass sie jetzt noch vorsichtiger sein mussten. Wenn es wirklich zu einem Verfahren gegen Kate kommen sollte, würde sie sicher ihre E-Mails offen legen müssen. Er hätte ihr gerne geschrieben, dass ihm verdammt leidtat, was passiert war, und dass er sich Sorgen um sie machte und hoffte, dass sie okay war. Aber in der E-Mail hatte er sie dann doch nur gefragt, ob sie wusste, warum sich Serge nicht wegen des Projekts bei ihm meldete. Und er hatte geschrieben, dass er den *Fehler* im Algorithmus rückgängig gemacht hatte, und sich dafür entschuldigt. Für den Kuss in der Küche – dafür würde er sich aber niemals entschuldigen! Er hatte gehofft, dass sie etwas von all dem zwischen den Zeilen lesen würde.

Die Tatsache, dass sie ihm nicht antwortete, und die nagende Ungewissheit, was Adrian wirklich für sie bedeutete, ließen ihm keine Ruhe. Wahrscheinlich hatte er schon zu lange gewartet: Es war höchste Zeit, der Sache auf den Grund zu gehen. Er hatte nichts mehr zu verlieren, beschloss er, schwang sich auf sein Rad und fuhr nach Hause, während die Sonne unbeachtet hinter der Skyline von Manhattan verschwand.

Über dem Stuhl in seinem Zimmer hing noch immer das Tuch. Ein kleines buntes Halstuch, das nach Julie roch. Es war ihr auf dem Heimweg vom *open mic* von der Schulter gerutscht und Martin hatte es aufgehoben. Er wollte es ihr wiedergeben, aber sie hatte gemeint, dass er es behalten solle und sich unter bekifftem Kichern geweigert, es zurückzunehmen.

Julie, puh, verdammt! Das war ein anderes Thema und beinahe entgleist, als er zugelassen hatte, dass sie zu ihm ins Bett geschlüpft war. Eigentlich schon vor dem Haus, als sie ihren süßen Mund auf seinen gedrückt hatte und ihm klar geworden war, dass er es ihr endlich sagen musste: dass es nichts werden konnte. Er mochte sie, sehr sogar, aber das hatte sie wohl falsch verstanden. Und jetzt der Zeitungsskandal – wenn Serge ihr davon erzählt hatte, und natürlich hatte er das … Wie würde sie damit klarkommen? Warum musste immer alles so kompliziert sein mit den Frauen: Warum konnte Julie nicht Kate sein und Kate nicht Julie? Die Dinge würden sich dann viel einfacher gestalten.

Er schob den Gedanken beiseite, nahm sein Notebook aus dem Versteck unter einer losen Schwelle des Holzbodens, setzte sich aufs Bett und klappte es auf. Natürlich gab es Mittel und Wege, ein Video, das aus dem Netz genommen worden war, wiederzufinden, aber zuerst würde er sich das Uni-Profil von dem Typen ansehen. Und was sonst noch über ihn herauszufinden war – vielleicht war er ja verheiratet. Der Gutachter hatte Adrian in der Pause am Vormittag nach seinem Namen gefragt und dann ein offensichtliches Fragezeichen im Gesicht gehabt, weil ihm der nichts sagte … Wie war er doch gleich gewesen? Irgendwas mit *-berg* am Ende – verdammt, er hätte es sich besser merken sollen! Egal, er würde ihn finden, so viele Lehrstühle konnte es in Stockholm in der KI auch nicht geben.

Nachdem er alle Seiten durchgeschaut, aber keinen Professor, noch nicht mal einen *normalen* Mitarbeiter mit einem solchen Namen, gefunden hatte, kamen ihm Zweifel. Er hatte doch Stockholm gesagt, oder nicht? Er rieb sich ratlos übers Gesicht. Und dann plötzlich fiel es ihm wieder ein: Sedberg, der Typ hieß Sedberg! Sein

Gehirn funktionierte also noch! Er gab den Namen in Google ein und: Treffer, das war er, die Fotos passten – aber Moment ... Was stand da? Er war ein Wohltäter, einer der sich um die Armen kümmerte – das hatte gerade noch gefehlt! Und außerdem – Martin schnellte hoch und starrte mit offenem Mund auf den Bildschirm. Ein Schauspieler? Fassungslos suchte er weiter und es kam noch besser: in der *adult industry*! Der Kerl hatte nie was mit KI zu tun gehabt, nicht mal am Rande, und er lebte nicht in Stockholm, sondern in London – ausgerechnet. Shit! Wenn das stimmte, dann musste Kate das erfahren, und zwar schnell. Das einschlägige Video, das er gefunden hatte, würde als Beweis reichen. Während er überlegte, wie er ihr die Nachricht überbringen sollte, wuchs nicht nur seine Rage, sondern auch seine Sorge: Der Typ hatte sich in alle Details über ihr Fach eingearbeitet – und er war so gut gewesen, er hatte sogar ihn getäuscht. Wenn Adrian eine solche Nummer abzog, um Kate zu beeindrucken – wozu war er dann sonst noch in der Lage? Wie viel musste sie ihm bedeuten?

Schreiben konnte er ihr das unmöglich, er musste sie sehen! Aber er konnte sie ja nicht mal um ein Treffen bitten – wenn das jemand las, könnte es Kate in noch größere Schwierigkeiten bringen. Er hatte nur eine Chance: zu ihr zu fahren und vor ihrem Haus auf sie zu warten. Wenn sie wüsste, dass der Kerl ein Betrüger war und noch dazu so einer ... Das würde ihre ganze Sicht auf die Dinge ändern! Da würde ihn seine Wohltätigkeit auch nicht mehr retten – vermutlich eh nur ein plumper Versuch, seine schmutzige Weste rein zu waschen!

Martin wollte gerade den Rechner zuklappen, als er eine neue E-Mail sah. Sie war von Julie. Die Mitarbeiterversammlung war entgleist. Scheinbar hatte sich eine Zeugin gemeldet, die das Ganze erst der Presse und dann dem Dekan gesteckt hatte. Und inzwischen war wohl auch klar, um wen es sich handelte: Oda! ,Die Sache ist gelaufen', schrieb Julie, ,sie ist endgültig raus, deine fantastische Kate! Und ich muss sagen, das hat sie echt verdient – und du auch!'

Martin ging unruhig auf und ab, als er am Vormittag des nächsten Tages in der Upper East Side am Ausgang der 68th Street Subway wartete. Ein unangenehmer Wind pfiff zwischen den Hochhäusern hindurch und wirbelte Staub von einer Baustelle auf. Bevor er zu Kate fuhr, wollte er mit Julie reden, um herauszufinden, was genau passiert war. Zuerst hatte sie ihn nicht sehen wollen, aber dann war es ihm doch gelungen, sie zu überzeugen. Sie war sein einziger Kontakt zum Department, an dem er sich nach dieser Nachricht besser erst mal nicht mehr blicken ließ. Wenn es stimmte, was Julie schrieb, war Kate jetzt wahrscheinlich endgültig ihren Job los.

Fünfzehn Minuten nach der verabredeten Zeit zweifelte er, ob sie es ernst gemeint hatte. Da sah er sie in einem braven, dunkelblauen Sommerkleid, das aussah, als hätte nicht sie selbst es ausgesucht, die Treppe der Subway heraufkommen. Julie blieb stehen, verschränkte die Arme und wartete, bis er bei ihr war.

„Scheiße, ich weiß gar nicht, warum ich mich mit dir treffe!", sagte sie und sah ihn vorwurfsvoll an.

„Danke, dass du gekommen bist." Er steckte seine Hände in die Hosentaschen, weil er nicht wusste, was er mit ihnen machen sollte.

„Ich bin spät dran", erklärte sie, „ich habe einen Termin. Wenn du mit mir reden willst, musst du mich begleiten."

Sie gingen schweigend Lexington Avenue entlang. Ein ungünstiger Ort für ein Gespräch, links und rechts eilten Passanten an ihnen vorbei. Er hatte überlegt, ihr zu erzählen, was er über Adrian rausgefunden hatte, aber angesichts ihrer Stimmung schien das keine gute Idee.

„Du hast vielleicht Nerven, dich mit mir zu treffen!", sagte sie schließlich. „Du und Kate – ich kann es noch immer nicht fassen! Ausgerechnet sie! Hat es Spaß gemacht, auf dem Schreibtisch meines Vaters? Ihr seid so widerlich!" Martin fiel nichts ein, das er hätte entgegnen können. „Dann ist es also wahr? Dann ist *sie* es, die du liebst?" Julie blieb mit einem zutiefst unglücklichen Gesichtsausdruck vor einem Fischrestaurant stehen.

„Ja", antwortete er und musste seinen ganzen Mut zusammennehmen, um weiterzusprechen. Ein Lieferant stellte zwei Kisten mit *seafood* neben ihnen ab und klopfte an die Scheibe. „Ich liebe Kate. Ich liebe sie so sehr, dass ich das Gefühl habe verrückt zu werden. Ich kann an nichts anderes mehr denken."

Ein Schaudern erfasste Julie, sie wand sich abrupt ab. „Das ist total krank! Ihr seid beide total krank! Sie könnte ja fast deine Mutter sein." Sie ging raschen Schrittes weiter.

„Hey!", rief er und versuchte aufzuholen. „Das ist nicht fair! Ich hab dir offen gesagt, dass es nichts werden kann mit uns. Und schließlich hast *du* mich geküsst, nicht ich dich. Ich habe keine Ahnung, warum du so wütend auf mich bist."

Seine Worte schienen sie nicht zu erreichen. „Ich habe einen Termin beim Psychiater meiner Mutter", sagte sie tonlos. „Ihr beide habt mich ganz schön abgefuckt!"

„Das ... das tut mir echt leid", stotterte er. Er hätte sich gewünscht, dass sie ihn ansehen würde, aber sie blickte stur geradeaus. „Falls es dich beruhigt: Es ist aus zwischen ihr und mir, wir sehen uns nicht mehr. Sie antwortet nicht mal mehr auf meine E-Mails." Julie warf ihm einen ungläubigen Blick zu. „Weißt du, was jetzt mit Kate passiert?", traute er sich zu fragen. „Ist es sicher, dass sie ihren Job verliert?"

„Darauf kannst du Gift nehmen! Oda hat scheinbar gleich ein ganzes Protokoll geliefert für das, was sie gehört hat. Und der Dekan ist mega-sensibel seit der Sache mit diesem Prof aus Stanford."

Martin verstand nicht. „Was für eine Sache?"

„Ach, so ein Typ, der was mit einer Studentin hatte, und deshalb gefeuert wurde. Hast du nicht davon gehört?"

„Was? Nein!"

„Mein Vater meint, das ist das Letzte, was sie jetzt noch brauchen an der Fakultät. Er ist echt angepisst – deine Stelle an der Uni kannst du knicken."

Martin nahm die Nachricht mit Fassung auf. Er hatte sowieso keine Lust mehr auf den Laden. Und wenn Kate wirklich ihren Job los war, ergaben sich vielleicht ganz neue Möglichkeiten für sie beide ... „Wie hat sie darauf reagiert?" Es gab viel, das Kate wegstecken konnte, aber wenn es um ihre Professur ging ... Julie zuckte mit den Schultern. „Hast du nicht mit ihr gesprochen seitdem?", wollte er wissen.

„Spinnst du?!", fragte sie und tippte sich an die Stirn. Martin schaffte es in letzter Sekunde, einem gepflegten Pudel mit Schleifchen auszuweichen, der ihm direkt vor die Füße gelaufen war. „Meinst du, ich rede noch mal mit ihr, nach all dem?"

„Ich finde, jetzt übertreibst du", rügte er sie. „Sie konnte ja nicht ahnen, dass dich die Sache verletzen würde. Das Ganze hatte doch nichts mit dir zu tun."

„Was weißt du schon! Du begreifst wirklich gar nichts!", sie drehte sich beleidigt weg.

„Ach ja?!", rief er verärgert. „Dann erklär es mir doch!"

Kurz nachdem sie in die ruhigere 71. Straße eingebogen waren, blieb Julie stehen und sah ihn böse an. „Kate hat die ganze Zeit gewusst – sie *wusste*, dass ich wegen dir im Projekt arbeiten wollte. Sie hat gesagt, sie hilft mir. Sie *wollte*, dass wir zusammenkommen."

„Was?!", rief Martin ungläubig.

„Ja, sie wollte uns verkuppeln, verstehst du?! Sie hat die ganze Zeit so getan, als wäre sie auf meiner Seite, selbst in den Hamptons noch. Und da hatte sie ja schon was mit dir, oder?" Martin starrte sie entsetzt an. „Ich kapiere nur nicht warum." Julie hob verzweifelt die Arme und ließ sie dann wieder sinken: „Ich verstehe gar nichts mehr."

Martins Atem stockte. Er verstand warum, zumindest glaubte er das.

„Jetzt weißt du es", sagte Julie. „So viel empfindet sie für dich: Du bedeutest ihr nichts." Schonungslos warf sie ihm die Worte hin. „Sie hat dich benutzt und mich auch. Und du machst dir noch immer Sorgen um sie? Du bist echt schön blöd!" Martins Kehle fühlte sich an wie zugeschnürt, er hatte das Gefühl, nichts mehr sagen zu können. „Hier ist es." Sie deutete auf die Tür eines luxuriösen *brownstones* mit einem Messingschild. Ihre Stimme zitterte, als sie weitersprach. „Mir wäre es lieber, wenn du dich nicht mehr bei mir meldest." Dann stiegen ihr Tränen in die Augen.

„Julie!", rief er, als sie die Treppe hinauflief und auf die Klingel drückte.

„Wir sind beide auf sie reingefallen", sagte sie und verschwand.

Er brauchte einige Minuten, bis er vollkommen realisierte, was sie ihm erzählt hatte: Kate hatte ihn loswerden wollen. Mithilfe einer netten kleinen Ablenkung – in Form von Julie. Und zwar schon dann, als er noch geglaubt hatte, dass alles okay war zwischen ihnen. Wahrscheinlich, weil sie sich ausgerechnet hatte, dass er dann sicher in New York blieb und sie zusammen weiterarbeiten könnten als wäre nichts geschehen. Ja, das passte zu ihr! Für sie war jedes Problem mit Logik zu lösen. Und sie wäre frei für diesen Typen – Adrian. Er stieß einen Schrei aus und trat gegen eine Mülltonne. Was dachte sie eigentlich – dass er sich auf eine so billige, miese Art manipulieren lassen würde?! Dass er sich einfach für eine x-beliebige Studentin begeisterte, die sie ihm vor die Nase setzte? Als er sah, wie ihn eine ältere Dame vom Fenster aus kritisch beäugte, beschloss er zu gehen. Er hatte hier nichts mehr verloren.

Er ging schnellen Schrittes, sein Kopf fühlte sich heiß an. Sie hätte es ihm doch einfach sagen können – dass sie Schluss machen wollte, weil es einen anderen gab. Diese pathetische Show, die sie im Hungarian Pastry Shop hingelegt hatte, wie ach so vergänglich die Liebe in ihren Augen war! Und er hatte es ja akzeptiert, verflucht noch mal, er hatte sie in Ruhe gelassen und das Wochenende abgesagt. Es war alles nach Plan gelaufen für sie, bis sie den auf einmal wieder gekippt hatte. Warum, zum Teufel, hatte sie ihn gekippt, wenn sie eigentlich Adrian wollte? Julie hatte recht – nichts passte zusammen.

Martin blieb stehen. Sein Körper bebte. Er spürte seine ganze Hilflosigkeit in Form einer beklemmenden Enge in seinem Hals. Er konnte unmöglich mit diesem Gefühlschaos bei Kate aufkreuzen. Er hatte Angst, etwas Unüberlegtes zu tun, sie mit all dem Zeug zu konfrontieren, was vermutlich alles nur schlimmer machen würde, oder vor ihr zu stehen und sie anzuflehen, ihn nicht wegzuschicken. Aber er wusste nicht, wo er sonst hinsollte – die ganze Stadt mit ihrer geschäftigen Wichtigtuerei war ihm auf einmal zuwider. Er ging weiter auf Lennox Avenue, immer weiter ohne Ziel, bis ihm einfiel, dass es für diesen Zustand einen Ort gab: Jackson Heights.

Er beschloss, zu Fuß zu Grand Central zu gehen und von dort die Subway zu nehmen. Schon einmal hatte der exotische Stadtteil in Queens ihm geholfen: Als seine Mutter gegangen war, hatte er dort den ganzen Tag verbracht und sich durch das Gewimmel der Straßen treiben lassen.

Der Gedanke daran und die oberirdische Fahrt mit Blick über den East River und die Dächer machten ihn ruhiger. Als er angekommen war, schloss er für einen Moment die Augen und sog den Lärm, das Gewirr von Stimmen, und eine Mischung jener intensiven New Yorker Gerüche ein, die man nur lieben oder hassen konnte. Dazwischen gab es nichts. Er hatte Glück: Einer davon war der Duft nach *Asian honey toast*, einer dicken, in zuckriger Kondensmilch getränkten und bis zum Karamellisieren gebratenen, fluffigen Weißbrotscheibe, üblicherweise serviert mit Honig, Bananenstücken und Sahne.

Konnte sein, dass das Tohuwabohu jemanden, der anders veranlagt war, erst recht zum Austicken brachte, doch für ihn hatte Jackson Heights genau den gegenteiligen Effekt. Jemand, der anders war, so wie Kate zum Beispiel – der Gedanke erzeugte ein flüchtiges Lächeln auf seinem Gesicht. Er hatte sich öfter vorgestellt, mir ihr herzukommen und ihr zu zeigen, was ihn an dieser Gegend so faszinierte: Mit ihr die üppig verzierten Torten in knallbunten Farben in den Schaufenstern zu bestaunen, orangeroten *Thai ice tea* zu trinken, durch die vollgepackten Sari-Läden zu schlendern, vorbei an den *barber shops* und den dampfenden Taco-Ständen, durch eine Markthalle mit Gemüse aus China, stachligen Durians, getrockneten Shrimps und Eimern mit lebendigen Fröschen, und dabei ihre Hand zu halten, bis sie der Zauber des Chaotischen ebenfalls angesteckt, bis sie alles andere vergessen hätte.

Sich sie beide dort vorzustellen machte ihn traurig. Warum hatte er es nicht getan, als noch Zeit gewesen war – kein Mensch hätte sie hier erkannt. Seine Gedanken schweiften wieder, wie so oft in letzter Zeit, zu jenem Samstag, als Kate ihn zum ersten Mal geküsst hatte. Mit ihren Lippen, die nach Bagel mit Lachs schmeckten. Es hatte sich wie ein Traum angefühlt, zu schön, um wahr zu sein. Er blieb vor einem Ladenfenster stehen, um sich der Erinnerung hinzugeben. Er war sich sicher, dass sie ihn gewollt hatte. Dass es nicht nur wegen seiner Masterarbeit passiert war. Er wusste noch genau, wie weich sich ihr Bauch angefühlt hatte und wie kühl ihre Brüste und wie fest sie die Arme um seinen Hals geschlungen und ihre Hüfte gegen seine gepresst hatte. Es ging so schnell – er wünschte, sie hätten mehr Zeit gehabt – aber es bestand kein Zweifel, dass sie es genossen hatte. Auch beim zweiten Mal, im Treppenhaus – er hatte nicht begriffen, wie sie, die sonst so beherrscht war, auf einmal so leidenschaftlich sein konnte. Und dann zu behaupten, der Algorithmus hätte sie so heiß gemacht – das war typisch Kate. Diese überraschend gefühlvolle Seite von ihr war das, wonach er sich am meisten gesehnt hatte – seit dem ersten Vorgeschmack davon, an dem Abend im Club, als sie ihm mit glühenden Wangen von ihrer Studienzeit erzählt hatte. Bevor sie auf diese verdammte Konferenz gefahren war. Wenn Adrian sie in London so erlebt hatte, wenn er jetzt bei ihr war …

Martin wurde flau. Er war schon beinahe zwei Stunden rumgelaufen und er beschloss, in den Momo-Laden zu gehen, den er damals durch Zufall entdeckt hatte. Ein Tibeter, *hole-in-the-wall style*, in einem gefliesten Basement ohne Fenster, aber Momos machten die dort – zum Niederknien! Nur zu gerne hätte er Kate jetzt mit den köstlichen kleinen Teigtaschen gefüttert. Ihm fiel auf, dass sein Ärger auf sie nachgelassen hatte, seine Verzweiflung abgeebbt war. Beides war einer tiefen Melancholie gewichen, die sich in seinem Gesicht im Fenster spiegelte, während er den schmalen, verglasten Gang zwischen einem *cell phone store* und einem ramschigen Möbelladen entlangging. Vorbei an dem handgeschriebenen Zettel, der noch immer dort hing und das Restaurant im Keller ankündigte: mit einer gemalten Treppe mit Pfeil nach unten und den Worten *Momos – hier lang*!

Er würde gerne verstehen, was in ihr vorging. Er würde zuhören, wenn sie bereit wäre, es ihm zu erklären. Wenn sie sich dem nur endlich stellen würde. Vielleicht war der Zeitpunkt nun gekommen, jetzt, wo der Schock sie aufgerüttelt hatte. Er bestellte Momos und Wasser, als er am Counter unter dem in der Ecke aufgehängten Röhrenfernseher stand, in dem tibetische Musikvideos liefen. Er verzichtete auf den Yak-Milch-Tee, den man eigentlich dazu trank – der hatte ihm echt die Schuhe ausgezogen beim letzten Mal. Mit den gelben Fettaugen, die oben drauf schwammen und dem Geschmack nach Butter und – Yak eben. Er hatte zwar beschlossen, sich alles, was es in Jackson Heights gab, so authentisch wie möglich zu Gemüte zu führen, aber was zu weit ging, ging zu weit.

Als er bezahlte, fiel ihm der Spruch auf dem Holzteller mit dem Wechselgeld auf:

If I know I will die tomorrow, I can still learn something tonight.

Die Worte berührten ihn und er dachte darüber nach, während er zurück auf die Straße ging. Es waren zu viele Fragen offen. Er würde keinen Frieden finden, bevor er mit ihr gesprochen hatte. Mochte sein, dass Julie recht hatte, vielleicht *war* er ganz schön blöd, aber er musste die Wahrheit rausfinden. Er musste sie von Kate hören – aus ihrem Mund. Und er war gespannt, ob diese Wahrheit auch dann noch galt, wenn sie erfuhr, wer Adrian wirklich war.

Er zwang sich, Ruhe zu bewahren und nicht zwei Treppenstufen auf einmal zu nehmen, als er die Eisentreppe zur Subway hinaufeilte, bereit für den nächsten Zug nach Manhattan.

Kapitel 13 – Adrian

Es hatte sich eingeregnet. Zuerst ein feines Nieseln, das ihm ins Gesicht geweht war, als ihn sein Flieger gestern in Heathrow ausgespuckt hatte. Dann stärkere Schauer, die ihn von der Seite erwischt hatten – *broken only by a few sunny spells*, genau wie es der Wetterbericht prophezeit hatte. Und schließlich ein erbarmungsloser Dauerregen, der selbst die härtesten Briten in schlechte Laune versetzt hätte. Ganz zu schweigen von einem nervlich angeschlagenen Schweden.

Adrian stand am Fenster und hörte den Tropfen zu, die vor ihm aufs Dach prasselten. Sie übertönten beinahe das *Adagio for Strings* von Samuel Barber, das er aufgelegt hatte, aber kaum wahrnahm. Vier Tage hatte er vergeblich darauf gewartet, dass sie sich melden würde. Am Dienstag nach der Fachbereichsprüfung, einen Tag vor seinem Rückflug, hatte er ihr schließlich aufs Band gesprochen. Dass er noch in New York war und sie ihm ein Zeichen geben solle – wenn sie sich entschieden habe. Falls er danach noch eine Rolle für sie spielte. Er hatte es an diese Bedingung geknüpft und sie hatte sich nicht gemeldet.

In den Wochen davor hatte er keine Zeit gehabt, sich über sein Vorhaben ernsthaft Sorgen zu machen. Ihm war klar gewesen, dass es schwierig werden würde, wenn er ohne Vorankündigung bei ihr auftauchte. *A shot in the dark*, aber nach dem missglückten Anruf hatte er keine Wahl gehabt. Er hatte sich fast manisch in die Arbeit gestürzt und versucht, alles herauszufinden über ihren ungewöhnlichen Fachbereich. Und seine Konzentration war mit einem Schlag zurück gewesen, als er sich auf seinen *Auftritt* vorbereitete. Dabei hatte er sich darauf eingestellt, dass möglicherweise doch ein anderer Mann auftauchen würde. Vielleicht sogar ihr Chef, dessen Name auf so vielen ihrer Veröffentlichungen stand. Im Nachhinein betrachtet war der übrigens noch der Harmloseste gewesen: Der

Mann gierte derart nach Bewunderung, dass es ein Leichtes war, seine Sympathie zu erlangen. Dass es sich aber um einen ihrer Studenten handelte, der von einer ungesunden Leidenschaft für sie entbrannt war – damit hatte Adrian nicht gerechnet. Und auch nicht damit, ausgerechnet in eine Fachbereichsprüfung zu platzen. Aber er hatte alle diese Herausforderungen angenommen, weil er wusste, er hatte nur noch diese eine Chance.

Er hatte gehofft, das Rätsel, das diese Frau darstellte, zu lösen – und gelöst hatte er es, nur nicht auf die gewünschte Weise. Er war nicht dazu gekommen, ihr irgendwas zu erklären. Stattdessen hatte sie endlich ihr wahres Gesicht gezeigt. Gabriel hatte ihn gewarnt, von Anfang an! Und davor, auch noch hinzufahren und sich persönlich zum Narren zu machen, ganz besonders. Der Gedanke, ihn zu sehen, löste einen dumpfen Schmerz in Adrians Kopf aus. Diesmal würde er niemandem – und schon gar nicht dem unfehlbaren Gabriel Scarborough – von seiner Niederlage erzählen.

Adrian ging zur Anlage und stellte die Musik aus. Sie tat ihm nicht gut, genauso wie die Sache wieder und wieder zu überdenken. Es lief sowieso alles auf dasselbe hinaus: Er hatte sie vor die Wahl gestellt und sie hatte sich entschieden.

Er beschloss, seine Hemden zu Ende zu bügeln, auch wenn ihm die Tätigkeit an diesem Tag nicht dieselbe Befriedigung bereitete wie sonst. Er schob eine weniger schwermütige CD in den Player, da klingelte es an der Tür.

Die junge Frau, die er schon öfter vor dem Haus gesehen hatte, stand mit triefend nassen Haaren vor seiner Tür und lächelte ihn flüchtig an.

„Können Sie mir helfen, bitte?" Ihr Gesicht war blass und sie hielt ihr Handgelenk so fest, dass Adrians Blick unweigerlich darauf fiel. „Meine Eltern sind weggefahren und ich wollte die Kaninchen meines Vaters füttern, da ist mir eins ausgebüxt. Es hat sich hinter dem Gerümpel im Hof verschanzt. Als ich es rausholen wollte, hat es mich gebissen." Adrian deutete auf ihr Handgelenk. „Das ist nichts", sagte sie, als sie seinen besorgten Blick sah. „Aber ich muss es wieder einfangen, sonst kriege ich Ärger. Ich weiß nicht, wie, und ich hab es schon bei der Nachbarin probiert – da öffnet niemand. Und Sie – na ja, Sie sehen aus, als wären Sie ein Mann der Tat …"

Er musste lachen und ging nach drinnen, um das Bügeleisen auszustecken. „Augenblick!", rief er und kam kurz darauf wie zum Beweis ihrer Hypothese mit ein paar Arbeitshandschuhen wieder. Sie strahlte ihn glücklich an.

Auf dem Weg zum Hof kamen sie an der angelehnten Tür der Hausmeisterwohnung vorbei. Sie lief hinein und griff nach einem roten Stockschirm. Dann folge sie ihm hinters Haus.

„Da! Da drüben ist es!" Sie deutete auf ein paar Holzkisten und einige Bretter, die an der Wand lehnten. „Es heißt Moses, falls Sie es rufen wollen." Sie hielt den Schirm über Adrian, während er versuchte, das Kaninchen mit ein paar Löwenzahnblättern herauszulocken. Wobei *Kaninchen* es nicht ganz traf – das, was ihm da blitzschnell die grünen Stängel aus der Hand gerissen hatte und ihn jetzt misstrauisch aus seinem Versteck heraus beäugte, ähnelte eher einem ausgewachsenen Stallhasen. Adrian zog sich die Handschuhe an und griff beherzt zu. Er spürte die Zähne durch den Handschuh und es war nicht leicht, das zappelnde Tier hinter den Brettern hervorzukriegen. Ein ganz schöner Brocken!

„Was macht Ihr Vater mit denen?", fragte er, als sie Moses zurück in den Käfig verfrachtet hatten.

„Keine Ahnung, ehrlich gesagt. Aber hin und wieder gibt er eines weg. Er ist Züchter – was machen Züchter mit ihren Kaninchen? In der Pfanne ist jedenfalls noch keines gelandet, soviel ich weiß."

Adrian fiel auf, dass er schon zum zweiten Mal innerhalb weniger Minuten lachen musste.

„Ich bin so dankbar! Kann ich Ihnen eine Tasse Tee anbieten?", fragte sie, als sie den Schirm ausgeschüttelt hatte und sie zurück ins Haus gegangen waren. „Ich hatte gerade welchen aufgesetzt."

Er zögerte. Eigentlich fühlte er sich noch nicht bereit für den Kontakt mit der *normalen* Welt. Seit er angekommen war, hatte er seine Wohnung nicht verlassen – aus genau diesem Grund.

„Wir haben sogar Schokoladenkekse!", sagte sie und klang so entschlossen, sich durch eine freundliche Geste zu revanchieren, dass er nicht unhöflich sein wollte.

Er folgte ihr in die Küche, die aussah wie aus den 50er-Jahren, jedoch nicht auf retro gestylt, sondern so als habe man tatsächlich seit damals nichts mehr daran verändert. Alles war blitzsauber und die senffarbenen Vorhänge mit den feinen rosa Streifen wirkten, als seien sie eben frisch gewaschen worden.

„Ich möchte Ihnen keine Umstände machen", sagte er.

Sie schüttelte den Kopf und gab ihm zu verstehen, dass er sich setzen solle. Sie lief aus dem Zimmer und kam mit einem Pflaster zurück. „Können Sie mir damit vielleicht noch helfen?" Erst jetzt bemerkte er, dass nicht ihr Handgelenk verletzt war, sondern ihr Finger. Sie sah ihm aufmerksam zu, während er sie mit dem Pflaster verarztete. *„Spick and span!"*, stellte sie mit einem zufriedenen Blick auf ihren Finger fest und goss etwas Milch in seine Tasse, ohne ihn zu fragen. Eines der ersten Dinge, die ihm aufgefallen waren, als er damals nach England gezogen war: Niemand hier konnte sich vorstellen, Tee ohne Milch zu trinken. Normalerweise war er nur für Kaffee zu haben, aber er wollte sie nicht enttäuschen und nahm einen Schluck.

Er wäre nie auf die Idee gekommen, dass sie die Tochter des Hausmeisters sein könnte, doch klar – es gab eine Verbindung zwischen den beiden: Er hatte sie ab und zu in diesem *worker's overall* gesehen, der dem ihres Vaters verdächtig ähnlich sah. Dann erinnerte er sich an den jungen Mann, zu dem sie ins Auto gestiegen war und für den sie sich so hübsch gemacht hatte, und er fragte sich, wie sie wohl zueinanderstanden.

„Gott, ich habe mich gar nicht vorgestellt", fiel ihr plötzlich ein, als sie sich, noch im Stehen, einen Keks genommen hatte und die Packung vor ihm auf den Tisch stellte. „Ich heiße Florence."

„Adrian", sagte er, als sie sich zu ihm gesetzt hatte und ihre Tasse mit beiden Händen umfasst hielt, wobei sie den verletzten Finger etwas abspreizte. Sie wirkte nun ein wenig verlegen. Möglicherweise hatte sie sich mit ihrem forschen Auftreten darüber hinweggetäuscht, dass eine unangenehme Situation entstehen könnte, wenn sie hier zusammen am Küchentisch ihrer Eltern saßen und Tee tranken. Sein Blick schweifte zu dem Buch auf dem Tisch, das ihm gleich aufgefallen war. „Ist das Ihres?", fragte er, woraufhin sie die Augen niederschlug. „Sie interessieren sich für Byron?"

„Ja, ich fand Literatur, besonders Dichtung, schon immer faszinierend. Aber meine Eltern wollten nicht, dass ich mich den ganzen Tag mit so was Unsolidem beschäftige. Also habe ich eine Schneiderlehre gemacht." Sie sagte es so, als wäre es angebracht, sich dafür zu schämen. „Im Moment arbeite ich als Garderobiere am Theater. So bin ich näher an dem Ganzen dran und kann mich wenigstens um die Kostüme der Künstler kümmern."

„Ach? An welchem denn?"

„Young Vic", sagte sie und sah ihn todernst an.

„Ehrlich, ja?", fragte er überrascht.

„*Just kidding!*", lachte sie. „Ich arbeite mal hier, mal da – wo eben gerade jemand gebraucht wird. Zurzeit am Etcetera in Camden. Das ist ziemlich klein, eher eine *indie location*", ergänzte sie, weil sie wohl befürchtete, dass ihm der Name nichts sagte. „Dort hat übrigens das erste Camden Fringe Festival stattgefunden."

„Aber eine Garderobiere können sie sich leisten", bemerkte Adrian.

„Na ja, ich habe sie überzeugt, dass sie eine brauchen." Sie hatte etwas Entschlossenes an sich, das ihm gefiel.

„Nicht schlecht!", sagte er anerkennend und entschied sich, einen Keks zu nehmen, als sie ihm die Packung noch mal hinhielt. „Ich hatte mal eine kleine Rolle am Young Vic, aber das ist ewig her. Nichts Bedeutendes."

Ihre Augen leuchteten. „Sie sind Schauspieler? Wenn Sie nicht in der winzigen Dachwohnung dort oben leben würden, hätte ich Sie glatt für einen Banker gehalten."

„Ja, das passiert mir öfter", sagte er und schmunzelte.

„Wo spielen Sie denn?", wollte sie wissen.

„Im Moment gar nicht." Er blickte auf seine Tasse.

„Auf jeden Fall brauchen Sie niemanden, der sich um ihre Kleidung kümmert."

Er verstand den Scherz und auch das beabsichtigte oder unbeabsichtigte Kompliment, das darin gelegen hatte. Er warf einen Blick auf die Uhr und deutete an, jetzt gehen zu müssen. „Es hat mich sehr gefreut, Florence!" Er bedankte sich für den Tee und verabschiedete sich.

„Falls Sie mal Lust haben, ins Etcetera zu gehen, melden Sie sich doch!", rief sie ihm nach. „Manchmal bekomme ich Freikarten."

Adrian hatte eine weitere Woche verstreichen lassen, bis er sich eingestanden hatte, dass er noch immer auf ein Zeichen von Kate wartete und wie lächerlich dieser Zustand allmählich geworden war. Er hatte sich die falsche Frau ausgesucht, ebenso wie Martin. Es war ein geringer Trost, dass auch er sich die Zähne an ihr auszubeißen schien und es wahrscheinlich keinem von ihnen gelingen würde, ihr Herz zu erobern. Weil sie gegen Eroberungen resistent war und einen Mann niemals so nahe an sich herankommen lassen würde. Es war nichts als der Nervenkitzel, der sie zu dem jungen Kerl ins Bett getrieben hatte, der noch viel weniger über ihr doppeltes Spiel zu wissen schien als er und der noch nicht begriffen hatte, dass es sinnlos war.

The fool doth think he is wise, but the wise man knows himself to be a fool. Gabriels Worte. Adrian merkte, dass er zu schnell gegangen und außer Atem war. Er blieb vor dem Fenster der Galerie stehen, fuhr sich mit einer energischen Geste durchs Haar und begutachtet die Falten auf seiner Stirn, die ihm tiefer erschienen als bisher.

Die Vernissage hatte schon begonnen. Durch die Scheibe konnte er Gabriel und Nathalie erkennen. Nathalie, deren Anwesenheit ihn jede Minute an Kate erinnern würde. Direkt nach seiner Rückkehr hatte er Gabriel von dem erfolgreichen Verlauf der Geschäftstreffen in L.A. und Boston berichtet, sich dann aber unter einem Vorwand aus dem Telefonat gewunden, als dieser ihn nach Kate gefragt hatte. Wenn Gabriel ihn nicht gebeten hätte, ihm bei Gelegenheit den Schlüssel für sein Haus in Südfrankreich zurückzugeben, hätte Adrian sicher noch einige Zeit damit gewartet, ihn zu treffen. Gabriel hatte erleichtert reagiert, als Adrian ihn gestern angerufen und ihm gesagt hatte, dass er sich bereit fühle, über ein neues Engagement nachzudenken. Besser mit ihm übers Theater zu sprechen als über New York.

Als Adrian sah, dass Nathalie in einem der anderen Räume verschwunden war, gab er sich einen Ruck und ging hinein.

„Wie schön, dich wieder unter den Lebenden zu sehen!", rief Gabriel und legte die Hand auf Adrians Schulter. „Ich hatte mich schon gefragt ..." Er unterbrach sich selbst und nahm zwei Gläser Weißwein vom Tablett eines schwarz gekleideten jungen Mannes mit feinen Gesichtszügen, dem es gefiel, ein wenig länger als üblich mit ihm in Blickkontakt zu bleiben. Er reichte seinem Freund eines davon. „... ob man dich mit weiteren Presseterminen für das *shelter* in Beschlag genommen hat. Jetzt, wo du berühmt bist."

Adrian räusperte sich. „Ich musste mich scheinbar erst selbst davon überzeugen, in was für einer erbärmlichen Verfassung ich war." Er prostete Gabriel zu. „Aber damit ist es nun zum Glück vorbei."

„Du hast dich also entschlossen, wieder zu arbeiten?", fragte Gabriel.

„Ja, am liebsten würde ich zurück ans Theater gehen." Das Gespräch mit Florence hatte Adrian daran erinnert, wie sehr er es vermisst hatte.

Gabriel wirkte nachdenklich. „Und Film?"

„Ich weiß nicht ... unter Umständen."

„Mir ist vor ein paar Tagen ein Drehbuch ins Haus geflattert, das dir wie auf den Leib geschnitten ist. Fühlst du dich denn ... ich meine ..." Gabriel tippte sich dezent an die Stirn, womit er auf die Gedächtnisschwäche anspielte, mit der Adrian gekämpft hatte.

„Oh ja, mein Kopf funktioniert wieder, endlich!", sagte Adrian und nahm einen großzügigen Schluck. Er konnte Gabriel ansehen, dass dieser von der plötzlichen Wunderheilung noch nicht ganz überzeugt war, aber gerne daran glauben wollte. Zu Adrians Überraschung schien Gabriel seinerseits das Thema Kate zu meiden. Sicher hatte Nathalie die Neuigkeiten schon aus erster Hand erfahren und er war im Bilde.

„Na dann!", sagte Gabriel und bemühte sich um ein Lächeln. „Am besten du kommst nächste Woche in mein Büro."

Nathalie war auf dem Weg zurück von einem Mann aufgehalten worden: Ein furchtbarer Filou und Angeber, den Adrian von Gabriels Partys kannte. Sie winkte Adrian von Weitem zu. Und wie läuft es mit Nathalie, hätte er jetzt gerne gefragt, aber er hütete sich, das Thema Frauen anzusprechen. Er beobachtete schweigend, wie sie, lachend ins Gespräch vertieft, mit dem Finger lasziv über den Rand ihres Glases strich. Gabriel schien ebenfalls nicht entgangen zu sein, dass sie flirtete.

Adrian bewunderte, wie unverletzlich sein Freund war, was diese Dinge betraf. Wie er, im Gegensatz zu ihm, dieser Art von Spielen sogar etwas abgewinnen konnte. Als verliehen sie seinen Affären erst die richtige Würze. Jedenfalls ging das nun schon eine ganze Weile so und Gabriel machte keine Anstalten, von Nathalie abzulassen. Vermutlich war das seine ganz eigene Art, Zuneigung zu zeigen – indem er ihre Zumutungen stillschweigend ertrug und sie für seine Eifersucht, falls er überhaupt welche verspürte, höchstens im Bett bestrafte.

Einen Moment lang malte Adrian sich aus, was wäre, wenn Kate ein wenig mehr Nathalie ähnelte. Wenn sie sich – und allen Beteiligten gegenüber – offen eingestanden hätte, wie sehr sie sich nach dem Gefühl sehnte, begehrt zu werden. Und dass ihr die Bewunderung *eines* Mannes nicht genügte. Wenn sie nicht, gequält von Schuldgefühlen, den Impuls zu unterdrücken versuchte, nur um ihm kurz darauf umso hilfloser zu erliegen. Aber wäre er, wie Gabriel, in der Lage, so großzügig damit umzugehen?

„Wie geht es deinem Rücken?", riss Adrian sich aus seinen Gedanken.

Gabriel rollte mit den Augen.

„Ich habe ihn dabei ertappt, wie er den Rollstuhl vorzeitig entsorgen wollte", sagte Nathalie, die neben Adrian aufgetaucht war. Sie begrüßte ihn mit zwei angedeuteten Küsschen. „Da habe ich ihn gezwungen, gleich noch ein paar Tage länger darin sitzen zu bleiben."

„Hatte ich schon gesagt, dass ich nichts von Überraschungsbesuchen halte?", erklärte Gabriel und in seiner Stimme schwang reichlich Ärger mit.

„Aber es hat dir doch gutgetan!", bemerkte Nathalie. „Schau ihn dir an!" Sie deutete stolz auf seine aufrechte Haltung.

„Wie sich nur alle wegen eines Hexenschusses so verrückt machen können", brummte Gabriel und stellte sein leeres Glas auf einer Vitrine ab.

„Von wegen!", widersprach Nathalie. „Er will einfach nicht zugeben, dass er sich in letzter Zeit übernommen hat. Dabei weiß doch jeder, dass sich Stress ungünstig auf den Rücken auswirkt. Ich habe ihn überzeugt, dass es gut wäre, mal etwas ruhiger zu machen und ein paar Wochen mit mir in Frankreich zu verbringen."

„Ein paar Wochen gleich?", fragte Adrian überrascht.

„Auf die Dauer hatten wir uns noch nicht geeinigt", stellte Gabriel klar.

„Telefonate kann er auch von dort führen und das mediterrane Klima …" Nathalie erkannte an Gabriels Blick, dass er keine Lust hatte, das Thema fortzusetzen.

„Hier! Bevor ich es vergesse", sagte Adrian und drückte seinem Freund den Schlüssel in die Hand. „Nachdem die Faktenlage in New York jetzt ein für alle Mal geklärt ist, brauche ich den nicht mehr", rutschte es ihm heraus, was er sofort bereute.

„Wie? Welche Faktenlage? Ich dachte, du warst in Boston?", fragte Nathalie und kniff die Augenbrauen zusammen.

„Ich habe ihr nichts von deinem Umweg erzählt", erklärte Gabriel.

„Du warst bei Kate?", fragte sie.

Adrian wich Nathalies Blick aus und schaute angestrengt auf seine Uhr. Es würde nicht leicht werden, aus der Nummer rauszukommen.

„Willst du uns nicht erzählen, was vorgefallen ist?", forschte sie.

„Nein", sagte Adrian und versuchte, einen entfernten Punkt an der Wand zu fixieren. „Du wirst es noch früh genug von ihr selbst erfahren." Er leerte den Rest seines Glases in einem Zug.

„Das denkst du vielleicht!", antwortete Nathalie pikiert. „Ich habe nur kurz mit ihr gesprochen und seitdem nichts mehr von ihr gehört. Es ging ihr nicht gut. Das war am Wochenende nach diesem … sie hatte so ein Projektding, irgendwas Wichtiges. Ich dachte, es ist was schief gegangen mit ihrem Projekt. Hatte das was mit dir zu tun?"

„Lass es!" Gabriel legte seine Hand auf ihren Arm. „Du siehst doch, er möchte nicht darüber reden."

„Als ich in der Woche danach versucht habe, sie noch mal zu erreichen, ging sie nicht dran", erklärte Nathalie besorgt. „Ich hätte besser gleich mit ihr sprechen sollen."

„Sie wird sich schon melden", meinte Gabriel. „Vielleicht hat sie sich ein paar Tage freigenommen und ist verreist."

Nathalie sah ihn an, als würde sie an seinem Verstand zweifeln: „Es sind jetzt fast zwei Wochen!" Als keiner der beiden reagierte, suchte sie in ihrer Tasche mit einem deutlich hörbaren „Phh! Männer!", nach Zigaretten und ging vor die Tür.

„Warum kommst du nicht ein paar Tage mit?", fragte Gabriel. „Eine Luftveränderung würde dir guttun!"

„Nach Frankreich?" In das Haus zu fahren, wo er mit Kate hatte sein wollen – Adrian war sich nicht sicher, ob das die Art von Luftveränderung war, die er jetzt brauchte. „Das ist gut gemeint, aber ich habe im *shelter* zugesagt, nach meinem US-Trip ein paar Sonderschichten einzulegen."

„Du könntest später nachkommen und dort das Drehbuch lesen. Du kennst ja das Haus – es ist groß genug, dass wir uns nicht auf die Füße treten. Du liest in Ruhe das Drehbuch, wir sprechen alles durch und abends essen wir zusammen."

Adrian konnte Gabriel ansehen, dass er schon beim bloßen Gedanken, wochenlang ohne Ablenkung auf dem Land herumzusitzen, panisch wurde. „Das wird Nathalie aber nicht gefallen", gab Adrian zu bedenken.

„Ach was, du kennst sie doch. Sie kann aufbrausend sein, beruhigt sich aber auch schnell wieder. Wir hatten neulich Streit – ich habe ihr versprochen, mit ihr wegzufahren, das hat alles wieder eingerenkt. Trotzdem habe ich nicht vor, dort untätig zu sein."

„Wann fahrt ihr?"

„In zwei Wochen."

„Na schön, ich überlege es mir", sagte Adrian. „Aber das Drehbuch würde ich mir gerne vorher schon mal ansehen."

„*That's the spirit!*" Gabriel lächelte. „Und fürs Protokoll: Ich muss nicht wissen, was in New York passiert ist. Hauptsache, du denkst inzwischen wieder an was anderes."

Ein älterer Mann in einem zerknitterten weißen Leinenanzug kam auf Gabriel zu und entschuldigte sich, bevor er ihn mit den Worten „Die Performance beginnt gleich – sie haben das Biest schon reingebracht!", wegzog.

„Also, überleg es dir!", bekräftigte Gabriel. Adrian nickte und sah ihm nach, wie er dem Mann in einen Raum folgte, aus dem das Meckern einer Ziege drang.

Adrian griff in die Tasche seines Jacketts und bemerkte die Freikarte, die er gedankenverloren dort hineingesteckt haben musste. Florence hatte sie unter seiner Tür durchgeschoben mit einer Notiz, dass sie leider keine Zeit habe an dem Abend, weil sie arbeiten müsse, aber das Stück ganz fabelhaft sei. ‚Und noch mal vielen Dank für Ihre Hilfe mit Moses!' Die Erinnerung ließ ihn lächeln und er stellte sich vor, wie es wäre, sie wiederzusehen. Er hatte die Begegnung mit ihr nicht überbewertet, weil er annahm, dass auch sie ihm nicht würde helfen können. Wie er es auch drehte und wendete, es machte keinen Sinn mehr, stehen zu bleiben und auf ein Wunder zu hoffen. Das Leben würde weitergehen, ob er bereit war oder nicht. Vielleicht musste er ihm nur eine Chance geben.

Kapitel 14 – Kate

Kate wurde vom Klingeln der Türglocke aus einem kräftezehrenden Traum gerissen. Sie hatte Mühe sich zu orientieren. Es klingelte nochmals, als ihr klar wurde, dass es Freitag Mittag sein musste, drei Tage nach dem Zeitungsskandal. Sie würde nicht nur nie wieder zur Columbia gehen, sondern hatte auch ihren sehnlichsten Wunsch – mit Martin zusammenzuarbeiten – verspielt durch ihren Leichtsinn. Sie blieb liegen und hoffte, dass das Klingeln aufhören würde.

Was sie sich tatsächlich am meisten gewünscht hatte, war das Potenzial zu verwirklichen, das in ihrer gemeinsamen Arbeit lag, und nicht die Professur, wie sie bisher angenommen hatte. Nachdem die Katastrophe eingetreten war, hatte sie sich in ihrem Apartment verkrochen und sich in immer deutlicheren Horrorszenarien verloren. Es gab nichts mehr, das sie tun konnte, um ihren Job zu retten. Vielleicht würde sie in den Staaten nie wieder eine Stelle bekommen.

Zunächst hatte sie noch geglaubt, sie hätte es verhindern können. Ein komplexer, aber genialer Coup, der sogar im Rausschmiss von Tristan gipfelte und den sie hätte beherrschen können, wenn sie nur vorsichtiger gewesen wäre. Doch nun verfestigte sich ihr Verdacht, dass die eigentliche Gefahr weder Adrian noch Martin war, sondern sie selbst. Dass etwas an ihr fehlerhaft war. Dass, egal wie sehr sie sich bemühte, sie es nie hätte schaffen können. Dass sie tatsächlich dem Trugschluss grandioser Selbstüberschätzung erlegen war, wie Martin es genannt hatte.

Sein Vorwurf, dass sie unfähig zu echter Nähe sei, hatte sie getroffen. Echte Nähe – was sollte das sein?! Das Gefühl, das dem wahrscheinlich am nächsten kam, hatte sie gespürt, als Adrian neben ihr auf dem Bett in den Hamptons gesessen hatte. Sie hatte sich danach gesehnt und sich zugleich dagegen gewehrt. Zu schwach, um dagegen anzukämpfen, gab sie sich dem Gefühl hin, wie in einer Trance. Und dann: Es war fast so, als brauche sie den wachrüttelnden Moment eines Kusses, eines Orgasmus, eines anderen Körpers, der sie heftig berührte, um wieder zu sich zu finden. Zurück in die Struktur ihrer Gedankenkonstrukte, die ihr Halt gab. Etwas zog sie mit einer unheimlichen Faszination an und verschlang sie, bis sie auf einmal von genau dem, das sie in den Bann gezogen hatte, abgestoßen wurde. Der Wechsel dieser Gefühle war brutal und erinnerte sie an früher: Wie sie sich auf den Schultern ihres Vaters unbesiegbar und großartig gefühlt hatte und schon wenige Stunden später verachtenswert und klein. Oder einfach nur voll ohnmächtiger Angst, wenn er nichts Gutes mehr an ihr oder sich selbst ließ. Sie hatte ihn nicht vor diesen Qualen bewahren können, obwohl er so viel Hoffnung in sie gesetzt hatte. Die Hoffnung, dass ihre, Kates, Großartigkeit andauern würde – für sie beide. Auch darin hatte sie versagt.

Das Klingeln hatte aufgehört. Erleichtert griff sie nach ihrem Handy – vielleicht konnte es ihr Antworten liefern oder sogar Entscheidungen abnehmen. Aber es war tot. Sie steckte das Kabel ein und saß regungslos da, bis die Anzeige wieder aufleuchtete.

Als Erstes sah sie eine Textnachricht von Adrian. Er hatte ihr geschrieben, dass er noch bis Mittwoch in der Stadt sei – bis vorgestern also. Bravo, dachte sie bitter – er hatte auf ein Zeichen von ihr gewartet und sie hatte ihn verpasst. Sie versuchte, sich vorzustellen, was passieren würde, wenn sie ihn jetzt anrief, doch es gelang ihr nicht. Was hätte sie ihm auch sagen sollen? Dass sie noch konfuser war als zuvor, dass sie alles verloren hatte und nicht wusste, wie es weitergehen sollte? Die Vorstellung, hilflos vor ihm zu stehen war unerträglich. Wenn er darüber nachdachte, würde er selbst erkennen, dass es mit ihr keine gemeinsame Zukunft geben konnte, dass sie, Kate, das eigentliche Problem darstellte.

Da war noch eine Sprachnachricht – von Nathalie. Kate fürchtete sich davor, sie anzuhören. Es kam ihr vor, als ob alle ihre Beziehungen voneinander abhängig wären und nun gleichzeitig zerfielen. Und als hätte sie allein, in ihrer Unzulänglichkeit, diesen Dominoeffekt ausgelöst. ‚Es tut mir leid, dass ich am Sonntag nicht für dich da war‘, sagte Nathalies Stimme. ‚Ich wollte dich anrufen, aber ich

hatte einen Streit mit Gabriel.' Sie machte eine Pause. ‚Aber jetzt ...
Ruf mich an, ja?'

Es klang, als hätte sie ein schlechtes Gewissen. Kate wunderte
sich, dass Nathalie sich ihr gegenüber überhaupt noch verpflichtet
fühlte, nach allem, was Kate ihr angetan hatte. Da war etwas von
der alten Nathalie, das in ihrem Anruf mitschwang. Etwas von der
feinfühligen, sich kümmernden Freundin, die sie gewesen war,
bevor sie begonnen hatte sich zu verändern, zu einer unverletzliche-
ren Version ihrer selbst.

Es klingelte wieder, diesmal stürmischer und gleich darauf
begann jemand am Schloss herumzumachen. Erschreckt sprang
Kate auf und lief, nur mit einem Slip bekleidet, zur Tür. Durch den
Spion erkannte sie das ungeduldige Gesicht des Supers. Der Super-
visor, oder kurz Super, der für *all things building & maintenance*
zuständig war, hatte jemanden mitgebracht, mindestens zwei Köpfe
kleiner als er, dessen Nase Kate noch nicht mal durch das Guckloch
sehen konnte.

„*Coming!*", rief sie, hob wahllos einige Kleidungsstücke auf und
schlüpfte hinein. Sie kickte die Unterwäsche, die ihr auf dem Weg
begegnete, unter das Sofa und öffnete die Tür. Der Super hielt einen
Generalschlüssel in der Hand und starrte sie sprachlos an. Er hatte
einen mopsgesichtigen Handwerker dabei, dessen Hosentaschen
von zu viel schwerem Werkzeug ausgebeult waren. Erst jetzt wurde
ihr voll bewusst, wie sie und das Apartment hinter ihr aussehen
mussten: ein Bild des Grauens.

„Heute werden die Heizkörper ausgetauscht. Der Termin ist
doch angekündigt worden", sagte der Super, als er sich wieder
gefasst hatte. Er gab dem Handwerker, der sich erwartungsvoll die
Hände rieb, mit einem Kopfnicken zu verstehen, dass er anfangen
könne. Kate warf einen gequälten Blick auf den Stapel ungeöffneter
Post auf der Kommode. Der Handwerker schoss wie von der Leine
gelassen auf das rostige Ding in der Ecke zu, das neben ihm kolossal
wirkte und dessen Aufgabe es nicht war zu heizen, sondern hölli-
sche Geräusche zu machen. Doch der Super blieb stehen und versuchte vorzugeben, dass er nicht sah, was er sah: das sich stapelnde
Geschirr, die *delivery boxes*, von denen kaum etwas gegessen

worden war, der überquellende Aschenbecher, die schmutzige Kleidung und eine beachtliche Menge von Kleenex auf dem Boden.

„Wie lange wird es dauern?", fragte Kate und zog die Vorhänge auf.

„Mindestens zwei Stunden", antwortete der Super, der sicher gerne noch das eine oder andere Worte zu diesem Elend gesagt hätte, aber wusste, dass das über seinen Zuständigkeitsbereich ging. „Es wird sehr laut und ungemütlich", fügte er hinzu, so als wäre es ihre verdiente Strafe für das auf den Hund gekommene Apartment.

Kate griff nach ihrer Handtasche und warf Geldbeutel, Schlüssel und ein paar andere Notwendigkeiten hinein, bevor sie mit den Worten „Okay, ich verschwinde!", die Wohnung verließ.

Sie nahm den A-Train und stieg an der nördlichen Ecke des Central Parks aus, nicht weit vom Hungarian Pastry Shop – dem Ort, wo sie das letzte Mal versucht hatte, Martin gegenüber konsequent zu sein. Erst auf der Straße war ihr aufgefallen, wie dreckig ihre Jogginghose war und dass sie in der Eile auch noch ihr T-Shirt, unter dem sie nichts trug, mit der Innenseite nach außen angezogen hatte. In diesem Aufzug blieb ihr nichts anderes übrig als die Zeit im Park zu verbringen, wo sie niemandem ins Gesicht schauen müsste. Als sie aus der Subway kam, vermied sie es, wie gewohnt zum Hudson River zu sehen, wo der Anblick des Uni-Viertels ihr das Herz zerrissen hätte.

Im Central Park verging die Zeit noch langsamer als in ihrem Apartment. Sie hatte sich kaum fünf Minuten aufs Gras gesetzt, da fragte sie sich schon, wie sie es hier zwei oder drei Stunden aushalten sollte. Sie hatte den Impuls, die Schuhe auszuziehen, aber da fiel ihr Martin ein, der sich vorgestellt hatte, wie sie barfuß auf Sheep Meadow saß. Der das sinnliche Gefühl der Grashalme unter ihren nackten Füßen sicher gerne mit ihr geteilt hätte. Und in dessen Vorstellung es nur eine einzige Minute am Tag gab, wo sie an ihn dachte – und auch das nur in Zusammenhang mit seiner Masterarbeit. Die Trostlosigkeit des Gedankens nahm ihr die Luft.

Gestern Nachmittag hatte sie eine E-Mail von ihm bekommen, in der er sich für die Sache mit dem Algorithmus entschuldigte. Der Ton war sachlich und sie merkte, dass sie sich etwas anderes gewünscht hätte. Ahnte er überhaupt, wie leid ihr tat, was sie angerichtet hatte? Wahrscheinlich wusste er noch nicht mal, dass Oda sich als Zeugin gemeldet hatte. Oda, diese Schlange! Kate hatte es gestern erfahren, als sie ihre Sachen abgeholt hatte und Lucy auf dem Gang begegnet war. Angeblich wolle niemand von den Kollegen mehr ein persönliches Wort mit Oda sprechen, seit der Dekan ihren Namen versehentlich in der Fakultätsversammlung fallen gelassen hatte. Gerade mal zwei Tage hatte er durchgehalten mit seinem vermeintlichen Zeugenschutz. Kate hatte Martin nicht geantwortet, weil sie nicht diejenige sein wollte, die ihm die Nachricht überbrachte, aber vor allem, weil sie sich nicht in der Lage fühlte für ein Gespräch mit ihm.

Sie hatte das Gefühl, es keinen Augenblick länger an diesem Ort auszuhalten, und stand auf. Sie fand ein einfaches Deli in der Nähe des Parks, holte sich einen Kaffee und ein Cuban Sandwich und setzte sich auf eine niedrige Mauer auf Columbus Avenue. Eigentlich hatte sie keinen Appetit, aber ihr Magen verlangte energisch nach Nahrung. Der Anblick der in ihrer Mittagspause vorbeieilenden Angestellten deprimierte sie. Vielleicht hätte sie ihr Geld besser zusammenhalten sollen, als es in ein Sandwich zu investieren, jetzt wo sie keinen Job mehr hatte, dachte sie, nachdem sie ein paar Bissen gegessen hatte. Kate fiel auf, dass einige Leute einen Bogen um sie machten. Sie legte den Rest des Sandwiches auf die Papiertüte neben sich und beobachtete, wie sich sofort ein paar Tauben näherten. Früher war sie der Meinung gewesen, mit Tauben müsse hart durchgegriffen werden – nur so würde man das Problem in den Griff bekommen – aber jetzt hatte sie keine Lust mehr, sie zu verscheuchen.

Kate ließ den Kopf hängen und war dankbar, dass ihr ungekämmtes Haar einen Teil ihres Gesichts verdeckte, als sie bemerkte, dass ein Mann vor ihr stehen geblieben war. Er zog seine Brieftasche und steckte einen Fünf-Dollar-Schein in ihren leeren Kaffeebecher. Entsetzt starrte sie auf das Geld und sprang auf. „Hey, nein, warten Sie!", rief sie, aber er war schon weitergegangen und schien sie nicht mehr zu hören.

Niedergeschlagen machte sie sich auf den Heimweg. Kurz bevor sie die Subway erreichte, hörte sie das Ping einer SMS. Sie war von Martin: ,Habe das mit Oda gehört und muss mit dir sprechen. Bin auf dem Weg zu dir.'

Atemlos kam Kate zu Hause an. Zu ihrer Erleichterung waren die Arbeiten fertig und in der Ecke leuchtete ein nagelneuer weißer Heizkörper. Wie grotesk: Seit sie hier eingezogen war, hatte sie darauf gewartet, dass sie das marode Heizungssystem im Haus erneuern würden, und ausgerechnet jetzt, wo ihr ihr Leben am sinnlosesten vorkam, passierte es endlich. Jetzt, wo sie vermutlich keinen weiteren Winter mehr hier verbringen würde.

Sie hatte sich beeilt, um vor Martin hier zu sein. Sie zog sich aus, stellte sich unter die Dusche und drehte den Hahn auf. Ohne sich zu bewegen blieb sie stehen und wartete auf das Klingeln, von dem sie zugleich hoffte, dass das prasselnde Wasser es übertönen würde.

Sie zuckte zusammen, als sie die Klingel hörte und stellte sich vor, wie das Gespräch zwischen Martin (wütend-entschlossen) und dem Doorman (*couldn't care less*) ablaufen würde. Wie der Doorman hinter seinem blank polierten Tresen mit seiner monotonen Stimme sagen würde, dass sie nicht da sei. Wie Martin ihn anflehen würde, zu ihr hochzukönnen. Wie er sich einen dringenden Grund einfallen ließe, vielleicht, dass ihr etwas zugestoßen sein könnte. Wie der Doorman schließlich den Super holen würde, weil Martin sich weigerte zu gehen. Den Super, der sich zusammenreimen würde, was sie mit einem verzweifelten jungen Mann, fünfzehn Jahre jünger als sie, zu schaffen hatte und *what a mess* sie doch war. Sie stellte sich vor, wie Martin dann unerbittlich von ihm rausgeworfen würde, mit den Worten, dass er sie erst vor ein paar Stunden – verwahrlost zwar, aber vollkommen lebendig – gesehen habe. Und wie Martin sich dem schließlich widerwillig beugen müsste.

Sie trocknete sich ab und horchte in die Stille ihres Apartments. Kurz darauf klingelte ihr Handy und sie spürte einen dumpfen Schmerz im Magen, während sie wartete, bis es verstummt war.

Die folgenden Wochen zeichneten sich durch die Beharrlichkeit eines immer gleichen Nichts aus. Anfangs hatte Kate sich nach der Routine ihrer Arbeit zurückgesehnt, die sie so schmerzlich vermisste, als hätte sie einen Körperteil verloren. Doch mittlerweile war sie zu einer klaglosen Akzeptanz ihres Versagens gelangt, die keine Rechtfertigungen mehr vor sich oder anderen erforderte.

Ihre Tage bestanden aus dem Minimum, das nötig war, um zu überleben. Sie bestanden vor allem aus einem Nicht-Tun: nicht aufstehen, nicht essen (nur wenn ihr Körper ihr keine andere Wahl ließ), nicht hören (ihr Handy lud sie schon lange nicht mehr auf und das Internet hatte praktisch aufgehört zu existieren), nicht sehen (sie hielt die Vorhänge, durch die nur ein schwacher Lichtschein fiel, dauerhaft geschlossen). Sie hatte ihre Wohnung seit dem Tag, als Martin versucht hatte, sie zu treffen, nicht mehr verlassen. Nicht mal in Sals Deli war sie gegangen. Sein naiver Optimismus, die geschmierten Abläufe, das ganze deprimierende *everyday business* waren ihr zuwider. Sie brachte ihre Wäsche nicht mehr zur *laundry* und vor allem: Sie dachte nicht mehr über Martin oder Adrian nach. Sie hatte aufgehört zu funktionieren.

Das letzte bisschen Wille, das sie aufbringen konnte, verwendete sie darauf, nicht zu trinken. Schon als junges Mädchen hatte sie sich geschworen, nie zu trinken, wenn sie traurig wäre. Und sie hatte diesen Vorsatz tatsächlich nur ein einziges Mal gebrochen – nachdem Serge ihr ihr Projekt weggenommen hatte. Sie erinnerte sich genau an den Grund für diese Regel und es war ihr immer leichtgefallen, sie einzuhalten: Sie musste einen klaren Kopf bewahren und für Stabilität sorgen in einer zutiefst verunsichernden Umgebung. Dass sie sich gelegentlich ein wenig Mut angetrunken hatte, fühlte sich hingegen kontrolliert, beabsichtigt und nicht als Regelbruch an. Im Fall ihrer aktuellen Traurigkeit aber, deren Ende nicht absehbar war, zur Flasche zu greifen, wäre etwas ganz anderes. Diese Traurigkeit war gefährlich, weil sie auf den Nährboden erlebter Verluste fiel: der Weggang ihrer Mutter und später ihr selbst gewählter Bruch mit dem Vater, der sich – obwohl sie damals längst erwachsen war – angefühlt hatte, als hätte sie ihr Herz mit einem scharfen Messer in zwei Hälften geteilt.

In den letzten Wochen hatte sie sich trotzdem oft vorgestellt, ihren Schmerz mit Alkohol zu lindern. Sie hatte mit sich gerungen und versucht, sich einzureden, dass sie nur so viel wie nötig tränke – *just to take the edge off it*. Doch ihre Angst vor dem Kontrollverlust war zu groß.

Voll Grauen nahm sie die zwei ungeöffneten Weinflaschen, die sich in ihrem Apartment befanden, und die halb volle Flasche Bombay Sapphire, die ihr Vormieter dagelassen hatte, und packte sie ganz hinten in das unterste Fach ihres Kleiderschranks, aus ihrem Sichtfeld. Die Tatsache, dass sie sie ebenso gut hätte weggießen können, es aber nicht fertigbrachte, machte ihr Angst.

Noch während sie vor dem Schrank kniete, kam ihr eine schreckliche Erkenntnis. Sie sah auf einmal Parallelen in ihrem Leben, die ihr zuvor nicht bewusst gewesen waren: Die Sache mit Pete, das Abenteuer mit Martin und – sie war sich sicher – auch ihre Begegnung mit Adrian zählte dazu. Selbst wenn es damals nicht ganz dazu gekommen war, es ging immer um dasselbe! Es war nicht der Rausch durch Alkohol, der sie anzog, sondern das, was sie empfand, wenn sie mit Männern schlief. Sie hatte eine Schwäche für rauschhaften Sex, für das Gefühl, so begehrenswert zu sein, dass ein Mann vollkommen verrückt nach ihr war und nicht anders konnte, als die Beherrschung zu verlieren. Ein Gefühl, das ihrem Bedürfnis nach Sicherheit und Kontrolle völlig zu widersprechen schien – aber nein, eigentlich erfüllte es genau das: Sie fühlte sich sicher in diesem Moment, weil sie die Oberhand hatte. Es war der eine, kurze Moment, wo sie nicht die Befürchtung haben musste, verlassen zu werden.

Das erste Mal war es ihr mit Pete passiert. Das Gefühl hatte sie überfallen und ihren Verstand sabotiert. Später, als sie zurück in Deutschland war, folgten weitere Abenteuer mit anderen Männern. Und ja, es war immer unverbindlich gewesen. Noch bevor die Dinge kompliziert wurden oder ein Kerl sie verletzen konnte, hatte sie sich aus der Affäre gezogen. Sie war nicht diejenige, die Opfer gebracht hatte – bis jetzt.

Die Phase, in der sie sich diesem Verlangen übermütig hingegeben hatte, war allerdings rasch vorbei gewesen. Irgendwann hatte sie Angst bekommen, dass etwas Furchtbares passieren könnte, wenn sie nicht die Finger davon ließ. Etwas, das vielleicht sogar ihr Leben oder das von jemand anderem kosten könnte. Die Vorstellung hatte sie so erschreckt, dass sie entschied, radikal mit ihrem Verhalten zu brechen, ohne weiter darüber nachzudenken. Ihr altes Selbstbild, *the good girl*, das sie immer für ihren Vater hatte sein wollen, hatte sie eingeholt. Sie wollte, dass er *dauerhaft* stolz auf sie sein konnte, und hatte sich von da an auf ihren Studienabschluss konzentriert. Und als das nicht reichte, um die sich beständig anfühlende Liebe von ihm zu bekommen, die sie sich immer gewünscht hatte, auf ihre Doktorarbeit. Und danach … irgendwann war der Schmerz darüber unerträglich geworden und sie hatte Deutschland verlassen. Sie hatte geglaubt, diese lächerliche Sehnsucht längst hinter sich gelassen zu haben. Doch jetzt war sie wieder aufgeflammt und hatte sie überwältigt.

Drei Wochen waren vergangen, als Kate ein Klopfen an der Tür hörte. Sie dachte sofort an Martin. ‚Kate, was du da machst, ist erbärmlich! Denkst du, wir sollten so auseinandergehen?!‘, hatte er ihr aufs Band gesprochen, nachdem sie auf keinen seiner Anrufe reagiert hatte. Dann die verstörende E-Mail: Er wusste von der Sache mit Julie. Sie hatte es ihm erzählt und die Interpretation lag für ihn auf der Hand: ‚Eine ganz schön dreiste Nummer, die du da abgezogen hast! Aber pass auf, ich habe eine Überraschung für dich, schau dir das mal an, es wird dir gefallen! Von wegen KI!‘ Er hatte den Link zu Adrians Porno-Video eingefügt. ‚Und weißt du, was das Schlimmste ist?‘, schrieb er. ‚Ich dachte, wir wären ehrlich zueinander. Ich hab dir einiges zugetraut, aber für eine Lügnerin hatte ich dich nie gehalten.‘ Es war das Letzte, was sie von ihm gehört hatte.

Durch den Spion sah sie den Super und – diesmal keinen Handwerker, sondern – Sal! Sie überlegte, einfach nicht aufzumachen, doch dann fiel ihr der Generalschlüssel wieder ein. Sie warf einen Blick hinter sich auf das Chaos, seufzte und öffnete – ohne den Versuch irgendwas zu kaschieren – die Tür. Als der Super sah, dass sie und Sal sich kannten, zog er sich mit einem Kopfschütteln zurück.

Sal sagte nichts, sondern drückte ihr etwas, das wie ein Carepaket aussah in die Hand. Dem Gewicht nach zu urteilen handelte es sich um mindestens zwei Bagels, mit einer extra Portion Lachs.

„Du warst schon lange nicht mehr im Laden, da dachte ich …“, begann er, als wäre er es, der hier eine Erklärung schuldig war. „Du siehst furchtbar aus – hier sieht es furchtbar aus!“, sagte er dann geradeheraus.

Kate senkte beschämt den Kopf und wunderte sich, dass sie sich dennoch traute, ihn in ihr Apartment zu bitten. Sie setzten sich auf das Sofa, wo sie zuletzt mit Julie gesessen hatte, und musste an ihre Worte denken: *Jeder* wusste, wo sie wohnte, selbst Sal.

„Der Umsatz an Bagels ist eingebrochen. Hast du vor, mich hängen zu lassen?“, sagte er mit einem Augenzwinkern. „Und stattdessen ernährst du dich – wovon?“ Er hob eine Pizzaschachtel vom Boden auf und ließ sie wieder fallen. „Mir scheint, du hast vergessen, was gut für dich ist!“

Wenn er wüsste, wie recht er hat, dachte Kate und starrte an ihm vorbei ins Leere.

„Ich will mich nicht aufdrängen“, sagte er, als wäre ihm eben aufgefallen, dass es unangebracht sein könnte, in diesem Ton mit ihr zu reden. Er begann das Computational Linguistics Journal, eine Gabel und eine leere Packung *water cracker* auf dem Tisch gerade auszurichten. „Aber mir scheint, du könntest etwas Unterstützung gebrauchen?“

Kate merkte, wie ihr Tränen in die Augen stiegen. Er sah sie betreten an. Dann zog er sie mit einem beherzten Griff zu sich und drückte freundschaftlich ihren Kopf an seine Brust, die nach Toast roch. So sehr sie die Geste zunächst erschreckte – es war genau das, was sie jetzt brauchte. Sie verharrte in der ungewohnten Pose, während sich mehr Tränen ihren Weg über ihre Wangen und auf sein Hemd bahnten.

„Hast du jemanden, mit dem du reden kannst?“

Er verstand, was ihr Schweigen bedeutete. „Ich höre heute früher auf. Ich muss noch zwei Fässer mit Pickles aus der Lower East Side holen. Wenn du willst, kannst du mich begleiten.“ Kate versuchte, sich vorzustellen, wie sie neben Sal in seinem Lieferwagen saß und ihm von ihren Problemen erzählte und fand es absurd. „Um ehrlich zu sein, ich könnte etwas Hilfe gebrauchen", sagte er. Sicher, weil er vermutete, dass sie sonst ablehnen würde. Wie könnte *ich* eine Hilfe für dich sein, dachte sie und wischte mit einem lausigen Kleenex über ihr Gesicht. „Überleg es dir", sagte er und richtete sie auf, indem er ihre Schultern vorsichtig – als wären sie aus Glas – mit seinen breiten Händen umfasste. „So oder so, du *musst* mit jemandem reden! Es ist nicht gut, alles mit sich selbst auszumachen. Wenn ich dich nicht spätestens morgen früh auf einen Kaffee im Laden sehe, stehe ich wieder auf der Matte." Kate musste in ihrer Verzweiflung lachen und bedankte sich für die Bagels.

Das grelle Sonnenlicht blendete Kate, als sie vor dem Laden auf Sal wartete. Sie hatte den Bagel gegessen und war seinem Rat gefolgt, das Haus zu verlassen. Es tat gut, frische Luft zu atmen, nach der langen Zeit, die sie drinnen verbracht hatte. Sie sah sich unsicher um, als könne es sein, dass Martin noch immer irgendwo in der Nähe herumlungerte. Ein entwischtes Kleinkind blieb erwartungsvoll vor Kate stehen und streckte ihr seinen angebissenen Donut entgegen, bevor es von seinem Daddy wieder eingefangen wurde. Sal strahlte, als er auf sie zukam und dirigierte sie um die Ecke, wo er seinen Pick-up geparkt hatte.

Die ersten Minuten des Wegs verbrachten sie schweigend, bis er sich in den Verkehr auf dem Broadway eingefädelt hatte.

„Also los!", sagte er, als sie an der Ampel standen. „Ich kann fahren *und* zuhören." Kate schluckte und überlegte, womit sie anfangen sollte, was sie ihm überhaupt von der ganzen Sache erzählen konnte. „Du kannst auch einfach hier sitzen und mir nachher mit den Gurkenfässern helfen", bot er an. „Das ist fast so gut wie reden." Er begann leise ein Lied zu summen und schien keine Eile zu haben, mit dem Gespräch voranzukommen.

Wegen deines Ladens haben meine Probleme überhaupt erst angefangen, dachte Kate, nicht ganz ernst gemeint, und erinnerte sich an das sinnliche Bagel-with-lox-Fest an jenem Samstag in ihrem Büro. Wahrscheinlich hatte das dazu geführt, dass sie sich

Martin gegenüber nicht länger hatte zurückhalten können. „Wegen ein paar Pickles fährst du extra durch ganz Manhattan?", fragte sie.

„Ja, weil es dort die besten gibt! Bei den wichtigen Dingen im Leben darf man keine Kompromisse machen!" Die Entschiedenheit, mit der er den Satz gesagt hatte – im Bezug auf eingelegte Gurken! Was waren die wichtigen Dinge im Leben?

Die Bedeutung, die er offenbar allem Essbaren zuschrieb, passte zu ihrem Bild von ihm, aber sonst – was wusste sie eigentlich über Sal? Ihr fiel auf, dass er die Ruhe weghatte – er regte sich nicht mal über den Verkehr auf, der Kate schon als Fußgängerin wahnsinnig machte. Im Kopf ging sie alle italienischen Klischees durch, die ihr einfielen – ungezügelte Leidenschaft und ein ebenso ungezügelter Hang zum Nichtstun, Pizza, Little Italy, The Godfather I – III? Auf Sal schien keines von ihnen zuzutreffen. Außer der gewissen, unansprechbaren Emotionalität, mit der er sie vorhin ans Herz gedrückt hatte. Ihr fiel auf, dass es sich gut anfühlte, hier neben ihm zu sitzen, in seinem alten Pick-up, und zu schweigen.

Sie hatte nicht das Gefühl, dass er sie aus demselben Grund auf diese Fahrt mitgenommen hatte, aus dem die meisten Männer in ihrem Leben sich um sie *gekümmert* hatten. Als junges Mädchen hatte sie das missverstanden. Damals hatte sie noch geglaubt, es würde um sie gehen. Bis sie begriffen hatte, dass ihr kostbarstes Gut ihr Körper war – und ein paar Jahre später, an der Uni, auch ihr Kopf. Um ihre Gefühle war es nie gegangen.

Natürlich wollte er ihre Hilfe nicht, als sie in der Lower East Side angekommen waren. Kate wartete auf der Straße, während Sal zusammen mit einem kräftigen Kerl die Fässer durch eine der metallenen Falltüren, die sich auf dem Gehweg öffnen ließen, aus dem darunterliegenden Lagerraum bugsierte. Eine Frau kam aus einem chinesischen Lebensmittelladen und streifte Kate mit einem Netz, das sie über der Schulter trug und in dem sich Durianfrüchte befanden. Die Stacheln hinterließen einen Kratzer auf Kates Arm.

„Wenn ich dich jetzt nach Hause bringe, dann fällt ein ordentliches Abendessen wohl flach, habe ich recht?", fragte Sal, als sie wieder in den Pick-up gestiegen waren. „Warum kommst du nicht mit zu mir und ich koche uns was Vernünftiges? Ich wohne nur ein paar Straßen entfernt von dir." Das kann ich nicht annehmen, dachte Kate, aber der Gedanke, alleine zurück in ihr Apartment zu gehen, war zu deprimierend. „Magst du Pasta?", fragte er. „Ich mache dir ein paar Tortellini, so was hast du noch nicht gegessen!"

„Es gibt nichts, was mich noch retten könnte, nicht mal deine Tortellini", sagte Kate. „Ich habe alles verspielt."

Er sah sie erstaunt an: „Du? Glücksspiel? Unmöglich!"

„So was Ähnliches."

„Liebe?", fragte er.

„Nein, Dummheit."

„Aber es war einer involviert? Ein Mann", präzisierte er seine Frage. „Oder eine Frau", ergänzte er, als Kate ihn ratlos ansah.

„Zwei", antwortete sie.

„Zwei Männer?" Sal ließ für einen Moment das Steuer los.

„Drei, wenn du meinen Chef noch dazunimmst."

Er schien auf einmal verärgert. „Und warum kümmert sich keiner von denen um dich? Das darf ja wohl nicht wahr sein!"

Kate musste lachen. Sals Herangehensweise gefiel ihr: Er hatte keine Datengrundlage – ein paar zusammenhanglose Fakten genügten ihm, um sich eine Meinung zu bilden. Und die änderte er auch nicht, als sie sich einen Ruck gab und ihm die ganze traurige Wahrheit erzählte – unter Aussparung einiger unwichtiger Details, wie der Escort-Geschichte oder Serges Schreibtisch.

Er hörte aufmerksam zu, ohne sie mit Zwischenfragen zu unterbrechen, um dann, als sie fertig war, das Geschehene in sein Weltbild einzuordnen: „Was für ein Haufen Idioten!", brummte er und schüttelte den Kopf.

Auch wenn er nicht besonders objektiv war, tat es Kate in diesem Moment gut, ihn auf ihrer Seite zu haben. Sie schwiegen, während Sal sich, etwas mitgenommen von Kates Geschichte, einen Weg durch den Verkehr in Midtown bahnte.

„Du möchtest nicht zufällig meinen Rat hören?", fragte er, kurz bevor ein lebensmüder Jogger ihn zwang, eine Vollbremsung hinzulegen, dass die Fässer auf der Ladefläche schepperten. Er beugte sich – nun gar nicht mehr gelassen – aus dem Fenster und brüllte dem Mann etwas auf Italienisch nach.

„Doch, warum nicht?", antwortete Kate, als sie sich von dem Schreck erholt hatte.

„Ich denke, du bist besser dran ohne die drei", sagte er. „Du suchst dir einen neuen Job – wenn du schlau bist in einer anderen Stadt – und fängst noch mal von vorn an. Ich habe zweimal in meinem Leben ganz von vorne angefangen, es hat funktioniert." Kate überlegte, dass sie mindestens auch schon einmal von vorne angefangen hatte: Damals, als sie ihren Vornamen geändert und aus Deutschland weggegangen war, im festen Glauben, die Vergangenheit hinter sich lassen zu können. „Hast du, außer dem, was ihr da an der Uni macht, noch irgendwas gelernt? Ich meine, kannst du kochen, Sachen reparieren, Auto fahren?" Kate seufzte. „Putzen, Regale auffüllen, Kopfrechnen? Egal, du wirst was finden!" Er wartete auf ihre Zustimmung.

„Du bist noch nicht überzeugt", sagte er, ein wenig beleidigt angesichts seiner anschaulichen Ausführungen. „Pass auf, ich erkläre es dir noch mal!" Er holte tief Luft und hob seine Hände wie zum Gebet in die Höhe, wofür er schon wieder das Steuer losließ. „Adriano, Adrian, oder wie der Kerl heißt – kann man sich noch blöder anstellen? Und dann unverrichteter Dinge wieder abreisen? Ich hätte dich eigenhändig zum Flughafen getragen – und dann ciao, Francia del Sud! Was für ein Waschlappen! Und dein Student – dieser verwöhnte Bengel – was bildet er sich ein! Noch grün hinter den Ohren und glaubt, er kann eine Frau wie dich besitzen. Was kann er dir schon bieten? Aber das dümmste Arschloch scheint dein Chef zu sein: Hat studiert – Professor sogar – und trotzdem nichts begriffen! Du brauchst keinen von denen, glaub mir!"

Kate musste lachen und diesmal war sie vollkommen ohnmächtig gegen den Impuls. Sie lachte schallend, bis Sal mit einstimmte und sie sich den Bauch halten musste. Er hatte recht, sie brauchte keinen von ihnen.

Am nächsten Morgen erwachte Kate aus einem Traum schwer wie Blei. Seltsamerweise fühlte sie sich aber weder verstört noch traurig. Es hatte sich stattdessen ein Gefühl der Ruhe in ihr ausgebreitet, das ihr fremd war. Der Schmerz in ihrer Brust, der sie die letzten

Wochen begleitet hatte, war verschwunden und sie sah die Dinge plötzlich mit einer nie da gewesenen Klarheit. War sie tatsächlich auf Sals Sofa eingeschlafen?

Ihr Traum hatte heute, im Jahr 2009, gespielt: Sie, als erwachsene Frau, war mit ihrem Vater an einem Abgrund gestanden, wo es Hunderte von Metern hinab ging, irgendwo in der Nähe ihrer alten Heimat. Er hatte sie dorthin geführt mit dem Versprechen, ihr etwas ganz Besonderes zu zeigen – den Blick auf eine tiefe Quelle mit außergewöhnlich blauem Wasser. Er ermutigte sie, zusammen mit ihm näher an den Rand zu gehen. Als sie an der Kante standen, erzählte er, dass hier erst vor Kurzem ein Kind zu Tode gekommen sei. Er sagte das mit einer seltsamen Wehmut in der Stimme und Kate fragte sich, ob sie ihm vertrauen konnte. Sie wusste nicht, wovor sie sich mehr fürchtete: dass er sie allein zurücklassen oder mit sich reißen würde. Einen Moment lang schien sie ihr sogar verlockend, die Vorstellung von Erlösung, doch dann bemerkte sie, dass der Boden unter ihren Füßen sandig und leicht abschüssig war und sie zu rutschen begann. Voller Panik wendete sie sich an ihren Vater, aber statt sie zu halten, spürte sie seine Hand in ihrem Rücken, die sie weiter zum Abgrund schob.

Dann passierte etwas Erstaunliches: Als sie begriffen hatte, dass ihr Vater ihr nicht helfen würde – helfen *konnte* – streckte sie ihren Arm aus und griff hinter sich, in einem tieferen Vertrauen, dass von dort Hilfe kommen würde. Doch nur eine Reisegruppe, in der sie niemanden kannte, stand etwas entfernt. Wie durch ein Wunder reckten sich ihr im letzten Moment einige Hände entgegen, bereit sie zurückzuziehen. Um nach ihnen zu greifen, musste sie aber das, was sie die ganze Zeit in der Hand gehalten hatte, loslassen und es fiel in die Schlucht. Sie konnte sich nicht erinnern, was es gewesen war, aber es fühlte sich wie etwas Kostbares an, das fest zu ihr gehört hatte.

Kate hielt den Atem an, als ihr klar wurde, dass es ihre eigene Kraft gewesen war, die sie gerettet hatte. Sie hatte ihre bisherige Sicht auf ihren Vater losgelassen, von dem sie sich unbewusst wohl noch immer Halt und Sicherheit erhofft hatte, bis heute. Erst durch ihre Entscheidung, Unterstützung nicht mehr dort zu suchen, sondern zu vertrauen, dass Hilfe schon kommen würde, wenn sie sich dafür öffnete, wurde sie gerettet. Hätte sie an ihrer alten Sichtweise festgehalten, wäre sie unweigerlich in den Abgrund gestürzt.

Tief ergriffen saß Kate auf Sals Sofa und blinzelte in das Sonnenlicht, das durch einen Spalt des Vorhangs schien. Sie hatte Halt an einer Stelle gesucht, wo es keinen geben konnte. Auf einmal sah sie den Weg so deutlich wie nie zuvor: Sie selbst musste den entscheidenden Schritt machen statt auf Rettung zu warten. Es war an ihr, ihre Hand auszustrecken und zu vertrauen, auch wenn sie noch nicht genau wusste, worauf. Sie hatte nur die vage Ahnung, dass es etwas mit ihren eigenen Fähigkeiten zu tun haben musste.

Erst jetzt entdeckte sie den Zettel auf dem Tisch. Es war schon spät am Vormittag, aber Sal hatte sie schlafen lassen, hatte sie sogar noch zugedeckt. Auf dem Zettel standen Instruktionen für ein ordentliches Frühstück, das sie wahlweise in seiner Küche einzunehmen habe oder bei ihm im Laden. ,Komm nicht auf die Idee, ohne zu gehen!', schrieb er.

Kate stand auf und ging zu dem Regal, in dem eine Reihe Fotos standen, die sie schon am Abend bemerkt hatte. Von Sals Familie, wie es aussah, aus New York, und aus Italien, der Landschaft nach zu urteilen. Er lebte hier scheinbar alleine, jedenfalls waren ihr keine Anzeichen einer weiteren Person in seiner Wohnung aufgefallen. Und dann entdeckte sie ein Foto von ihm und – Patti Smith, vor seinem Laden! Sie sah glücklich aus. Ob er wohl ebenfalls Pasta für sie gekocht hatte? Seine Tortellini hatten Kate tatsächlich wieder festen Boden unter den Füßen verschafft. Und ihr Magen hatte endlich aufgehört, ihr beweisen zu wollen, dass gerade die Welt unterging.

Sal hatte ihr angeboten, notfalls für ihn zu arbeiten, vorübergehend, bis sie etwas Neues gefunden hätte. Die Liebe zu Bagels besäße sie schließlich, das sei das Wichtigste. Sals Fazit am Ende des Abends war hart und unmissverständlich gewesen: Er war nicht der Meinung, dass es ihre Aufgabe war, sich zwischen Adrian und Martin zu entscheiden. Darum ging es nicht. ,Keinen oder beide – völlig egal!', hatte er gesagt. Jetzt ging es alleine darum, dass sie sich für sich selbst entschied.

Wie erstarrt hielt Kate inne, als sie einen kleinen bunten Stoff-elefanten auf dem Regal stehen sah. Er war kaum größer als ein Tee-beutel, aber eine beinahe magische Anziehungskraft ging von ihm aus. Sie streckte ihre Hand aus und in dem Moment, in dem sie ihn berührte, spürte sie es ganz deutlich. Sie wusste endlich, was sie tun musste.

Kapitel 15 – Martin

„Here you go, my lad!", sagte der Alte freundlich. Und noch bevor er den Teller auf den Tisch gestellt hatte, wusste Martin, dass es ein Fehler gewesen war, sich auf die Beschreibung *proper breakfast* verlassen zu haben. Keine Ahnung, was er sich darunter vorgestellt hatte, jedenfalls nicht zwei zu Tode gegrillte *sausages* auf einem schlabbrigen Spiegelei, flankiert von einem Stück – igitt! – Blutwurst. Daneben etwas, das in einem früheren Leben Pilze gewesen sein könnten, die in einem Meer von *baked beans* schwammen, die aussahen wie ... Er versuchte die Vorstellung, die sich ihm aufdrängte, abzuwenden. Erst jetzt viel ihm auf, dass der Alte ihn gar nicht nach den üblichen *choices* gefragt hatte: *scrambled, fried, sunny side up, easy over* ... Vielleicht war die erste falsche Entscheidung schon gewesen, zum Frühstücken in einen Pub zu gehen, aber Hackney, die Gegend, in der er eine Bleibe gefunden hatte, strotzte nicht gerade vor Frühstückscafés.

Das Zimmer war billig, nur war er sich nicht sicher, ob er den vollen Monat, den er vorab dafür bezahlt hatte, dort aushalten würde. Als New Yorker war er zwar nicht verwöhnt, was Wohnen betraf, aber ein bisschen besser hatte er sich sein neues Leben schon vorgestellt, als ein Kellerzimmer mit einer Duschkabine und einer achtköpfigen Familie nebenan, bei denen die ganze Nacht Leute ein- und ausgingen. Da hätte es den Boiler im Wandschrank am Kopfende seines Bettes gar nicht gebraucht, der im 60-Minuten-Takt ansprang. Er würde was Besseres finden, versuchte er sich Mut zu machen, spätestens wenn er das Stipendium in der Tasche hatte.

Noch zehn Tage, bis sein neuer Job losging! Doch vorher wollte er sich die ganzen berühmten Orte der Musikgeschichte ansehen – allen voran den Marquee Club, oder besser, was davon übrig war: Der Club, der in den 60ern und 70ern so viele Rhythm & Blues Bands bekanntgemacht hatte, hatte ausgerechnet 2008 zugemacht –

ein Jahr bevor er es endlich geschafft hatte, nach London zu kommen. Der Gedanke schmerzte. Das legendäre erste Konzert der Stones, Auftritte von Hendrix, Bowie und Clapton als diese noch völlig unbekannt waren. Er dachte an seine eigene Band, die er nur schweren Herzens verlassen hatte, und seufzte. Es half nichts zurückzublicken. Er würde was Neues finden. Komischerweise hatte ausgerechnet der Vater seines Kumpels, der ihnen seine Garage zum Proben überlassen hatte, Martin ein paar größere Geldscheine aufgedrängt und keinen Widerspruch geduldet, als er erfuhr, dass er nach London ziehen würde. Etwas, das Martins Vater nie getan hätte. Außerdem kannte er Leute im Londoner Nachtleben. Er hatte ihm die Adresse von einem Argentinier gegeben, der manchmal Musiker für Auftritte suchte. Sollte es an der Uni wirklich so bescheiden sein, wie Serge hatte durchblicken lassen, könnte er trotzdem bleiben und versuchen, Musik zu machen. Aber erst mal würde er heute seinen neuen Chef und Doktorvater treffen und sich selbst ein Bild machen. Auf Serges Meinung gab er eh keinen Cent mehr.

Der Wirt beobachtet ihn mit Vergnügen von hinter dem Tresen und Martin gab sich einen Ruck, wenigstens davon zu probieren. Er versuchte, sich an den Entdeckergeist zu erinnern, mit dem er Spaß daran gehabt hatte, exotisches Essen in Queens aufzuspüren. Letzten Endes war das hier auch nichts anderes. Als er sich tapfer durch die Hälfte des Frühstücks (ohne die Bohnen) gearbeitet hatte, brachte der Alte ihm zur Belohnung etwas verkohlten Toast und Orangenmarmelade und füllte die Teekanne mit heißem Wasser auf. Immerhin, der Tee war trinkbar, aber – Hölle! – war der stark!

Er hatte mit Regen gerechnet, oder wenigstens Nebel, aber hier gab es weder noch. Es war ein schöner klarer Tag, dem es an nichts fehlte. Besser als die ganzen letzten Wochen in New York, dachte Martin, als er vor der Uni auf Victor Alden wartete. Die Stadt kam ihm nicht so schlecht vor und die Leute nicht so arrogant, wie Kate sie beschrieben hatte. De facto konnte er sich ganz gut vorstellen, hier zu leben. Nur, dass es eine Stadt ohne Kate war, gefiel ihm nicht. Obwohl es jetzt vier Wochen her war, dass er ihr diese letzte

E-Mail geschickt hatte, musste er ununterbrochen an sie denken, als versuche sein Gehirn, ihre physische Abwesenheit irgendwie auszugleichen.

„Martin?", rief ein älterer Herr in einem Tweedjackett mit auffälligen Ärmelschonern, der ihm zuwinkte und dann raschen Schrittes näher kam. Sein weißes Haar leuchtete in der Sonne. Alden wirkte wesentlich älter, als er ihn sich vorgestellt hatte, aber rüstig. Er griff beherzt nach Martins Hand, auf die er gleich noch seine zweite legte, als begrüße er einen lieben Freund. „Danke, dass du hier auf mich gewartet hast. Wir gehen woanders hin, da oben hat man keine Ruhe!" Überrascht nahm Martin zur Kenntnis, dass Alden scheinbar nicht vermisst wurde, wenn er nachmittags um halb vier das Department verließ.

„Was hast du schon gesehen von London?", fragte Alden, während sie die Straße entlang gingen.

„Noch nicht viel, ich bin erst vor ein paar Tagen angekommen."

„Macht nichts, kannst du alles nachholen!" Alden schob ihn durch eine Tür in einen Raum, der aussah wie aus einer anderen Zeit: Die Decke war so niedrig, dass Martin sich beinahe bücken musste, die Tische zierten Blümchentischdecken und plüschige Kissen lagen auf alten Holzstühlen. Es roch nach frisch Gebackenem. *„Tearoom"*, sagte Alden und bestellte noch im Stehen „Zwei *Cream Teas*, Emma!" Dann sah er Martin an. „Ich hoffe, Tee ist okay? Tee ist kein blödes Klischee – Tee ist tatsächlich das, wo du bei uns nicht drum herumkommst." Martin musste lachen und nickte, obwohl sich sein Herz schon wild pochend gegen mehr des heftigen Gebräus auflehnte.

Er ging davon aus, dass sie nicht viel Zeit hatten, und wartete darauf, dass Alden gleich zum Wesentlichen kommen würde. Aber stattdessen ließ sich dieser ausführlich schildern, was Martin bei der Zimmersuche erlebt hatte, um ihn dann zu beruhigen, dass er seine Sekretärin darauf ansetzen würde. Die habe bisher noch für jeden was gefunden. Sie sei nämlich eine Wucht und überhaupt der Grund, warum das Department so gut funktioniere. Wow, dachte Martin, das hätte Serge mal über Oda sagen sollen! Vielleicht wäre sie dann nicht so verbittert gewesen und alles wäre anders gekommen.

„Sicher bist du gespannt zu hören, wie es bei uns so läuft", sagt Alden und sah Martin herausfordernd an. „Mein Motto ist: Leben und leben lassen. Meine Mitarbeiter haben eine Menge Freiheit – manche sagen, zu viel, aber eine vertrauensvolle Atmosphäre ist mir wichtiger …"

Als Ruhm und Prestige, beendete Martin den Satz in Gedanken.

Alden machte eine Pause. „Ich kann dir ansehen, was du denkst. Das klingt ziemlich anders als an der Columbia, habe ich recht?"

Martin nickte.

„Ich kenne Serge Decaux", erklärte Alden. „Mehr muss ich nicht wissen, um mir vorstellen zu können, wie es dort ist. Ich vermute, man hat dich vor uns gewarnt?"

„Na ja, nicht direkt gewarnt …", entgegnete Martin als die Frau mit einem Tablett voller Geschirr zurückkam.

„Ist mir schon klar, dass Decaux jemanden wie dich nicht gerne gehen lässt. Deine Masterarbeit hat mich beeindruckt – du hast sie bei Kate Riess geschrieben?"

„Ja", seufzte Martin. Alle kannten Kate, er würde sie niemals vergessen können.

„Wie ist sie so?", fragte Alden neugierig.

„Wer, Kate?" In Martin regte sich die Befürchtung, dass sein künftiger Chef etwas von dem Skandal mitbekommen haben könnte. „Sie ist … sehr gut", sagte er, weil ihm auf die Schnelle nichts Besseres einfiel.

„Das ist mir bekannt", sagte Alden und lachte. „Wolltest du nicht mit ihr weiterarbeiten? Das *proposal* für deine Doktorarbeit hätte doch genau in ihren Forschungsschwerpunkt gepasst?"

„Schon, aber ich wollte immer nach London", antwortete Martin und zu seiner Erleichterung stellte Alden keine weiteren Fragen.

Alden rieb sich die Hände beim Anblick des Tellers, den Emma zwischen sie stellte. *Scones!*", sagte er in Martins erstauntes Gesicht, als dieser ihm dabei zusah, wie er eines der Gebäckstücke aufbrach und eine Unmenge dicker, cremiger Sahne, darauf strich. Das Ganze getoppt mit zwei Löffeln Erdbeermarmelade. „Na los, greif zu!"

Jesus Christ, die Dinger sind der Hammer, dachte Martin, als er hineinbiss.

„*Clotted Cream* immer nur aus Devon! Das ist die beste", erklärte Alden und deutete mit seinem Teelöffel auf das Schüsselchen. „Ich sollte nicht zu viel von dem Zeug essen, aber einmal kann man schon eine Ausnahme machen, findest du nicht?"

„Mhm!", stimmte Martin ihm zu, obwohl er nicht sicher war, was er mit *einmal* meinte – einmal im Jahr, im Monat, in der Woche?

„Ich hatte vor ein paar Jahren einen Infarkt, den ich nur knapp überlebt habe. Ich habe meine Lektion gelernt, dass es Wichtigeres gibt im Leben als Arbeit."

Martin hörte auf zu kauen und sah ihn betreten an.

„Keine Sorge, mir geht es gut! Ich werde das dort drüben", Alden nickte in Richtung Uni, „vielleicht noch vier, fünf Jahre machen und dann das Feld räumen – für die Jüngeren."

„Es sind noch ein paar Stellen frei", bemerkte Martin. „Weiß man schon, wer die bekommt?"

Alden hob die Schultern. „Es ist nicht leicht, gute Leute zu finden. Vor allem in der Lehre wird es knapp. Viele betrachten uns als Sprungbrett." Er hielt inne und sah Martin an, als hätte er sich plötzlich an etwas erinnert. „Du hast dir hoffentlich darüber Gedanken gemacht? Ich meine, dir ist bewusst, dass du an der Columbia, in Stanford oder in Cambridge wahrscheinlich besser aufgehoben wärst? Ich möchte nicht, dass du dich unterfordert fühlst."

„Man kann überall gute Arbeit machen. Es braucht dazu nur ein paar von den richtigen Leuten", überlegte Martin. Dann fiel ihm auf, dass es überheblich klingen könnte, wenn er, der gerade mal sein Studium fertig hatte, so was sagte.

Aber Alden interessierte sich für seine Meinung: „Wen zum Beispiel?"

Kate, dachte Martin. „Ich weiß nicht … es gibt ein paar Mitarbeiter in meinem ehemaligen Department, die dort nicht besonders glücklich sind."

„Ach ja?"

„Eric – Eric Plush, er hat keine Familie und ist ungebunden. Er ist Postdoc und keiner rockt Algorithmen wie er." Martin räusperte sich. „Ich meine, sein Code ist spitzenmäßig. Ich habe eine Menge von ihm gelernt." Alden legte die Stirn in Falten, was Martin veranlasste nachzulegen. „Oder Kate ..." Da! Er hatte es gesagt! Verdammt, warum hatte er es gesagt?!

Alden horchte auf. „Kate Riess? Das ist abwegig. Jemand wie sie würde niemals an unsere Uni kommen, dazu sind wir zu unbedeutend. Man muss wissen, in welcher Liga man spielt, mein Junge."

„Ich könnte mit ihr reden", bot Martin an. Es kam ihm vor, als würde sein Mund ohne seine Genehmigung Sätze ausspucken. Wie sollte er denn mit ihr reden, wenn sie nicht mal an ihr verfluchtes Telefon ging? „Sie bräuchte eine *Associate Professor* Stelle oder was Vergleichbares", überlegte er.

„Das würde sich einrichten lassen", sagte Alden, der sichtlich amüsiert war über Martins Engagement, und nötigte ihm einen zweiten Scone auf. „Dein Idealismus in Ehren, aber glaub mir, es ist reine Zeitverschwendung."

„Nein", sagte Martin überzeugt. „Ich bin sicher, sie würde darüber nachdenken."

Alden schüttelte schmunzelnd den Kopf. „Jetzt komm erst mal an und leb dich bei uns ein. Für alles andere ist später noch Zeit."

Martin spürte sein Herz rasen und das lag bestimmt nicht allein am Tee. Ein Chef, der die Ruhe weghatte und bei dem sie so viele Freiheiten hätten – das wäre genau, was Kate und er brauchten.

Martin versuchte, sich klarzumachen, dass er nichts überstürzen durfte, als er mit dem beruhigenden Gefühl von zwei Scones im Magen und einem Zettel mit der Nummer der immobilienkundigen Sekretärin auf der Straße stand. Er konnte Kate auch am Abend anrufen. Geduld und Besonnenheit waren jetzt gefragt – zwei Dinge, in denen er nicht besonders gut war. Sein Herz pochte noch immer, als wolle es sich Zugang zur Außenwelt verschaffen und es war wahrscheinlich besser, erst mal abzuwarten bis die Wirkung des Tees nachließ. Alden schien ihm jedenfalls mehr als in Ordnung. Er hatte ihm gesagt, er brauche vor übernächster Woche gar nicht daran zu denken, an der Uni aufzukreuzen. Martin beschloss, zum

Camden Market zu fahren und den Rest des Nachmittags dort zu verbringen.

Leider half es nicht, sich mit dem Schlendern durch die bunten Marktstände abzulenken. Alles, woran er nach dem Gespräch mit Alden denken konnte, war Kate, Kate, Kate. Wenn es schon unmöglich war, sie zu vergessen, dann musste es doch zumindest einen Weg geben, Frieden mit ihr zu schließen. Der letzte Funke Selbstachtung hatte ihn bisher davon abgehalten, sie noch mal anzurufen. Jetzt hatte er wenigstens einen offiziellen Grund. Aber zuerst würde er sich entschuldigen müssen, für das, was er ihr in seiner letzten E-Mail um die Ohren gehauen hatte. Das würde der schwierigste Teil werden: sie so weit zu bringen, dass sie ihm überhaupt noch mal zuhörte. Er bereute diese gottverdammte E-Mail inzwischen zutiefst. Seine Wut und Enttäuschung waren mit ihm durchgegangen. ‚Du bist ein guter Junge‘, hatte seine Mutter immer gesagt, ‚aber du darfst die Leute nicht so vor den Kopf stoßen.‘ Und was, wenn Kate keine Lust mehr hatte, mit ihm zusammenzuarbeiten – also wirklich gar keine mehr? Wegen der Uni mit ihrem lausigen Ruf würde sie bestimmt nicht kommen, aber die Sache mit der Freiheit könnte ihr gefallen.

Martin blieb stehen: An einem Stand hing das gleiche T-Shirt von den Ramones, das er sich mit dreizehn von seinem hart ersparten Taschengeld gekauft hatte. Sein Vater hatte es damals mit bloßen Händen zerrissen und in den Müll geworfen, um ihm eine Lektion zu erteilen. Die Erinnerung bewirkte noch immer, dass Martins Magen sich zusammenkrampfte.

Sie waren im Streit auseinandergegangen kurz vor seiner Abreise. Martin hatte sich von ihm verabschieden wollen, obwohl er sicher wieder etwas an seiner Entscheidung auszusetzen hätte. Aber sein Vater hatte ein ganz anderes Ding vom Zaun gebrochen. Etwas, womit Martin nie im Leben gerechnet hätte.

Er hatte Zeitung gelesen. ‚Hier, das bist doch du, oder?‘, hatte er gesagt und sie ihm unter die Nase gehalten. Aber was Martin wirklich überrascht hatte, war, was sein Vater alles über ihn wusste: Er hatte immer so getan, als würde ihn das Leben seines Sohnes nicht interessieren. Dabei hatte er sich genau gemerkt, was Martin studierte, wo er an der Uni arbeitete und mit wem. Martin hielt es sogar für möglich, dass er im Internet recherchiert hatte – über den Fachbereich, über Kate. Nur so konnte der Zeitungsartikel für ihn Sinn machen. Scheinbar war er ihm doch wichtig, aber das würde der Alte natürlich nie zugeben. Er hatte Martin an den Kopf geworfen, dass er sich für ihn in Grund und Boden schäme. Martin hatte versucht zu erklären, was Kate für ihn bedeutete. Nur der sture Bock wollte es nicht hören. Er glaubte, Martin habe bloß mit Kate geschlafen, weil er sich irgendwelche Vorteile davon versprach. Für seinen Vater war jedenfalls klar, dass der Fehler bei Martin lag, wie immer. ‚Verschwinde! Ich habe keinen Sohn mehr‘, hatte er gesagt und dabei nicht mal, wie sonst, geschrien. Ganz ruhig hatte er es gesagt, als sei er längst gestorben für ihn. Auf jeden Fall hat er jetzt einen noch schlechteren Eindruck von der Uni, dachte Martin und lächelte bitter.

Er ließ das T-Shirt und die Vergangenheit hinter sich und ging weiter. An einem beeindruckend großen Bücherstand blieb er stehen. Schwermütig flippte er mit den Fingern durch eine Kiste mit vergilbten Romanen. Ein Haufen alter Schinken von europäischen Schriftstellern, die ihm nichts sagten. Er fand ein Buch von Goethe – von dem hatte er natürlich schon gehört. Es war auf Englisch und der Titel kam ihm sogar bekannt vor: Werther, war das nicht dieser auf den Hund gekommene Typ ...

„Das ist die Ecke für die, die mit dem Leben abgeschlossen haben", sagte der dürre Alte mit der krummen Nase, dem scheinbar der Stand gehörte. Er trug trotz des schönen Wetters einen schwarzen Regenmantel. „Du solltest dich lieber nach dort drüben orientieren." Er deutete auf zwei junge Frauen, die ein paar Meter weiter lachend vor einer Bücherkiste standen. Martins Blick blieb an ihnen hängen.

Sie unterhielten sich über das Buch, das die eine in der Hand hatte.

„Ist es wirklich so ... *explizit*?", flüsterte die andere.

Die Frau mit dem Buch machte eine vage Handbewegung: „Sie hatte eine Liebesbeziehung mit zwei Männern gleichzeitig und mit der Frau des einen. Sie schreibt, dass sie alle drei so sehr liebte, dass sie keinen von ihnen aufgeben konnte."

Martin horchte auf.

„Und du glaubst, das stimmt?", wollte die andere wissen.

„Es basiert auf ihren Tagebucheinträgen."

„Nein, ich meine, ob das wirklich geht: mehr als einen Menschen zu lieben?"

„Sicher! Warum nicht? Man liebt doch auch seine Eltern und seine Kinder. Ich finde die Vorstellung aufregend, ich fürchte nur, es würde an der Umsetzung scheitern. Sobald einer in der Beziehung vorschlägt, sie zu öffnen, fühlt sich der andere doch sofort nicht mehr geliebt."

„Soll ich dir sagen, was ich glaube? Du solltest es lassen, über so einen Scheiß nachzudenken!", sagte die andere und zog ihre Freundin weg.

Martin sah den beiden nach. Er überlegte einen Moment wegen Goethe, vertraute dann aber seinem Gefühl und legte ihn zurück. Er näherte sich vorsichtig dem Buch, das die Frauen betrachtet hatten: *Henry and June* von Anaïs Nin. Nie gehört! Er sah sich um – der rabenhafte Alte war irgendwohin verschwunden. Da Martin sich unbeobachtet fühlte, begann er darin zu blättern.

„Nicht so großartig wie der Werther, aber vermutlich inspirierender." Der Alte, der etwas in einer Bücherkiste auf dem Boden gesucht hatte, war plötzlich wieder aufgetaucht. „Willst du es haben? Ein Pfund und es ist deins." Er sah Martin musternd an: „Ach, sagen wir 50 Pence."

Martin kramte in seiner Hosentasche nach einer der großen eckigen Münzen, die ihm schon am Flughafen aufgefallen waren. Auch die Pfundstücke! Warum benutzten die Briten Münzen, die schwer wie Blei waren? Vielleicht um die Wirtschaft anzukurbeln: Man gab sie, so schnell es ging, wieder aus, um sie nicht herumschleppen zu müssen.

„*Enjoy the ride!*", rief der Alte ihm nach, während Martin, das Buch unter dem Arm, wegging. Er sah sich noch einmal um. Nein, er hatte sich bestimmt nicht verhört und es konnte auch nicht am britischen Akzent gelegen haben: Der Buchhändler hatte tatsächlich *ride* gesagt, nicht *read*, und Martin dabei auf eigenartige Weise angelächelt.

Noch heute Morgen hätte er geschworen, dass man nur *einen* Lover *truly* und von ganzem Herzen lieben konnte. Aber das Argument der Frau mit den glühenden Wangen hatte ihn überzeugt: Wenn jemand zwei Kinder hatte, würde derjenige dann nicht immer sagen, dass er beide liebte? Niemand käme auf die absurde Idee, ihn zu zwingen, sich zwischen seinen Kindern zu entscheiden? Und hörte man wegen eines Kindes etwa plötzlich auf, seine Partnerin zu lieben? Und überhaupt: Wurde Liebe nicht allgemein als etwas beschrieben, das sich vermehrte, wenn man es großzügig gab – und jedenfalls nicht als ein Kontingent, das von Natur aus begrenzt war?

Das Thema weckte sein Interesse. Er fand ein sonniges Plätzchen auf einer Treppe, wo er sich niederließ und das Buch aufschlug. Er wusste nicht, welche Antworten er darin suchte, aber es übte eine Anziehungskraft auf ihn aus, die er selbst nicht ganz verstand. Er ließ mehr Zeit auf der Treppe verstreichen, als er geplant hatte: Das Buch zwang ihn weiterzulesen, obwohl er gleichzeitig Angst davor hatte, herauszufinden, wie es mit Anaïs, Henry und June ausgehen würde. Scheiterte es wirklich an der Umsetzung? Er fühlte sich der Erzählerin nahe, ihrem Ausgeliefertsein, ihrer Unfähigkeit ihre Liebe zu zügeln und ihrem dadurch entstandenen Leiden. Würde er auch Kate in dem Buch finden? Liebte sie oder genoss sie es nur, geliebt zu werden? Manchmal kam sie ihm vor wie ein Kind, das alles nahm, was es kriegen konnte – unersättlich und noch nicht fähig, selbst zu geben. June aus dem Buch erinnerte ihn an Kate – beide schienen sich nur durch die Augen anderer zu sehen, unfähig, ihr wahres Ich zu zeigen.

Martin blickte auf, weil er ein Gackern hörte. Nicht weit von ihm hatte sich eine bäuerlich anmutende Frau in einem Blumenkleid auf einen Hocker vor dem Haus gesetzt. Sie hatte etwas, das wie ein lebendiges Huhn aussah, auf dem Schoß und begann jetzt, dessen Hals zu kraulen. Das Huhn beruhigte sich sofort, ließ sich gemütlich nieder und blinzelte müde mit den Augen. Er hatte keine

Ahnung, wo die beiden hergekommen waren, aber sie wirkten nicht wie von dieser Welt.

Der Anblick zog ihn in den Bann und während er zusah, spürte er, wie auch etwas in ihm weich wurde. Ihm fiel keine bessere Beschreibung dafür ein: Seine Anspannung und Anstrengung der letzten Wochen, die Dinge zum Guten wenden zu müssen, schien sich auf einmal in eine *Weichheit* zu verwandeln, die sich in ihm ausbreitete und ihn öffnete. Was immer passieren würde, wie unplanbar sein Leben auch verlaufen mochte, er spürte plötzlich eine Zuversicht, dass es okay sein würde.

Er klappte das Buch zu und zog sein Handy aus der Tasche. Vielleicht war genau jetzt der richtige Zeitpunkt, sie anzurufen. Mit der Sanftheit, die der Anblick in ihm ausgelöst hatte. Er wünschte, er könnte ihr zumindest ein wenig von seinem Vertrauen abgeben, das sie jetzt sicher genauso dringend brauchte wie er. Und mit seiner neuen, britischen Handynummer, so hoffte er, würde sie vielleicht schon deshalb rangehen, weil sie nicht wusste, dass er es war. Er wählte Kates Nummer, die er auswendig kannte, und hielt den Atem an, als sich eine fremde Stimme meldete.

Kapitel 16 – Kate

Kate war froh, dass Nathalie mitgekommen war und ihr ersparte, die Fahrt vom Flughafen ins Hinterland mit Gabriel alleine zu verbringen. Er hatte Kate angeboten, sie in Nizza abzuholen, wofür sie dankbar war. Aber sie hatte ihn seit dem Nachmittag in der Hotelsuite nicht mehr gesehen und war sich unsicher, wie sie ihm begegnen sollte. Noch immer viel zu deutliche Erinnerungen an viel zu private Körperteile drängten sich ihr auf und machten sie verlegen, als sie mit Nathalie aus der Ankunftshalle kam und zu Gabriel in den Wagen stieg.

„Kate, was für eine gelungene Überraschung!", rief er. „Als Nathalie mir von deinem Besuch erzählte, konnte ich es nicht glauben."

„Ich hoffe, es macht euch keine Umstände. Nathalie meinte..."

Er winkte ab – es wirkte überzeugend genug – und beugte sich zu ihr, um sie auf beide Wangen zu küssen. Eine gewöhnliche Begrüßung, doch sie fühlte sich nicht wohl dabei, dass er ihr so nahe kam. Ihre Wahrnehmung war anhaltend geprägt von ihrem ersten Eindruck von ihm, damals im Hotel. Und von seinem Aftershave: Es roch nach Aristokrat und Windhund und obwohl es sich in der Hitze schon etwas verflüchtigt hatte, machte es immer noch recht deutlich auf sich aufmerksam. Ihr fielen seine Lederhandschuhe auf, die einen Druckknopf am Handrücken besaßen und dieselbe Farbe wie sein dunkelgrünes Sportcabrio hatten. Auf dem, was man kaum einen Rücksitz nennen konnte, war gerade mal Platz für Kates Koffer. Nathalie zwängte sich daneben und überließ ihr den Beifahrersitz, was Kate unangenehm war.

Erst war Nathalie verschnupft gewesen, weil Kate sich drei Wochen Zeit gelassen hatte, sie zurückzurufen, nachdem die Dinge an der Uni sich überstürzt hatten. Aber als Nathalie erfahren hatte, was passiert war, hatte sie Kate sofort ihre Hilfe zugesagt. Vollends versöhnt schien sie dann, als Kate ihr erklärte, dass sie nun endlich wisse, was sie wolle, und bereit sei, dafür zu kämpfen. Die beiden hatten ihr angeboten, in Gabriels Ferienhaus in der Nähe der Côte d'Azur zu kommen. Worin Kate nur eingewilligt hatte, weil Nathalie überzeugt war, dass Adrian in ein paar Tagen nachkommen würde. Damit wäre es wahrscheinlich, dass Kate ihn in London verpasste.

Während der Fahrt über die kurvenreichen Straßen in den Berge hinter Nizza, warf Gabriel Kate neugierige Blicke zu. Er fragte sie nach dem Verlauf ihrer Reise und ob sie zu müde sei für einen Aperitif, den man auf dem Weg in einer kleinen Bar nehmen könne. Sie ahnte, dass er ihr am liebsten noch ganz andere Fragen gestellt hätte, sich aber vornehm zurückhielt. Wie viel hatte Nathalie ihm von all dem erzählt? Hatte sie ihm vor allem gesagt, dass Adrian nichts von Kates Besuch erfahren durfte? Keine Worte der Welt könnten ihr Verhalten wieder gut machen oder ihn überzeugen, dass sie sich jetzt wirklich sicher war. Sie musste ihn sehen. Erst wenn sie vor ihm stünde, würde er begreifen, wie ernst es ihr war.

Kate ließ ihren Blick aus dem Fenster schweifen und dachte an Sal. Durch seine Hilfe hatte sie den Mut gehabt, sich ihre Gefühle einzugestehen. Er hatte ihr klargemacht, dass es um sie ging – nicht um die Erwartungen der anderen. Und sie konnte nun endlich spüren, was sie wollte: Adrian.

Nur eines war nicht gut gelaufen in ihrem Telefonat mit Nathalie: Sie hatte Kate gefragt, ob sie die Sache mit Martin inzwischen geklärt habe, ob er wisse, dass sie auf dem Weg zu Adrian sei? Kates Antwort hatte ihr nicht gefallen: Nathalie war der Meinung, dass sie ihn unnötig im Unklaren ließ. Sie verstand nicht, dass Kate zuerst das tun musste, was ihr am Dringendsten erschien – dass sie die Erkenntnis, die sie bei Sal gehabt hatte, umsetzen musste, bevor sie der Mut verließ. Ein Gespräch mit Martin würde sie nicht gerade darin bestärken.

Sals Einschätzung, dass sie keinen von beiden brauchte – so richtig das grundsätzlich auch sein mochte – umfasste selbstverständlich nicht die ganze Wahrheit. Er wusste wenig über das Bemühen der beiden Männer um sie. Oder über ihr eigenes widersprüchliches Verhalten und dass sie keinem von ihnen eine echte Chance gegeben hatte. Und natürlich hatte Nathalie recht: Sie war Martin eine Erklärung schuldig. Kate hatte fest vor, ihn anzurufen, sobald sie das hier hinter sich gebracht hatte.

Kate nippte bloß ein wenig an ihrem Pastis, weil sie sich nur zu gut daran erinnerte, wie sich der Alkohol und ihr Jetlag damals in London gegen sie verbündet hatten, mit den bekannten Konsequenzen. Es schien ihr ratsam, in Gegenwart eines Mannes wie Gabriel, ihre Sinne beisammen zu halten. Der milde Abend und das rötliche Sonnenlicht verzauberten den Dorfplatz und wirkten, zusammen mit dem heiteren Gespräch über die Annehmlichkeiten des Lebens in Südfrankreich, wie eine verheißungsvolle Prophezeiung. Kate stellte sich vor, wie es wäre, hier mit Adrian zu sitzen und ihren Aperitif dann aber ganz zu trinken, egal was geschähe. Als Nathalie aufstand und nach drinnen ging, erinnerte sich Kate daran, dass es noch nicht so weit war. Die größte Hürde lag noch vor ihr.

Gabriel betrachtete sie mit einem Blick, den sie nicht deuten konnte, und der etwas Intimes hatte, das ihr unangebracht vorkam. „Er kommt am Sonntag", verkündete er, als habe er sie bei ihren Gedanken ertappt. „Das ist es doch sicher, was dich am meisten interessiert." Kate hielt den Atem an. „Keine Sorge! Ich habe ihm nichts von unserem kleinen Geheimnis erzählt", sagte Gabriel und lächelte.

Ihr gefiel nicht, dass er es *unser kleines Geheimnis* nannte, aber sie war froh, dass er sich an die Regeln hielt. Das fehlende Glied an seinem Finger sprang ihr wieder ins Auge und eine groteske Sorge überkam sie, dass jemand, der einen Teil seines Fingers verloren hatte, sich womöglich nie mehr zu irgendetwas moralisch verpflichtet fühlen könnte. Zu tief musste seine Enttäuschung von der Welt sein.

„Ein Jagdunfall. Bei einer Treibjagd." Er hatte ihren Blick bemerkt und wackelte amüsiert mit dem Rest seines Fingers.

„Wie schrecklich!", sagte Kate, abgestoßen von seiner plumpen Geste. Ihr wurde erneut bewusst, wie suspekt ihr Männer waren, die Schusswaffen besaßen und zudem noch über Unfälle damit scherzten.

„Es gibt Schlimmeres", erklärte er und nahm einen Schluck. „Es hätte mich auch hier erwischen können." Er legte die Hand auf seine Brust.

„Da ist etwas, das du über Adrian wissen solltest", sagte er dann plötzlich und sah sie mit einem seiner gefürchteten Blicke an, die sie schon aus London kannte.

Noch etwas, um Gottes willen?, dachte Kate. Reichte es nicht, was sie bereits über ihn wusste?

„Seine Partnerin ist unter tragischen Umständen ums Leben gekommen. Er hat sich noch immer nicht davon erholt."

Kate richtete sich auf und starrte ihn entsetzt an.

„Er war sehr unausgeglichen in letzter Zeit und ich habe den Eindruck, die Sache mit euch beiden hat ihn um Meilen zurückgeworfen."

„Wie lange ist das her?", fragte sie.

„Fast drei Jahre." Er blickte nachdenklich auf sein Glas. „Seine Schmerztoleranz ist nicht sehr hoch, wenn du verstehst, was ich damit sagen will. Er wird sich nicht auf etwas einlassen ohne ein klares Commitment."

Commitment – das Wort hallte in Kates Kopf nach und machte sie unruhig.

„*No pressure at all!*", sagte er lachend und lehnte sich zurück. „Seine Dummheiten, was Frauen betrifft, kannst du übrigens getrost vergessen. Sie waren weitgehend meinem schlechten Einfluss geschuldet. Ich wollte ihn wachrütteln, *anything that would bring him back to life*. Es hat nicht so funktioniert, wie ich es mir vorgestellt hatte."

Kate war perplex. Hatte er da etwa gerade eine Niederlage eingeräumt? Der Mann, den sie für so von sich eingenommen gehalten hatte?

„Adrian ist ein feiner Kerl", erklärte er mit fester Stimme. „Ich sähe es ungern, wenn er noch mal verletzt würde. Doch inzwischen scheint der Einsatz ja auf beiden Seiten angemessen hoch zu sein." Er legte wie zur Beruhigung – aber auch zum Nachdruck – seine Hand auf Kates Schulter: „Im Ernst, ich hoffe, dass alles gut läuft für euch!"

Nathalie kam mit leichten Schritten zurück. „Na, ihr beiden, worüber habt ihr geredet?", fragte sie grinsend, stellte sich hinter Kate und schlang die Arme um ihren Hals.

„Was denkst du denn?" Gabriel warf ihr einen lasziven Blick zu. „Ich habe natürlich die Chance genutzt, um mit Kate zu flirten." Er schwenkte seinen Aperitif. Kate erschrak – er schien nicht zu wissen, dass man über dieses Thema bei Nathalie keine Scherze machen sollte. „Ich habe ihr geschildert, auf welche aufregenden Weisen sie mit uns das Leben genießen könnte, bevor sie in festen Händen ist", präzisierte er die dreist erfundene Geschichte und sah Kate dabei frech in die Augen.

Kate atmete mit einem leisen Zischen aus und schüttelte den Kopf. Was tat er denn, was sollte diese Provokation so kurz nach ihrem ernsten Gespräch?

„Nun lass sie doch erst mal ankommen", erwiderte Nathalie und strich mit einer sanften Geste Kates Haar nach hinten über ihre Schulter. „Er ist manchmal … einfach unmöglich", flüsterte sie. „Das darfst du nicht so ernst nehmen."

Beruhigt stellte Kate fest, dass Nathalie in diesem Punkt nicht mehr so verletzlich zu sein schien wie früher. Nathalies Berührung fühlte sich gut an und erzeugte sofort – wie damals in London – eine alte Vertrautheit, die ihnen in den Telefonaten der letzten Wochen irgendwie abhandengekommen war. Vielleicht hatte Kates eigene Überreiztheit nur den Eindruck in ihr heraufbeschworen, die Sache mit Pete könnte tatsächlich immer noch ein Thema sein. Jedenfalls wirkte Nathalie nicht so, als würde sie sich Sorgen machen, Gabriel zu verlieren. Trotz seiner unbestreitbaren Windigkeit schien sich eine starke Verbindung entwickelt zu haben, zwischen ihr und dem frechen Hund, den sie sich da im Royal Kensington angelacht hatte.

„Gib ihr ein wenig Zeit, sich zu erholen", ermahnte ihn Nathalie und setzte sich neben Kate. „Von den Strapazen der letzten Wochen."

„Die Sache mit der Professur", bemerkte Gabriel und machte ein zerknirschtes Gesicht.

„Hast du schon eine Idee, wie es weitergehen soll?", fragte Nathalie. „Willst du nach Europa zurückkommen?"

„Kurz vor meiner Abreise habe ich einen Brief vom Dekan erhalten", antwortete Kate. „Sie verzichten auf ein Verfahren, wenn ich freiwillig gehe."

Gabriel sah Nathalie fragend an, die sich räusperte: „Ich habe ihm nicht erzählt, was der Grund war ..." Er warf Nathalie einen Blick zu, der ausdrückte, dass er es nicht schätzte, wenn man ihm Dinge vorenthielt.

„Ich hatte eine Affäre mit einem meiner Studenten", sagte Kate. Ihre Offenheit schien Nathalie zu überraschen.

„Ach, wirklich? Wie unerhört!" Gabriel hob eine Augenbraue. „Wie unerhört aufregend!"

Nicht seine Reaktion erstaunte Kate, sondern die Tatsache, dass auch Adrian ihm nichts davon erzählt zu haben schien.

„Du kannst sicher etwas an einer unserer formidablen Universitäten finden", erwiderte er und winkte ab. „Das Vereinigte Königreich strotzt ja nur so davor. Oder in Frankreich. Ich würde annehmen, dass man hier solchen Lappalien gelassener gegenübersteht."

„Lappalien sind solche Dinge nur, wenn sie von Männern begangen werden", bemerkte Nathalie scharf, wobei Kate Alexander einfiel, der ja zumindest über die Klinge hatte springen müssen. „Und wenn man über die emotionalen Kollateralschäden hinwegsieht", sagte Nathalie und warf Kate einen ernsten Blick zu. Vermutlich dachte sie dabei an Martin. Nathalie schien eine eigenartige Sympathie für ihn entwickelt zu haben, die Kate anzustrengen begann.

„Wollen wir aufbrechen?", schlug Kate vor, als die anderen ausgetrunken hatten. „Ich bin müde."

Die Zeit bis Sonntag verging qualvoll langsam. Kate verbrachte die Tage meist im Garten auf der kleinen Terrasse vor ihrem Zimmer, lesend, oder am Pool, Löcher in die Luft starrend. Es fiel ihr schwer, sich auf den Roman zu konzentrieren, den sie sich aus Gabriels Bibliothek geliehen hatte. Er besaß Bücher en masse, aber alle waren irgendwie verstaubt und anstrengend. Nach leichter Sommerlektüre suchte man hier vergebens.

Sie horchte auf, als sie Nathalies Lachen hörte. Die Treppe im Haus knarrte und Kate schmunzelte: Um diese Zeit legten sich die beiden meist zu ihrem Mittagsschläfchen hin. Eine neue Angewohnheit, die Nathalie eingeführt hatte. Kates Zimmer befand sich unten, weit weg, wofür sie dankbar war. Ihre Terrasse umrandeten Lavendel- und Rosmarinbüsche und ein ambitionierter Zitronenbaum, der offenbar das Ziel hatte, über seinen Topf hinaus- zuwachsen. Ab und zu raschelte es im Gebüsch – Eidechsen, von denen ab und zu eine über die heißen Steinplatten huschte.

Kate bemühte sich, Nathalie und Gabriel genügen Privatsphäre zu lassen, was zum Glück nicht schwierig war: Sie hatte ein char- mantes kleines Ferienhaus erwartet, aber eigentlich hätte sie sich denken können, dass bei Gabriel unter einer Villa gar nichts lief. Charme hatte das Haus trotzdem, es war kein protziges, modernes Teil, sondern ein altes Natursteingebäude, um das sich Wein und Glyzinien rankten. Auch wenn Nathalie überall ihre Sachen ver- streut hatte, was Gabriel hasste, konnte man erkennen, dass sich jemand bei der Einrichtung – charaktervolle Schränke, Art déco Lampen und Mid-century Sideboards – eine Menge Gedanken gemacht hatte. Kate gefiel, dass Gabriel aber nichts unternommen hatte, um den Charakter des Gebäudes selbst zu verändern – es zeugte davon, dass er Stil hatte und wusste, wann man die Dinge am besten so beließ, wie sie waren.

Kate war froh, dass das auch für seinen Umgang mit ihr zu gelten schien. Er hatte ihr noch ein, zwei Blicke dieser Art zugewor- fen, wie am ersten Abend, durchdringend und mehrdeutig, aber immer so, dass Nathalie sie sehen konnte. Kate hätte sie als Ein- ladung verstehen können, wenn sie gewollt hätte. Aber er hatte nie einen Schritt gemacht, der sie gezwungen hätte, Grenzen zu ziehen.

Es kam ihr wie ein Spiel vor, das die beiden mit ihr spielten und bei dem sich verschiedene Dinge ergeben könnten. Nathalie war sich dessen jedenfalls sehr bewusst und überraschenderweise schien es sie nicht zu stören.

Im Gegenteil, sie kümmerte sich um Kate. Zum Beispiel, wenn Kate ihr Handy irgendwo im Haus verlegt hatte – was ihr ständig passierte, als wäre es ein Relikt der Vergangenheit, das nicht mehr zu ihr gehörte – und Nathalie ihr geduldig half, es zu suchen. Oder wenn sie ihr eines ihrer zauberhaften Sommerkleider lieh.

Nathalie hatte für Adrian das Zimmer neben dem von Kate ausgewählt und sie einen Blick hineinwerfen lassen. „Schau nicht so besorgt", hatte Nathalie gesagt. „Es wird hundertprozentig gut gehen!"

Kates Puls beschleunigte sich, wann immer sie an ihn dachte. Heute war der Tag und sie hatte sich schon tausendmal vorgestellt, wie er vor ihr stehen würde. Sie fragte sich, ob das, was Gabriel ihr am ersten Abend über ihn anvertraut hatte, die Lage nicht grundlegend veränderte. Selbst wenn es ihr gelänge, das Gespräch mit viel Fingerspitzengefühl zu führen, war nicht klar, ob ihre plötzliche Entscheidung – ihr Commitment, wie Gabriel es genannt hatte – Adrian nicht überfordern würde. Oder sie selbst.

Ihre Nervosität nahm zu, je später es wurde. Es war unklar, wann er ankommen würde, und sie hoffte, dass es nicht während des Essens wäre. Das ließe ihr keine Möglichkeit, sofort mit ihm zu sprechen und zu erklären, dass sie alleine seinetwegen hier war.

Gabriel hatte vorgeschlagen, eine Spritztour zur Bar zu machen und dort einen Aperitif zu nehmen. Ein Ritual, das er gerne pflegte, und heute hatte Kate nichts gegen etwas Beruhigung für ihre Nerven. Da sie nicht lange weg sein würden, hatte Gabriel die Küchentür zum Garten für Adrian offengelassen, für den Fall, dass er gerade dann ankäme. Das hatten sie schon öfter so gemacht.

Es war noch hell, als sie zurückkamen und Nathalie den Wagen über den knirschenden Kies lenkte. Gabriel hatte ihr den Autoschlüssel überlassen und genoss mit ausgebreiteten Armen den warmen Fahrtwind auf dem Rücksitz. Die Grillen hatten begonnen

zu zirpen und ein prächtiger Jasmin-Strauch vor dem Haus ver-
strömte einen betörenden Duft. Es war kein Auto zu sehen. Ob er
ein Taxi genommen hatte? Kate war schon zur Tür geeilt, als sie
bemerkte, dass die beiden stehen geblieben waren, um sich zu
küssen. „Hier!", rief Gabriel und warf Kate den Hausschlüssel zu, als
er ihren ungeduldigen Blick bemerkte. „Vielleicht gehst du schon
vor?" Sie spürte, wie ihre Handflächen feucht wurden. Wahrscheinlich kam er erst später oder nachts oder morgen … Oder gar nicht,
fürchtete sie und zwang sich, die Tür zu öffnen. Sie horchte in den
Flur, aber es war still. Keine Jacke, kein Gepäck, kein anderes Zeichen, das auf ihn hindeutet. Enttäuscht atmete sie aus und warf den
Schlüssel in die Tonschale auf der Kommode.

Aus einem entfernten Zimmer hörte sie jetzt eine Männer-
stimme, dann ein Lachen. Kate blieb wie erstarrt stehen: Es war das
Lachen einer Frau.

Kapitel 17 – Adrian

Adrian sah Kate und hielt den Atem an. Es war vollkommen unmöglich, dass sie hier vor ihm stand. Er wagte nicht, auf sie zuzugehen, und blieb am Ende des Korridors stehen. Was tat sie hier? Dann ging alles schneller als ihm lieb war.

Florence war ihm aus dem Salon gefolgt und sah ihn erwartungsvoll an. Er wusste, dass er etwas tun musste, aber er fühlte sich wie gelähmt. Hinter Kates erstarrtem Gesicht tauchten nun die genauso überraschten Gesichter von Gabriel und Nathalie auf und in dem Moment wusste er, dass er einen Fehler gemacht hatte.

Sein Freund eilte ihm zu Hilfe und begrüßte die beiden freudig. Gabriel strich sich durchs Haar und schüttelte mit der Geste den Schreck ab. Er lächelte die junge Frau an und stelle sich ihr vor.

„Das ist … Florence", zwang Adrian sich zu sagen.

„Eine Freundin", ergänzte Florence, die bemerkt zu haben schien, dass ihm die Worte fehlten.

Er konnte an nichts anderes denken als an das, was jetzt in Kates Kopf vorgehen musste. „Es tut mir leid. Ich hätte euch sagen sollen, dass ich nicht allein komme. Ich dachte, wir bleiben nur ein, zwei Nächte und fahren dann weiter …"

„Das ist doch kein Problem!", beruhigte ihn Gabriel. „Bleibt, so lange ihr wollt! Wir haben genug Platz und freuen uns immer, Freunde hier zu haben, nicht wahr Nathalie?"

Nathalie, die sich genauso schnell gefasst zu haben schien, machte eine einladende Geste gegenüber Kate, die langsam näher gekommen war. „Das ist meine liebe Freundin Kate aus New York", stellte Nathalie sie Florence vor und legte den Arm um Kate. Dabei drückte sie Kates Schulter sanft, wie zum Trost.

„New York? Wie aufregend!", rief Florence und Adrian spürte, dass sie versuchte, durch die etwas übertriebene Begeisterung von ihrer Unsicherheit abzulenken. So vertraut sie sich ihm gegenüber inzwischen verhielt, so besorgt, einen guten Eindruck zu hinterlassen, war sie andererseits vor der Begegnung mit seinen Freunden gewesen.

Kate hatte offenbar beschlossen, das Spiel mitzuspielen. Ein ansatzweises Lächeln zeigte sich um ihre Mundwinkel, als sie sich in das obligatorische Küsschen-hier-Küsschen-da einreihte.

Doch dann nahm Kate ihr Handy aus der Tasche und entschuldigte sich mit der Begründung, dass sie einen dringenden Anruf machen müsse. Adrian spürte den Impuls ihr nachzugehen, aber er erinnerte sich an das letzte Mal, in den Hamptons, und in welchem Zustand es ihn zurückgelassen hatte. Er beherrschte sich auch wegen Florence – er wollte sich keine unüberlegten Schritte erlauben, die er später bereuen würde.

Es war eine spontane Idee gewesen, sie mitzunehmen. Nachdem sie beiläufig erwähnt hatte, dass der junge Mann, der sie neulich abgeholt hatte, nur ein Freund sei, mit dem sie ab und zu die Nachmittage in einem Jukebox-Café vertrödle, stand dem nichts im Weg. Ihre Liebe zum Theater, zur Literatur und ihre ungezwungene Offenheit hatten ihn annehmen lassen, dass sie sich in der Gesellschaft von Gabriel und Nathalie wohlfühlen würde und dass ihr deren unkonventioneller Lebensstil gefallen könnte. Vielleicht konnten ihr Gabriels Kontakte sogar weiterhelfen. Zumindest, hatte Adrian sich gedacht, wäre sie sicher begeistert, ihn kennenzulernen.

Der ausschlaggebende Grund aber war gewesen, dass Adrian sich zwar vorstellen konnte, mehr Zeit mit Florence zu verbringen, doch er wollte nicht alleine mit ihr wegfahren. Ein gemeinsames Wochenende mit Freunden, so hatte er geglaubt, würde ihm den Druck nehmen, allzu schnell große Gefühle für sie entwickeln zu müssen. Dennoch hatte er gehofft, dass die Reise und das unbeschwerte Zusammensein ihm ermöglichten, sich mehr und mehr für sie zu öffnen. Er wollte sich nicht wieder in etwas hineinstürzen, sondern die Sache mit ihr bewusst anders angehen. Und nun war sein ganzes wohlüberlegtes Konstrukt zusammengebrochen!

„Ich hätte ja eher auf das Grüne getippt", sagte Nathalie, „aber Gabriel meinte, du möchtest wahrscheinlich dieses Zimmer hier." Adrian wusste, worauf sie anspielte: Es war das Zimmer neben dem, in dem Kate verschwunden war.

„Das grüne ist aber auch sehr hübsch", sagte sie zu Florence gewandt. „Magst Du es Dir mal ansehen?" Nathalie wollte sie mitnehmen, doch Florence blieb stehen und räusperte sich: „Vielen Dank, das ist nicht nötig. Wir können im selben Zimmer schlafen."

Zu sagen, dass der Blick, mit dem Nathalie Adrian jetzt ansah, vorwurfsvoll war, wäre stark untertrieben. Es war eine Mischung aus Ernüchterung und bodenloser Verachtung. Er hätte gerne etwas dazu gesagt, was aber im Beisein von Florence unmöglich war.

Natürlich musste sich für Außenstehende ein ganz falsches Bild ergeben. Er war nicht darauf aus, ein Zimmer mit ihr zu teilen. Wirklich nicht! Zumal er vor der Reise einige Dinge klargestellt hatte. Es war am Abend nach der Vorstellung gewesen, als er vor dem Theater auf Florence gewartet und sie einen Spaziergang durch das nächtliche Camden gemacht hatten. Sie hatte sich bei ihm eingehakt und ihren Kopf an seine Schulter gelegt. Als ihre Hand dann wie zufällig seine berührte, hatte er ihr gesagt, dass er Zeit brauche, weil er noch nicht über seine letzte Beziehung hinweg sei. Dabei war ihm selbst nicht klar, ob er von Henrietta oder Kate sprach.

Florences Reaktion war unerwartet gewesen: Vielleicht war es ihrem Alter geschuldet, dass sie das Gefühl hatte, ihm alle Zeit der Welt lassen zu können. Er spürte eine Stärke in ihr und den festen Glauben, dass alles gut werden würde. Beides hatte er inzwischen verloren und er hoffte, sich irgendwann davon anstecken zu lassen. Trotzdem hatte es sich angenehm angefühlt, ihre Hand zu halten, und sie waren übereingekommen, dass sie beide – als Künstlernaturen – sich nicht an Konventionen halten mussten, was gelegentliche Berührungen oder eine Übernachtung im selben Bett betraf. Sofern sie sich für alles andere Zeit lassen würden. Es wäre verdächtig, wenn er sie jetzt auf einmal aus dem Zimmer schickte.

Für Nathalie schien die Zimmerwahl trotzdem noch keine beschlossene Sache zu sein. „Lasst euch Zeit mit der Entscheidung", sagte sie. „Florence, hast du Lust, dass ich dir den Garten zeige?" Die junge Frau sah Adrian begeistert an. Er nickte und signalisierte, dass er nachkommen würde.

Er fand Gabriel auf der Treppe zum Keller. Er kam Adrian mit einigen Flaschen Wein entgegen und drückte ihm zwei davon in die Hand.

„Warum hast du mir nicht gesagt, dass sie kommt, Gabe? Wie konntest du mir das vorenthalten?"

Gabriel blieb gelassen. „Wo wir gerade über Vorenthaltungen sprechen: niedlich, die Kleine!"

Adrian folgte ihm in die Küche und schloss die Tür etwas zu energisch. „Warum ist sie hier – Kate?"

„Liegt das nicht auf der Hand?"

„Nein, absolut nicht!", rief Adrian aufgebracht. „Hat sie euch erzählt, was in New York passiert ist?"

„Dass sie ihren Job verloren hat, meinst du?", fragte Gabriel.

„Was? Sie hat was?" Adrian sah ihn erschüttert an.

„Ja, bedauerliche Sache", bemerkte Gabriel kopfschüttelnd, während er eine der Flaschen entkorkte. „Ein Skandälchen, mit einem ihrer Studenten. Nichts Ernstes, aber für die Amerikaner ist ja selbst ein Flirt schon Grund zur Suspendierung."

„Nichts Ernstes, meinst du? Ich war dort, ich konnte mich selbst davon überzeugen. Und ich sage dir, es ist verflucht ernst – zumindest für den Jungen."

Gabriel unterbrach sich dabei, den Wein zu dekantieren. Er schien über das Gehörte nachzudenken. „Du weißt, ich halte nicht übertrieben viel von mir", erklärte er, „aber, in aller Bescheidenheit, ich habe eine exzellente Menschenkenntnis. Kate bereut aufrichtig, wie es mit euch gelaufen ist."

„So? Ich weiß nicht mehr, was ich glauben soll. Ich weiß nur, dass Ehrlichkeit nicht gerade ihre Stärke ist. Und dort draußen ist Florence … Du hast sie gesehen – sie ist so …"

„Unkompliziert?", fragte Gabriel.

Adrian bemerkte die Spitze. Er erinnerte sich, dass er selbst Gabriel vor ein paar Wochen in voller Überzeugung erklärt hatte, dass ihn unkomplizierte Frauen langweilten. „Sie ist so unschuldig", korrigierte er ihn, „so süß, so geduldig – und humorvoll. Sie ist unglaublich humorvoll!" Er wusste, dass es klang, als versuche er sich selbst zuzureden. „Du solltest ihr eine Chance geben", sagte Adrian, als ginge es darum, seinen Freund zu überzeugen.

„Kannst *du* ihr denn eine geben?", fragte Gabriel zurück.

Adrian rieb sich verzweifelt mit der Hand übers Gesicht.

„Hör zu!" Gabriel ging zu ihm und sah in ernst an. „Ich weiß nicht, wo du gerade stehst, aber falls dir noch irgendwas an Kate liegt, musst du mit ihr reden."

„Es ist traumhaft hier!", rief Florence, die genau in diesem Augenblick durch die Terrassentür hereingewirbelt kam. Nathalie folgte ihr und Adrian konnte ihr ansehen, dass sie enttäuscht war: Sie hatte ihm eben die perfekte Chance geboten, alleine mit Kate zu reden, aber stattdessen stand er orientierungslos in der Küche herum. Nathalie ging wortlos an ihm vorbei und er befürchtete, dass *sie* das nun in die Hand nahm. Hatte sie Florence im Garten über ihre Beziehung befragt, um jetzt Kate davon zu berichten? Das würde ihr ähnlich sehen! Er wurde unruhig.

„Ich würde sagen, wir bestellen was zu essen, was denkt ihr?", fragte Gabriel mit einem Blick auf die Uhr. „Ich habe eine Vereinbarung mit dem Restaurant im Nachbarort – ich rufe an und sie bringen was Schmackhaftes vorbei. So leben wir hier schon seit einer Woche."

„Paradiesisch!", flüsterte Florence und wollte nach Adrians Hand greifen, bremste sich aber. Sein kritischer Blick, den sie nicht deuten konnte, hatte sie davon abgehalten.

Kapitel 18 – Kate

Nathalies Zuspruch und dass sie beteuerte, nichts von der anderen gewusst zu haben, waren kein Trost für Kate: Sie hatte zu lange gewartet. Er hatte sie ersetzt – durch eine Fünfundzwanzigjährige. Keine Spur davon, dass er, wie befürchtet, noch nicht bereit sein könnte für eine neue Beziehung! Und dass er sie ausgerechnet hierher hatte mitbringen müssen, nahm Kate ihm übel. Verhielt sich so ein Mann, der um seine tote Partnerin trauerte? Wahrscheinlich war das ganze Gerede darum nur eine Strategie von Gabriel gewesen, um ihr Mitgefühl für seinen vom Schicksal so hart getroffenen Freund zu wecken. Es hatte sowieso nicht in das Bild gepasst, das sie von Adrian hatte: kühn und unverletzlich.

Sie hatte ihren Koffer vom Schrank genommen und ihn direkt danach wieder dort verstaut, um ihn zwei Minuten später erneut herunterzunehmen, bis sie sich schließlich doch entschied zu bleiben. Sie war noch nicht fertig mit der Sache. Sie musste es ihm wenigstens sagen – warum sie hier war – sonst hätte sie keine Chance, damit abzuschließen.

So angenehm sich der laue Sommerabend auf der Terrasse auch zeigte – es fiel Kate schwer, sich auf die Atmosphäre einzulassen. Der schön gedeckte Tisch, an dem sie gehofft hatte, mit Adrian, Nathalie und Gabriel allein zu sitzen, schien ihr auf einmal unpassend und der Anblick der jungen Frau schmerzte: Florences sommerliche weiße Bluse mit den weiten Ärmeln und der rosige Schimmer auf ihren Lippen verliehen ihr eine fast engelsgleiche Unschuld, die kaum auszuhalten war. Kate hatte keinen Appetit, aber aus Höflichkeit aß sie ebenfalls von den Muscheln, die Gabriel bestellt hatte.

Kate konnte an Nathalies Blick erkennen, dass sie etwas von ihr erwartete, das mit Mut und Standhaftigkeit zu tun hatte, und sie fürchtete, dem jetzt nicht mehr gerecht werden zu können. Adrian wirkte distanziert – nicht nur ihr, sondern auch Florence gegenüber. Als habe er sich in sich selbst zurückgezogen. Florence schien ebenfalls bemerkt zu haben, dass seine Stimmung umgeschlagen war. Sie warf ihm einige rückhaltsuchende Blicke zu, während Gabriel sie befragte, ob sie schon mal an der Côte d'Azur gewesen sei. Sie verneinte, worauf Gabriel mit viel Redegewandtheit in die Geschichte von Nizza, Cannes und Antibes eintauchte, was zumindest Florence zu beeindrucken schien.

„Sie interessiert sich für Theater und Literatur", erklärte Adrian seinem Freund, bemüht ein Gesprächsthema zu finden, bei dem sich Florence gut aufgehoben fühlte.

„*Oh, how very lovely!*", befand Gabriel und legte sinnierend den Kopf in den Nacken. „*Aren't we all in the gutter? But at least some of us are looking at the stars.*"

„Oscar Wilde!" Florences Augen leuchteten.

Gabriel lächelte. Sicher hatte er nicht ohne Absicht eines der abgegriffensten Zitate gewählt. Er wollte ihr – Adrian zuliebe – das Gefühl geben, auf Augenhöhe mit ihm zu reden. Das fiel ihm nicht schwer, denn er hatte Vergnügen an gutgläubigen Menschen – er liebte das subtile Spiel mit ihnen, so viel war Kate bereits klar geworden.

„Wir können uns ruhig duzen", sagte Gabriel und schenkte Florence Wein nach, „ich habe keine Berührungsängste und ich hoffe, du auch nicht?" Florence nickte bereitwillig.

Alle schienen bemüht, die Situation im Zaum zu halten, selbst Nathalie. Sie hatte eindringlich auf Kate eingeredet, dass sie offen mit Adrian sprechen müsse, dass sie nicht schon wieder weglaufen könne. *Schon wieder* – die Worte setzten sich in Kates Kopf fest, doch sie war sich auf einmal nicht mehr sicher, ob er mit ihr sprechen wollte. Sie hatten sich in die Augen gesehen und Kate hatte versucht so viel Gefühl wie möglich in ihren Blick zu legen. Aber er hatte sich abgewendet, als bedeute sie ihm nichts mehr.

„Verratet ihr uns, wie ihr euch kennengelernt habt?", fragte Gabriel mit einem Blick zu den beiden.

„Das war eine komische Geschichte", antwortete Florence, als Adrian nichts sagte. Sie hielt einen Moment inne, wie um zu prüfen, ob es okay war, sie zu erzählen.

„Nur zu, wir lieben komische Geschichten!", ermutigte sie Gabriel.

„Er hat mir mit Moses geholfen."

„Moses, der Gehörnte, der Führer des Exodus, der Retter des Volkes Israel, der Überbringer der Zehn Gebote?" Gabriel sah Adrian fragend an.

„Das Kaninchen meines Vaters", antwortete Florence. „Es ist mir ausgebüxt, als ich es füttern wollte. Adrian hat es wieder eingefangen!"

„Ach, wirklich?", entfuhr es Kate, der nicht entgangen war, dass Adrian das wohl lieber unerwähnt gelassen hätte. Es könnte, nach der Rettung von Rufus, dem Hund aus dem Royal Kensington, wie eine billige Masche wirken, die er ständig bei Frauen anwendete.

„Ja, unser Adrian ist ein großer Tierfreund!", bestätigte Gabriel und schwenkte den Wein in seinem Glas.

„Ihr habt eine völlig falsche Vorstellung! Das Vieh ist riesig und es hat sie in die Hand gebissen", erklärte Adrian schlecht gelaunt.

„Und dann …", wollte Gabriel wissen.

„… hat er mich verarztet", sagte Florence leiser mit einem bewundernden Blick zu dem Mann an ihrer Seite. Fabelhaft, dachte Kate, er hatte den Helden gegeben, woraufhin sich die junge Frau natürlich in ihn verlieben musste. „Wir waren uns schon früher ein paar Mal begegnet, weil er im Haus meiner Eltern wohnt", ergänzte Florence, um kein ihr wichtig erscheinendes Detail unerwähnt zu lassen. „Er hat mich immer so nett angelächelt." *I know exactly what you mean*, dachte Kate.

„Wir sind aufs Theater zu sprechen gekommen …", versuchte Adrian das Gespräch wieder in die anfängliche Richtung zu lenken. „Sie arbeitet am Etcetera in Camden."

„Sagt mir nichts", entgegnete Gabriel, worauf Adrian ihm aufgrund der wortkargen Reaktion einen missbilligenden Blick zuwarf. Florence legte die Hand auf Adrians Arm, als sie sein Stirnrunzeln bemerke, nahm sie dann aber schnell wieder weg.

Kate verschränkte die Arme. Es fiel ihr leichter, sich hinter ihrem Ärger auf ihn zu verstecken, als sich mit der Möglichkeit seiner Zurückweisung auseinanderzusetzen. Sie hatte immer deutlicher das Gefühl, dass er nichts mehr mit ihr zu tun haben wollte. Wie weit war es mit den beiden schon? Er hatte Florence noch nicht in ihrem Beisein berührt und Kate konnte an den zurückhaltenden Gesten von Florence wenig ablesen, außer dass sie ihn anhimmelte, dass sie ihm zu Füßen lag, dass sie bei jedem Wort, das er sagte, an seinen Lippen hing. Ein schönes Trostpflaster für sein angeschlagenes Ego! Kate legte ihre Serviette auf den Tisch, stand auf und trug einige Teller in die Küche.

Sie war am Fenster stehen geblieben, statt zurück zu den anderen zu gehen. Voller Scham dachte sie an das, was sie sich vorgenommen hatte. Sie war so gestärkt aus dem Abend mit Sal hervorgegangen. Er hatte so vertrauenswürdig auf sie gewirkt, dass sie sogar auf seinem Sofa eingeschlafen war. Sie, die sich normalerweise nur alleine und in ihrem eigenen Bett sicher genug fühlte, um sich etwas so Ungewissem wie dem Schlaf zu überlassen. Doch das Wunderbarste war der nächste Morgen gewesen: aufzuwachen und zu feststellen, dass nichts passiert war. Das Gefühl hatte sie so ergriffen, dass sie sich alles zugetraut hätte. Jetzt aber begann ihr Mut zu bröckeln. Er war nicht von der unerschütterlichen Substanz, die sie sich erhofft hatte.

Sie hörte Schritte und wusste sofort, dass er es war. Sie drehte sich um und sah ihn schuldbewusst an.

„Was soll das werden, Kate?", fragte er, als sie nichts sagte. Sein verärgerter Ton schüchterte sie ein. „Warum hast du mir nicht gesagt, dass du kommst?"

Sie nahm den Rest ihres kaum noch spürbaren Muts zusammen: „Ich wollte es dir persönlich sagen – dass es mir leidtut. Aber ich sehe, ich bin zu spät." Die Erkenntnis der Angst ist eine Sache, ihr standzuhalten eine andere: Die einzige Chance sich in dieser Situation noch zu schützen war, seine Ablehnung selbst vorwegzunehmen. „Du hast dich anders entschieden", sagte sie und versuchte ein Lächeln. „Das ist wunderbar. Ich freue mich für dich."

Kate konnte die Enttäuschung in seinem Gesicht sehen. Er hatte so oft auf ein Zeichen von ihr gewartet und sie hatte ihn – wieder – im Stich gelassen. Womöglich ahnte Florence, dass er wegen Kate den Tisch verlassen hatte, und er würde Erklärungen finden müssen.

Sie hatte nicht die Kraft, seine Antwort abzuwarten. „Wir sollten zurückgehen", sagte sie mit einem Blick zur Tür. „Besser du lässt einen Moment verstreichen, bis du mir folgst."

Nathalie schien zu merken, dass das Gespräch in der Küche nicht gut verlaufen war, und sah Kate irritiert an. Was hätte sie denn tun sollen? Sich ihm an den Hals werfen? Kate fühlte sich elend und dachte darüber nach, sich in ihr Zimmer zurückzuziehen, als Florence sagte: „Jetzt müsst ihr aber auch erzählen, woher ihr euch kennt!" Sie sah forschend in die Gesichter der Anwesenden. Kate fragte sich, wem zuerst eine harmlose Erklärung einfallen würde, und sah hoffend zu Gabriel, der aber die Arme verschränkte und demonstrativ schwieg. *Alle* schwiegen viel zu lange und Kate wünschte, jemand würde sich ein Herz fassen und einfach die erlösende Wahrheit sagen. Doch auch das passierte nicht. Sie würde wohl selbst das Opfer einer Lüge auf sich nehmen müssen.

„Der Abend ist so schön", kam Adrian ihr zuvor, „lass uns lieber einen Spaziergang machen, statt hier trockene Gespräche zu führen!" Er legte seine Hand auf die von Florence und blickte ihr tief in die Augen, wissend, dass sie dieses Angebot unmöglich ablehnen konnte.

Gabriel sah Adrian aufrichtig besorgt an. Dann sagte er etwas, das eindringlich und rätselhaft zugleich klang: „Ein guter Freund erklärte mir neulich, *the course of true love never did run smooth.* Etwas, woran wir uns alle stets erinnern sollten!" Doch Adrians Gesicht zeigte keinerlei Regung.

„Shakespeare", ergänzte Florence lächelnd, bevor Adrian nach ihrer Hand griff und sie sanft aber bestimmt wegzog.

„Ja", sagte Nathalie, „und manche müssen offenbar zu ihrem Glück gezwungen werden."

Kate flüchtete sich vor den Fragen der beiden auf ihr Zimmer, nahm ihren Koffer vom Schrank und begann zu packen. Sie war der Aufgabe nicht gewachsen. Alles, was sie bisher in ihrem Leben erreicht hatte, war leichter gewesen als das. Sie wünschte, sie könne zurück in das sichere, vorhersagbare Dasein, das sie vor Monaten geführt hatte, ohne diesen *turmoil* an Emotionen, aus dem sie weder einen Sinn noch eine klare Richtung ableiten konnte. Es war ein Terrain, auf dem sie sich einfach zu schlecht auskannte.

Auf dem Flur lief sie Gabriel in die Arme: „Mag sein, dass Nathalie dich bereits aufgegeben hat", sagte er, „aber ich setze noch immer große Stücke auf dich!" Kate starrte ihn mit offenem Mund an, als er ihr den Koffer aus der Hand nahm und auf den Boden stellte. „Du kannst jetzt unmöglich gehen, Kate!"

Er nutzte den Moment ihrer Verblüffung, hakte ihn bei sich ein und trat mit ihr vors Haus. Er reckte seinen Kopf hinauf, um den Duft des Jasmin-Strauchs einzuatmen, der Kate daran erinnerte, wie hoffnungsvoll der Abend begonnen hatte.

„Wir wissen doch beide, wie es um ihn steht. Aber er muss es von dir hören, verstehst du?" Er sah sie mit seinem unheimlichen Blick an, der keinen Widerspruch zuließ.

„Wir wissen, wie es um ihn steht?", fragte Kate unsicher. Sie mochte keine Situationen, in denen sie sich belehrt fühlte, aber in diesem Moment strahlte Gabriel genau die Mischung aus Strenge und Zuversicht aus, die ihr Halt gab. Sie hätte diese jetzt niemals alleine aus sich schöpfen können.

„Natürlich wissen wir das!" In seinem Ton schwang mit, wie absurd er ihre Frage fand. „Aber er hat sich lange genug deinetwegen gequält – er wird kein Risiko mehr eingehen, wenn du es nicht tust. Ich bitte dich, erlöse ihn von dem sinnlosen Divertissement, das er sich da ausgedacht hat und das ihn nur ins Unglück stürzt!"

Wie konnte Gabriel sich so sicher sein, dass nicht sie, Kate, es war, die Adrian ins Unglück stürzte? So wie sie ihm doch bisher auch nur Unglück gebracht hatte.

Gabriel sah ihr die Zweifel an. „Je schneller, desto besser! Kurz und schmerzlos!" Er machte eine schonungslose Handbewegung.

„Die Sache ist nicht angenehm, aber das Mädchen wird es überleben. Weißt du, was Churchill dazu gesagt hätte? Es schade nichts, sich Feinde zu machen – im Gegenteil! Es bedeutet, dass du für etwas eingestanden bist in deinem Leben."

Es war weit nach Mitternacht, als Kate aufstand, um sich ein Glas Wasser aus der Küche zu holen. Die anderen schienen bereits zu schlafen, nur sie lag noch immer wach. Gabriels Worte und sein Glaube an sie trieben sie um. Doch die Erinnerung an Adrians abweisenden Blick bei Tisch ließ sie verzagen. Der Steinboden fühlte sich kalt an. Sie öffnete die Tür zur Terrasse und lauschte in den Garten, aus dem das Zirpen der Grillen zu ihr drang. Ein kleiner Funke, ein Glühwürmchen, schwebte an ihr vorbei. Sie bemerkte, dass in der Bibliothek noch Licht brannte. Vorsichtig ging sie durch den Garten hinüber, näherte sich dem Fenster und sah hinein.

Kapitel 19 – Adrian

Adrian hatte sich mit dem Drehbuch, das Gabriel ihm in die Hand gedrückt hatte, zurückgezogen, aber die Worte, die er las, erreichten ihn nicht. Das Gespräch über Kate ging ihm nach, bei dem Gabriel in der besserwisserischen Art eines älteren Bruders auf ihn eingeredet hatte. Weil er immer so viel zuverlässiger zu wissen glaubte, was für ihn gut war, als er selbst. Adrian war sich außerdem nicht sicher, ob er nicht lieber wieder ans Theater gehen wollte. Irritiert stellte er fest, dass seine Intuition ihn auch in Bezug auf diese Frage im Stich ließ.

Der Spaziergang mit Florence hatte ihn von der Qual, mit beiden Frauen am Tisch zu sitzen, befreit. Aber er hatte geahnt, dass der Preis, den er dafür bezahlen musste, hoch sein würde. Er hatte Florence das Gefühl gegeben, mit ihr allein sein zu wollen, weil es das Einzige war, das ihre aufkommenden Bedenken zerstreuen konnte. Denn natürlich hatte sie bemerkt, dass etwas mit ihm nicht stimmte, seit sie angekommen waren. Nun schien sie ermutigt, seine körperliche Nähe zu suchen, und er fühlte sich nicht bereit. Er hatte gewartet, bis sie in seinem Arm eingeschlafen war, um dann heimlich wieder aufzustehen, seine Kleidung zu nehmen und aus dem Zimmer zu schleichen wie ein Dieb.

Hier in der Bibliothek könnte er Arbeit vortäuschen, falls sie etwas bemerkte. Er schreckte auf, als er ein Klopfen an der Scheibe hörte. In der Dunkelheit erkannte er eine Frauengestalt. Er musste lachen, als er die Tür öffnete und sie barfuß in einem übergroßen Männerhemd, dessen Ärmel zu lang waren, vor ihm stand wie ein Gespenst.

„Kate", sagte er leise. „Was machst du da draußen?"

„Es tut mir so leid!", brachte sie atemlos hervor. „Ich bin eine Idiotin! Ich hätte nicht einfach herkommen sollen, ich wollte nicht alles durcheinanderbringen. Ich hatte es mir so anders vorgestellt, dich zu sehen."

Er ging zum Sofa und bot ihr an, sich neben ihn zu setzen. „Was ist mit deinem Job passiert?", fragte er und sah sie besorgt an.

Sie winkte ab. „Ich weiß noch nicht, wie es weitergehen soll. Das Einzige, was ich zu wissen glaubte ... Ich habe so lange gebraucht, um rauszufinden, was mit mir los war. Und dann, vorhin, in der Küche, da hat mich der Mut verlassen."

Er hätte sie gerne umarmt in diesem Moment, aber er hielt sich zurück.

„Meine Flucht aus der Hotelsuite damals und auch die Sache mit Martin, alles macht auf einmal Sinn. Das Einzige, was ich zulassen konnte, war ... etwas Körperliches."

Er sah sie ratlos an.

„Ich konnte es nicht aushalten, dass du mir emotional nahegekommen bist, ich hatte schreckliche Angst, dass du mich am Ende sicher verlassen würdest – wenn du erst merkst, wie ich wirklich bin."

Er griff nach ihrer Hand, als er sah, dass Tränen über ihre Wangen liefen. „Und wie bist du wirklich?", fragte er.

„Schwach, schrecklich schwach und voller Fehler! Auf jeden Fall so, dass du es nicht aushalten würdest mit mir. Ich habe keine Ahnung, wie man eine Beziehung führt. Alle Beziehungen, die ich hatte, sind zerbrochen. Ich dachte, du bist es, der mir Angst macht, dabei war es dieses uralte Gefühl in mir."

Er wischte ihre Tränen mit seinem Ärmel ab und hob ihr Kinn, sodass er ihr in die Augen sehen konnte. Was musste sie erlebt haben, das sie so entmutigt hatte? Er hielt ihre Wange in seiner Hand.

„Warte", sagte sie und schien in sich zu horchen. „Jetzt! Ich kann genau spüren, wie es wieder kommt, das Gefühl! Normalerweise würde ich spätestens jetzt die Flucht ergreifen."

„Ich weiß", sagte er ruhig. „Wollen wir ausprobieren, was passiert, wenn du es nicht tust?"

Er konnte die Panik in ihren Augen sehen. Sie hielt inne, um ihrem Herzschlag zuzuhören, fast so, als hätte sie Sorge, dass er jeden Moment aufhören könnte. Doch dann nickte sie entschlossen, legte sich hin und zog die Beine an. Ihren Kopf auf seinem Schoß.

„Kannst du das Licht löschen?" Sie deutete auf die Leselampe.

Er tat, worum sie bat, und legte seine Hand auf ihre. So verharrten sie lange im Dunkeln.

Adrian konnte die Dämmerung des Sonnenaufgangs durch den zugezogenen Vorhang erahnen, als er sich leise auszog und zu Florence ins Bett legte. Er fühlte sich seltsam friedlich.

Sie hatte sich ihm anvertraut, das erste Mal. Er spürte noch ihren Kopf auf seinen Schenkeln, ihr Atmen, das immer ruhiger wurde, und er wollte die Erinnerung daran bewahren so lange es ging. Vieles war ihm durch den Kopf gegangen, viele Fragen, die er ihr gerne gestellt hätte. Aber dazu war es noch zu früh.

Er erstarrte als ihm plötzlich klar wurde, dass sie sich nicht festgelegt hatte. Sie hatte nicht gesagt, dass sie sich für ihn entschieden hatte, er hatte es sich nur gewünscht. Sie hatte sich ihm gezeigt, ja, für einen Moment. Aber er wusste nicht, ob sie bereit war, den schwierigen Weg, der vor ihr lag, mit ihm weiterzugehen. Sie hatte so verletzbar auf ihn gewirkt, dass er sich auf einmal nicht mehr sicher war, ob sie die Kraft dazu hätte. Seine eigene Zuversicht, dass es gelingen könnte, war ja selbst noch ein zartes Pflänzchen, das erst vor wenigen Stunden zu keimen begonnen hatte und das er vor einem vorschnellen Tod durch übertriebene Hoffnungen schützen musste.

„Kannst du nicht schlafen?" Florence schmiegte sich an ihn. „Dein Herz schlägt so schnell, mache ich dich nervös?", murmelte sie, ohne die Augen zu öffnen. Er legte den Arm um sie und versuchte, sich zu beruhigen. Er musste Geduld haben und durfte jetzt nichts überstürzen. „Deine Freunde sind seltsam", flüsterte sie, „aber ich mag sie. Fährst du später mit mir ans Meer?"

Ein aufziehendes Gewitter am darauffolgenden Nachmittag hatte ihn und Florence gezwungen, früher von der Küste zurückzukommen. Sie hatten es gerade noch ins Trockene geschafft, bevor es richtig losging. Adrian hatte Kate nur kurz auf dem Flur gesehen:

Sie wirkte ruhig und gefasst. Ihre Gesichtszüge hatten sich entspannt und sie sah umwerfend aus in dem langen, zarten Sommerkleid, das Nathalie ihr geliehen hatte. Einen Moment spürte er sein Begehren so stark, dass er bereute, nicht doch schon alles klar gemacht zu haben, letzte Nacht. Aber nein, es war sicher richtig gewesen zu warten. Er durfte nicht noch mal denselben Fehler machen und sie zu sehr bedrängen. Er warf ihr einen zuversichtlichen Blick zu, bevor er Florence in ihr Zimmer folgte. Es würde sich alles finden.

Der Regen prasselte aufs Dach und Adrian wunderte sich, als er die Türglocke hörte. Erwarteten die beiden noch jemanden? „Ich gehe schon!", rief Nathalie von Weitem. Adrian blieb am Ende des Flurs stehen, während er die Szene beobachtete – sprachlos darüber, wer ihnen da ins Haus geschneit kam.

„Mon dieu! Du bist ja ..." Nathalie lachte und nahm ihm den triefenden Gitarrenkoffer ab.

„Martin", sagte er. „Und du musst Kates Freundin sein, richtig?" Er schüttelte sein Haar und trat vorsichtig ein, bemüht, nicht alles nass zu machen. „... das letzte Stück getrampt, ja", beendete er den Satz, den sie begonnen hatte. „Ein Bauer hat mich mitgenommen."

Sie setzte einen besorgten Blick auf: „Du Ärmster, du hättest anrufen sollen!"

Adrian fiel auf, dass Nathalie bester Laune zu sein schien und kein bisschen überrascht von dem unerwarteten Besuch. Hatte sie gewusst, dass er kam?! Adrian wollte sich unbemerkt zurückziehen, da hatten die beiden ihn schon entdeckt.

Nathalie schob Martin, der abrupt stehen geblieben war, weiter: „Martin, das ist ..."

„Ich weiß", sagte er und ließ entmutigt seinen Rucksack auf den Boden sinken. Dann sah er Nathalie unglücklich an. „Was macht *er* denn hier?"

„Ihr kennt euch?", fragte sie perplex.

„Flüchtig", erwiderte Adrian und vergrub seine Hände in den Hosentaschen.

„Du hast gesagt, ich soll herkommen. Ich wusste nicht ...", wand sich Martin an Nathalie – sein Blick zeigte, dass er sich verraten fühlte.

„*Du* hast ihn eingeladen?", fragte Adrian bestürzt. „Weiß Kate davon?"

„Nur die Ruhe! Es wird Zeit, dass sich hier einiges klärt!", sagte Nathalie, als sie in die kritischen Gesichter der beiden blickte.

Kate erschien in der Tür zum Salon und ihre Reaktion war Antwort genug auf Adrians Frage: *„What the fuck?!"*, rief sie und ließ das Glas fallen, das sie in der Hand hielt. Ihr entsetzter Blick wechselte zwischen Martin und Nathalie, bevor sie sich bückte, um die Scherben aufzusammeln.

„Ja, ich habe mir die Freiheit genommen, ihn einzuladen", erklärte Nathalie, hob den Kopf und setzte eine stoische Miene auf, die Adrian nicht von ihr kannte.

„Wie? Wie das denn? Und wann?", fragte Kate, noch immer fassungslos.

„Wärst du selbst an dein Handy gegangen ...", meinte Martin, er klang resigniert.

„Du hast einen Anruf von mir angenommen?" Kates Gesichtsausdruck schlug jetzt in unverhohlenen Ärger um. „Und du hast mir nichts davon gesagt?"

„Vor ein paar Tagen. Es lag hier rum und du warst im Garten ...", erklärte Nathalie. „Ich dachte, jemand muss die Sache endlich in die Hand nehmen."

Adrian schüttelte den Kopf. Bisher hatte er den Eindruck gehabt, Nathalie stünde auf seiner Seite – auf seiner und Kates – doch jetzt überkamen ihn Zweifel. Sie musste gewusst haben, wie es um Martin stand.

Aber mehr noch als das verunsicherte ihn Kates heftige Reaktion. Er hatte plötzlich Sorge, dass Martins Erscheinen sie in ihren alten Zustand zurückwerfen und das Gefühl in ihr wecken könnte, sich schützen zu müssen. Er selbst hatte auf einmal das dringende Bedürfnis, Kate vor Martin zu beschützen, obwohl er ahnte, dass er das nicht konnte.

„Sorry, das war offensichtlich nicht gut", sagte Martin. „Ich wollte nur herkommen, um in Ruhe mit dir zu reden. Ich hatte keine Ahnung ..."

„Nicht deine Schuld!", unterbrach ihn Kate.

Nathalie nahm Kates vorwurfsvollen Blick mit Gelassenheit und griff nach Martins Arm: „Komm erst mal mit, du brauchst was Trockenes zum Anziehen!"

Kapitel 20 – Kate

Kate war den beiden ins Bad gefolgt, wo Nathalie Martin half, sein durchnässtes T-Shirt auszuziehen. Sie merkte an Nathalies Blick, dass ihr gefiel, was sie sah. Dann hüllte sie ihn in ein Handtuch und drückte sanft seine Schultern. Kate spürte ein heißes, stechendes Gefühl in ihrer Brust und presste die Lippen zusammen.

„Cute!", sagte Nathalie leise zu sich selbst. *„Je comprends parfaitement pourquoi elle t'adore ..."*

„Was?", fragte Martin, der sich das Haar trocken gerubbelt und nichts gehört hatte.

„Kopf hoch, mein Kleiner!", sagte Nathalie, als sie seinen verzagten Blick sah. „Du wirst schnell merken, die Dinge sind nicht so, wie sie scheinen."

Kate konnte sich nicht länger zurückhalten und zwang Nathalie, mit ihr zu kommen. Martin sah ihnen nach.

„Was hast du dir dabei gedacht?!", rief Kate ungehalten, als sie allein waren. „Du ruinierst alles! Ich dachte, du wolltest mir helfen!"

„Du hast versprochen, du redest mit ihm!", entgegnete Nathalie erbost. „Wie viele Wochen ist das jetzt her?"

„Ich wüsste nicht, was dich das angeht", sagte Kate und drehte sich weg.

„Oh ja! Wenn es dir schlecht geht, bin ich gut genug! Du rufst mich an, um deine heißen Eisen aus dem Feuer zu holen, aber meine ehrliche Meinung willst du nicht hören!", fauchte Nathalie. „Hast du eine Ahnung, wie traurig er am Telefon geklungen hat? Und weißt du überhaupt, dass er inzwischen in London ist? Ich verstehe nicht, wie du ihn so lange im Unklaren lassen konntest!"

„Ach, hast du plötzlich Mitleid mit ihm?", rief Kate aufgebracht.

„Mitgefühl – und das solltest du auch haben!", erwiderte Nathalie bitter. „Besser er erfährt es jetzt und hier als durchs Telefon."

„Wieso? Hast du vor ihn persönlich zu trösten? Das würde dir ähnlich sehen!" Kate verschränkte die Arme.

Nathalie ließ sich Zeit, bevor sie weitersprach. „Vor ein paar Tagen rief er an. Er wollte dich sprechen, aber ich habe befürchtet, du würdest ablehnen. Er sagte, er wolle sich bei dir entschuldigen. Da dachte ich, es ist besser, wenn er herkommt und ihr Zeit habt zu reden. Außerdem hat er ein Recht auf die Wahrheit, findest du nicht?!"

„Welche Wahrheit denn? Dass Adrian nun eine andere hat?", rief Kate. „Erst redest du mir zu, zu der Affäre mit Martin, und jetzt, wo alles kaputt ist, spielst du die Moralische?"

„Ich habe meine Meinung geändert, als mir klar wurde, dass du dich weigerst, die Verantwortung zu übernehmen", sagte Nathalie.

„Du wusstest, warum ich hier bin und dass ich zuerst die Sache mit Adrian klären muss! *Du* warst es, die mir vorgeschlagen hat, ihn hier zu treffen!"

„Ich wollte dir helfen, endlich zu deinen Gefühlen zu stehen und nicht andauernd wegzulaufen. Die Idee war nicht, dass du Martin in der Reserve hältst wie ein Schoßhündchen, auf das du jederzeit zurückgreifen kannst, falls es mit Adrian nichts wird."

Da! Da war es schon wieder – das Wort *andauernd*. Sie trug es ihr also immer noch nach! Aber Moment – was hatte sie ihr da eben unterstellt?!

„Ich dachte, dir ist bewusst", sagte Nathalie, „dass du die Sache mit Adrian nicht klären kannst, ohne dir über Martin klar zu werden. Sieh zu, dass du das endlich tust! Die beiden haben es verdient."

Verdient! Ein Gefühl der Hilflosigkeit erfasste Kate. Sie hatte das spontane Bedürfnis, auf Nathalie einzuschlagen, doch insgeheim spürte sie, dass sie recht hatte. Kate hatte die Klärung mit Martin aufgeschoben, aber nicht, weil sie ihn in der Hinterhand behalten wollte, sondern weil sie sich nicht über ihre Gefühle für ihn klar war. Sie hatte gehofft, das Thema würde sich von alleine lösen, wenn Adrian ihr noch eine Chance gäbe. Die Tatsache, dass Nathalie sie *zwingen* wollte, sich dem zu stellen, versetzte sie in eine ohnmächtige Rage.

„Ich weiß, was du vorhast!", rief Kate außer sich. „Du willst, dass ich beide verliere! Du willst mit mir abrechnen – es gefällt dir, mich leiden zu sehen!"

Nathalies Gesicht erstarrte.

„Du hast mir nie verziehen, habe ich recht? Alles dreht sich noch immer darum, um damals, um Pete! Du willst mich auf meinen Knien sehen, ich soll dieselben Qualen erleiden wie du." Kate rang nach Luft. Jetzt war es raus, sie hatte es gesagt. Und sie hatte ins Schwarze getroffen, sie konnte es spüren.

Nathalie blieb einen Augenblick wie versteinert stehen, nur ihre dunklen Augen funkelten in Aufruhr, dann verließ sie ohne ein weiteres Wort Kates Zimmer.

Von Weitem hörte Kate, wie Nathalie mit Martin sprach. Sie redete ihm zu zu bleiben und zeigte ihm ein Zimmer am Ende des Flurs. Kates Herz raste und das mütterliche Verhalten, das Nathalie Martin gegenüber an den Tag legte, schürte ihren Ärger noch mehr. Sie wartete, bis Nathalie gegangen war, bevor sie sich seinem Zimmer näherte. Wegen ihr, Kate, war er den ganzen Weg aus London gekommen und er kannte niemanden hier. Es wäre nicht fair, ihn jetzt allein zu lassen, auch wenn sie nicht wusste, was sie ihm sagen sollte. Sie dachte an die Nacht zuvor, als sie Adrian in der Bibliothek begegnet war, an ihre behutsame Annäherung. Sie war nicht geflüchtet, das erste Mal. Zögerlich blieb sie in der offenen Tür stehen.

Martin stand am Fenster und sah in den Garten, sein nasser Rucksack lag ungeöffnet am Boden. Sie konnte spüren, dass er sich noch nicht entschieden hatte. Er war dabei, den Schock zu verarbeiten. Sie hatte keine andere Wahl als ihm die Wahrheit zu sagen.

Er sah sie schweigend an, als er sie bemerkte. „Möchtest du, dass ich gehe?", fragte er dann und rührte sich nicht. Sie schüttelte den Kopf, während sie langsam näher kam. Etwas in seinem Blick bewirkte, dass sie nicht anders konnte als ihn zu umarmen. Er schien überrascht, doch dann legte auch er die Arme um sie und hielt sie fest.

„Ich bin gekommen, um mich zu entschuldigen", sagte er, als sie sich aus der Umarmung gelöst hatten. „Diese letzte E-Mail – ich hätte sie nicht schreiben sollen. Ich konnte dich nicht erreichen und war so verzweifelt …"

„Und ich hätte mich längst bei dir melden sollen", erwiderte sie. „Es ist so viel schief gelaufen … *Ich* habe so viel falsch gemacht."

„Wir haben beide einiges falsch gemacht." Es klang, als schöpfe er eine vage Hoffnung aus diesem bedauerlichen Umstand.

„Ich habe dich vermisst und mich gefragt, wie es dir jetzt wohl geht – nach all dem. Als ich anrief, ging deine Freundin dran und sagte, dass du hier bist. Sie meinte, es wäre eine gute Idee, wenn ich herkomme. Ich wusste nicht, dass *er* hier ist – und dass ihr euch alle kennt." Kate sah ihn schuldbewusst an. „Ich wollte nur endlich mit dir reden", fügte er hinzu, „auch weil ich dachte, so kann es unmöglich mit uns enden, oder?"

„Ja", sagte sie. „Wir sollten reden." Sie schwiegen einen langen Augenblick.

„Also er …", fragte Martin leise – es fiel ihm schwer, Adrians Namen auszusprechen. „Seid ihr zusammen?"

Sie verneinte.

„Aber du bist wegen ihm hier?"

Sie konnte ihm ansehen, wie viel Überwindung ihn diese Fragen kosteten. „Ja", antwortete sie und bemühte sich, seinem enttäuschten Blick standzuhalten. Sie ahnte, dass er ihr noch eine Frage stellen wollte, die entscheidende – Liebst du ihn? – aber er konnte es nicht. Seine Unterlippe zitterte.

„Du hast gesagt, Liebe ist nicht dein Ding", erinnerte er sie an ihr Treffen im Hungarian Pastry Shop. „Ich hatte versucht, dir zu glauben. Und jetzt gibst du zu, du bist wegen ihm hier. Das klingt, im Nachhinein betrachtet, nach einer ziemlich dummen Ausrede."

Kate senkte den Blick.

„Hast du gelesen, was ich über ihn rausgefunden habe?"

Sie nickte.

„Und das hat dich nicht schockiert?", fragte er ungläubig. Kate hatte nicht den Eindruck, dass genügend Raum war für eine Antwort. Seine Gefühle hatten sich zu lange in ihm aufgestaut und nutzten nun die Chance, sich in Form von Fragen über sie zu ergießen wie ein Wasserfall. „Warum? Warum er?" Sie konnte sehen, dass er sich das nicht zum ersten Mal fragte. „Bin ich dir zu jung? Wolltest du einen Typen mit mehr Erfahrung ... im Bett?"

„Unsinn!" Kate ging zum Fenster. Sie wusste keine Antwort darauf. Sie hatte einfach *gespürt*, dass sie Adrian wollte. Sie sah Martin bestürzt an, als sie merkte, dass ihre Sicherheit darin zu schwinden begann: Ihre Gefühle für Adrian mischten sich mit dem, was sie vorhin empfunden hatte, als sie Martin umarmte. Beides fühlte sich auf einmal wie ein und dieselbe Sache an. Wie konnte das sein?

„Ein turbulenter Anfang ist die beste Garantie für einen gelungenen Abend", sagte Gabriel, der in der Tür aufgetaucht war und nun versuchte, sein widerspenstiges Haar mit einer raschen Geste zu glätten. „Das ist von mir", nahm er Kates Frage vorweg.

Sie hatte den Eindruck, nun auch bei ihm Anzeichen von Nervosität zu bemerken. Sicher hatte ihn Nathalie bereits darüber informiert, dass es sich bei dem Besuch um *ihren Studenten* handelte, also um genau jenen ... Aber das Funkeln in Gabriels Augen, sein teuflisches Vergnügen, als sie ihm das erste Mal von der Geschichte erzählt hatte, war verschwunden, als Kate die beiden jetzt einander vorstellte. Erst Florence und nun auch noch Martin – ihr gemeinsam so sorgsam eingefädelter Plan begann zu zerfallen, ohne dass er oder sie das verhindern konnten.

„Ja, ich habe schon gehört", sagte Gabriel ernst, „dass Nathalies spontane Einladung für Unruhe gesorgt hat. Trotzdem, Kates Freunde sind auch unsere Freunde – herzlich willkommen!"

Martin war die Unzufriedenheit darüber, dass der Hausherr in die Befragung der Angeklagten geplatzt war, anzusehen, aber er wusste, was sich gehörte und bedankte sich höflich.

„Es hat aufgehört zu regnen", sagte Gabriel. „Wir nehmen gleich einen Aperitif im Garten. Aber ich denke, wir essen besser drinnen." Er warf einen besorgten Blick zum Himmel, der sich Mühe zu geben schien, einen der Situation angemessenen Mix aus Hoffnung und Weltuntergang darzustellen. „Ich fürchte, da kommt heute noch was Größeres."

Kapitel 21 - Martin

Martins Blick folgte Kate, die durch die Tür seines Zimmers auf die Terrasse trat, während er ihre Worte auf sich wirken ließ. Sie hatte noch keine seiner Fragen beantwortet, außer: Sie *war* wegen ihm hier – sie hatte es nicht mal geleugnet. Es bestätigte, was er befürchtet hatte: Alles vergebens, alles zu spät. Doch andererseits – die beiden waren noch nicht zusammen! Und etwas an ihr hatte sich verändert. Sie wirkte anders als in New York. Nicht unbedingt klarer, aber anders. Sie versuchte nicht mehr, sich hinter schlauen Worten zu verstecken. Und wie sie ihn eben angesehen hatte – das war keiner ihrer abwehrenden Blicke, mit denen sie ihn normalerweise auf Abstand hielt – das war pures Gefühl!

Er rieb sich über den Arm, um die Gänsehaut und die Verwirrung zu vertreiben, die der Gedanke daran auslöste. Von Weitem sah er, wie sich die anderen unter einem exotischen Baum mit breiten, fingerartigen Blättern versammelten. Zum ersten Mal nahm er die Umgebung bewusst wahr: Hier wuchsen Dinge, die er noch nie in der Natur gesehen hatte. Waren das Zitronen, an den Kübelpflanzen auf der Terrasse?

Martin beobachtete, wie Adrian aus dem Haus kam, aber er war nicht alleine. Neben ihm ging eine junge Frau, die jetzt vertraulich seinen Arm berührte. Wer war *sie* denn – was war hier eigentlich los? Lieber Gott, lass sie seine Freundin sein! Martin hielt den Atem an. War es das, was Nathalie gemeint hatte, als sie sagte ‚die Dinge sind nicht so, wie sie scheinen‘?

Martin nahm seine Sachen aus dem regengetränkten Rucksack und breitete sie zum Trocknen aus, bevor er Kate in den Garten folgte. Er fühlte sich unwohl, als er sich der Gesellschaft näherte. Alle Blicke waren auf ihn gerichtet.

Nathalie kam ihm entgegen. „Champagner?" Sie drückte ihm, ohne seine Antwort abzuwarten, ein Glas in die Hand.

Champagner! Er hatte gleich den Verdacht gehabt, als er den coolen Sportwagen vor der Tür gesehen hatte, die Einrichtung aus erlesenen Antiquitäten, Gabriels feine Kleidung und eine Frau wie Nathalie an seiner Seite: Der Typ wusste, wie man lebte. Es war das erste Mal, dass Martin in Europa war. Bis jetzt hatte er nur davon geträumt, wie wunderschön, mysteriös und uralt hier alles sein musste. Doch diese Villa mit ihrem sagenhaften Garten übertraf es noch bei Weitem!

Waren das die Kreise, in denen Kate verkehrte, wenn sie in Europa war? War sie so was gewohnt oder vielleicht sogar so auf-gewachsen? Und Adrian – war er auch einer von denen? Jedenfalls hatte er in den Hamptons den Eindruck gemacht – *fucking posh*! Wenn schon kein Wissenschaftler, dann zumindest stinkreich? Der Gedanke verunsicherte ihn. Adrian könnte Kate ein Leben bieten, von dem er, Martin, meilenweit entfernt war. Und auf das er es – ehrlich gesagt – auch gar nicht angelegt hatte. Er nicht, aber sie viel-leicht?

Nathalie lächelte Martin an und verwickelte ihn und die junge Frau, die Florence hieß, in ein Gespräch. Florence hatte ihm die Hand entgegengestreckt und sich artig vorgestellt, wie eine Sprech-puppe. Nur mit Namen, kein Zusatz, der auf den Status ihrer Bezie-hung schließen ließ. Nicht mal das schlichte *Ich bin mit Adrian hier*, auf das er gehofft hatte. Und Adrian? Er verhielt sich komplett neut-ral. Er unterhielt sich mit Gabriel und hatte eine Miene aufgesetzt, die exakt nichts zu erkennen gab, die Hände in den Taschen.

Nathalie und Kate schienen sich ordentlich gestritten zu haben, zumindest wechselten die beiden keinen Blick mehr, aber Martin war froh in Nathalie eine Verbündete zu haben. Die Laune schien ihr das Ganze jedenfalls nicht verdorben zu haben – oder sie war eine verdammt gute Schauspielerin. Er versuchte, an Kates Blick abzulesen, was es mit der jungen Frau auf sich hatte, doch außer der Melancholie, die er schon zuvor bei Kate gespürt hatte, waren keine Schlüsse zu ziehen. Was ihm nicht gefiel: Sie wirkte jetzt, wo Adrian da war, verhaltener und vermied es, Martin anzusehen.

Martin studierte die Mienen der Anwesenden und reagierte auf Anmerkungen und Fragen mit beiläufigen, einigermaßen kooperativen Hms, Ach-Wirklichs, Jas und Neins. Gabriel wirkte zweifellos angespannt, was Martin auf seinen überraschenden Besuch zurückführte. Die Idee von Nathalie, das Ganze bis zu seiner Ankunft geheim zu halten, war ja wohl gründlich in die Hose gegangen und er fragte sich, mit welchen Worten sie ihn Gabriel gegenüber wohl vorhin angekündigt hatte: *Kates junger Lover aus New York, der Student, wegen dem Kate ihren Job verloren hat,* oder *Du hast doch nichts dagegen, wenn ein „Freund" – in Anführungszeichen – von Kate ein paar Tage bei uns wohnt?* Nichts davon fühlte sich richtig an. Adrian und Gabriel schienen sich jedenfalls großartig zu verstehen, obwohl sie über die Bissfestigkeit französischer Oliven während des Reifungsprozesses sprachen. Klar war, die beiden kannten sich nicht erst seit ein paar Tagen, sondern mussten bereits eine ganze Odyssee zusammen erlebt haben, wie er aus den Anekdoten schloss, die Gabriel erzählte.

„Hast du schon den Pool gesehen?", riss Florence ihn aus seinen Gedanken. Er schüttelte den Kopf.

„Ja, seht euch ruhig um", ermutigte sie Nathalie. „Ich rufe euch, wenn das Essen da ist."

„Sie lassen immer was liefern, jeden Tag!", flüsterte Florence, die, wie er, über die Zustände zu staunen schien. Vielleicht war die Tatsache, dass er in ihrem Alter war, der Grund für ihren vertraulichen Ton, vielleicht fühlte sie sich aber auch einfach ebenso fremd hier.

Er warf einen Blick zu Kate. Viel lieber hätte er mit ihr den Garten erkundet, aber sie stand jetzt bei Gabriel, der ihr Komplimente über ihr Aussehen machte. Martin ließ sie ungern mit den beiden Männern allein, vor allem mit Adrian. Doch es war eine gute Gelegenheit, Florence ein wenig auf den Zahn zu fühlen.

Er folgte ihr über einen schmalen Steinweg, dessen Rand ein Meer von lila Blüten säumte, hinab zur unteren Terrasse. Das musste Lavendel sein – er hatte davon gehört, sich aber nicht vorstellen können, dass der Duft wirklich so intensiv war. Verwundert hielt er einen Moment inne.

„Ich habe auch so geschaut, als wir angekommen sind", sagte Florence und klang amüsiert, als Martin schließlich sprachlos vor dem türkisgrün funkelnden Wasser des Pools stand. „Ich dachte, das glaubt mir zu Hause kein Mensch!"

„Hm", machte Martin und nahm einen Schluck des Champagners, den er mitgenommen hatte. Er schmeckte trinkbar, aber das Gehabe, das man darum machte, schien ihm übertrieben. Da er nicht wusste, wie viel Zeit sie hatten, beschloss er, sofort aufs Ganze zu gehen: „Seid ihr schon lange da, Adrian und du?" Er versuchte, möglichst desinteressiert zu klingen. „Ihr seid doch zusammen hier, oder?"

„Erst seit gestern. Wir wollen demnächst weiter, an der Côte d'Azur entlang."

„Ach ja?" Martin sah sie auf einmal hellwach an. Das waren ja ganz neue Perspektiven! „Das klingt fantastisch, sicher kannst du es gar nicht erwarten?"

„Ja", sagte sie, aber es klang nicht so. Etwas in ihrem Blick hatte sich verändert.

„Ist ja auch viel romantischer – zu zweit, meine ich", ergänzte er vorsichtig. Er jedenfalls hätte alles, was er besaß, dafür gegeben, um mit Kate hier alleine zu sein.

„Und du? Du bist ein Freund dieser Amerikanerin?", wechselte sie das Thema. Er verstand nicht. „Von Kate", fügte sie hinzu und zupfte ein Blatt von einem Strauch.

„Sie ist Deutsche, wusstest du das nicht?", fragte Martin, überrascht, dass sie Kates Akzent nicht bemerkt hatte. Dass sie sie *diese Amerikanerin* nannte, ließ jedenfalls nicht gerade auf Zuneigung schließen. Ob sie wusste, warum Kate hier war? Ob Adrian es wusste? Auf jeden Fall schien Adrian nicht geplant zu haben, Kate hier zu treffen. „Wir haben zusammen …", geschlafen, dachte Martin, „gearbeitet", antwortete er, „an der Uni", entschlossen, die privaten Dinge privat zu halten. „Ich bin jetzt aber in London."

„Ach?", sagte sie und hielt den Kopf schief.

Was sollte das denn jetzt, glaubte sie ihm etwa nicht? „Kate und ich sind auch befreundet", sagte er, um nicht den Eindruck zu vermitteln, dass er etwas zu verbergen hätte.

„Dann kennst du Adrian aus London?", wollte sie wissen.

„Ich?", erwiderte Martin überrascht. „Ich kenne ihn eigentlich gar nicht."

„Seltsam, ich hatte den Eindruck ..." Sie ging zurück zum Weg, bückte sich hinab und zerrieb eine Lavendelblüte zwischen ihren Fingern.

Hatte sie etwa die frostige Begrüßung vorhin mitbekommen? Dann war es besser, möglichst nahe an der Wahrheit zu bleiben: „Ich bin ihm nur einmal kurz begegnet."

„In New York?", fragte sie.

Er nickte.

„Kennen sich Kate und Adrian auch von dort?" Sie hielt ihre Finger an die Nase und schnüffelte daran. Scheinbar war er nicht der Einzige, der hier war, um Antworten zu finden. „Weißt du, ob da mal was war, zwischen den beiden?"

Martin starrte sie entsetzt an, angesichts der direkten Frage. „Was, wie? Nein, wie kommst du darauf?", fragte er.

„Ich weiß nicht", sagte sie. „Irgendwie verhalten sich alle so komisch. Irgendwas stimmt hier nicht." Ihr Blick hatte auf einmal etwas Ratloses, als erhoffe sie sich Hilfe von ihm bei der Aufklärung.

Martin begriff sofort, dass sie auf keinen Fall Zweifel an Adrians Gefühlen für sie bekommen durfte. Es war essenziell, dass die beiden so bald wie möglich zur Côte d'Azur aufbrachen. „Hey", sagte er und lächelte. „Ich glaube nicht, dass du dir wegen Kate Sorgen machen musst. Soviel ich weiß, ist sie mit jemandem zusammen." Es war nur eine kleine Notlüge und sie war noch nicht mal komplett erfunden. Natürlich hatte Florence allen Grund, sich bei einem Typen wie Adrian Sorgen zu machen, aber das musste sie schon selbst rausfinden.

„Zu Tisch, zu Tisch!", rief Nathalie von oben.

Florence sah Martin betreten an, als bereue sie, ihm so offen von ihren Bedenken erzählt zu haben. „Könnte das unter uns bleiben?", fragte sie leise.

„Klaro!", sagte Martin. Ich wüsste selbst zu gerne, was hier los ist, dachte er und folgte ihr mit eiligen Schritten die Stufen hinauf.

Kapitel 22 – Adrian

Martins Erscheinen hatte Adrian seine Gelassenheit geraubt. Er hatte jetzt das Gefühl, an zwei Fronten zu kämpfen. Martin und Florence waren beim Pool gestanden. Die beiden hatten ernst gewirkt und waren in ein Gespräch verwickelt, bei dem er ahnte, dass es nicht um die Poolreinigungsanlage ging. Der Bursche war gerissen und er war hier, um mit Kate zu *reden*. Martins Hitzköpfigkeit hatte schon in den Hamptons beinahe zu einer Katastrophe geführt – Adrian musste auf der Hut sein.

Nathalie hatte den großen Tisch im Salon gedeckt und Martin zwischen sich und Kate gesetzt, wohlbehütet. Adrian beschäftigte noch immer, was Nathalie im Schilde führte. Sie schien sich ständig über irgendwas Gedanken zu machen. Nichts, was sie tat, wirkte zufällig, obwohl sie bemüht war, ihren Gesten und Worten eine beiläufige Leichtigkeit zu geben. Er konnte Gabriel, der Nathalie gegenübersaß und neben Florence, ansehen, dass er genauso wenig erfreut war über die absurde Idee Martin, einzuladen. Er selbst, Adrian, hatte das Privileg, als Kates Gegenüber ihren Gesichtsausdruck studieren zu dürfen, der ihm, zu seiner Beunruhigung, jetzt sogar noch verschlossener vorkam als in den ersten Stunden ihrer Begegnung. Offensichtlich hatte sie die Sache in einen unguten Zustand zurückgeworfen. Florence versuchte Adrians Aufmerksamkeit zu erregen – so kam es ihm vor – indem sie ihr Wasserglas in den Tisch schraubte. Ihr Blick war angespannt und wanderte von Martin zu Kate und wieder zurück. Das ganze Essen war eine Farce!

„Wann geht es denn los mit deiner Doktorarbeit?", fragte Nathalie und brach damit das ungemütliche Schweigen.

„Meine Stelle an der Uni beginnt nächste Woche", antwortete Martin.

„Wer wird dich betreuen?", wollte Kate wissen.

„Victor Alden wahrscheinlich, aber das entscheidet sich noch."

„Ahhh, nicht im Ernst!" Sie verzog wie unter Schmerzen das Gesicht.

„Wieso?", flüsterte er.

„Er kann dir nicht das Wasser reichen. Du hast was Besseres verdient!", flüsterte sie zurück, sodass alle es hören konnten.

Martin errötete. Das unverhohlene Lob schien ihm unangenehm zu sein. „Zerbrich dir nicht meinen Kopf", sagte er leise. „Ich komme schon klar."

Die plakative Intimität der beiden war unerträglich! Adrian warf einen Blick zur Decke und atmete angestrengt aus.

„Alden ist übrigens total okay. Ein Traumchef", erklärte Martin. „Die sind in London gerade dabei, den halben Fachbereich auszuwechseln – und sie suchen noch Leute, auch für höhere Positionen!" Es wirkte, als habe er diese wichtige Information sorgsam aufbewahrt und eigentlich gehofft, alleine mit Kate darüber reden zu können. Der gequälte Ausdruck auf ihrem Gesicht musste ihn dazu verleitet haben, es jetzt schon anzusprechen.

„Das ist ja fabelhaft!", rief Nathalie, aber Kates Begeisterung ließ auf sich warten. Adrian hielt es ebenfalls für keine gute Idee, wenn sie weiter mit Martin zusammenarbeitete.

„Es gibt ja auch noch andere Universitäten in London", gab Adrian zu bedenken. Er reichte Gabriel, der dabei war das Soufflé zu verteilen, Florences Teller.

„Warum in London?", warf Florence ein. „Jemand mit Kates Qualifikation bekommt doch bestimmt überall auf der Welt eine interessante Stelle! Ich habe gehört, Buenos Aires soll eine sagenhafte Stadt sein – alle reden davon."

„Ich habe mit Alden gesprochen", sagte Martin zu Kate. „Ich bin mir Hundertprozent sicher, sie nehmen dich, wenn du dich bewirbst."

Kate sah Martin nicht an, sondern schaute so betreten auf ihren Teller, dass Adrian fürchtete, sie plane bereits irgendwo ganz anders den Neuanfang. Ohne Martin und ohne ihn.

„Argentina, Land meiner Träume!", schwärmte Gabriel. „Als junger Mann war ich derart besessen vom Tango – dem echten, argentinischen, nicht diesem Abklatsch, den man heute in Europa findet – dass ich dort Milongas organisieren wollte."

Diese Information war Adrian neu. Er konnte sich nicht erinnern, seinen Freund jemals über Argentinien sprechen gehört zu haben.

„Die Theater dort sind erstklassig", ergänzte Gabriel zu Florence gewandt. „Ich habe Kontakte, ich könnte vielleicht was arrangieren …"

Florence horchte auf und ihr verwirrter Blick verriet, dass sie sich auf einmal nicht mehr sicher war, ob sie lieber Kate oder sich selbst dorthin wünschen sollte.

Kate – Adrian hatte das Gefühl, dass sie ihm mit jeder Minute mehr entglitt. Er musste eine Gelegenheit finden, um mit ihr alleine zu sprechen, und zwar schnell. Jetzt, mitten im ersten Gang, war das natürlich unmöglich. Er legte die Stirn in Falten, weil er Martin ansehen konnte, dass dieser etwas vorhatte.

„Buenos Aires!", sagte Martin, der im Gegensatz zu den Hamptons diesmal vollkommen nüchtern und klar wirkte. „Ein Freund von mir kommt von dort. Einmal im Jahr fliegt er mit seinem Vater runter und erzählt dann immer unglaubliche Geschichten. Die Architektur, das Essen und vor allem die Partyszene müssen der Hammer sein. Und dort zu leben kostet fast nichts …"

„Das stimmt!", pflichtete Gabriel nickend bei.

Florence sah Martin neugierig an, aber Adrian ahnte, in welche Richtung das Ganze gehen sollte.

„Ich kann mir nicht vorstellen, dass Adrian nicht dir zuliebe eine Zeit lang mitkäme", enthüllte Martin seinen dreisten Plan. „Du sagtest, du möchtest Schauspielerin werden, und wenn die Theater dort so fantastisch sind … Ich wette, das würde die Zeit eures Lebens! Nicht wahr, Adrian?"

Adrian hätte ihn erwürgen können, den frechen Kerl! Was glaubte er eigentlich?! Gabriel tippte missmutig mit seinem Finger auf den Tisch. Dabei hätte ihm klar sein müssen, dass er Martin gerade eine Steilvorlage dafür geliefert hatte.

Gabriel setzte dazu an, Wein nachzuschenken und sich nach der Zufriedenheit aller mit dem Essen zu erkundigen, aber Florence wollte eine Antwort hören: „Adrian, das klingt wunderbar! Du sagtest selbst, du hast im Moment kein Engagement und Gabriel könnte uns helfen…"

„Das ist nicht so einfach", unterbrach Adrian sie und warf unvorsichtigerweise einen Blick zu Kate, von dem er hoffte, dass er niemandem sonst aufgefallen war. Warum stand sie nicht endlich auf? Warum half sie ihm nicht, eine Situation zu schaffen, wo sie beide für einen Moment alleine wären? Sie musste doch sehen, dass er in Bedrängnis war.

„Ich brauche Adrian für ein anderes Projekt", sagte Gabriel rasch. „In London."

Adrian atmete auf: das Drehbuch! Für ihn war zwar noch nicht klar, ob er den Film machen wollte, aber im Moment war es besser, alle in dem Glauben zu lassen. Er nickte.

„Wirklich? Ein neues Projekt?" Florences Rückfrage klang misstrauisch.

Adrian konnte spüren, wie Florences Verdacht sich weiter erhärtete und wie zugleich etwas in Kate abkühlte. Wie der Rest ihres Soufflés, das sie kaum angerührt hatte. Es schien, als wäre sie gar nicht mehr anwesend. Und er selbst fühlte sich ohnmächtig, irgendeinen Einfluss darauf zu nehmen. Wenn es ihr ernst war mit ihm, wenn sie hergekommen war, um sich mit ihm auszusprechen, warum bekannte sie dann jetzt nicht Farbe? Es konnte nur eine einzige Erklärung dafür geben.

Kapitel 23 – Martin

Was zum Teufel war mit Kate los? Sie wirkte verunsichert wie ein kleines Mädchen. So hatte Martin sie noch nie erlebt. Sie hätte wenigstens was sagen können, zu dem Stellenangebot in London. Es war sein einziger Trumpf gewesen und sie hatte noch nicht mal darauf reagiert. Als die Teller der Vorspeise abgeräumt waren – die beim Anschneiden in sich zusammengefallen war wie die Hoffnung, die er mit dem Überbringen dieser Nachricht verbunden hatte – brauchte er dringend eine Zigarette. Er ging hinaus auf die Terrasse.

Das Einzige, was er sicher über sie wusste: Sie war wegen Adrian hier. Trotzdem würde sie am liebsten selbst Martins Doktorarbeit betreuen – noch immer! – das hatte ihre gequälte Reaktion gezeigt. Aber es kam ihm vor, als halte sie sich absichtlich bedeckt, um Adrian nicht zu verschrecken. Ihr musste doch klar sein, dass er jetzt mit der anderen zusammen war. Was für Chancen rechnete sie sich denn da noch aus? Und Adrian – der schien nicht bereit, ihr auch nur einen Millimeter entgegenzukommen. Wenn er überhaupt noch interessiert war. In Bezug auf Florence hielt er sich ebenfalls zurück. Es war unmöglich, ihn dazu zu bringen, sich eindeutig zu ihr zu bekennen. Er spielte seine Karten zu geschickt. Es sah nicht so aus, als würde er sich in absehbarer Zeit zwischen den beiden entscheiden. Arme Florence! Sie hatte Verdacht geschöpft – und zurecht. Und dabei hatte Adrian auch noch die Unterstützung dieses Champagner-Schnösels, der ihn, Martin, nicht leiden konnte, das spürte er genau. Er hatte mitbekommen, wie Gabriel Nathalie vor dem Essen beiseitegenommen und ihr vorgehalten hatte, dass sie die Dinge unnötig verkomplizierte. Da war sie nicht die Einzige.

Er würde hier keinen Tag länger bleiben als nötig, beschloss Martin. Am liebsten hätte er Kate gleich mitgenommen. Aber wohin? In die Bruchbude in London ja wohl kaum. Betrübt wurde ihm erneut der enorme Unterschied bewusst, der zwischen ihm und

Adrian zu liegen schien: Dessen Geld mochte so dreckig verdient sein, wie es wollte – es war auf jeden Fall da und wartete nur darauf, verprasst zu werden. Wahrscheinlich lebte er in einem Penthouse am Trafalgar Square. Es gab nur eine Sache, die Martin noch hoffen ließ: Kates ungewohnt gefühlvolle Reaktion, vorhin in seinem Zimmer. Die hatte er doch nicht geträumt! Oder war das nur gewesen, weil sie gerade feststellte, dass Adrian eine andere hatte? Würde das Blatt sich wenden, sobald der Kerl mit den Fingern schnippte?

Wenn nur das Essen endlich vorbei wäre und er Gelegenheit hätte, Kate diese Fragen zu stellen! Sie war bereit, mit ihm zu reden, aber er hatte den Verdacht, dass das kein gutes Zeichen war. Ihre ungewohnte Sanftheit hatte womöglich direkt mit der bitteren Wahrheit zu tun, die sie ihm schon bald unterbreiten würde: Sie hatte sich für Adrian entschieden.

Er nahm einen Zug von seiner Zigarette und sah sich mit Unbehagen um. Überall tropfte Wasser von den Blättern und am Himmel vertrieben bereits die nächsten dunklen Wolken das bisschen Blau, das sich hervorgewagt hatte. Ein Scheiß-Paradies war das hier – es versprach zu viel und hielt zu wenig.

Martin beobachtete, wie Nathalie zu ihm auf die Terrasse kam. Ihr süßliches Parfüm wehte zu ihm herüber und obwohl ihre Brüste unbestreitbar wohlgeformt waren, verhüllte ihr Kleid zu wenig davon, als dass er sich hätte entspannen können. Er bemühte sich, nicht hinzusehen.

„Aww!", machte sie und setzte einen Ausdruck des Bedauerns auf. „So betrübt?" Sie ließ sich die Zigarette, die sie mitgebracht hatte, von ihm anzünden. Er versuchte ein unverkrampftes Lächeln, das ihn aber vermutlich eher aussehen ließ wie Homer Simpson. Sie streckte ihre Hand aus und berührte kurz, wie zufällig, sein Gesicht, aus dem sie behutsam eine Haarsträhne strich. Er war es nicht gewohnt, dass Frauen ihn anfassten, und bemerkte, wie sich seine Herzfrequenz verdoppelte. Kates Erzählungen nach, damals im Club, hatte er ihre Freundin eher schüchtern eingeschätzt – diese Frau hier war irgendwie … ganz anders.

„Du siehst aus, als hättest du schon mit Kate gesprochen?", bemerkte sie und behielt ihre Hände nun zum Glück bei sich.

„Wir hatten noch keine richtige Gelegenheit", erwiderte Martin. Er war immer noch leicht sauer auf Nathalie, weil sie ihn nicht gewarnt hatte, dass Adrian hier sein würde. Andererseits hätte er ohne sie vielleicht nie mehr die Chance bekommen, mit Kate zu reden, dachte er und beschloss Gnade walten zu lassen. Er war sich nicht sicher, wie viel Kooperation er von Nathalie erwarten konnte, aber er hatte wenig zu verlieren: „Sie hat mir gesagt, dass sie wegen ihm hier ist." Er nickte mit dem Kopf in Richtung Salon. „Wusstest du das?"

Nathalie begann etwas verlegen mit ihrem Haar zu spielen. „Die Situation ist kompliziert", sagte sie und seufzte. „Ich habe dir am Telefon gesagt, dass ich finde, du hast eine Erklärung verdient."

Erklärung verdient klang nicht gut, es klang nach Trostpreis. „Was hat dir Kate über uns erzählt?", wollte er wissen.

„Oh, so gut wie alles, Süßer!"

„Alles?", fragte er geschockt.

„Na ja, zumindest was ihr im Treppenhaus gemacht habt", räumte sie ein, was ihn erröten ließ.

„Denkst du, sie hat sich für ihn entschieden?", fragte er mutlos.

Nathalie drehte sich um und versuchte zu erkennen, ob sie jemand durchs Fenster beobachtete. Dann sagte sie: „Es gibt einiges, was du noch nicht weißt über unsere liebe Kate. Ich wollte, dass du die Chance bekommst, dir ein ehrliches Bild zu machen."

Martin sah sie besorgt an. Wovon, um Gottes willen, sprach sie? „Ein ehrliches Bild? Ich verstehe nicht …"

„Ich kann jetzt nicht sprechen", flüsterte sie. „Wir treffen uns nach dem Essen in deinem Zimmer, okay?"

Martin sah ihr nach. Sein Herz raste noch immer. Er wusste nicht, wie er das, was eben geschehen war, einordnen sollte. Wollte sie ihn vor irgendwas warnen? Was waren das für geheime Seiten von Kate, die er nicht kannte? Und hatte Nathalie sich etwa gerade selbst in sein Zimmer eingeladen, heute Nacht? Was auch immer das sollte, es wäre nicht gut, wenn Gabriel etwas davon mitbekäme. Der Typ hatte was Unheimliches! Und wie er Nathalie vorhin, mit festem Griff, zu sich gezogen und sie mit einem ungnädigen ‚Hhh!‘, zurechtgewiesen hatte – als schulde sie ihm absoluten Gehorsam.

Nathalies verstörende Andeutungen wurden verschärft durch Kates Verhalten, das Martin vollends zur Verzweiflung brachte. Er hatte sie durch die offene Terrassentür gesehen – den devoten Blick, den sie Adrian zugeworfen hatte, als der aufstand, um sich einen Hochprozentigen zu genehmigen. Kein Wunder, dass er was für die Nerven brauchte – bei allem, was er zu verbergen hatte! Offensichtlich fühlte Kate sich auch noch verantwortlich für die Befindlichkeit von dem Typen. Auf jeden Fall waren eine Menge Gefühle auf ihrer Seite im Spiel, so viel war klar. Und dieser arrogante Sack ließ sie zappeln, indem er sich verschnupft gab. Wahrscheinlich, weil er durch den Zeitungsskandal erfahren hatte, was Sache war zwischen Martin und Kate. Weil es ihm ein Dorn im Auge war, dass Martin ebenfalls hier war und ihm Kate niemals kampflos überlassen würde. Vielleicht arbeitete Adrian auch gerade an einem Schlachtplan, wie er Kate flachlegen könnte, ohne dass seine Freundin etwas mitbekäme. Der Gedanke ließ die Luft vor Martins Augen flimmern. Er trat seine Zigarette aus und und ging nach drinnen. Auch wenn es ihm leidtat um Florence – der Kerl hatte eine Abreibung verdient.

Kapitel 24 – Kate

Sie konnte es einfach nicht lassen! Hatte sie Martin hierhergelockt, um mit ihm zu spielen? Vielmehr, um mit ihr, Kate, zu spielen? Der Gedanke an das vertrauliche Tête-à-Tête der beiden, eben auf der Terrasse, ließ Kate die Galle überlaufen. Wie sich Nathalie ihm gegenüber als mütterliche Freundin aufspielte, *all touchy-feely*, ihre Hand auf seiner Wange, war einfach widerlich! Und schlimmer noch, das Ganze schien auf eine, den Umständen geschuldete, Empfänglichkeit auf Martins Seite zu treffen.

Gabriel musste das ebenso empfinden. Jedenfalls war seine Stimmung am Gefrierpunkt seit sie gemeinsam am Fenster gestanden und dem ungenierten Treiben zugesehen hatten. Er hatte Nathalie mit einem unterkühlten Blick gestraft, als sie zurückgekommen war. Und mit anschließender Gleichgültigkeit, nun, wo sich alle wieder an den Tisch gesetzt hatten.

Die beiden hatten zu weit weggestanden, als dass Kate den Inhalt hätte verstehen können, doch sie war sich sicher, dass Nathalie etwas zu Martin gesagt hatte, das für Unfrieden sorgen würde. Kate ärgerte sich, dass sie sich nicht hatte überwinden können, ihm stattdessen Gesellschaft zu leisten. Aber ihr kompliziertes Gespräch in einer Zigarettenpause fortzusetzen, in aller Öffentlichkeit, war ihr unklug vorgekommen. Außerdem wollte sie nicht, dass Adrian dachte ... Sie hatte die Ungeduld bemerkt, mit der er auf ein Wort von ihr wartete, doch sie wusste nicht, wie sie es ihm hätte sagen können: Florence wich keine Sekunde von seiner Seite und schien jede noch so feine Unstimmigkeit aus dem Tischgespräch herauszufiltern. Die gemeinsame Nacht in der Bibliothek, ohne dass etwas passiert war, war ein so guter Anfang gewesen! Danach hatte Kate geglaubt, dass sie alle Zeit der Welt hätte, um ihm das zu sagen, was ihr so schwerfiel.

Sie sah, wie Adrian nach Florences Hand griff und sie drückte, als wolle er ein unsicheres Kind beruhigen, oder vielmehr zum Schweigen bringen. Wie er ihr einen seiner ganz tiefen Blicke schenkte, von denen Kate geglaubt hatte, dass sie ihr alleine gegolten hatten, damals im Royal Kensington. Er legte sich genauso wenig fest wie sie. War er etwa aufgestanden und hatte sich zu ihr bekannt? Nein, er saß seelenruhig hier und ließ sie den Rest erledigen. Und wenn es nicht dazu käme, dann hätte er immer noch die Kleine, um sich zu trösten.

Auch Martin beobachtete Adrian mit Argwohn und drehte die Gabel neben seinem Teller ruhelos zwischen den Fingern. Dann richtete er seinen Blick auf Gabriel, der seinen Unmut an dem Fisch ausließ, den er zerlegte. Kate konnte Martin ansehen, dass er dabei war, sich innerlich weiter und weiter in den sinnlosen Zweikampf mit Adrian zu verstricken, und sie hätte ihn gerne davon abgehalten.Sie hatte plötzlich das Bedürfnis, seinen Kopf zu sich zu drehen und ihn zu küssen. Der Wunsch war so stark, dass ihr Mund trocken wurde. Sie hielt – erschreckt von dem Streich, den ihr Gefühl ihr da spielte – den Atem an, als Martin sagte: „Wie ist es denn so, in der Pornoindustrie zu arbeiten, verdient man da gut?" Er musste Adrian noch nicht mal ansehen – alle am Tisch wussten, wen er meinte. Bis auf Florence, die Gabriel zu verdächtigen schien, der einen genervten Blick zum Himmel warf. Kate legte die Hand in Martins Armbeuge, merkte aber, dass es zu spät war, um ihn aufzuhalten.

„Zumindest ist es das, was man bekommt, wenn man den Namen Adrian Sedberg im Netz sucht", sagte Martin überstürzt. Wahrscheinlich, um Gabriel keine Gelegenheit zu geben, seinem Freund erneut zu Hilfe zu kommen.

Florence starrte Adrian mit offenem Mund an. „Das ... das muss ein Irrtum sein!", brachte sie mühsam hervor, während Adrian stumm auf seinen Teller blickte. Offensichtlich suchte er nach einer Strategie. Dabei hätte er eigentlich wissen müssen: *This shit could hit the fan anytime.*

Martin schien in Kates Gesicht nach zumindest einer Spur von angewidertem Einvernehmen zu forschen. Aber sie war dabei sich klarzumachen, dass sie diesmal nicht verantwortlich war für den Ausgang. Das hier war schließlich nicht die Fachbereichsprüfung – die war vorüber. Alles war vorüber. Was mit Adrians dunkler Vergangenheit passierte, war nicht mehr ihr Problem.

„Man verdient nicht schlecht", sagte Adrian zur Überraschung aller und nahm mit demonstrativer Gelassenheit einen Schluck Wein. „Man muss allerdings ein bisschen mehr mitbringen als Eier in der Hose und eine große Klappe." Sein Blick durchbohrte Martin, der seinerseits voll Abneigung die Augen zusammenkniff.

Martin hatte nicht vor, sich von dem harmlosen Schuss vor den Bug einschüchtern zu lassen: „Besser als in der KI in Stockholm, nehme ich an?", legte er nach. Kate setzte eine stoische Miene auf – sie hatte keine Lust, den beiden dorthin zu folgen. „Und unbezahlte Auftritte, wie der in New York, werden sicher auch nicht verlangt. Die Show, die du uns vorgespielt hast, war nicht schlecht. Nur macht sie noch lange keinen Wissenschaftler – und vermutlich noch nicht mal einen Schauspieler – aus jemandem, der vor laufender Kamera knapp volljährige ..."

„Das reicht jetzt!", fuhr Adrian ihn an und warf seine Serviette auf den Tisch. Ein stürmischer Wind war aufgekommen und begann, an den Fensterläden zu rütteln.

„Was bitte ... ?", Florence schien zu überlegen, an wen sie die Frage richten sollte. „Kann mir mal jemand erklären, wovon hier die Rede ist?"

„Heilige Madonna!" Gabriel faltete um Gnade ringend die Hände. „Jedem passiert mal ein Fehler, nicht wahr?!"

„Passiert?!", rief Martin aufgebracht. „Zufällig in den falschen Film geraten, was?! *Oops*, ein Porno, da hab ich mich wohl geirrt – ach, egal."

Florence hielt sich am Tisch fest, als wäre sie noch unschlüssig, ob sie sich nur davon abstoßen und weglaufen oder ihn lieber gleich ganz umschmeißen sollte: „Aber ich verstehe nicht – wie kann das sein? Ein sensibler, theaterliebender Mensch ... Jeder weiß doch, wie grauenvoll solche Streifen sind, wie absolut frauenverachtend!"

„Nicht wenn ein Konsens besteht", wand Gabriel ein und sah Nathalie an, als erwarte er ihre Zustimmung.

„Ein Konsens?", fragte Florence irritiert. „Welcher Konsens soll denn bestehen, wenn junge Frauen, die dringend Geld brauchen, gezwungen werden –"

„Jetzt lassen wir doch mal die Kirche im Dorf! Nicht alle Frauen werden genötigt oder machen es wegen des Geldes", unterbrach Gabriel sie unwirsch, dem es nicht gefiel, das Tischgespräch auf eine Weise entgleisen zu sehen, die nicht zumindest er selbst iniziiert hatte. „Wie schon James Joyce sagte: Kunst und Verantwortungslosigkeit gehen quasi Hand in Hand –"

„Kunst?", rief Martin irritiert. „Von welcher Kunst reden wir hier?"

Auch Kate ärgerte sich darüber, wie unverfroren Gabriel den großen Schriftsteller benutzte, um die Untaten seines Freundes zu rechtfertigen. „Nicht alle Frauen, mag sein", kam sie Florence zu Hilfe. „Aber wie hoch ist denn der Prozentsatz von denen, die es gut finden, sich von Männern sexuell demütigen zu lassen? Haben wir Zahlen?" Kate konnte in Martins Gesicht die Erleichterung sehen, dass sie auf den Zug aufgesprungen war. Doch sie tat es nicht für ihn – oder gegen Adrian – sie tat es aus Prinzip. Und auch weil sie mit diesem Teil von Adrians Vergangenheit selbst noch nicht im Reinen war. Er würde das erklären müssen – und jetzt, nachdem die Sache sowieso auf dem Tisch war, schien ihr ein ebenso guter Zeitpunkt dafür wie später.

Kate war sich nicht sicher, ob es Florences schockierte Reaktion oder ihre Unterstützung der jungen Frau gewesen war, die Adrian endgültig aus der Fassung brachte: „Herrgott, ja!", rief er ungehalten. „Ich habe bei so einem Streifen mitgespielt, ein einziges Mal! Es war eine verdammte Wette!" Er warf Gabriel einen bösen Blick zu. „Ich hatte eine Krise … Ich habe die Sache nicht groß hinterfragt – um genau zu sein: Meine Zukunft war mir scheißegal."

Martin lehnte sich zufrieden zurück. Es gefiel ihm, dass Adrian versuchte, sich herauszureden, und dabei sogar noch ausfällig wurde.

„Ich hatte die Frau verloren, die ich geliebt habe. Bei einem Autounfall. Sie war einfach weg, von heute auf morgen! Da kann man schon mal eine idiotische Entscheidung treffen – oder komplett

mit dem Leben brechen. Aber das scheint hier ja niemand zu verstehen!", rief Adrian, sprang auf und verließ den Raum.

Kapitel 25 – Martin

Adrians Worte hallten in Martins Kopf nach, während sich die anderen betreten ansahen. Er spürte, wie seine Wangen sich röteten – ein altes Übel, das ihm schon in der Schule viel Spott und Verachtung eingebracht hatte. Das mit der Frau hatte er nicht gewusst. Aber noch mehr verwirrte ihn, dass sich auf einmal ein gewisses Verständnis für diesen Mann in ihm regte. Die Vorstellung, Kate zu verlieren, hatte ihn, Martin, selbst zum Äußersten getrieben. Sie war der Grund, warum er das Gespräch so aggressiv geführt hatte. Dass Adrian diesmal keine Show abgezogen hatte, dass es wirklich stimmte und ihn der Angriff eben verletzt haben musste, das konnte Martin nicht nur fühlen, sondern auch an den Gesichtern der anderen ablesen: Er hatte ihm unrecht getan.

Draußen hatte es inzwischen begonnen, heftig zu stürmen. Regen peitschte gegen die Scheibe und Blitze spalteten den Himmel, der wie eine Teerschicht über Haus und Garten lag. Ein Donnerschlag schreckte Florence auf, die wie in Trance sitzen geblieben war. Sie wollte aufstehen, doch Gabriel, den die Eskalation mit neuem Elan zu füllen schien, hielt sie auf: „Du wolltest wissen, wie Adrian und ich Nathalie und Kate kennengelernt haben? Ich denke, jetzt ist ein guter Zeitpunkt dafür."

Martin drehte sich überrascht zu ihm, während Florence willenlos auf ihren Stuhl zurücksank. Ein kurzer Blick, den er mit Kate tauschte, sagte alles: Die Stunde der Wahrheit war gekommen und sie trug es mit Fassung. Vielleicht würde er jetzt die Antworten erhalten, auf die er so lange gewartet hatte. Er war Gabriel dankbar, dass dieser das Geheimnis in seiner Gegenwart lüften würde, aber Florence machte den Eindruck, als habe sie inzwischen jedes detektivische Interesse verloren. Dafür zeigte sich in Nathalies Augen eine beinahe diabolische Vorfreude, die er nicht einordnen konnte. Sie rückte ganz nach vorn auf ihrem Stuhl und wartete gespannt.

Kate wollte etwas sagen, aber Gabriel kam ihr zuvor. Es war fast so, als erinnere er sie mit seinem strengen Blick an einen geheimen Pakt. Und zu diesem Pakt gehörte, dass sie jetzt die Klappe hielt.

„Es ist schön, dass du dich so leidenschaftlich für die Moral einsetzt. Ich war genauso in deinem Alter", sagte Gabriel zu Martin gewandt und lächelte. „Die Krux ist nur, es gibt sie nicht. Sie ist ein Gedankenkonstrukt. Alle Menschen sind von Grund auf unmoralisch, auch wenn es auf den ersten Blick nicht so scheint." Martin konnte sehen, dass sich in Florence heftiger Widerstand regte. Er beschloss, Gabriel ausreden zu lassen. „Dass wir hier sitzen", fuhr Gabriel fort, „und Champagner trinken, während täglich Abertausende krepieren, ist zutiefst unmoralisch." Martin hatte keine Ahnung, worauf er hinauswollte, aber er war gespannt, wie er jetzt den Bogen zu Kate schaffen würde. „Adrian und ich haben Nathalie und ihre Freundin an einem Nachmittag im März dieses Jahres im bezaubernden Stadtteil Kensington kennengelernt ..." Martin beobachtete, wie Kate die Augen schloss. War es so schlimm? „Es war einer jener seltenen Frühlingstage, sonnig und mild, mit denen wir Engländer nicht gerade gesegnet sind ..." Gabriels Verliebtheit in seine eigene Sprachgewandtheit begann Martin auf die Nerven zu gehen. „Trotzdem entschieden Adrian und ich uns, eine Bar aufzusuchen, wo wir uns einen unmoralischen, aber vergnüglichen Nachmittag machen wollten." Martin legte die Stirn in Falten und auch Florences Gesicht sagte, dass sie bereits wusste, dass es nicht gut ausgehen würde. „Es handelte sich dabei um eine – sagen wir – etwas spezielle Bar, in einem etwas speziellen Hotel. Kurz darauf befanden wir uns an einem Tisch mit zwei atemberaubenden Escorts, die unsere einsamen Männerherzen höherschlagen ließen." Martin rollte mit den Augen – genau so was hätte er den beiden auch zugetraut. Florence wollte aufstehen, aber Gabriel legte die Hand auf ihre Schulter. Warum sollte sie sich das unbedingt anhören? Sah er nicht, dass sie schon genug litt?! „Die Idee zu etwas körperlicher Betätigung hatten offensichtlich nicht nur wir, sondern auch die beiden *Escorts"*, er betonte das Wort eigenartig, „die sich uns als Nathalie und Kate vorstellten."

Einige Sekunden war es totenstill. Martin konnte förmlich sein Kinn auf dem Boden aufschlagen fühlen. „Was?!", fragte er und schluckte. „Escorts?"

„Ich muss den Begriff nicht erklären, oder?", fragte Gabriel, in seiner Stimme schwang das Amüsement über Martins Reaktion mit. Gabriel warf Nathalie, deren Mund ein selbstgefälliges Schmunzeln zeigte, einen rügenden Blick zu. „Fairerweise sollte man sagen, ich hatte von Anfang an den Eindruck, dass Kate einigermaßen unschuldig in die Sache reingeraten ist", gab er zu. „Allerdings hat sie das nicht daran gehindert, mit uns aufs Zimmer zu gehen."

Martin ahnte, dass Kate den Kerl jetzt gerne getreten hätte, doch sie unternahm nichts. „Das ist nicht wahr, oder?", wand sich Martin hilfesuchend an sie, aber seine Worte prallten an ihr ab.

Florences Augen füllten sich mit Tränen. Was, um Gottes willen, hatte Gabriel vor? Statt die eh schon hohen Wogen um Adrian zu glätten, schien er entschlossen, der Beziehung seines Freundes mit der niedlichen Engländerin den finalen Dolchstoß zu versetzen.

„Stimmst du mir zu", fragte Gabriel und richtete den Blick nun fest auf Nathalie, „wenn ich sage, dass wir den anschließenden Teil, zu viert in meiner Suite, durchaus genossen haben? Geldnot oder Zwang haben dabei jedenfalls keine Rolle gespielt, das kann ich versichern."

„Das ist ..." Florence sprang mit einem angeekelten Gesichtsausdruck auf und lief aus der Tür. Gabriel lehnte sich zufrieden zurück. Martin hätte gerne nach Kates Hand gegriffen und sie gezwungen was zu sagen. Aber wie passiv sie sich das alles angehört hatte, machte ihm Angst: Er konnte spüren, dass etwas mit ihr passiert war während des Essens.

Martin musste sein Gehirn zwingen zu verarbeiten, was er eben gehört hatte: Sie war als Escort unterwegs gewesen – Kate, seine Kate – und hatte mit Adrian und den anderen beiden in einer Hotelsuite Sex gehabt. Alles, was er befürchtet hatte und noch eine ganze Menge mehr, war also bereits passiert! Wüste Bilder hemmungsloser Ausschweifungen entstanden vor seinem geistigen Auge. Sie mischten sich mit den nackten Mädchenhintern aus Adrians Porno und raubten ihm die Kraft. Kate als Escort, *seriously*?

„Das ist eine sehr verkürzte Darstellung!", erwiderte Kate endlich, doch ihre Stimme klang zu schwach, um überzeugend zu sein. „Dabei gibt es einiges klarzustellen. Ich kann es dir erklären", hörte Martin sie wie in einem schlechten Film sagen, aber ihre Worte drangen kaum zu ihm durch. Er hatte die ganze Zeit alleine auf einsamem Posten gekämpft! Benommen, als hätte ihm jemand einen Faustschlag versetzt, stand er auf und ging einige Schritte in Richtung Tür. Er drehte sich noch einmal um: Statt ihr Angebot der Erklärung zu wiederholen, senkte sie jetzt den Blick. Offenbar brachte sie es nicht mal mehr fertig, ihm in die Augen zu sehen.

Martin blieb auf dem Flur stehen. Zunächst spürte er nichts außer einer überwältigenden Trostlosigkeit. Dann die Erkenntnis, die ihn traf wie ein Schuss in die Brust: Sie war nicht die, die er zu kennen geglaubt hatte. Darin lag ein absurder Hoffnungsschimmer: Sein Herz zerfetzt und er endlich erlöst von seiner scheinbar unerfüllbaren Liebe zu dieser unmöglichen Frau.

Er hörte ein Geräusch in der Küche und vermutete Florence. Besser er ging, um nachzusehen. Sie wirkte nicht wie jemand, der mit Nachrichten dieser Art besonders gut umgehen konnte. Aber statt Florence fand er Adrian, der am Fenster stehend zusah, wie der Regen gegen die Scheibe peitschte. Martin überlegte kehrtzumachen, doch dann entschied er sich anders.

Einen Moment lang standen sich die beiden Männer schweigend gegenüber.

„Es tut mir leid", begann Martin. „Ich wusste nicht..."

„Schon gut", sagte Adrian und fuhr sich mit der Hand übers Gesicht. „Ich bin selbst schuld." Erst jetzt fiel Martin auf, dass Adrians Stirn schweißbedeckt war. „Ich bin schuld an ihrem Tod." Adrian knöpfte sein Hemd auf und sank erschöpft auf einen Stuhl.

Martin überlegte noch einmal, ob es besser wäre zu gehen. Er war sich nicht sicher, ob dieses Gespräch für ihn bestimmt war. Der Mann, den er vor sich sah, hatte nichts mehr mit dem smarten

Superhelden zu tun, dem die Frau, die Martin geglaubt hatte zu lieben, so hoffnungslos verfallen war.

„Setz dich!", sagte Adrian kraftlos und schob ihm einen Stuhl hin. „Ich weiß, was in dir vorgeht. Du bist bereit, bis aufs Messer um sie zu kämpfen. Und das ist gut so. Sie hat einen Kerl wie dich verdient." Martin wollte etwas sagen, aber Adrian war schneller: „Einen, für den es nur sie gibt. Du scheinst es ehrlich mit ihr zu meinen."

Es war schwer, Sinn aus Adrians Worten zu machen. War er gerade dabei, Kate an ihn abzutreten? Die Hoffnung, die der Gedanke auslöste, lieferte sich einen Ringkampf mit der Enttäuschung über das, was Martin vor wenigen Minuten über sie erfahren hatte. Er hatte keine Ahnung, wer gewinnen würde.

„Ich hingegen", sagte Adrian, der in seiner eigenen Gedankenwelt gefangen schien, „habe schon mal das Leben einer Frau zerstört."

Martin schreckte auf, als einer der Blumentöpfe vom Sturm von der Mauer gerissen wurde und scheppernd zu Boden krachte.

„Alle meinen, es sei ein Unfall gewesen, klassisch, in der Kurve ins Schleudern geraten … aber ich bin mir nicht sicher. Ich glaube nicht, dass es ein Unfall war."

Martin hatte keine Ahnung, was Adrian dazu brachte sich ausgerechnet ihm anzuvertrauen. Das Schicksal schien plötzlich allen neue Rollen zugeteilt zu haben. Und er war offenbar im Moment nicht der Einzige, der sich wie durchgelutscht und ausgespuckt fühlte.

„Ich war ein egoistisches Arschloch, mit dem sie sich nie hätte einlassen dürfen", setzte Adrian seinen an wen auch immer gerichteten Monolog fort. „Ich wusste nicht, was ich an ihr hatte. Die Augen ständig woanders. Ich hätte erkennen müssen, wie es um sie stand." Adrian drückte die Finger auf seine Stirn, während Martin ihm schweigend zuhörte. „Seitdem lebe ich nur noch dafür, das wieder gut zu machen. Aber die Schuld verfolgt mich, verstehst du?! Direkt nach ihrem Tod – ich dachte, ich werde verrückt: Jede Begebenheit, wo ich sie vernachlässigt hatte, fiel mir wieder ein. Ich bin dann fast täglich zum Blumengeschäft gelaufen und habe diese verfluchten, unscheinbaren Veilchen gekauft, die sie so gerne mochte. Den Rest des Tages bin ich auf dem Friedhof herumgelungert. Es war nichts mehr da außer einem riesigen schwarzen Loch."

Adrian bemerkte Martins rätselnden Gesichtsausdruck: „Jetzt fragst du dich sicher, wie man in dieser Verfassung dazu kommen kann, ein solches Video zu drehen."

Martin senkte verlegen den Blick, aber ja, genau das hatte er sich gefragt.

„Es waren Wochen vergangen, ohne dass sich mein Zustand verändert hätte. Gabriel und ich – wir saßen in dieser Bar, bis sie uns rausgeschmissen haben. Wir hatten zu viel getrunken, uns in die Haare bekommen, sind aufeinander losgegangen wie Teenager. Jeder wollte recht haben. Die Diskussion wurde immer irrationaler. Er war wie besessen davon, mir zu beweisen, dass ich niemals so weit gehen würde, selbst in meiner damaligen Verzweiflung nicht. Dass er mich besser kannte als ich mich selbst. Und ich hätte alles getan, um ihn nicht gewinnen zu lassen." Er sah Martin schuldbewusst an. „Ich bin nicht stolz darauf, verstehst du? Gabriel und ich – wir haben noch ein paar andere Dinge getan, auf die ich nicht stolz bin. Ich habe mich gehen lassen …" Martin wartete, aber es kam nichts mehr. Adrian schien in düsteren Erinnerungen versunken.

„Und welche Rolle spielt Florence in dem Ganzen?", traute Martin sich schließlich zu fragen.

„Ach Florence …", seufzte Adrian und lächelte bitter, als hätte ihn die Frage auf weitere schmerzliche Selbsterkenntnisse gestoßen. „Seit Henriettas Tod bin ich keiner Frau begegnet, die mich so beeindruckt hat. Ich habe sie im Aufzug gesehen und konnte meinen Blick nicht von ihr abwenden. Ihre vermeintliche Kühle, unter der eine Tiefe zu ahnen war, die einem den Boden unter den Füßen wegreißt. Ich habe vollkommen den Kopf verloren."

Noch während Adrian redete, wurde Martin klar, dass er nicht von Florence sprach, sondern von Kate. Martin wusste genau, was er meinte: Das Geheimnisvolle an ihr, das ihm selbst keine Ruhe gelassen hatte, das Verlangen, ihre harte Schale zu knacken. Und schließlich nicht mehr von ihr ablassen zu können, als er von der darunter verborgenen Leidenschaft gekostet hatte. Dieses Gefühl hatte ihn fast um den Verstand gebracht. Martin begriff, dass sie nicht nur seinen Kopf fest besetzt hielt, sondern auch den von Adrian. Florence schien hingegen so wenig Bedeutung für ihn zu haben, dass er es nicht mal nötig fand, sie zu erwähnen. Sollte er ihn fragen, ob er wusste, dass Kate wegen ihm hier war? Er entschied sich dagegen. Es war besser, ihn nicht auch noch mit der Nase darauf zu stoßen. Adrians Selbstzweifel waren das einzige was jetzt noch zwischen den beiden stand.

„Tja, mein Junge", sagte Adrian. „Wir lieben dieselbe Frau. Aber das Tragische ist: Keiner von uns wird sie bekommen, weil sie niemanden an sich ranlässt." Martin spürte, wie sein Mund trocken wurde. „Du hast es schon bemerkt, hab ich recht?", fragte Adrian. „Wenn es ernst wird, entzieht sie sich dir, und es gibt nichts, was du dagegen tun kannst."

Martin nickte. Er fühlte sich schmerzlich an die Sinnlosigkeit des ganzen Unterfangens erinnert – dass es keinen Sieger geben würde – geben konnte – weil Kate es nicht zuließ. Sie war nicht zu erobern.

„Was weißt du über sie?", erkundigte sich Adrian.

„Nicht viel", antwortete Martin und plötzlich hatte er einen Verdacht, warum sie nie über ihr Privatleben sprach: Sie führte ein Doppelleben. Sie war nicht nur in London, sondern wahrscheinlich auch in New York als Escort unterwegs. Das würde zu den seltsamen Andeutungen passen, die Nathalie vorhin auf der Terrasse gemacht hatte – das Geheimnis um Kate, das sie lüften wollte. „Sie möchte nicht auf ihre Vergangenheit angesprochen werden," sagte Martin.

„Siehst du, genau das meine ich!", rief Adrian. „Etwas liegt im Dunkeln. Etwas, das ihr die Fähigkeit geraubt hat zu vertrauen. Solange sie sich dem nicht stellt, hat kein Mann eine Chance bei ihr. Hast du ihren inneren Rückzug bemerkt? Sie hat aufgegeben. Es ist aus! Für mich und für dich."

Martin sah ihn betreten an.

„Ich werde morgen meiner Wege gehen," erklärte Adrian, „und du … solltest das auch tun. London ist voll von Abenteuern für einen jungen Kerl. Du wirst sie vergessen."

Martin hatte nicht das Gefühl, dass Adrian an seine eigenen Worte glaubte. Er sah einen Verzweifelten vor sich, der keinen Unterschied mehr erkennen konnte zwischen richtig und falsch. Er sah sich selbst in ihm.

„Vorhin beim Essen, als du nach draußen gegangen warst ...“ Martin kam gerade noch zu vier weiteren Worten: „... hat Gabriel uns erzählt“ – dann der Knall.

Eigentlich war es kein Knall gewesen. Mehr ein dumpfes Krachen, aber anders als Donner. Er hatte nur *Knall* gedacht, wie von einer Schusswaffe, weil sich auf einmal alles anfühlte wie im Krieg und weil das Licht ausgegangen war. Martin hatte Adrian unbedingt noch nach der Escort-Geschichte fragen wollen – ob er wusste, warum Kate so was tat. Aber da hörten sie Gabriels Stimme in der Ferne und kurz darauf war Adrian verschwunden.

Kapitel 26 – Adrian

Ein Schlag von einer immensen Wucht ließ Adrian zusammenzucken und unterbrach sein Gespräch mit Martin. Auf einmal war
es stockdunkel. Er tastete sich zum Lichtschalter der Küche. Die Leitung war tot. Auf dem Flur dasselbe. Er hörte Schritte, die er Gabriel zuordnete, und rief seinen Namen. Er fand ihn am anderen
Ende des Flurs, mit einem silbernen Kerzenständer in der Hand,
sein Gesicht vom Schein der drei Kerzen erleuchtet. Der Anblick
hatte etwas Unheimliches, beinahe Diabolisches, und ließ Adrian
abrupt stehen bleiben. *Das Unheimliche ist das Vertraute, das plötzlich
unvertraut erscheint* – wer hatte das noch mal gesagt? Dass ihm Gabriel auf einmal fremd vorkam, hatte aber wahrscheinlich mehr mit
seiner eigenen Zerrissenheit zu tun, als mit seinem Freund, der ihm
bei Tisch als Einziger zu Hilfe gekommen war. Adrian wusste, dass
er die Situation nicht gut gehandelt hatte. Seine Nerven lagen brach.
Er hatte sich in die Enge treiben lassen. Dann sein Zusammenbruch
vor dem Jungen in der Küche …

Zögerlich näherte sich Adrian. „Hast du den Schlag gehört?“,
fragte er und knöpfte sein Hemd zu. Gabriels irritierter Blick auf
seine nackte Brust erinnerte ihn daran, dass dieser nichts übrighatte
für Schwäche.

„Was für ein Schlag? Fürchtest du dich neuerdings vor Gewit-
tern?“, antwortete Gabriel mit einem Grinsen und signalisierte
Adrian, ihm zum Sicherungskasten zu folgen. „Du kannst dich jetzt
übrigens wieder entspannen. Die Katze ist aus dem Sack! *For the
greater good!*“, erklärte Gabriel.

„Was? Was meinst du damit?“

„Ich habe der Kleinen und unserem jungen Romeo erzählt,
woher wir die beiden kennen.“

„Du hast *fucking* was getan?!“, rief Adrian.

„Ich habe ihnen vom Royal Kensington erzählt und wie schön dort die Aussicht ist", antwortete Gabriel mit einem Schulterzucken. „Allerdings habe ich unerwähnt gelassen, dass Kate vorzeitig gegangen ist. Es schien mir so wirkungsvoller."

Adrian starrte ihn fassungslos an. „Glaubst du, das, was Florence über mich gehört hat, hat noch nicht gereicht? Willst du mich umbringen?! Wo ist sie?"

„Keine Ahnung, ich dachte, sie ist bei dir? Und überhaupt, wen interessiert das jetzt noch?"

„Ahh! Ich könnte dich ..." Adrian packte Gabriel am Kragen, das Wachs der Kerze tropfte auf den Boden. Während er ihn festhielt, wurde ihm klar, dass da noch ein Funken Hoffnung in ihm gewesen sein musste, morgen nicht alleine abzureisen. Dass er Florence schon, mit wohlgewählten Worten und viel Charme, hätte erklären können, dass das Video einige Jahre zurücklag und wenig über ihn aussagte ... Aber wohl kaum, wenn sie nun davon ausgehen musste, dass er immer noch einen solchen Lebenswandel führte. Mit einem Schlag wurde ihm bewusst, dass ihm nichts anderes übrig blieb, als seinem Versagen ins Auge zu blicken. Es starrte ihn an, in Form von Henrietta, von Kate und nun auch noch von Florence. Wäre er in einem Shakespeare, würde er jetzt auf die Knie sinken.

„Ich habe es für dich getan, du verdammter Idiot!", erwiderte Gabriel und löste sich trotzig aus seinem Griff. „Ich konnte das elende Trauerspiel zwischen Kate und dir nicht länger mit ansehen. Sie will dich, falls du das noch immer nicht begriffen hast. Die Situation hat sie verunsichert, das ist alles. Willst du dir das von dem Knaben zerstören lassen? Es wird Zeit, dass du die Dinge in die Hand nimmst!" Adrian starrte ihn atemlos an. „Davon abgesehen nervt er mich schon den ganzen Abend. In jeder erdenklichen Weise", sagte Gabriel und klopfte etwas Staub von seinem Kragen. „Jedenfalls weiß er jetzt, woher der Wind weh!"

Gabriel öffnete die kleine Metalltür und klickte an den Sicherungen herum, aber es tat sich nichts. *„Bugger!"*, fluchte er und schlug mit der flachen Hand gegen den Kasten.

„Wie kommst du dazu, dich da einzumischen?!", rief Adrian, dem Sicherungen, welcher Art auch immer, in diesem Augenblick scheißegal waren. „Hast du keine Augen im Kopf? Hast du nicht gesehen, wie Kate ihn ansieht? Er taucht auf und plötzlich weiß sie nicht mehr, was sie will. Sieht so Liebe aus? Sie hatte ihre Chance, mit mir zu reden, als wir allein waren, in der Bibliothek. Wenn sie sich über ihre Gefühle klar wäre, hätte sie es getan, verstehst du?!"

„Du bist in einer erbärmlichen Verfassung, du zweifelst an dir selbst", sagte Gabriel, der nun aufrichtiges Mitleid mit Adrian zu haben schien. „Du denkst noch immer an Henrietta, das ist das eigentliche Problem. Du bist dir nicht sicher, ob du eine Frau wie Kate verdient hast. Der Junge spielt dabei keine Rolle."

Adrian atmete schwer und starrte ihn an wie ein in die Ecke gedrängtes Tier.

„Kate ist nicht die Einzige, in der er Muttergefühle auslöst. Alle Frauen hier sind *all over him*, falls dir das noch nicht aufgefallen ist." Gabriel lächelte jovial. „Lass sie! Lass sie spielen! Ich dachte, du wärst klug genug zu erkennen, dass so was nicht ernst zu nehmen ist."

Adrian setzte zu einer Erklärung an, doch dann zögerte er. Gabriel würde nicht verstehen, dass es noch ein ganz anderes Problem gab – Kates Problem mit der Nähe. Gabriel war selbst einer von der Sorte, die Menschen nicht zu nahe an sich rankommen ließen. Er würde gar nicht begreifen, wovon Adrian sprach.

„Wir haben jetzt keine Zeit für diesen Unfug", erinnerte ihn Gabriel und drückte ihm den Leuchter in die Hand. „Irgendwas muss mit der Stromleitung passiert sein. Ich gehe raus und sehe nach. Kümmer du dich darum, dass hier inzwischen nicht das Chaos ausbricht!"

Kapitel 27 – Kate

Alles, was ihr lieb und kostbar war, schien verloren. Kate war mit Nathalie und Gabriel am Tisch sitzen geblieben wie eine Hülle ihrer selbst. Das glühende Gefühl beim Erwachen auf Sals Sofa, das sie hierhergeführt hatte, hatte sie verlassen. Zurückgeblieben war eine Leere, die sich bis in die Fingerspitzen ausbreitete und sie von innen heraus abkühlte. Wie damals, als ihr Körper immer kälter geworden war, nachts auf der Treppe im Haus ihrer Eltern. Und die eigene Ohnmacht erdrückend. Es war genau dieses Gefühl, das ihr den Mut geraubt hatte, Adrian nachzugehen und endlich das entscheidende Gespräch zu suchen.

Sie hatte geglaubt, Zeit zu haben, aber Martins Erscheinen hatte sie in Zugzwang gebracht. Und nicht nur sie: Adrians Reaktion hatte ihr gezeigt, dass er selbst noch nicht so weit war, sich auf etwas Neues einzulassen. Auch wenn er all die Wochen versucht hatte, es ihr und sich einzureden. ‚Jetzt ist freie Bahn!‘, hatte Gabriel nach seiner Enthüllung gesagt und Kate zugenickt. Doch was wusste er schon von den Dämonen, mit denen sie zu kämpfen hatte! Und auf welche verhängnisvolle Weise alles miteinander verflochten war. Martins Anwesenheit hatte wie ein Antidot auf ihre Überzeugung gewirkt, zu wissen, was sie wollte. Bis sich ihr Gefühle für Adrian einerseits und Martin andererseits gegenseitig neutralisiert hatten und sie schließlich exakt zwischen den beiden stand, unfähig einen Schritt in die eine oder andere Richtung zu machen.

Dann Martins zutiefst enttäuschter Blick, bevor er das Zimmer verlassen hatte: Eine Welt war für ihn zusammengebrochen, ihre gemeinsame Welt. Und keine Erklärung hätte ihm in diesem Moment helfen können, soviel hatte sie begriffen. Auch wenn sie den letzten Schritt damals im Hotel nicht gegangen war – zwischen ihr und Adrian waren genügend Dinge passiert, die sie nicht mehr leugnen konnte.

Alles fühlte sich falsch an. Und Adrian – sie konnte spüren, dass er kein Vertrauen mehr in sie hatte. Er unternahm nichts, um sie noch einmal – wie damals in New York – vor die Wahl zu stellen. Er hatte sich in seinen Weltschmerz zurückgezogen.

Plötzlich wurde es finstere Nacht im Zimmer – alle Lichter waren ausgegangen – sodass Kate einen Moment lang versucht war zu glauben, ihre Gedanken könnten die Dunkelheit verursacht haben.

„Ach herrje", seufzte Gabriel und erhob sich widerwillig. „Die Sicherung. Das haben wir gleich!" Er nahm einen der beiden Kerzenständer und ging damit auf den Flur.

Nathalie und Kate saßen schweigend alleine am Tisch, ihre Gesichter nur schwach von dem anderen Leuchter angestrahlt, wie auf einem alten Gemälde. Sie vermieden es sich anzusehen. Kate meinte Nathalies Zufriedenheit zu spüren. Der Eindruck ergriff von ihr Besitz und erschwerte ihr das Atmen.

Statt Gabriel, den sie jeden Moment zusammen mit dem Strom zurückerwartete, erschien Martin. Wie er in der Tür stand, erinnerte sie an den Abend, als sie sich in ihrem Büro begegnet waren, direkt nach London. Als sie im Treppenhaus gesessen und er sie gefragt hatte, wie es gewesen war. Kurz flackerte Hoffnung in ihr auf, dass es einen Neuanfang geben könnte.

„Was ist los?", fragte er.

„Geisterstunde! Komm her, wir fürchten uns ohne dich", sagte Nathalie und deutet auf seinen Platz zwischen ihr und Kate.

„Soll ich nachsehen?", bot er an, aber Nathalie schüttelte den Kopf.

„Gabriel macht das schon."

Martin kam zögerlich näher. Sein Blick begegnete dem von Kate und verriet, dass sich über seine Aufgewühltheit eine tiefe Traurigkeit gelegt hatte.

Kate konnte hören, wie Gabriel mit etwas herumklapperte. Dann die Stimmen von ihm und Adrian, zwischen denen sich ein Wortgefecht zu entwickeln schien. Was war das Problem? Man sollte meinen, dass zwei erwachsene Männer doch in der Lage sein müssten, sich um eine Sicherung zu kümmern! Fast wäre Kate aufgestanden, um die Sache selbst in die Hand zu nehmen, so wie sie es immer getan hatte. Aber dann erinnerte sie sich daran, dass es nicht in ihrer Verantwortung lag.

Martin hatte aufgehört, Fragen zu stellen. Er saß nur da und schwieg. Den Wein, den Nathalie ihm eingeschenkt hatte, rührte er nicht an. Kate dachte darüber nach, wie sie das Gespräch beginnen sollte, als ihr eine Idee kam. Wozu brauchte sie überhaupt Worte? Sie hatte keine Lust mehr zu reden – das ewige Reden hatte alles verdorben! Sie könnte den Schutz der Dunkelheit nutzen und einfach ihre Hand auf seine legen. Wenn er sie wegziehen würde, wäre alles klar. Wie hoch war die Wahrscheinlichkeit, dass er ihr verzeihen würde – nach allem, was er gehört hatte? Und wenn er ihr verzeihen würde, was dann?

Als sie einen vorsichtigen Blick dorthin warf, wo sie Martins Hand vermutete, erstarrte sie: Auf seinem Knie lag eine Hand, aber nicht seine.

Kapitel 28 – Martin

Es waren schon einige Minuten vergangen und es hatte sich nichts getan von wegen Licht, als Martin eine Hand auf seinem Schenkel spürte. *Jesus Christ!*, dachte er und hielt den Atem an. Die Frau hatte wirklich Nerven! Er warf einen unauffälligen Blick zu Kate, aber sie schien nichts mitbekommen zu haben. Wenn er sich jetzt bewegte, würde er Kates Aufmerksamkeit erregen und die Situation zwischen den beiden könnte böse eskalieren. Käme er damit durch, so zu tun, als hätte er es nicht bemerkt? Zu seiner Erleichterung wanderte die Hand, die begonnen hatte, seinen Schenkel zu streicheln, zu seinem Knie und blieb dort liegen. Es dauerte einen Moment, bis er sich traute weiterzuatmen. Wahrscheinlich sollte er jetzt aufstehen, überlegte er, als Kate plötzlich aufsprang und aus dem Zimmer lief.

Sie musste es gesehen haben, verdammt! Er wollte ihr nachgehen und erklären, dass er nichts damit zu tun hatte, aber Nathalie griff nach seinem Arm und hielt ihn fest. „Lass sie!", sagte sie leise und näherte sich seinem Gesicht. Doch dann stoppte sie unvermittelt, stand auf und begann Holz in den Kamin zu schichten. Martins verwirrter Blick folgte ihr. „Die scheinen da draußen eine Doktorarbeit über Elektrizität zu verfassen", scherzte sie, während sie einige Blätter Zeitungspapier zerknüllte. „Wenn das noch länger dauert, machen wir es uns doch inzwischen schon mal gemütlich."

Martin beobachtete, wie sie in beeindruckend kurzer Zeit ein ordentliches Feuer entfachte. So hatte er sie gar nicht eingeschätzt. Obwohl er Kaminfeuer und Frauen, die anpacken konnten, mochte, spendete beides wenig Trost in der aktuellen Lage: Seit er angekommen war, lief alles schief. Er warf einen entmutigten Blick zur Tür, dann wieder zu dem inzwischen hell lodernden Feuer. Mit seinem behaglichen Knistern begann es allmählich doch, sein Herz zu wärmen.

Er hatte keine Ahnung, warum es die Frauen in letzter Zeit alle auf ihn abgesehen hatten. Erst Kate, dann Julie und jetzt auch noch Nathalie. Obwohl das für seinen Geschmack ein bisschen *too much* war, tat es ihm in diesem Moment verdammt gut, mit Nathalie auf dem samtigen Sofa zu sitzen, den Kopf an ihre Schulter zu schmiegen und sich Portwein einflößen zu lassen. Er konnte sich nicht genau erklären warum, aber sie schien ihn auf einer tieferen Ebene zu verstehen. Er fühlte sich so gut aufgehoben bei ihr, dass er den Gedanken aufgab, sie nach der leidigen Escort-Sache zu fragen. Nicht jetzt. ‚Ich bin auch mal sehr verletzt worden‘, hatte sie vorhin gesagt und dabei mit der Zange in der Asche gestochert bis sich eine kleine Glut gebildet hatte. ‚Es hat mein ganzes Leben verändert, aber ich bin noch hier, ich lebe. Und das solltest du auch tun!‘

Doch je länger Martin dort saß, desto trauriger wurde er. Er hatte nicht mal mehr die Energie sich vor Gabriel zu fürchten, der jeden Augenblick zurückkommen konnte. Wenn er ihn so mit seiner Freundin sah, würde er wahrscheinlich gleich den Degen, der über dem Kamin hing, von der Wand nehmen. Es war Martin egal. Wenn er sterben musste, dann konnte es genauso gut hier und heute sein. Es gab nur eine Frau, die ihn wirklich interessierte. Und die hatte sich offenbar selbst aufgegeben.

Als er aufschaute, sah er Florence, die sich ein Sofakissen, auf dem ein Dackel abgebildet war, geschnappt hatte und es an ihren Bauch drückte, als müsse sie den Hund vor dem Weltuntergang beschützen. Man brauchte nicht viel Licht, um zu sehen, dass sie geweint hatte.

„Was ist passiert? Wo sind die anderen?“, fragte sie, als sei sie gerade aus einem hundertjährigen Schlaf erwacht.

„Draußen, um genau das rauszufinden. Komm, setz dich zu uns“, sagte Nathalie und streckte eine Hand nach ihr aus. Mit der anderen spielte sie weiter mit Martins Haar.

Florence setzte sich auf Nathalies linke Seite und starrte ins Feuer.

„Es war ein Scherz. Wir haben uns einen Spaß daraus gemacht“, sagte Nathalie. „Ein dummer Einfall an einem beschwipsten Nachmittag. Wir sind keine Escorts!“

Ihr habt es nur mit zwei wildfremden Typen getrieben, zu viert, dachte Martin, dem die Erklärung dürftig vorkam.

„Welche Rolle spielt das jetzt noch", sagte Florence und Martin befürchtete, dass gleich wieder Tränen fließen würden. „Kate und Adrian sind da draußen auf dem Flur. Sie reden, es wirkt als ob ..." Florence Stimme brach weg und sie brauchte eine Weile, bis sie weitersprechen konnte. „Ich wusste es und war blöd genug, mich darauf einzulassen! Ich wusste, dass es eine Frau gibt, über die er noch nicht weg ist. Aber ich konnte ja nicht damit rechnen, ihr ausgerechnet hier zu begegnen!" Nathalie bot ihr ihre andere Schulter an, doch Florence zog das Kissen vor. „Ich möchte abreisen", sagte sie und sprach damit aus, was Martin schon die ganze Zeit dachte.

„Ich komme mit", erklärte er. „Wir können trampen, bis Nizza und dann ..."

„Ihr beiden Schätzchen", sagte Nathalie und lächelte, „ihr kommt bei dem Wetter nirgendwohin! Wir schlafen jetzt erst mal über die Sache und morgen sieht das Leben schon besser aus."

Martin hatte es geahnt: Florence fing wieder an zu heulen.

Er hörte Stimmen auf dem Flur, dann sah er Gabriel 90 Grad gedreht in der Tür stehen. Vorsichtig nahm Martin seinen Kopf von Nathalies Schulter. Gabriel war triefnass. Er streckte demonstrativ die Arme nach vorne aus und ließ das Wasser auf den Teppich tropfen, was die Dramatik des Augenblicks noch unterstrich. Gabriels Blick traf Nathalie wie eine Waffe. Sie erhob sich daraufhin langsam – viel zu langsam, um den verstimmten Hausherrn zu entschärfen – und ging auf ihn zu. „Ich habe mir nur ein bisschen die Zeit vertrieben", sagte sie im Vorbeigehen zu ihm. Sie schien keine Angst vor ihm zu haben – auch nicht als er nach ihrem Handgelenk griff und zudrückte. Sie neigte den Kopf mit einer seltsam unterwürfigen Geste, woraufhin er sie losließ. Kurz darauf kam sie mit einem Handtuch und einem Seidenhemd für ihn zurück. Die ganze Zeit über hatten Gabriels Augen Martin fixiert, der inzwischen wieder in der Vertikale angekommen war.

„Ein Blitz hat in die alte Pinie vor dem Haus eingeschlagen. Die eine Hälfte ist auf die Stromleitung gestürzt", erklärte Gabriel emotionslos, „die andere blockiert die Einfahrt." Er zog sein Hemd aus und ließ sich von Nathalie das frische reichen, als es ihm plötzlich in den Rücken fuhr. Er fasste sich reflexartig an die Stelle. Nathalie wollte ihm helfen, doch er hielt sie auf Abstand: „Untersteh dich!" Es dauerte ein paar Minuten, während derer niemand wagte, etwas zu tun, bis er sich langsam aufgerichtet hatte.

Dann war er aber sofort wieder der Alte: „Es wird uns nichts anderes übrig bleiben, als zu warten bis morgen Hilfe kommt. Vielleicht entspannen wir uns jetzt zur Abwechslung alle mal ein bisschen!" Gabriel nahm einige Kerzen aus einer Schublade und drückte sie Adrian in die Hand, der, gefolgt von Kate, in der Tür aufgetaucht war. Florence schluchzte und beugte sich tiefer über ihr Kissen. Gabriel trat mit dem Fuß gegen die Kommode, die sich daraufhin knarrend öffnete und den Blick auf weitere silberne Kerzenhalter freigab. „Bedient euch!", sagte er und ging, um seine Hose zu wechseln.

Kate half Adrian, mehr Kerzen aufzustellen. Wie in einem Vampirfilm, dachte Martin, der die beiden unglücklich bei ihrer reibungslosen Zusammenarbeit beobachtete. Anschließend setzte sich Kate in den Sessel gegenüber vom Sofa, der sie merklich einsinken ließ. Wie eine Fremde saß sie in dem willenlosen Sitzmöbel, das sicher schon einiges mitgemacht hatte. Einiges in *der* Richtung, so wie Kate. Nie hatte Martin sich so weit von ihr entfernt gefühlt wie in diesem Moment. Der Anblick brach ihm das Herz. Und Florence hielt noch immer den Dackel wie ein Schutzschild zwischen sich und der Welt.

Nathalie war aufgestanden, um weitere Gläser für den Portwein zu holen, aber Martin wollte nicht abwarten bis sie sich wieder zu Florence und ihm setzte. „Danke, mir reicht's für heute!", sagte er und stand auf. Er ging vorbei an dem *Gâteau au Chocolat*, den keiner angerührt hatte, und an Adrian, der in der Tür lehnte und ihn mit einem merkwürdig versöhnlichen Blick ansah. Irgendwie so als wären sie jetzt quitt.

Martin lag in der Dunkelheit seines stromlosen Zimmers auf dem Bett und starrte an die Decke. Sein Handyakku hatte noch geschätzte zwanzig Prozent, bald würden es zehn sein, dann fünf

und dann ... Der Sturm hatte sich nach erledigter Arbeit wieder verzogen und lachte sich jetzt sicher ins Fäustchen. Gabriel hatte Glück
gehabt, dass es nicht auch noch seinen Wagen erwischt hatte, der
direkt unter der Pinie stand.

Martin zog sich nicht aus. Er hatte Mühe, in fremden Betten
Schlaf zu finden und in diesem hier ganz besonders. Es kam ihm
vor, als hätte es auf jemand anderen gewartet statt auf ihn. Wie naiv
war er eigentlich, dass er geglaubt hatte, er könne das Blatt noch
irgendwie wenden?! Julie fiel ihm ein und wie sie in New York auseinandergegangen waren. Wenn sie ihn jetzt sehen könnte – Mann,
würde sie auf ihn herabschauen! Wie es ihr wohl ging? Ob sie
immer noch wütend auf ihn war?

Als Nathalie kam, brachte sie Licht mit. Martin hatte gewusst, dass
sie kommen würde, auch wenn Gabriel ihr mit der Enthüllung der
Geheimnisse um Kate klar zuvorgekommen war.

„Darf ich?", fragte sie und wartete, bis er ihr durch ein Schulterzucken zu verstehen gegeben hatte, dass es ihm egal war. Sie setzte
sich neben ihn.

„War es das, was du mir über Kate erzählen wolltest?", fragte er.
„Diesen *kleinen Spaß*, den ihr euch da in London erlaubt habt? Oder
macht ihr so was öfter – Kate und du?"

Nathalie senkte den Blick. Dass sie schwieg, war ihm Antwort
genug.

Sie stellte die Kerze auf den Nachttisch, dabei fiel ihr das Buch
auf: „Was liest du da? Ein Grundlagenwerk über Berechenbarkeit?"
Es sollte wohl ein Scherz sein. Berechenbarkeitstheorie – das war
eher, was Kate auf dem Nachttisch haben würde. „Oho!", sagte sie
und nahm es in die Hand. „Wie bist du denn darauf gekommen?"

Martin hatte keine Lust, ihr die Geschichte zu erzählen. „Du
kennst es?", fragte er zurück.

„Anaïs und ihre *amour fou* mit Henry und June? *Mais bien sûr!*
Wie gefällt es dir?" Sie forschte in seinem Gesicht.

„Ich weiß nicht ... alles irgendwie ziemlich *desperate*." Er hatte
vorgehabt, es im Zug fertig zu lesen, aber dann war es ihm auf die
Stimmung geschlagen: Was so interessant, so vielversprechend,

begonnen hatte, war letzten Endes doch nur eine weitere qualvolle Liebesgeschichte. Welche Rolle spielte es da, ob zu zweit, zu dritt oder zu viert?

„Und? Was hast du daraus gelernt?" Ohne provokative Fragen konnte sie wohl nicht leben.

„Liebe verläuft immer katastrophal, egal wie viele Personen beteiligt sind?", wagte Martin einen Versuch.

„Falsch!", sagte sie und erhob sich. Er richtete seinen Oberkörper auf und stützte sich auf die Ellbogen. Sie stand vor ihm, als wolle sie ihm eine Nachhilfestunde in Sachen Liebesbeziehungen geben – auf die Ausführungen war er gespannt! „Die Probleme beginnen genau dann, wenn du versuchst, einen anderen Menschen zu besitzen", erklärte sie mit einer Überzeugung, als hätte sie gerade das Gravitationsgesetz bewiesen.

Er musste an Gabriel denken, der ihm ein gutes Beispiel dafür zu sein schien. „Dann stimmt aber etwas mit dir und deinem Lover nicht", sagte er. „Oder willst du behaupten – obwohl er so eifersüchtig über dich wacht – er würde dir die Freiheit lassen …"

„… mit anderen Männern zu schlafen?", beendete sie seinen Satz. „Selbstverständlich! Weil er in jeder erdenklichen Weise großzügig ist. Und weil diese Großzügigkeit ganz neue Möglichkeiten für unsere Beziehung eröffnet."

Martin spürte, wie ihm heiß wurde. „Aber sein Ärger vorhin …"

„Ein Spiel, das er gerne spielt – und ich auch", sagte sie mit einem selbstbewussten Grinsen. Sie gab Martin Zeit, das Gehörte sacken zu lassen. „Hast du dir schon mal die Frage gestellt, ob du Kate mit jemandem teilen könntest?"

Martin stülpte die Unterlippe nach vorn und pustete Luft in sein Gesicht. Sein Gehirn präsentierte ihm die Antwort innerhalb von Sekunden, aber in seinem Bauch krampfte sich etwas zusammen. „Es hinge von der Gleichung ab – wie viel unter dem Strich für mich übrig bliebe", ließ er seinen Kopf sagen, woraufhin sein Magen beschloss, mit einem stechenden Schmerz zu reagieren: Nein, er hatte keine Lust, sie zu teilen! Er würde sie niemals teilen, niemals!

„Denkst du, das funktioniert? Indem du brav abwartest, was für dich übrig bleibt?", fragte Nathalie weiter, obwohl sie die Antwort natürlich schon kannte.

„Fuck!" Martin ließ sich zurück ins Kissen fallen und fuhr sich mit den Händen übers Gesicht.

„Glaubst du, ein anderer könnte sie besitzen?"

Die Fragen begannen, ihn aufzuwühlen. Worauf wollte sie hinaus?

„Gefalle ich dir?", fragte sie und setzte sich wieder neben ihn.

Ja, dachte Martin, aber das ist nicht der Punkt, oder?

„Würde es irgendwas an deinen Gefühlen für Kate ändern, wenn wir beide die Nacht zusammen verbringen, ohne allzu viel in die Sache hineinzuinterpretieren? Vielleicht fühlt sich danach ja alles viel leichter an. Wenn du sie mal für ein paar Stunden vergisst, statt dich in deine Enttäuschung hineinzusteigern. Du bist schließlich frei – du kannst tun, was du willst!"

Martin sah sie verblüfft an. Mit allem hatte er gerechnet, nur nicht damit, dass sie versuchen würde, ihn mit Argumenten zu überzeugen, die schwer zu entkräften waren. Selbst wenn er Kate, nach dem, was er an diesem Abend über sie erfahren hatte, keine Rechenschaft mehr schuldig war – sie würde austicken, wenn sie davon wüsste. Sie war unfassbar eifersüchtig auf Nathalie, so viel war klar – aber hieß das, im Umkehrschluss auch, dass sie tiefere Gefühle für ihn hatte? Was hatte sie dann mit Adrian auf dem Flur gemacht, das Florence so durcheinandergebracht hatte? Hatten sie sich geküsst? Die Gedanken drehten sich in Martins Kopf und blieben schließlich wie die Kugel eines Roulettes in einem Fach liegen: Tatsache war, nicht sie, sondern ihre Freundin saß hier auf seinem Bett und wollte die Nacht mit ihm verbringen – mit ihm, *by all means*! Alles andere war ungewiss, inklusive Gabriels angeblicher Gelassenheit. Die Jungs aus der Band würden ihn für verrückt erklären, wenn er eine Chance wie diese, mit einer Frau wie Nathalie, ausschlug. Dabei hätte natürlich keiner von denen die Nerven für so was, geschweige denn die Gelegenheit. Aber was die anderen denken würden war nun wirklich das Letzte, worum es ging. Er war hier auf einer Mission!

Dann, auf einmal, als er das Wort *Mission* dachte, fiel ihm wieder ein, was ihm in London auf dem Markt klar geworden war. Es kam ihm plötzlich wie die Quintessenz überhaupt vor: Liebe vermehrt sich, wenn man sie freizügig gibt, nicht wenn man sich ängstlich daran klammert. Konnte er Kates Liebe tatsächlich nur gewinnen, indem er sie losließ?

Kapitel 29 – Kate

Der Regen hatte aufgehört und es war nicht mehr lange bis zur Morgendämmerung. Kate öffnete die Tür zur Terrasse und trat hinaus. Die Luft roch noch immer nach Verwüstung und es überraschte sie, wie vertrauensvoll sich der Garten vor ihr ausbreitete. Einige Glühwürmchen näherten sich ihr neugierig von der Seite und schwirrten dann an ihr vorbei die Steintreppe hinab.

Es war höchste Zeit gewesen, reinen Tisch zu machen. Nathalies Hand auf Martins Knie war nur der Tropfen, der das Fass zum Überlaufen gebracht hatte. Dabei war es egal, wo sie anfing – mit Nathalie, Martin oder gleich mit Adrian, dem sie, direkt danach, auf dem dunklen Flur in die Arme gelaufen war.

Also hatte sie genau dort begonnen und ihm gesagt, wie es um sie stand. Dass sie nicht einfach da weitermachen konnten, wo sie in der Bibliothek aufgehört hatten, auch wenn sie es sich noch so sehr gewünscht hatte. Ihre Erkenntnis, nach dem Gespräch mit Sal in New York, war nicht die Lösung gewesen, sondern erst der Anfang. Sie hatte überstürzt gehandelt. Mittlerweile war ihr klar, dass sich die Dinge nicht aufhalten ließen. Zwischenschritte konnten nicht übersprungen werden. Alles erfolgte nach einer eigenen Gesetzmäßigkeit, einem vorgeschriebenen Ablauf, den sie nicht beeinflussen konnte. Zuerst hatte sie diese Einsicht verstört, aber allmählich begriff sie, dass sie sich dem Prozess anvertrauen musste. Ein Prozess, in den nicht nur sie und Adrian involviert waren, sondern auch Martin und Nathalie.

Auch Adrian hatte die Karten endlich aufgedeckt und zugegeben, dass er noch immer mit dem Tod dieser Frau rang und mit seiner vermeintlichen Schuld. Er selbst zweifelte daran, ob es heilsam für Kate wäre, sich ausgerechnet ihm anzuvertrauen. Dass sie einen Mann verdiene, auf den sie sich verlassen könne. Er habe gehofft, dieser Mann für sie zu sein, aber er war sich nicht sicher. Es wäre ein riskantes Abenteuer, sich mit ihm einzulassen, das von der entscheidenden Frage abhing, ob er jemals wieder Vertrauen zu sich selbst finden könne. Ein weit größeres Risiko als mit Martin jedenfalls, von dem Adrian überzeugt sei, dass er Kate aus tiefstem Herzen liebe und der unbelastet und bedingungslos für sie da sein würde.

Sie hatten das Gespräch nicht zu Ende führen können, da Gabriel klatschnass von draußen zurückgekommen war. Kurz darauf hatten sich die Dinge überschlagen. Martin hatte sich enttäuscht in sein Zimmer zurückgezogen. Was dann passierte, war so vorhersehbar wie ein Naturgesetz: Kate hatte gewusst, dass Nathalie ihre Chance nutzen würde. Sie hatte noch nicht mal sehen müssen, dass sie in sein Zimmer gegangen war. Sie wusste es einfach.

Kate hatte in Gabriels Blick geforscht und geahnt, dass er es ebenfalls wusste, aber er hatte nicht eingegriffen. War es Selbstschutz, der ihn ausblenden ließ, was er nicht sehen wollte? Er hatte Kate unterstützt, was Adrian betraf, doch mit dieser Art von Schmerz musste sie alleine zurechtkommen.

Kate spürte die Versuchung, Nathalie nachzugehen. Sie stellte sich vor, wie sie die Tür aufreißen und sie zur Rede stellen würde. Aber dann machte sie sich klar, dass das, was Nathalie dazu gebracht hatte, so weit zu gehen, nichts mit Martin zu tun hatte, sondern mit ihrer gemeinsamen Vergangenheit. Nathalie hatte lange vor Kate begriffen, was er für sie bedeutete. Nur so war ihr fahrlässiges Flirten, die scheinbar heimlichen Berührungen zu erklären, bei denen sie darauf geachtet hatte, dass Kate sie auch tatsächlich mitbekam. Es war die Rache für Kates Verrat, unter dem sie so lange gelitten hatte.

Kate hatte ihre Zimmertür offengelassen und abgewartet bis sie das Klicken von Martins Tür hörte. Sie war hingelaufen, hatte nach Nathalies Arm gegriffen und sie in ihr Zimmer gezerrt, wo sie sich atemlos gegenüberstanden. Nathalie hatte ihr in die Augen gesehen, mit einem Ausdruck, der besagte, dass sie bereit war. Er zeigte weder Scham noch Bedauern.

‚Verdammt, Kate!', hatte sie schließlich gesagt. ‚Warum schaffe ich es nicht, endlich mit dir abzurechnen, jetzt, wo sich die Gelegenheit dazu bietet?! Warum bedeutest du mir noch immer so viel?'

Ihre plötzliche Ehrlichkeit ließ Kate verstummen.

‚Ich wollte dir helfen mit Adrian, wirklich! Aber was du von Martin erzählt hast, hat mich zu sehr an damals erinnert – wie kalt du über die Gefühle anderer hinweggegangen bist.' Nathalies Blick war stark und offen, obwohl sie Tränen in den Augen hatte.

Und dann hatte sie das Geheimnis gelüftet und Kate erzählt, was anschließend passiert war – nachdem Pete Nathalie gesagt hatte, dass er sie wegen Kate verließ. Nathalie hatte sich Tabletten besorgt, aber eine Nachbarin hatte sie gerade noch rechtzeitig gefunden. Man hatte sie in eine Klinik gebracht, woran sie sich nicht erinnerte, weil sie bereits bewusstlos war. Danach war sie eine Zeit lang nicht mehr an der Uni. Das musste gewesen sein, als Kate vergeblich versucht hatte, sie zu erreichen, und davon ausgegangen war, dass sie nicht mehr mit ihr reden wollte. Niemand hatte etwas von ihrem Zustand mitbekommen. Am allerwenigsten Kate, die kurz darauf Pete den Laufpass gegeben hatte. ‚Jetzt können wir offiziell zusammen sein', hatte er verkündet. Wo hatte er hingedacht!

‚Und du hast ihn noch nicht mal gewollt', hatte Nathalie leise gesagt. ‚Du hast alles kaputtgemacht, ohne dass er dir wirklich wichtig gewesen wäre.' Den Rest kannte Kate: die oberflächliche Klärung auf ihr eigenes Drängen hin, einige Zeit später, die sich nie wie eine angefühlt hatte. Danach waren sie sich weiter an der Uni und auf Partys begegnet, aber es war nie mehr wie zuvor.

Das Blut war aus Kates Gesicht gewichen, als Nathalie zu Ende erzählt hatte. Das war es also, was sie so lange mit sich herumgetragen hatte! Kate hatte nicht anders gekonnt als sie zu umarmen und festzuhalten. „Es tut mir so leid!" Kate musste den Satz mehrmals wiederholen, bis Nathalies Schultern weicher wurden, bis sich ihr stilles Weinen mit dem von Kate vereinte und die Trauer über das Geschehene sie beide erfasst hatte.

Nathalie musste nach dem Vorfall bewusst beschlossen haben, sich nie wieder verletzen zu lassen. Sie hatte den Spieß umgedreht und war jetzt diejenige, die sich leicht und immerzu bewegte. Nicht zu fassen für alle, die sie begehrten. Darin waren sie sich ähnlich, wobei Kate die vermeintliche Leichtigkeit von Nathalie nie erreicht hatte. Für Kate fühlte sich alles schwer an – ein Kampf, den sie führen musste, mit sich und der Welt. Sie beide hatten geglaubt, sich dadurch schützen zu können, jede auf ihre Weise, und waren damit gescheitert. Im Zusammensein mit anderen mochte Nathalies neue Unverletzbarkeit für sie funktioniert haben, aber nicht als sie Kate wiederbegegnet war.

‚Ich war entschlossen, mit Martin zu schlafen‘, hatte Nathalie gesagt, ‚und es dir danach zu erzählen. Ich hatte gehofft, mich dann endlich befreit zu fühlen. Aber als ich ihn im Arm hielt, seine wundervollen Lippen küsste und mir vorstellte, wie du dasselbe getan hast, wurde ich immer trauriger. Ich spürte, dass er dabei an dich dachte, genau wie ich.‘ Nathalie ließ die Schultern sinken. ‚Es ist nichts weiter passiert. Er war nicht bereit dazu.‘

Das Mondlicht, das durchs Fenster fiel, machte Kates Gesicht noch blasser. Die Erschütterung hatte sich nach Nathalies Geständnis wie ein Erdbeben in ihr ausgebreitet. Erstaunlicherweise empfand sie dennoch keine Wut. Es hatte eine Befreiung stattgefunden, aber nicht die von Martin oder Nathalie, sondern ihre eigene.

Kate sah sich selbst, wie sie barfuß im regennassen Gras stand. Etwas, das sie schon sehr lange nicht mehr getan hatte. Das erste Mal seit Wochen hatte sie das Gefühl, wieder ohne Anstrengung atmen zu können. Zu ihrer Verwunderung kamen die Glühwürmchen zurück und schwebten als winzige Lichtpunkte um ihre Beine. Während sie ihnen zusah, wurde ihr auf einmal etwas klar: Jetzt – erst jetzt – erkannte sie, wer sie war und was sie *wirklich* wollte.

Kapitel 30 – Martin

Martin lag schon lange wach und die Sonne hatte bereits seine Füße erreicht, als Kate am nächsten Morgen in sein Zimmer kam. Sie trug das aufregende Sommerkleid, das sie bei seiner Ankunft angehabt hatte und in dem sie wirkte wie in einem Traum. Als sie sich darin, ohne etwas zu sagen, auf sein Bett setzte, fühlte es sich an, als könnten sie noch mal von vorne beginnen. Doch die Realität holte ihn ein und er erinnerte sich an die vergangene Nacht. Es gab kein Zurück mehr: Seine Bereitschaft, einer Illusion nachzujagen, war vorbei. Er hatte sich dafür entschieden, Kate loszulassen, auch wenn er sie dann wahrscheinlich verlieren würde.

Sie bemerkte seinen sorgenvollen Blick, aber als er etwas sagen wollte, legte sie ihren Finger auf seine Lippen. Die Berührung ließ ihn den Atem anhalten. Kate wirkte spürbar verändert, obwohl er nicht wusste, warum. Ob ihr seine Veränderung ebenfalls aufgefallen war?

„Ich würde mich gerne für eine Stelle in deinem Department bewerben", sagte sie. „Falls du noch mit mir zusammenarbeiten möchtest." Martin sah sie erstaunt an. „Ich selbst ..." Sie zögerte, bevor sie weitersprach. „Ich will es noch immer – sehr – aber ich kann deine Doktorarbeit nicht betreuen." Er hörte ihr ruhig zu. „Dass ich die Grenze zwischen uns überschritten habe, war ein Fehler und hätte nie passieren dürfen. Dafür möchte ich mich entschuldigen. Du musst dir eine neue Betreuerin suchen, eine, die sich besser im Griff hat."

Er sah sie traurig an, als ihm klar wurde, wie sie es bezeichnet hatte. „Für mich hat es sich nie wie ein Fehler angefühlt", sagte er schweren Herzens, „aber gut, Entschuldigung angenommen."

Er konnte die Erleichterung in ihren Augen sehen, doch er war sich nicht sicher, ob das so hinhauen würde, wie sie es sich vorstellte.

„Falls es klappt mit der Stelle, dann arbeiten wir ab sofort als Kollegen zusammen, auf Augenhöhe", sagte sie in einem tröstlichen Ton, aber für Martin stand mittlerweile zu viel Ungeklärtes zwischen ihnen. Sein Herz würde sich nicht so leicht beruhigen.

„Ich hätte beinahe mit deiner Freundin geschlafen letzte Nacht", sagte er schließlich und senkte den Blick. „Es ist besser, du weißt das, bevor du dich für irgendwas entscheidest. Jetzt hast du wirklich einen Grund, sauer auf mich zu sein. Ich packe dann mal meine Sachen und haue ab."

Zu seiner Überraschung sagte sie nichts, sondern beugte sich über ihn und küsste ihn.

„Was ist los?", flüsterte er. „Ist das ein Abschiedskuss? Kann ich noch einen kriegen?"

„Ich muss dir auch was sagen. Aber ich habe Sorge, dass es dir nicht gefallen wird." Sie machte eine Pause, in der sie den Atem anhielt. „Ich will euch beide."

Er richtete sich langsam auf. Ihre Worte waren bei ihm angekommen, doch sie ergaben keinen Sinn – bis ihm zu dämmern begann, dass sie nicht von ihm und Nathalie sprach. „Hast du Fieber?", fragte er und wollte seine Hand auf ihre Stirn legen, aber sie hielt sie fest.

„Ich meine es ernst: Ich will euch beide – dich und Adrian."

Martin hatte Mühe, ihr zu folgen. Hatte er richtig verstanden? Statt ihm eine runterzuhauen schlug sie ihm *was* vor? Eine Dreierbeziehung?

Was ihn am meisten wunderte, war, dass ihn ihre Worte nicht wirklich schockierten. Alles an Kate war ungewöhnlich. Sie hatte ihm schon in New York gesagt, dass es mit ihr kein normales Leben geben konnte. Nur hatten damals weder er noch sie begriffen, was das genau bedeutete. Ihm fiel das Buch ein. Als er es in die Finger bekommen hatte, hätte er nicht um alles in der Welt gedacht, dass er sich bald in einer ähnlichen Situation befinden würde. Und würde das ihre Probleme lösen oder einfach neue bereiten?

Er stellte sich vor, wie sie zu dritt auf dem Sofa säßen, Kate in der Mitte. Wie Martin ihre Hand hielte und Adrian ihren Arm streichelte. Wer dürfte sie zuerst küssen und hätte er die Nerven zuzusehen, falls es Adrian wäre? Würden sie nicht ständig eifersüchtig darüber wachen, wer mehr Zuwendung von ihr bekam? Und was, wenn sie – nach dem kollektiven Rumgeschmuse – dann beide so richtig heiß auf sie wären – wie sollte es dann weitergehen? Wen von ihnen würde sie mit in ihr Zimmer nehmen – oder dachte sie womöglich …

„Weiß er schon davon?", unterbrach Martin seine ungezügelten, sich überstürzenden Gedanken.

„Nein, ich wollte zuerst mit dir sprechen", sagte sie und sah ihn verunsichert an. „Ich bin mir bewusst, ich verlange viel von dir – von euch … und ich habe Sorge, dass –" Sie biss sich auf die Lippe.

„Wir uns im Morgengrauen duellieren?" Ein flüchtiges Lächeln zeigte sich um Martins Mund.

„Ja, oder so was Ähnliches", sagte sie und legte die Stirn in Falten.

Du nimmst mir das nicht übel mit Nathalie, wollte er fragen. Doch dann fiel ihm auf, dass das angesichts ihrer Bekanntmachung, künftig mit ihm *und* Adrian zu schlafen, keine Rolle mehr spielte.

„Also, was denkst du?", fragte sie betont leise, vermutlich um die Dringlichkeit aus ihrer Frage zu nehmen.

„Ich bin ziemlich platt. Das ist … ganz schön gewagt", antwortete er aufrichtig. „Kannst du das denn handeln? Erst gar keine Beziehung und dann gleich mit zwei Typen?"

Ihr Gesichtsausdruck erhellte sich, weil sie sah, dass er zumindest darüber nachdachte. „Ich habe keine Ahnung", gab sie zu, „aber könntest du dir vorstellen, es trotzdem zu versuchen?"

Statt ihr zu antworten, griff er nach seiner Gitarre, die neben dem Bett an der Wand lehnte. „Kennst du diesen Britpop-Song – wo ein Typ zu seiner Freundin sagt, dass es ihm egal ist, wenn sie es mit einem anderen macht, solange sie noch was für ihn aufhebt …" Er spielte ihr die Stelle vor.

Kate musste lachen. „Kennst du auch anständige Liedtexte?"

„Es geht dir also nicht nur um Sex, *Escort Girl*?", fragte er zurück.

Sie sah aufgewühlt aus. „Es ging mir nie nur um Sex, dummer Junge! Ich bin mir bloß selbst im Weg gestanden."

„Mit wie vielen Männern hast du denn … als Escort, meine ich?"

„Mit gar keinem."

„Aber ihr wart zu viert in diesem Hotelzimmer ..."

„Ich bin gegangen, bevor es dazu kam."

Martin ließ ihre Worte auf sich wirken. Er wollte ihr so gerne glauben.

Kate wartete, bis er von seinem Instrument aufsah. „Das Lied, das du für mich geschrieben hast – würdest du es noch mal spielen?"

Er stimmte die Melodie an, aber der Text kam ihm nicht über die Lippen.

Martin legt die Gitarre auf den Boden und zog Kate zu sich. Sie schmiegte ihren Kopf an seinen Hals und er hoffte, dass sein T-Shirt nicht nach Nathalies Parfüm roch. Er wünschte, er könne den gestrigen Abend und vor allem die damit verbundenen Zweifel aus seinem Gedächtnis löschen. Kate war ihm auf einmal so fremd geworden, dass er einfach nicht mehr klar gesehen hatte. Alles schien verloren. Zumindest hatte er noch rechtzeitig die Kurve gekriegt: In dem Moment, als Nathalie ihre Hand in seine Jeans geschoben hatte, hatte er gespürt, dass er es bereuen würde.

Er berührte Kates Haar, wie um sich zu vergewissern, dass sie wirklich da war. „Du weißt, dass dein Vorschlag eine Menge Fragen aufwirft? Ein ganzes Projekt sozusagen."

Sie nickte.

„Wir müssten klären, wie das ablaufen soll. Du ziehst also nach London?"

„In London gibt es keine Bagels, oder?", fragte sie, um ihn zu necken.

„Ich finde Bagels für dich!", sagte Martin, der nicht die Absicht hatte, sie vom Haken zu lassen. „Würden wir drei zusammen wohnen? Könnte ich auch mal alleine mit dir sein? Wie viel Zeit verbringst du mit ihm, wie viel mit mir? Wer bestimmt die Regeln?" Es ginge natürlich nicht, dass sie mit ihm, Martin, zusammenarbeitete aber mit Adrian die doch deutlich attraktiveren Abende verbrachte. Ihr Schweigen erinnerte ihn daran, dass es jetzt noch keine Antworten geben konnte. Er müsste sich auf ein langwieriges Experiment mit ungewissem Ausgang einlassen.

„Und da sind noch mehr Fragen", wand er ein, „die du mir nie beantwortet hast. Zum Beispiel über deine Vergangenheit." Mit einem Frösteln dachte er an die Szene am Kaffeeautomaten, an der Uni, als sie ihm unmissverständlich klargemacht hatte, dass ihn das nichts anging.

„Dann frag mich jetzt! Ich verspreche, dir alles zu sagen."

„Komplette Offenheit?"

Sie nickte und sah ihn einen Moment an wie ein verlorenes Kind.

„Warum bist du damals weg aus Deutschland? Was ist mit deiner Familie?"

Er konnte spüren, wie sie mit sich rang – als hätte sie Angst, dass er ihr nicht glauben würde. Gerne hätte er ihr mit einem Lächeln auf den Rücken geklopft – Spuck's aus! Doch er begriff, dass sie diesen Schritt allein machen musste.

Ihr Bericht dauerte lange und die Geschichte war schlimmer als gedacht. Vor allem hatte ihn die Escort-Nummer auf eine völlig falsche Fährte gebracht: Er hatte angenommen, dass sie so was wahrscheinlich früher schon mal gemacht hatte – für Geld – aber das!

„Das ist *fucking creepy*!", brachte er nur mit Mühe hervor, als sie fertig war. Er schlang seine Arme um sie und musste Tränen unterdrücken. Er konnte förmlich die kalten Füße des kleinen Mädchens auf der Treppe spüren. Er hatte ihre Einsamkeit geahnt, wenn sie sich hinter coolen Sprüchen und Bergen von Papier in ihrem Büro versteckt hatte. Akademische Veröffentlichungen und Titel machten ihren Wert als Mensch messbar und waren durch ihre eigene harte Arbeit erreichbar. Das hatte sie sich lange Zeit eingeredet – beim Versuch, einen Erfolg nach dem anderen über dieses furchtbare Gefühl zu legen. In der Hoffnung, dass sich ihr Leben irgendwann sicher anfühlen würde – dauerhaft, konstant, verlässlich, sicher. Und zwar höchstwahrscheinlich dann, wenn sie das Maximum erreicht hätte: die Professur. Wie qualvoll es gewesen sein musste, dabei von einem – im Grunde ebenfalls völlig unberechenbaren – Typen wie Serge abhängig zu sein!

Und da kam er, Martin, ins Spiel: Das Einzige, was sich in dem ganzen akademischen Wahnsinn verlässlich und gut für Kate angefühlt hatte, war ihre Arbeit mit ihm gewesen. Sich aber auf eine Liebesbeziehung – mit all ihren Ungewissheiten – einzulassen, hätte bedeutet, das Kostbare, das sie verband, zu riskieren.

Es beruhigte ihn, dass diese Dinge nun endlich den Weg in ihr Bewusstsein gefunden hatten. Und dass sie akzeptiert zu haben schien, dass Flussdiagramme nicht die geeignete Methode für Gefühlsentscheidungen waren. Vor allem aber war er froh, sie jetzt hier in seinen Armen zu halten.

„Ich habe Angst, dass ich der Sache mit euch beiden nicht gewachsen bin und alles in einem riesigen Desaster endet", sagte sie in sein blasses Gesicht, „aber ich will es unbedingt versuchen."

„Größer als das Desaster in New York? Meinst du, das geht?", fragte er, woraufhin sie lachen musste. Er küsste eine Träne von ihrer Wange. „Ich hatte übrigens auf Tristan getippt. Ziemlich krank, dass es Oda war, findest du nicht?" Kate hob die Schultern. „Hast du eigentlich inzwischen rausgefunden, warum er gekündigt hat?"

Sie antwortete nicht, aber ein Lächeln auf ihrem Gesicht verriet, dass sie es wusste.

Kapitel 31 – Adrian

Adrian sah zu, wie die Männer den Baum mit der Motorsäge zerlegten und auf den Laster luden. Ein kleiner Dicker saß im Fahrerhaus und betätigte mit zwei Fingern den auf der Ladefläche angebrachten Kran mit den Greifarmen, während sein junger Kollege es nicht so gut getroffen hatte: Er war für die groben Arbeiten zuständig. Der Schweiß rann ihm den nackten, muskulösen Rücken hinab und es wunderte Adrian, wie er dennoch so vergnügt vor sich hin pfeifen konnte.

Gabriel war dabei, mit seiner Unruhe Schritt zu halten, indem er in der Einfahrt auf und ab ging. Er telefonierte mit London. Adrian konnte seinem Ton anhören, dass etwas mit seinen Geschäften schief gelaufen sein musste.

„Erledigt! Fast jedes Problem lässt sich mit Geld lösen", erklärte Gabriel, als er aufgelegt hatte, doch er schien nicht zufrieden.

Adrian überlegte, ob er ihn noch mal auf ihren Streit ansprechen sollte – vielleicht hatte er überreagiert – da erschien Florence mit ihrem Koffer in der Tür. Sie hatten die Nacht in getrennten Zimmern verbracht und er konnte ihr ansehen, dass sie noch nicht über den Schock hinweg war.

„Ich bringe dich zum Flughafen", bot er an, aber sie schleppte den Koffer, ohne sich helfen zu lassen, an ihm vorbei und stellte ihn, in sicherer Entfernung, energisch auf dem Kies ab. „Lass mich dir wenigstens ein Taxi rufen", schlug er vor, als sie sich ratlos umsah.

Als hätte sein Angebot sie akut zum Handeln gezwungen, stürmte sie auf den jüngeren der beiden Männer zu und nötigte ihn, die Motorsäge abzustellen. Nachdem sie betont langsam einige englische Sätze in sein ratloses Gesicht gesprochen hatte, wand sich dieser an seinen Kollegen und erklärte ihm irgendwas. Gabriel beobachtete verdrossen, dass die Arbeiten zum Stillstand gekommen waren, und schien kurz davor einzugreifen.

„Ich wollte mir eh eine neue Wohnung suchen", sagte Adrian und war erleichtert, als Gabriel den Scherz aufgriff:

„Wieso, befürchtest du, dass ihr Vater das Hasenmonster auf dich hetzt?"

Adrian verzog den Mund zu einem Lächeln, doch Gabriel war todernst.

„Florence", rief Adrian und ging einige Schritte auf sie zu, „ich hatte mir das wirklich nicht so vorgestellt. Bitte glaub mir!"

Sie drehte sich zu ihm und presste die Lippen zusammen. „Bemüh dich nicht!", zischte sie. „Es ist sinnlos!"

„Du weißt, dass sie recht hat", sagte Gabriel, der mit verschränkten Armen neben ihn getreten war, als der junge Kerl Florences Koffer nahm und ihn Leichterhand in den Laster lud. „Aber das alles geht mich zum Glück nichts mehr an. Ich fahre nach London zurück und ihr könnt eure Angelegenheiten hier ab sofort alleine regeln. Mir reicht's!" Er drückte Adrian den Hausschlüssel in die Hand und eilte nach drinnen.

„Was ist los? Ist es wegen der Sache auf dem Flur gestern? Können wir das vielleicht wie vernünftige Menschen klären?!", rief Adrian ihm nach, aber er bekam keine Antwort.

Der junge Kerl half Florence, in das Fahrerhaus zu steigen, und grinste Adrian frech an.

„Du siehst, ich komme auch ohne deine Hilfe zurecht! Und Moses sowieso!", schleuderte ihm Florence entgegen und lächelte ihren neuen Retter dankbar an.

„Na fabelhaft! Dann gute Reise!", knurrte Adrian und lief Gabriel nach ins Haus.

„Gabe! Wo steckst du?! Was für ein Theater!", rief Adrian, während er erst die Tür zum Salon aufstieß, dann die zur Küche. Er kam an Martins Zimmer vorbei, dessen Tür bereits offen stand. Als er einen flüchtigen Blick hineinwarf, entdeckte er das Kleid: Kates Kleid hing über dem Stuhl. Als Adrian das Zimmer betrat, konnte er ihren Duft wahrnehmen. Er griff nach Martins Kopfkissen, an dem er denselben Duft zu erkennen glaubte. Der Eindruck raubte ihm fast die Sinne. Kates hastig hingeworfene Sandalen wiesen den Weg zur Terrassentür.

Hatten sie sich nicht gestern Nacht versprochen, dass keiner von ihnen überstürzt handeln würde? Sich Zeit zu lassen – zumindest das waren sie sich schuldig! Verstand sie das etwa unter einem *behutsamen Vorgehen*? Er spürte, wie ihn blinde Rage erfasste und drohte, die Führung zu übernehmen. Er eilte auf die Terrasse und sah sich im Garten um. Einen Vogel, der vor ihm übers Gras hüpfte, verscheuchte er mit einer ungnädigen Geste. Als er zu der Stelle kam, wo sie am Abend seiner Ankunft den Aperitif genommen hatten, hörte er leise Stimmen vom Pool heraufdringen.

Vorsichtig wie ein Dieb näherte er sich der Hecke, um sich anzusehen, was er lieber gar nicht sehen wollte: Kate saß im Bikini auf einer Liege und hatte sich nach vorne gebeugt, damit Martin ihren Rücken eincremen konnte. Adrian erinnerte sich daran, was er zu ihm in dieser idiotischen Anwandlung in der Küche gesagt hatte – dass sie einen Kerl wie ihn verdiene. Aber jetzt, als er die beiden so vertraut zusammen sah, brannte es wie Feuer.

Sie schien es zu genießen, wie seine Hände über ihre Haut strichen – eindeutig mehr Liebkosung als Hilfestellung. Nun flüsterte er etwas in ihr Ohr, was sie leise kichern ließ. Vor dem Haus zeigten sich die diversen Katastrophen der Nacht in vollem Licht und die beiden hatten nichts Besseres zu tun, als sich hier zu vergnügen! Er spürte, wie das Blut in seinen Halsadern zu pochen begann, während er die Steintreppe hinuntereilte.

Martin hatte die Schritte zuerst gehört und sah auf, als sich ein Schatten zwischen ihn und die Sonne schob. Er ließ Kate abrupt los, woraufhin sie sich erstaunt aufrichtete.

„Kann ich dich sprechen?", fragte Adrian sie, in einem Ton, der keinen Widerspruch zuließ.

Sie blickte auffordernd zu Martin, der auf der Liege sitzen geblieben war.

„Schon gut, ich gehe!", sagte er und drückte Adrian die Sonnencreme in die Hand. „Hier! Du kannst ja weitermachen." Martin warf ihm ein kurzes Lächeln zu, das Adrian nicht deuten konnte. Es wirkte, als gäbe es ein Geheimnis zwischen ihm und Kate.

„Florence ist eben gegangen", erklärte Adrian, als sie alleine waren. Er überlegte, ob es besser wäre, nicht sofort damit herauszurücken, aber es gelang ihm nicht: „Ich habe sie gehen lassen und du gehst hier auf Tuchfühlung mit Martin? Wir hatten doch gesagt, wir lassen uns Zeit, schon vergessen?"

Sie antwortete nicht, was ihn in seinem Verdacht bestärkte: Martin hatte seine Chance genutzt und sie hatte dem nichts entgegengesetzt. Ja, er konnte an ihrem Blick erkennen, dass sie sich entschieden hatte! Sie schien seine Verzweiflung zu bemerken und berührte seinen Arm. Er durfte nicht abwarten, bis sie es ihm sagte! Er musste die Initiative ergreifen, jetzt sofort: „Mag sein, dass ich noch nicht bereit bin für eine neue Beziehung", begann er, „aber ich bin noch viel weniger dazu bereit, dich zu verlieren. Ich bin es leid abzuwarten, bis sich das vielleicht irgendwann ändert. Ich liebe dich, Kate, und ich will dich – sofort und mit allen Konsequenzen."

Er sah ihr in die Augen und wartete. Zu seiner Überraschung hielt sie seinem Blick stand. In ihrem Gesicht breitete sich eine ungewohnte Wärme aus. „Ich will mich nicht zwischen euch entscheiden", sagte sie ruhig. „Das funktioniert nicht. Ich brauche euch beide in meinem Leben."

Adrian bemerkte, dass er immer noch die Sonnencreme in der Hand hielt. Er stellte sie auf den Boden. „Verstehe ich dich richtig …?", fragte er, ohne den Satz zu beenden.

„Ich weiß, dass es nicht einfach würde – ihr müsstet euch zuerst besser kennenlernen, bevor wir uns soweit aufeinander einlassen können …"

Adrian atmete heftig aus. Erst jetzt war die Botschaft in voller Wirkung bei ihm angekommen. Es war das Letzte, womit er nach seiner überstürzten und zugegeben mäßig beeindruckenden Liebeserklärung gerechnet hatte.

Du bist ja verrückt!, hätte er gerne gerufen, doch er unterdrückte den Impuls. „Eine Ménage-à-trois – soll es darauf rauslaufen?", fragte er stattdessen. „Hast du dir überlegt, wie das für unseren jungen Hitzkopf wäre? Siehst du ihn friedlich mit mir am Frühstückstisch sitzen und ein Ei löffeln?"

Kate musste schmunzeln, aber Adrians ernste Miene holte sie in die Gegenwart zurück. „Könntest du ihm denn eine Chance geben, wenn er dir eine gibt?"

Er presste seine Finger auf die Knöchel und ging auf und ab, um nachzudenken. „Eine wird da nicht reichen – wir brauchen einen ganzen Berg Chancen. Für ihn, für mich – für dich!"

Sie sah ihn betreten an.

„Du erwartest jetzt aber nicht sofort eine Antwort von mir", sagte er und warf ihr einen kritischen Blick zu. „Was hat Martin dazu gesagt?"

„Er denkt darüber nach."

„Kate! Kate!" Sie wurden durch Nathalie unterbrochen, die überhastet den Weg hinabgelaufen kam. „Du musst sofort kommen – schnell!"

Kapitel 32 – Kate

„Was ist los?", wollte Kate wissen, nachdem sie ins Haus gelaufen waren und Kate hastig ihr Kleid übergezogen hatte.

„Oben!", keuchte Nathalie und warf einen ängstlichen Blick zur Treppe. „Er ist oben!"

„Gabriel?"

Sie nickte. „Er ist außer sich vor Zorn – er denkt, Martin und ich ..."

„Hast du ihm denn nicht erklärt – warum du das Ganze ausgeheckt hast?"

Nathalie schüttelte den Kopf. „Ich wollte ihm diese schreckliche alte Geschichte nicht erzählen ... Er hätte kein Verständnis für das, was ich damals getan habe. Für ihn wäre es eine abscheuliche Schwäche."

„Du musst es ihm sagen!", forderte Kate. „Du musst ihm eine Chance geben zu verstehen."

„Aber er hört mir ja nicht zu! Ich weiß nicht, was ich tun soll. *Du* musst mit ihm reden, Kate. Wer weiß, wozu er sonst in der Lage ist ..."

„Wo ist Martin?", fragte Kate und sah sich im Flur um.

„Keine Ahnung!" Nathalie hob verzweifelt die Schultern.

„Sieh zu, dass du ihn findest! Ich spreche mit Gabriel", rief Kate und lief die Stufen hinauf.

Einen Moment zögerte sie, als sie sich Gabriels Zimmer näherte, nicht sicher, ob es in Ordnung war, dass sie sich einmischte. Doch dann folgte sie ihrer Intuition, die sich auf einmal ungewohnt klar zeigte. Die Zimmertür war offen. Auf dem Bett lagen ein Koffer und eine große Ledertasche. Gabriel stand mit dem Rücken zu ihr vor seinem Schreibtisch am Fenster, auf dem eine flache Holzkiste lag. Der Deckel war aufgeklappt und ihr Inneres war mit leuchtend rotem Samt ausgekleidet, der auf eine unheimliche Weise Kates

Blick anzog. Das Gefühl eines Déjà-vus erfasste sie und sie begriff sofort, wo es zu verorten war.

Der weitere Anblick ließ sie erstarren: Gabriels rechte Hand hing reglos neben seinem Körper und wurde von der Schwere des silbernen Revolvers nach unten gezogen, während er wie versteinert dastand. Ihr erster Impuls war Flucht, doch sie zwang sich, der in ihr aufsteigenden Panik standzuhalten. Sie legte ihre Hand auf ihr Herz, bis es sich ein wenig beruhigt hatte, und versuchte zu atmen.

Er zuckte zusammen, als sie seinen Namen sagte und drehte sich hastig um. „Ach Kate, wie schön!", rief er, es klang überspannt. „Komm ruhig rein! Mit der Achtung meiner Privatsphäre nimmt es hier sowieso niemand so genau."

„Entschuldige", sagte sie, wagte es aber nicht, sich zu bewegen.

Er schien zu bemerken, wie blass sie war. „Habe ich dich erschreckt?", fragte er mit einem Lächeln, das unnatürlich wirkte. Er legte den Revolver zurück in die Schatulle, schloss den Deckel und verstaute sie in der Schublade. „Ich wollte mich nur hiervon verabschieden", sagte er und klopfte mit der flachen Hand auf den Schreibtisch. „Ein Mann sollte niemals ohne Waffe sein!", erklärte er, ging zum Schrank, öffnete mit einem energischen Schwung die Türen, nahm seine Hemden heraus und warf sie achtlos aufs Bett. „Ich gehe! Es gibt nichts, was mich hier noch hält."

Kates Herz spielte noch immer verrückt, aber ein anderer, stärkerer Teil in ihr schien jetzt die Führung zu übernehmen: „Ich muss mit dir reden!"

„Bist du sicher?", rief er zynisch. „Ganz sicher, dass ich es bin, den du sprechen willst? Ansonsten schert sich hier nämlich auch niemand um meinen Rat."

„Ich bin nicht hier, um mir Rat zu holen", sagte sie. „Ich bin hier, um dich vor einem schweren Fehler zu bewahren."

Er blieb stehen und für einige Sekunden schien er nicht zu wissen, ob er mit Fassungslosigkeit oder Gelächter reagieren sollte.

„Nathalie ist verzweifelt."

„Nathalie wer?", fragte er ungerührt und stopfte die Hemden unsanft in den Koffer.

„Was sie getan hat, mag skrupellos aussehen, aber es hatte nichts mit dir zu tun. Ich weiß, was du ihr bedeutest."

Er würdigte Kate keines Blickes, während er nach einem Stapel Bücher auf seinem Nachttisch griff und ihn in der Ledertasche verstaute.

„Es ging um eine alte Sache zwischen ihr und mir. *Ich* war es, die sie damit treffen wollte, nicht dich! Sie war bei mir den Rest der Nacht." Kate hatte das Gefühl, dass Gabriel begann, ihr zuzuhören, obwohl er vorgab, nicht interessiert zu sein. „Ich weiß auch, was sie für dich bedeutet", erinnerte sie ihn, woraufhin er laut auflachte.

„Du täuschst dich, Katie! Mir bedeutet niemand etwas. Ich wollte nur behilflich sein – dir, Adrian, Nathalie. Und sie war mir behilflich, meine Langeweile zu zerstreuen. Eine Zeit lang. Aber dann hat sie es übertrieben." Er griff nach seinem Samtjackett und zog es an. „Man muss wissen, wann es genug ist. Es ist besser zu gehen, bevor die Dinge unschöne Züge annehmen", sagte er und klappte den Koffer zu.

„Jetzt zu gehen ist feige!", entfuhr es Kate. „Du willst nicht zugeben, dass sie dich verletzt hat und dass du mehr für sie empfindest."

Er nahm die Tasche und den Koffer vom Bett. „Ach ja? Erklärst du mir jetzt die Welt? Bei all dem Chaos, das du angerichtet hast?!" Er blieb gerade lange genug in der Tür stehen, um ihr einen letzten, messerscharfen Blick zuzuwerfen, dann stürmte er aus dem Zimmer.

Kate lief ihm nach bis vors Haus, wo er das Gepäck in seinen Wagen pfefferte.

„Ich habe zumindest zugegeben, dass ich Fehler gemacht habe, und laufe nicht einfach weg!", rief sie, als er die Tür aufriss und sich hinters Steuer setzte. „Wer hat mir denn gesagt, dass ich jetzt nicht aufgeben darf – dort drüben, unter dem Jasmin-Strauch?! Und was tust du?!" Sie wartete auf eine Reaktion, aber es kam keine. „Gib ihr wenigstens die Chance zu erklären, was war!" Er blieb regungslos sitzen und starrte durch die Windschutzscheibe. „Hätte Churchill so gehandelt?", fragte Kate und sah zu ihm durchs Fenster.

„Verflucht!" Er schlug mit beiden Händen aufs Lenkrad.

Das Haus kam Kate auf einmal so vor, als würde es Leute verschlucken. Sie eilte durch den Flur und rief nach Nathalie, dann nach Martin. Sie horchte in die Stille, da fiel ihr die offene Terrassentür im Salon auf. Hastig ging sie darauf zu, blieb dann aber abrupt stehen, als sie Martin und Adrian im Garten sah. Adrians Miene war ernst. Sie konnte nicht verstehen, was er sagte, dafür standen die beiden zu weit weg, doch der warme Klang seiner Stimme beruhigte sie. Zumindest kein Streitgespräch. Obwohl er – wie so oft, wenn er sich bedeckt hielt – die Hände in den Hosentaschen hatte, wirkte die Haltung seiner Schultern entspannt. Martin stand neben ihm und glättete mit dem Fuß die Steinchen auf dem Kiesweg. Er erschien ihr plötzlich so jung und sie fragte sich, ob es fair war – das Angebot, das sie ihm gemacht hatte. Zu gerne wäre sie hingegangen und hätte zugehört, aber sie durfte die beiden jetzt nicht stören. Sie versuchte, den Verlauf an Martins Gesicht abzulesen, doch alles, was sie erkennen konnte, war eine tiefe Verunsicherung. Er bot Adrian eine Zigarette an, die dieser ablehnte. Was, wenn es unmöglich war, was sie verlangte? Es konnte so vieles schief gehen und die Statistik war sicher nicht auf ihrer Seite – um das zu wissen, musste sie nicht mal recherchieren. Martins Mund verzog sich zu einem verhaltenen Lächeln. Sie ahnte, dass er gerade wieder einen seiner berüchtigten Scherze machte, um seine Verlegenheit zu überspielen. Zum Glück erwiderte Adrian sein Lächeln. War es eine Annäherung?

Sie wich hinter den Vorhang, als Adrian einen Blick zum Haus warf. Lass es eine Annäherung sein!, bat sie und schloss für einen Moment die Augen. Dann bemerkte sie, dass sich die Stimmen näherten. „Du hast genau dreißig Sekunden, um dich zu entscheiden", hörte sie Martin sagen. „Falls nicht, gehört sie für immer mir."

Über die vergangenen Stunden hatte sich eine eigenartige Lautlosigkeit ausgebreitet – als gäbe es nichts mehr zu sagen – die alle in ihre Zimmer oder in weit entfernte Winkel des Gartens hatte flüchten lassen. Am Nachmittag waren die letzten Regentropfen verdunstet und es lag wieder die trockene nach Piniennadeln duftende Hitze über dem Haus, die Kate vor Adrians Ankunft zu Tagträumen verführt hatte. Auch jetzt blieb ihr nichts übrig als zu warten und zu hoffen. Gabriel und Nathalie hatten sich zurückgezogen – um zu reden, vermutete Kate. Ab und zu hörte sie Schritte im oberen Stockwerk, aber noch war keiner von ihnen wieder aufgetaucht.

Martin, Adrian und Kate trafen sich zu einem einfachen Abendessen – etwas Brot, Käse, Feigen und Wein – im Salon, doch niemand hatte richtigen Appetit. Martin half Kate, den Tisch abzuräumen. Sie konnte ihm die wachsende Unruhe ansehen, die er die letzten Stunden tapfer ertragen hatte.

„Wie lange wollen wir noch hier rumsitzen und warten?", flüsterte er Kate zu, als er ihr den Brotkorb hinterhertrug. „Und worauf überhaupt?" Martin warf einen Blick durch die Küchentür: „Und jetzt spült er auch noch! Im Ernst?! Als gäbe es nichts Wichtigeres."

Adrian ließ eine Handvoll Besteck ins Wasser gleiten und begann dieses mit einer großen Ruhe und Bedächtigkeit abzuwaschen.

„Er war doch schon öfter hier! Nimmst du ihm ab, dass er immer noch nicht die Spülmaschine bedienen kann?" Martin sah Kate vorwurfsvoll an. „Das kann doch nicht so schwer sein!" Er lief in die Küche und kniete sich vor das Gerät, um die Knöpfe zu studieren.

Kate ging ihm nach. „Du hast ja recht", sagte sie leise und berührte Martins Haar. „Lass uns allein, bitte!"

„Du sagst Bescheid, falls ihr das nicht ohne mich hinkriegt, okay?!" Martin nickte in Richtung Geschirrspüler. Kate küsste ihn auf die Wange, die sich heiß anfühlte. Er seufzte und verließ den Raum.

Sie nahm das Geschirrtuch und trocknete schweigend ein langes, schmales Messer ab, das Gabriel zum Tranchieren von Geflügel verwendete.

„Hast du was von Nathalie gehört?", fragte Adrian.

Kate schüttelte den Kopf. „Ich fürchte, sie traut sich nicht, ihm zu sagen, dass es meine Schuld ist."

„Deine Schuld?" Er wand sich ihr zu und wischte seine nassen Hände an dem Tuch ab.

„Kann ich dir das ein andermal erklären?", bat sie.

Er nickte.

„Was denkst du, was die beiden so lange dort oben machen?", wollte sie wissen.

„Oh, vermutlich schweigen sie sich an. Gabriel ist ein wahrer Meister darin, Dinge auszusitzen."

Nicht nur er, dachte Kate. Sie brauchte Adrian gar nicht zu fragen, sie konnte ihm ansehen, dass er und sein Freund ihre Meinungsverschiedenheiten ebenfalls noch nicht beigelegt hatten.

Kate hatte den ganzen Tag versucht, nicht mehr an den Revolver zu denken – ohne Erfolg. „Er wird ihr doch nichts tun?", fragte sie und horchte besorgt in den Flur.

„Natürlich nicht", sagte Adrian, überrascht von Kates Befürchtung.

„Sollten wir nicht lieber nachsehen?"

Er bemerkte, dass sie die Schultern nach oben gezogen hatte, als versuche sie, sich vor etwas zu schützen. Er nahm ihr den Teller, an dem sie sich festhielt, aus der Hand und berührte sanft ihre Oberarme. Dann glättete er mit dem Daumen die Falte, die sich zwischen ihren Augenbrauen gebildet hatte. „Das müssen die beiden ohne unsere Hilfe hinkriegen", sagte er leise.

„Und wir?", fragte sie. „Werden wir es auch hinkriegen? Gilt es noch – was du vorhin am Pool gesagt hast?"

„Kate ..." Adrian zögerte und – als hätte er nur darauf gewartet, ihm ins Wort zu fallen – begann ein Frosch vor dem Fenster zu quaken. Es stimmten weitere Frösche mit ein. Das Ganze entwickelte sich zu einer geräuschvollen, vielstimmigen Darbietung. Adrian blickte zum Fenster, dann wieder zu Kate. Nach und nach wurde das Gequake weniger, aber Adrian wartete, bis auch der letzte Frosch verstummt war.

Er setzte erneut an: „Ich fürchte, du könntest dich überstürzt in eine Situation begeben, die dich überfordert." Die Mühe, mit der er den Satz hervorgebracht hatte, mehr mit dem Kopf als mit dem Herzen, verletzte Kate. Der Frosch schien mit der Aussage genauso wenig einverstanden und bekam von den anderen sofort lautstarke Unterstützung. „Ich habe Gabriel schon so oft gesagt, er soll das Seerosenbecken stilllegen!" Adrian musste lachen, doch Kate sah ihn mit unverändert ernster Miene an.

Er hatte ihre Frage nicht beantwortet und sie hatte nicht den Mut, auf einer Antwort zu bestehen. „Kann sein, aber ich stelle mich zumindest meinen Gefühlen", sagte sie und verließ den Raum.

Als sie die Treppe hinaufstieg, um nach Nathalie zu sehen, läutete es an der Tür. Jemand klingelte Sturm. „Ich geh schon!", rief Martin von Weitem.

Nathalie, die über einem Buch eingenickt und durch das Läuten geweckt worden war, folgte Kate nach unten. Sie begegneten Martin, der gerade zurückkam, vor der Küche. Er war außer Atem.

„Schaut euch das an!" Er stellte einen Korb auf den Küchenboden, aus dem zwei Hundewelpen äugten. Der eine gab ein wimmerndes Winseln von sich. „Die haben sie einfach vor der Tür abgestellt! Ich hab noch gesehen, wie jemand weggerannt ist, und bin ihm nach, aber ich habe ihn nicht erwischt."

„Ausgesetzt!", knurrte Gabriel, der hinter ihnen in der Tür erschienen war. „Soll der reiche Trottel aus England sich darum kümmern!"

„Schau dir mal an, wie süß die sind!" Martin nahm einen Hund aus dem Korb und hielt ihn Kate vor die Nase.

Kate streckte ihre Hand aus, die der Kleine sofort abzulecken begann, was ihr ein erschrecktes „Iiiih!", entlockte.

„Nimm ihn mal!", drängte Martin.

Es war schwer, ihn zu halten, weil er so mit den Beinen zappelte. Sein Fell fühlte sich weich wie Seide an.

„English Cocker Spaniels", sagte Adrian, der sich als Einziger nicht dem Korb genähert hatte.

„Du kennst dich aus mit Hunden?", fragte Nathalie, die den anderen Welpen mit so viel Zuneigung überschüttete, dass er sich ganz flach machte und versuchte, unter ihrer Hand hervor zu robben.

„Gut!", rief Gabriel unbeeindruckt. „Und wer geht jetzt und ersäuft sie in der Regentonne? Ich vermute, der Job wird wieder an mir hängen bleiben!" Es war totenstill, als er in die entsetzten Gesichter der anderen schaute.

„Nur über meine Leiche!", sagte Nathalie, die sich vor Gabriel aufrichtete. Sie hatte die Hände in die Seiten gestützt und wirkte auf einmal fünf Zentimeter größer. „Wenn die Hunde gehen, gehe ich ebenfalls. Ich bin es leid, dich um Verzeihung zu bitten!"

Zu Kates Überraschung glaubte sie eine Verunsicherung in Gabriels Blick zu erkennen, die neu war. Eine Verunsicherung, die hoffen ließ. Zumindest war er nicht wie angedroht nach London gefahren.

„Können wir sie nicht behalten?", fragte Martin und sah Kate mit diesem speziellen Blick an, gegen den sie schon immer wenig hatte ausrichten können. Ihre Haltung versteifte sich. „Tatsache ist, dass derjenige, der sie ausgesetzt hat, ein ziemliches Risiko eingegangen ist, damit ihnen nichts zustößt. Hätte er sonst geklingelt? Wahrscheinlich dachte er, hier sind sie gut aufgehoben", sagte Martin und warf einen abschätzigen Blick zu Gabriel. „Kate!", riss Martin sie aus ihrer Trance. „Nun sag doch auch mal was!"

„Auf keinen Fall!", erwiderte sie und setzte den Hund zurück in den Korb.

„Nicht mal einen?", fragte Martin sichtlich enttäuscht. „Nathalie würde doch bestimmt auch einen behalten."

Kate sah ihn ernst an: „Wie soll das gehen?! Wer kümmert sich den ganzen Tag um ihn, wenn wir an der Uni sind? Der arme kleine Kerl!"

„Du hast dich also für die Stelle in London entschieden?", fragte Gabriel mit plötzlichem Interesse.

Auch Nathalie horchte angesichts der Neuigkeiten auf, aber Kate ging nicht darauf ein: „Wir kriegen doch nicht mal unser eigenes Leben auf die Reihe!" Sie verschränkte gekränkt die Arme. Eine unangenehme Stille breitete sich aus.

„Ich könnte ihn tagsüber nehmen", brach Adrian das Schweigen, ging zum Korb und hob den Hund heraus. Er hielt ihn in die Luft, drehte ihn ein wenig und begutachtete dann seine Augen und sein Gebiss. „Ein Mädchen", sagte er und begann das Tier zu kraulen, während er in Kates verblüfftes Gesicht lächelte.

„Heißt das …?" Sie suchte nach Worten.

„… du würdest nicht nur den *dog walker* für uns machen?", beendete Martin den Satz für sie.

„Wohl kaum!", antwortete Adrian und drückte Martin den Hund in den Arm.

„Kann mir mal jemand erklären, was hier los ist?", forderte Gabriel.

„Wir haben uns entschieden", sagte Adrian ruhig.

„Ja, und zwar für Eskalation – aber zu dritt", ergänzte Martin. „Beziehungsweise zu viert." Er schmiegte die Hündin an seine Wange. „Nicht wahr, Kate?"

Er drehte sich um und sah, wie sie ihre Arme um Adrian schlang und ihn küsste.

„Damit müssen wir beide jetzt wohl leben", flüsterte Martin dem Hund zu. „Aber keine Sorge, Süße, das schaffen wir schon!"

Epilog – Ein Jahr später

„Es ist komisch, hier mit dir zu sitzen", stellte Julie fest.

Yo-Yo hatte sich dicht neben sie ins Gras gelegt und genoss die wärmende Mittagssonne im Hyde Park.

„Ich find's gut, dass du dich gemeldet hast", sagte Martin und spielte mit einem Kleeblatt.

Julie stützte sich auf ihre Arme. „Dein Hund scheint auch der Meinung zu sein." Sie deutete auf den Kopf, der mit heraushängender Zunge auf ihrem Schenkel lag und auf Streicheleinheiten wartete.

„Unser Hund", berichtigte Martin und zog Yo-Yo zu sich.

„Witziger Name!" Julie grinste.

„Ja, weil sie so *bouncy* ist. Sie hat einen Zwilling, aber der ist mehr der Typ Bettvorleger. Lebt bei Freunden." Yo-Yo drehte sich auf den Rücken, um sich von ihm am Bauch kraulen zu lassen. „Adrian nimmt sie manchmal mit zu den Proben – die Theaterleute verwöhnen sie nach Strich und Faden."

„Ich konnt's nicht glauben, als du mir geschrieben hast, dass ihr drei jetzt zusammenwohnt." Martin schwieg und lächelte. „Und wie ist es so?", fragte Julie.

„Wirst du ja sehen, heute Abend, wenn alle da sind. Kate hat vor, was zu kochen – Achtung!"

Julie verzog das Gesicht zu einem ansatzweisen Lachen. „Sie ist nicht gerade der häusliche Typ, stimmt's?"

„Null!", bestätigte Martin. „Aber wer braucht schon *häuslich*! Wir teilen uns die Sachen auf. Fürs Essen bin meistens ich zuständig. Adrian ist ziemlich gut darin, Dinge zu reparieren."

„Der Mann fürs Praktische", spöttelte Julie. „Fällt es dir nicht schwer, sie mit ihm zu teilen?"

Martin ließ sich Zeit mit der Antwort. „Nicht mehr so sehr, seit ich ihn besser kenne. Aber einfach ist anders. Bist du nervös, sie zu treffen – Kate?"

„Ja, schon."

„Ich glaube, sie auch. Sie hat mir dreimal gesagt, dass ich auf keinen Fall vergessen darf, wann dein Flug ankommt."

„Ihr arbeitet jetzt hier an der Uni zusammen?"

Martin nickte: „Sie ist dabei, den ganzen Laden umzukrempeln. Wir haben Papers auf allen wichtigen Konferenzen."

„Also diesmal *arbeitet* ihr wirklich."

Martin gefiel, dass Julie inzwischen Scherze darüber machen konnte. „Hey! Das haben wir früher auch schon getan", erinnerte er sie. „Und nicht zu knapp!"

Julie sah einem Schmetterling nach, der an ihr vorbeiflog.

„Wie war es mit … ähm … bei …?", fragte er, als ihm einfiel, wo sie herkam.

„Bei der Beerdigung? Ganz okay. Für Mama war es schwer. Sie bleibt noch eine Woche bei ihrer Schwester in Montpellier."

„Warst du ihr nahe, deiner Oma?"

„Geht so. Frankreich ist schließlich nicht gerade um die Ecke. Außerdem war sie recht streng."

„Gibt es jemanden, der nicht streng ist in eurer Familie?"

„Puh!", machte Julie und sah zum Himmel.

„Wie hat eigentlich dein Vater reagiert, als du ihm gesagt hast, dass du nach London ziehst? War er traurig?", wollte sie wissen.

„Hm …" Martin fuhr gedankenverloren mit der Hand übers Gras und sah zu, wie sich die Grashalme langsam wieder aufrichteten. „Ich hab ihm geschrieben, aber er hat nicht drauf geantwortet. Er begreift leider überhaupt nichts."

„So wie meiner!", stöhnte Julie. Sie machte eine Pause und holte tief Luft. „Vor ein paar Wochen ist mir echt der Kragen geplatzt. Da habe ich ihm gesagt, was für ein Idiot er ist und dass er noch nicht mal gemerkt hat, dass Mama seit einem Jahr eine Freundin hat."

„Uff!" Martin biss sich auf die Lippe.

„Sie hatte eh vor zu gehen. Jetzt ist es wenigstens raus. Und ich habe ihm gesagt, dass ich weiß, was er mit seinem Fuß gemacht hat. Unterm Tisch, bei diesem Dinner in den Hamptons."

„Mit seinem Fuß?" Martin verstand nicht.

„Ach, vergiss es, es ist zu dämlich! Er hat sich aufgeregt, wie immer. Aber ich habe ihm gesagt, er kann mich mal und dass ich zu meinem Freund ziehe."

„Du hast einen Freund?"

„Ach, der Typ ist mehr ein Vorwand. Er interessiert mich nicht wirklich, aber er teilt sich ein *three bedroom apartment* mit Freunden in Dumbo, da kann ich eine Zeit lang crashen." Sie zog ihr Handy aus der Tasche und zeigte ihm ein Foto von einem muskulösen Blonden mit langen Haaren.

„Ein Skater?", fragte Martin.

„Eigentlich ist er Surfer, das Skateboard benutzt er nur in der Stadt."

„Und was hast du dann vor?"

„Ich weiß nicht … Geld verdienen, schätze ich, damit ich mir was Eigenes suchen kann. Mama meint, ich muss nicht studieren. Sie findet es wichtiger, dass ich glücklich bin."

„Echt, du willst dein Studium aufgeben?" Martin sah sie betreten an. „Du könntest an der Uni weiterarbeiten – ein Studentenjob. Du bist zu schlau, um einfach irgendwas zu machen."

„So, findest du?", fragte sie skeptisch. „Aber scheinbar nicht schlau genug, um dich und Kate zu durchschauen."

„Das ist richtig!", sagte er und grinste.

Sie gab seiner Schulter einen kräftigen Schubs.

„Arbeite doch bei uns!", schlug er, ohne nachzudenken, vor.

„Jetzt spinnst du total!" Julie schüttelte den Kopf. Martin nahm Yo-Yo zu sich und tätschelte sie. „Du meinst das nicht ernst, oder?", fragte sie dann leicht verunsichert.

„Warum nicht?"

„Du *bist* verrückt!", stellte sie fest und ließ sich ins Gras fallen.

Julie blieb eine Weile liegen und sah den Wolken zu. „Für Kate weiterarbeiten, als wäre nichts passiert? Hältst du mich für Jeanne d'Arc? Nein, ehrlich, damit bin ich durch!"

„Oder such dir was bei den Literaturwissenschaftlern", überlegte Martin.

„Oder am Theater", sagte Julie und wartete auf seine Reaktion. „Eine aus meinem Jahrgang macht das. Weißt du, dass ich Adrian gar nicht so übel finde? Er war echt nett zu mir in den Hamptons." Martin sah überrascht auf. „Er hat mich sofort verstanden. Ihn könnte ich mir tausendmal besser als Vater vorstellen. Er ist so lässig, so entspannt, findest du nicht?"

„Er ist ein guter Schauspieler", sagte Martin und dachte an Südfrankreich, wo Adrian ihm zum ersten Mal seine Selbstzweifel offenbart hatte.

„Es ist also nicht einfach, aber du siehst glücklich aus", bemerkte sie. „Bist du's?" Martin legte sich neben sie und lächelte. „Du bist es!", stellte sie fest. „Ich beneide dich!"

Sie seufzte. „Dieser *shrink* … Ich war nur ein paar Mal dort letzten Sommer, dann meinte er, ich brauche keine Therapie, mein Vater bräuchte eine. Er meint, *ich* bin *perfectly normal*."

„Das glaube ich auch!" Martin lachte.

„Er meint, ich soll der Sache Zeit geben. Der Sache mit dir. Bis ich drüber weg bin. Ich wollte dich sehen, um zu testen, wie es sich anfühlt."

„Und?", fragte er vorsichtig.

Julie senkte den Blick. „Ich weiß nicht … ich mag dich immer noch."

„Ich dich auch", sagte er. „Können wir Freunde bleiben?"

„Glaubst du, das funktioniert?"

Er sah sie eine lange Weile an, bevor er antwortete. „Es funktioniert eine Menge mehr, als man denkt", sagte er und gab ihr Yo-Yo.

Musik

Diese Musik hat die Figuren und mich auf unserem Weg begleitet. Songs, die die Welt von Kate, Martin und Adrian lebendig machen und ihre Geschichten erzählen. Die Playlisten sind online verfügbar.

Kate: https://bit.ly/playlist-kate

Nur Flug – Die Sterne
Unpaid Work – Neoangin
Das härteste Mädchen der Stadt – Die Liga der gewöhnlichen Gentlemen
Would you …? – Touch & Go
Vicious – Lou Reed
(There's) Always Something There To Remind Me – Sandie Shaw
Stop, I Don't Love You Anymore – Sharleen Spiteri
Getting Away With It (All Messed Up) – James
Dans le noir – Juniore
Stupid Girl – Garbage
SOS – ABBA
Was hat dich bloß so ruiniert – Die Sterne
Magnifique – Juniore
Le temps de l'amour – Françoise Hardy
Saint-Tropez Blues – Marie Lafôret
Exclusive Blend – Keith Mansfield

Martin: https://bit.ly/playlist-martin

Auf Achse – Franz Ferdinand
(I Can't Get Me No) Satisfaction – DEVO
Seven Days Too Long – Chuck Wood
No You Girls – Franz Ferdinand

I Want The World To Stop – Belle and Sebastian
Dreaming of You – The Coral
What Katie Did – The Libertines
Fuck Forever – Babyshambles
Under My Thumb – The Rolling Stones
Heart Full of Soul – The Yardbirds
The Night – Frankie Valli & The Four Seasons
Wild Horses – The Rolling Stones
Gone With The Wind Is My Love – Rita & The Tiaras
Do You Remember The First Time? – Pulp
Take Me Out – Franz Ferdinand
I Heard Wonders – David Holmes

Adrian: https://bit.ly/playlist-adrian

Yes Sir, I Can Boogie – Baccara
Music To Watch Girls By –Andy Williams
Le responsable – Jacques Dutronc
Nature Boy – Nick Cave & The Bad Seeds
Spooky – Dusty Springfield
Play With Fire – The Rolling Stones
Henrietta – The Fratellis
Those Were The Days – Leningrad Cowboys
Train Song – Vashti Bunyan
Something's Gotten Hold of My Heart – Nick Cave & The Bad Seeds
Diamonds And Rust – Joan Baez
Adagio for Strings, Op. 11 – Samuel Barber
Gluck/Arr Siloti: Orphée et Eurydice, Wq. 41: Dance of The Blessed Spirits – Christoph Willibald Gluck
Peer Gynt Suite No. 2, Op. 55: IV. Solveig's Song – Edvard Grieg
Theme From Schindler's List (Reprise) – John Williams

Dank

Dieses Buch wäre ohne die Unterstützung und Ermutigung einiger wunderbarer Menschen nicht entstanden. Mein besonderer Dank gilt Maria Koettnitz für ihre fachkundige Beratung und Begleitung dieses Projekts. Ihr wertvolles Feedback, ihre langjährige Erfahrung in der Verlagswelt und ihr unerschütterlicher Glaube an diesen Roman waren für mich von unschätzbarem Wert.

Ganz besonders möchte ich auch Anja Müller danken für ihr kontinuierliches Mitdenken und Mitfühlen während der Entstehung des Romans. Ihre treffende Kritik, ihre klugen Ideen und unsere tiefen Gespräche über Kate und ihre Welt haben die Zeit des Schreibens zu etwas ganz Besonderem für mich gemacht.

Bei Ulla Ziemann und Harry Olechnowitz möchte ich mich für ihre hilfreichen Rückmeldungen als Erst- bzw. Zweitleser bedanken, die den Roman maßgeblich bereichert haben.

Jonas Kuhn, Alexander Koller, Kordula De Kuthy und Detmar Meurers danke ich für ihr offenes Ohr für meine Fragen und die interessanten Einblicke während der Recherche zur amerikanischen Universitätswelt.

Bei den Autor*innen der Schreibgruppen *Shut Up & Write* und *Happy Writing* in München bedanke ich mich für den unerschöpflichen kreativen Austausch und unseren Zusammenhalt bei der Navigation der Buchwelt.

Ein herzliches Dankeschön auch an Anna und Johannes Windrich für ihre literarische Expertise und Beratung bei der Lösung eines kniffligen Puzzles sowie an Zehra Spindler für unsere inspirierende und amüsante Diskussion zur Covergestaltung und Titelfindung.

Mein größter Dank gilt meinem Mann Patrick für seine liebevolle Unterstützung in jeder Phase dieses Buchprojekts.